KB081834

원데이

데이비드 니콜스 장편소설

박유안 옮김

호메로스

하루하루는 무엇인가?

하루하루, 거기서 우리가 산다

하루가 와서 우리를 깨운다

영겁의 시간 동안.

하루하루 속에서 산다는 건 행복하나니

거기가 아닌 어디에서 우리가 살겠는가?

아, 이 질문을 풀기 위해

목사도 의사도 달려온다

롱코트를 펄럭이며

들판을 가로질러

_필립 라킨 『하루하루』

:: 차례 ::

part 01.

1988~1992\20대 초반

"그날은 내게 기억에 남을 만한 날이었다. 그날로 인해 내게 엄청난 변화가 일어났기 때문이다. 그렇지만, 모든 인생이 다 그렇지 않겠는가. 생각해 보라. 인생의 어느 하루가 특별히 뿔거져 나오면 그 인생의 앞날이 얼마나 달라질 것인지를. 이 글을 읽는 그대여, 잠시 멈추어 곰곰 생각해 보시라. 그대를 속박하지는 않았을 긴 쇠사슬이나 긴 금사슬, 긴 가시줄이나 긴 꽃목걸이를. 그 사슬의 첫 고리가 그 기억에 남을 만한 날에 어떻게 만들어졌을지를."

_찰스 디킨즈『위대한 유산』

ch01
미래

1988년 7월 15일, 금요일

◦ 랜케일러스트리트, 에든버러 ◦

"중요한 건, 뭔가 달라져야 한다는 거 아닌가." 그녀가 말했다. "있잖아, 실제로 뭔가를 바꾸는 거."

"뭐? '세상을 바꾸자' 같은 거?"

"세상 전부는 아니더라도, 그냥 네 주변이라도 좀."

좁은 싱글 침대 위에서 서로 엉킨 채 둘은 잠시 말이 없었다. 새벽을 앞두고 가라앉은 목소리로 둘은 낮게 웃기 시작했다. "방금 그 얘기, 내가 한 말 맞니?" 그녀가 한숨을 쉬었다. "좀 촌스럽지, 응?"

"좀 촌스럽네."

"그저 용기를 북돋우려 했던 거야! 후줄근한 네 영혼이 벌떡 일어나 앞으로 펼쳐질 저 원대한 모험에 맞설 수 있도록, 응?" 그녀가 몸을 돌려 그를 마주보았다. "너한테 그런 게 필요하다는 건 아니야. 너한테야 물론 미래를 향한 근사한 지도가 있겠지. 어딘가로 가는, 뭔가를 향한 흐름도를 벌써 손에 쥐고 있는지도 모르고."

"전혀."

"그래, 이제 그럼 뭘 할 거야? 거창한 계획 좀 말해 봐."

"음, 우선 부모님이 내 짐을 실으러 와서 부모님 댁에다 처박아 놓을 거야. 그리곤 런던의 부모님 아파트에서 며칠 묵으면서 친구들 좀 보고. 그 다음은 프랑스지."

"멋진데."

"그 다음은 아마도 중국 가서, 뭐가 그리 야단인지 한번 보고, 그리곤 인도 아닐까. 그 근처도 좀 둘러보고."

"여행이시라." 그녀가 한숨을 내뱉었다. "너무 뻔하잖아."

"여행이 뭐 어때서?"

"현실을 외면하는 거 같잖아."

"왜 그렇게 현실을 과대평가해?" 이렇게 말하며 그는 내심 뭔가 묵직한 카리스마가 담긴 말로 받아들여지기를 기대했다.

그녀의 반응은 코웃음이었다. "뭐 나쁠 건 없겠지. 돈이 넉넉한 사람들에겐 말이야. 왜 그냥 '난 2년쯤 놀면서 휴가를 떠날 거야'라고 솔직하게 얘기 안 해? 같은 거잖아. 뭐가 달라?"

"여행은 마음을 넓혀 주거든." 한쪽 팔꿈치를 괴고 일어나며 그가 그녀에게 키스했다.

"뭐야. 난 네가 지금도 마음이 너무 넓어 탈이다 싶거든." 그렇게 말하며 그녀는 얼굴을 살짝 돌렸다. 하지만 둘의 얼굴은 곧 베개 위에서 다시 만났다. "어쨌든, 내 질문은 네가 다음 달에 뭘 할 건지가 아니라, 먼 훗날에 말야. 미래에, 음 그러니까 네가…." 그녀는 잠시 말을 멈췄다. 뭔가 특별한, 멋진 생각을 떠올리고 싶었다. "마흔 같은 나이가 되면. 그래,

네가 마흔이면 넌 뭘 하고 싶어?"

"마흔?" 그도 마흔이란 그 말이 낯설고 힘든 눈치였다. "몰라. '부자가 되고 싶어' 그런 대답도 되냐?"

"저런, 천박하긴."

"그래? 그럼 '유명해진다'?" 그가 코로 그녀의 목을 간질이기 시작했다. "좀 병적이지, 이것도. 응?"

"병적이진 않고, 그건… 신나는 거지."

"신나는 거지!" 그녀의 부드러운 요크셔 악센트를 그가 흉내 냈다. 그녀의 말을 우스꽝스럽게 만들려는 수작이었다. 멋지게 생긴 남자애들이 저런 개그를 많이 하지, 마치 악센트에 뭔가 색다르고 희한한 게 있다는 듯 말야, 그녀는 생각했다. 다시 한 번 더 그가 못마땅하게 느껴져 몸이 푸르르 떨렸다. 그녀는 몸을 뒤척여 등짝이 서늘한 벽면에 닿을 때까지 그에게서 멀어졌다.

"그래, 신나지. 우린 신나게 살아야 하는 거잖아. 이 무궁무진한 가능성들. 어제 부총장의 축사에서도 '기회의 문은 활짝 열려 있으니…'라고 그랬던 것처럼 말야."

"'여러분들의 이름이 내일 신문에 오르내릴 테고…'처럼."

"물론 그럴 일은 없겠지만."

"그럼 넌 뭐 좀 신나는 게 있어?"

"내가? 천만에. 바보짓이나 하고 있는 걸."

"나도 그래. 젠장…." 그는 홱 몸을 일으켜 침대 옆 바닥의 담배를 집어들었다. 곤두선 신경을 달래려는 몸짓이었다. "마흔 살이라. 마흔. 빌어먹을."

그녀는 그의 근심에 미소 지으며 불길에 기름을 퍼붓기로 맘먹었다.

"그래, 마흔이 되면 넌 뭘 하고 있을 거야?"

그는 신중하게 담뱃불을 붙였다. "그건 말이지, 엠."

"엠? 엠이 누구야?"

"사람들이 널 엠이라고 부르잖아. 나도 들었는데."

"그렇지. 친구들은 날 엠이라고 부르지."

"그러니까. 그럼 나도 널 엠이라 부르면 안 될까?"

"그래 그럼, 덱스."

"내가 지금 이 '나이 먹는 일' 생각을 좀 해봤는데 말야, 내 결론은 이거야. 지금 현재의 내 모습 이대로 머무르고 싶다!"

덱스터 메이휴. 그녀는 이마를 덮은 앞머리 사이로 그를 보았다. 안경도 안 쓴 상태였지만, 단추 모양이 새겨진 싸구려 비닐 침대 머리판에 기대앉은 그를 올려다보며 왜 저 모습 그대로 머무르고 싶다는 건지 대번에 이해가 되었다. 감은 두 눈, 아랫입술에 들러붙은 채 늘어진 담배, 붉은 커튼을 통과한 새벽빛이 따뜻하게 내려앉은 그의 옆얼굴. 그는 뭘 해도 사진 모델 같은 분위기를 자아내는 비법을 터득한 사람 같았다. 엠마 몰리는 '잘생겼다'는 말이 멍청한 19세기식 표현이라고 생각했지만, 덱스터의 저 모습을 달리 표현할 단어가 마땅치 않았다. '아름답다'도 괜찮겠군. 그는 피부 아래 골격이 훤히 드러나 보이는 얼굴이었다. 그러니, 그의 해골조차도 매력적이라는 뜻인 건가? 기름이 올라 살짝 반들거리는 미끈한 코. 언뜻 보면 멍든 것 같은 눈 아래의 짙은 피부. 그건 지독한 담배, 그리고 비데일스* 출신 여자애들과의 스트립 포커에서 일부러 져주느라 밤잠을 아껴야 했던 숱한 날들의 훈장이었다. 그에겐 뭔가 교활한

* Bedales. 잉글랜드 햄프셔 지방의 기숙학교. 뒷부분에 나오지만, 덱스터가 나온 윈체스터 칼리지와 같은 지역이다.

구석도 있었다. 자잘한 눈썹, 좀 쑥스러워하는 듯 부루퉁한 입, 아주 짙은 빛깔을 머금은 입술까지. 바싹 말라 잔뜩 부르튼 그 입술에는 간밤에 마신 불가리아산 포도주의 붉은 흔적이 역력했다. 엉망인 그의 머리마저도 바라보고 있으면 유쾌해지는 기분이 들었다. 뒤와 옆은 짤막했지만, 앞쪽의 앙증맞은 긴 머리는 정말 가관이었다. 젤을 발랐던 상태 그대로 헝클어져 삐죽삐죽 부풀어 올라 마치 웃기는 꼬마 모자 같았다.

여전히 눈을 감은 채 그는 코로 담배 연기를 내뿜었다. 한 손을 겨드랑이 아래에 끼우고서 가슴근육과 이두박근에 잔뜩 힘을 주고 있는 걸 보면, 그도 엠마가 지켜보는 걸 의식하고 있는 게 틀림없었다. 저 근육들이 다 어디서 온 거람? 운동 덕분은 분명 아니었다. 알몸 수영이나 축구 도박 같은 게 운동이라면 몰라도. 채권과 주식, 훌륭한 고가구 같은 것들과 더불어, 그의 가문 대대로 전해 내려온 건강 체질 덕분이 아닐까. 페이즐리 모직 반바지를 엉덩이뼈까지 내려 입은 이 잘생긴, 혹은 아름답기까지 한 덱스터가 어찌어찌하여 대학 4년의 마지막 날, 그녀의 조그만 셋방, 그녀의 싱글 침대에서 그녀와 함께 새벽을 맞고 있는 것이다. '잘생겼구나!' 너 지금 무슨 제인 에어 흉내라도 내는 거냐? 철 좀 들어라. 정신 차렷. 넋 놓고 빠지면 안 돼!

엠마가 그의 손가락에서 담배를 빼냈다. "네가 마흔이면 어떨지 난 상상이 돼." 그녀의 목소리에 은근한 악의가 묻어 있었다. "대번에 이미지가 떠오르는데?"

덱스터는 눈을 감은 채 웃음을 머금었다. "말해 봐."

"좋아." 그녀는 털이불을 당겨 겨드랑이에 끼웠다. "넌 뚜껑을 연 스포츠카를 타고 켄싱턴이나 첼시 같은 그런 동네를 달리는 거야. 놀라운 건 그 차가 너무 조용하다는 거지. 왠지 알어? 그땐 모든 차가 조용해질 거니까. 몇 년이니, 2006년인가?"

눈알을 굴리며 암산을 하던 덱스터가 대답했다. "2004년이네."

"이 차는 말이지, 땅에서 15센티쯤 떠서 킹스로드를 달려. 물론 가죽 운전대를 잡은 손 아래엔 조그만 베개처럼 생긴 올챙이배가 딱 자리 잡고 있겠지. 등이 없는 장갑을 끼고, 머리칼은 가늘어지고, 턱은 자취를 감췄겠지. 넌 양념구이 터키처럼 짙게 그을린 얼굴로 조그만 차를 모는 커다란 몸집의 사내인 거야."

"자자, 그럼 이제 주제를 좀 바꿀까요?"

"그리고 네 옆엔 선글라스 차림의 한 여인이 있지. 너의 셋째, 아니 아니 넷째 부인이야. 아주 아름답고, 음, 모델이지. 아니 전직 모델이겠구나. 나이는 스물셋. 넌 니스 같은 데서 모터쇼에 전시된 차량 보닛 위에 걸터앉아 있던 그 여자애를 만난 거고. 그녀는 정말 매력적이고 죽이게 빵빵하지."

"그건 아주 좋네. 애들은 없어?"

"애는 없어. 이혼만 세 번. 7월의 어느 금요일인데, 넌 지금 시골의 어느 집으로 가는 중이야. 떠다니는 네 차의 짐칸에는 테니스채와 크로케 방망이가 실렸고, 피크닉 바구니엔 남아프리카산 포도, 불쌍한 메추라기 고기, 아스파라거스 등이 가득하겠지. 바람이 네 앞머리를 스윽 훑고 지나면, 넌 네 자신과 와이프 넘버 스리 아니면 넘버 포에 대해 진짜 진짜 뿌듯해 하지. 그녀는 뽀얗게 반짝이는 이빨을 200개씩이나 훤히 드러내고 너를 향해 웃음 짓고, 너도 마주 웃지. 머릿속으론 '우린 서로 주고받을 말이 진짜 한마디도 없구나'라는 사실을 외면하려 애쓰면서 말이야."

쏟아지던 그녀의 말이 거기서 딱 끊겼다. 너 미쳤구나, 그녀는 스스로를 타일렀다. 좀 덜 미친 애처럼 굴어야 하는 거 아닐까? "물론 그보다 훨씬 이전에 핵전쟁이 일어나서 우리 모두 죽은 목숨이라면 좀 위안이 되려나." 그녀는 일부러 활기차게 말했지만, 그녀를 바라보는 그의 얼굴은 아직도 잔뜩 찡그린 채였다.

"그만 가야겠는걸. 내가 그렇게 천박하고 타락한 인간이라면—"

"아냐, 가지 마." 아차, 너무 냉큼 붙잡았다. "지금 새벽 네 시야."

그는 이불 속으로 파고들며 그녀의 얼굴 바로 앞에 자기 얼굴을 갖다 댔다. "네가 어쩌다 날 그렇게 생각하게 됐는지 모르겠군. 넌 날 거의 모르잖아?"

"어떤 부류인진 알지."

"부류?"

"나 너 여러 번 봤어. 어문학관 근처에서 어슬렁거리던 거도 봤고, 친구들이랑 떠들썩하게 고함치며 놀던 거도 봤어. 정장 디너파티도 여러 번 열었었잖아."

"죄송한데요, 전 정장이란 게 없어요. 또 고함치며 떠드는 것도 전혀—"

"긴긴 방학 동안 네 요트로 지중해 일주도 했잖아, 등등등—"

"그래, 내가 그렇게 끔찍하다면—" 그의 손이 그녀의 입술을 가리고 있었다.

"그렇지, 끔찍하지."

"…그런데 넌 왜 나랑 잔 거니?" 그의 손이 부드럽고 따뜻한 그녀의 허벅지를 쓰다듬었다.

"근데 말야, 내가 너랑 잔 건 아니잖아?"

"글쎄, 경우에 따라 다르지." 그가 몸을 기울여 그녀에게 키스했다.

"너한테 잤다는 건 무슨 뜻인데?" 그의 손이 그녀의 허리 끄트머리께에 가 닿았고, 한쪽 다리가 그녀의 다리 사이를 파고들었다.

"그런데," 그의 입에 입술을 맞댄 채로 그녀가 낮게 웅얼거렸다.

"뭐?" 그녀의 다리가 그의 다리를 휘감으며 바짝 끌어당기는 게 느껴졌다.

"너, 이 좀 닦아야겠다."

"너도 안 닦았지만, 난 괜찮은데?"

"정말 지독하단 말야." 그녀가 웃었다. "포도주랑 담배 맛이 뒤섞여 말도 아냐."

"뭐 그 정도쯤이야. 너도 그렇거든."

그녀의 머리가 냉큼 뒤로 물러나며 키스가 끝났다. "진짜?"

"괜찮다니깐. 난 포도주랑 담배 둘 다 좋아."

"금방 올게." 그녀는 몸을 일으키며 담요를 홱 뒤집어 그에게 덮어씌웠다.

"어디 가려고?" 덱스터가 그녀의 맨등에 손을 올리며 물었다.

"그냥 변소." 침대 옆 책 더미 속에서 안경을 찾아내 쓰면서 그녀가 말했다. 그 커다란 검은 안경은 의료보험공단에서 거저 나눠주는 공인 보급품이었다.

"변소, 변소라. 익숙한 말이 아니군. 화장실 말이신가?"

엠마는 한 팔로 가슴을 가린 채 등을 덱스터 쪽으로 돌리고서 조심조심 일어섰다. "가면 안 돼." 그녀가 말했다. 가만가만 방을 나서며, 그녀는 엉성하게 걸쳐져 있던 팬티의 고무줄에 손가락을 걸어 아래로 끌어내렸다. "내가 없다고 혼자 나쁜 장난 했다간 혼난다?"

덱스터는 코로 숨을 내뿜고 이불을 걷어치운 뒤 조그만 방 안을 둘러

보았다. 명화 엽서와 분노에 찬 연극 포스터들 사이 어딘가에 틀림없이 넬슨 만델라의 사진이 환상의 남친인 양 모셔져 있으리라고 그는 굳게 믿었다. 이 도시에서 보낸 지난 4년 동안 그는 이런 방들을 숱하게 보았다. 범죄 현장처럼 도시 곳곳에 흩어진 그 방들. 그런 방에서는 길게 손만 뻗으면 니나 시몬의 앨범이 잡혔다. 같은 방을 두 번 찾은 일은 한 번도 없었지만, 모든 방들이 죄다 익숙하게 여겨졌다. 고장난 철야등, 말라비틀어진 화분, 세제 냄새가 채 가시지 않은 헐렁한 싸구려 침대 커버까지. 예술소녀 엠마에게는 사진 몽타주를 향한 열정도 있나 보군. 플래시를 터뜨려 찍은 대학 친구와 가족들의 사진이 샤갈이나 베르메르, 칸딘스키 등의 작품과 뒤섞여 있었다. 여긴 중립이란 게 없군. 모든 게 맹세고, 어느 관점의 표현이었다. 방 자체가 하나의 선언문이었다. 덱스터는 탄식과 함께 엠마가 '부르주아'란 말을 비난의 표현으로 쓰는 여자애들 중 하나인 걸 깨달았다. 그는 '파시스트'란 말이 왜 부정적인 뜻으로 쓰이는지는 이해할 수 있었지만, '부르주아'란 말에 담긴 모든 내용들을 그는 좋아했다. 무사함, 여행, 좋은 음식, 깍듯한 예절, 야심… 이런 걸 갖는 게 왜 미안해 해야 할 일이란 말인가?

꼬불꼬불 흩어지는 담배 연기를 지켜보다 말고, 침대 옆의 재떨이를 찾으려는데 책 한 권이 눈에 들어왔다. 『참을 수 없는 존재의 가벼움』, 책등에 금이 쭉 간 곳을 펴보니 이 소설의 '에로틱'한 부분이었다. 이처럼 맹렬 개인주의에 젖은 여자애들의 문제는 그들이 죄다 모조리 예외없이 똑같다는 것이다. 다른 책, 『아내를 모자로 착각한 사내』. 저런 머저리를 봤나, 그는 생각했다. 자기라면 절대 그런 착각 따윈 안 할 거라고 확신하며.

나이 스물셋, 덱스터 메이휴의 미래 구상 또한 엠마 몰리의 그것에 비해 명쾌할 게 하나도 없었다. 그는 성공하길 바랐고, 부모님들이 자신을 자랑스러워하길, 또 한번에 여러 여자와 함께 자기를 바랐다. 그런데 이 모든 걸 어떻게 동시에 이룬다? 그는 잡지 기사에 대문짝만하게 이름을 싣고 싶었고, 언젠가는 자기 작품의 회고전을 열고 싶었다. 물론 그 작품이 어떤 것일지에 대해서는 아무 생각이 없었지만 말이다. 그는 수명을 다해 끝까지 살고 싶었지만, 지저분한 일이나 아파서 끙끙대는 건 또 딱 싫었다. 함부로 마구 찍어댄 사진이라도 아주 멋진 사진들만 나오는, 바로 그런 식의 삶을 그는 원했다. 뭐든 그럴 듯해 보여야만 했다. 재미, 정말 많은 재미가 가득해야 했고, 슬픔은 딱 필요한 만큼만.

그 정도의 계획뿐인데도 벌써 많은 실수들을 저질렀다. 예컨대 오늘 밤도 뭔가 골치 아픈 사태들을 불러일으킬 것 같았다. 울고불고, 어색하게 전화 통화를 하고, 비난하고, 뭐 그런 것들. 그는 최대한 얼른 이곳을 빠져나가야 하나 싶어, 자기가 벗어던져 둔 옷들을 탈출을 준비하는 심정으로 바라봤다. 화장실에서 경고의 딸그락거림과 함께 케케묵은 변기 물통 소리가 요란하게 들려왔다. 서둘러 책을 원래 자리로 갖다 놓는데, 침대 아래에 작고 노란 콜맨 겨자 깡통이 보였다. 그래 이거야! 아니나 다를까, 열어 보니 거기 콘돔이 들어 있었다. 통 안의 쥐똥 같아 보이는 자잘한 회색 알갱이는 대마초 찌꺼기 같아 보였다. 조그만 노란 깡통 속에서 섹스와 약을 동시에 즐길 가능성을 확인한 덱스터는 다시 희망에 부풀었고 좀 더 있다 가자고 맘먹었다.

화장실에서 엠마 몰리는 입가의 치약을 닦아내며 이 모든 게 큰 실수는 아닌지 되짚어 보았다. 낭만이라곤 쥐뿔도 없었던 지난 4년의 끄트머리에서 드디어, 마침내 자기가 정말 좋아하는 남자와 침대에 든 것이다. 1984년의 한 파티에서 덱스터를 처음 보았을 때부터 그녀는 그를 좋아했다. 하지만 몇 시간 후면 그는 가버릴 테고, 그러면 아마 영영 못 볼지도 몰랐다. 그가 그녀에게 중국엘 같이 가자고 물을 리도 없었고, 게다가 그녀는 중국을 보이콧하고 있지 않은가. 그런데 덱스터 메이휴, 참 괜찮지 않아? 사실 그녀는 덱스터가 그리 똑똑하진 않을 거라고 생각했다. 좀 잘난척하는 것도 그렇고. 하지만 그는 아주 인기가 좋았고 재미났으며 — 부인할 수 없게도 — 정말 잘생겼다. 그런데 그녀는 왜 그렇게 투덜거리고 비꼬았던 걸까? 그냥 그가 자주 어울리던 저 반질반질하고 활기 넘치는 여자애들처럼 당당하고 재미있게 굴었으면 됐을 텐데. 엠마는 조그만 화장실 창문으로 새벽빛을 내다봤다. 침착하자. 그녀는 손가락으로 헝클어진 머리칼을 쓸어 넘기고 얼굴을 잔뜩 찌푸려 본 뒤 케케묵은 변기 수조에 드리워진 줄을 세게 잡아당기고 방으로 돌아갔다.

침대에서 덱스터는 문간으로 들어서는 그녀를 바라보았다. 엠마는 졸업식 참석자들이 무조건 빌려야만 했던 가운과 사각모 차림이었다. 유혹하는 여자들이 그러하듯 그녀의 맨다리 하나가 가운 사이로 뻗어 나와 문틀을 휘감고 있었고, 한 손에는 돌돌 말린 졸업장이 쥐어 있었다. 안경 너머로 바라보던 그녀가 사각모를 한쪽으로 기울여 눈 하나를 가리도록 내렸다. “어때?”

“딱 어울리는데. 그 각도가 아주 재밌는걸. 됐으니까 얼른 벗고 침대로 오시지요.”

“안 되지. 이거 빌리는 데 무려 30파운드나 들었는걸. 본전은 단단히 뽑아야지.” 마치 뱀파이어의 망토처럼 그녀가 가운을 휙 돌렸다. 덱스터가 한쪽 귀퉁이를 잡는 순간, 그녀의 졸업장 두루마리가 그를 강타했다. 그리고서 엠마는 침대 끝에 앉아 안경을 접은 뒤 가운도 벗어던졌다. 고스란히 드러난 그녀의 등과 가슴 곡선을 흘깃 보았다 싶었으나, 어느새 검은 티셔츠가 내려와 그 모든 걸 가려 버렸다. 티셔츠에는 지금 당장 일방적으로 핵군축을 단행하라는 구호가 쓰여 있었다. '이젠 끝이군.' 그는 생각했다. 정치 구호를 실은 길고 검은 티셔츠보다 더 성적 욕망을 억누르는 게 또 있을까. 트레이시 챕먼* 앨범과 호각지세겠네. 마음을 접은 그는 바닥에 떨어진 졸업장 두루마리를 집어들어 고무줄을 벗겨 냈다. '영문학 및 역사학, 공통학위, 1등급'.

"눈물이 날 거 같으시죠, 2등급 학생?" 그녀가 졸업장을 나꿔챘다. "앗, 구겨지겠다."

"액자에 넣어 턱 하니 걸어 두셔야지?"

"엄마랑 아빠가 이걸 가져가실 거고, 아마 벽지로 만들어 도배를 하실걸." 그녀가 졸업장을 단단히 다시 말고서, 끄트머리를 톡톡 두드리며 말했다. "코팅을 해서 바닥 깔개로도 쓰실 거고, 엄마는 등에다 이 졸업장 문신을 새기실 거야."

"그래, 부모님은 대체 어디 계신 건데?"

"아, 바로 옆방에 계셔."

그가 흠칫 놀라며 말했다. "뭐? 진짜?"

그녀가 키득 웃었다. "아냐. 리즈로 돌아가셨어, 벌써. 우리 아빠는 호텔 같은 데는 신사양반들이나 가는 데라고 그러시는 분이야." 두루마리

* Tracy Chapman. 1988년에 첫 앨범을 발표한 미국 포크 가수. 보스턴의 터프츠 대학 출신으로, 넬슨 만델라 70수 기념 공연, 앰네스티 투어 등에 참여하는 등 자유주의 정치색을 공공연히 드러내는 활동을 했다.

가 침대 아래로 자취를 감췄다. “자, 저리 좀 가 봐.” 엠마가 그를 매트리스의 차가운 쪽으로 밀어내며 말했다. 자리를 내준 덱스터는 팔을 뻗어 그녀의 어깨를 약간 어색하게 감싸고서 그녀의 목에다 입을 맞추었다. 호기심 어린 키스였다. 턱을 바싹 당긴 엠마가 그를 보며 말했다.

“덱스?”

“음.”

“우리 그냥 꼭 껴안고만 있자, 응?”

“물론이지. 네가 원한다면.” 그는 아주 정중하게 말했다. 진심을 말하자면, 그냥 꼭 껴안고만 있어야 할 이유가 대체 뭔지 전혀 알 수 없었지만 말이다. 꼭 껴안는 건 큰고모나 테디 베어한테나 하는 거 아닌가? 꼭 껴안는 건 늘 그의 몸에 경련을 일으켰다. 이제 순순히 패배를 인정하고 얼른 집에나 가는 게 상책일 텐데, 문제는 엠마가 그의 어깨에 머리를 너무나 당당하고 편안하게 기대고 있다는 거였다. 둘은 그렇게 딱딱하고 쑥스러운 자세로 한참을 누워 있었다. 이윽고 엠마가 입을 열었다.

“아, 내가 진짜 ‘꼭 껴안다’라는 말을 쓴 거니? 어휴, 꼭 껴안다라니. 미안하다.”

그가 웃음을 지었다. “괜찮아. 끌어안기만 아니면 돼.”

“끌어안기? 그 말도 진짜 안 좋네.”

“아니면 어루만지기는?”

“어루만지다니, 진짜 최악이다, 그건. 우리 약속하자, 어루만지기는 절대 하지 말자고.” 그렇게 내뱉자마자 엠마는 즉각 후회했다. 약속은 무슨? 나중에 둘이서 같이 할 일이 뭐 있다고? 둘은 다시 침묵에 잠겼다. 지난 여덟 시간 동안 그들은 얘기를 나누고 키스를 주고받았다. 이제 새벽이 되니 둘 다 온몸이 후줄근한 게 깊이 피곤했다. 잡초가 우거진 뒤뜰에서 지빠귀들 우는 소리가 들려왔다.

"저 소리 정말 좋다." 그가 그녀의 머리칼에 입을 묻고 속삭였다. "새벽의 지빠귀들."

"난 싫어. 뭔가 후회할 일을 저질렀다고 일러주는 거 같잖아."

"난 그래서 좋은데." 또다시 묵직한 카리스마 효과를 노리며 그가 말했다. 그리곤 잠시 후 덧붙였다. "왜, 진짜 그래?"

"뭐?"

"진짜로 뭔가 후회스럽냐고?"

"뭐, 이거 말이야?" 맞잡은 손에 힘을 주며 그녀가 말했다. "그래, 그럴 수도 있겠네. 글쎄, 잘 모르겠어. 그러니까, 네가, 새벽에 나한테 묻는단 말이지, 진짜 뭘 후회하냐고?"

덱스터의 입술이 그녀의 정수리를 얼른 꾹 눌렀다. "그런 거 절대 아니거든." 그렇게 말하며 그는 생각했다. '이게 뭐야. 이런 실수를! 다시는, 절대로!'

그의 대답에 흡족해진 엠마가 몸을 웅크려 덱스터의 품을 파고들었다. "우리 잠 좀 자야지."

"왜? 내일 아무 일도 없잖아. 데드라인도 없고, 과제도 없고…."

"우리들의 삶 전체를 위해서 말야. 우리 앞에 드넓게 펼쳐진 그 삶들." 그의 포근하고 퀴퀴한 냄새가 참 멋지다고 생각하던 그녀가 졸린 목소리로 말했다. 동시에 앞으로 펼쳐질 독립한 성인으로서의 삶을 생각하니 불안감의 파문이 그녀의 어깨 근처를 서늘하게 훑는 느낌이었다.

그녀는 성인이라는 게 실감이 나질 않았다. 아무 준비도 안 되어 있는데…. 그건 마치 한밤중에 화재경보가 울려 옷가지를 품에 안은 채 길바닥 위에 서 있는 것 같은 느낌이었다. 공부하는 게 끝났으니, 이제 뭘 한다? 하루하루를 뭘로 채우지? 그녀는 막막했다.

용기를 가지고 담대해지자, 그리고 뭔가 색다른 걸 만들어 보는 거야, 그녀는 스스로에게 타일렀다. 세상을 바꾼다기보다는, 그냥 네 주변을 바꾸는 거지. 너의 1등급 학위 둘, 너의 열정, 너의 새로 산 스미스 코로나 전동타자기를 들고 저 밖으로 가는 거야, 가서 열심히 하는 거지… 뭔가를. 예술을 통해 삶을 바꿔 보는 건 어때? 아름다운 글을 쓴다든가. 친구들을 소중히 대하고, 중요한 사람들에게 충실하고, 열정적이고 풍성하게 잘사는 거야. 새로운 경험도 쌓고. 가능한 대로 사랑하고 사랑받으면서. 현명한 먹거리를 선택하고. 뭐 그런 것들.

그런 삶의 방향에 어떤 철학이 있었던 것도 아니고, 그걸 누구에게 — 적어도 지금 이 남자에게는 — 터놓고 얘기할 것도 아니었지만, 대략 그런 게 그녀가 믿는 바였다. 그리고 첫 독립 성인의 삶으로서 지금까지의 몇 시간 동안은 좋았지 않았는가. 아마 아침이 되어 차를 마시고 아스피린을 삼키면 용기가 생겨 그에게 다시 침대로 가자고 할지도 모를 일이었다. 그때쯤이면 둘 다 술에서 깰 테고, 그게 사태를 원활하게 하는 데 그다지 도움이 되진 않겠지만, 그녀는 그런 것마저도 즐길 수 있겠다 싶었다. 남자애들과 침대로 가려고 했던 몇 번 안 되는 시도를 했을 때마다 그녀는 깔깔거리거나 엉엉 울고 말았다. 그 양극단 사이의 뭔가를 시도해 보는 게 뭐 나쁘랴 싶었다. 겨자 깡통에 콘돔이 있었던가? 없을 이유가 없지. 지난번 그걸 열었을 때 거기 있었으니까. 1987년 2월, 등에도 털이 수북했던 화학 엔지니어 빈스는 그녀의 베갯잇에다 코를 팽팽 풀곤 했었다. 행복한 날들이여, 행복한 날들이여….

밖이 훤해지기 시작했다. 셋집에 딸려 있는 두터운 겨울 커튼 사이로 스며드는 새날의 연분홍빛이 덱스터의 눈에도 느껴졌다. 그녀가 깨지 않도록 조심하며 다른 팔을 뻗어 담배꽁초를 포도주 찌꺼기가 남은 머그잔에 떨어뜨린 뒤 그는 물끄러니 천장을 응시했다. 이제 잠이 들 가능성은 거의 없다. 대신 잿빛 에어텍스 벽지 무늬나 뜯어보며 엠마가 완전히 잠들기를 기다렸다가, 조용히 그녀를 깨우지 말고 빠져나가야지.

물론 그렇게 떠나면 다시는 그녀를 못 볼 터. 엠마가 싫어할까, 생각해 보니 그럴 거 같았다. 여자들은 원래 그렇지. 하지만 그는 어떤가? 4년 동안 엠마 없이도 너무나 잘 지내온 그였다. 어젯밤까지만 해도 그는 '쟤 이름이 안나인 줄 알았더니' 싶었다. 그렇지만 파티에서 그는 그녀에게서 눈을 뗄 수 없었다. 왜 이제껏 그녀를 못 봤지? 그는 잠자는 엠마의 얼굴을 가만가만 뜯어보았다.

그녀는 예뻤다. 하지만 '난 예쁜 게 성가셔'라는 표정도 거기 있었다. 연한 적포도주 색 머리는 일부러 마구 자른 듯했다. 혼자 거울 앞에 서서 잘랐나? 아니면 틸리인가 뭔가 하는 이름의 그 시끄럽고 덩치 큰 룸메이트가 잘라 줬나? 엠마의 피부는 창백하고 도톰해서, 도서관에서 너무 오랜 시간을 보내고 펍에서 맥주를 마셔댄 그녀의 지난날을 얘기해 주었고, 큼지막한 안경은 그녀를 새침 떠는 올빼미처럼 보이게 했다. 그녀의 턱은 부드럽고 약간 포동포동했다. 그건 그냥 사춘기 젖살이 남은 건지도 몰랐다. 물론 '포동포동'이나 '젖살' 같은 말들을 액면 그대로 마구 써서는 안 될 터! 아무리 진실이라 하더라도 엠마의 신경을 건드리지 않으면서 "네 가슴 진짜 끝내줘!"라고 말할 수 없는 것과 같은 이치니까.

그런 거야 어쨌든, 다시 엠마의 얼굴이나 보자. 작고 단정한 코끝이 약간의 기름기로 반들거리는군. 이마에도 조그만 붉은 주근깨들이 흩뿌려져 있지만, 그런 정도만 빼면 그녀의 얼굴은, 정말 그 얼굴은 놀랍도록 완벽했다. 그녀가 눈을 감고 있어서 그 빛깔이 무엇인지 정확히 기억나진 않았지만, 크고 밝고 익살스러운 눈이었던 것만은 확실했다. 웃을 때마다(그녀는 참 잘 웃었다) 큰 입 양끝에 생기던 괄호 모양의 두 주름도 딱 그런 느낌이었다. 연분홍 얼룩으로 뒤덮인 매끄러운 뺨의 도톰한 살집은 손을 대면 후끈 달아오를 것처럼 보였다. 립스틱을 안 발랐는데도 따스한 딸기색을 머금은 그녀의 입술은, 웃을 때라도 마치 절대 이빨을 보여 주지 않겠다는 듯 아래위가 굳게 맞붙어 있었다. 이빨이 입에 비해 좀 커 보이긴 했고, 앞니는 살짝 깨져 있었다. 그런 표정은 그녀가 무언가를 참고 있다는 인상을 심어 주었다. 웃음, 혹은 현명한 한마디, 혹은 굉장히 재밌는 비밀 농담 같은 것들을 말이다.

그가 지금 떠나 버린다면 그는 이 얼굴을 아마 다시는 못 볼 것이었다. 물론, 끔찍스럽게도 10년이 지나 홈커밍 동창회 때엔 보게 되겠지. 그녀는 살이 찌고 온갖 좌절을 맛본 여인이 되어 나타나 잘 있으란 인사 한마디 없이 도망친 그를 마구 다그칠지도 몰랐다. 지금 살짝 떠나고, 나중에 동창회엔 안 가는 게 최고겠군. 그러자, 미래를 향해. 저 밖에 잘난 얼굴이 얼마나 많은데 그래.

하지만 이런 결정에 다다를 즈음, 그녀의 입이 길게 커다란 미소를 짓더니 눈도 뜨지 않고 그녀가 물었다.

"그래, 어떻게 생각해, 덱스?"

"무슨 생각, 엠?"

"너랑 나랑. 이게 진짜 사랑이라고 생각하냐고?" 입술을 굳게 닫은 채 그녀가 낮게 웃었다.

"그냥 주무시지요, 아가씨."

"그럼 내 코 그만 째려봐 줄래." 그녀가 눈을 떴다. 푸른 초록의, 맑고 재치 있는 눈이다. "무슨 요일이야?" 그녀가 중얼거렸다.

"오늘 말이야?" 덱스터가 되물었다.

"그래, 오늘. 우릴 기다리는 이 밝은 새날이."

"토요일이야. 종일 신나는 토요일이지. 실은 세인트스위딘스데이이기도 하지."

"그건 또 무슨 데이야?"

"전통이야. 오늘 비가 오면 그 뒤로 40일 내내 비가 온다네. 아니, 여름 내내든가? 뭐 그런 거야."

그녀가 얼굴을 찡그렸다. "말도 안 돼."

"그렇지. 그냥 미신이지."

"어디에 비 오면 그렇다는 거야? 어딘가엔 늘 비가 내릴 거잖아."

"세인트스위딘의 묘에. 윈체스터 대성당 앞에 있는 거."

"별 걸 다 아네?"

"거기 있는 학교엘 다녔어."

"오호, 그러셔." 베개에다 대고 그녀가 웅얼거렸다.

"세인트스위딘의 머리 위에 비는 내리고 / 스스스슥 다시 또 뭔가가 벌어지고."

"아름다운 시까지 다 쓰시네?"

"뭐, 개사만 조금 한 거야."

그녀가 다시 웃었다. 그리곤 졸음에 겨운 머리를 들었다. "그런데 말야, 덱스?"

"응?"

"오늘 비가 안 오면 말야…."

"그러면?"

"이따 뭐 할 거니?"

바쁘다고 말해, 바쁘다고 말하라고!

"별 일 없어." 그가 말했다.

"그럼 우리 뭔가 같이 해볼까? 그러니까, 너랑 나랑?"

기다리다 애가 잠들면 몰래 빠져나가는 거다!

"그래, 그러자. 둘이 같이." 그가 말했다.

그녀는 다시 베개에 머리를 묻었다. "새날이 밝았네." 그녀가 중얼거렸다.

"새날이 밝았어."

ch02

다시 삶 속으로

1989년 7월 15일, 토요일

◦ **울버햄턴, 잉글랜드 / 로마** ◦

여학생용 탈의실

스토크파크 공립학교

울버햄턴

1989년 7월 15일

차오 벨라!

잘 지내니? 로마는 어때? '영원한 도시' 로마야 늘 좋겠지만, 난 이곳 울버햄턴에서 겨우 이틀째인데도 벌써 그게 '영원'처럼 느껴지니 어쩌냐. (그래도 이곳 피자헛은 아주 진짜로 엄청나게 훌륭하다는 걸 알려 줄 수 있어서 다행이야.)

널 마지막 본 뒤로 난 너한테 얘기하던 그 일을 해보기로 결정했어. 슬레지해머 씨어터 협동조합이랑 일하는 거 말이야. 그래서 지난 4개월 동안 우리는 〈잔인한 화물〉이라는 이 연극의 스토리를 짜고 연습해서 순회공연을 하고 있어. 예술위원회 기금을 지원 받아 만들어진 이 으리으리한 공연은 이야기, 민요, 좀 으스스한 마임 등을 곁들인 노예무역 얘기야. 이게 얼마나 멋진 공연인지 네가 볼 수 있도록 좀 조악하지만 공연 전단지 복사한 걸 함께 보낸다.

〈잔인한 화물〉은 11~13세 학생들을 대상으로 하는 TIE 작품 중 하나이고(TIE는 '씨어터, 교육을 만나다' 프로그램의 준말이야.), 아이들에게 노예제가 얼마나 나쁜 짓이었는지 일러 주는 작품이야. 난 리디아 역을 맡았는데, 그게, 음, 그래 주인공 역할이야. 리디아는 사악한 오바디아 그림 경(이름만 들어도 그리 좋은 사람은 아닌 것 같지?)의 버릇없고 허영심에 젖은 딸인데, 공연의 가장 감동적인 부분에 이르면 난 깨닫지. (드레스를 가리키며) 내 드레스들과 (또 가리키며) 내 보석들이 전부 동시대 인류들의 피에서 짜낸 것임을 말야(흑흑). 그리곤 (내 손의 피를 쳐다보는 것 같은 동작을 하면서) 내 여어어엉호오오온까지도 모두 추악하게 썩었다고 느끼는 거지. 정말 감동적일 것 같지 않니? 비록 간밤 공연에선 몰티저 초콜릿을 내 머리에 던져댄 아이들 때문에 망쳐 버리긴 했지만….

하지만 진지하게 사실을 말하자면 전체적으로 그리 나쁜 건 아냐. 나도 내가 왜 이렇게 비아냥대는지 모르겠군. 방어기제 같은 거 아닐까 싶어. 아이들의 반응도 제법 대단해. 뭘 안 던지고 열심히 공연을 다 본 애들 말이지. 어떤 학교들에서는 연극 워크숍 수업을 하기도 했는데, 그것도 제법 신나는 일이더라. 아이들이 자신들의 문화유산에 대해 얼마나 모르고 있는지 정말 경악스러울 지경이야. 서인도제도계 아이들조차도 자신들이 어디서 왔는지를 잘 모른다니까. 극본을 쓰는 일도 참 즐거웠고, 그 과정은 다른 연극 구상에도 많은 도움이 되었어. 넌 내가 시간을 낭비하고 있다고 여기겠지만 난 꽤나 가치 있는 일이다 싶어. 난 진짜, 진짜로 우리가 뭔가를 바꿀 수 있다고 믿어, 덱스터. 독일에선 30년대에 진보적 극단이 아주 활발한 활동을 펼쳤는데, 그로 말미암은 변화가 얼마나 큰지 알지? 우리는 지금 웨스트미들랜드 지방에서 피부색의 편견을 털어내는 데 크게 기여하고 있는 거야. 비록 한 번에 한 아이씩밖에 못 하는 게 아쉽지만.

출연진은 모두 넷이야. 크와미는 노예들의 영웅 역이야. 비록 주인아씨와 하인 연기를 하긴 해도 우린 아주 잘 어울려 지내. (한번은 그에게 어느 카페에서 감자과자 한 봉지 갖다 달라고 했더니, '지금 너 날 억압하는 거니?' 뭐 그런 눈길로 쳐다보더라니깐.) 크와미는 좋은 사람이고 일도 참 진지하게 해. 비록 연습하다 울음을 터뜨리는 오버를 좀 자주 하긴 하지만 말야. 그래, 크와미는 약간 울보 같아. 무슨 뜻인지, 알지? 연극 속에선 우리 둘 사이에 끈끈한 성적 긴장감이 형성되기도 하는데, 실생활은 예술을 닮는 데 또 실패하더군.

그리고 시드. 사악한 내 아버지 오바디아 역이야. 네가 어렸을 때 날이면 날마다 그 넓은 캐모마일 잔디밭에서 프랑스 크리켓 게임에 빠져 지내느라 텔레비전을 보는 그런 찌질한 짓을 할 시간이 없었다는 건 내가 익히 잘 알지만, 이 시드라는 사람은 '시티 비트'라는 경찰 드라마에 출연해 꽤나 유명했던 사람이래. 그랬던 자신이 지금 이런 거나 하고 있다는 데서 오는 짜증을 마구 내뿜고 사는 인간이지. 그는 마임 같은 건 안 한다고 쌀쌀맞게 거절했어. 보이지도 않는 거랑 함께 보여진다는 건 그답지 않다는 듯 말이야. 두 마디를 하면 한 마디엔 "내가 TV에 나올 땐 말이야" 타령이지. 그게 그 사람한텐 "내가 행복할 때는 말야" 뭐 그 정도의 뜻인가 봐. 시드는 세면대에 오줌을 싸고, 우악스런 폴리에스테르 바지를 입고 다녀. 빠는 일 없이 쓰윽 닦아내기만 하면 되는 그런 바지. 그는 주유소에서 파는 다진 고기 파이를 주식으로 먹고 다녀. 크와미와 난 그가 인종주의자인 걸 숨기며 살고 있다고 믿어. 뭐 이런 점들만 빼면 시드도 즐거운 사람이야. 즐겁지, 아주 즐거운 남자지.

그리고 캔디가 있구나, 아 캔디. 너도 그녀를 좋아할 거야. 이름 느낌이랑 똑같은 친구거든. 그녀는 뻔뻔스런 독신녀, 농장 주인, 윌리엄 윌버포스 경 등의 역을 맡았는데, 아주 아름답고 영적이면서, 내가 쓰고 싶은 표현은 아니지만 완벽한 '썩을 년'이야. 그녀는 끊임없이 내게 물어, 진짜 나이가 몇 살이냐고. 피곤해 보인단 소리도 안 빼먹지. "콘택트렌즈를 하면 너도 꽤 예뻐 보일 텐데"라는 얘길 들었을 땐 정말 찬미의 노래를 불러 줄 뻔했다니깐, 진짜로! 걔는 이런 공연을 하는 건 오로지 배우조합 회원증을 얻기 위해서라는 걸 틈만 나면 강조하지. 자긴 할리우드 프로듀서의 눈에 띌 날을 위해 때를 기다리고 있다는 거야. 어느 미친 프로듀서가 "어디, 끝내주는 TIE 작품 좀 없나" 하고 비 내리는 수요일에 우연히 더들리 시내를 지나가다 그녀를 만나게 되어 있다 이거야.

연기는 진짜 쓰레기야, 정말이라니까. 우리가 슬레지해머 조합을 시작했을 때, 우린 정말 열렬히 진보적인 연극 단체를 하나 만들고 싶었어. 자존심-명성-텔레비전에 나오기-자존심-과시 따위의 멍청한 일은 생각도 못했고, 그저 정말 훌륭하고 신나는 독창적인 정치적 작업을 해보자 했던 거라고. 이런 게 너한텐 죄다 얼빠진 소리로 들리겠지만, 바로 그게 우리가 원했던 거야. 하지만 민주적이고 평등주의적인 조합의 문제는 시드나 캔디 같은 등신들 얘기를 들어야만 한다는 거더라. 그녀가 연기만 잘한다면 그래도 용서가 될 텐데, 세상에, 그녀의 타인Tyne 강변 광부 같은 악센트를 듣고 있으면, 저 여자 지금 발작하는 거야 뭐야 싶다니까. 그녀는 또 꼭 란제리 바람으로 요가를 하는데, 그게 워밍업이래. 이 얘길 하는 건, 네가 관심 있어 할 거 같아서야. 그렇지? 가터 스타킹 차림에 민망하게 꽉 끼는 웃옷을 걸치고 태양 숭배를 하는 인간을 보게 될 줄이야! 이건 올바르지 않아, 안 그래? 불쌍한 늙은이 시드는 카레 소고기 파이를 제대로 씹지도 못했어. 씹는 게 다 뭐야, 제대로 다물지도 못했다니까. 마침내 그녀가 제대로 된 옷을 걸치고 무대에 오를 때가 되면, 틀림없이 남학생들 중 누군가가 늑대처럼 휘파람을 날리곤 하지. 공연이 끝나고 미니버스에 돌아오면 그녀는 늘 정말 짜증났다는 듯 페미니스트 연기를 펼쳐. "난 내 겉모습으로만 판단되는 게 너무 싫어. 왜 난 평생 이 빼어난 얼굴과 탱탱한 젊은 몸으로만 심판받아야 하냐고." 가터벨트를 조정하면서 그녀는 그게 무슨 커다란 정치적 문제인 듯 떠들곤 해. 젖통이 커서 슬픈 여인들의 곤경을 헤아려 우리가 선전선동 거리 연극이라고 해야 한다는 것처럼 말야. 내 말이 좀 거친가? 아직도 이 여자 얘기 더 듣고 싶어? 네가 돌아오면 소개해 줄 수도 있어. 네 모습이 훤하다, 턱을 앙다물고 입술을 조몰락거리며 그녀의 온갖 경력들을 캐물을 테지. 그래, 소개 안 시켜 주는 게 낫겠다….

게리 넛킨이 들어오자 엠마 몰리는 쓰던 편지를 얼른 뒤집었다. 바싹 마른 얼굴에 조바심이 가득한 그가 벌써 공연 전 격려 연설을 하실 시간이 다 된 걸까. 그는 슬레지해머 씨어터 협동조합의 감독이자 공동 창립자였다. 남녀 공용 분장실은 결코 분장실이 아니었다. 도심 낙후지역 공립학교의 여학생용 탈의실일 뿐이었다. 주말인데도 거기서는 그녀의 기억 속에도 선명하게 남아 있는 냄새들이 풍겼다. 호르몬과 핑크빛 액체 비누, 젖은 수건의 곰팡내까지 범벅된.

문간에 서서 게리 넛킨이 헛기침을 했다. 창백한 얼굴이 면도날의 자극으로 불긋불긋했다. 검은 셔츠의 단추를 맨 위까지 꽉 채운 그는, 조지 오웰을 자기 스타일의 우상으로 삼는 인물이었다.

"여러분, 오늘밤도 관중이 많아요. 거의 반은 찼으니, 여러 모로 보아 나쁘진 않아." 뭘 여러 모로 봤다는 건지 그는 끝내 밝히질 않았다. 아마 물방울무늬 코르셋 차림으로 골반 돌리기에 여념이 없는 캔디한테 시선을 뺏겨서 그랬으리라. "재들한테 끝내주는 공연을 보여 주자고, 친구들. 마구 두들겨서 넋을 빼놓는 거야."

"정말 넋이 쏙 빠지도록 패줬으면 좋겠어." 캔디를 쳐다보며 파이를 먹고 있던 시드가 투덜거렸다. "손톱이 부러져라 크리켓 배트를 쥐고서 꼬마애들을 마구 패는 거지."

"좀 긍정적인 생각을 해요, 시드. 네?" 호흡 조절을 하느라 길게 숨을 내쉬며 캔디가 애원했다.

게리의 연설이 이어졌다. "까먹지 마요. 신선하게, 호흡 맞춰 가며, 싱싱하게, 첫 무대인 것처럼 또박또박 대사 처리하고. 그리고 제일 중요한 건 관객 애들이 절대 여러분들을 위협하거나 괴롭히게 내버려 둬서는 안 된다는 거. 호응이야 좋지만, 폭력을 좌시해선 안 되지. 애들한테 휘둘려선 안 돼. 그런 만족감을 줘선 안 된다고. 15분 남았어요, 자, 부디!"

이번엔 시드의 밤 워밍업이 시작되었다. 중얼중얼 주문을 외듯 "이런 일 지긋지긋해, 정말 지긋지긋해"를 반복하는 것이다. 그의 뒤에 앉은 크와미는 웃통을 벗고 누더기 바지 차림으로 양손을 겨드랑이에 끼우고서 고개를 뒤로 축 늘어뜨리고 있었다. '명상 중인가, 아니면 눈물을 참으려고 애쓰는 건지도 모르지.' 엠마의 왼편에서 캔디는 18년 동안의 발레 경력의 결실로 구부러진 발가락을 쥐어뜯으며 희미하게 김빠진 소프라노로 뮤지컬 〈레미제라블〉의 노래들을 불렀다. 엠마는 금 간 거울을 쳐다보며 다시 생각에 잠겼다. 대영제국풍 드레스의 풍성한 소매를 불룩하게 만들다 말고 그녀는 안경을 벗고서 제인 오스틴풍의 한숨을 내쉬었다.

지난 한 해는 잘못된 변화, 그릇된 선택, 포기한 프로젝트들의 연속이었다. 스로트, 슬로터하우스 식스, 배드 비스킷 등 여러 이름으로 불렸던 한 여성 밴드를 만들어 베이스를 연주하기도 했다. 음악의 방향은 고사하고 이름 하나도 제대로 결정하지 못한, 그런 밴드였다. 색다른 클럽 나이트를 해봤지만 찾는 이 하나 없다는 거 말고는 색다른 게 없었고, 쓰다 말고 포기해 버린 첫 소설도 있었다. 두 번째 소설도 포기했다. 캐시미어와 타탄 모직물을 여름철 관광객들에게 팔고자 했던 몇 차례의 시도도 비참하게 막을 내렸다. 이제 완전 막장이구나 싶었을 때 선택했던 '서커스 기법' 강좌에서는, 자신에겐 그런 기법이 전혀 없다는 것만 드러내고 말았다. 공중그네가 돌파구가 될 수는 없었다.

언론의 조명을 엄청나게 받았던 '제2의 사랑의 여름'*은 그녀에게 울적함과 잃어버린 동기 부여로 얼룩진 여름일 뿐이었다. 그토록 사랑하던 에든버러도 지긋지긋해지고 그녀를 우울하게 했다. 대학생활을 한 도시에서 계속 산다는 건 마치 모두 떠나 버린 파티장에 머무르는 느낌이었고, 그래서 그녀는 10월 들어 랜케일러스트리트의 아파트를 떠나 리즈의 부모님 댁으로 집을 옮겼다. 갑자기 너무 작아 보였던 그 집에서의 길고 위태롭고 습기 찼던 겨울은, 숱한 말다툼과 부서져라 닫아 버

* Second Summer of Love. 1988~1989년 영국 청년문화의 애시드하우스 뮤직, 엑스터시 복용, 레이브 파티 등을 총칭하는 용어로, 20여 년 전 샌프란시스코의 '사랑의 여름'을 패러디해 부르는 이름이다.

린 문짝들, 멍청하게 쳐다보던 오후의 텔레비전 등으로 어지러웠다. 엄마는 날마다. “넌 1등급 학위가 둘이나 되잖니? 그 1등급 학위는 어떻게 할 거니?” 물으며, 그런 초능력을 한사코 안 쓰려는 고집 센 딸을 다그쳤다. 얼마 전에 출산한 행복한 간호사 새댁인 여동생 메리앤은, 오로지 엄마 아빠가 총애하던 맏딸이 얼마나 꼴사나운지를 고소한 눈초리로 쏘아보고 싶어서 밤마다 그 집으로 왔다.

하지만 그녀에겐 이따금씩 덱스터 메이휴가 있었다. 졸업 후 며칠 계속된 따듯했던 그 여름 동안, 그녀는 옥스포드셔의 아름다운 집으로 덱스터의 가족들을 방문했다. 음, 그건 그냥 집이 아니라 저택이었다. 빛바랜 양탄자, 커다란 추상화 액자, 얼음을 띄운 술잔 등이 그 1920년대 풍 대저택의 풍경이었다.

허브향 은은한 거대한 정원에서 둘은 수영장과 테니스코트를 오가며 길고 게으른 하루를 즐겼다. 지방정부가 지은 공공주택만 봐온 그녀에게 사실 그 집은 엄청난 충격이었다. 고리버들 의자에 앉아 진토닉을 마시고 경치를 음미하며 그녀는 『위대한 개츠비』를 떠올렸다. 물론 그녀가 순순했을 리 없다. 잔뜩 긴장한 저녁 자리에서 너무 많이 마신 탓에 그녀는, 온화하고 점잖으며 완벽하게 합리적인 덱스터의 아버지에게 니카라과 얘기를 하다 고함을 질러대기도 했다. 그런 황당한 엠마의 모습을 쳐다보는 덱스터의 눈에는 애정과 실망이 교차했다. 마치 양탄자에 얼룩을 묻히는 강아지를 쳐다보듯. ‘엠마가 지금 우리 집 식탁에 앉아서, 우리 집 음식을 먹으며, 우리 아버지를 파시스트라고 부르고 있는 거 맞아?’

그날 밤 엠마는 손님용 침실에 누워 멍하니 죄책감에 취해, 결코 오지 않을 덱스터가 문을 두드리기를 기다리고 또 기다렸다. 그런 낭만적인 꿈을, 전혀 기뻐하지도 않을 산디니스타를 너무 열렬히 옹호하다 날려 버린 것이다.

둘은 4월에 런던에서 다시 만났다. 둘의 친구인 캘럼의 스물세 번째 생일파티에서였다. 다음날 둘은 따로 만나 하루 종일 켄싱턴가든에서 병째 포도주를 마시고 얘기하며 놀았다. 그녀는 분명 용서받은 셈이었지만, 어느새 둘의 관계는 답답하기 짝이 없는 익숙한 우정의 단계로 접어들고 말았다. 적어도 그녀에게는 분명히 그랬다. 파릇파릇한 봄날의 잔디밭에 누워 둘의 손이 닿을락 말락 가까워지고 있던 순간, 덱스터가 피레네산맥에서 스키 타다 만난 끝내주는 스페인 여자애 롤라 얘기를 꺼냈으니, 답답해 미칠 노릇 아니겠는가.

그리고 그는 다시 여행을 떠났다. 마음을 좀 더 넓혀야겠다며. 알아보니 중국은 자기 취향과 너무 다르고 이데올로기적이라 덱스터는 중국 대신 가이드북들이 '파티 타운'이라고 소개하는 곳들을 1년 내내 느긋하게 돌아보기로 했다. 그리하여 결국 덱스터와 엠마는 펜팔 친구가 되어 버렸다.

엠마는 길고 꼼꼼하게 편지를 썼다. 농담과 밑줄, 어색하게 덱스터를 놀리는 말과 서투르게 감춰진 열망으로 가득한 그 2천 자의 글씨들은 항공우편용 편지지 위에 펼쳐 놓은 사랑의 행위였다. 편지는 손수 선곡해 녹음한 테이프처럼 표현 못한 감정을 실어 나르는 도구였으며, 그녀는 거기에 과도할 만큼 많은 시간과 힘을 쏟았다.

덱스터는 그에 대한 답신으로 허전하다 못해 허무한 내용의 엽서들을 보내 왔다. '암스테르담은 미쳤어', '바르셀로나, 제 정신 아님', '더블린은 로큰롤 중. 오늘 아침 개처럼 아픔.' …여행작가로서 그는 브루스 채트윈과는 거리가 멀었다. 그래도 엠마는 일크리 무어*로 긴긴 명상의 산책을 나설 때면 늘 이 엽서들을 두툼한 코트 주머니에 찔러 넣고서 '베니스, 완전 물바다!!!'라는 덱스터의 외마디에 숨겨진 의미를 찾아보려 애쓰곤 했다.

"얘야, 이 덱스터는 누구니?" 엽서의 뒷면을 살피며 엄마가 물었다. "네 남자친군 거니?" 그리곤 금세 걱정스런 얼굴로 제안을 했다. "지역 가스공사에 취직하는 건 어떠니?" 대신 엠마는 동네 펍에서 생맥주를 따르는 일을 하며 시간을 보냈다. 그러면서 그녀는 자신의 뇌가 마치 냉장고 저 뒤쪽에 처박힌 채 잊혀져 가는 어떤 물건처럼 흐물흐물해지는 걸 느꼈다.

그때 깡마른 트로츠키주의자 게리 넛킨이 전화를 했다. 대학생이던 1986년에 엠마가 출연했던 브레히트의 연극 〈제3제국의 공포와 참상〉에서 감독을 맡았던 게 게리였다. 그 완고하고 비타협적인 작품의 공연이 끝나던 날, 파티에서 그녀에게 세 시간이라는 완고하고 비타협적인 시간 동안 키스를 퍼부은 것도 게리였다.

그 얼마 후 게리는 엠마를 피터 그린어웨이 작품의 동시상영관으로 데려가 네 시간을 꼼짝 않고 영화만 보다가 느닷없이 조명등 스위치라도 만지는 듯 그녀의 왼쪽 가슴을 더듬기 시작했다. 그날 밤 〈알제리 전투〉 포스터 밑의 삐걱대는 싱글 침대에서 둘은 브레히트식 사랑을 나눴다. 즉 사랑을 나누는 내내 게리는 결코 그녀를 객관화시키지 않기 위해 갖은 애를 기울였던 것이다. 그리곤 아무 일도 없었다, 한마디도. 그리곤 1989년 5월 밤 늦게 전화를 걸어온 것이다. 그는 머뭇거리며 부드럽게 말했다. "당신 내 씨어터 협동조합에 합류하는 거 어때?"

엠마에겐 배우의 야심이나 연극에 대한 특별한 애정 같은 게 전혀 없

* Ilkley Moor. 엠마의 고향집이 있는 리즈 인근 요크셔 서부의 이름난 산악지대.

었다. 그저 말과 생각을 전달하는 수단으로서 연극에 흥미를 가지고 있을 따름이었다. 그런데 슬레지해머는 관심과 열정의 공유, 문서화된 선언, 그리고 예술로 젊은이들의 삶을 바꾸자는 사명감 등을 내건, 새로운 유형의 진보적 씨어터 조합이었다.

어쩌면 연애도 가능할지 몰라, 엠마는 그렇게 생각했다. 아니면 적어도 약간의 섹스라도. 그녀는 배낭에 짐을 꾸리고, 미심쩍어 하는 엄마 아빠에게 인사를 한 뒤, 비록 정부위원회의 기금 지원을 받긴 했으나 씨어터계의 스페인내전과도 같은 그런 거창한 대의명분을 향해 출정이라도 하는 듯한 기세로 미니버스에 올라탔다.

하지만 세 달 후, 그 열정과 동지애, 그 사회적 가치 및 재미와 결합한 숭고한 이상의 자각은 대체 어찌 되고 말았나? 그들은 함께 굴러가는 조합이어야 했다. 미니밴 옆구리에도 그렇게 적혀 있고, 그 글씨를 거기다 박은 게 바로 엠마였다. "아 지긋지긋해, 정말 지긋지긋해." 시드의 주문이 이어졌다. 엠마는 양손으로 귀를 막으며 심각하고 근본적인 질문을 던졌다.

내가 왜 여기 있지? 내가 정말 새로운 걸 만들어 내고 있나? 왜 저 여자는 옷을 제대로 안 입을까? 저 냄새는 대체 뭐야? 내가 지금 있고 싶은 데가 어딜까? 그녀는 로마에 있고 싶었다. 덱스터 메이휴와 함께. 침대 속에.

"샤프-테스-베-리 애비뉴."

"아냐. 샤프스-베-리. 세 음절이지."

"리-체-스터 스퀘어."

"그건 두 음절로 읽어. 레-스터 스퀘어."

"왜 리-체-스터라고 안 읽어요?"

"그야 모르지."

"하지만 당신은 내 선생이잖아요, 모르면 어떡해."

"미안." 덱스터가 어깨를 으쓱했다.

"흥, 정말 멍충한 언어네." 그렇게 말하며 토비 앙스트롬은 그의 어깨를 탁 쳤다.

"멍청한 언어. 나도 절대 공감이오, 그래도 날 때리진 마시지요."

"죄송합니다." 토비가 때린 부분에 입을 맞추며 말했다. 그녀의 입술이 그의 목과 입에까지 와 닿자, 덱스터는 다시 깨달았다, 누군가를 가르친다는 게 참 많은 보상을 가져다준다는 걸.

그들은 그의 작은 방 테라코타 바닥 위에 어질러진 쿠션들을 끼고 누워 있었다. 싱글 침대가 그들에겐 아무 쓸모가 없어 바닥으로 내려온 터였다. 퍼시 셸리 국제영어학교의 안내책자는 교사들 숙소를 '여러 안락 설비들을 갖춰 꽤 편안한 곳'이라고 소개했다. 참으로 적절한 설명이었다. 센트로 스토리코에 위치한 그의 방은 아무 특색도 개성도 없었지만, 적어도 발코니는 갖추고 있었다. 창턱이 한 발짝 연장되어 있는 것에 불과한 그 발코니에 서면, 참으로 로마스럽게도 주차장으로도 쓰이고 있는 어여쁜 광장이 내려다보였다. 아침마다 그는 사무실 근무자들이 우왕좌왕 힘차게 차를 후진시키는 소리에 잠이 깼다.

그렇지만 이렇게 눅눅한 7월의 오후에 들려오는 소리라곤 돌길 위를 굴러가는 관광객들의 여행가방 소리가 고작이었다. 그들은 창문을 활짝 열어둔 채 느릿느릿 키스하며 누워 있었다. 묘한 덴마크 샴푸 냄새를 풍기는 그녀의 굵고 짙은 머리칼이 그의 얼굴에 자꾸 들러붙었다. 그 냄새에선 인공 소나무 향과 담배 연기가 느껴졌다. 덱스터의 가슴을 가로질러 그녀가 손을 뻗어 담뱃갑을 집곤 두 개피에 불을 붙여 하나를 그에게 건넸다. 그는 몸을 돌려 가슴을 베개에 붙였다. 입술 끝에서 담배가 까딱까딱거리는 게 장폴 벨몽도 혹은 펠리니 영화의 어떤 등장인물 같아 보였다. 그는 벨몽도도 펠리니 영화도 본 적이 없었지만, 스타일리시한 흑백 엽서 속의 그런 모습들은 아주 익숙했다. 덱스터는 자신을 공허하고 천박하다고 여기는 게 싫었지만, '누가 지금 이런 모습을 사진으로 좀 찍어 줬으면 좋겠네' 싶은 순간이 자주 있기는 했다.

그들은 다시 입을 맞췄고, 덱스터는 어렴풋이 생각해 보았다. 이런 상황이 도덕적으로나 윤리적으로 좀 문제가 있는 걸까? 물론 학생이랑 자는 일의 옳고 그름을 따지는 일은 영어학교 뒤풀이 파티 때 이미 다 겪었다. 그때, 토비가 그의 침대에 불안하게 걸터앉아 무릎까지 오는 긴 부츠의 지퍼를 내리고 있었을 때 말이다. 그때조차도, 적포도주와 욕망에 취한 와중에도, 그는 엠마 몰리면 이 상황을 두고 뭐라고 할까 생각했었다. 토비의 혀가 그의 귀를 간질이는 동안에도 그는 열심히 핑계를 찾았다. 얘는 열아홉이야. 성인인 거지. 그리고 내가 뭐 제대로 된 선생도 아니잖아? 더구나 엠마는 지금 얼마나 멀리 있냐고. 시골 도시를 찾아다니는 미니버스 안에서 세상을 바꾸느라 바쁘잖아. 게다가, 이게 엠마랑 대체 무슨 상관이야? 잠 자고 가는 투숙객은 절대 받지 않는 이 호스텔 방 한쪽 구석에는 토비의 무릎 부츠가 축 늘어져 있었다.

그는 시원한 테라코타 타일을 찾아 몸을 굴리며, 창밖으로 선명하게 푸르른 네모 하늘을 내다보았다. 몇 시나 되었을까? 토비의 숨결이 잠자는 모드로 바뀌고 있었지만, 그에겐 꼭 지켜야 할 중요한 약속이 있었다. 5센티쯤 남은 꽁초를 그는 포도주 잔에 던지고, 팔을 뻗어 아직 읽지 못한 프리모 레비의 『이것이 인간인가』 위에 놓여 있던 손목시계를 집었다.

"토비, 나 가야 해."

그녀가 불만에 찬 신음을 토했다.

"나 부모님 만나야 해. 지금 가야 해."

"나도 가도 돼?"

그는 웃었다. "아니, 토비. 그리고 너 월요일에 문법시험도 있잖아. 가서 공부해야지."

"선생님 여기 있네. 지금 시험 봐."

"그러지. 동사. 현재진행형."

그녀가 한쪽 다리로 그를 감싸더니 훌쩍 그의 위에 올라탔다. "내가 뽀뽀하는 중이다, 너는 뽀뽀하는 중이다, 그는 뽀뽀하는 중이다, 그녀는 뽀뽀하는 중이다…."

덱스터가 양쪽 팔꿈치를 짚고 상체를 일으켰다. "진지하게 해야지, 토비…."

"10분만 더, 응?" 그녀가 그의 귀에다 속삭였고, 그는 다시 바닥으로 허물어졌다. 안 될 거 없지, 여긴 지금 로마인 데다 날씨도 진짜 좋잖아? 난 스물네 살이고, 돈 걱정 없이 건강해. 난 뭐가 하고 싶으면 못 견디지. 지금 난 해선 안 될 일을 하고 있지만, 난 진짜, 진짜 행운아야. 흥분과 쾌락, 그리고 자기 자신에게만 매달리는 삶의 약효도 언젠가는 바닥나겠지만, 뭐 그래도 그때까지는 시간이 넉넉하지 않겠어?

그래, 로마는 어때? 라 돌체 비타는 어떻고? (사전 찾아보셔.) 난 지금 네가 어느 카페에 앉아 우리가 귀 따갑게 들었던 그 유명한 '카푸치노'를 마시며 모든 것들에게 유혹의 휘파람을 날리는 풍경을 상상해. 이 편지를 읽으며 선글라스를 쓰고 있을지도 모르겠네. 그렇다면 얼른 벗어. 선글라스 끼면 넌 진짜 웃겨. 내가 보낸 책은 받았니? 프리모 레비는 멋진 이탈리아 작가야. 젤라티 아이스크림이나 에스파드릴 샌들이 이탈리아 생활의 전부는 아니란 걸 일러 주려고 보낸 거야. 인생이 늘 〈베티 블루〉의 첫 장면 같을 수는 없잖아. 그래, 가르치는 일은 어때? 제발 약속해 줘. 학생이랑은 안 자겠다고. 그건 정말… 실망스런 일일 거야.

이제 가야겠다. 편지지 끝이 바로 저 밑이고, 옆방에선 애들이 서로 의자 집어던지며 낑낑대는 소리가 들리는 거 같네. 정말 머리끝 곤두서는 소리지. 아, 이제 이 일도 2주면 끝이다, 만세! 감독인 게리 넷킨 왈, 나더러 그 뒤에 유아학교용 아파르트헤이드 작품을 하나 만들어 보래. 인형극으로 말이지, 제길. 데스몬드 투투 주교 인형을 무릎에 올려놓고 여섯 달 동안 M6고속도로 위를 오가야 한다니. 그런 일은 진짜 사양이다, 사양! 그리고 말야, 나, 여자 둘이 등장하는 연극 하나를 썼는데, 주인공은 버지니아 울프랑 에밀리 디킨슨, 제목은 '두 삶'(아니면 '두 우울한 레즈비언') 이야. 이 작품은 언제 한번 펍 무대에 올렸으면 좋겠어. 언젠가 캔디한테 버지니아 울프가 누구인지 설명해 줬더니 진짜 그 역을 맡고 싶다는 거야. 단, 꼭 상반신 노출을 허락해 달라는 조건 아래 말이야. 캐스팅은 그렇게 해결된 셈이지. 내가 에밀리 디킨슨을 맡을 거고. 윗도리 단단히 입은 채 말이지. 너한테도 표를 보낼게.

우선, 리즈로 갈지 아니면 런던으로 갈지를 선택해야 해. 선택, 선택, 선택들. 난 줄곧 런던으로 안 가려고 몸부림을 쳤었잖아. (런던으로 가는 거, 진짜 너무 뻔할 뻔 자 아니니?) 그런데 내 옛 룸메이트 틸리 킬릭(알지? 커다란 빨간 안경, 야한 눈길, 구레나룻?)이 클랩턴에 사는데, 방 하나가 남는다는 거야. 틸리는 그 방을 '박스 룸'box room이라고 부르던데, 예감이 좀 그렇지? 클랩턴이란 동네는 어떤 데야? 런던으로 곧 돌아올 거니? 헤이! 우리 둘이 룸메이트가 될 수도 있겠네?

"룸메이트?" 엠마는 멈칫하고선 고개를 저으며 신음소리를 냈다. 그리곤 '농담이야!!!!'라고 적었다. '농담이야'란 말은 사람들이 진짜 진심을 얘기하고 싶을 때 적는 말이었다. 지우기엔 이미 늦었고, 마지막 인사를 뭘로 쓴담? '올 더 베스트'All the best는 너무 상투적이고, '뚜 몽 아모르'tous mon amour는 너무 다정하고, '올 마이 러브'all my love는 너무 촌스러. 이런, 게리 넛킨 감독께서 또 문간에 출현하셨네.

"자 여러분, 모두 위치로!"

열어젖힌 문을 쥐고 있는 그의 모습이 슬펐다. 우리들을 사형장으로 끌고 가려는 걸까? 엠마는 마음이 변하기 전에 얼른 마지막 줄을 썼다.

아, 너무 보고 싶어, 덱스.

그리고 사인을 하고, 말갛게 푸르스름한 항공우편용 편지지에 키스 마크 하나를 깊이 새겨 넣었다.

덱스터의 엄마는 델라 로툰다 광장의 한 카페에 앉아 눈을 감은 채 한 손에 느슨하게 소설을 들고서 머리를 뒤로 또 옆으로 까딱까딱했다. 마지막 오후 햇볕을 잡으려는 새의 몸짓 같았다. 덱스터는 곧바로 엄마한테 가려다 말고 발길을 멈추곤, 판테온 계단의 관광객들 틈에 앉았다. 웨이터가 다가와 엄마의 재떨이를 들어 올리는 바람에 그녀가 깜짝 놀라고 있었다. 두 사람은 함께 웃었다. 엄마의 입과 팔 동작을 보건대 틀림없이 엉터리 이탈리아어로 얘기하는 게 분명했다. 손으로는 웨이터의 팔을 요염하게 톡톡 건드리면서. 무슨 말인지 알아들을 순 없었지만 웨이터도 그녀에게 큼지막한 웃음을 은근히 건네며 멀어져 갔다. 자기 팔을 만지작거리며 희한한 말을 하던 아름다운 잉글랜드 여인을 그가 힐끗 뒤돌아보았다.

덱스터는 이 모든 걸 보며 싱긋 웃었다. 기숙학교 시절 친구들끼리 은밀하게 주고받던 그 유서 깊은 프로이드 이야기가 떠올랐다. 아들은 엄마와 사랑에 빠지고 아빠를 증오하기 마련이라고 했는데, 그가 보기에 참 그럴듯한 얘기였다. 그가 만났던 이들은 한결같이 그의 엄마를 너무너무 좋아했고, 다행스럽게도 그의 아버지까지도 진짜 좋아해 주었다. 그는 정말 모든 면에서 행운아였다.

옥스포드셔 집의 저녁 자리나 푸르게 우거진 거대한 정원에서, 혹은 프랑스로 떠난 휴가에서 엄마가 햇볕 아래 잠들었을 때, 덱스터는 아버지가 너무 뜨거워 멍청해 보이는 사랑의 눈빛으로 집요하게 엄마를 응시하던 모습을 이따금 보곤 했다. 그럴 때면, 엄마보다 15년 연상의 키도 크고 얼굴도 긴 내성적인 남자 스티븐 메이휴는 이 놀라운 여인이 자신에게 허락된 행운이란 게 믿기질 않는다는 눈치였다. 자주 벌어지던 파티의 밤이면 — 잠자코 앉아 있으면 침대로 쫓겨나지 않을 수도 있었다 — 엄마 주위에 순종과 헌신의 눈빛을 한 남자들이 둥글게 무리 지어 모여드는 걸 볼 수 있었다. 지적이고 세련된 남자들, 의사나 변호사들, 그리고 라디오에서 얘기하는 사람들이 모두 그녀 둘레에서는 멍청한 10대 소년이 되어 버렸다.

그는 엄마가 한 손에 칵테일 잔을 들고 초창기 록시 뮤직* 앨범에 맞춰 춤추는 걸 지켜보곤 했다. 술기운에도 더 야무져 보이던 엄마의 모습을 다른 여인들은 무기력하게 쳐다볼 뿐이었고, 그들은 상대적으로 뚱하고 둔해 보였다. 그의 학교 친구들도 마찬가지였다. 뭔가 세련되고 쿨해 보이던 녀석들도 앨리슨 메이휴 옆에만 오면 만화로 변해 버렸다. 노골적인 눈빛으로 서로 관심을 주거니 받거니, 물 뿌리기 장난을 하질 않나, 맛이 엉망인 요리에도 그녀에겐 늘 찬사가 쏟아졌다. 폭탄 맞은 듯한 계란 스크램블도 그랬고, 후춧가루 대신 담뱃재가 뿌려졌을 때도 그랬다.

한때 그녀는 런던에서 패션을 공부하기도 했지만, 지금은 조그만 마을의 골동품 가게를 운영했다. 고상한 옥스포드 사람들에게 고가의 양탄자와 샹들리에를 파는 그 사업은 대성공이었다. 엄마에게선 아직도 '60년대엔 내가 잘 나갔지'라는 아우라가 느껴졌다. 옛 사진이나 컬러화보집 스크랩을 통해 덱스터도 익히 보아온 그 모습. 하지만 거기에 애잔함이나 후회는 없었다. 그녀는 훌륭하고 든든하며 안락한 가족들의 삶을 위해 그 모든 걸 단호하게 포기해 버렸다.

그녀는 언제 파티를 떠나야 할지를 정확하게 알고 있었다. 그 의사나

* Roxy Music. 1971년 결성된 잉글랜드의 아트록 밴드.

변호사, 라디오에서 얘기하는 사람들과 엄마가 무슨 일을 저지른 건 아닐까 덱스터는 의심하기도 했지만, 그래도 그녀에게 화가 나지는 않았다. 또 사람들은 그에게 늘 같은 소리를 했다. "재 저러는 건 엄마한테 물려받은 거야." 뭘 저런다는 건지 꼬집어 말한 사람은 없었지만 누구나 알아듣는 눈치였다. 생김새는 틀림없이 그랬다. 왕성한 기운과 건강함도 그랬고, 묘하게 냉담한 자신감, 사태의 중심에 있어야 하며, 이기는 팀에 속해야 한다는 기질도 그랬다.

심지어 퇴색한 푸른빛의 여름 드레스 차림으로 거대한 핸드백을 뒤적이며 성냥을 찾고 있는 지금도, 이 광장의 삶 전체가 그녀 중심으로 돌아가는 듯 보였다. 비싼 돈을 주고 풍성하게 흩뜨려 놓은 검은 머리칼 아래 하트 모양의 얼굴, 예리하게 반짝이는 갈색 눈, 하나쯤 더 잠가도 좋았을 드레스의 단추, 그 모든 게 흠잡을 데 없는 어수선함이었다. 덱스터가 다가오는 걸 본 엄마의 얼굴이 커다란 웃음으로 활짝 펴졌다.

"45분 늦었군, 젊은이. 어디 있었던 거니?"

"저 위쪽에요. 엄마랑 웨이터랑 수다 떠는 거 구경했죠."

"아빠한테 이르지 마라." 아들을 안느라 일어나는 그녀의 엉덩이에 걸려 탁자가 흔들거렸다. "그건 그렇고, 어디 있다 오는 거니?"

"수업 준비 했어요." 토비 앙스트롬과 함께 했던 샤워 때문에 아직도 그의 머리는 촉촉했다. 이마로 흘러내린 머리를 쓰다듬은 뒤 그녀의 손은 아들의 뺨을 다정하게 어루만졌다. 덱스터는 엄마가 벌써 약간 취했다는 걸 깨달았다.

"머리 꼴이 아주 엉망이구나. 누가 이렇게 헝클어 놨니? 너 무슨 나쁜 짓을 하다 온 거냐?"

"수업 준비 했다니까요."

믿을 수 없다는 듯 그녀가 입을 삐죽했다. "그리고 어젯밤엔 대체 어디로 사라진 거니? 우릴 레스토랑에서 기다리게 해놓고선."

"죄송해요, 학교 디스코가 늦어지는 바람에."

"디스코? 완전 1977년풍이구나. 어땠디?"

"200명의 술 취한 스칸디나비아 여자애들이 보그처럼 놀았죠."

"보그처럼 놀았다고? 대체 뭔 소린지 모르겠어서 참 기쁘구나. 그래, 재밌었어?"

"지옥 같았어요."

엄마가 그의 무릎을 토닥였다. "저런, 불쌍한 내 새끼."

"아빠는요?"

"호텔에서 잠깐 누워 있겠다며 가셨어. 햇볕은 뜨겁고, 샌들이 자꾸 쓸려서 아프대. 너도 네 아버지 잘 알잖니, 정말 속속들이 웨일스 사람이잖아."

"어딜 다니셨는데 그래요?

"그냥 포럼 여기저기 돌아다녔다. 내 보기엔 예쁘던데, 스티븐은 지겨워 죽겠다는 표정이더라. 기둥이 아무 데나 자빠져 있는 그 폐허가 뭐 볼 게 있냐며. 아마 거길 불도저로 싹 밀고 멋진 온실 같은 걸 지어야 한다고 생각하셨을걸."

"팔라티네Palatine도 가보시지 그랬어요. 그 언덕 꼭대긴데."

"팔라티네가 어딘진 나도 안다, 덱스. 네가 태어나기도 전부터 난 로마엘 다녔어."

"그렇구나, 그때 황제는 누구였는데요?"

"하! 자, 이 포도주 좀 도와다오. 내가 한 병 다 마시게 하지 말고." 남아 있는 양이 얼마 안 됐지만 그걸 물잔에 모두 따른 뒤 덱스터는 엄마의 담배를 빼들었다. 앨리슨이 쯧쯧 혀를 찼다. "내가 간간이 후회하는 거 아니? 관대한 부모 노릇을 너무 많이 했구나 싶어서 말이야."

"저도 동감이에요. 덕분에 제가 이 모양 이 꼴이잖아요. 성냥 좀 주세요."

"이건 현명한 짓이 아냐. 영화배우처럼 보이고 싶겠지. 하지만 안 그래. 정말 끔찍해 보인다니까."

"그럼 엄마는 왜 피워요?"

"담배 피는 내 모습이 너무 선정적이니까." 입술 사이에 담배를 끼운 그녀는 덱스터의 성냥을 넘겨받아 불을 붙였다. "하지만 끊고 있어. 이게 마지막 담배야. 자 이제 말이다, 아빠가 없을 때 얼른 얘기하렴." 엄마가 무슨 음모라도 꾸미자는 듯 가까이 다가앉으며 말했다. "연애 이야기 좀 해봐."

"싫어요!"

"얼른, 덱스! 너도 알잖아, 난 내 아이들을 통해 대리 만족하는 삶을 살겠다고 스스로 결정한 사람이야. 그런데 네 누이는 완전 처녀고…."

"벌써 취하셨구나, 할머니?"

"걔가 어떻게 애를 둘이나 낳았지, 진짜 모르겠네…."

"취하셨어."

"난 술 안 마셔, 기억 안 나?" 덱스터가 열두 살이었던 어느 날 밤이었다. 엄마는 엄숙한 표정으로 그를 부엌으로 데려가 낮은 목소리로 드라이 마티니 만드는 법을 가르쳐 주었다. 마치 장엄한 의식을 치르는 듯 말이다. "그러니까 얼른. 비밀을 털어놔 봐. 시시콜콜 재밌는 거 전부다."

"할 말 없어요."

"로마에서 애인이 없다고? 멋진 가톨릭 여자애 없디?"

"없어요."

"제발 학생은 아니어야지."

"당연하죠."

"영국에선 그럼? 그 눈물로 얼룩진 긴긴 편지를 보내는 애는 누구니? 우리가 계속 너한테 전달해 줬던 편지들 말이야."

"엄만 아실 거 없어요."

"다림질해서 다 열어 보기 전에 얼른 말해라!"

"말할 게 아무것도 없어요."

엄마가 다시 의자에 등을 붙이고 앉았다. "그것 참 실망이로구나. 그때 우리 집에서 묵고 갔던 그 멋진 애는?"

"무슨 애요?"

"어여쁘고 착실하고 북부지방 출신이었던 애. 취해서 산디니스타 문제 때문에 아빠한테 고함쳤던 애 말이다."

"걔는 엠마 몰리죠."

"엠마 몰리. 난 걔가 좋더라. 아빠도 걔 좋아했지. 비록 자기를 부르주아 파시스트라고 불렀지만 말야." 덱스터는 그때의 기억이 되살아나 흠칫했다. "그런 거야 뭐 어때. 적어도 그런 화끈함과 열정은 있어야지. 요즘 아침 신문을 펴면 등장하는 성적 매력뿐인 그런 가소로운 애들과는 달랐지. '예 미시즈 메이휴, 아뇨 미시즈 메이휴.' 네가 그날 밤에 손님용 객실로 발끝으로 살금살금 걸어가던 소리가 들리던데…."

"정말 취하셨죠, 그쵸?"

"그래, 그 엠마라는 애는 어때?"

"엠마는 그냥 친구예요."

"그래? 글쎄다. 사실, 그 여자앤 널 좋아하는 것 같던데."

"누구나 날 좋아하죠. 그게 저한테 내린 저주죠."

다시 생각해 봐도 멋진 말 같았다. 바람둥이 건달의 자조 섞인 그 말이. 하지만 두 사람 사이에 말이 뚝 끊겼고, 이윽고 그는 또 어리석은 짓을 저질렀군, 자책했다. 파티에서 엄마가 어른들 사이에 그를 앉도록 허락해 주었을 때, 주절주절 자기 자랑을 늘어놓는 바람에 엄마를 실망시켰던 그때처럼 말이다. 앨리슨은 관대한 눈빛으로 아들에게 미소 지으며 탁자 위에 올려진 그의 손을 꼭 쥐었다.

"말 점잖게 해야지, 응?"

"내 말이 안 점잖아요? 난 늘 고운 말만 쓴다고요."

"그래도 너무 점잔 떠는 건 안 돼. 고상한 걸 신조처럼 지키느라 거기 매달리지는 말라는 거다."

"안 그럴 거예요." 불편해진 덱스터는 광장을 둘러보기 시작했다.

엄마가 그의 팔을 슬쩍 건드리며 말했다. "그래, 포도주 한 병 더 할래, 아니면 호텔로 가서 아버지 발가락 염증이나 살펴보든가?"

그들은 카페에서 나와 북쪽으로 걷기 시작했다. 델 포폴로 광장으로 뻗은 비아 델 코르소와 나란히 가는 뒷골목 길이었다. 덱스터는 구비를 돌 때마다 좀 더 경치가 좋은 길로 그때그때 방향을 틀었고, 로마를 속속들이 알게 된 듯한 기분이 만족스러워 불편했던 마음도 한결 편안해졌다. 얼얼한 술기운 탓에 엄마는 그의 팔에 기대 걸었다.

"여기엔 얼마나 더 있을 계획이니?"

"몰라요. 10월 정도까지?"

"그럼 영국으로 돌아와서 뭔가 제대로 된 일에 정착할 거지, 응?"

"그럼요."

"우리랑 같이 살잔 소리는 아니다. 너한테 그런 요구를 하진 않겠어. 다만 집 얻는 데 쓸 보증금 정도는 도와주고 싶구나."

"뭐 급할 거 없잖아요, 안 그래요?"

"덱스터, 벌써 한 해가 훌쩍 지났잖니. 얼마나 더 긴 휴가가 필요한 거냐? 대학 다닐 때처럼 네 멋대로 엉망진창 소모해선 안 되는 거야."

"내가 지금 휴가 온 거예요? 난 일해요, 일!"

"언론 쪽은 어떠니? 기자 얘기도 하고 그랬잖아?"

가끔 그 얘길 하긴 했지만, 단지 화제를 바꾸거나 알리바이가 필요해서였을 따름이었다. 10대 말을 지나면서 가능성의 폭이 서서히 좁아졌다. 듣기에 아주 멋진 직업들, 예컨대 심장 전문의, 건축가 등은 그의 가능성에서 아주 배제되어 버렸고, 이제 저널리즘도 같은 경로로 사라지려 하고 있었다. 그에겐 작가 기질도 없었고, 정치는 거의 몰랐으며, 형편없는 레스토랑 프랑스어만 웅얼거리는 정도였다. 무슨 전문가 자격증은 하나도 없었다. 대신 여권이 있었고, 열대 나라의 천장 선풍기 아래에서 담배를 피우는 자신의 모습이나 찌그러진 니콘 카메라, 침대 옆의 위스키 병 정도가 거기에 곁들여질 이미지였다.

물론 그가 진정 원하는 미래는 사진가였다. 열여섯 때 그는 '질감'이란 이름의 사진 프로젝트 하나를 만들어낸 적이 있었다. 나무껍질이나 조가비 등을 접사로 찍은 흑백사진 모음집이었는데, 그 작품들을 본 예술 과목 담당 선생은 틀림없이 쏟아지려는 눈물을 참고 있는 눈치였다. 그 뒤로 찍은 사진들은 '질감'이나 창문에 낀 성에나 집 앞 진입로의 자갈들을 하이 콘트라스트로 뽑은 사진들만큼의 성과와 만족감을 가져다주지 못했다. 저널리즘이야 글이나 아이디어 같은 복잡한 것들과 씨름해야 하는 일일 테지만, 덱스터는 자기한테 훌륭한 사진가로서의 소질은 있다고 생각했다. 적어도 뭔가가 어떨 때 근사하게 보이는지는 육감적으로 잘 알았으니까 말이다.

대학 졸업 후 1년, 지금의 그에게 직업을 선택하는 가장 주된 기준은, 바에서 한 여인의 귀에다 자기 일을 외쳐야 할 때 얼마나 근사하게 들릴 것인지였다. 그런 점에서 "난 전문 포토그래퍼예요"는 그럴싸한 것임에 틀림없었다. "교전지역 취재해요" 혹은 "사실, 전 다큐멘터리 만들어요" 등과 더불어 비교적 상위권에 속할 만했던 것이다.

"언론 쪽도 가능하긴 하죠."

"아님 사업을 하든가. 너랑 캘럼이랑 무슨 회사를 차린다고 하지 않았니?"

"생각은 하고 있어요."

"딱 부러지는 대답은 하나도 없구나. 그냥 '사업'인 거니?"

"말했잖아요, 생각은 하고 있다고."

사실 그의 옛 룸메이트인 캘럼은 벌써 덱스터 없이 자기 사업을 시작했다. 무슨 컴퓨터 재생 관련 사업이었는데, 덱스터는 그런 일이 대체 뭔지 이해하려고 애써 보지도 않았다. "나이 스물다섯이면 우린 백만장자가 될 수 있어"라는 게 캘럼의 주장이었지만, 대체 그걸 바에서 어떻게 설명한단 말인가? "사실 전 컴퓨터를 재생시키는 일을 해요." 그건 아니었다. 지금으로선 전문 포토그래퍼가 1순위였다. 딱 부러지게 얘기하자고 그는 맘먹었다.

"사실, 전 사진 생각을 하고 있어요."

"사진?" 엄마가 불쾌하게 낄낄 웃었다.

"엄마, 전 훌륭한 포토그래퍼예요!"

"음, 렌즈에서 엄지손가락 언제 떼어야 하는지는 잘 아니?"

"저를 격려하려고 했던 거 아니세요?"

"어떤 사진가 말이니? 〈글래머〉 잡지 같은 거?" 그녀는 목청껏 웃었다. "아니면 '질감' 같은 사진들을 계속 찍으시겠다!" 그들은 가던 길을 멈췄고, 엄마는 아들의 팔을 붙잡은 채로 허리를 꺾어 가며 한참을 웃었다. "자갈길 사진 같은 것들을!" 드디어 웃음이 잦아들었고, 엄마는 허리를 펴고 얼굴 표정도 바로잡았다. "덱스터, 미안하구나, 정말 미안해…."

"사실 기분이 훨씬 좋아졌는데요."

"그래, 그렇구나. 미안해. 사과할게." 그들은 다시 걸었다. "꼭 하도록 해라, 덱스터. 만약 그게 네가 진정 원하는 거라면." 엄마의 팔꿈치가 그의 팔을 쿡 찔렀지만, 덱스터의 찌푸린 얼굴에는 변화가 없었다. "우리가 언제나 너한테 말했듯이, 네가 원하면 뭐든지 될 수 있어. 열심히 노력하기만 하면 말이다."

"사진 얘긴 그냥 생각이었을 뿐이에요." 그가 까칠한 어투로 말했다. "여러 가지 것들을 두고서 이것저것 재고 있는 것뿐이라고요."

"그래, 그래야지. 가르치는 일도 좋은 직업이긴 해. 하지만 비틀즈 노래를 멍청한 북유럽 여자애들한테 가르치는 일을 직업으로 생각하는 건 아니지?"

"그것도 힘든 일이에요, 엄마. 더구나 그러면서 저한테 의지할 데도 생기고요."

"그래, 그렇구나. 어떨 때는 네가 좀 너무 지나치게 의지하는구나 싶을 때도 있었단다." 말을 하며 그녀는 눈을 내리깔았고, 그녀의 음성은 돌길에 반사되어 들려오는 듯했다.

얼마를 더 걸은 뒤 그가 입을 열었다.

"그런데 그게 무슨 뜻이에요?"

"아, 그건 단지…" 그녀가 한숨을 쉬며 고개를 그의 어깨에 기댔다. "단지, 너도 언젠가는 인생에 대해 진지해져야만 한다는 거지, 다른 뜻은 아냐. 넌 젊고 건강해. 희미한 조명에서 보면 네 얼굴이 얼마나 또렷하고 멋져 보이는데. 사람들도 널 좋아하고, 똑똑하잖아, 넌. 학문적으로는 아니지만 아주 똑똑해서 사리분별은 확실하지. 그리고 넌 운도 좋았어, 아주 좋았지, 덱스터. 넌 온갖 골치 아픈 일들과 책임, 돈 문제 따위로부터 자유로웠잖아. 그렇지만 이제 넌 성인이야, 그런데 언젠가는…" 그녀는 주위를 둘러보고선 덱스터가 데리고 들어온 그 아름다운 골목길을 가리키며 말했다. "…이렇게 평온하지 않은 날이 닥칠지도 몰라. 네가 잘 준비한다면 별 문제는 없겠지. 그래, 좀 더 제대로 준비해 둬야 한단 거지."

덱스터의 인상이 더 구겨졌다. "뭐요, 직장 말이에요?"

"그것도 일부지."

"꼭 아빠처럼 말씀하시는 거 알아요?"

"맙소사, 내가 뭐라 그랬다고 그러니?"

"적당한 직업을 찾아라, 뭔가 의지할 데를, 아침에 눈을 떠야 할 이유를."

"그냥 직업 얘기는 아냐. 방향이나 목적의식, 뭔가 끌고 나가는 힘이나 야심 같은 거 말야. 내가 네 나이 때는 세상을 바꾸고 싶었단다."

덱스터는 코웃음을 쳤다. "결국 골동품 가게 주인이 됐고요." 엄마의 팔꿈치가 그의 갈비뼈를 세게 찔렀다.

"그건 지금 얘기고, 지금은 옛날 얘기잖아. 버릇없는 말버릇 하곤."

그녀는 다시 아들의 팔을 잡고 천천히 걷기 시작했다.

"난 네가 자랑스런 아들이 됐으면 좋겠어, 그게 다야. 물론 지금도 네가 자랑스럽고, 네 누이가 자랑스러워. 그렇지만, 알지, 무슨 말인지. 내가 좀 취했나 보다. 다른 얘기를 하자꾸나. 너한테 다른 얘기를 하고 싶었는데."

"다른 얘기요?"

"오, 너무 늦어 버렸네." 벌써 호텔이 시야에 들어왔다. 별 셋짜리 그 호텔은 꽤 그럴듯하면서도 겉치장이 요란하진 않았다.

담배 연기로 자욱한 판유리 너머에서 아버지가 로비의 안락의자에 웅크리고 앉아 있는 게 보였다. 가느다란 한쪽 다리는 잔뜩 굽혀져 있고, 손에는 양말을 든 채 그는 발바닥을 살피고 있었다.

"맙소사, 저 양반, 호텔 로비에서 티눈을 뜯어내고 있는 거니? 비아 델 코르소[로마의 역사중심지구]가 스완지[웨일스의 도시]를 만나니 저렇게 되는구나. 아름답지 않니? 정말 아름다워." 앨리슨은 팔을 풀어서 아들의 손을 맞잡았다.

"내일 점심을 같이 먹을 수 있겠니? 아빠는 컴컴한 방에서 티눈이나 뜯으라고 하고. 너랑 나랑 둘이서만 나가자꾸나. 예쁜 광장이 보이는 야외에서 점심을 먹자. 하얀 테이블보를 깔고. 좀 비싼 데서, 내가 살게. 멋진 자갈을 찍어 둔 사진 있으면 들고 와서 보여줘도 돼."

"알았어요." 덱스터가 여전히 부루퉁한 목소리로 말했다. 엄마의 얼굴은 웃으면서 동시에 찌푸려져 있었다. 맞잡은 엄마의 손에도 너무 힘이 들어가 있었다. 갑자기 격렬한 근심이 덱스터를 덮쳤다. "왜 그러세요?"

"내 잘생긴 아들이랑 얘길 하고 싶어서지. 그리고 지금은 내가 약간 좀 많이 취했으니까."

"무슨 얘긴데요? 지금 말해요."

"아무것도 아니야. 아무것도."

"이혼하시는 거 아니죠?"

그녀가 나지막이 웃었다. "바보 같은 소리는. 물론 아니야." 호텔 로비에서 아버지가 그들을 보고 일어서더니 '밀어서 여세요' 문짝을 열심히 잡아당기고 있었다. "자기 셔츠를 팬티 속에 집어넣고 입는 남자를 내가 어떻게 버리고 떠나겠니?"

"그럼 뭔데요? 얘기해 줘요."

"나쁜 건 아냐, 얘야. 나쁜 건 아냐."

길거리 위에서 그녀는 아들에게 위로의 미소를 지어 보이며, 그의 목뒤 짧은 머리카락에 손을 얹고서는 그를 잡아당겨 내렸다. 엄마와 아들의 이마가 맞닿았다.

"아무 걱정도 마. 내일 봐. 내일 모든 걸 다 얘기하자꾸나."

ch03
타지마할

1990년 7월 15일, 일요일

◦ **봄베이 / 캄덴타운, 런던** ◦

"자, 여러분 좀 조용하세요! 조용히 좀 할래요! 조용, 조용! 자, 좀 들어봐요. 아무거나 던지지 말고! 네, 좀 조용히. 고마워요."

스코트 맥켄지는 바 의자에 앉아 여덟 명의 직원들을 둘러보았다. 모두 스물다섯 아래인 그들은 하얀 데님 바지에 회사 로고가 박힌 야구모자를 쓰고 있었다. 그들 중 어느 누구도 일요일 점심시간에 이곳 켄티시 타운로드의 음식도 분위기도 전부 '핫, 핫, 핫' 하다는 텍스-멕스[텍사스+멕시코] 레스토랑 로코 칼리엔테에서 일하고 싶은 이는 없었다.

"브런치 손님들 맞기 전에 이른바 오늘의 '스페셜' 요리가 뭔지 소개할게요. 수프는 손님들 비난이 쏟아지는 놈이죠, 옥수수 탕이고. 메인코스는 진짜 맛있고 쫀득쫀득한 생선 부리토burrito입니다."

스코트는 볼을 부풀려 긴 숨을 내쉬며, 직원들의 신음소리와 헛구역질 연기가 잠잠해지기를 기다렸다. 로보로 대학에서 경영학을 전공한 이 자

그마한 연분홍 눈빛의 사나이도 한때는 산업계의 거물이 되고 싶었다. 컨퍼런스 센터에서 골프를 치고 개인 제트기의 탑승계단을 오르는 자신을 꿈꿨건만…. 오늘 아침 그는 주방 배수구에서 사람 머리만한 크기의 누런 돼지기름 덩어리를 빼내야 했다. 그것도 맨손으로. 아직도 손가락 사이가 끈적거렸다. 그의 나이 서른아홉, 이런 건 정말 아니었다.

"기본적으로는 늘 나가는 비프·치킨·포크 부리토랑 똑같은데, 이건 '촉촉하니 맛있는 대구랑 연어 덩어리'와 같이 나가는 거죠. 뭐 새우 한두 마리도 끼어 나갈 수 있고."

"그거 완전… 웩인데요." 바 뒤에서 패디가 맥주병 주둥이에 꽂을 레몬에 쐐기 모양의 홈을 내고 있다가 껄껄 웃으며 말했다.

"라틴아메리카 음식에다 북대서양의 맛을 살짝 가미한 거지." 웨이트리스 앞치마를 묶고 있던 엠마 몰리가 말했다.

스코트 뒤로 신참의 얼굴이 보였다. 체구가 크고 건장한 그는 거대한 원통형 머리통 위에 곱슬거리는 금발을 얹고 있었다. 직원들 모두 근심어린 눈초리로 그를 쳐다봤다. 마치 그가 지독한 교도소에 새로 들어온 죄수이기라도 한 듯.

"밝은 소식도 있어요." 스코트가 말했다. "오늘부터 고도로 훈련된 우리들의 행복한 팀에 합류할 이언 화이트헤드 씨를 소개합니다."

이언은 야구모자를 규정보다 훨씬 뒤로 제껴 쓴 채 한 팔을 높이 들어 하늘에다 하이파이브라도 하는 듯 인사를 했다. "요오, 여러부운." 그의 말은 어딘가 미국식 악센트를 흉내 내는 듯했다.

"요오, 여러부운이라니? 스코트는 저런 애들을 대체 어디서 데려오는 거야?" 바 뒤에서 패디가 킬킬거렸다. 딱 신참에게까지만 들리도록 주도면밀하게 조정된 크기의 목소리였다.

스코트가 이언의 어깨를 깜짝 놀랄 만큼 세게 손바닥으로 탁 쳤다. "당신을 엠마에게 넘기도록 하지. 최장수 근무 경력에 빛나는 직원이지."

엠마는 찬사 아닌 찬사에 움찔했지만 곧 미안함을 머금은 미소를 이언에게 지어 보였다. 이언은 입술을 굳게 다문 채 마주 웃었다. 스탠 로렐*의 웃음이었다.

"자, 기본적인 건 엠마가 일러 줄 거고. 이상, 여러분. 명심해요! 생선 부리토! 자, 음악 켜요."

패디는 바 뒤의 기름기 번지르르한 테이프 플레이어를 눌렀다. 45분 길이의 엉성한 멕시코 길거리음악 모음집은 어김없이 '라 쿠카라차'La Cucaracha부터 시작되었다. 저 바퀴벌레cockroach 노래를 여덟 시간 동안 근무하면서 열두 번이나 들어야 했다. 열두 번 근무하면 근무시간대가 바뀌고, 한 달에 스물네 번의 근무, 그렇게 벌써 일곱 달이 지났다. 엠마는 손에 들린 야구모자를 물끄러미 바라봤다. 레스토랑 로고인 원숭이 캐릭터가 챙 넓은 솜브레로 모자 밑에서 왕방울 같은 눈을 뒤룩대며 그녀를 살피고 있었다. '저 원숭이는 술 취했거나 아니면 미쳤는지도 몰라.' 머리에 그 모자를 눌러 앉힌 그녀는 바 의자에서 미끄러져 내려왔다. 마치 얼음물 속으로 풍덩 몸을 담그듯. 신참이 싱글벙글 웃으며 그녀를 기다리고 있었다. 손가락 끝을 눈부시게 뽀얀 데님 바지 주머니에 어색하게 찔러 넣고 있는 그의 모습을 보며 엠마는 또 생각했다. 아, 내가 지금 도대체 여기서 뭘 하는 거지?

* Stan Laurel. 1890~1965. 잉글랜드 코미디언.

엠마, 엠마, 엠마. 잘 있었어, 엠마? 지금 이 순간 넌 뭘 하고 있는지? 여기 봄베이는 거기보다 여섯 시간이 빨라. 거긴 그러니까 일요일 새벽, 넌 틀림없이 침대에서 숙취와 씨름하고 있겠지. 일어나! 나 덱스터야!

이 편지를 쓰는 곳은 봄베이 도심의 한 호스텔이야. 눕기가 겁나는 매트리스, 그리고 멋지고 냉담한 온갖 오스트레일리아 사람들로 붐비는 곳이지. 내 가이드북에 따르면 이곳에 '품격'이 있다더니, 알고 보니 그게 쥐가 많단 소리더군. 그뿐인가, 내 방엔 창가에 조그만 플라스틱 피크닉 테이블까지 있어. 밖엔 비가 미친 듯 내려. 에든버러에 내리던 비보다 더 거세다니까. 우당탕퉁탕 쏟아 붓는 그 소리 땜에, 엠, 네가 녹음해 준 테이프가 잘 안 들릴 지경이야. 그 테이프는 아주 좋더라. 그 귀에 거슬리는 인디 음악만 빼면 말이야. 내가 뭐 그런 거 좋아하는 여자애는 아니니까.

네가 부활절 때 보내 준 책도 읽으려고 했지. 그런데 『하워즈 엔드』는 좀 읽기 어렵더라. 200페이지 내내 차 한 잔만 홀짝대고 있으니까 정말 질리더군. 칼 꺼내드는 이야긴 언제 나오나, 에일리언은 안 나오나, 계속 그러면서 기다렸는데, 그런 건 진짜 안 나오는 거니, 응? 언제쯤이면 날 교육시키는 걸 포기할 거니, 엠? 아마 절대 포기 안 하겠지만.

그런데 말이지, 이 빼어난 산문과 온갖 고함들에도 불구하고 아직 짐작을 못했다면 내 말해 주지. 나 지금 완전 취해서 쓰는 거야, 점심시간에, 맥주 마시면서.

너도 보다시피 난 편지 잘 못 써. 너랑 달리 말야. (지난번 네 편지 진짜 재밌더라.) 내가 하고 싶은 얘긴, 인도 진짜 엄청나다는 거야. 로마에서 내가 외국인 대상 영어강사 일을 더 이상 할 수 없다는 처분을 받은 건 정말 내게 일어난 최고의 사건이었어. (물론 걔들이 과민반응했다고 생각은 해. 도덕적으로 부적절하다고? 내가? 토비는 스물한 살이었는걸.) 너한테 뭐 힌두쿠시 산맥의 일출 얘기를 주절주절 써서 지겹게 하진 않겠어. 하지만 가난, 복통, 기타 등등의 모든 클리셰가 사실이더라는 얘긴 해야겠다. 인도는 옛 문명이 아주 풍성한 나라일 뿐만 아니라, 넌 안 믿을 거야, 약국에서 처방전도 없이 얼마나 많은 약을 살 수 있는지!
그래, 난 멋진 거 많이 봤고 늘상 재밌진 않아도… 그래도 그것도 경험이니까. 사진도 천 장 넘게 찍었어. 돌아가면 너한테 아주 아주 처언처어어언히 보여 줄게. 흥미로운 척 해줄 거지, 응? 네가 인두세 시위대 얘기에 열 올릴 때 나도 흥미로운 척하고 있었으니까. 그런데 말야, 하루는 기차에서 만난 TV 프로듀서에게 내 사진을 좀 보여 줬거든. 여자였는데 (엉뚱한 생각 말어. 늙었어, 30대 중반), 내게 전문적으로 사진 일을 해보라는 거야. 그녀가 여기서 하는 일이 젊은이들 상대 여행 프로그램 만드는 건데, 내게 자기 명함을 주면서 8월에 다시 찍으러 오니까 그때 전화하래. 하하, 알게 뭐야, 자료 조사 일을 하거나 출연을 할 수도 있겠지.
너 하는 일은 어떻게 됐어? 다른 희곡 쓴 건 없어? 내가 런던 있을 때 본 네 연극 버지니아 울프랑 에밀리 뭐였니, 그 연극은 진짜 좋더라. 내가 말했듯이, 그 연극 보니 넌 진짜 유망해 보였어. (이런 뻔한 소리 또 하네.) 그런데 연기자 관둔 건 참 잘한 일 같다. 네 연기 솜씨가 형편없다는 게 아니라, 네가 연기자 일 너무 지긋지긋해 하니까 말야. 캔디도 잘하더라. 너한테 들었던 거보다는 훨씬 잘하던데. 그녀한테 내 안부 전해 주라. 다른 연극도 준비해? 아직도 그 박스 룸에 살아? 아직도 집안 가득 구운 양파 냄새가 진동하는지? 틸리 킬릭은 여전히 물통에다 거대한 회색 브래지어를 담가 놓고 그러니? 너 아직도 무초 로코였나 뭐였나 그 레스토랑에서 일해? 지난번 네 편지 읽으며 얼마나 웃었는지 몰라, 엠. 그 레스토랑 일이 개그의 소재로는 아주 좋을지 모르지만, 엠, 얼른 그만둬. 네 영혼을 해치고 있잖아. 재밌는 얘깃거리 몇 개 만들어 준다고 거기서 네 인생을 몇 년씩이나 낭비하다니, 그럴 수는 없는 거야.

그렇게 말하고 나니 내가 왜 너한테 이 편지를 쓰고 있는지 생각이 나네. 자, 들을 준비 되셨남? 어디 자리를 잡고 앉으시든가….

"이언이라고 했죠. 야망의 무덤으로 오신 걸 환영해요!"

엠마가 직원 대기실 문을 열며 말했다. 문짝에 밀려 뭐가 와락 쏟아졌다. 간밤 남은 맥주잔에 쓸어 넣어 둔 담배꽁초들이 바닥에 널브러졌다. 신참을 데리고 들어선 작고 컴컴한 대기실에서는 켄티시타운로드가 고스란히 내려다보였다. 길거리엔 벌써 학생들과 관광객들이 넘쳤다. 털이 북실북실한 키다리 모자나 스마일리 얼굴이 그려진 티셔츠를 사러 캄덴마켓으로 가는 행렬들이다.

"로코 칼리엔테는 '미치게 뜨거운'이란 뜻이에요. 에어컨이 엉망이라서 '뜨거운'이고요, '미치게' 하는 건 여기서 먹는 모든 음식들이죠. 여기서 일하는 것도 사람 '미치게' 하고요. 엄청, 엄청 미친 거죠. 개인 물건들 두는 데 일러 줄게요."

바닥에 뒹구는 지난 주 신문들을 걷어차며 그들은 금세라도 무너질 듯한 사물함 쪽으로 갔다.

"이게 당신 로커에요. 잠기진 않아요. 유니폼 여기다 두고 퇴근하면 잃어버리니까 알아서 하세요. 그딴 걸 뭐 하러 훔쳐 가는지 몰라도. 자기 모자 잃어버리면 매니저 면담 하는데요, 대개 톡 쏘는 바비큐 소스 통에다 얼굴 처박고 물고문당하는 벌을 받죠."

이언이 살짝 꾸민 듯하게 껄껄 웃었다. 동시에 엠마는 한숨을 쉬며 직원 식사용 탁자 쪽으로 발을 옮겼다. 간밤의 지저분한 접시들이 그대로 놓여 있었다. "점심시간은 20분, 점보 새우 요리 말고는 뭐든지 메뉴에서 골라 먹을 수 있어요. 점보 새우는 제법 그럴듯해 보이는 요리인데요, 목숨이 아깝거든 손도 대지 마요. 점보 새우는 러시안 룰렛 같은 거거든. 여섯 접시 중 한 접시 꼴로 사람 잡죠."

엠마가 탁자를 치우기 시작했다.

"어, 제가 할게요." 이언이 그렇게 말하며 고깃기름으로 얼룩진 접시들을 손가락 끄트머리로 살살 조심스레 집어들었다. '또 까다로운 남자애 하나 들어왔군.' 그를 보며 엠마는 생각했다. 밀짚 색깔의 구불구불 흐트러진 머리칼 아래로 크고 순진한 얼굴, 반들반들 불그스름한 뺨을 한 이언의 입이 편안하게 쩍 벌어져 있었다.

'딱 잘생긴 건 아니지만, 뭐랄까, 힘찬 얼굴이군.' 좀 무례이긴 해도, 그의 얼굴을 보며 그녀는 왠지 트랙터를 떠올렸다. 갑자기 그가 고개를 돌려 그녀의 시선과 마주쳤고 엠마는 황급히 질문을 던졌다. "근데, 이언, 어쩌다 멕시코로 가는 길까지 내려오게 되셨나요?"

"아 그거야, 집세는 내야죠."

"저런, 다른 일은 할 게 없었어요? 임시직으로 일을 한다든가, 부모님이랑 같이 산다든가, 뭐 그런 거?"

"전 런던에 있어야 되고, 또 시간도 들쭉날쭉 써야 하고."

"왜요? 또 무슨 '겸'인가 보네?"

"겸이라뇨?"

"당신 겸이 뭐냐고요. 여기 일하는 사람들은 전부 겸 하나씩 있거든요. 웨이터-겸-예술가, 웨이터-겸-배우. 바텐더 패디는 자칭 모델이죠. 글쎄요 싶지만."

"으으으음," 이언이 그렇게 생각하는 소리에서 엠마는 북부지방의 악센트를 느꼈다. "아무래도 코미디언이라고 말해야겠네요." 그는 싱글거리며 손을 얼굴 양옆으로 활짝 펴서 요란스레 흔들어댔다.

"그렇구나. 그렇죠, 우리 모두 웃는 건 좋아하니까. 그래, 어떤 거예요, 스탠드업 코미디예요, 아님 다른 거?"

"주로 스탠드업이죠. 당신은요?"

"나요?"

"당신의 겸은요? 다른 거 뭐해요?"

엠마는 잠깐 '극작가'라고 얘기할까 생각했지만, 3개월 전 텅 빈 객석을 두고 에밀리 디킨슨 연기를 했던 악몽이 선하게 떠올랐다. 극작가보다는 차라리 우주인이라고 하는 편이 진실에 더 가까울터.

"난 이런 거나 해요." 그녀는 접시에 딱딱하게 굳은 치즈에서 부리토 찌꺼기를 뜯어내며 말했다. "이런 게 내가 하는 일이죠."

"그런 게 좋아요?"

"좋냐고요? 흥, 완전 사랑하죠! 내가 무슨 나무로 만든 여자 같아요?" 쓰다 만 휴지로 밤새 접시에 눌러 붙은 케첩을 닦아낸 뒤 엠마는 문으로 향했다.

"자 이제 화장실 보여 줄게요. 마음 단단히 먹어요."

이 편지 쓰기 시작한 뒤로 난 맥주 두 병을 더 마셨고 완전 취했어(취하다가 맞나? 츠ㅣ 하다던가?). 이젠 얘기를 꺼낼 준비가 다 된 셈이지. 들어 봐, 엠. 이제 우리가 서로 안 지도 5년인가 6년인가 되었어. 하지만 우리가 제대로 된 '친구' 사이가 된 건 겨우 2년 정도니까 그리 긴 건 아니다, 그치. 하지만 난 이제 널 좀 아는 거 같고 네 문제가 뭔지도 알 듯해. 물론 내 인류학 학점이 형편없는 2.2등급이라는 걸 감안하고 들어. 그래도 내가 무슨 말을 하는지는 알아. 만약에라도 내 이론 따위 듣고 싶지 않다면, 이 밑은 읽지 마.

좋아. 시작한다. 엠마, 난 네가 행복해지는 걸 겁내는 거 같아. 넌 네 인생이 침침하고 음침하고 울적한 게 정상이라고 여기는 거 같다구. 직업도 싫어하고, 사는 곳도 싫어하고, 성공이나 돈을 갖는 것도 싫구. 심지어 남자친구 생기는 것도 네 인생엔 안 어울린다 생각하구 말야. (짧게 한마디 드리자면, 너 매력 없는 애가 되어 간다고 스스로 자책하며 징징대는 거, 슬슬 틀에 박힌 타령이 되고 있다는 거!) 사실 할 말 더 많아. 넌 말야, 이룬 게 하나도 없다고 낙심하고 좌절하는 걸 즐기는 거 같애. 왜냐하면 그게 쉬우니까, 안 그래? 실패와 불행이 훨씬 쉽지. 농담 삼아 얘기해 버릴 수 있으니까. 이런 말 짜증나니? 그렇겠지. 이제 겨우 시작인데.

엠, 난 네가 괴상한 냄새가 나고 희한한 소리가 들리는 그 끔찍한 아파트의 백열전등 아래 앉아 있는 모습을 떠올리는 게 너무 싫고. 그리고 그 동전빨래방에 앉아 있다는 것도 싫고. 아니 왜 요즘 같은 시대에 말도 안 되는 동전빨래방을 이용해? 그게 무슨 쿨한 일이니, 아님 정치적으로 올바른 일인가? 그 소식은 너무 울적했어. 잘 모르겠다, 엠. 넌 젊고 사실 천재잖아. 그런데도 넌 동전빨래방에 갇혀 있는 걸 행복한 일이라고 생각하다니. 난 네가 자신을 좀 소중히 돌봤으면 좋겠다. 넌 그럴 자격 충분해. 넌 똑똑하고 재미있고 친절해(넘치게 친절하지). 또 내가 아는 그 누구보다도 훨씬 더 지혜롭잖아. 그리구 (맥주 좀 더 마시고 있어, 심호흡도 깊게 하구) 넌 말야, '정말 매력적인 여인'이야. 내 말은, (또 마신다) 그래, '섹시'하다는 뜻도 포함돼. 쓰고 보니 좀 낯 뜨겁긴 하군. 그래, 누군가를 '섹시'하다고 부르는 게 정치적으로 올바르지 않다고 해서 지워 버리진 않을 거야. 왜냐하면 그게 사실이기도 하니까! 넌 진짜 끝내줘, 야 이 늙은 할망구야. 만약 내가 말야, 네 인생을 통틀어 너한테 오직 하나만 선물해야 한다면 난 이걸 줄 거야. 바로 '자신감'이지. '자신감'을 선물로 줄 거야. 그걸 받을래, 아니면 향수 양초를 줄까?

네 편지를 보고, 또 그날 연극 끝나고 널 봤을 때 난 깨달았어, 네가 뭘 어떻게 살아야 하나 고민하며 참 힘들어하는구나, 키도 없고 노도 없고 목적지도 없이…. 하지만 그건 괜찮아. 우린 겨우 스물넷이고, 다들 그러기 마련이거든. 어쩌면 우리 또래는 다 그렇대. 어떤 분석 기사에서 본 건데, 우리 세대는 전쟁 경험이 없어서, 아님 텔레비전을 너무 많이 봐서 그렇다는 거야. 어찌 됐든 키도 있고 노도 있고 목적지도 있는 사람들이란 전부 서글프고 고지식하고 짜증나는 인간들뿐이잖아. 봐, 자기 커리어만 생각하는 멍청한 틸리 킬릭이나 캘럼 오닐과 그의 재활용 컴퓨터들! 나한테도 분명한 마스터플랜 따위는 없어. 넌 내가 뭐 다 준비 마쳤다, 그렇게 생각하겠지만, 안 그래. 나도 걱정은 해. 하지만 말야, 연금, 주택보조금, 노동당의 미래, 20년 뒤 어디서 뭘 할까, 만델라 할배가 자유에 잘 적응하고 있나, 뭐 그런 거는 걱정 안 한다는 거지.

다음 얘기 꺼내기 전에 심호흡 함 더 해야겠다. 이제 겨우 시작이니깐.

이 편지가 슬슬 인생을 확 바꿀 클라이맥스로 달려가는 것 같은데, 엠마, 클라이맥스 맞이할 준비 됐지?

직원 화장실과 주방 사이 어디쯤에서 이언 화이트헤드가 어느새 스탠드업 코미디 모드로 접어들었다.

"슈퍼마켓 같은 델 갔다가 말이죠, '6가지 이하 고객 전용' 줄에 서 있는데, 당신 앞에 있는 할머니 바구니에, 그러니까 '7가지'가 들었다 이거죠. 당신은 그 할머니 바구니 안을 세다 말고, 으아아악, 엄청 화가 난 거죠…."

엠마는 주방 회전문을 발로 밀며 낮게 "아이 카람바"['이런 제기랄'이란 뜻의 스페인어]라고 웅얼거렸다. 순간 뜨거운 공기가 밀려와 두 사람의 눈을 톡 쏘았다. 잘라피노 후추와 증발한 표백제가 뒤엉켜 자극적인 독가스를 만든 것이었다. 시끄러운 애시드하우스 음악이 고물 라디오에서 흘러나오는 가운데, 소말리아인, 알제리인, 브라질인 한 명씩이 하얀 플라스틱 식자재 통을 붙들고 뚜껑을 벗기고 있었다.

"굿모닝, 베누아, 케말, 히야 지저스." 엠마가 활기찬 인사를 건네자 그들도 웃으며 즐겁게 고갯짓을 했다. 엠마와 이언은 주방을 가로질러 게시판으로 가, 손님 목에 음식이 걸려 질식했을 때의 응급조치 요령을 적어 둔 코팅 판을 가리켰다. ('먹는 거보단 질식하는 게 차라리 낫지'라고 누군가가 낙서해 두었다.) 그 옆에 커다란 문서가 핀으로 고정되어 있었다. 표지에 텍사스-멕시코 국경 지역을 양피지 지도처럼 인쇄한 것이었는데, 그 너덜너덜한 가장자리를 손가락으로 가리키며 엠마가 말했다.

"무슨 보물지도처럼 보이죠? 큰 기대는 말아요. 이건 메뉴거든요. 보물은 없어요, 콤파드레. 다섯 가지 핵심 텍스-멕스 요리군, 즉 다진 소고기, 콩, 치즈, 닭고기, 구아카몰리, 이렇게 다섯 가지를 이리저리 조합해서 도합 마흔여덟 가지 메뉴가 만들어지죠."

지도 위로 엠마의 손가락이 움직여 다녔다.

"자, 이렇게 동서를 오가면 어떤 메뉴가 나오는지 알겠죠. 콩 위에 닭고기 위에 치즈, 구아카몰리 위에 닭고기 위에 치즈, 닭고기 위에 치즈 위에 다진 소고기 위에 구아카몰리…."

"그래요, 알겠어요…."

"…이따금씩 재미 삼아 안에다 밥이나 양파를 넣기도 하지만, 음식 맛을 제대로 내는 건 늘 안에 넣는 거, 바로 밀과 옥수수 몫이죠."

"밀과 옥수수라, 그렇군요…."

"타코는 옥수수죠, 부리토는 밀이고. 막 부서지고 손에 화상 입히는 거, 그게 타코예요, 톡톡 튀고 벌건 돼지기름이 팔뚝으로 줄줄 흐르게 하는 거, 그게 부리토죠. 이게 그거예요."

엠마가 50개 들이 재료 봉지에서 얇은 팬케이크 한 장을 빼내 젖은 헝겊 다루듯 살랑살랑 흔들었다.

"이게 부리토에요. 이 안을 채워서, 식용유에 튀기고, 그 위에 치즈를 녹이면, 엔치라다가 완성되죠. 이미 속이 채워져 나오는 또띠야는 타코, 우리가 직접 채워야 하는 부리토는 파지타죠."

"그럼 토스타다는 뭐죠?"

"그건 차차 하죠. 걷지도 못하면서 뛰시려고? 파지타는 이 뜨거운 빨강 쇠 접시에 담겨 나가요." 엠마가 막 대장간에서 받아 온 듯한 진득진득 울퉁불퉁 묵직한 쇳덩어리 팬을 집어들었다. "이 물건은 늘 조심해야 해요. 여기 손님 손이 들러붙어서 얼마나 자주 떼어내야 했는지 말해봤자 안 믿겠지만, 그랬다간 팁 한 푼도 못 받아요."

얼빠진 웃음을 머금은 이언은 이제 대놓고 엠마를 노려보듯 쳐다봤다. 그녀는 발치의 바구니로 관심을 유도했다. "이 허연 물건은 시큼한 크림이에요. 단 시큼하지도 않고, 크림도 아니고, 그저 모종의 수소 첨가 지방이에요. 기름 만들 때 남는 찌꺼기 같은 거죠. 신발 뒤축이 떨어진다든지 할 땐 좀 쓸모가 있지만, 다른 경우엔…."

"당신한테 물어볼 게 있어요."

"뭔데요?"

"일 마치면 뭐해요?"

베누아, 지저스, 케말은 모두 일하던 손길을 멈추고 엠마가 놀란 표정을 다시 다듬고 웃는 모습을 지켜보았다.

"자자, 엉뚱한 소리는 그만 하고요, 이언."

그는 이제 모자를 벗어 손에 모아 쥐고선 꼭 무대 위의 구혼자 같은 동작을 취했다. "데이트 같은 거 하자는 건 아니에요. 틀림없이 남자친구도 있으실 거잖아요!"

잠시 이언이 대답을 기다렸지만, 엠마의 얼굴엔 미동도 없었다.

"전 그냥 당신이 혹시라도, 음…." 이언이 콧소리를 냈다. "제가 하는 색다른 코미디에 관심이 있으실까 해서요. 오늘밤에 말이죠…." 이언이 손가락으로 따옴표를 치며 말했다. "제 공연이 있거든요. 웃음잔치죠. 콕포스터에 있는 프록 앤 패럿이라는 펍에서요."

"웃음잔치?"

"콕포스터에서요. 존3*이죠. 일요일 밤에 그곳은 거의 화성이나 다를

* 런던 지하철은 도심의 존1부터 외곽의 존6까지 여섯 개 존Zone으로 나뉘어 있다.

바 없겠지만, 또 제 솜씨가 형편없긴 하지만, 같은 날 잘 나가는 코미디언들도 잔뜩 출연하거든요. 로니 부처, 스티브 쉘던, 가미가제 쌍둥이들 등등."

그가 말을 잇는 동안 엠마는 그의 실제 말투가 거친 웨스트컨트리 사투리가 살짝 묻어나는 유쾌한 악센트임을 알게 되었다. 아직도 도시 물에 의해 깔끔히 씻겨 나가지 못한 그 말투에서 그녀는 또 한 번 트랙터 생각을 했다.

"…남자와 여자의 차이 말이죠. 오늘 완전히 새로운 이 녀석을 무대에 올릴 거예요."

물론 그건 그녀에게 데이트를 하자고 조르는 것이었다. 그녀로선 당연히 가야만 했다. 사실 이런 일이 그리 자주 일어나지도 않았고, 더 나쁜 일이 일어날 게 뭐 있단 말인가.

"거기 음식도 그리 나쁘진 않아요. 평범한 것들이죠. 버거, 스프링롤, 꼬불꼬불한 튀김들…."

"너무 황홀하군요, 이언. 꼬불꼬불한 튀김이랑 또 뭐라고요? 정말 맛있겠다. 근데 어쩌나, 오늘밤은 안 돼요. 미안해요."

"진짜요?"

"7시에 저녁기도회가 있어요."

"에이, 진짜예요?"

"초대는 아주 고마워요. 하지만 토요일 이 근무가 끝나면 난 완전 녹초가 돼요. 난 그냥 집에 가서 느긋하게 뭘 좀 먹고 엉엉 울고 싶어요. 그러니, 아무래도 그 공연은 안 되겠는데요."

"그럼 다음번엔 괜찮죠? 금요일엔 벨럼의 '체셔캣'에서 '구부러진 바나나' 공연을 할 건데—"

이언의 어깨 너머로 요리사들이 그들을 보며 낄낄댔다. 베누아는 손으로 입을 가리고 웃고 있었다. "다음에 언젠가." 친절하지만 단호하게 말한 뒤 엠마는 화제를 바꾸려고 했다.

"자, 이번엔—" 그녀가 발가락으로 다른 바구니를 차며 말했다. "이건 살사에요. 절대 피부에 닿지 않게 하세요. 화상 입어요."

어떻게 됐냐 하면, 엠, 지금 막 빗속에 호스텔로 뛰어 돌아오는데 말야 — 런던과 달리 여기 비는 뜨끈뜨끈해, 어떨 땐 뜨거워 — 난, 말했지만, 좀 취했거든, 그래서 네 생각을 했지. 엠마, 네가 여기 있어서 이런 걸 보고 이런 걸 경험하고 그래야 하는 건데 싶어서 말야, 그래서 이런 비밀 얘기를 해야 되겠다 싶었어.

너 나랑 여기 함께 있자. 여기 인도에.

이게 나의 엄청난 생각이야. 좀 정신 나간 소리처럼 들리겠지만, 내 맘이 바뀌기 전에 이 편지를 얼른 부칠 작정이야. 간단해. 내가 시키는 대로만 해.

1 — 그 진저리 나는 일을 당장 때려치워. 한 시간에 220인분의 또띠야 부스러기 위에다 치즈를 녹이는 일을 할 사람은 딴 데 가서 찾으라고 그래. 가방에 테킬라 한 병만 집어넣고 그 집 문을 걸어 나와 버려. 그럭하면 기분이 어떨지 생각해 봐, 엠. 당장 걸어 나가. 그냥 해치워.

2 — 그 아파트도 당장 떠나 버려. 창문도 없는 방 주제에 돈을 그렇게나 받다니, 틸리가 너한테 완전 바가지 씌우고 있잖아. 그건 박스 룸도 아냐, 그냥 박스지. 그러니까 당장 떠나 버리고, 그 커다란 회색 브레지어

짜는 일도 딴 사람이 하도록 냅둬. 내가 이른바 실제 세계로 돌아가게 되면 난 아파트를 살 거야. 난 그런 특권층 자본주의 괴물이니까 말야. 그러면 네가 잠시 머물고 그러는 건 언제든지 환영이야, 아님 영영 같이 있어도 돼. 우린 좀 잘 어울리니까, 안 그래? 그래, 룸메이트, 그거지. 물론 네가 나를 향한 성적 끌림을 자제할 수만 있다면 말야, 하하. 만일의 경우엔 내가 널 네 방에 가두면 되니까. 그건 그렇고, 자 이제, 진짜 중요한 거.

3 — 이 편지 읽자마자, 얼른 토트넘코트로드의 학생 전문 여행사를 찾아가서 델리 행 비행기표를 끊어. 기한 없는 걸로. 출발일은 최대한 8월 1일에 맞춰야 하니까, 2주쯤 남았네. 알지, 그날이 내 생일인 거? 그 전 날 밤에 아그라 행 기차를 타고 가서 싸구려 모텔에 묵어. 다음날 아침 일찍 일어나서 타지마할로 가는 거야. 들어 봤지, 로디언로드에 있는 인디언 레스토랑 이름을 본 딴 엄청 큰 허연 건물.

슬슬 둘러보다가 딱 12시 정오가 되면 한 손엔 붉은 장미를, 다른 손엔 니콜라스 니클비 책을 들고 중앙 돔 바로 밑에서 기다려. 그럼 내가 널 찾아갈게, 엠. 난 하얀 장미랑 내가 가지고 있는 『하워즈 엔드』, 그 책을 들고 갈 거야. 그리고 널 보면 네 머리에다 확 던져 버릴 거야.

어때, 네 인생에서 들어 본 계획 중에 가장 거창한 거 아냐?

"아, 딱 덱스터답군" 넌 그렇게 말하려나. 돈 걱정은 하지도 않구. 비행기표가 무슨 나무에서 자라더냐? 또 실업수당이 어쩌구, 직업윤리가 저쩌구, 등등. 에휴, 걱정 마세요. 돈은 내가 낼 거야. 그래, 내가 낸다구. 네 비행기표 값을 내가 송금할 거구(난 항상 돈을 송금하고 싶었어) 네가 여기 머무르는 동안 쓸 돈도 다 내가 낼 거야. 허세 부린다 싶겠지만, 절대 아냐, 여긴 뭐든지 죽이게 싸니까 말이야. 남쪽으로 케랄라까지 다니고 동쪽 끝까지 가서 태국까지 다니더라도 여기서 몇 달은 거뜬하게 살 수 있어, 엠, 너랑 나랑 말이야. 보름달 파티에 같이 갈 수도 있어. 상상해 봐, 네 미래가 걱정되어서가 아니라 너무 너무 재밌어서 밤을 홀딱 새는 걸 말야. (기억하지, 졸업식 마치고 우리 홀딱 밤을 새웠던 거, 엠? 어쨌든. 계속해 보자.)

다른 누군가의 돈 300파운드 가지고 네 인생을 바꿀 수 있으니까 너무 걱정은 말아. 솔직히 말해 내가 번 돈은 아니지만 내겐 돈이 있고, 넌 진짜 열심히 일했는데도 돈이 없다니, 이게 바로 실제 사회주의인 거지, 안 그래? 그리고 정말 원한다면 나중에 네가 유명한 극작가가 되고 나서, 아님 시집 인세가 들어올 때든, 언제든 갚아도 돼. 더구나 겨우 세 달이잖아. 가을이면 나도 돌아가야 하니까. 너도 알다시피 엄마 건강이 좋질 않아. 엄마 말로는 수술이 잘되었다고 하지만, 정말 잘된 건지, 그저 날 걱정시키지 않으려고 하는 말인지 모르지. 어쨌든 결국 난 돌아가야 해. (그런데 엄마가 너랑 나에 대해 얘기하는 게 있어. 너와 타지마할에서 만나면 얘기해 주지. 거기 아니면 얘기 안 해 줄 거야.)

내 앞의 벽에 먹이 사냥 나온 듯한 거대한 버마재미 한 마리가 붙어 있는데 말야, 나를 꼬나보면서 닥치라고 말하고 있는 듯해. 재 말을 따라야 할까 봐. 비가 그쳤네. 난 이제 바에 가서 새 친구들과 만나 한잔 마실 거야. 암스테르담에서 온 여자 의대생 세 명인데, 얼마나 유용한 정보들을 많이 가지고 있는지 몰라. 하지만 가는 도중에 우체통을 찾아서 이 편지를 부칠 거야. 맘 바뀌기 전에 말야. 네가 여기 온다는 게 좋은 생각이 아니란 뜻은 아냐. (절대 안 그렇지. 그건 정말 멋진 생각이고, 넌 꼭 와야 해.) 단지 내가 말을 너무 했다 싶어서 그러는 거야. 널 기분 나쁘게 했다면 미안해. 요점은 내가 네 생각을 아주 많이 한다는 것, 그게 중요해. 덱스와 엠,

엠과 덱스. 날 감상적이라고 불러도 좋아. 하지만 난 이 세상 다른 그 누구보다도 더 네가 설사를 앓는 걸 보고 싶어.

타지마할, 8월 1일, 12시 정오.

내가 널 찾아갈 거야!

사랑으로

D

그는 기지개를 켜고 머리를 박박 긁은 뒤 마지막 한 방울의 맥주를 들이켜고, 편지지들을 집어 탁탁 두드려 가지런하게 맞춘 뒤 자기 앞에 장중하게 내려놓았다. 머릿속에 경련이 일어난 듯 얼떨떨했다. 놀라운 속도로 써 내려간 열한 쪽의 그 편지는 졸업시험 이래 그가 쓴 가장 긴 글이었다. 뿌듯하게 팔을 머리 위로 뻗으며 그는 생각했다. 이건 편지가 아니야. 이건 선물인 거지.

발을 다시 샌들에 끼우고 그는 약간 비틀대며 일어서서 묵묵히 공동 샤워장으로 향했다. 그의 피부는 이제 잔뜩 그을었다. 지난 2년 간 열심히 신경 쓴 끝에 드디어 피부 깊은 데까지 시커멓게 그은 기운이 침투해 방부 처리한 나무 울타리 색을 띠게 된 것이다. 길거리 이발사에게서 바싹 짧게 이발을 했고 몸무게도 약간 줄었지만, 그는 은근히 이런 새 모습을 좋아했다. 마치 갓 밀림에서 구해 낸 사람 같은 이 모습이 수척한 영웅 같다고 느껴진 것이다. 그런 이미지를 완성하고자 그는 심사숙고 끝에 발목에 정체도 모호한 음양오행 문신을 새겼다. 런던에 돌아가면 후회할 일일지도 몰랐지만, 뭐 어떤가. 런던에서는 양말을 신으면 될 일.

차가운 샤워로 술기운을 털어낸 덱스터는 작은 방으로 돌아와 네덜란드 여대생들을 만나러 갈 때 입을 걸 찾아 배낭을 발칵 뒤집었다. 옷 냄새를 하나하나 맡으며 고르다 보니 라피아 야자 융단 위에 축축하고 퀴퀴한 옷들이 금세 더미를 이루며 쌓였다. 결국 그가 선택한 것은 제일 무난한 빈티지 아메리칸 반소매 셔츠였고, 장딴지 아래를 잘라낸 청바지를 속옷도 없이 걸쳤다. 그렇게 입으면 왠지 대담하고 무모해지는 느낌이었다. 난 모험가요, 개척자이니!

그리고 그는 그 편지를 보았다. 여섯 장의 파란 종이 양쪽을 빽빽하게 채운 글들. 어떤 침입자가 남기고 간 것인 양 그는 그 편지를 쏘아보았고, 술이 깨고 정신을 차리면서 흠칫 의심이 일며 몸이 떨렸다. 살며시 편지를 집어든 덱스터는 아무 데나 펼쳐 읽어 보았다. 그는 즉시 고개를 돌렸고, 잔뜩 찌푸려져 오므라든 입을 굳게 닫았다. 온갖 강조의 표현과 느낌표들, 그리고 말도 안 되는 농담들. 엠마를 '섹시'하다고 부르다니. 사전에도 없는 단어를 마구 만들어 쓰기도 했군. 그는 개척자는커녕 꼭 시를 읽는 초등 6학년생 같았다. 까까머리에 문신을 하고 청바지 아래 속옷도 안 입은 모험가라니. '내가 널 찾아갈게. 난 늘 네 생각을 했어. 덱스와 엠, 엠과 덱스'라고? 머리가 어떻게 됐던 걸까? 한 시간 전만 해도 아주 시급하고 절실했던 일이 이제는 역겹고 서투르게만 보였다.

어떤 곳은 생짜배기 거짓말이었다. 벽에 먹이 사냥 나온 버마재미 따위는 없었다. 편지를 쓰며 그녀가 보낸 음악 테이프를 듣지도 않았다. 이미 고아Goa에서 카세트 플레이어를 잃어버렸던 것이다. 이 편지는 틀림없이 모든 걸 바꿀 터였다. 지금 이 상태로가 좋았던 건 아닌가? 엠마가 실제로 인도에 와서 문신 보고 낄낄거리며 약삭빠른 소리나 해대는 걸 정말 원한단 말인가? 타지마할이 아니라 공항에서 만나 길게 입 맞춰야 하는 걸까? 침대를 함께 써야 하나? 덱스터는 그런 그림을 그려 보았다. 과연 그만큼 엠마가 보고 싶은 거니?

그래, 정말로 그래, 그는 그렇게 결정했다. 아무리 멍청해 보여도 그가 써내린 글에는 진정한 호감 그 이상이 담겨 있었다. 그래, 오늘밤에 꼭 부치는 거다. 만약 엠마가 과민 반응을 보이면, 취해서 그랬다는 핑계를 대면 돼. 그건 적어도 사실이니까.

더 꾸물대지 않고 그는 편지를 항공우편 봉투에 넣었다. 그리곤 『하워즈 엔드』를 펴 엠마가 '덱스터에게'라고 손으로 쓴 데 바로 옆에다 찔러 넣고는 새 네덜란드 친구들을 만나러 나섰다.

그날 밤 아홉 시가 갓 지났을 무렵, 덱스터는 로테르담에서 온 인턴 약사 르네 반 후텐과 함께 바를 나섰다. 르네의 손은 온통 다 벗겨진 헤너투성이였고, 주머니는 신경안정제 약병으로 불룩했다. 그녀의 허리 끝자락에는 엉성한 우디 우드페커 문신이 새겨져 있었다. 문턱을 넘어서다 비틀거린 덱스터의 코앞에서 그 새가 음란한 추파를 던지고 있었다.

부리나케 바를 빠져나오던 덱스터와 그의 새 친구는 우연히 쾰른에서 온 화학공학도인 스물세 살의 하이디 쉰들러와 부닥쳤다. 하이디가 덱스터에게 욕을 퍼부었지만, 독일어 욕이었고 두 사람에겐 거의 들리지도 않을 정도였다. 거대한 배낭을 메고 혼잡한 바를 비집고 들어선 그녀는 실내를 둘러보며 어디 쓰러질 데가 없나를 찾았다. 하이디의 얼굴은 붉고 둥글었다. 마치 둥근 접시를 잔뜩 쌓아올려 만들어낸 얼굴 같았다. 동그란 안경까지 껴서 더 그랬는데, 바 안이 후끈한데다 습도도 높아 알이 잔뜩 흐려졌다.

하이디는 기분도 시무룩했다. 설사약을 먹어 속이 부어오르는 느낌

탓도 있었고, 자꾸 자기만 따돌리고 달아나는 친구들 탓도 있었다. 그녀는 덜컹대는 등나무 소파에 털썩 몸을 눕히고 왜 이렇게 되는 일이 없는지 투덜대기 시작했다. 흐릿한 안경을 벗어 티셔츠 귀퉁이로 닦고 있는데, 뭔가 묵직한 게 엉덩이를 찌르는 게 느껴졌다. 다시 조용히, 그녀는 욕설을 내뱉었다.

누더기 거품 쿠션 밑에 깔려 있던 물건은, 앞쪽에 편지 한 통이 끼워진 『하워즈 엔드』라는 책이었다. 비록 그 편지가 다른 사람한테 가는 것이긴 했지만, 하이디는 항공우편 봉투의 그 빨갛고 하얀 모서리 무늬를 보자마자 반사적으로 가슴이 두근두근 설레었다. 그녀는 편지를 꺼내 끝까지 읽었고, 다시 한 번 더 읽었다.

하이디의 영어 실력은 그리 빼어나지 않았고, 어떤 단어는 아주 생소한 것들도 있었다. 하지만 이 편지가 꽤나 의미심장한 편지라는 건 충분히 알 수 있었다. 언젠가는 자신도 이런 편지를 받아 봤으면 하는 맘이 드는 걸 보면 확실히 그랬다. 딱히 연애편지는 아니더라도 충분히 그에 버금갔다. 하이디는 이 '엠'이라는 사람이 편지를 읽고 또 읽는 장면을 떠올려 보았다. 당황하면서도 만족스러울 것이었다. 끔찍스런 아파트와 고약한 직장을 팽개치고 나와 인생을 바꾸는 여인, 하이디는 자기가 그 주인공이 된 듯 그려 보았다. 하이디는 자기와 엇비슷하게 생긴 엠마 몰리가 타지마할에서 기다리고 있는데, 잘생긴 금발의 청년이 다가오는 장면도 상상했다. 키스를 나눴을 테지, 하이디의 기분이 점점 더 좋아졌다. 어떻게든 엠마 몰리가 이 편지를 받아야만 해, 그녀는 그렇게 결정했다.

그런데 봉투에는 아무 주소도 없었고, '덱스터'라는 사람의 답신 주소도 없었다. 하이디는 편지를 꼼꼼히 뜯어보며 단서를 찾으려 애썼지만,

— 엠마가 일한다는 레스토랑 이름 같은 것들? — 쓸모 있는 건 하나도 없었다. 길 건너 호스텔 사무실에 물어봐야겠다. 그게 하이디가 할 수 있는 최선의 방법이었다.

이제 하이디 쉰들러는 결혼해서 하이디 클라우스가 되었고, 마흔한 살의 주부로 프랑크푸르트 교외에서 남편과 네 아이와 함께 행복하게 살고 있다. 스물한 살 때 기대하던 것보다는 훨씬 더 행복하게 말이다. 그 보급판 『하워즈 엔드』는 아직도 손님용 침실 책꽂이에 꽂혀 잊혀져 가고 있다. 그 편지도 표지 바로 안쪽에 가지런히 꽂혀진 채. 조그맣게 정성 들여 쓴 다음과 같은 글씨들 옆에서.

> 사랑하는 덱스터에게. 너의 멋진 여행에 잘 어울릴 멋진 책이야. 여행 잘 하고 무사히 돌아와. 제발 문신 같은 건 하지 말고. 반듯하게 지내, 최대한, 알았지. 젠장, 니가 너무 그리울 거야.
>
> 사랑을 담아, 너의 절친 엠마 몰리
>
> 클랩턴, 런던, 1990년 4월

ch04
기회들

1991년 7월 15일, 월요일

◦ 캄덴타운 그리고 프림로즈힐, 런던 ◦

"여러분 집중! 여기 좀 보세요! 모두 조용히 하고. 조용히, 조용해요, 조용! 응, 응! 고마워요. 자, 오늘의 메뉴 소개 좀 할게요. 우선 이른바 '스페셜'부터. 옥수수 탕이랑 터키 치미창가!"

"터키? 7월에?" 바에서 맥주병 주둥이에 꽂을 레몬에 쐐기 모양의 홈을 내고 있던 이언 화이트헤드가 말했다.

"오늘은 또 월요일이죠." 스코트는 계속했다. "깔끔하고 평온하게 가야죠. 티끌 하나 없이 치웁시다. 오늘 순번표를 봤더니, 이언, 자네가 오늘 화장실 당번이더군."

다른 직원들이 낄낄거렸다. "왜 만날 나예요?" 이언이 비통한 신음을 토했다.

"왜냐하면 당신은 그 일을 진짜 아름답게 해내니까." 이언의 절친 엠마 몰리가 말했다. 이언은 기다렸다는 듯 엠마의 구부정한 어깨에 팔을 두르고는 까불대며 쥐고 있던 칼로 찔러대는 시늉을 했다.

"그리고 엠마, 둘이 볼일 다 보고 나면 사무실로 와서 나 좀 봐요." 스코트가 말했다.

다른 직원들이 뭔지 다 안다는 듯 킬킬댔고, 엠마는 이언에게서 몸을 떼어냈다. 바텐더 라시드는 바 뒤의 기름기 번지르르한 테이프 플레이어를 눌렀고, 어김없이 바퀴벌레 송 '라 쿠카라차'가 흘러나왔다. 그 노래는, 더 이상 재밌지 않은 농담 같았다. 영원히 계속될 저 노래….

"단도직입적으로 얘기할게요. 앉아요."

스코트가 담배에 불을 붙였고, 엠마는 그의 크고 너저분한 책상 건너편의 높은 바 의자 위에 앉았다. 보드카, 테킬라, 담배 따위로 채워진 상자들이 잔뜩 쌓여 있어서, 조그만 방으로 뚫고 들어오려는 7월의 햇살을 모두 가로막고 있었다. 대신 실내엔 담배와 실망의 냄새만 가득했다.

스코트가 경쾌하게 발을 책상 위로 올려놓았다. "뭐냐 하면 말이죠, 나 여기 관둬요."

"관둔다고요?"

"본사에서 일링에 새로 문을 여는 헤일 시저스 지점을 맡아 달라고 그러네."

"헤일 시저스는 또 뭐래요?"

"콘템포러리 이탈리안 콘셉트의 대규모 체인 사업이래."

"그런데 이름이 헤일 시저스라고요?"

"그래."

"차라리 무솔리니스라고 그러지?"

"멕시코 가지고 재미 좀 봐서 이탈리아도 건드리려나 봐."

"건드려서 확 망쳐 놓겠다 이거죠?"

스코트의 얼굴이 일그러졌다. "진정해, 엠마."

"죄송해요, 스코트, 정말로. 축하해요. 잘됐네요, 진짜로."

그녀는 짧게 말을 마무리했다. 다음에 나올 말이 뭘지 짐작이 되었기 때문이다.

"내 말은 말이지." 그는 양손을 깍지 끼며 책상 앞으로 몸을 숙였다. 텔레비전에 나오는 비즈니스맨들의 자세를 취하니 뭔가 짜릿한 권력욕이 솟구치는 느낌이었다.

"본사에선 나더러 매니저 후임자를 고르래. 그래서 그 이야길 하려는 거야. 여기 눌어붙어 있을 사람이 난 좋겠다 싶어서. 뜬금없이 인도로 토낀다는 그런 사람은 곤란하다 이거지. 신나는 일이 생겼다며 냉큼 내빼지도 않을, 믿음직한 사람. 여기서 한 2년 정도는 딱 붙어 지낼, 헌신적으로 일해 줄 그런 사람이… 엠마, 당신… 지금 우는 거야?"

엠마는 양손으로 눈을 감쌌다. "미안해요 스코트. 타이밍이 안 좋을 때 이런 말을 들어서 그러는 것뿐예요."

동정심과 노여움 사이에서 이러지도 저러지도 못하느라 스코트의 얼굴이 확 구겨졌다. "여기 있어요." 스코트는 물품 상자에서 거칠거칠한 푸른 키친타월 한 롤을 쏙 빼냈다. "진정해요." 스코트가 건넨 롤이 책상 위를 굴러와 엠마의 가슴에 와 부딪혔다. "내가 무슨 말을 잘못 해서 그러나?"

"아뇨, 아뇨, 아니에요. 제 개인적인 문제 때문에 그래요. 아무 때나 막 솟구쳐 오르는 그런 거. 아, 정말 죽겠네." 그녀가 거칠거칠한 푸른 키친타월 두 장을 눈에 대고 눌렀다. "미안해요, 미안해요, 미안해요. 말씀하시는데."

"아니 그렇게 왈칵 울어 버리고, 이거 참 어쩔 줄을 모르겠구만."

"당신이 내 인생은 어디 딴 데로 못 간다, 그런 말씀 하시는가 했어요." 엠마는 웃으면서 동시에 울기 시작했다. 그녀는 세 번째 키친타월을 뽑아 입에 대고 눌렀다.

스코트는 들썩이던 엠마의 어깨가 멈추기를 기다렸다. "그래서, 이 일에 관심 있어요, 없어요?"

"그러니까", 그녀는 25리터 들이 사우전드 아일랜드 드레싱 통에 손을 올렸다. "이 모든 게 언젠가는 제 게 된단 말씀이죠?"

"엠마, 이 일을 원치 않으면 그냥 그렇다고 해요. 난 이 일을 벌써 4년째 했지만 말야."

"정말 잘해 내셨죠, 스코트."

"보수도 충분해, 화장실 청소도 다신 안 해도 되고."

"제안 정말 감사해요."

"그런데 왜 눈물은 쏟고 그래?"

"그냥 제가 너무… 울적했나 봐요."

"울적했다." 스코트는 그런 말을 처음 듣는다는 듯 찡그렸다.

"있잖아요, 슬며시 우울해지는 거."

"그래. 알지." 스코트는 다정한 아버지처럼 그녀를 감싸 줘야 하나 생각해 보았지만, 그러려면 45리터짜리 마요네즈 드럼통을 타넘어야 했다. 그래서 대신 책상 위로 몸을 더 기울였다. "그러니까 … 남자 문젠거야?"

엠마가 픽 하고 웃었다. "전혀요. 스코트, 그냥 별일 아니에요. 딱 기분이 가라앉아 있을 때 절 부르셔서, 그뿐이에요." 그녀가 머리를 격하게 흔들었다. "보세요, 다 가버렸어요. 소나기처럼. 잊어주세요."

"그래, 어떻게 생각해? 매니저 되는 거?"

"생각 좀 해봐도 될까요? 내일 말씀드리면 어때요?"

스코트는 후하게 웃으며 고개를 끄덕였다. "그래요 그럼. 한숨 돌리고 생각해야지." 그는 문고리를 잡으며, 무한한 동정심을 담아 말했다. "가서 나초 좀 먹어요."

텅 빈 직원 대기실, 엠마는 김이 모락모락 나는 치즈와 옥수수 칩 쟁반을 마치 물리쳐야 할 적이라도 되는 듯 노려보았다.

벌떡 일어선 엠마가 이언의 로커로 가더니 아무렇게나 처박혀 있는 데님 바지를 뒤져 담배를 찾아냈다. 한 개비를 꺼내고, 불을 붙이고, 안경을 벗은 뒤 엠마는 금 간 거울에다 자기 눈을 비춰 보곤 출근카드를 찍다 더러워진 손가락을 빨았다. 요즘 그녀의 머리는 스스로 '랭카셔 쥐새끼' 같다는 생각이 드는 빛깔로, 아무 스타일 없이 길기만 했다. 그녀는 정수리에 잘 붙어 있던 머리 한 가닥을 애꿎게 뽑아서는 엄지와 검지 사이에 쥐고 길이 방향으로 쓰다듬었다. 이런 머리카락을 씻으면 샴푸도 쥐색으로 물들겠군 싶었다.

도시의 머리카락. 잦은 야근 탓에 그녀는 창백해졌고 살도 쪘다. 벌써 몇 달째 치마를 입을 때면 머리 위로 뒤집어써야 했다. 재탕 삼탕 끝도 없이 다시 튀겨낸 그 콩 튀김이 문제였다.

'뚱보 기집애', 그녀는 생각했다. '멍청한 뚱보 기집애', 이건 최근 그녀의 머릿속에 자주 떠오르고 있는 구호의 하나였다. 다른 것들로는 '네 인생의 1/3은 가버렸어'와 '이 모든 것들이 대체 왜 중요한 건지?' 등이 있었다.

엠마의 20대 중반은 제2의 사춘기 같았다. 그건 첫 사춘기보다 더 자기도취적이고 더 운명론적이었다.

"그러지 말고 집으로 오렴, 얘야." 엠마의 엄마는 간밤 전화에서 그렇게 말했다. 엄마 특유의 떨리고 근심 섞인 목소리는 마치 엠마가 납치라도 됐다는 듯한 말투였다. "여기엔 네 방이 있잖니. 데버넘스 백화점에 일자리도 있을 거야."

난생처음 엄마의 그런 제안이 마음을 끌었다.

한때 그녀는 런던을 정복하리라 생각했다. 문학 살롱들에서의 왁자한 모임과 정치 집회, 맘껏 까불어도 되는 파티, 템즈강 강둑에서의 달콤씁쓰름한 로맨스 등을 꿈꾸었던 그녀였다. 밴드도 꾸리고, 단편영화도 찍고, 소설도 쓰고 싶었던 그녀였는데, 얄팍한 자필 시집의 두께는 2년이 지나도 늘어나질 않았고, 인두세 시위대에서 경찰의 곤봉 맛을 본 뒤로 그럴듯한 일은 전혀 일어나질 않았다.

다들 예상했던 것처럼 이 도시는 그녀를 굴복시키고 말았다. 손님이 너무 많은 파티장에서처럼, 아무도 막 도착한 그녀를 주목하지 않았다. 또 그녀가 떠난다 해도 아무도 눈길을 주지 않을 것이었다.

그녀가 노력을 안 한 건 아니었다. 출판 쪽 일을 해보겠다는 생각은 늘 떠돌아다녔다. 엠마의 친구 스테파니 쇼오는 졸업하자마자 출판사에 취직했고, 그 일은 그녀를 완전히 바꾸어 놓았다. 스테파니 쇼오는 라거나 흑맥주의 세계와 이별했다. 요즘 그녀는 백포도주를 마시고, 지그소우Jigsaw에서 산 단정한 정장을 입으며, 디너파티에선 케틀칩스Kettle

Chips를 내놓았다. 스테파니의 충고를 따라 엠마도 출판사나 에이전트, 나아가 서점에도 편지를 보내 봤지만, 아무 일도 벌어지질 않았다.

경기가 불황 국면에 접어들면서 사람들은 완강하고도 단호하게 자기 직업에 매달렸다. 대학원으로 도망칠까 생각도 해봤지만, 정부가 학비 보조금을 없애 버리는 바람에 학비를 댈 길이 없었다. 민간단체 활동도 있지. 국제사면위원회는 어떨까? 하지만 집세랑 교통비로 통장은 바닥났고, 로코 칼리엔테는 그녀의 시간과 에너지를 몽땅 먹어치웠다.

눈먼 사람들에게 소설을 읽어 주는 것도 멋있겠다 싶었다. 그런데 그런 직업이 있긴 있나, 아니면 무슨 영화에서나 본 건가? 힘이 조금이라도 남아 있었다면 이것저것 알아봤을 텐데, 지금 그녀는 식탁에 앉아 점심 접시를 노려볼 뿐이다.

산업용 치즈는 딱딱하게 굳어 플라스틱 같았다. 갑자기 구토가 날 듯해 그녀는 접시를 치우고 가방을 뒤져 새로 산 값비싼 검은 가죽 장정의 노트를 꺼냈다. 뭉툭한 만년필이 표지에 끼워져 있었다. 말쑥한 미색이 감도는 뽀얀 면을 펼쳐 그녀는 부리나케 적어 내려갔다.

나초

그건 다 나초의 장난이었어.

이 어수선한 그녀의 삶처럼 온갖 너저분한 것들이 김을 푹푹 내뿜으며

뭐가 잘못된 건지를 일러 주었지

바로

그녀의

삶에서

거리에서 목소리가 들려왔네

'변화의 시간이야'

바깥의 켄티시타운로드에서

누군가 웃고 있네

하지만 여기, 자욱한 다락방엔

오로지

나초뿐이네

치즈는, 인생처럼

딱딱해졌고

프라스틱처럼

차가워졌네

그리고 윗방에선 웃음이 들리지 않네

엠마는 글쓰기를 멈추고 방을 둘러보다 천장에 시선을 고정시켰다. 누군가에게 숨어 버릴 시간을 주려는 듯 말이다. 다시 노트를 보면서 거기 쓰여 있는 게 너무 빼어나서 깜짝 놀란다면 얼마나 좋을까 싶었다.

그녀는 몸서리를 치며 깊은 신음을 토하고선 웃으며 머리를 가로저었다. 그녀의 손은 그야말로 한 글자 한 글자를 긁어내고 있었다. 글자들 위에 빗금을 그려 넣어 한 글자도 알아보지 못하도록…. 곧 잉크 때문에 종이가 눅눅해졌다. 엠마는 얼룩이 종이를 뚫어 버린 곳을 보려고 한 쪽을 넘겼다. 거기 다른 글이 적혀 있었다.

에든버러 새벽 네 시

우리는 싱글 침대에 누워 얘기했다
미래를, 과연 어찌 될까 추측하며
그가 말할 때 난 그를 보며, 생각했지
'잘생겼네', 덜떨어진 말 같으니. 또 생각했지
'이걸로 끝인가? 그냥 흘러가 버리는?'

지빠귀들이 밖에서 노래하네
햇살은 커튼을 데우고

그녀는 붕대 아래 덜 아문 상처를 들여다본 듯 다시 몸서리를 쳤다. 그리곤 노트를 닫았다. 맙소사, '그냥 흘러가 버리는'이라니. 전환점에 다다랐다. 시를 쓴다고 해서 상황이 나아지리라고, 그녀는 더 이상 믿지 않았다.

노트를 물리고 대신 어제 날짜의 〈선데이 미러〉를 펼치고선 나초를 먹기 시작했다. 그냥 흘러가 버릴 나초를. 이렇게 형편없는 음식이 이렇게 큰 위로가 되다니, 그녀는 깜짝 놀랐다.

이언이 문간에 나타났다. "그 남자 또 왔는데."

"그 남자라니?"

"당신 친구, 잘생긴 애. 어떤 여자랑 같이 왔어." 그러자 엠마는 이언이 누구 얘길 하는지 대번에 깨달았다.

부엌 미닫이 회전문의 끈적한 유리창에 코를 붙인 채 그녀는 그들을 쳐다보았다. 두 사람은 매장 한복판의 칸막이 좌석을 차지하고 앉아 번지르르한 술을 홀짝거리며 메뉴판을 보며 낄낄대고 있었다. 여자는 뽀얀 피부에 길고 가는 얼굴형이었다. 검은 눈 화장이 검디검은 머리칼과 잘 어울렸다. 짧게 비대칭으로 자른 머리에선 돈 냄새가 풀풀 났다. 새까만 레깅스와 무릎 위 부츠를 신은 그녀의 다리는 길었다. 사람들은 흔히 누가 지켜본다 싶으면 일부러 거침없이 무모한 짓을 한다. 약간 취해 보이는 그 둘이 딱 그랬다.

'뮤직비디오 주인공들 납셨군.' 객장으로 뚜벅뚜벅 걸어가 단단히 포장한 '오늘의 부리토'로 저 둘을 흠씬 패 준다면 얼마나 시원할까, 엠마는 생각했다.

커다란 손 둘이 엠마의 어깨를 감쌌다. "오호." 이언의 턱이 엠마의 머리 위에 편안히 내려앉았다. "저 여자는 누구야?"

"글쎄." 엠마는 코 때문에 유리창에 생긴 자국을 문지르며 말했다. "쟤 요즘 뭐하는지 들은 게 없어서."

"틀림없이 새 여자군, 그럼."

"덱스터는 관심의 주기가 아주 짧아. 아기 같지. 원숭이 같거나. 쟤 앞엔 뭔가 반짝이는 걸 대롱대롱 매달아 놔야 해."

그래, 저 여자애가 바로 '뭔가 반짝이는 거'로구나, 엠마는 생각했다.

"여자들이 나쁜 놈을 좋아한다고 하더니, 그게 맞나 보네?"

"쟨 나쁜 놈이 아냐. 덜떨어진 애지."

"그럼 여자애들이 덜떨어진 남자를 좋아하는 건 맞아?"

덱스터는 어느새 칵테일 장식용 우산을 귀 뒤에 꽂았고, 여자애는 그 천재적 감각에 화답해 찬탄의 웃음보를 터뜨렸다.

"뭐 그런 거 같네." 엠마가 말했다.

대체 뭐야, 그녀는 궁금했다. 저렇게 요란스레 자신의 새로운 메트로폴리탄 라이프스타일을 내게 뻐기러 오는 이유가?

태국 발 비행기로 귀국한 덱스터가 다갈색으로 그을린 얼굴로 웃기는 문신까지 새기고서 나긋나긋 입국장 출구를 걸어나올 때부터 그녀는 깨달았다. '우리 둘, 연인이 될 가능성은 제로구나.' 그에게는 너무 많은 일이 일어났고, 그녀에게는 너무 적은 일이 일어났던 것이다.

아무리 그래도 지난 아홉 달 동안 벌써 세 번째 여친(여인, 뭐든지)이라니. 그때마다 덱스터는 마치 뚱뚱한 비둘기를 입에 물고 오는 개처럼 그녀에게 선보이는 것이었다. 정나미 떨어지는 복수 같은 걸까? 자기보다 학점 좀 잘 받았다고? 둘이 다리를 꼬고 얼굴을 철썩 맞붙인 채 9번 테이블에 앉아 있는 이 작태가 그녀에게 어떻게 보일지를 덱스터는 과연 모른단 말인가?

"당신이 가요, 이언. 당신 구역이잖아."

"당신더러 오랬어."

그녀는 한숨을 쉬고 앞치마에 손을 닦았다. 창피함을 조금이라도 덜어 보고자 야구모자도 벗은 뒤 그녀는 회전문을 밀고 나갔다.

"손님, 오늘의 스페셜이 뭔지 듣고 싶으신 건가요? 아니면 뭐 딴 거?"

덱스터는 여자애의 긴 다리와 얽혀 있던 자기 다리를 풀고 얼른 일어나 그의 참으로 오래된 친구를 얼싸안았다.

"안녕, 엠. 잘 지냈지? 크게 한번 안아 보자."

텔레비전 산업에 몸담은 뒤 그는 안기, 특히 크게 안기에 대한 집착을 키우고 있는 듯했다. 텔레비전 진행자들과 지내다 감염된 탓인지, 그는 요즘 엠마에게 얘기할 때도 옛 친구라기보다는 '다음으로 모신 오늘의 손님' 대하듯 했다.

"엠마, 이 친구는", 덱스터가 훤히 드러난 그녀의 깡마른 어깨에 손을 얹었다. 두 여인 사이에 다리를 놓듯 말이다. "이 친구는 나오미야. 늘

'노움이'라고 발음해 달라고 그러지."

"안녕, 노움이." 엠마가 웃자 나오미도 마주 웃었다. 하얀 이빨 사이에 칵테일용 빨대를 물고서.

"이봐, 우리랑 같이 마가리타 마시자, 응!" 취기와 감상에 젖은 덱스터가 엠마의 손을 끌었다.

"안 돼, 덱스. 근무 중이잖아."

"어허, 5분만. 한잔 사고 싶어서 그래. 딱 한 잔! 응, 한 잔만."

이제 이언도 주문지를 들고 9번 테이블에 합류했다. "손님들, 뭐 드실지 결정하셨나요?" 그가 쾌활하게 물었다.

여자애가 코를 찌푸렸다. "아직 결정 안 했는데!"

"덱스터, 지난번에 이언 봤지?" 엠마가 얼른 말했다.

"어? 모르겠는데?" 덱스터가 말했다.

"몇 번 봤죠." 이언이 말했다. 문득 그들 사이에 침묵이 흘렀다. 직원과 손님 사이에.

"그래요, 이언, '앨라모 요새 기념' 마가리타 두 잔, 아니 세 잔 줘요. 두 잔 아님 세 잔? 엠마, 우리랑 같이 마실 거지?"

"덱스터, 말했잖아. 일하는 중이라니까."

"그래, 그렇다면, 이렇게 하지. 한 잔은 그냥 남길게. 그냥 세 잔 계산서로 줘요, 음…." 이언이 떠나자, 덱스터는 엠마를 손짓으로 불러 낮게 속삭였다. "근데 말야, 어떻게 방법이 없을까?"

"무슨?"

"너한테 그 술값 주는 거 말야?"

엠마가 멍하게 쳐다봤다. "그게 무슨 소리니?"

"내 말은 말이지, 내가 어떻게 말야, 너한테, 음, 팁 줄 수 있냐고?"

"나한테 팁을?"

"그래. 너한테 팁을?"

"왜?"

"이유는 무슨, 엠." 덱스가 말했다. "그냥 정말 정말 너한테 팁을 주고 싶어." 그 순간 엠마는 느꼈다. 자기 영혼의 한쪽 부스러기가 또 떨어져 나가는 걸.

프림로즈힐 위에서 덱스터는 초저녁 햇살을 받으며 잠이 들기 시작했다. 오후 내내 간밤의 숙취 탓에 끙끙댔었는데, 동네 슈퍼에서 사온 백포도주를 반 병쯤 비우니 다시 취기가 돌았다. 셔츠 단추는 활짝 열렸고, 손으로 머리를 받친 채 그는 곯아떨어졌다. 언덕배기의 바싹 마른 노란 잔디밭에는 전문직 젊은이들로 붐볐다. 많은 이들은 사무실에서 바로 그리 달려온 듯한 복장이었다. 근처에서만 세 대의 스테레오가 서로 성능 자랑을 하며 쿵쾅대는 가운데 다들 서로 떠들며 웃고 있었다. 덱스터는 그 한복판에 누워 텔레비전 꿈을 꾸었다.

전문 포토그래퍼의 꿈은 별 노력 없이 접어 버렸다. 아마추어로서는 꽤 쓸 만했고 앞으로도 계속 그렇겠지만, 카르티에-브레송이나 카파, 브랜트 같은 남다른 사진가가 되려면 온갖 고생과 시련, 피땀이 필요했다. 하지만 덱스터는 자신이 피땀을 흘릴 수 있을지 확신이 없었다. 반면 텔레비전은 지금 있는 그대로의 덱스터를 필요로 했다.

왜 진작 그 생각을 못했을까? 성장기 내내 집에는 텔레비전이 있었지만, 그걸 보는 게 뭔가 불건전한 일이라는 분위기 속에서 그는 자라났다. 그런데 난데없이 지난 9개월 동안에 텔레비전이 그의 삶을 좌우하게 되었다. 그는 텔레비전의 세계로 돌아온 개종자처럼, 드디어 영혼의 거처를 찾아냈다는 듯 새 광신도의 열정으로써 그 매체에 대한 깊은 정을 키워 갔다.

물론 사진의 예술적 눈부심이나 교전지역 취재의 위신 따위에 비길 바는 못 되었지만, 텔레비전은 중요한 매체였고 텔레비전이 미래였다. 사람들의 삶을 가장 직접적으로 건드리고, 여론을 형성하며, 아무도 읽지 않는 책이나 아무도 보지 않는 연극보다 훨씬 효과적으로 선동하고 즐겁게 하고 파고든다는 점에서 텔레비전은 실생활 속의 민주주의라고 할 만했다.

"나는 보수당이 싫어요"라고 엠마는 말하지만 — 덱스터도 보수당 팬은 아니었다. 단 그는 당의 이념보다는 그 스타일이 맘에 안 들었던 거지만. — 그들은 확실히 미디어산업의 판도를 바꿔 놓았다. 이제껏 방송은 거만한 양반들의 따분한 일이었다. 공룡 노조, 우중충한 관료주의, 바퀴 달린 찻잔 운반대를 밀고 다니는 털보 평생직장인들과 공상적 사회개량주의자들, 노인네들의 놀이터였다. 공무원 조직의 연예 분과 같은 곳이었던 것이다. 반면, 레드라이트 프로덕션은 새로운 붐의 선두에 있었다.

리스*가 만들어낸 시대에 뒤처지고 낡은 공룡[즉 BBC]으로부터 생산수단을 떼어낸 민간 소유 기업으로서, 젊음의 활기가 넘치는 회사였다. 미디어에는 돈이 있었다. 원색으로 칠해진 개방형 평면의 사무실에는 최첨단 컴퓨터 시설과 어마어마하게 큰 공용 냉장고들이 즐비했다.

이 세계에서 덱스터가 자리를 잡은 건 정말 눈 깜짝할 새 벌어진 일

* John Reith, 1889~1972. 영국 공영방송 BBC의 기틀을 다진 선구자.

이었다. 인도의 열차에서 만났던 반들대는 말총머리와 조그만 안경의 그 여인은 그에게 처음엔 잔심부름 일을, 나중엔 자료조사원 일을 맡겼다. 이제 그는 명함에 'Asst Prod'란 직함을 적는 어엿한 보조 프로듀서로서, '오늘날의 젊은이들에게 큰 영향을 미치는' 여러 문제들 — 성병, 마약, 댄스 음악, 경찰 폭력 등 — 을 다루는 기사를 코미디 형식으로 전달하면서 라이브 음악을 곁들이는 주말 매거진 프로그램 '업4잇'을 맡고 있었다. 덱스터는 으스스한 슬럼 주택단지를 어안렌즈로 희한한 각도에서 포착해 정신없이 진행되는 짤막한 영화를 만들기도 했다. 이를테면 애시드하우스 사운드트랙에 맞춰 구름이 쏜살같이 흘러가는 식이었다. 다음 시리즈에선 그를 카메라 앞에 세우자는 얘기도 나왔다. 그는 기대 이상으로 잘 나가고 있었다. 부모님이 자신을 자랑스러워하게 될지도 모르겠다고 스스로 생각할 정도였다.

그저 "저는 TV 일을 해요"라고 말하는 것이 그는 아주 뿌듯했다. 비디오테이프가 가득 든 조그만 가죽 가방을 들고, 자기와 같은 일을 하는 사람들과 인사를 나누며 버릭스트리트를 걸어 내려가 편집실로 가는 걸 그는 아주 좋아했다. 그는 스시가 가득 담긴 큰 접시와 착수 파티를 좋아했고, 정수기에서 시원한 물을 마시는 일이나 퀵서비스를 부르는 일, "우리 6초 잘라내야 해" 같은 말을 하는 게 너무 좋았다. 공공연히 내세우진 않았지만, 그는 번듯해 보이는 산업에 종사한다는 게 맘에 들었고, 젊음을 높이 사는 업종이라는 것도 아주 좋았다.

이 새로운 TV의 신세계에선 예순두 살의 노인네들이 난상토론을 벌이고 있는 회의실로 들어가야 할 일 따위는 벌어지질 않았다. TV 피플들이 특정 나이대에 다다르면 무슨 일이 벌어지는 걸까? 다들 어디로 사라진 거지? 알 게 뭐야! 나한테 잘 맞는 다음에야, 나오미처럼 강렬하고 야심 찬 젊은 도시형 여자들이 그러하듯 신경 끄고 사는 거다!

아주 드물게 회의에 빠질 때면, 덱스터는 지성인의 면모가 모자란다는 게 그의 발목을 잡을지도 모른다고 걱정하곤 했지만, 이 직업에서는 자신감과 에너지, 심지어 약간의 교만함마저도 꼭 필요한 것으로 인정되었고, 그에겐 이 모든 게 자신의 손아귀에 있다고 여겨졌다. 물론 똑똑해야 한다. 하지만 엠마처럼 똑똑해야 하는 건 아니다. 그냥, 정치, 약삭빠름, 야심, 그런 거면 된다.

짙은 나무 색과 암회색으로 뒤덮인 회사 근처 벨사이즈파크의 새 아파트도 아주 맘에 들었다. 그는 이런 세인트스위딘스데이에 그의 눈앞에 펼쳐진 넓고 뿌연 런던도 너무 좋았다. 그리고 그는 이 모든 흥분을 엠마와 함께 나누고 싶었다. 그녀에게 새로운 가능성과 새로운 경험들, 새로운 교우관계를 모두 소개하고 싶었다. 그래서 그녀의 인생도 자기 것과 비슷해졌으면 싶었다. 그러면 나오미와 엠마가 친구 사이가 될 수 있을지도 모를 일이니까.

이런 생각에 흐뭇해 하며 막 잠이 들려는 찰라, 그의 얼굴에 그늘이 지며 잠을 깨웠다. 그는 한쪽 눈을 가늘게 뜨고 올려다보았다.

"안녕, 미남 아저씨."

엠마가 그의 엉덩이를 세게 걷어차며 말했다.

"아우!"

"한 번만 더 그러면 정말 가만 안 둘 거야!"

"내가 뭘 어쨌다고?"

"모른 척하긴! 내가 동물원에 갇혀 있는 것처럼, 막대기로 쿡쿡 쑤시고, 낄낄대 놓고선."

"너한테 낄낄댄 거 아니야!"

"다 봤다구. 여자친구랑 서로 다리를 걸쳐 놓고, 킬킬댔잖아."

"걔는 여자친구 아냐. 그리고 우린 그냥 메뉴 보고 웃었던 것뿐이고."

"너흰 내가 일하는 데서 웃었잖아."

"그래서? 넌 거기서 안 웃어?"

"웃지, 거기서 일하니까 웃어야지. 내가 웃는 건 힘든 걸 견디는 거고, 넌 그냥 날 보고 키득댄 거잖아!"

"엠, 앞으로 절대로, 다시는!"

"내가 그렇게 느꼈단 말이야."

"나 참, 사과할게."

"좋아." 엠마는 다리를 옆으로 포개고 덱스터 옆에 앉았다. "이제 셔츠 단추 좀 채우고, 그 포도주 이리 좀 줘봐."

"그리고 그 여자앤 내 여자친구 아냐." 덱스터는 아래쪽 단추 셋을 채우며 엠마에게 미끼를 던졌다. 그 미끼가 무시당하자 그는 다시 엠마를 긁었다. "우린 이따금씩 같이 자는 사이일 뿐이야. 딴 거 없어."

뭔가 관계를 맺으리란 기대를 접은 뒤 엠마는 덱스터의 무심함에 애써 태연하고자 노력했다. 그래서 요즘 들어서는 이런 말을 들어도 그리 아프지 않았다. 이를테면 정통으로 뒤통수를 후려친 테니스공 정도의 고통뿐이었다. 요즘 들어서는 이 정도로 움찔하는 일도 없었다. "그래, 잘됐네. 너희 둘한테 서로 좋은 일이겠어." 엠마는 그렇게 대꾸하며 플라스틱 잔에 포도주를 부었다. "그런데 그 친구가 네 여자친구가 아니면 내가 뭐라고 불러야 하는 거니?"

"글쎄. '연인'?"

"연인이라면 당연히 애정을 나누는 사이지."

"'노획물'은 어때?" 그가 씨익 웃었다. "요즘 '노획물' 같은 말 써도 되나?"

"아님 '먹이'는 어떠냐? '먹이'가 딱이네." 엠마가 벌렁 드러누워서는 끙끙대며 청바지 주머니 안을 뒤졌다. "자, 네가 준 거 도로 가져가." 엠마가 꼬깃꼬깃 접은 10파운드 지폐 한 장을 덱스터의 가슴팍에 올려놓았다.

"절대 안 되지!"

"절대 된다고."

"이건 네 거야!"

"잘 들어, 덱스터. 친구한테 팁을 줘서야 쓰겠니?"

"팁이 아니야. 이건 선물이라고."

"현금이 무슨 선물이야. 내게 뭘 사줄 거면, 그건 좋아. 그런데 현금이라니, 진짜 황당해."

그는 한숨을 뱉고 돈을 주머니에 찔러 넣었다.

"사과할게. 자꾸 사과하네."

"좋아." 그녀가 덱스터 옆에 누우며 말했다. "계속해 봐, 그럼. 얘기 좀 들어 보자."

웃음을 머금으며 그가 팔꿈치를 짚고 상체를 일으켰다.

"주말에 말야. 촬영 쫑파티가 있었거든."

촬영 쫑파티라. 덱스터가 이제 촬영 쫑파티에 가는 사람이 된 거로구나, 그녀는 생각했다.

"사무실 한쪽에 그녀가 서 있기에 내가 가서 '안녕, 같이 일해 좋았다' 그랬지. 악수하자고 손 내밀고, 아주 공식적인 인사였지 뭐. 그런데 그녀가 날 보고 웃으며 윙크 하더니 내 뒤통수에 손을 올리고선 나를 확 끌어당기고서는—" 그가 떨리는 목소리로 낮게 속삭였다. "—확 키스를 하는 거 있지?"

"확 키스를 하는 거 있지?" 그렇게 말하는 엠마의 뒤통수에 테니스공 하나가 더 날아들었다.

"그리곤 혀로 뭔가를 내 입에 밀어 넣는데 말이야. 이게 뭐지, 내가 물으니까, 그녀가 또 윙크하고선, 직접 알아보셔, 그러는 거야."

잠깐 침묵이 흐른 뒤 엠마가 물었다. "뭔데? 땅콩이디?"

"아니."

"그럼 뭐야? 바삭바삭 잘게 볶은 땅콩이디?"

"아니, 그건 알약이었어."

"뭐? 틱택 같은 거? 역한 입 냄새 좀 지우라고?"

"내 입 냄새가 뭐가 역해?"

"그런데 이 얘기 지난번에도 한 거 아냐?"

"아냐. 그건 다른 여자애였지."

이제 테니스공들은 떼거리로 더 빨리 쏟아졌다. 그 속에는 간간이 딱딱한 크리켓 공도 섞여 있었다. 엠마는 몸을 쭉 펴 지긋이 하늘을 응시했다. "덱스, 여자애들이 건네는 마약 받아먹는 짓 이제 좀 그만해. 비위생적이고 위험해. 언젠간 청산가리 캡슐을 건넬지도 몰라."

덱스터가 웃었다. "그 다음에 무슨 일이 벌어졌는지도 듣고 싶어?"

엠마가 손가락 하나를 턱에 댔다. "그런가? 아니, 아냐. 그만 듣자."

하지만 엠마의 뜻과 상관없이 그는 나머지 얘기를 계속했다. 클럽의 컴컴한 뒷방으로 간 얘기, 오밤중의 전화 통화 얘기, 새벽에 택시 타고 시내를 가로질러 간 얘기 등 '이 풍성한 덱스터의 섹스 라이프 뷔페에서 맘껏 양껏 드세요'라는 식으로. 엠마는 그의 말을 듣는 대신 그의 입술 움직임만 살피려고 노력했다. 그녀가 기억하고 있는 것과 같은, 아주 근사한 입이었다. 만약 자신도 그런 나오미 같은 애들처럼 대담하고 거칠고 비대칭이라면, 지금 그에게로 몸을 기울여 입을 맞출 텐데….

그러다 문득 자신은 아직 그 어느 누구에게도 먼저 키스를 하지 않았다는 사실이 떠올랐다. 아무도 그녀의 키스를 불러일으키지 못했던 것이다. 물론 키스의 경험은 많았다. 파티에서 취한 남자애들이 갑작스레 너무 세게 퍼붓던 그런 키스는 아무 데서나 난데없이 날아드는 주먹질 같았다. 3주 전 땀을 뻘뻘 흘리며 고기 창고를 청소하고 있는데 이언이 키스를 시도하기도 했다. 너무 불쑥 그의 얼굴이 눈앞에 다가와서 엠마는 그가 박치기를 하려고 덤벼든다고 생각했을 정도였다.

아주 여러 해 전이긴 하지만 덱스터도 그녀에게 키스를 했었다. 이제 와서 그에 대한 답례의 키스를 한다면 너무 이상하겠지? 지금 만약 키스를 한다면 대체 무슨 일이 벌어질까? 그래, 주도권을 쥐고서, 안경을 벗어, 그리곤 떠들어대느라 정신없는 그의 머리통을 거머쥐고선 키스를 퍼부어, 키스를 하라고.

"그랬더니 나오미가 새벽 세 시에 전화를 한 거지. '얼른 택시 타. 지금. 당장.' 그렇게 외치더군."

머릿속에서 키스를 마친 덱스터가 맛난 커스타드 파이라도 먹었다는 듯 입을 훔치는 그림이 선명하게 그려졌다. 그녀는 머리를 다른 쪽으로 돌려 언덕 위의 사람들을 지켜보았다. 저녁 빛이 서서히 엷어지는 가운데 200명은 됨직한 부유하고 매력적인 젊은이들이 원반을 던지고 일회용 바비큐에 불을 붙이며 한창 저녁을 즐기고 있었다. 엠마는 이 신기한 경력과 신기한 CD 플레이어, 신기한 산악자전거를 가진 사람들로부터 훌쩍 거리감을 느꼈다. 그건 마치 보드카나 작은 스포츠카를 선전하는 TV 광고를 보는 기분이었다.

"집으로 돌아오렴, 애야." 엄마는 간밤 전화에서 또 그렇게 말했다. "아직 네 방이 여기 있잖니…."

그녀는 다시 덱스터를 돌아보았다. 그는 아직도 자신의 애정행각을 떠들고 있었다. 그의 어깨 너머로 한 젊은 커플이 격렬하게 키스를 나누고 있었다. 여자가 남자 위에 걸터앉았고, 남자의 팔은 항복의 만세를 불렀으며, 둘의 손가락은 완벽하게 포개져 있었다.

"…그러니까 우린 사흘 정도를 호텔 밖으로 아예 나가지도 않았던 거지."

"미안, 한참 동안 못 들었어."

"내 말은 말야…."

"그녀가 네 안에서 뭘 본다고 생각하니?"

덱스터가 그게 무슨 질문이냐는 듯 어깨를 으쓱했다. "그녀 말로는 내가 까다롭대."

"까다롭다니? 넌 두 쪽짜리 그림 맞추기 퍼즐 같은 애야." 그녀가 앉으며 다리에 묻은 풀을 털어냈다. "두툼한 합판으로 만든." 그리고 그녀는 청바지 가랑이를 조금 위로 끌어당겼다. "이 다리 좀 봐." 엠마는 엄지와 검지로 다리털을 살짝 쥐었다. "꼭 무슨 쉰여덟 살 산악등반가의 다리 같지 않니. 램블러Rambler 협회 회장으로 나서면 딱이겠지?"

"뭘 고민해. 왁싱 해서 없애 버려, 털보 메리 아줌마."

"덱스터!"

"그리고 말야, 네 다린 진짜 멋져." 그가 몸을 숙여 엠마의 종아리를 살짝 꼬집었다. "넌 정말 굉장해."

그녀가 그의 팔꿈치를 툭 쳐서 풀밭 위로 자빠지게 했다. "날 털보 메리라고 부르다니, 정신 나갔니?" 그의 뒤에서 그 커플은 아직도 키스 중이었다. “저 둘 좀 봐. 노려보진 말고.” 덱스터가 어깨 너머로 그들을 살폈다. “두 사람 숨소리도 들리는 거 같아. 저렇게 뚝 떨어져 있는 데도, 빠는 소리가 들린다니까. 누가 막힌 싱크대 뚫는 소리 같잖아. 빤히 노려보지 말라니까.”

“뭐가 어때서? 여긴 공공장소야.”

“그럼 너도 공공장소로 가서 저러고 있지 그러니? 자연 다큐멘터리처럼.”

“둘이 아마 사랑하나 본데.”

“사랑이 저런 모습인 거야? 입술은 흠뻑 젖고, 스커트는 온통 구겨지는 게?”

“어떨 땐 그렇지.”

“저 여자는 마치 남자의 머리를 자기 입에 다 집어넣으려는 거 같아. 저러다 여차하면 턱이 빠질 텐데.”

“그래도 여잔 쓸 만한데 뭘.”

“덱스터!”

“아, 그러니까, 내 말은 말이지.”

“너처럼 모든 걸 성적으로만 생각하는 거, 그거 누군가에겐 굉장히 이상하게 여겨질 수도 있다는 걸 왜 모르니? 좀 처절하고 슬프다고 보는 사람도 있을 거란 말이지.”

“웃기셔. 난 하나도 안 슬프고 하나도 안 처절하거든.”

그런 덱스터가 참으로 처절하고 슬퍼 보인 엠마는 입을 다물었다.

덱스터의 팔꿈치가 그녀를 쿡 찔렀다. “우리 둘이 뭘 해야 하는지 알아? 너랑 나랑?”

“뭔데?”

그가 싱긋 웃었다. "같이 'E'를 먹는 거야."

"E를 먹다니? 무슨 E?" 그녀가 무표정하게 물었다. "아, 그래, 어디 기사에서 읽은 거 같네. 하지만 그런 환각용 화학제품은 나랑은 안 어울려. 한번은 팁-엑스 수정액 뚜껑을 열어 놨다가, 세상에나, 신발이 날 먹어치우려 덤비는 줄 알았다니까." 덱스터가 만족스럽다는 듯 웃었고, 엠마는 플라스틱 컵으로 자기 웃음을 가렸다.

"이 E는 억눌린 걸 확 풀어제끼는 거야."

"그래서 네가 그렇게 아무나 펑펑 안아제끼는 거였니?"

"아주 재미날 거다, 이거지."

"난 지금도 재미있어. 넌 내가 얼마나 재미있게 사는지 상상도 못할걸." 잔디밭에 드러누워 하늘을 쳐다보며 엠마는 자신을 바라보는 덱스터의 시선을 느꼈다.

"그래. 네 소식도 좀 들어 보자." 그렇게 묻는 덱스터의 목소리가 정신과 의사처럼 들린다고 엠마는 생각했다. "어때? 잘 되어 가니? 너의 애정생활도?"

"몰라서 물어? 난 감정이 없어. 난 로봇이지. 아님 수녀거나. 로봇 수녀지."

"아니, 안 그래. 그런 척하는 거지. 실제로 그렇진 않아."

"아무렴 어때. 난 그게 좋아. 혼자 늙어 가는 거."

"넌 겨우 스물다섯이야, 엠."

"그리고 이렇게 문학소녀에서 문학아줌마로 시들고 있지."

덱스터는 문학아줌마bluestocking란 게 뭔지 잘 몰랐지만, 스타킹이란 단어에 파블로프의 개처럼 대뜸 관심이 쏠렸다. 그는 얘기를 이어가는 엠마를 보며 그녀가 파란 스타킹을 신고 있는 모습을 떠올렸다. '아냐,

파란 스타킹은 엠마한테 안 어울려. 아니, 누구한테도 안 어울리겠다. 스타킹은 무릇 검은색이 그만이지. 나오미가 한번 신었던 빨간 스타킹도 괜찮긴 했어.' 그러다 덱스터는 '문학아줌마'란 말뜻을 전혀 헤아리지 못했다는 걸 드디어 깨달았다. 이런 식의 공상은 그의 정신적 에너지를 늘 크게 갉아먹었다.

'엠마 말이 맞나? 내가 모든 걸 섹스 중심으로 생각하느라 너무 어수선한 건가?' 광고판, 잡지 표지, 지나가는 여인의 어깨에 살짝 드러나 있던 심홍색 브래지아 끈 따위로 인해 그는 끊임없이 멍한 상태에 빠지곤 했다. 여름이면 그 상태가 아주 심해졌다. 이제 막 감옥에서 나온 듯한 상태가 날이면 날마다 벌어지는 게 결코 자연스러운 일은 아니었다. 집중해야 해! 그가 끔찍이 아끼던 누군가가 지금 일종의 신경쇠약에 빠진 듯해 보이는데, 그녀 뒤에서 막 물싸움을 시작한 세 여자들을 자꾸 흘긋거려서야….

집중, 집중! 섹스 생각을 접으려고 애쓰자, 그의 머리가 항공모함처럼 재빠르게 움직였다.

"그 남자 어때?" 그가 물었다.

"어느 남자?"

"직장의 그 웨이터 말야. 꼭 컴퓨터 클럽의 시삽 같아 보이던."

"이언? 걔가 뭐?"

"왜 이언이랑 데이트 안 해?"

"닥치세요, 덱스터. 이언은 그냥 친구야. 닥치고 병이나 이리 줘라."

덱스터는 그녀가 몸을 일으켜 앉아서 뜨끈뜨끈한 시럽처럼 된 포도주 마시는 걸 지켜보았다. 덱스터는 조용히 앉아 엠마 몰리가 웃거나 이야기하는 모습을 지켜보며 이성적으로 '엠마, 넌 내 주변에서 제일 근사한 사람이야'라는 생각에 잠겨들 때가 종종 있었다. 간혹 그는 그녀의 말을 끊고 그런 생각을 크게 소리내어 알려 주고 싶기도 했다. 하지만 지금은 그런 때가 아니었다. 대신 그는 그녀가 참 피곤하고 슬프고 창백해 보인다는 생각에 잠겼다. 엠마가 아래를 쳐다볼 때 그녀의 턱살이 늘어지는 모습도 보였다. 왜 엠마는 저 못난 커다란 안경을 벗어던지고 당장 콘택트렌즈를 하지 않는 걸까? 더 이상 학생도 아닌데. 그리고 벨루어 천을 댄 머리고무줄이라니. 저런 건 정말 스스로에게 너무하는 거 아닌가.

동정심에 휩싸인 덱스터는, 엠마에게 진정 필요한 건 그녀의 손을 맞잡고서 그녀의 잠재력을 활짝 풀어헤쳐 줄 사람이라는 생각에 이르렀다. 그는 몽타주 사진 같은 장면 하나를 상상해 보았다. 엠마가 아주 멋진 새 옷들을 이것저것 입어 보는 모습을 귀족적인 미소를 머금고 상냥하게 쳐다보는 그림이었다.

'그래, 엠마한테 좀 더 관심을 기울여야겠어. 지금 나한테 벌어지는 온갖 것들의 부담을 좀 줄인다면 얼마든지 그럴 수 있어.'

하지만 지금 당장 엠마의 기분을 풀게 하고 사기를 북돋워 그녀의 자신감이 크게 일어나도록 할 게 뭐 없을까? 번쩍 아이디어가 떠올랐다. 덱스터는 엠마의 손을 잡고 장엄하게 선언했다.

"있잖아, 엠. 네가 마흔인데도 아직 싱글이라면 난 너랑 결혼하겠어."

그를 바라보는 그녀의 눈에 노골적인 혐오가 이글거렸다. "덱스, 지금 그걸 프로포즈라고 한 거니?"

"지금은 아니지. 언젠가, 우리 둘 다 가망 없는 상태가 되면, 그때."

엠마가 쓰게 웃었다.

"대체 내가 너랑 결혼하고 싶어하리란 생각이 왜 든 거니?"

"글쎄, 그냥 그렇게 될 거 같은데."

그녀가 천천히 머리를 저었다.

"너도 줄 선 남자들 중 한 명일 뿐이야. 내 친구 이언도 같은 말을 했어. 같이 고기 창고를 소독하던 중이었는데, 다른 거라곤 걔는 내가 서른다섯일 때 그렇게 하겠다는 거였지."

"이언을 화나게 하고 싶은 건 아니다만, 넌 날 위해 5년을 더 기다려 줘야만 한다고 생각해."

"두 양반 다 꿈 깨세요. 내가 왜 너희들을 기다려! 어쨌든 결혼 따윈 하지도 않을 거야."

"그걸 어떻게 알아?"

그녀가 어깨를 들썩했다.

"신통력 있는 집시 할머니가 내게 말해 줬지."

"내 생각에 넌 정치적인 이유나 뭐 그런 거 때문에 그러는 것 같아."

"어쨌든… 내겐 안 어울려. 그뿐이야."

"네 모습이 눈에 선하다. 커다란 하얀 드레스에 신부들러리들, 깜찍한 시동 꼬마들, 파란색 가터…."

가터. 낚시를 문 물고기처럼 그의 머리가 그 단어에 딱 걸려 버렸다.

"솔직히 말해 난 인생에서 '관계'보다 더 중요한 것들이 있다고 생각해."

"뭐, 경력 같은 거 말야?" 그녀가 그를 쏘아보았다. "미안."

둘은 다시 하늘을 쳐다보았다. 서서히 밤이 오고 있었다. 이윽고 그녀가 말했다. "그렇게 알고 싶다면 사실 오늘 내 경력에 약간의 긍정적인 변화가 생겼지."

"너 해고됐니?"

"승진이거든." 그녀가 웃음을 터트렸다. "매니저 자리를 맡아 달래."

덱스터가 벌떡 일어나 앉았다.

"거기 매니저라고? 거절해라, 거절해."

"왜 거절하란 거야? 레스토랑 일이 뭐 어떻다고."

"엠, 적어도 네가 행복하기만 하다면 네가 입에 우라늄을 물고 광대 연기를 한다 해도 난 안 말려. 하지만 넌 그 일을 끔찍이 싫어하잖아. 한 순간 한 순간이 지옥 같다며."

"자기 직업 싫어하는 거야 다들 똑같지. 싫어도 하는 일, 그게 직업이란 말의 뜻 아냐?"

"난 내 직업이 너무 좋거든."

"그래도 모두가 미디어 업계에서 일할 수는 없잖아?"

비웃는 듯 심술궂은 지금 자기의 목소리가 그녀는 너무 싫었다. 더 싫은 건, 눈동자 뒤쪽에서 분별없이 뭔가 뜨거운 눈물 같은 게 맺히기 시작했다는 것이었다.

"야, 내가 너한테 일자리를 구해 줄 수 있을지도 몰라!"

그녀가 웃었다. "무슨 일을?"

"나랑 같은 데서 일하는 거지. 레드라이트 프로덕션에서!" 그는 즉석에서 자기 생각에 살을 붙여 나갔다. "자료조사부터 하는 거야. 처음엔 잔심부름부터 해야 할지도 몰라. 그땐 무급이지만, 넌 재주가 아주 좋으니까."

"덱스터, 고마워. 하지만 난 미디어 일 안 하고 싶어. 요즘은 누구나 미디어 업종에 몸담고 싶어한다는 거 잘 알아. 미디어가 세상 최고의 직업인 것처럼 말이지." 니 목소리 지금 히스테리 만땅이거든, 그녀는 생각했다. 시기심과 히스테리. "사실 난 미디어가 뭔지도 모르고." 입 닥치고 그냥 조용히 있지 그러니. "너네 쪽 사람들 종일 뭐 하는 거니? 병에 든 물이나 홀짝거리고, 약이나 먹고, 복사기나 돌리고…."

"야, 이 일도 무지 힘들어, 엠."

"내가 잘 모르긴 하지만 말이야. 빌어먹을 미디어를 높이 사는 만큼씩만 간호사나 사회복지사, 교사들을 존중해 준다면…."

"그럼 교사가 돼, 엠! 넌 멋진 선생님이 될 거야."

"제발 이 말 좀 기억해라, 응. 난 절대 친구에게 직업 상담을 하지 않겠다!" 그녀의 목소리가 이제 거의 고함 수준에 이르렀다.

긴 침묵이 흘렀다. '왜 이렇게 구는 거니? 덱스터는 그냥 도움을 주려는 건데. 이런 우정이 덱스터한테 대체 무슨 도움이 되겠니?' 그는 일어나 자리를 떠나야만 했다. 그는 마땅히 그래야 했다. 둘은 동시에 서로에게로 눈길을 돌렸다.

"미안해." 그가 말했다.

"아냐, 내가 미안해."

"네가 뭐가 미안한데?"

"꼭… 미친 늙은 암소처럼 소동을 피우고. 미안해, 지쳤나 봐. 일진이 안 좋았어. 미안해, 정말, 너무… 따분하게 굴었지?"

"그렇게 따분하진 않았어."

"아냐, 그랬어, 덱스. 아, 진짜, 나도 내가 지겨워."

"아니, 난 하나도 안 지겨웠어." 그의 손이 그녀의 손을 꼭 쥐었다. "넌 절대 날 지겹게 못해. 넌 내게 '백만에 단 한 사람'이야, 엠."

"아냐, 난 단 셋 중의 하나도 못 돼."

그의 발이 그녀의 발을 툭 건드렸다. "엠?"

"응?"

"그냥 내 말 들어라, 좀. 입 꾹 다물고, 내 말 들으라니까."

잠시 서로의 눈이 마주쳤다. 그가 다시 몸을 눕혔다. 곧 그녀도 따라 눕다가 움찔했다. 그가 팔을 밀어 넣어 그녀의 어깨를 감싸 안았던 것이다. 잠시 서로가 불편해 하는 쑥스러운 순간이 흐른 뒤, 이윽고 그녀가 옆으로 누우며 덱스터의 품에 안겼다. 감싸 안은 팔에 힘을 주며 덱스터가 엠마의 정수리께에다 대고 말했다.

"내가 이해 못 하는 게 뭔지 알아? 참 멋지고 똑똑하고 재미있다고, 늘 그렇게 끝도 없이 널 칭찬하는 사람들이 얼마나 많니. 나도 몇 년째 그러고 있잖아. 그런데 넌 왜 그걸 안 믿는 거야? 왜 사람들이 그런 얘길 하겠니, 엠? 걔들이 뭐 너한테 잘 보이려고 작당을 해서 음모라도 펴는 거 같아?"

그의 말을 멈추려고 그녀는 머리를 그의 어깨에 꾹 눌렀다. 안 그랬다간 울음이 터져 나올 참이었다.

"넌 진짜 착해. 그런데 이제 그만 가야겠다."

"안 돼. 좀 더 있어. 한 병 더 마셔야지."

"나오미가 어디서 널 기다리는 거 아냐? 그 조그만 입에다 약을 잔뜩 머금고서 말야. 쬐끄만 약쟁이 햄스터처럼." 그녀가 볼을 부풀리는 모습에 덱스터는 활짝 웃었다. 그녀의 기분도 한결 나아졌다.

그렇게 잠깐 머무른 뒤 둘은 가게로 내려갔다 다시 언덕에 올라 런던 위로 지는 해를 바라보며 포도주를 마셨다. 먹은 거라곤 커다란 고급 포테이토칩 한 봉지가 전부였다. 리전트파크 동물원에서 낯선 동물의 울음소리가 들려왔다. 어느새 언덕 위에는 그들 둘뿐이었다.

"이젠 진짜 가야겠어." 흐릿해진 술기운을 떨치며 그녀가 말했다.

"원한다면 우리 집에 가도 되는데."

엠마는 집에까지 갈 길을 떠올려보았다. 노던라인을 타고 가서 N38번 이층버스의 위층에서 덜컹대다, 섬뜩한 밤길을 한참 걸어, 형언 불가능한 양파 튀김 냄새에 찌든 그 아파트로 가는 길을. 마침내 집에 다다르면 중앙난방이 가동 중일 테고 틸리 킬릭은 실내복을 활짝 열어젖힌 채 라디에이터에 도마뱀붙이처럼 딱 들어붙어서 페스토 소스를 병째 퍼먹고 있을 것이다. 냉장고 안의 아일랜드 체다 치즈에는 이빨자국이 선명할 테고 TV에서는 뻔한 30대드라마Thirtysomething가 흐르겠지. 그녀는 가고 싶지 않았다.

"칫솔도 빌려줄게." 그녀의 맘을 읽은 듯 덱스터가 말했다. "소파에서 자도 되지."

엠마는 그런 잠자리를 머릿속에 그려 보았다. 덱스터의 검은 가죽 모듈러 소파는 찍찍거리는 소리를 내겠지. 낯선 잠자리는 술기운을 북돋아 머리를 빙빙 돌게 할 테고. '그래, 인생 이미 충분히 복잡해.' 엠마는 단단히 결심했다. 요즘 그녀가 날마다 다짐하는 결심 중의 하나. 외박은 이제 그만. 시 쓰기도 이제 그만. 시간 낭비도 그만. 네 인생을 청소할 시간이야. 새로 시작할 시간이라고.

ch05
어울림의 규칙들

1992년 7월 15일, 월요일

◦ 도데카네시 제도, 그리스 ◦

눈을 떴을 때 모든 게 완벽해 보이는 그런 날도 있는 법이다.

이 화창한 세인트스위딘스데이에 그들은 에게해를 미끄러져 내려가는 페리선의 일광욕 데크에서 강수확률 제로의 하늘을 올려다보고 있었다. 새로 산 선글라스와 휴가용 옷차림의 두 사람은 아침 햇살 아래 누워 간밤 선술집 방문의 뒤끝을 잠으로 씻어내는 중이었다. 이 섬 저 섬 돌아다니기로 한 열흘간의 휴가 이틀째, '어울림의 규칙들'은 어김없이 지켜지고 있었다.

일종의 플라토닉 제네바협약이라고 할 만한 이 규칙은 둘이서 출발 전에 이 휴가가 '복잡해지지' 않도록 미리 정해 둔 금지 사항들이었다. 엠마는 다시 싱글인 상태였다. 손가락이 방청 스프레이 냄새에 늘 절어 있던 자전거 수리공 스파이크와의 짧고 무덤덤한 관계는, 양쪽 모두로부터 아무런 반응도 자아내지 않은 채 끝나 버렸다. 하지만 결과적으로 엠마의 자신감을 북돋는 효과는 있었다. 그녀의 자전거 또한 이보다 더 좋은 상태인 적은 없었다.

덱스터 쪽에서도 변화는 있었다. 그는 더 이상 나오미를 만나지 않았다. 그의 설명으로는, 대체 무슨 뜻인지는 모르나, 관계가 "너무 끈끈해지고 있어서"였다는 것. 그 후 그는 에이브릴, 메리, 사라, 사라(끝에 h 달린 사라), 샌드라, 욜랜더를 거친 뒤 잉그리드에 안착했다. 한때 거침없는 모델이었던 잉그리드는 모델 일을 포기하고 패션 스타일리스트로 변신한 여인이었다. 포기의 이유인즉 '가슴이 너무 커 캣워킹에 부적합하다'는 것이었는데, 그녀는 정색한 얼굴로 그 사실을 엠마에게 일러 주었고, 옆에서 그걸 듣는 덱스터는 뿌듯해 미치겠다는 표정이었다.

잉그리드는 이를테면 옷 바깥에 브래지어를 걸칠 정도로 성적 자신감이 충만한 여자였다. 그런 그녀가 엠마를 위협의 상대라고 보았을 리는 만무하지만 — 지구상 그 누가 그녀에게 위협을 가할 수 있을까 — 그래도 셋 다, 수영복 패션을 드러내기 전에, 칵테일에 취하기 전에, 몇 가지 사항은 단단히 못박아 두자는 데 의견의 일치를 보았다. 사실 무슨 일이 일어날 가능성은 거의 없었다. 그런 계기들은 벌써 몇 년 전에 사라진 상태였고, 이제 둘은 확고한 우정의 밀폐 공간 안에서 서로에게 면역력이 생긴 처지였던 것이다. 그럼에도 불구하고 6월의 어느 금요일 밤에 덱스터와 엠마는 햄스테드히스의 어느 펍 야외의자에 앉아 '규칙'을 만들었다.

규칙 제1조 : 별도의 침실. 어떤 일이 있어도 침대를 같이 쓰는 일은 없도록 한다. 더블이든, 싱글이든. 술에 취해 껴안거나 포옹하는 일도 안 됨. 둘은 더 이상 학생이 아니니까. "난 껴안기를 도대체 왜 하는지도 모르겠어." 덱스터가 말했다. "껴안아 봤자 숨만 막히잖아." 엠마도 동의하며, 이렇게 덧붙였다.

"집적대기도 없기. 규칙 제2조야."

"글쎄, 집적대기가 뭐더라…."

덱스터가 발을 뻗어 그녀의 종아리 안쪽을 쓰다듬으며 말했다.

"잘 들어, 좀. 술 몇 잔 마셨다고 수작질을 하는 것도 안 됨."

"수작질이라고?"

"알면서 뭘 그래. 웃기는 짓 말라고."

"뭘? 너랑?"

"나한테든, 다른 누구한테든. 실은 그게 규칙 제3조야. 네가 슈투트가르트에서 온 롯테의 몸에다 오일 발라 주는 동안 옆에서 멍청한 여자처럼 앉아 있고 싶지는 않으니까."

"엠, 그런 일은 없을 거야."

"그럼, 절대 없어야지. 왜냐하면 그게 규칙이니까."

규칙 제4조는 엠마의 주장에 따라 누드 금지 조항이 되었다. 알몸수영도 안 됨 : 몸을 늘 조심조심 분별 있게 다룰 것. 엠마는 덱스터가 팬티 바람으로 돌아다니거나 문 열어 놓고 샤워하는 — 볼일 보는 건 말할 것도 없고 — 걸 보고 싶지 않았다.

그에 대한 복수로 덱스터가 제5조를 제안했다. 스크래블Scrabble 게임 절대 금지. 점점 더 많은 그의 친구들이 이 단어 맞추기 게임에 빠져들고 있었다. 아는 체하기 좋아하는 녀석들은 으레 세 배 점수의 단어를 맞추기 위해 혈안이 되곤 했다. 하지만 덱스터에게 그 게임은 자신을 멍청하고 지겨운 인간으로 만들기 위해 고안된 놀이 같았다. 스크래블 금지, 보글도 금지! 나, 아직 안 죽었어!

그렇게 이틀째, 규칙 준수엔 아무 문제가 없었다. 잔뜩 녹슬어 고색창

연한 페리선이 로데스 섬을 떠나 도데카네시 섬으로 천천히 나아가는 동안 그들은 데크에 누워 있었다.

첫날밤은 중세도시에서 보냈다. 속을 파낸 파인애플에 달콤한 칵테일이 담겨 나왔고, 둘은 그 모든 게 너무 신기해 서로를 바라보며 끝도 없이 웃었다. 페리선이 섬을 떠날 때는 아직 어두웠고, 이제 오전 아홉 시, 둘은 숙취를 달래느라 가만히 누워 울렁대는 뱃속에 전해지는 엔진의 박동을 느끼며, 오렌지를 먹고, 책을 읽고, 조용히 선탠을 하고, 서로의 침묵 속에서 완벽하게 행복했다.

먼저 침묵을 깬 건 덱스터였다. 읽고 있던 나보코프의 『로리타』를 가슴에 내려놓으며 그가 한숨을 내뱉었다. 그 책은 휴가용 책 고르기를 도맡았던 엠마의 선물이었다. 이번 휴가에 가져온 책으로 집을 쌓을 수도 있을 지경이었다. 그녀의 옷가방은 대부분 책들로 가득 찬 이동도서관이나 다름없었다.

잠시 시간이 흘렀다. 그가 좀 봐달라는 듯 다시 한숨을 뱉었다.

"왜 그래?"

도스토예프스키의 『백치』에 눈을 고정시킨 채 엠마가 말했다.

"집중이 안 돼."

"훌륭한 작품이야."

"내 머리에 상처를 낼 뿐이야."

"저런, 그림책으로 골라 올 걸 그랬나?"

"오, 그런 거 진짜 좋아."

"『진짜 배고픈 애벌레』나 뭐 그런 그림책들?"

"이건 너무 빽빽해. 이 작자는 자신이 얼마나 호색한인지 끝도 없이 늘어놓기만 한단 말이야."

"그래서 네가 좋아할 줄 알았는데?"

그녀가 선글라스를 올렸다. "그거 꽤나 에로틱한 책이야, 덱스."

"내가 어린애들을 밝힌다면 그렇겠지."

"보자, 네가 로마의 그 어학원에서 잘린 이유가 뭐였더라?"

"무슨 소리야, 그 여자앤 스물셋이었다니까, 엠!"

"그럼 잠이나 자." 그녀가 『백치』를 집어 들며 말했다. "속물."

덱스터는 머리를 다시 배낭에 묻었다. 그때 그의 옆에 선 두 사람의 그림자가 그의 얼굴을 건드렸다. 여자는 예쁘지만 소심해 보였고, 남자는 커다란 덩치에 아침 햇살을 받은 마그네슘처럼 희뿌옇게 창백했다.

"죄송한데요." 여자가 미들랜즈 악센트로 말을 걸었다.

덱스터는 손으로 눈을 가리고 그들을 올려다보며 크게 웃었다.

"어이, 안녕하세요."

"텔레비전에 나오는 그분 맞죠?"

"그럴걸요." 덱스터가 일어나 앉으며 선글라스를 벗고는 바람둥이처럼 머리를 획 제꼈다. 엠마는 조용히 신음을 토했다.

"이름이 뭐더라? 라기닛largin' it!"

그 TV쇼의 제목은 항상 소문자로 표기되었다. 요즘은 대문자보다는 소문자가 대세였다. 한층 패셔너블하게 보이니까.

덱스터는 손을 들었다. "말씀하신 대로 다 맞습니다!"

엠마가 피식 코웃음을 치자 덱스터의 매서운 눈매가 날아들었다. "이거 재밌는걸." 그녀가 고갯짓으로 도스토예프스키를 가리키며 능청을 떨었다.

"TV에서 봤던 분 같았어요!" 그 여자가 남자친구의 옆구리를 찌르며 말했다. "내가 말했지, 응?"

멋쟁이 사내가 대충 얼버무리고는 침묵이 흘렀다. 엔진 소리에 귀를 기울이던 덱스터는 문득 가슴 위에 『로리타』가 펼쳐져 있는 걸 깨달았다. 그는 슬그머니 책을 가방에 찔러 넣었다.

"휴가 오셨나 보네요?" 물으나마나 한 질문이었지만, 그 질문과 더불어 덱스터는 텔레비전 속 등장인물의 가면을 스윽 꺼내 썼다. 막 바에서 만나 말을 거는 아주 소탈한 훈남의 가면 말이다.

"네, 휴가 중이죠." 남자가 우물거리며 말했다.

또 침묵의 시간. "여긴 제 친구 엠마에요."

엠마가 선글라스 위로 그들을 쳐다봤다. "안녕하세요."

여자가 엠마를 보며 눈을 껌벅였다.

"당신도 텔레비전에 나오세요?"

"제가요? 어이쿠, 아니에요." 그녀의 눈이 동그래졌다. "제 꿈이긴 하죠."

"엠마는 국제사면위원회에서 일해요."

덱스터가 한 손을 엠마의 어깨에 올려놓으며 자랑스레 말했다.

"파트타임이죠. 대부분은 레스토랑에서 일해요."

"매니저거든요. 그 일은 곧 그만둘 거예요. 9월이면 학교 선생님이 되기 위한 코스에 들어갈 거라서요. 그렇지, 엠?"

엠마가 그를 똑바로 쳐다봤다. "왜 그런 식으로 얘기해?"

"뭐가 어때서?" 덱스터는 별일 아니라는 듯 웃었다. 그러나 그 커플은 슬슬 불안해 하는 눈초리였다. 배 옆구리를 내다보는 남자는 '저기로 뛰어내려야 하나' 헤아리는 눈치였다.

덱스터는 이쯤에서 인터뷰를 끝내기로 했다. "그럼 해변에서 봐요. 맥주라도 한잔?" 커플은 웃으며 돌아섰다.

의식적으로 유명해지려는 노력을 한 것은 아니지만 덱스터는 늘 성공하고 싶어했다. 개인적으로 성공해 봤자 그게 뭔가? 성공이란 사람들이 알아줘야 하는 거다. 이제 그는 유명해졌고, 그는 그게 마땅해 보였다. 마치 학교에서 차차 인기를 누리다 보면 급기야 유명인이 되듯 말이다.

덱스터가 TV 진행자가 되려고 했던 것도 아니다. 하지만 타고난 진행 솜씨를 가졌다는 말을 듣고선 물론 기뻤다. 카메라 앞에 섰던 일은, 마치 피아노에 처음 앉아 보았는데 알고 보니 천재였음을 발견하게 된 경험과도 같았다. 그 프로그램은 그가 이제껏 해왔던 것들에 비해 그다지 이슈 중심적인 것도 아니었다. 그저 몇몇 라이브 밴드의 연주, 독점 취재 화면, 유명인 인터뷰 등으로 이어졌고, 크게 까다롭지도 않았다. 그가 한 일이라곤 카메라를 쳐다보며 "소리 확 지르세요!"라고 외친 것뿐이었다. 그런데 그걸 아주 훌륭하게, 진짜 매력적으로, 그러면서도 제법 그럴싸하게 해낸 것이었다.

그래도 사람들이 알아보는 건 여전히 새로운 경험이었다. 그는 자신에게 엠마가 '꾸밈없는 어리석음'이라고 부르는 어떤 소질이 있음을 잘 알았다. 그래서 덱스터는 자기 생김새를 어떻게 활용할지에 대해 나름대로 신경을 많이 썼다. 젠체하거나 건방지거나 꾸며낸 듯 보이지 않기 위해 애쓴 끝에 그는 "헤이, 별 거 없어요. 이건 그냥 텔레비전일 뿐이라고요."라고 말하는 듯한 표정을 만들어내는 데 성공했다. 지금, 선글라스를 다시 끼고 책을 집어들며 그는 바로 그 표정을 지었다.

엠마는 그런 덱스터의 연기를 지켜보는 게 즐거웠다. 태연한 척애쓰는 태도, 콧구멍 언저리에 살짝 감도는 붉은 기운, 입꼬리에 슬며시 나풀거리는 미소. 그녀는 선글라스를 이마 위로 밀어올렸다.

"그것 땜에 네가 바뀔 일은 없겠다, 그치?"

"뭐 땜에?"

"아주, 아주, 아주, 아주 조금 유명해지는 거 땜에 말이야."

"나 '유명하다'는 그 말, 완전 싫어."

"오, 그럼 '널리 알려진'이란 말이 더 좋니?"

"차라리 '악명높다'고 해라!" 그가 활짝 웃었다.

"그럼 '짜증나는'은 어때? 응, '짜증나는'?"

"그만하시지, 응?"

"그리고 이제 그것도 그만 해도 돼. 좀."

"뭘 그만 하라는 거야?"

"그 코크니cockney 악센트 말야. 학교는 윈체스터에서 다녔다면서 웬 런던 악센트? 으이그."

"내가 무슨 코크니 악센트를 쓴다고 그래."

"네가 미스터 TV 연기할 땐 그렇거든. 그렇게 말할 땐 마치 찌질한 구멍가게 따위는 후딱 때려치우고 그 무진장 멋진 텔레비전 프로그램을 해야 한다고 떠드는 거 같단 말야."

"넌 요크셔 악센트를 쓰잖아!"

"난 요크셔 태생이니까!"

덱스터가 어깨를 으쓱했다.

"난 그렇게 말해야 해. 안 그러면 시청자들이 거리감을 느껴."

"그런데 그게 나한테 거리감을 느끼게 한다면?"

"그렇겠지. 하지만 넌 내 200만 시청자 중 한 명이 아니잖아."

"오호, 이제 '네 쇼'가 된 거야?"

"그래, 내가 나오는 TV쇼 말이다."

그녀가 웃으며 다시 책을 폈다. 한참 후 덱스터가 물었다.

"그래, 넌?"

"내가 뭐?"

"너도 보냐고? 라기닛?"

"몇 번. 돈 버느라 끙끙대는 데서 두어 번, 먼 발치로 봤지.

"그래 어땠어?"

엠마는 책에 눈을 고정시킨 채 한숨을 내쉬었다.

"난 그런 내용 별로잖아, 덱스."

"그래도 말해 봐."

"내가 TV 뭘 안다고…."

"그냥 네 생각을 말해 보라니까."

"그래, 그러자. 그 프로그램은 섬광등을 든 어느 취객이 내 코앞에서 한 시간 내내 고함을 질러대는 기분이더라. 하지만 내가 말했듯이—"

"알았다. 뭔 말인지 알겠어." 그는 책을 힐끔 본 뒤 다시 엠마를 보았다. "난 어땠어?"

"네가 뭘?"

"음… 난 괜찮디? 진행자로?"

엠마가 선글라스를 벗었다.

"덱스터, 넌 틀림없이 우리나라 최고의 젊은이 프로그램 진행자야. 내가 이런 말 절대 경솔하게 안 한다는 거 알지?"

그는 아주 뿌듯한 얼굴로 한쪽 팔꿈치를 짚으며 몸을 일으켰다.

"실은 말이지. 난 내가 저널리스트로 여겨졌으면 좋겠어."

미소를 머금은 엠마가 책장을 넘겼다. "그렇겠지."

"그게 바로 저널리즘이거든. 조사하고 인터뷰를 구성하고 날카로운 질문을 던지고, 그래야 하는 거지."

그녀는 엄지와 검지로 턱을 쥐었다. "맞아. 나도 네가 MC 해머를 다룬 심층물을 본 것 같네. 정말 예리했지. 진짜 자극적이었고."

"닥쳐, 엠!"

"아냐, 진짜야. 네가 속속들이 MC를 파헤치는데, 어휴, 그의 음악적 영감, 그의 바지 속까지 속속들이. 그건 진짜, 음, 아무도 못 말리겠던데."

덱스터가 책을 들어 그녀를 찰싹 때렸다. "닥치고 책이나 읽으셔." 그는 벌렁 누워 눈을 감았다.

엠마는 힐긋 덱스터의 표정을 살폈고, 그가 웃고 있음을 확인하곤 자신도 웃었다.

아침과 낮 사이, 덱스터가 자는 동안 엠마의 시야에 그들의 행선지가 눈에 들어왔다. 푸른 기가 감도는 잿빛 화강암 덩어리인 그 섬은 난생처음 보는 푸른빛의 바다 위로 불쑥 솟아 있었다. 브로셔에서 이런 바다색을 보면 으레 모두 거짓말이라고 그녀는 단정하곤 했다. 렌즈나 필터로 장난 친 결과지. 그런데 거기 바로 그 색깔의 바다가 있었다. 에메랄드 그린으로 반짝거리는 바다가. 언뜻 보기엔 항구 근처에 다닥다닥 붙은 몇몇 코코넛 아이스 빛깔의 집들 말고는 인적도 없어 보이는 섬이었다. 그 풍경에 엠마는 자신도 모르게 조용히 웃음 지었다.

이제까지의 그녀에게 여행은 위험한 일이었다. 열여섯이 될 때까지 해마다 그녀는 파일리의 캐러밴에서 2주씩 휴가를 보냈다. 밖에는 종일 비가 내렸고, 부모님은 꾸준히 술을 마셨고, 자신은 동생과 휴가 내내 악을 쓰며 다투었다. 그건 마치 협소한 공간에 인간들을 집어넣어 놓으면 어떻게 되는지 혹독하게 실험하는 것 같았다. 대학 때는 틸리 킬릭과 케언곰스Cairngorms 산으로 캠핑을 가서 수프 냄새가 진동하는 텐트에서 엿새를 보냈다. "너무 형편없어서 재밌는데"라며 서로 장난쳤던 그 여행 또한 결국엔 형편없었다.

지금, 난간을 잡고 선 엠마의 눈에 마을의 모습이 선명하게 들어왔다. '와, 이래서 여행을 하는구나.' 동전빨래방이랑, 집으로 가는 심야버스 위층 좌석의 흔들림이랑, 틸리의 박스 룸에서 이렇게 멀리 떨어져 올 수 있다는 게 실감이 나질 않았다. 이곳은 공기조차도 뭔가 색달랐다. 공기의 맛이나 냄새 정도가 아니라, 아예 원자 구성 자체가 달라 보였다. 런던의 공기는 마치 방치된 어항처럼 애써 꿰뚫어봐야 했다. 여기선 모든 게 환하고 또렷했으며, 맑고 밝았다.

카메라 셔터가 찰칵 하는 소리를 듣고서 돌아보니 덱스터가 그녀의 모습을 찍고 있었다. "꼴이 엉망인데." 그리 엉망은 아니었지만 그녀는 반사적으로 그렇게 말했다. 그도 난간에 합류했다. 그녀의 허리 양쪽으로 내뻗은 덱스터의 양손이 난간을 잡았다.

"정말 아름답다, 그치?"

"그래." 그녀가 말했다. 엠마는 이보다 더 행복했던 시간이 있었나 싶었다.

둘은 배에서 내렸다. 상륙. 그런 느낌도 그녀에겐 처음이었다. 부두는 순식간에 어수선해졌다. 평범한 여행객들과 배낭 여행자들이 최고의 숙소를 찾아 부산하게 움직이는 모습들.

"이제 어떡하지?"

"내가 숙소를 찾아볼게. 넌 저쪽 카페에서 기다려. 이따 데리러 올게."

"발코니 있는 데로 골라."

"예, 마님."

"그리고 바다가 보여야지. 책상도 있어야 하고."

"최선을 다합죠." 철썩철썩 샌들 소리를 내며 덱스터가 부두의 사람들 쪽으로 걸어갔다.

그의 등에다 그녀가 소리쳤다. "잊으면 안 돼!"

덱스터가 뒤돌아 엠마를 쳐다봤다. 따스한 바람을 맞아 하늘거리는 챙 넓은 모자를 쥐고서 방파제에 서 있는 엠마. 엠마의 연푸른 드레스도 바람에 나부껴서 그녀의 몸매를 훤히 드러내고 있었다. 그녀는 더 이상 안경을 쓰지 않았다. 이제껏 한 번도 본 적이 없었던 가슴팍의 주근깨 몇몇도 눈에 들어왔다. 맨살이 연분홍에서 갈색으로 바뀌며 목선 아래로 사라지는 거기쯤이었다.

"규칙들 말야." 그녀가 말했다.

"규칙 어느 거?"

"방이 둘이어야 한다고. 몰라?"

"물론이지. 방은 둘."

그는 웃으며 무리들 속으로 사라졌다. 그가 멀어져 가는 걸 지켜보던 엠마는 방파제를 따라 배낭 두 개를 끌며 카페를 찾아 발길을 옮겼다. 바람이 휩쓸고 간 세월이 고스란히 묻어 있는 작은 카페에 앉아 그녀는 가방에서 펜과 노트를 꺼냈다. 천으로 덧댄 양장제본의 고급 여행저널이었다.

첫 장의 뽀얀 백지를 들여다보며 엠마는 생각했다. 모든 게 다 멋지다라는 말 말고 뭘 써 볼까, 그럴듯한 통찰이나 관찰기, 뭐 그런 것들. 정말 모든 게 다 멋있었다. 그녀가 진정 바라던 곳에 당도했다는, 드물고도 신통한 느낌이 그녀를 사로잡았다.

덱스터와 여주인은 텅 빈 방의 한복판에 서 있었다. 회반죽의 벽에 서늘한 돌바닥. 거대한 철제 프레임의 더블침대, 조그만 책상과 의자, 꽃병의 마른 꽃 조금 말고는 정말 텅 빈 방이었다. 덱스터는 미늘살 여닫이문을 밀고 발코니로 나섰다. 하늘의 색깔과 어울리게 칠해진 큰 발코니였다. 아래로 바다와 포구가 한눈에 들어왔다. 마치 황홀한 무대로 걸어 나가는 느낌이었다.

"몇 분이시라구요?" 30대 중반의 매력적인 여주인이 물었다.

"둘입니다."

"얼마나 묵으실 거죠?"

"글쎄요, 닷새나 좀 더?"

"그럼 여기가 딱 좋겠네요."

덱스터는 더블침대에 앉아 쿨렁쿨렁 쿠션을 점검했다.

"그런데 제 친구랑 저랑은, 그러니까, 친한 친구 사이라서요. 방이 둘이라야겠는데……."

"오, 그래요? 다른 방도 있어요."

엠마의 목선께 가슴팍에 주근깨가 있었어. 이제껏 한 번도 본 적이 없었는데….

"아, 방 둘짜리도 있다고요?

"그럼요. 방 둘짜리도 있죠."

"좋은 소식도 있고, 나쁜 소식도 있어."

"말해 봐." 노트를 덮으며 엠마가 말했다.

"멋진 데를 찾긴 했어. 동네 좀 위쪽인데, 바다가 보이는 발코니에, 글 쓰기 좋게 조용하고, 작은 책상도 있더라. 앞으로 닷새를 빌릴 수 있다고 하고, 원하면 더 묵을 수도 있대."

"그럼 뭐가 나쁜 소식인데?"

"침대가 하나뿐이다 이거지."

"아."

"어."

"그렇구나."

"유감이지."

"정말이니?" 못 믿겠다는 듯 그녀가 물었다. "이 섬을 통틀어 침대 둘인 방이 하나도 없다?"

"성수기잖아, 엠! 나도 샅샅이 뒤졌어!" 침착해라, 새된 소리 내지 말고. 죄스러운 척하는 것도 좋겠지? "그래도 좀 더 찾아보라면 더 갔다오고…." 힘들어 하는 기색을 내비치며 그가 의자에서 일어서려 했다.

그녀가 그의 팔뚝을 잡았다. "침대가 싱글이야 더블이야?"

거짓말이 통하는 걸 느끼며 그가 다시 앉았다.

"더블이야. 엄청 큰 더블."

"정말 큰 침대라야지, 안 그래? 규칙을 지키려면."

"글쎄", 덱스터가 으쓱했다. "난 그게 그저 가이드라인이라고 생각했는데…."

엠마가 인상을 찌푸렸다.

“내 말은, 엠, 네가 괜찮으면 나도 괜찮다는 거야.”

“아니, 네가 괜찮아 한다는 건 나도 알아.”

“그렇지만, 만약 네가 내 몸에 손 안 대고는 못 견딜 것 같다면….”

“무슨 소리야. 내가 걱정하는 건 너야, 너.”

“내가 말하고 있잖아. 네 손가락 하나라도 내 몸에 닿으면….”

엠마는 그 방이 너무 맘에 들었다. 그녀는 발코니에 서서 매미 소리를 들었다. 영화에서 그 소리를 들을 때는 틀림없이 이국적인 느낌을 주려고 조작한 것이려니 했었는데…. 실제 레몬이 자라고 있는 정원을 보는 것도 너무 기뻤다. 나무에 달린 레몬이 자라다니. 둘은 그 모든 것에 홀딱 반했다. 하지만 촌뜨기처럼 굴지 않으려고 그 모든 탄성을 억누르며 엠마는 간단히 “좋네, 여기 묵자”라고만 했다. 덱스터가 여주인과 이런 저런 일을 처리하는 동안 엠마는 욕실로 가서 콘택트렌즈와의 씨름을 시작했다.

대학 때 엠마는 개인적으로 콘택트렌즈를 단호하게 혐오했다. 그건 여성의 아름다움을 터무니없이 조작하는 도구일 뿐이라고 믿었다. 보건소에서 지급하는 튼튼하고 담백하며 실용적인 안경 하나로, 예쁘게 보이려고 떨어야 하는 온갖 호들갑으로부터 그녀는 자유로울 수 있었다. 외모보다는 마음이 우선이니까.

하지만 졸업 후 몇 년 동안 이런 주장은 너무 모호하고 번지르르한 말장난이 되어 버렸다. 결국 엠마는 덱스터의 잔소리에 굴복하여 그 망할 놈의 물건을 눈에 넣었다. 그리곤 아주 늦었지만, 그녀는 깨달았다. 내가 그토록 외면했던 건 영화 속의 그런 장면들이었구나. 이를테면 사서 아가씨가 안경을 벗고 머리를 흔들어 늘어뜨리면 다들 탄성을 터뜨렸지. “근데, 미스 몰리, 정말 아름다우시네요.”

거울 속의 자기 얼굴이 낯설어 보였다. 훤히 드러난 맨얼굴이 아홉 달 만에 처음으로 안경을 벗은 듯한 느낌이었다. 렌즈를 사용하게 된 뒤 갑작스레 끔찍한 얼굴 경련이 일어나거나 신경질적으로 눈을 깜박거리곤 하는 일이 잦았다. 손가락이나 얼굴에 생선비늘처럼 들러붙는가 하면, 지금처럼 눈꺼풀 뒤로 돌아가 머리통 저 뒤쪽 깊숙한 데 처박히곤 하는 것이었다. 주도면밀하게 한바탕 얼굴을 찡그리고 거의 수술에 버금가는 공을 들이고서야 겨우 그 쪼가리를 꺼낸 엠마는, 충혈된 눈에 눈물을 머금고 연신 껌벅거리며 욕실을 나왔다.

덱스터는 셔츠 버튼을 풀어헤친 채 침대에 앉아 있었다.

“엠? 우는 거니?”

“아냐. 뭐야, 벌써 자려고?”

둘은 뜨거운 대낮의 햇살 속으로 나갔다. 이제, 마을에서 2킬로미터 가까이 뻗어 있는 반달 모양의 백사장으로 가서 드디어 수영복 패션을 드러내야 할 순간이었다. 엠마는 수영복을 고르느라 지나칠 만큼 심각하게 고민했으나, 결국엔 존 루이스 백화점에서 단순한 까만색 원피스를 고르고 말았다. 그건 ‘에드워드 왕조 시대의 것’이라고 불려도 좋을 법한 것이었다.

머리 위로 드레스를 벗으면서 엠마는 걱정스러웠다. ‘혹시 덱스터가 나더러 비키니도 안 입고 꽁무니 빼는 애라고 놀리지나 않을까?’ 마치 원피스 수영복은 안경이나 데저트 부츠, 자전거 헬멧과 같은 것이어서, 너무 얌전 빼고 신중해서 여성적인 게 못된다는 듯 말이다.

하지만 크게 신경 쓰지는 않았다. 그래도 드레스를 위로 벗으며 언뜻 본 듯한 덱스터의 눈초리가 자기를 향하고 있는 건 아닌지 의식되는 건 어쩔 수 없었다. 어찌되었든, 그녀는 덱스터가 헐렁한 반바지 수영복 차림인 게 아주 흡족했다. 찰싹 달라붙는 스피도 수영복을 입은 덱스터 옆에 누워 한 주를 보낸다는 건 그녀에게 지독히 불편한 일일 것임에 틀림없었다.

"실례합니다만, 당신 '이파네마 해변의 아가씨'가 아니었던가요?"

"아뇨. 그 아가씨 이모랍니다." 그녀는 똑바로 앉아서, 다리 살이 출렁거리지 않도록 조심조심하며 선탠로션을 발랐다.

"그게 뭐야?" 그가 말했다.

"뭐긴. 차단지수 30짜리야."

"아예 담요를 뒤집어쓰고 누워 있는 게 낫겠다."

"이제 겨우 이틀짼데 홀라당 다 태워서야 안 되지."

"꼭 벽에다 페인트칠 하는 거 같군."

"난 일광욕에 익숙하질 않아. 댁이랑은 다르죠, 지구 여행자 양반. 너도 바를래?"

"난 선탠로션에 동의하지 않아."

"덱스터, 너 진짜 어렵다."

덱스터는 웃으며, 짙은 선글라스 뒤에서 계속 그녀를 뜯어보았다. 팔을 들어올리자 그녀의 가슴도 따라 올라가 목선 부위의 검은 수영복 부분이 팽팽하게 늘어지며 부드럽고 두툼한 살의 무덤이 봉긋 솟는 게 보였다. 머리를 뒤로 젖히고 머리칼을 갈무리한 뒤 목에 로션을 바르는 그녀의 몸짓에서도 뭔가 그를 자극하는 것이 있었다. 기분 좋게 속이 울렁거리는 느낌이었다.

'오, 제발. 이런 걸 8일이나 더?' 덱스터는 생각했다. 그녀의 수영복은 등이 깊이 파인 것이어서 엠마는 골고루 바를 재간이 없어 끙끙대고 있었다. "등엔 내가 발라 줘?" 그가 말했다. 선크림을 발라 주는 건 그의 기준에 비추어 참으로 진부하고 뻔한 짓이었기에, 그는 얼른 예방의 목적을 덧붙이는 게 낫겠다 싶었다. "거기만 태울 건 아니잖아, 그치?"

"그래 줄래?" 엠마가 자세를 바꿔 그의 다리 사이에 앉았다.

다리를 감싸 쥔 자세로 앉은 엠마가 머리를 숙였고, 덱스터는 로션을 바르기 시작했다. 그의 얼굴이 어찌나 가까운지 그녀의 목에 그의 숨결이 느껴질 정도였다. 덱스터도 그녀의 피부에 반사된 햇볕의 열기를 느꼈다. 둘 다 이 모든 게 참으로 일상적인 일이라는 생각에 열심히 매달렸다. 집적대기를 금하고 조신한 처신을 못박아 둔 규칙 2조나 4조 위반이 절대 아니라는 듯 말이다.

"꽤 깊이 파였네, 그치?"

손끝에 그녀의 척추 밑자락을 느끼면서 그가 말했다.

"됐어. 더 밑으론 안 해도 돼!" 그녀의 말끝에 침묵이 흘렀다.

둘 다 속으로 생각했다. '아 제발, 아 제발, 아 제발, 아 제발.'

딴청을 부리느라 엠마는 덱스터의 발목을 잡아당기며 물었다.

"이건 뭐야?"

"문신이야. 인도에서 한 거잖아." 엠마는 당장 지우겠다는 듯 엄지로 문신을 문질렀다. "그림이 좀 희미해졌지. 그게 음양오행 문신이야." 그가 설명했다.

"딱 도로표지판 같네."

"대립물의 완벽한 통합, 뭐 그런 뜻이야."

"'속도 제한 해지'란 뜻이지? 제발 양발 좀 신으란 뜻이기도 하고."

그는 웃으며 양손을 그녀의 등 위에 올려놓았다. 두 엄지가 그녀의 어깨뼈 뒤 움푹한 홈을 따라 나란히 놓였다. 재깍재깍, 그렇게 시간이 흘렸다. "세상에!" 그가 밝게 외쳤다. "너 잔털 진짜 많구나. 자, 수영하러 가자!"

그렇게 길고 뜨거운 하루가 흘러갔다. 둘은 수영하고 잠자고 책을 읽었다. 뜨거운 열기가 한풀 꺾이고 해변에 사람들이 많아지면서 문제가 드러나기 시작했다. 덱스터가 먼저 눈치를 챘다.

"내가 뭘 잘못 봤나?"

"뭘?"

"이 해변에 나온 사람들 전부 발가벗은 거 맞지?"

엠마가 고개를 들었다. "그런가?" 그녀가 다시 책을 폈다. "훔쳐보고 그러지 마, 덱스터."

"내가 뭘 훔쳐봐. 그냥 보는 거지. 난 관찰을 전문으로 하는 인류학 학위까지 있다구."

"저 밑바닥 3등급이었지, 아마?"

"무슨 소리! 2-2등급이지. 저기 봐, 그 친구들이다."

"친구들이라니?"

"배에서 본 사람들. 저쪽에. 바비큐 하네."

20미터쯤 떨어진 곳에서 뽀얀 남자는 발가벗어서 너무 추운지 불을 쬐려는 모습으로 연기가 무럭무럭 나는 알루미늄 바비큐판 위로 몸을 웅크리고 있었다. 여자는 까치발을 하고선 손을 흔들고 있었다. 하얀 세모 둘이 위에서 출렁이고, 까만 세모 하나가 아래에서 흔들리고 있었다. 덱스터도 신이 나서 손을 흔들며 고함을 질렀다. "옷을 하나도 안 입었네요!"

엠마는 눈길을 돌렸다. "어떻게 저런 짓을 한대?"

"무슨?"

"벌거벗고 바비큐를 하다니."

"넌 너무 바른생활이야."

"그건 바른생활이 아니지. 보건과 안전의 기본인 거지. 음식 위생, 몰라?"

"난 나체 바비큐 할래."

"그게 우리 둘의 차이야, 덱스. 넌 너무 음흉하고 꼬였다고."

"걔들한테 가서 인사하자."

"싫어!"

"그냥 얘기나 하잔 말야."

"저 남자 한 손엔 닭다리를 쥐고, 다른 손으로 거시기 가리게 하자는 거야? 싫거든요. 게다가, 그건 누드 에티켓인가, 뭐 그런 거 위반 아냐?"

"뭐라고?"

"우린 누드가 아니면서 누드인 사람들한테 말 거는 거 말야."

"그래? 정말 그런가?"

"그냥 책이나 보시지요."

그녀는 언덕의 숲 쪽으로 고개를 돌렸다. 하지만 마치 진흙 속으로 던져진 돌멩이처럼 그의 머릿속에 뭉툭한 아이디어가 떠오르는 순간, 그녀는 덱스터의 얼굴에 비치는 반짝이는 기운을 느꼈다. 이미 그녀는 몇 년째 그 얼굴에 익숙해져 온 터였다. 지금이 바로 그런 순간이었다.

"그래? 그럼 어째야 되나?"

"뭘?"

"우리도 해야 되나?"

"뭘 해?"

"옷 다 벗어야 되냐고?"

"말도 안 돼. 옷을 다 벗다니, 세상에."

"다른 사람들은 다 벗었잖아!"

"그게 말이 되니! 4번 규칙 까먹었어?"

"규칙은 무슨. 가이드라인이지."

"아냐, 규칙이야."

"그래? 그럼 그 규칙 좀 바꾸지 뭐."

"막 바꾸면, 그게 규칙이니?"

부루퉁해진 그는 모래 위에서 몸을 뒤집었다.

"좀 무례해 보인다기에 그런 거뿐야."

"그래 좋다. 그럼 너나 벗어. 난 딴 데 볼 테니까."

"나만 벗으면, 그게 뭐냐." 그가 어린애처럼 웅얼댔다.

그녀가 다시 드러누웠다. "덱스터, 너 왜 내 옷을 못 벗겨서 안달이 난 애처럼 굴고 그래?"

"난 그저 그렇게 하면 좀 더 느긋해지겠다 싶어서. 옷 다 벗으면."

"믿을 수가 없어. 도대체 믿기질 않아."

"더 안 편할 거 같아?"

"절대로!"

"왜 안 그래?"

"왜 안 그런지가 뭐 중요해! 게다가, 그럼 네 여자친구가 퍽이나 좋아하겠다?"

"잉그리드는 그런 거 신경도 안 써. 잉그리드 걔가 얼마나 개방적인

데. 갠 공항 문구점에서 토플리스 차림으로 쇼핑을 하기도 하는걸."

"흥. 실망시켜서 미안하군, 덱스."

"실망스럽다는 게 아니라…."

"나랑 잉그리드는 다르지 않겠니?"

"뭐가 달라?"

"우선, 잉그리드는 모델이었고…."

"그래서? 너도 모델 할 수 있어."

엠마가 날카롭게 웃었다. "오, 덱스터, 진정 그렇게 생각하셔?"

"카탈로그 광고 모델이나 뭐 그런 거. 넌 정말 사랑스런 외모를 가졌잖아."

"사랑스런 외모라고? 하느님 맙소사!"

"내가 지금 얼마나 객관적으로 말하는지 좀 알아라. 넌 진짜 매력적인 여인이야!"

"그런데 이렇게 옷을 잔뜩 껴입고 있단 말이지? 네가 그렇게 거길 태우고 싶다면, 좋아, 그렇게 하렴. 자, 이제 딴 얘기 좀 하자."

그는 몸을 돌려 그녀 옆에 배를 깔고 팔베개를 하고 누웠다. 둘의 팔꿈치가 맞닿았고, 그녀는 또다시 그의 생각을 읽을 수 있었다. 그가 팔꿈치를 쿡 찔렀다.

"물론 우린 서로 볼 거 다 본 사이잖아."

그녀가 천천히 책을 내려놓았다. 선글라스를 이마로 밀어올린 뒤 덱스터처럼 팔베개를 하고 그를 빤히 마주보았다.

"무슨 말씀이신지?"

"우리 둘 다 서로를 속속들이 다 보긴 했다 이 말이야. 누드 상태로 말이지." 그녀가 노려보았다. "그날 밤, 기억나지? 졸업파티날 밤에. 우리 둘이 사랑을 나누던 그 밤에."

"덱스터!"

"그러니까, 생식기 측면에서 말하자면 우린 서로 놀랄 게 아무것도 없다, 이 말이지."

"아 진짜 못 말리겠구나, 너…."

"내 말이 무슨 뜻인지 몰라?"

"그게 대체 언제 적 일인데…."

"뭐 얼마나 됐다고. 눈 감으면 그때 풍경이 선하다."

"눈 감지 마라!"

"아하, 저기 네가 보이는데…."

"얼마나 어두웠는데…."

"그렇게 어둡진 않았지."

"난 취했었어."

"다들 얘긴 그렇게 하지."

"다들? 다들이 누구야?"

"그리고 넌 그렇게 취하지도 않았어."

"내 기준이 느슨해질 만큼은 취했었어. 더욱이 내 기억으론 아무 일도 없었던 것 같은데?"

"글쎄, 그걸 아무 일도 없었다고 해도 되나? 내가 누워 있던 데서는 그게 안 그랬지? '누워 있다'니? '눕어 있다'니?"

"'누워 있다'지. 난 어렸어. 뭘 잘 몰랐고. 사실 난 그때 정신이 나갔었어. 꼭 자동차 사고당한 사람처럼."

"그래? 난 안 그랬어. 눈을 감으니 네 모습이 대번에 그려지네. 아침 햇살을 받은 네 몸의 실루엣, 하비타트Habitat 러그 위에 아무렇게나 벗어던진 너의 덩거리Dungaree 바지 하며—"

엠마가 책을 들어 그의 코에다 내리쳤다.

"아우!"

"여보세요, 그런다고 내가 옷을 벗을 줄 아세요? 그리고 내가 무슨 덩거리 바지를 입었다고 그래. 난 그딴 거 입은 적 한 번도 없거든."

책을 도로 가져온 엠마는 혼자서 낮게 웃었다.

"뭐가 우스워?" 그가 물었다.

"하비타트 러그라니." 그녀가 웃으며 그를 다정하게 쳐다보았다. "넌 가끔 날 웃기는 재주가 있다니까."

"내가? 진짜?"

"자주 그래. 넌 정말 딱 TV 체질이야."

흐뭇해진 그는 웃으며 눈을 감았다. 사실 그의 머릿속에는 그날 밤 엠마의 모습이 선명하게 저장되어 있었다. 허리께로 말려 올라간 치마 말고는 알몸인 채로 싱글침대 위에 누워 있던 엠마는, 둘이 키스를 할 때면 두 손을 머리 위로 쭉 뻗곤 했다. 그 추억에 잠긴 채 그는 잠이 들었다.

오후 늦게 그들은 방으로 돌아왔다. 지치고 끈적대는 몸은 볕에 타 욱신거렸다. 그런데 거기 또 그게 있었다. 침대! 둘은 애써 침대를 외면한 채 바다 쪽 발코니로 나갔다. 푸르던 하늘이 초저녁의 분홍빛으로 물들어 가며 바다도 뿌연 빛을 머금고 있었다.

"자, 누가 먼저 샤워를 하나?"

"너 먼저 가. 난 여기 앉아서 책 읽고 있을게."

그녀는 우둘투둘한 일광욕용 의자에 몸을 누이고 쏟아지는 수돗물 소리를 들으며 그 러시아 소설의 조그만 활자들에 집중하고자 애썼다. 활자들은 페이지를 넘길 때마다 작아지는 것 같았다. 벌떡 일어선 그녀는 아까 물과 맥주로 잔뜩 채워 둔 조그만 냉장고로 가서 캔 하나를 꺼냈다. 욕실 문이 훤히 열린 게 보였다.

샤워커튼은 아예 없었고, 찬물 아래 서 있는 덱스터의 옆모습이 눈에 들어왔다. 물살 아래 눈을 감고서, 고개를 젖힌 채 팔을 든 모습이. 어깨뼈와 길쭉한 갈색 등, 조그맣고 뽀얀 엉덩이 위 등뼈 끄트머리의 두 홈까지. 맙소사, 덱스터가 갑자기 돌아섰다. 동시에 그녀의 손에서 빠져나간 맥주 캔이 떨어지며 뻥 하고 터지더니 떠들썩하게 바닥 위를 기어다니며 마구 거품을 내뿜었다. 그녀는 요란한 쥐새끼라도 잡는 것처럼 수건을 그 위에다 덮었다. 그리곤 그녀의 플라토닉한 친구 덱스터를 올려다보았다. 그는 옷가지로 겨우 앞만 가린 채 서 있었다. "손에서 미끄러졌어!" 수건을 밟아 맥주 거품을 훔치며 그녀는 생각했다. '이렇게 8일 밤낮을 더 지냈다간 완전 돌아 버리겠군.'

어쨌든 이제 그녀의 순서였다. 그녀는 문을 닫고 손에 묻은 맥주부터 씻어냈다. 그리고는 아직도 그의 애프터셰이브 로션 내음으로 가득한 작고 습기 찬 화장실에서 잔뜩 몸을 비틀며 옷을 벗기 시작했다.

4번 규칙에 따라 엠마가 몸을 말리고 옷을 입는 사이 덱스터는 발코니로 나가 서 있었다. 이래저래 해본 끝에 그는 묘수를 찾아냈다. 선글라스를 끼고서 고개를 바깥쪽으로 돌리면 유리문에 비친 그녀의 모습이 보이는 것이었다.

거기서 엠마는 잔뜩 그을린 등짝의 아래쪽 포물선 위로 로션을 바르느라 끙끙대고 있었다. 팬티를 입느라 요리조리 꿈틀대는 엉덩이와 허리의 오목한 곡선도 보고, 브래지어를 할 때는 완만하게 흘러내린 미끈한 어깨와 들어올린 팔을 보았다. 마침내 그녀의 여름 드레스가 커튼처럼 그녀의 몸 위로 미끄러져 내렸다.

그녀도 발코니로 나왔다.

"우리 그냥 여기 계속 있자." 그가 말했다. "이 섬 저 섬 옮겨 다닐 게 아니라 말이야. 여기서 느긋하게 한 주 보내고 로데스 섬으로 갔다가 집으로 돌아가는 거지."

그녀가 웃었다. "그래. 그래도 되겠네."

"지겨울 거 같진 않지?"

"응."

"행복해, 그럼?"

"뭐, 얼굴이 불판에 구운 토마토 같긴 하지만, 그것만 빼면."

"어디 보자."

눈을 감고 그녀는 덱스터 쪽으로 돌아서 턱을 들어 올렸다. 얼굴 위로 흘러내리는 걸 뒤로 빗어 넘긴 그녀의 머리칼은 아직도 촉촉하고 반짝반짝 깔끔했다. 엠마는 엠마인데, 전혀 새로운 엠마였다. 발그레한 그녀의 볼에서 빛이 나는 듯했다. 갑자기 '선-키스트' sun-kissed란 말이 떠올랐고, 이내 그는 내면의 외침에 사로잡혔다. '키스해. 그녀의 얼굴을 쥐고 키스해.'

그녀가 번쩍 눈을 떴다. "이젠 뭐 하냐?" 그녀가 말했다.

"뭐든지."

"스크래블이나 한 판?"

"씨, 화낸다?"

"그래, 저녁은 어때? 그리스식 샐러드란 메뉴가 있나 본데?"

작은 마을의 레스토랑들은 놀라우리만큼 똑같은 모습들을 하고 있었다. 양고기 굽는 연기에 자욱한 공기를 헤치고 둘은 반달 모양의 해변이 시작되는 부두 끝 조용한 곳에 자리를 잡았다. 포도주에서는 소나무 향이 났다.

"크리스마스 트리 냄새가 나네."

"소독약 냄새 아냐?" 엠마가 말했다.

플라스틱 포도넝쿨 뒤에 감춰진 스피커에서는 치터로 연주되는 마돈나의 '겟 인투 더 그루브'Get Into The Groove가 흘러나왔다. 딱딱한 빵, 타버린 양고기, 아세트산에 흠뻑 절은 샐러드가 나왔지만 모두 맛이 좋았다. 시간이 흐르면서 그 포도주조차도 무슨 신기한 구강세척제처럼 맛깔스럽게 느껴졌다. 이윽고 엠마는 2번 규칙을 어길 수밖에 없겠다고 느끼게 되었다. 집적대기 금지.

농탕질은 전혀 그녀의 특기가 아니었다. 벌떡벌떡 불거지곤 하는 그녀의 교태는 마치 롤러스케이트를 타고 일상적 대화를 나누려는 시도처럼 서투르고 엉성했다. 하지만 그리스의 뜨거운 태양과 레스티나 포도주 몇 잔은 엠마를 감상에 젖게 했고 경솔하게 만들었다. 그녀가 자기 롤러스케이트를 꺼내 들었다.

"좋은 생각이 났어."

"뭔데?"

"여기서 8일씩이나 지내면 얘깃거리도 바닥날 거 아냐. 그치?"

"뭐 꼭 그럴까?"

"그럴 수도 있잖아." 그녀가 앞으로 몸을 숙이며 그의 손목에다 자기 손을 얹었다. "우리 서로 상대방이 모르는 얘기를 하나씩 들려주기로 하자."

"뭐, 비밀 같은 거?"

"그렇지, 비밀 이야기지. 뭔가 놀라운 거. 휴가 내내 하룻밤에 하나씩."

"병 돌리기 진실게임 같은 거네?" 그의 눈이 동그래졌다. 덱스터는 아무리 생각해도 자신이 세계 최고의 병 돌리기 선수 같았다. "좋아. 너부터 해봐."

"아냐, 너부터 해야지."

"왜 내가 먼저야?"

"넌 선택의 폭이 넓잖아."

사실 그랬다. 그가 털어놓을 비밀은 끝도 없었다. 그날 밤만 해도 아까 엠마가 옷 입는 걸 훔쳐봤다는 얘기도 있었고, 샤워할 때 문을 일부러 열어 놓았다는 얘기도 있었다. 나오미랑 헤로인을 피웠다는 얘기, 크리스마스 직전에 엠마의 룸메이트인 틸리 킬릭이랑 후다닥 불쾌한 섹스를 했다는 얘기도 있었다. 엠마가 울워스 슈퍼마켓으로 트리 장식용 전등을 사러 간 동안 발 마사지를 해주다 사태가 걷잡을 수 없이 벌어지고 말았었다. 그래도 가급적이면 자신이 그리 천박하거나 꾀죄죄해 보이지 않게, 거짓말쟁이나 교만한 놈으로 보이지 않게 할 얘기를 골라야 했다.

그는 한참을 생각했다.

"그래 좋아." 그가 목청을 가다듬었다. "2주 전 쯤인데, 어느 클럽에서 내가 한 남자를 만난 거야."

엠마의 입이 쫙 벌어졌다. "남자?" 그녀가 웃기 시작했다. "그대에게 진정 경의를 표합니다요. 너 정말 까무러치게 놀랄 만한 애로구나."

"별 거 아냐. 그냥 애무만 한 거였어. 완전 필름이 끊겨서…."

"다들 얘긴 그렇게 하지. 그래서, 어떻게 됐는데? 응?"

"그러니까, 아주 진하게 게이들이 노는 날이었어. '스트랩 인 복스홀'이라는 클럽의 '섹스페이스'라는 행사였지."

"스트랩에다 섹스페이스라고? '록시스'나 '맨해튼스' 같은 이름의 디스코들은 다 어디 가고?"

"그건 디스코가 아니라, 게이 클럽이었어."

"넌 게이 클럽에는 대체 왜 갔는데?"

"자주 가. 음악이 훨씬 좋거든. 맥빠진 하우스 음악 쓰레기들 말고, 진한 하드코어를 즐기는 거지."

"이런 못 말릴 멘탈리스트 같으니!"

"그래서, 잉그리드랑 그녀의 친구들이랑 거기 있는데, 난 춤추고 있었지. 그런데 이 남자가 그냥 내게 오더니 막 키스하기 시작하는 거야. 그래서 뭐, 나도, 음, 마주 키스를 해줬지."

"그래서, 어땠어…?"

"어땠냐니?"

"좋았냐고?"

"괜찮았지. 그냥 키슨데 뭘. 입은 그냥 입일 뿐. 안 그래?"

엠마가 크게 한 번 웃었다. "덱스터, 너한테 시인의 영혼이 있는 거 모르지? '입은 그냥 입일 뿐'. 정말 멋있다, 진짜 훌륭해. 그거 '애즈 타임 고즈 바이'As Time Goes By 가사 아니니?"

"말이 그렇다 이거지."

"입은 그냥 입일 뿐. 그걸 꼭 묘비명으로 써야 할 텐데. 잉그리드는 뭐래?"

"그녀는 그냥 웃기만 했어. 신경도 안 쓰지. 아주 좋아하는 눈치더라." 그는 무심한 척 으쓱했다. "또 잉그리드는 바이섹슈얼이기도 하니까."

엠마의 눈이 둥그레졌다. "바이섹슈얼이라고?" 덱스터는 잉그리드가 바이인 게 마치 자기 생각인 것처럼 씨익 웃었다.

"야, 뭘 놀라고 그래. 우리 나이 땐 이렇게 저렇게 실험적인 섹스도 하고 그러는 거잖아."

"우리 땐 그렇다고? 나한텐 아무도 그런 얘기 한 적 없어."

"너도 좀 그래 봐라."

"나도 그렇게 거리낌없이 살 때도 있었지만, 그런 일 다시는 없을 거다."

"뭐가 나쁘다고 그래, 엠. 부끄러울 거 하나도 없어."

"그래 덱스, 너 진정한 섹스짱이다. 근데 '더스트랩' 파티의 그 친구, 대체 뭘 입고 있었니?"

"'더' 없이 그냥 '스트랩'이거든. 하니스에 가죽바지 차림이었지. 브리티시텔레콤에서 일하는 스튜어트란 엔지니어였어."

"그래서, 너 앞으로도 스튜어트 계속 볼 거야?"

"글쎄, 전화기가 고장 나면 연락해 볼까나? 갠 내 타입이 아녔어."

"내가 보기엔 누구든 네 타입인 거 같은데."

"이건 그냥 별난 에피소드였을 뿐이야. 뭐가 그렇게 우습니?"

"네 표정이 너무 뿌듯해 하는 거 알어?"

"아니거든! 이 호모 혐오자야!"

그가 그녀의 어깨 너머를 기웃거리기 시작했다.

"뭐야. 웨이터라도 꼬시려고?"

"한 잔 더 시키려고 그러거든. 네 순서니까 네 비밀이나 말해."

"난 포기다, 야. 그런 데 견줄 만한 비밀이 전혀 없거든."

"여자-여자 경험 없어?"

그녀는 졌다는 듯한 표정으로 고개를 저었다. "진짜 레즈비언한테 그딴 식으로 얘기했다간 걔네들이 네 턱을 부셔 놓을 거야."

"그러니까, 한 번도 끌린 적이 없다고?"

"자꾸 정나미 떨어지게 그럴래, 덱스터? 비밀 얘기 안 듣고 싶은 거야, 뭐야?"

웨이터가 서비스라며 그리스 브랜디 두 잔을 가져왔다. 돈 주고는 아무도 안 시킬 법한, 그런 술이었다. 엠마는 한 모금 맛본 뒤 손으로 볼을 감싸고 앉아서 술에 취한 사람들만이 연출할 만한 다정한 시선으로 덱스터를 바라보았다.

"비밀이라, 어디 보자."

그녀가 손가락으로 턱을 톡톡 건드렸다. 샤워하는 그를 훔쳐봤다는 얘기를 할 수도 있었고, 크리스마스 때 틸리 킬릭과 저지른, 발 마사지를 해주다 걷잡을 수 없이 벌어진 그 사태를 다 안다고도 말해 줄 수 있었다. 심지어 1983년에 그녀가 침실에서 폴리 도슨과 키스를 했다는 얘기를 꺼낼 수도 있었다. 하지만 폴리 얘기는 차마 끝맺을 엄두가 나지 않아 포기했다. 그뿐인가. 얘기를 들려주고 싶은 밤들이 얼마나 많은지.

치터는 이제 '라이크 어 프레이어'Like A Prayer를 연주했다. 그녀는 입술을 빨고 요염한 눈빛을 하는 등 제법 부산을 떨었다. 드디어 맘에 드는 얼굴이 나왔다. 최고 상태의 내 얼굴, 가장 매력적인 얼굴, 사진 찍을 때 쓰는 그 얼굴이.

"우리가 처음 만났을 때 말야. 대학에서. 있잖아, 우리가 서로 친구가 되기 전에 말야, 사실 나 너한테 좀 반했던 적이 있다? 좀 반한 게 아니라, 홀딱 반했었지, 실은. 한참동안 그랬지. 멍하니 시를 쓰고 숨이 차던, 아…."

"시를 썼다고? 진짜?"

"좀 부끄러운 일이지."

"알았어. 알았어." 그가 팔짱을 낀 채 테이블 모서리를 짚고서 눈을 내리깔았다. "어떡하니, 엠. 미안하지만, 그 얘긴 안 되겠는데."

"안 되다니?"

"네가 말했잖아, 상대방이 모르는 얘기여야 한다고."

씨익 웃는 그를 보며 엠마는 다시 깨달았다. 남을 실망시키는 그의 재주가 얼마나 무한한지를.

"이런, 너 정말 미워!" 엠마가 손등으로 그의 팔에서 제일 빨갛게 익은 부분을 찰싹 때렸다.

"아우!"

"어떻게 알았어?"

"틸리가 말해 줬어."

"잘했다, 틸리."

"그래서 어떻게 됐는데?"

그녀는 물끄러미 빈 잔을 쳐다보았다. "그런 건 시간을 두고 천천히 극복해야 하는 거라고 생각했어. 해변의 조약돌이 둥글게 되듯."

"아니, 아니, 그 뒤로 무슨 일이 일어났냐고?"

"난 널 알게 됐고. 네가 내 병을 낫게 했지."

"그때 썼다는 시들이 보고 싶네. '덱스터'로 운을 맞춘 것들인가?"

"'망할 놈'으로 운을 맞췄다, 왜? 엉성한 것들이었지."

"솔직히 말해 봐, 다 어떻게 했어?"

"다 버렸어. 모닥불에다 던져 버렸지. 몇 년 전에." 축 처지고 바보 같은 기분에 그녀는 빈 잔을 들고 다시 들이켰다. "브랜디 너무 많이 마셨다. 가야겠어."

엠마가 무심한 눈길을 웨이터에게 던졌고, 덱스터도 바보 같은 기분이 들었다. 그가 해줄 수 있는 말도 참 많았는데, 그런데, 왜 그렇게 밉살맞은 소리만 주절대며 좀생이처럼 굴었담?

잘못을 반드시 만회하겠다는 일념으로 그가 엠마의 손을 슬쩍 잡았다. "그럼 우리 좀 걸을까?"

그녀가 머뭇거렸다. "그러자. 같이 걷자."

둘은 해변을 따라 걸었다. 짓다 만 듯한 집들이 해변을 따라 듬성듬성 늘어서 있었다. 저절로 혀를 차게 만드는 관광지의 개발 풍경이었다. 둘이 이런저런 얘기를 나누는 동안 엠마는 조용히 결심했다.

'앞으로는 좀 더 현명해지자. 무모하고 즉흥적인 짓은 나랑 어울리지 않아. 그랬다간 잘 헤쳐 나가지도 못하고 결과물도 늘 전혀 딴판이었지.' 덱스터에게 했던 고백 때문에 그녀는, 마치 무도회에서 마구 춤을 추다가 공중에 붕 뜬 뒤, 잠시 후, 와장창, 유리잔 깨지는 소리를 들은 느낌이었다. 함께할 남은 휴가 기간 동안은 가만가만히 술도 자제하고 규칙을 엄수하며 지내자, 그녀는 다짐했다. 잉그리드를 생각해야지. 런던에서 그를 기다리고 있는, 아름답고 거침없는 바이섹슈얼 잉그리드를. 부적절한 고백은 이제 그만. 그러려면 그녀는 마치 발뒤꿈치에 매달린 화장실 휴지처럼 멍청한 대화들만 주절주절 지껄여야 할 것이다.

어느새 둘은 마을을 완전히 벗어났고, 비틀대며 모래언덕을 오르내리느라 덱스터가 그녀의 손을 쥐고 부축했다. 대낮의 햇살에 달구어진 모래는 아직도 따뜻했다. 바다 쪽으로 발걸음을 옮기니 모래가 촉촉하게 다져져 있었다. 문득 엠마는 덱스터가 아직 손을 잡고 있음을 의식했다.

"이렇게 어디까지 갈 거야?" 그녀가 물었다. 목소리가 갈라졌다.

"난 수영 할래. 너도 할래?"

"정신 나갔니?"

"하자!"

"난 무서워."

"빠져 죽을 일 없어. 봐, 아름답잖아."

바다는 참으로 잔잔하고 맑아서 비취색 형광 조명을 받은 멋진 수족관 같았다. 떠 올리면 손 안에서도 반짝거릴 것만 같았다.

덱스터는 벌써 머리 위로 셔츠를 벗고 있었다. "가자니까. 술도 확 깰 거야."

"난 수영복도 없는걸." 그러다 정신이 번쩍 들었다. "오호, 이제 알겠다." 그녀가 웃었다. "이제야 사태 파악이 되는군."

"뭐라고?"

"내가 네 뜻대로 물에 풍덩 뛰어들어 줬어야 하는 건데 말야, 그치?"

"무슨 소리야?"

"뻔하잖아. 판에 박힌 알몸 수영 스토리! 여자애를 취하게 한 다음 근처에 있는 물속으로 끌고 가라!"

"엠마, 너 정말 요조숙녀다. 왜 그렇게 요조숙녀처럼 굴어?"

"너나 해. 난 여기서 기다린다."

"맘대로 해라. 하지만 후회할걸."

그가 등을 돌리더니 바지를 벗고 팬티도 내렸다.

"팬티는 왜 벗어!"

성큼성큼 바다로 걸어가는 그의 훤칠한 갈색 등과 뽀얀 엉덩이를 쳐다보며 그녀가 그의 등에다 소리쳤다.

"여기가 무슨 섹스페이스 파티장이니?"

그는 파도 쪽으로 몸을 숙였다. 술기운에 비틀거리며 서 있자니 엠마는 쓸쓸하고 얼빠진 느낌이었다. 이거야말로 자신이 진짜 한번 해보고 싶었던 경험 아닌가? 좀 더 즉흥적이고 무모하면 안 되는 건가? 옷 벗고 수영하는 것도 무서워하는 여자가 어떻게 한 남자에게 먼저 키스하고 싶다고 얘기할 수 있겠는가?

그런 생각을 마무리하기도 전에 엠마는 몸을 숙여 드레스 끝단을 붙잡고 단숨에 머리 위로 벗어 버렸다. 그녀는 팬티도 벗어 발가락 끝으로 그걸 하늘 높이 던져 버렸다. 어디 떨어지든 알 게 뭐야. 그녀는 달렸다. 깔깔 웃으며, 자기 자신한테 마구 욕을 하며, 물 쪽으로.

덱스터는 최대한 갈 수 있는 데까지 가서는 발가락 끝으로 땅을 짚고 서서 눈을 훔쳤다. 먼바다 쪽을 내다보며 이제 어떡하나 생각해 보았다. 아찔하게 불안했다. 난데없는 불안감이 엄습했다. 중대한 상황이 곧 벌어질 듯한 기분이었다. 이런 상황들을 가급적 회피하면서, 가능하면 덜 무모하고 덜 즉흥적으로 살려고 애쓰지 않았던가? 뭐니 뭐니 해도 엠마 몰리가 아닌가. 최고의 친구, 둘도 없이 소중한 엠! 또, 잉그리드는 어떡하고? 아는 사람은 다 알지, 그녀가 '겁나는 잉그리드'란 걸….

해변 쪽에서 멋대로 내지르는 환희의 탄성이 들려왔다. 덱스터가 돌아섰지만, 홀딱 벗은 엠마가 마치 누가 떠민 것처럼 물 속으로 자빠지듯 뛰어드는 걸 보기에는 한 발 늦었다. 거짓 없이 그리고 숨김없이, 그 말을 명심해야 할 일이었다. 마구잡이 수영법으로 그를 향해 헤엄쳐 오는 엠마를 보며 그는 결심했다. '거짓 없이 숨김없이 변화를 받아들이자. 뭐가 어떻게 바뀔지 보는 거야.'

엠마가 숨을 헐떡이며 도착했다. 물이 너무 투명했다. 한 팔로 가슴을 가린 엠마가 갑자기 다른 손으로 마구 물거품을 일으키기 시작했다.

"이런 거였군."

"뭐가?"

"알몸 수영!"

"그렇지. 어때?"

"괜찮은 것 같네. 진짜 장난스럽군. 이제 뭐 하냐? 그냥 빈둥빈둥거려, 아님 너랑 물싸움이라도 해?" 그녀가 두 손으로 그의 얼굴에 물을 튕겼다. "나 어때? 잘하고 있는 거니?"

덱스터가 반격을 가하기도 전에 파도가 그녀를 번쩍 들어 올려, 바닥에 단단히 발을 고정하고 있던 덱스터에게 던져 놓았다.

그가 그녀를 붙들었다. 둘의 다리는 악수하는 손처럼 엉켰고, 두 몸은 마치 무용수처럼 딱 들어붙었다 다시 떨어졌다.

"뭘 그렇게 골똘히 생각해?" 침묵을 깨고 엠마가 말했다.

"야, 너 지금 물 속에서 쉬 하는 거 아니지?"

"아냐."

"그럼 왜 그래?"

"그러니까, 음, 내가 얘기하려던 건 미안하단 말이었어. 아까 했던 말들이."

"아까 뭐?"

"레스토랑에서 말야. 자꾸 쓸데없는 소리만 늘어놓고."

"괜찮아. 아무렇지도 않은데, 뭘."

"그리고 내가 하고 싶었던 얘기는, 나도 같은 생각을 했다는 거야. 그 당시에. 내 말은, 나도 널 좋아했어, '낭만적으로' 말이지. 그러니까 내 말은, 음, 시를 쓰거나 그런 건 아니지만, 그래도 널 자꾸 자꾸 생각했어. 너랑 나랑을. 그러니까, 나도 너한테 반했었단 말이지."

"그래? 와, 진짜? 그랬구나. 와, 그랬단 말이지."

결국 이런 일이 벌어지는구나, 그녀는 생각했다. 지금 여기서, 벌거벗은 채 에게해에 서서.

"내 문제라면", 덱스터가 한숨을 짓고는 한쪽 입꼬리를 올리며 웃었다. "뭐, 난 아무한테나 만날 반한다는 거지."

"그렇지." 엠마가 할 수 있는 건 그 말뿐이었다.

"정말 아무한테나 말야. 길을 걷다 보면, 네가 한 말처럼, 정말 모두가 내 타입인 거야. 악몽이지, 악몽!"

"불쌍해라." 그녀가 시들하게 말했다.

"내 말은 말야, 그때나 지금이나 난 남자친구-여자친구 준비가 안 됐다는 거야. 우린 서로 다른 걸 원하는 거 같았어. 관계를 통해서 말이야."

"왜냐하면… 넌 게이라서?"

"농담하는 거 아냐, 엠."

"그래? 난 잘 모르겠는데."

"너, 나한테 화났니?"

"아니, 뭣 땜에? 말했잖아, 그건 아주 오래, 오래전 일이었다고."

"그래도", 물속에서 그는 양손으로 그녀의 허리를 잡았다. "그래도, 네가 좀 더 재미나게 지내고 싶다면…."

"재미?"

"규칙을 깨서라도…."

"스크래블 하시게?"

"알면서 그래. 냅다 노는 거지. 아무런 조건도, 의무도 없이. 잉그리드에겐 한마디도 안 하고. 우리만의 작은 비밀로. 난 충분히 그럴 수 있으니까. 알겠지?"

웃음과 호통 사이 묘한 소리를 내며 그녀가 목청을 가다듬었다. 충분히 그럴 수 있다? 그는 신제품을 팔러 와 엄청나게 싸게 드린다면서 꼬드기는 세일즈맨처럼 득의만만한 웃음을 머금고 있었다. 우리만의 작은 비밀? 예전의 그 숱한 비밀들에다 하나 더 보태시겠다? 그녀의 머릿속에 한 구절이 떠올랐다. '입은 그냥 입일 뿐.' 그녀가 할 수 있는 일은 한 가지밖에 없었다. 발가벗었다는 사실을 잠시 잊은 채 물 밖으로 풀쩍 뛰어올라 온몸으로 그의 머리를 물속으로 밀어 넣은 뒤, 그녀는 천천히 숫자를 셌다. 하나, 둘, 셋—

야, 이 교만하고 콧대만 높은 좀생이야—

넷, 다섯, 여섯—

이 멍청한, 멍청한 여자야. 얘가 널 아끼는 줄 알았니, 바보야—

일곱, 여덟, 아홉—

이제 마구 몸부림을 치는군, 올라오게 해주고, 농담이나 하는 거야, 그래 농담이나—

열, 그리고 그녀는 그의 머리 꼭대기에 얹었던 손을 떼었고, 덱스터가 물 위로 솟구쳐 올라왔다. 머리를 흔들고 눈가를 훔치며 덱스터가 웃었다. 그녀도 웃었다. 딱딱하게, 하, 하, 하.

"하기 싫다, 이 말이네."

코에서 바닷물을 쥐어 짜내며 마침내 그가 말했다.

"그래. 우리들의 순간은 예전에 지나가 버린 것 같아."

"오, 그래. 진짜? 왜냐하면, 내 생각엔, 그런 식으로 하고 나면, 우리 기분이 훨씬 좋아질 것 같은데 말이지."

"그런 식으로 하고 나면?"

"내 생각엔, 좀 더 친해질 거라고. 친구로서 말이야."

"너 지금 같이 안 잔다고 우리 우정에 금이 갈 거라 걱정한단 말이니?"

"사실, 내 맘을 잘 표현하지 못하겠어."

"덱스터, 난 널 완벽하게 이해해. 그게 문제긴 하지만."

"잉그리드가 걱정이라면…."

"그녀 걱정은 안 해. 난 그저 '우리 그거 드뎌 했다'라고 말하려고, 그걸 하지는 않을 거란 말이야. 네가 그걸 한 뒤에 하는 말이 '다른 애들한테 말하진 마'라거나 '우리 이번 일 다 잊어버리자'일 거라면, 그딴 걸 하지는 않을 거란 얘기지. 뭔가 비밀로 묻어 둘 일이라면 애초부터 안 해야 한다는 거야!"

그런데 덱스터의 가늘게 뜬 눈이 그녀의 어깨 너머 해변 쪽을 뚫어져라 응시하고 있었다. 그녀도 몸을 돌리니, 작고 마른 체구의 한 인물이 머리 위로 빼앗은 깃발처럼 뭔가를 펄럭이면서 모랫길을 부리나케 내빼고 있었다. 셔츠랑 바지였다.

"야아아아아아!"

덱스터가 해변을 향해 맹렬히 헤엄쳤다. 입 안으로 들어오는 물을 연신 내뱉으며 고함도 질렀다. 훌쩍 모래밭으로 뛰어오른 덱스터가 육상 선수처럼 무릎을 높이 치켜올리며 그의 옷을 싹 쓸어간 도둑을 뒤쫓았다.

덱스터가 헐떡헐떡 씩씩거리면서 다시 엠마에게로 돌아왔다. 이미 엠마는 술기운을 싹 털어내고 옷을 다 갖춰 입은 채 해변에 앉아 있었다.

"못 잡았어?"

"응. 놓쳤어!" 그의 목소리가 비참했다. "썩을 놈이 완전히 도망가버렸어." 가볍게 바람이 불었고 덱스터는 문득 자신이 실오라기 하나 걸치지 않았음을 깨달았다. 한 손으로 아랫도리를 가리는 몸짓에 화가 잔뜩 묻어났다.

"지갑도 잃어버린 거야?" 그녀가 물었다. 놀라 입을 벌린 그녀의 표정에 애틋함이 가득했다.

"아니, 현금뿐이었어. 10파운드나 15파운드쯤? 망할 새끼."

"저런. 이런 게 알몸 수영의 위험함 중 하나로구나."

혼잣말을 하는 그녀의 입꼬리가 실쭉했다.

"내가 열받는 건 그 바지 때문이야. 헬무트 랭 바지라고! 팬티는 프라다고. 하나에 30파운드씩 하는 팬티란 말이야. 넌 또 왜 그래?"

엠마는 우스워서 말도 못할 정도였다.

"뭐가 우습다고 그래, 엠! 나 도둑맞았단 말야!"

"알아. 미안해."

"헬무트 랭이었다니까, 엠!"

"알아, 안다고! 그냥 네가… 엄청 열받고… 옷은 하나도 안 입고…."

그녀가 몸을 웅크렸다. 주먹과 이마를 아예 모래에 박더니 급기야 옆으로 자빠졌다.

"그만해라, 엠. 재미없거든. 엠마? 엠마! 그만해!"

엠마가 겨우 몸을 일으킬 수 있게 되자 둘은 해변을 따라 묵묵히 걸었다. 갑자기 겨우 몸이 식으면서 덱스터는 몹시 창피했고, 엠마는 일부러 몇 발짝 앞서서 모래를 쳐다보며 웃음을 참으려고 애쓰며 걸었다.

"남의 속옷을 훔치는 작자들은 대체 뭐하는 새끼들이야?" 덱스터가 중얼거렸다. "이 도둑놈들을 내가 어떻게 잡을 건지 알아? 이 빌어먹을 섬에서 혼자 잘 차려입고 다니는 새끼를 골라내기만 하면 되지."

엠마가 다시 한 번 더 모래 위에 자빠져 무릎 사이에 고개를 박고 웃었다.

그런 비책도 아무 소용 없음이 드러나자 둘은 뭔가 걸칠 게 없는지 바닷가를 샅샅이 뒤졌다. 엠마가 튼튼해 보이는 퍼런 비닐 포대 하나를 발견했다. 덱스터가 그걸 미니스커트처럼 허리에 살짝 둘렀다. 엠마는 그걸 반으로 터서 원피스처럼 만들자고 이야기한 뒤, 다시 쓰러져 웃었다.

숙소로 가는 길에 둘은 부두 입구를 지나야 했다. "생각보다 많이 붐비네, 여기." 엠마가 말했다.

덱스터는 애써 자기한테 화난 듯한 표정을 연출한 뒤 앞만 보고 걸었다. 길가의 술집들에서 마구 휘파람 소리가 들려왔다. 마을길로 접어들어 좁은 골목을 올라가는데, 갑자기 앞에서 해변의 그 커플이 나타났다. 술과 햇볕 탓에 불콰해진 얼굴로 두 사람은 서로를 껴안은 채 비틀거리며 부두로 가는 계단을 내려오고 있었다. 둘은 멍한 눈길로 덱스터의 퍼런 포대처럼 생긴 미니스커트를 뚫어져라 쳐다보았다.

"누가 제 옷을 훔쳐 가서요." 그가 퉁명스레 설명했다.

커플은 불쌍한 눈길을 보내며 그들을 비켜 좁은 길을 빠져나갔다. 그렇게 가다 말고 여자가 돌아서서 외쳤다.

"포대 좋은데요."

"헬무트 랭이에요." 엠마가 그렇게 말했고, 덱스터는 배신자를 향해 매섭게 도끼눈을 떴다.

덱스터는 숙소로 가는 길 내내 골을 부렸다. 마침내 방에 당도했을 때는 둘 다 침대를 같이 써야 한다는 사실 따위는 잊어버렸다. 엠마는 화장실로 가서 낡은 회색 티셔츠로 갈아입었다. 밖으로 나오니 퍼런 비닐 석탄포대는 침대 발치의 바닥에 떨어져 있었다.

"이거 널어놔야지." 그녀가 포대를 발가락으로 툭 치며 말했다. "잔뜩 구겨지겠다."

"하." 새 속옷을 입고 침대에 누운 채 그가 말했다.

"그것도 그거야?"

"뭐가?"

"그 유명한 30파운드짜리 팬티. 뭐 어떤 건데, 족제비 가죽이라도 둘렀나?"

"그냥 자자, 응. 넌… 어느 쪽이 좋냐?"

"이쪽."

그들은 침대에 등을 붙이고 나란히 누웠다. 엠마는 후끈거리는 피부에 와닿는 서늘하고 뽀얀 시트의 감촉을 음미했다.

"멋진 하루였어." 그녀가 말했다.

"마지막 그때까지는." 그가 웅얼댔다.

그녀가 덱스터 쪽으로 몸을 돌리자 퉁퉁 부은 얼굴로 천장을 쏘아보는 그의 옆모습이 보였다.

"까짓 바지랑 팬티인데 뭘. 멋진 걸로 내가 새로 사줄게. 면 속옷 3종 세트, 어때?"

덱스터가 코웃음을 쳤다. 엠마는 시트 아래로 덱스터의 손을 잡고서 세게 힘을 줬다. 드디어 덱스터가 고개를 돌려 엠마를 바라봤다.

"진짜야, 덱스." 그녀가 미소를 지었다. "나 여기 정말 좋아. 아주 기분 좋고 재밌어."

"그래. 나도 그렇다." 그가 다시 그녀를 보았다.

"앞으로 8일." 그녀가 말했다.

"앞으로 8일."

"잘 해낼 수 있을 거 같지?"

"어떻게 알겠어." 그가 다정하게 미소 지었다. 그렇게, 좋든 나쁘든, 모든 게 예전처럼 정상 상태로 돌아왔다. "자, 오늘밤에 우리가 어긴 규칙이 대체 몇 개냐?"

"뭐 적어도 스크래블은 안 했잖아."

"늘 내일이 있지." 엠마는 머리 위로 손을 뻗어 불을 끄고선 등을 덱스터 쪽으로 돌리고 누웠다. 모든 게 예전처럼 정상이 되었지만, 그녀는 이게 어떤 느낌인지 아리송했다. 잠깐, 그녀는 하루 동안 벌어진 일을 곱씹느라 잠을 못 이루겠구나 싶었지만, 다행스럽게도 피곤이 그녀를 금세 집어삼키는 게 느껴졌다. 잠이 마취제처럼 그녀의 혈관 속으로 기어 들어왔다.

덱스터는 푸른빛이 감도는 천장을 지긋이 응시했다. 오늘밤, 좀 더 잘할 수도 있었는데, 그런 후회가 밀려왔다. 엠마와 함께 있을 때는 뭔가 그럴듯하게 처신하고 싶었다. 하지만 그의 점수는 늘 낙제 수준이었다. 그는 눈을 감은 엠마를 쳐다보았다. 목덜미에서 흘러내린 그녀의 머리칼. 오늘 새로 태운 그녀의 피부는 하얀 시트에 대비되어 더 짙어 보였다. 그녀의 어깨를 만지며 사과해 볼까, 그는 생각했다.

"잘 자, 덱스." 잠에 취한 목소리로 그녀가 속삭였다.

"잘 자, 엠." 그가 대답했을 때는 이미 그녀가 잠든 뒤였다.

그래, 8일이나, 8일씩이나 남았는데, 그는 생각했다. 8일이면 무슨 일이든 벌어질 수 있었다.

part 02.

1993~1995 \ 20대 후반

"우리는 될 수 있는 대로 많은 돈을 썼다. 그리고 그 대가로 사람들이 주려고 마음먹는 한 최대한 조금씩만 받았다. 우리는 늘 적잖이 처참한 상태였고, 우리가 아는 인물들은 거의 전부 다 엇비슷한 처지였다. 우리들끼리는 끊임없이 즐기며 살고 있다는 소문이 왁자했지만, 실상은 전혀 그렇지 않았다는 게 본질이고 진실이었다. 내가 아는 한 우리 같은 경우는 결코 평범한 사례라고 할 수가 없었다."

찰스 디킨즈『위대한 유산』"우리는 될 수 있는 대로 많은 돈을 썼다. 그리고 그 대가로 사람들이 주려고 마음먹는 한 최대한 조금씩만 받았다. 우리는 늘 적잖이 처참한 상태였고, 우리가 아는 인물들은 거의 전부 다 엇비슷한 처지였다. 우리들끼리는 끊임없이 즐기며 살고 있다는 소문이 왁자했지만, 실상은 전혀 그렇지 않았다는 게 본질이고 진실이었다. 내가 아는 한 우리 같은 경우는 결코 평범한 사례라고 할 수가 없었다."

_찰스 디킨즈『위대한 유산』

cho6

케미칼

1993년 7월 15일, 목요일

- 1부 덱스터의 이야기 -

◦ 브릭스턴 그리고 얼스코트, 런던 / 옥스포드셔, 잉글랜드 ◦

요즘 들어 밤과 아침의 경계가 흐려지는 일이 잦았다. 오전·오후라는 낡은 구분은 구시대의 유물이 되었고, 덱스터는 예전보다 훨씬 더 자주 새벽 거리를 휘젓고 다녔다.

1993년 7월 15일의 해는 5시 1분에 떴다. 떠오르는 해를 덱스터는 낡아빠진 미니캡* 뒷좌석에서 지켜보았다. 브릭스턴의 어느 낯선 사람 집에서 나와 자기 집으로 가는 길이었다. 낯선 사람이라기보다는 갓 새로 사귄 친구라는 게 정확했다. 요즘 그는 얼마나 새 친구를 많이 만드는지 몰랐다. 이번에는 깁스나 깁시 혹은 빅시일지도 모르는 이름의 그래픽 디자이너였다. 그리고 그의 친구, 타라라는 미친 듯한 여자도 함께였다. 얼빠진 듯 흐리터분한 눈꺼풀에 커다란 진홍빛 입술의 그 여자는 말이 별로 없었다. 말보다는 온몸을 주무르는 것으로 의사소통을 하려는 여

* 비싼 블랙캡 대신 주로 밤에 이용하는 싼 사설 콜택시.

자 같았다.

새벽 두 시, 철도 굴다리 밑의 나이트클럽에서 덱스터가 먼저 만난 사람은 바로 그 타라였다. 밤새도록 춤추는 그녀의 모습이 자꾸 눈에 띄었다. 큰 입을 가득 벌리고 웃고 있는 장난기 어린 예쁜 얼굴의 그녀는 사람들 뒤에서 불쑥 튀어나와서는, 사람들의 어깨나 등의 잘록한 부분을 마구 비비고 주물렀다. 드디어 그의 차례가 왔다. 그는 고갯짓을 하며 웃어 준 뒤 느긋하게 그녀가 그를 알아보기를 기다렸다. 물론 여자는 얼굴을 찡그렸고, 손을 그의 코끝 가까이 대고 여느 사람들처럼 말했다.

"당신 유명하죠!"

"그러는 당신은 누구죠?" 쾅쾅 울려대는 음악 탓에 그가 고함을 질렀다. 그녀의 깡마른 작은 손을 둘 다 맞잡고서 정말 오랜만에 만났다는 듯 크게 양쪽으로 벌리고서 말이다.

"난 타라!"

"타라! 타라! 안녕, 타라!"

"당신 유명해. 왜 유명하죠? 말해 봐요."

"TV에 나오죠. '라기닛'이라는 TV 프로그램에 나와요. 팝스타들 인터뷰 하잖아요."

"맞다! 당신 진짜 유명인이네!" 그녀가 고함치며 기뻐했다. 까치발을 한 그녀가 그의 볼에 입을 맞추었다. 그 모습이 너무 예뻐서 덱스터는 감동을 받았고, 다시 음악을 뚫고 외쳐 주었다. "당신 정말 사랑스러워, 타라!"

"난 사랑스러워!" 그녀도 외쳤다. "난 사랑스럽지! 하지만 안 유명해!"

"당신도 유명해져야지!" 덱스터가 그녀의 허리에 손을 얹으며 외쳤다. "모두 다 유명해져야 한다고!"

그런 말엔 아무 생각도 뜻도 담기질 않았다. 하지만 타라가 "아아아 아아아"라고 말하며 다시 까치발을 하고 조그만 요정 같은 얼굴을 그의 어깨에 기대는 걸로 보아 기분이 좋아진 듯했다.

"난 당신이 너무 사랑스러운 거 같아." 그녀가 그의 귀에 대고 외쳤고, 그도 부인하지 않았다. "당신도 사랑스러워"라고 덱스터도 말했고, 두 사람은 끝없이 이어질 듯한 "당신 사랑스러워"의 주거니 받거니 사이클을 시작했다. 둘은 서로의 볼을 탐닉하고 마주보고 웃으며 함께 춤췄다. 모두가 제정신이 아니면 대화가 얼마나 쉽게 풀리는지, 그 놀라운 사실을 덱스터는 다시 또 깨달았다.

한때, 사람들이 술 외에 기댈 게 없던 시절에는 어떤 여자에게 말을 붙이려면 온갖 끈적대는 눈길과 공짜술 사주기, 책이며 영화, 부모와 가족 관계 등을 몇 시간이나 지루하게 물어봐야 했다. 하지만 요즈음은 "당신 이름 뭐야?" 바로 다음에 "문신 좀 보여 줘"라든지 "속옷 어떤 거 입었어?" 따위로 매끄럽게 넘어갈 수 있었으니, 이건 틀림없는 진보였다.

"당신 사랑스러워!" 엉덩이를 그의 허벅지에 비벼대느라 한창 바쁜 그녀에게 그가 외쳤다. "당신 정말 작다. 새 같아!"

"하지만 난 황소처럼 힘이 세!" 그녀가 자기 어깨 너머로 외치면서 미끈한 팔을 구부려 귤 한 알 크기의 알통을 보여 주었다. 그 조그만 이두박근이 너무 예뻐서 그는 거기에 키스를 했다. "당신 멋있어. 당신 저어어엉말 멋있어."

"당신도 멋있어." 그렇게 외치고서 그는 생각했다. 아, 이렇게 말이 술술 통하다니, 이렇게 주고받는 거, 이렇게 매끄럽다니. 그녀는 정말 작고 미끈해서 귀여운 굴뚝새를 연상시켰다. 하지만 덱스터는 '굴뚝새'라는 단어를 떠올릴 수 없었다. 그녀의 팔을 잡아당긴 덱스터가 그녀의 귀에다 외쳤다.

"성냥갑에 쏙 들어가는 그 작은 새 이름이 뭐지?"

"뭐라고?"

"성냥갑에 넣을 수 있는 새, 성냥갑에 쏙 들어가는 거, 조그만 새, 당신이 그 작은 새 같은데, 이름이 뭔지 모르겠어." 그가 엄지와 검지를 찔끔 떼고서 말했다. "작은 새. 조그만 거. 당신이 꼭 그래."

그녀가 끄덕거렸다. 알아들었다는 건지 음악에 맞춘 건지 모르지만, 나른한 눈꺼풀이 펄럭거릴 정도였다. 그녀의 눈동자도 큼지막해지기 시작했다. 마치 여자애들이 가지고 노는 인형처럼 그녀의 눈알이 머리 뒤로 돌아가고 있었다.

덱스터는 자기가 무슨 얘기를 하고 있었는지 까먹었다. 언뜻 정신이 흐려졌다. 그래서 타라가 자기 손을 잡고 힘을 주면서 정말 사랑스럽다고 다시 얘기하고는 자기 친구들도 사랑스럽다며 친구들 만나러 가자고 했을 때, 그는 거절하지 않았다.

덱스터는 대학 친구인 캘럼 오닐을 찾아 두리번거렸다. 구석에서 코트를 입는 그의 모습이 보였다. 한때 에든버러 최고의 게으름뱅이였던 캘럼은 이제 성공한 사업가였다. 컴퓨터 재활용 사업으로 큰돈을 번 그는 최고급 양복을 걸친 건장한 사내가 되었다. 하지만 성공을 얻으면서 그는 술을 잃었다. 약도 끊었고, 평일 밤 술자리를 꺼렸다. 그는 이런 데가 편치를 않은지 멀뚱멀뚱 서 있기만 했다. 오로지 덱스터 때문에 캘럼은 이런 델 들어온 것이다. 덱스터가 그에게로 가서 양손을 잡았다.

"어디 가, 이 친구야?"

"집에! 새벽 두 시야. 일할 게 많아."

"나랑 같이 가자. 타라 소개시켜 줄게."

"덱스, 타라 보기 싫어. 난 갈래."

"너 이럴래? 이 시덥잖은 놈아."

"자기는 완전 맛이 가놓고선. 가. 가서 놀아. 내일 전화할게."

덱스터가 캘럼을 안고서 "넌 진짜 멋진 놈이야"라고 말하는데, 타라가 그의 손을 다시 잡았다. 그래서 그는 돌아서 인파를 뚫고 시원한 룸들 중 하나로 들어갔다.

이 클럽은 비싼 데였고 고급이었다. 그렇지만 요즘 덱스터가 돈을 내고 이런 델 들어오는 일은 드물었다. 목요일 밤이라 좀 조용했지만, 짜증나는 테크노 행진곡 같은 음악이 없어 좋았다. 걸핏하면 셔츠를 벗어 휘둘러대고, 앙다문 이빨을 다 드러내고, 그의 눈을 무섭게 노려보곤 하는, 깡마른 스킨헤드 꼬마들이 없어 더 좋았다. 대신, 여기엔 유쾌하고 매력적인 20대 중산층 젊은이들이 있었다. 타라의 친구들 같은, 그와 같은, 커다란 쿠션에 기대 축 늘어져서 피우고 얘기하고 씹는 사람들. 거기서 그는 깁시인지 빅시인지를 만났다. '사랑스런 태쉬'와 그녀의 남자친구 스투 스튜포트를 만났고, 안경을 쓴 스펙스, 그의 남자친구인 마크(실망스럽게도 마크는 그냥 마크라고 불렸다)를 만났다. 그들 모두가 그에게 껌과 생수병과 말보로 라이트를 건넸다.

사람들은 우정이라면 무슨 대단한 일로 생각하지만, 여기서는 그 모든 게 너무 손쉬웠다. 그는 금세 이 사람들이 다 어울려 함께 노는 걸 상상했다. '같이 캠핑카를 타고 휴가를 떠나고, 해 저무는 해변에서 함께 바비큐를 즐기는 거지. 이 사람들도 날 좋아하는 것 같은데?' TV에 나오는 게 어떤 건지 묻고, 다른 유명인 누구누구 만났는지 묻고, 그래서 그는 좀 추잡한 뒷애기를 들려줬다. 그러는 내내 타라는 그의 뒤에 붙어 앉아서 깡마른 작은 손가락들로 그의 목과 어깨를 주물렀다. 그 느낌에 몸을 푸르르 떨 때마다 그는 정말 뿌듯하고 좋았다.

그런데 난데없이 대화가 뚝 끊겼다. 대략 5초쯤? 아주 짧았지만, 그 순간 그는 번쩍 정신을 차리면서 내일 할 일이 떠올라 깜짝 놀랐다. 내일도 아니었다. 오늘이었다. 오늘, 좀 있다가, 맙소사! 그게 그날 밤의 첫 공포였다.

하지만 괜찮았다. 멀쩡했다. 타라가 다 끝나기 전에 가서 춤을 더 추자고 했다. 다들 일어나 DJ와 조명을 보면서 느슨하게 모여 서서 드라이아이스 속에서 한동안 춤을 췄다. 그들은 웃고 끄덕거리면서 이따금 눈썹까지 찌푸리는 그 희한하게 구겨진 얼굴을 주고받았다. 하지만 이제 끄덕거리고 웃는 건 진정 뿌듯해서 그러는 게 아니라, 아직도 재미있다는 걸, 다 끝난 게 아니란 걸 확인하고 싶어서 그러는 거 같았다. 덱스터는 이따금 통하기도 하듯이 셔츠를 벗어 볼까 생각도 했지만, 이미 때를 놓쳤다 싶었다. 옆에서 누군가가 마지못해 "기분 좀 내봐"라고 외쳤지만, 아무도 호응이 없었다. 기분 낼 분위기가 아니었다. 수줍음이라는 이름의 적들이 그들을 덮쳤고, 드디어 깁시 혹은 빅시가 나서서 그 사태에 종지부를 찍었다. 그는 음악이 더럽다고 선포했고, 마치 주문이 풀려버린 듯 다들 즉각 춤추기를 멈췄다.

출구로 나가며 덱스터는 집으로 가는 길을 떠올렸다. 클럽 밖에서 떼거지로 기다리고 있을 불법 택시운전사들의 악다구니, 살해당할지도 모른다는 근거 없는 두려움, 벨사이즈파크의 텅 빈 아파트, 그리고 그의 머릿속 쿵쾅거림이 가라앉고 또 하루를 맞이하기 위해 잠이 들기까지 몸을 씻고 음반을 바꿔 올리고 할 몇 시간을 떠올렸다.

그러자 또 다시 공포가 밀려들었다. 그는 동행이 필요했다. 그는 공중

전화를 찾았다. 캘럼이 아직 깨어 있는지 전화를 해볼 수 있겠지만, 이럴 때 남자친구는 별 소용이 없었다. 나오미한테 전화를 할까 싶었지만 그녀는 남자친구랑 있을 게 뻔했다. 욜랜더는 바르셀로나에서 촬영 중이고, 겁나는 잉그리드는 그를 다시 만나면 심장을 도려내 버리겠다고 했었지. 아니면 엠마? 그래 엠마. 아냐, 엠마는 안 돼. 이런 상태론 안 되지. 그녀는 이해도 못하고 용납도 안 할 거야. 하지만 그래도 제일 보고 싶은 건 엠마였다.

오늘밤 그녀가 나랑 있어서 안 될 게 뭐야? 그녀에게 정말 묻고 싶은 게 있는데? 왜 우리는 같이 안 지내는지? 같이 지내면, 한 팀처럼, 짝꿍처럼, 덱스와 엠, 엠과 덱스, 그렇게 지내면 정말 좋을 텐데. 다들 그렇게 얘기하는데.

갑작스레 엠마에 대한 애정이 샘솟아서 그는 깜짝 놀랐다. 당장 얼스코트로 택시를 타고 가서 그녀에게 다 얘기하자. 그녀가 얼마나 멋진지, 그가 그녀를 얼마나 진심으로 사랑하는지, 스스로 인정만 한다면 그녀가 얼마나 섹시한지, 정말 한번 그래 보라며, 어떻게 되는지 한번 해보라며 얘기해야지. 그래도 잘 안 되면, 그냥 둘이 앉아 얘기하면 되고. 적어도 그게 밤새 혼자 있는 거보단 나을 테니. 어떤 경우에든 혼자 있어서는 안 되지….

수화기를 들었을 때, 고맙게도 빅시인지 깁시인지가 모두 그의 집으로 간다며, 멀지 않다며, 같이 가자고 했다. 그래서 다 함께 클럽을 빠져나와 안전하게 무리를 지어 콜드하버레인까지 걸었다.

그의 집은 낡은 펍 건물 꼭대기의 커다란 공간이었다. 부엌, 거실, 침실, 화장실, 그 모든 게 있었지만 벽은 없었다. 다만 프라이버시를 위해 화장실 둘레에 반투명 샤워커튼이 쳐진 게 전부였다.

빅시가 바닥을 치우는 사이에 다른 사람들은 모두 거대한 침대 위에 널브러져 거대한 무덤을 만들었다. 모서리마다 기둥이 세워진 침대 위에는 아크릴 재질의 얄궂은 인조 호피와 까만 나일론 시트가 깔려 있었다. 침대에 누우니 희한하게도 천장에 거울이 있었다. 모두들 나른한 눈꺼풀 너머로 그 거울을 쏘아보며 자신들이 얼마나 멋져 보이는지, 다들 이제부터 얼마나 좋은 친구 사이가 될 것인지 탄복하고 있었다. 다들 서로 다리를 베고 큰대자로 누워서 누군가의 손을 맞잡고 음악을 들으며, 젊고 똑똑한, 매력적이고 성공적인, 훤히 다 알지만 살짝 제정신이 아닌 자신들을 보면서 말이다.

햄스테드히스 언덕에 올라 같이 피크닉을 하고, 펍에서 느긋하게 일요일을 함께 보내고, 그런 생각에 덱스터는 다시 즐거워졌다. "당신 정말 굉장해." 누군가가 누군가에게 말했다. 다들 그랬다. 다들 정말 굉장했다. 사람들은 굉장한 거다!

아무도 눈치 채지 못하는 새 몇 시간이 흘렀다. 누군가는 섹스 얘기를 하고 있었고, 다들 아침이면 후회할 개인적인 얘기들을 늘어놓았다. 서로 뒤엉켜 키스를 하는데, 타라는 아직도 그의 목을 만지작거리고 있었다. 그녀의 억세고 자잘한 손가락들이 그의 허리뼈 맨 위를 집요하게 더듬었다.

하지만 이제 약기운이 다 떨어져, 한때는 기분 좋은 마사지였던 그녀의 손길이 이젠 따끔따끔 성가시게 느껴졌다. 슬쩍 올려다본 타라의 요정 같은 얼굴 또한 이젠 아주 옹색하고 험악해 보였다. 입은 너무 넓적했고, 눈은 너무 둥글둥글해서 꼭 무슨 자그만 대머리 포유류 같았다. 생각보다 그녀가 많이 늙었다는 것도 깨달았다. '맙소사, 이 여자 서른여덟은 됐겠네.' 그녀의 조그만 이빨 사이에는 회반죽 같은 하얀 가루가 끼어 있었다.

오늘 펼쳐질 하루의 공포가 그의 허리를 타고 올라오는 걸 더 이상 억누를 길이 없음을 덱스터는 깨달았다. 끔찍하고 두렵고 부끄러운 게, 끈적거리는 화학적 땀처럼 점점 더 선명하게 느껴졌다. 그는 벌떡 일어나 앉아 와들와들 몸을 떨면서 양손으로 얼굴을 천천히 쓸어내렸다. 마치 진짜 무언가를 닦아내듯이.

밖이 훤해지고 있었다. 콜드하버레인 거리의 지빠귀들이 지저귀기 시작했고, 덱스터는 자신이 완전히 휑하니 비어 버린 듯한 느낌이 들었다. 부활절 달걀처럼, 속이 텅 빈 그 느낌은 너무도 선명해 무슨 환각이 아닐까 싶었다. 여자 안마사 타라는 뼈를 꺾어 서로 묶어 놓는 듯한 고통을 그의 어깨 사이에다 심어 놓았고, 음악은 그쳤다.

침대 위에서 누군가 차를 달라고 했고, 이어서 다들 차, 차, 차를 외치자, 덱스터는 몸을 뒤척여 침대에서 빠져나와 거대한 냉장고로 갔다. 자기 것과 똑같은 냉장고였는데, 유전공학 실험실에나 어울릴 법한 기이한 산업용 느낌이었다. 그는 문을 열고 냉장고 안을 멍하니 들여다보았다. 샐러드가 썩고 있는 비닐봉지가 금방이라도 터질 듯 부풀어 있었다. 갑자기 그의 눈알이 극심하게 푸드득거리며 시야를 뿌옇게 흐려 놓았다. 눈의 초점이 다시 돌아오며 보드카 병이 보였다. 냉장고 문짝으로 몸을 가리고서 덱스터는 숨이 찰 때까지 보드카를 들이켰다. 보드카를 씻어내리느라 들이킨 시큼한 사과주스가 입 안에서 쉿쉿 소리를 내며 혓바닥을 얼얼하게 만들었다. 그는 움찔했지만 꿀꺽 삼켰다. 씹고 있던 껌도 함께 넘어갔다.

누군가 또 차를 찾았다. 그는 우유통을 집어들었다. 묵직한 무게감이 느껴지는 순간, 그에게 좋은 생각이 떠올랐다.

"우유가 없어." 그가 외쳤다.

"있을 텐데." 깁시인지 빅시인지가 소리쳤다.

"없어. 빈 거네. 가서 좀 사올게." 그는 뜯지도 않은 꽉 찬 우유통을 냉장고에 도로 놓았다. "5분만 기다려. 뭐 필요한 거 없어? 담배? 껌?" 새 친구들은 아무 말이 없었고, 그는 조용히 나가서 계단을 내려가 거리로 나섰다. 현관문을 열고 나가는 기세가 마치 숨 막혔던 사람이 신선한 공기를 찾아 나서는 것 같았다. 그는 냅다 달렸다. 저 굉장한 사람들을 다시는 절대로 보지 않으리라.

일렉트릭애비뉴에 이르자 미니캡 사무실이 있었다. 1993년 7월 15일의 해는 5시 1분에 떴고, 그 시간 덱스터 메이휴는 이미 지옥에 있었다.

엠마 몰리는 잘 먹고 적당히 마셨다. 요즘 들어 그녀는 여덟 시간씩 넉넉하게 잤고, 누가 시키지 않아도 6시 30분 직전에 제깍 일어나 커다란 컵으로 물을 마셨다. 하루 동안 마셔야 할 1.5리터 중 처음 250밀리리터 분량이었다. 그럴 때면, 포근하고 깔끔한 더블 침대 옆으로 길쭉하게 들어온 신선한 아침 햇볕 속에 놓여진 최신 유리 물병과 한 세트인 유리잔을 썼다. 유리 물병. 유리 물병을 쓰다니. 아직 실감이 나질 않았다.

이젠 그녀 소유의 가구도 생겼다. 나이 스물일곱, 그녀는 학생처럼 살기에는 너무 늙어 버린 것이다. 지난 여름세일 때 토트넘코트로드의 식민양식 전문점에서 산 커다란 철제 침대는 고리버들 장식으로 마무리되어 있었다. '타히티'라는 상표의 그 침대는 얼스코트로드 바로 뒷길의 그녀의 방 침실을 가득 메웠다. 이불은 거위털, 시트는 이집트 면제품인데, 여점원 말로는 남자들이 이 면을 최고로 꼽는다고 했다. 이 모든 것들이 엠마에게 닥친 새로운 질서, 독립, 성숙의 상징이었다.

일요일 아침이면 그녀는 마치 구명뗏목이라도 탄 듯 타히티 위에서 홀로 빈둥대며 '포기와 베스'나 메이지 스타, 정겨운 톰 웨이츠나 예스런 잡음을 내는 바흐의 첼로 모음곡 LP를 듣곤 했다. 커피를 잔뜩 마시고 나면, 고급 노트의 순백의 지면에다 최고의 만년필로 이런저런 단상을 적거나 소설 소재들을 메모했다.

간혹 글이 술술 안 풀릴 때면, 그녀는 자신의 글쓰기에 대한 사랑과 집착이 단순한 문구제품 페티시는 아닌지 의심스럽기도 했다. 진정한 작가, 타고난 작가는 휴지조각 귀퉁이나 버스표 뒷면, 감옥 벽에다 글을 남기는 게 아닐까. 그럴 때면 엠마는 120그램 두께의 그 종이 위에서 그만 길을 잃곤 했다.

하지만 다른 때는 몇 시간씩 기분 좋게 글을 써내렸다. 그럴 때면 글은 기다렸다는 듯 술술 풀려나와 원룸 아파트에서 홀로 작업하는 엠마를 뿌듯하게 했다. 그녀는 그리 외롭지 않았다. 적어도, 그리 자주 외로운 건 아니었다. 일주일에 나흘 밤 정도는 외출을 했다. 원하면 더 많은 밤을 즐길 수도 있었다. 옛 친구들과도 만났고, 교원 양성소인 교육대학원에서 만난 동료 학생들과 새로 사귀기도 했다.

셔츠 벗고 난리 치는 사람들의 사연을 루닉체의 굵은 활자로 소개하는 클럽 소개 면만 빼고, 주말 잡지의 모든 지면을 샅샅이 훑는 것도 큰 주말 일과였다. '거품으로 꽉 찬 방에서 브래지어 차림으로 춤을 추다니! 내 인생에서 그런 일은 절대 없을 거다!' 대신 그 시간에 그녀는 친구들과 독립영화관이나 미술관에 들렀고, 혹은 시골의 오두막을 빌려 억센 시골 언덕을 마치 거기 사는 사람처럼 신나게 걸었다.

사람들은 그녀의 얼굴이 좋아졌고, 자신감이 넘쳐 보인다고 했다. 그녀는 벨루어 머리띠, 담배, 싸구려 포장음식 따위를 버렸고, 커피메이커를 얻었다. 그리고 난생처음으로, 그녀는 집안 곳곳에 포프리를 사다 놓을까 고민 중이었다.

시계 라디오가 연신 딸깍거리며 재촉했지만 엠마는 침대에 좀 더 누워 뉴스 헤드라인을 들었다. 존 스미스*가 노조와 갈등을 빚고 있다는 뉴스에 엠마의 가슴이 저려 왔다. 그녀는 존 스미스가 너무 좋았다. 그녀에게 이 노정치인은 불의와 절대 타협할 것 같지 않은 현명한 교장선생님 같았다. 심지어 그의 이름에서도 '민중의 벗'man of the people이라는 견고함 같은 게 느껴졌다. 그래서 그녀는 노동당 가입 문제를 다시 한 번 스스로에게 상기시켰다. 그렇게 하면 핵군축시민행동CND 멤버십이 소멸되게 내버려 둔 데 따른 양심의 가책을 조금이라도 덜 수 있지 않을까 싶었다. 그건 핵군축시민행동의 목표에 공감하지 않아서가 아니었다. 단지 다자간 군축을 요구하는 게 이젠 너무 나이브해 보였던 것이다. 그건 마치 누구에게나 친절하라고 가르치는 것 같지 않은가.

'스물일곱. 내가 늙어 가는 걸까?' 엠마는 생각했다. 그녀는 논쟁의 양쪽 견해 모두를 살펴야 한다는 데 반기를 드는 자신이 뿌듯했었다. 하지만 이제는 자신이 생각했던 것보다 문제가 더 모호하고 복잡함을 차츰 인정하게 되었다.

그 다음의 두 뉴스는 그녀에게도 이해 불가였다. 마스트리히트 조약과 유고슬라비아 전쟁 문제였다. 자기 의견을 갖고, 한쪽 편을 들고서

* John Smith. 1938~1994. 1992년부터 야당이던 노동당의 당수를 맡은 스코틀랜드 출신 좌파 정치인. 급작스런 심장마비로 숨을 거둔 뒤 토니 블레어가 그의 뒤를 이어 1997년 노동당 재집권을 이뤄냈다.

다른 쪽에 반대해야 하는 거 아닐까? 문제가 남아공의 인종차별정책이라면 어느 쪽에 설지 금세 판가름이 났을 텐데, 막상 유럽에서 전쟁이 벌어졌는데도 그 전쟁을 막고자 그녀는 개인적으로 아무것도 하지 않았다.

가구 쇼핑 하느라 너무 바빴지. 마음이 편치를 않았다. 담요를 걷어찬 엠마는 침대와 벽 사이 좁은 통로로 내려서서 게걸음으로 현관으로 가 조그만 화장실로 들어섰다. 혼자 사는 덕분에 화장실 쓰기 위해 기다려야 할 일은 없었다. 티셔츠를 벗어 고리버들 빨래통에 넣은 뒤 — 아, 그 토트넘코트로드의 숙명적 여름세일 이후 그녀의 삶에는 엄청난 양의 고리버들이 들어앉았다 — 옛 안경을 쓰고 벌거벗은 채 거울 앞에 서서 어깨를 쭉 폈다. '이 정도면 됐어.' 그렇게 생각하곤 샤워실로 들어갔다.

엠마는 창밖을 내다보며 아침을 먹었다. 그 아파트는 6층짜리 거대한 덩치의 붉은 벽돌 건물이었고, 바깥 풍경도 똑같은 붉은 벽돌 건물들로 가득했다. 그녀가 얼스코트를 특히 선호한 건 아니었다. 임시변통의 후줄근한 동네, 거기 사는 건 마치 런던의 '남는 방'에 들어가 사는 것 같았다. 단칸방 아파트의 월세도 미친 듯 높았고, 학교에 자리 잡으면 좀 싼 곳으로 옮겨야 할 터였다.

하지만 당장은 여기가 좋았다. 로코 칼리엔테에서도, 클랩턴의 그 모래를 씹는 듯하던 사회사실주의적 박스 룸에서도 훌쩍 떨어져 있어서! 틸리 킬릭과 함께했던 6년을 끝내고 홀로 살게 되니 부엌 싱크대에 속옷이 가라앉아 있을 일도 없어 좋았고, 체다 치즈에 이빨자국이 없는 것도 좋았다.

이제 자신의 사는 모습이 창피하지 않았기에 엠마는 부모님의 런던 방문을 허락하기도 했다. 엠마는 소파에서 잤고, 짐과 수가 타히티 침대를 썼다. 사흘 내내 그들은 런던에 무슨 유색인종이 그렇게 많으며 차 한잔 값은 또 왜 그리 비싼지 쉴새없이 잔소리를 늘어놓았다. 비록 두 분이 그녀의 새로운 라이프스타일을 공공연히 인정하진 않았지만, 적어도 엄마 수가 그녀더러 리즈로 돌아와서 상수도관리사무소에서 일하면 되지 않겠냐고 종용하는 일은 더 이상 없었다.

"잘했다, 에미." 킹스크로스 역으로 부모님을 배웅하러 나갔을 때 아빠가 그렇게 귓속말을 했다. 그런데 뭘 잘했다는 거? 드디어 어른처럼 산다는 거지, 아마도?

물론 남자친구는 아직 없었지만, 그녀는 아무 걱정도 안 했다. 가끔, 아주 가끔, 예컨대 비 내리는 일요일의 오후 네 시쯤, 그녀는 외로움에 질려 허둥거리다 숨이 막혀 헉헉대기도 했다. 두어 번쯤 전화기가 고장 난 거 아닌지 수리를 맡기기도 했다. 한밤중에 말이야, "얼른 택시 타고 와"나 "너 보고 싶어, 우리 얘기 좀 하자" 그런 전화를 받고 깨어난다면 얼마나 좋을까, 가끔 그런 생각을 하기는 했다.

가장 기분 좋을 때에도 그녀는 자신이 뮤리엘 스파크 소설의 어느 등장인물처럼 독립적이고, 책에 매달리며, 예민한 성격에다, 은밀한 로맨스를 꿈꾸는 사람이라고 여겨졌다. 스물일곱의 엠마 몰리에게는 영문학과 역사학의 두 1등급 학점, 새 침대, 얼스코트의 분리형 원룸, 끝내주는 많은 친구들, 교육학 석사학위가 있었다.

오늘 인터뷰가 잘 풀린다면 엠마는 자신이 잘 알고 좋아하는 영어와 연극을 가르치는 선생님이 될 것이었다. 아이들에게 꿈을 불어넣는 선생님, 그녀는 지금 새 인생길의 문턱에 선 것이다. 드디어, 마침내, 그녀의 인생도 제자리를 잡기 시작한 것이다.

데이트 약속도 있었다.

엠마의 오늘 데이트는 제대로 된 그럴듯한 데이트였다. 한 남자와 레스토랑에 앉아 그가 먹고 얘기하는 걸 지켜볼 터였다. 어쩌면 타히티 침대로 데리고 와 같이 눕고 싶을지도 몰랐다. 그녀는 토스터 옆에 서서 오늘 먹을 일곱 덩어리 과일·야채 중 첫 번째인 바나나를 썰며 달력을 들여다보았다. 1993년 7월 15일. 물음표 하나, 그리고 느낌표. 데이트 날이구나!

덱스터의 침대는 이탈리아산 수입품이었다. 미니멀한 큰 방 한복판에 그 미니멀한 검정 침대가 낮게 자리 잡고 있었다. 그래서 마치 무대나 레슬링 경기장 같았는데, 실제 그런 기능을 수행하기도 했다. 아침 아홉 시 반, 그는 눈을 뜬 채 거기 누워 있었다. 끔찍한 자기혐오에 젖어. 거기엔 성적 좌절감도 묻어 있었다. 그의 말초신경들은 죄다 발칵 뒤집어져 있었고, 입 안은 마치 혀에다 헤어스프레이라도 뿌려댄 듯 쓰디썼다.

갑자기 그가 벌떡 일어났다. 그는 번들대는 검정 바닥을 성큼성큼 걸어 스웨덴식 주방으로 갔다. 거대한 산업풍 냉장고의 냉장칸에서 그는 보드카 병을 찾아 컵에 3센티쯤 따르고 같은 양의 오렌지주스를 보탰다. 아직 잠을 자지 않았으니까, 이건 오늘의 첫 잔이 아니라 간밤의 마지막 잔이라고 그는 자신을 다독였다.

낮에 술 마시면 안 된다는 타부는 짐짓 과장된 것이었다. 유럽에서는 다들 그러면서 살지 않는가. 약기운이 마구잡이로 떨어지는 걸 술기운으로 때려막는 것, 그게 중요한 거지. 그는 말짱해지려고 취하고자 하는 것인데, 가만 생각해 보니 그건 꽤나 일리 있는 것이었다. 이런 논리로 고무된 그는 보드카를 다시 4센티쯤 들이키곤 〈저수지의 개들〉 사운드트랙을 튼 뒤 성큼성큼 샤워실로 들어갔다.

30분이 지났지만 그는 아직도 욕실 안이다. 어떡하면 이 땀을 멈추게 할까? 셔츠를 두 번 갈아입었고, 찬물로 샤워를 했지만 등과 이마에서 펑펑 샘솟는 땀은 멈출 줄을 몰랐다. 끈적하고 고약한 냄새의 땀, 그건 아마 보드카인지도 몰랐다. 그는 시계를 보았다. 벌써 늦었다. 창문을 열고 차를 몰아야겠구나….

가져가는 걸 잊지 않으려고 문간에 놓아 둔 벽돌 크기의 선물이 보였다. 여러 가지 색지로 충지게 포장된 그걸 들고 아파트 문을 닫은 뒤 그는 나뭇잎 무성한 거리로 나섰다. 진초록의 마츠다 MRII 컨버터블이 그를 기다리고 있었다. 유모차는 고사하고 타이어 하나 더 싣기도 어려운 2인승 컨버터블이어서 지붕 위에 짐칸을 싣는 건 애초 불가능했다. 이런 차는 젊음, 성공, 독신남의 상징이었다.

차의 짐칸에는 CD교환기가 숨어 있었다. 앙증맞은 스프링 몇 개와 번들거리는 검은 플라스틱으로 만들어낸 미래주의의 기적 같은 그 기계에 넣을 다섯 개의 CD를 고른 그는 마치 권총에 탄환을 채우듯 거기다 반짝이는 디스크들을 밀어넣었다. (그 모두가 레코드회사들이 거저 보내준 거라는 생각에 그는 또 우쭐해졌다. '역시 좋은 직업이야.')

주거지구인 세인트존스우드의 넓은 길을 미끄러질 때 크랜베리스의 음악이 흘렀다. 그다지 그의 취향은 아니었지만, 사람들의 음악 취향을 끌고 가야 하는 그로서는 그 모든 걸 섭렵하는 게 중요했다. 한창 밀리는 시간이 지난 웨스트웨이는 한산했다. 그 앨범이 끝나기 전에 그의 마츠다는 M40 고속도로에 올라 런던의 경공업지구와 주택단지들을 관통해 서쪽으로 달렸다. 그에게 성공을 안겨 주고 패션 넘치는 삶을 가져다

준 런던이었다.

교외 풍경은 금세 사라지고 전원지대의 침엽수림이 펼쳐졌다. 음악은 자미로콰이로 바뀌었고, 그는 한결 기분이 좋아졌다. 자신의 날렵한 차 안에서 자유분방하고 사내다운 기운을 회복한 그에게 약간 속이 역겨운 것 정도는 별일이 아니었다. 그는 볼륨을 높였다. 이 밴드의 리드싱어를 만났었지. 두어 번 인터뷰 했던 거 같은데. 그를 친구라고 부를 정도는 아니지만, 드럼을 아주 잘 치면서 우리 지구가 지금 위험에 처했다고 노래하고 있는 그의 목소리에서 뭔가 개인적인 연분 같은 게 느껴졌다. 마구 뒤섞여 무한대로 확장되는 느낌, 무지막지하게 길게 이어지는 느낌, 시간도 공간도 휘청휘청 구부러지는 듯했다. 반복되는 스캣 가락에 맞춰 마구 밟으니 몇 시간을 그렇게 달린 듯한 느낌이었다.

드디어 그의 눈앞이 침침해지고 마지막을 알리는 듯 심한 요동이 전해졌다. 그의 혈관을 흐르던 간밤의 약기운이 그 끝을 알렸다. 찢어지는 경적소리에 놀라 보니 그의 차는 딱 중앙선을 타고 시속 180킬로로 달리고 있었다.

그는 스캣팅을 멈추고 차를 제 차선으로 돌리려 애썼지만 허사였다. 꼭 핸들을 어떻게 꺾는지를 까먹은 것 같았다. 팔꿈치 아래는 꼼짝도 않는 게, 핸들을 문자 그대로 비틀려고 끙끙대는 게, 무슨 보이지 않는 손을 움직여야 하는 일 같았다. 갑자기 속도가 시속 90킬로로 뚝 떨어졌다. 덱스터의 양발은 브레이크와 가속페달을 동시에 밟고 있었다.

또 한 번 경적이 울렸다. 이번엔 뒤에서 나타난 집채만한 크기의 트럭이었다. 트럭 운전사의 일그러진 얼굴이 백미러로 보였다. 검은 백미러 속에서 큰 덩치에 수염을 기른 사내가 그에게 소리를 지르고 있었다. 그의 얼굴은 두개골에 뻥뻥 뚫린 세 개의 검은 구멍 같았다. 저속차선이 어떤지 살피지도 않고 덱스터는 무턱대고 핸들을 또 꺾었다.

그러면서 죽는구나 생각했다. 바로 지금 여기서, 끝없이 이어지는 자미로콰이 리믹스를 들으며 뜨거운 불덩어리 속에서. 하지만, 아 살았다, 저속차선은 비어 있었다. 그는 날카롭게 숨을 들이켰다. 하나, 둘, 셋, 마치 복서처럼. 그는 잽을 날려 음악을 껐다. 목적지 나들목까지 그는 고요하게 시속 110킬로를 지키며 차를 몰았다.

옥스포드로드의 길가 대피소에 차를 댔다. 탈진! 그는 의자를 눕히고 눈을 감은 채 잠을 청하려 했지만, 그를 향해 소리 지르던 트럭 운전사의 시커먼 구멍 셋이 자꾸 떠올랐다. 바깥의 태양은 너무 눈부셨고, 자동차들은 너무 시끄러웠다. 게다가 여름날 아침 11시 45분, 문구 배달차 안에서 온몸을 비틀고 있는 한 젊은이의 모습이 너무 초라하고 힘들어 보여 덱스터의 맘도 불편해졌다. 그는 몸을 일으켜 앉아 짜증을 부리며 다시 차를 몰았다. 곧 10대 때부터 알고 지낸 길가의 펍이 나왔다.

'화이트 스완'은 종일 아침메뉴를 제공하고 터무니없이 싼 가격에 스테이크와 감자튀김을 내놓는 체인점이었다. 그는 거기 차를 대고 조수석에 놓여 있던 포장된 선물을 들고서, 가구 왁스와 간밤의 담배 냄새가 배어 있는 크고 익숙한 실내로 들어갔다.

덱스터는 바에 친근하게 몸을 기대고 라거 반 파인트와 더블 보드카 토닉을 주문했다. 1980년대, 친구들과 어울려 술을 마시던 시절부터 바를 지키고 있던 사내가 주문을 받았다.

"여러 해 전에 여기 자주 왔었는데." 덱스터가 슬쩍 말을 붙였다.

"그러세요?" 비썩 말라 불행해 보이는 남자가 대꾸했다.

그 남자가 덱스터를 알아보았는지는 알 수 없었다. 덱스터는 그냥 양손에 잔을 들고 한 테이블로 가서 조용히 술을 마셨다. 잘 포장된 선물 박스는 그의 앞에 놓여 있었다. 침침한 실내라 더 화려해 보이는 그 선물을 응시하다, 문득 주위를 둘러보며 그는 생각했다. 지난 10년 새 내가 얼마나 멀리 온 거지? 유명한 TV 진행자라는 자리까지 올랐는데, 아직도 스물아홉이 안 된 나이.

알코올의 약효가 기적처럼 느껴지는 때가 있었다. 그 덕분에 지금 그는 10분 만에 완전 멀쩡해져서, 민첩한 발걸음으로 차로 돌아가 다시 음악을 틀었다. 비러비드의 노래에 환호하는 소리가 행복하게 잦아든 지 10분 만에 그는 부모님 집의 자갈 깔린 진입로로 들어섰다. 숨겨진 듯 들어앉은 그 집은 1920년대에 지어진 거대한 저택이었다. 건물 전면에 장식용 목재를 얼기설기 엮어 놓아 실제보다 덜 모던해 보이는 그 집은, 실은 상자처럼 모난데다 억센 구조물이었다. 칠턴 지방의 편안하고 행복한 전원주택, 그런 생각이 끔찍스러워 덱스터는 몸을 떨었다.

그의 아버지가 벌써 현관에 나와 서 있었다. 마치 몇 년째 거기서 기다리고 있는 듯한 모습이었다. 아버지는 7월인데도 많은 옷을 걸치고 있었다. 스웨터 아래로 셔츠 꽁무니가 삐져나와 있었고, 손에는 머그 찻잔이 들려 있었다. 한때 덱스터에게 거인과 같았던 그는 이제 구부정하고 지쳐 보였다. 아내의 상태가 악화되었던 지난 6개월 사이에 그의 긴 얼굴은 더 창백하고 일그러져 주름살투성이가 되었다. 아버지가 머그잔을 들어 그에게 인사하는 걸 보며 덱스터는 순간 아버지의 눈에 비쳤을 자기 모습이 그려졌다.

부끄러움이 거세게 일어났다. 반짝이는 셔츠, 날렵한 작은 차를 몰고 들어오며 거들먹대는 모습, 자갈밭 위를 미끄러지며 끼이익 멈춰 서느라 일어났을 저속한 소리들, 스테레오에서 울리던 말랑말랑한 음악.

말랑말랑.

얼간이.

러브드-업*.

머저리.

좋겠다, 이 천박한 어릿광대야!

틱, CD플레이어를 끈 그는 계기판의 착탈식 앞면을 떼어내 손에 쥔 뒤 가만히 응시했다. 진정하셔. 여긴 칠턴이지, 스톡웰이 아냐. 네 애비가 스테레오 훔쳐 갈 것 같니? 진정하라고.

아버지가 다시 머그잔을 들어 올렸고, 덱스터는 한숨을 내쉬며 옆자리의 선물을 집어들고는 집중력 수준을 최대로 끌어올렸다. 그리곤 차에서 내렸다.

"뭐 저런 웃기는 기계가 다 있냐?" 아버지가 혀를 찼다.

"아버지더러 몰라곤 안 할게요." 엄격하고 가지런한 아버지, 무책임하고 건방진 아들, 그 통속적 구도가 다시 아무렇지도 않게 재현되자 덱스터는 편안한 느낌이었다.

"어디 내 몸이나 들어가겠냐? 애들 장난감이구먼. 좀 일찍 올 줄 알았더니?"

"잘 지내셨죠, 꼬부랑 할아버지?" 갑자기 덱스터는 늙어 가는 아버지에 대한 애정이 솟는 걸 느끼며 그렇게 물었다. 그리곤 거의 본능적으로 아버지의 등 뒤로 팔을 둘러 쓰다듬은 뒤, 대단하게도 아버지 뺨에 키스를 했다.

두 사람은 얼어붙었다.

요즘 덱스터에게 키스는 무조건반사 같은 거였다. 그는 아버지의 털

* 1995년 BBC에서 방송한 드라마. 2년 뒤 영화 〈풀 몬티〉를 감독하게 되는 피터 캐터니오의 작품으로, 젊은이들의 클럽·마약 문화를 다룸.

이 숭숭한 귀에다 대고 "으으음마" 소리를 냈다. 그의 무의식 중 일부가 그로 하여금 클럽으로 돌아와 깁시와 타라, 스펙스와 함께 있다고 느끼게 한 것이었다. 그는 자신의 입술이 타액으로 촉촉하다는 걸 느꼈다. 아버지의 얼굴에 소스라쳐 놀란 표정이 역력했다.

아들을 내려다보고 있는 그는 구약성서의 등장인물 같았다. 아들이 애비에게 키스를? 자연 법칙이 무너졌구나. 아직 현관문도 못 들어갔는데, 맑은 정신으로 돌아왔구나 싶었던 환상은 다 깨지고 있었다. 아버지가 코를 킁킁거렸다. 역겨워서 그러시나, 아니면 내 숨 냄새를 맡으려고 그러시나? 덱스터는 어느 쪽이 더 나쁜 건지 가늠이 되질 않았다. 그가 아버지로부터 떨어졌다.

"네 엄마는 정원에 있다. 아침 내내 널 기다렸어."

"좀 어떠세요?" 그가 물었다. '훨씬 낫다'라는 대답을 하시겠지.

"가서 보거라. 난 찻물 좀 끓이마."

복도는 어둡고 서늘했다. 중천의 햇살은 이미 기운 듯했다. 누나 캐시가 손에 쟁반을 들고 뒷마당에서 들어왔다. 후끈 달아오른 캐시의 얼굴에서는 당찬 기세와 건전한 양식, 깊은 효심 같은 것들이 가득 느껴졌다. 서른넷의 나이에 그녀는 엄격한 수간호사로 자리 잡았고, 그 역할은 그녀에게 딱 안성맞춤이었다. 웃는 듯, 찡그린 듯, 그녀가 볼을 맞대며 인사했다.

"탕자께서 돌아오셨군!"

덱스터의 맘이 아무리 혼란스러웠어도 그 말에 섞인 빈정거림을 못 알아챌 정도는 아니었지만, 그는 짐짓 무시하고 쟁반을 보았다. 우유에 갠 회갈색 시리얼 한 접시, 그 옆의 숟가락, 모두 쓴 흔적이 없었다.

"엄마는 어때?" 그는 '많이 좋아지셨어'란 대답을 기대하며 물었다.

"나가 봐." 캐시가 말하자, 그는 그녀를 비켜 지나가며 생각했다. '왜 엄마가 어떤지 아무도 얘길 안 해주는 거지?'

정원으로 나가는 문에서 그는 엄마를 지켜보았다. 그녀는 일부러 바깥으로 내놓은 고색창연한 날개등받이 의자에 몸을 묻고 건너편 들판과 숲을 향해 앉아 있었다. 잿빛 안개 속에 옥스포드의 전원이 멀리 흐릿한 윤곽으로 펼쳐졌다.

그 복도에서는 엄마의 얼굴이 커다란 차양모자와 선글라스에 — 요즘 들어 엄마의 눈은 햇볕을 견디기 힘들다고 했다 — 거의 가려져 있어 안 보였지만, 그래도 그녀의 가는 팔, 의자의 쿠션 손잡이 부분에 드리운 그녀의 손등을 보건대, 엄마를 보러 오지 않았던 지난 3주 동안에 엄마의 모습이 급격하게 바뀌었다는 걸 알 수 있었다.

왈칵 울음이 솟구쳤다. 엄마 앞에 어린아이처럼 웅크리고 앉으면 엄마가 그를 감싸 안을 텐데. 아니다, 최대한 잽싸게 여기서 도망치는 게 좋겠다. 하지만 둘 다 불가능했다. 그래서 덱스터는 계단을 내려가 억지로 쾌활한 듯 달리기 시작했다. 토크쇼 진행자, 입장하십니다!

"안~녕하세요~~!"

엄마는 미소를 지었다. 미소를 짓는 것도 그녀에겐 퍽이나 힘든 일인 듯 보였다. 그는 몸을 숙여 모자챙 아래로 그녀에게 키스를 했다. 엄마의 뺨이 섬뜩하게 서늘했다. 피부가 팽팽하고 번들거렸다. 빠지기 시작한 머리카락을 가리느라 엄마는 모자 아래 두건을 쓰고 있었다. 하지만 덱스터는 굳이 엄마의 얼굴을 꼼꼼히 뜯어보려 하지 않고 얼른 정원용 녹슨 철제 의자에 앉았다. 의자를 엄마 쪽으로 끌어당겨 앉느라 삐걱거리는 소리가 요란했다. 두 사람은 이제 같은 쪽을 향했지만, 덱스터는 자신을 지켜보는 엄마의 시선을 느낄 수 있었다.

"땀 흘리는구나." 엄마가 말했다.

"날씨가 덥네요." 엄마는 여전히 미심쩍은 눈초리였다. 좋지 않군. 집중해. 엄마한테 얘기하고 있다는 걸 잊으면 안 돼.

"너 땀에 흠뻑 젖었잖니?"

"이 셔츠가 그래요. 인조섬유라."

엄마가 손을 뻗어 손등으로 그의 셔츠를 만졌다. 그녀의 코가 불쾌하다는 듯 잔뜩 일그러졌다.

"어디 거니?"

"프라다요."

"비싼 거네."

"그래도 최고죠." 덱스터는 얼른 말을 바꾸려고 정원의 돌장식 위에 올려 두었던 선물을 꺼냈다. "엄마 선물이에요."

"정말 고맙구나."

"제 선물이 아니고, 엠마가 준 거예요."

"그래. 이 포장지 보니 알겠다." 그녀가 조심조심 리본을 벗겼다. "넌 늘 허드레 봉투에 테이프 찍찍 붙여서 가져오잖니…."

"아니 제가 언제…." 그는 웃었다. 뭐든 가벼운 맘으로 대하자.

"…선물 잘 하지도 않지만."

계속 미소를 짓는 게 점점 더 힘이 들었다. 하지만 다행히도 엄마는 선물 포장을 뜯느라 여념이 없었다. 드디어 여러 권의 보급판 소설책들이 모습을 드러냈다. 이디스 와튼, 레이몬드 챈들러 몇 권, 스코트 피츠제럴드 등이었다.

"어머나, 친절하기도 해라. 고맙다고 꼭 전해 줘라. 참 사랑스런 엠마 몰리지."

그녀는 피츠제럴드 소설의 표지를 살폈다.

"『아름다운 자와 저주받은 자』라. 나랑 너로구나."

"누가 누군데요?" 그는 아무 생각 없이 그렇게 되받았다. 다행히 엄마는 못 들은 듯했다. 대신 엄마는 엽서 뒷면을 읽고 있었다. 앞면에는 1982년 당시의 '대처는 물러가라'란 구호와 함께 선전선동 콜라쥬 그림이 흑백으로 그려져 있었다. 그녀가 웃었다.

"정말 착한 애로구나. 너무 재밌어."

그녀가 소설책을 들어 손가락 사이에 끼고 두께를 가늠했다. "지나치게 낙관적이기도 하네. 다음엔 좀 짧은 것들로 고르라고 얘기해 보렴."

덱스터는 싱긋 웃으며 알겠다는 몸짓을 지어 보였지만, 이런 으스스한 농담이 너무 싫었다. 용기를 북돋고 기분을 끌어올리려 하는 말이지만, 그에게는 지긋지긋하고 짜증날 따름이었다. 말로 못할 것들은 말 안 하고 남겨 두는 게 그로서는 더 나았다.

"그래, 엠마는 요즘 어떻게 지내니?"

"아주 잘 지내는 것 같던데요. 이제 교원자격증도 땄어요. 오늘 채용 면접 한다던데."

"이제 그럴듯한 직업인이 되는구나."

엄마가 고개를 돌려 그를 쳐다보았다.

"너도 한때 선생님이 된다고 그러지 않았니? 그건 어떻게 됐어?"

덱스터는 엄마가 빈정거리고 있다는 걸 알았다.

"저한테 그런 게 어울릴 리가 없잖아요."

"아니지." 엄마는 그 말만 했다.

침묵이 흘렀고, 그는 또 하루가 통제불능 상태로 빠져든다고 느꼈다. 덱스터는 TV나 영화를 통해, 질병의 유일한 미덕이란 사람들을 더 가깝게 결속시키는 것이라고 믿게 되었다. 누군가 병을 얻으면 가족들은 서로 마음을 열고 순조롭게 상대를 이해하곤 했다.

하지만 그의 가족들은 원래 가까웠고 늘 서로에게 열려 있었다. 그런데 습관과도 같던 서로에 대한 이해가 이제는 서로를 비꼬거나 화내는 걸로 바뀌어 버렸다. 지금 그들 사이에서 벌어지고 있는 일들에 대해 양쪽 모두 벌컥벌컥 화를 내게 된 것이다. 다정하고 위로가 되어야 할 만남은 사소한 말다툼이나 비난으로 전락하기 일쑤였다. 여덟 시간 전, 완전 낯선 이들에게 자신의 가장 내밀한 비밀을 얘기하던 덱스터인데, 지금 자신의 엄마에게는 아무 얘기도 할 수 없다니, 뭔가 잘못되고 있었다.

"있잖니, 지난주에 '라기닛' 봤단다." 그녀가 말했다.

"그랬어요?"

그녀가 다시 입을 닫았다. 할 수 없이 그가 덧붙였다.

"어떠셨어요?"

"넌 참 잘하는 것 같더라. 아주 자연스럽더구나. 화면에 비친 네 모습이 참 멋있던데. 전에도 얘기했지만, 그 프로그램은 그리 내 취향이 아니고."

"그거야 뭐, 엄마 같은 사람들 대상으로 만든 건 아니니까요."

엄마는 그 말에 발끈했는지 고개를 삐딱하게 들고 말했다.

"무슨 말이니, 나 같은 사람들이라니?"

덱스터는 당황했다. "제 말은요, 그게 웃기는 심야 프로그램이라는 거예요. 그건, 그러니까, 펍에서 한잔한 사람들이나…."

"그러니까, 네 말은 내가 그걸 즐거워할 만큼 취하질 않았다는 거니?"

"그게 아니라…."

"난 요조숙녀인 척하는 여자가 아니야. 통속적인 걸 즐길 줄도 알아.

그런데 내가 이해 못하는 건 왜 시종일관 사람들에게 망신을 주며 킬킬대는 프로그램이 느닷없이 필요해졌냐는 거지."

"아무도 창피당했다고 생각하진 않아요. 절대로요. 그냥 재미로 하는 건데요, 뭘."

"'전국에서 제일 못생긴 여자친구를 찾아라' 이벤트 했잖니. 그게 망신 주는 일이 아니라고?"

"실제로는 창피 주는 게 아니라…."

"남자들에게 자신들의 못생긴 여자친구 사진을 보내 달라고 그러면서…."

"그거야 재미죠. 제 말은, 남자들이 그렇게, 음, 흔히 말하는 매력적인 여자가 아니더라도 자기 여친을 사랑한다는 거예요. 그 모든 게 다 재미로 하는 거죠!"

"계속 재미라는 말만 하는구나. 날 설득하는 거니, 아님 네 자신을 설득하는 거니?"

"우리 그 얘기 그만 하면 안 될까요, 엄마?"

"그걸 걔들도 재밌어 한다는 거니? '못난녀'라고 불리는 그 여친들도?"

"엄마, 전 록밴드를 소개하는 게 전부예요. 그저 팝스타들이랑 재밌는 새 뮤직비디오 얘기나 나누고 그러잖아요. 그런 건 목표를 이루기 위한 수단일 뿐이라고요."

"어떤 목표를 이룬다는 거니, 덱스터? 우린 늘 네가 원하는 건 뭐든지 할 수 있다고 널 키웠어. 난 네가 이런 걸 원했다고는 생각 못하겠다."

"제가 뭘 했으면 좋으시겠어요?"

"모르겠다. 뭔가 좋은 일."

갑자기 엄마가 왼손을 가슴에 얹더니 풀썩 의자로 몸을 묻었다.

잠시 후 그가 입을 열었다. "그것도 좋은 거예요. 나름대로는요."

그녀가 코웃음을 쳤다.

"그건 웃기는 프로그램일 뿐이에요. 그냥 엔터테인먼트인 거고, 물론 제가 그걸 속속들이 좋아하는 건 아니지만, 저한텐 좋은 경험이죠. 다른 걸 할 수 있을 테니까. 그리고 사실 전 제가 잘하고 있다고 봐요. 나름대로. 거기다 전 신나게 즐기면서 하고 있어요."

잠시 기다렸다 그녀가 말했다.

"그럼 계속 해야겠구나. 네가 즐기는 거라면 해야지. 또 조만간 다른 일을 하리라는 것도 알겠다. 다만…."

엄마는 여전히 생각에 잠긴 채 아들의 손을 잡더니 숨차 하면서도 웃었다.

"그래도 내가 모르겠는 건, 왜 코크니 사투리를 쓰는 척해야 하는 거니?"

"그건 사람들이 원하는 거니까, 거기 맞추는 거죠."

그가 말하자 그녀가 살짝 웃었다. 아주 희미한 미소였지만, 덱스터는 그 웃음이 너무 맘에 들었다.

"우리 말다툼은 말자." 그녀가 말했다.

"무슨 말다툼을 했다고 그래요. 그냥 이야기 나눈 거지."

누가 봐도 말다툼인 게 뻔했지만 그는 그렇게 말했다.

엄마의 손이 머리로 올라갔다. "모르핀 주사를 맞고 있잖니. 어떨 때는 내가 무슨 말을 하는지도 몰라."

"엄마 말은 아무렇지도 않았어요. 제가 좀 피곤해서 그랬나 봐요."

포장바닥에서 튀어 오른 햇살이 눈부셨다. 사실 그는 뱀파이어라도 된 듯 얼굴과 팔뚝 피부가 지글지글 타는 느낌이었다. 또 땀과 구역질이 확 올라오는 기분이었다. 침착해라, 그는 스스로에게 말했다. 이건 그냥 케미칼일 뿐이야.

"밤늦게까지 놀았나 보구나?"

"네. 좀 늦었어요."

"라기닛처럼 말이지?"

"뭐 그렇죠." 덱스터는 골치가 아프다는 듯 관자놀이를 누르며 무심코 덧붙였다. "엄마 모르핀 그거 남는 거 없죠. 있어요?"

엄마는 기가 막혀 아들을 쳐다보려고도 하지 않았다.

시간이 흘렀다. 최근 들어 덱스터는 자신이 점점 덜떨어진 존재가 되어 가는 기분이었다. 머리는 꼿꼿이, 발은 바닥에 단단히, 그렇게 살리라 다짐하지만 번번이 실패했다. 자신이 갈수록 생각도 없고 이기적인 존재가 되어 가는 걸 어쩔 수 없이 지켜봐야 했다. 멍청한 소리를 내뱉는 빈도가 점점 잦아졌다. 이런 문제를 바로잡으려고 여러 방법을 써봤지만, 이제는 통제불가능한 지경이 되었구나 싶었다. 그건 마치 원형탈모가 점점 더 심해지는 것과 흡사했다. 그냥 그러려니 하고 바보로 살면 안 되나? 서로 돌보는 것도 관두고.

또 시간이 흘렀다. 그는 잔디와 잡초들이 테니스코트 안까지 들어와 야금야금 먹어치우고 있는 걸 물끄러미 바라보았다. 이 집도 이제 하나하나 무너지고 있었다.

드디어 엄마가 말문을 열었다.

"덱스터, 아버지가 점심 준비를 하신단다. 깡통 스튜니까, 각오해라. 캐시는 저녁 때까지는 돌아가야 한다던데, 넌 여기서 하루 자고 갈 거지?"

그래, 자고 갈 수 있다. 실점을 만회할 기회인 거다.

"실은, 안 돼요." 그가 말했다.

엄마가 그를 향해 머리를 돌리다 말았다.

"오늘밤 〈쥬라기공원〉을 봐야 해요. 사실은 오늘이 특별개막상영이거든요. 다이애나 비께서도 오세요! 물론 저랑 같이 가는 건 아니지만요."

그렇게 말하는 자신의 목소리가 그는 끔찍스럽게도 싫었다.

"어떻게 안 가겠어요, 일의 연장인데. 벌써 한참 전에 결정된 약속이거든요."

엄마의 눈매가 아주 미세하게 가늘어졌다. 덱스터는 엎질러진 물을 퍼담기 위해 거짓말까지 곁들였다.

"엠마랑 같이 가기로 약속했어요. 저는 안 가도 되지만, 엠마가 정말 가고 싶어해요."

"아, 그래." 그리고 다시 침묵.

"네 인생 말이다." 엄마가 담담하게 말했다.

또 한 번의 침묵.

"덱스터, 너한테 참 미안하다만, 아침부터 내가 기운을 너무 많이 썼나 봐. 지금 위층에 가서 잠 좀 자야겠다."

"그러세요."

"날 좀 도와주겠니?"

그 말에 덱스터는 금세 조급해졌다. 자신이 갖지 못한 자격증을 갖추기라도 한 듯 그는 누나나 아버지를 찾아 주위를 둘러보았다. 아무도 보이지 않았다. 어머니는 의자 팔걸이를 쥐고서 용을 쓰고 있었지만 헛수고였다. 아무래도 덱스터가 나서야 했다. 그는 안절부절못하며 팔을 엄마의 겨드랑이 밑으로 넣어 그녀를 부축해 일으켰다.

"엄마 제가…?"

"아니다, 집 안까지 가는 건 문제 없어. 계단에서나 좀 도와주렴."

그들은 테라스를 가로질러 걸었다. 덱스터는 마치 병원 가운처럼 축 늘어진 엄마의 파란색 여름드레스에다 살짝 손을 대기만 했다. 엄마는 너무 느리게 걸었고, 그는 또 안절부절못했다. 곤혹스러울 지경이었다.

"캐시 누나는 어떻게 지낸대요?" 시간을 메우려고 그가 물었다.

"응, 잘 지내더라. 나한테 거들먹거리는 걸 너무 즐기는 듯하더구나. 이거 먹어라, 저거 드세요, 지금 주무세요. 엄격과 공정, 그게 네 누나지. 그 조랑말 안 사줬다고 지금 나한테 복수하는 거지."

그렇게 솜씨 좋은 캐시는 왜 하필 이렇게 필요할 때 안 보이는 거야? 그들은 안으로 들어와, 계단 밑쪽에 섰다. 계단에 그렇게 층계가 많은지 그는 처음 알았다.

"어떻게 하면…?"

"날 번쩍 드는 게 제일 좋다. 나 안 무거워, 요즘엔."

이런 건 내 몫이 아냐. 난 이런 거 못해. 할 수는 있겠지만, 하지는 못해. 난 어딘가 나사 빠진 놈이라서, 이런 거 못해.

"어디 아프신 덴 없어요? 그러니까, 어디 제가 조심해야 할…?"

"그런 건 염려 마라."

엄마가 차양모자를 벗더니 두건을 바로잡았다. 덱스터는 엄마의 어깨뼈 뒤를 단단히 받쳤다. 손가락들이 그녀의 갈비뼈 사이 홈 속으로 쏙쏙 박혔다. 그리고 무릎을 굽혀 그녀의 다리 뒤쪽을 자신의 팔뚝에 밀착시켰다. 드레스 끝자락이 부드럽고 서늘했다. 그리곤 엄마가 준비되었다 싶자 번쩍 그녀를 들어올려 엄마의 몸이 그의 품에 편안히 가라앉기를 기다렸다. 엄마가 깊은 숨을 내쉬었다. 그의 얼굴에 와닿는 그녀의 숨결이 달콤하면서도 뜨거웠다.

기대했던 것보다 엄마가 더 무거웠거나 혹은 자신이 생각보다 더 약했던 것일까. 엄마의 어깨가 계단 기둥에 가서 부딪혔다. 그는 얼른 자세를 바로잡고서 옆걸음으로 계단을 오르기 시작했다. 엄마가 그의 어깨에 머리를 기댔고, 두건이 그의 얼굴에 닿아 미끈거렸다. 그것은 마치 신랑이 신부를 안고 새 집 문턱을 넘어 들어가는 것과 같은, 흔해빠진 상황의 패러디처럼 느껴졌다.

이럴 때 써먹으면 딱 좋을 선드러진 말들이 몇몇 머릿속에 떠올랐지만, 그중 어느 것도 이 상황을 더 수월하게 할 것 같진 않았다. 대신, 계단의 끝에 이르자, 엄마가 "내 영웅"이란 말로 감사의 표현을 했다. 그를 올려다보며 웃는 엄마를 보고 그도 마주 웃었다.

덱스터는 컴컴한 방의 문을 발로 차 열고서 그녀를 침대에 내려놓았다.

"뭐 좀 갖다 드려요?"

"괜찮다."

"드실 시간 된 거 없어요, 약 같은 거?"

"아냐. 괜찮아."

"레몬 트위스트 넣어서 드라이 마티니 한잔 하시죠?"

"그거 정말 좋겠구나."

"이불 밑으로 들어가실 거예요?"

"그 이불 한 장이면 된다. 그래, 그거."

"커튼 닫아요?"

"그래, 고맙다. 창문은 열어 두고."

"나중에 봐요, 엄마."

"그러자꾸나, 얘야."

"주무세요."

그는 엄마를 향해 굳게 미소 지었다. 하지만 엄마는 벌써 등을 돌리고 옆으로 누웠고, 그는 방을 빠져나오며 문을 살짝 닫았다. 조만간 언젠가, 아마도 올해가 가기 전에, 그는 이렇게 방을 빠져나올 테고 다시는 그녀를 볼 수 없을 것이었다. 머릿속에 떠오른 그 그림이 너무도 사나워서 그는 격렬하게 머리를 흔들어 털어냈다. 대신 자기 문제에 초점을 맞췄다. 머리가 숙취로 어지러웠다. 정말 피곤했다. 계단을 내려갈 때 관자놀이로 몰려든 통증은 참으로 얼얼했다.

널찍한 부엌은 온통 어지러웠다. 텅 빈 부엌을 가로질러 냉장고 문을 열었더니 거기도 텅 비어 있었다. 시든 셀러리 속, 수프용 닭 뼈, 열린 깡통, 싸구려 햄 등, 아버지가 모든 가사 일을 도맡고 있음이 역력했다. 덱스터는 냉장고 문짝에서 열린 백포도주 병을 발견했다. 그는 병을 꺼내 벌컥벌컥 들이켰다. 네 모금, 다섯 모금, 달짝지근한 그 맛을 느끼고 있는데 현관 복도에서 아버지의 발자국 소리가 들렸다. 그는 병을 도로 넣고 손등으로 입을 닦았다. 그 순간 동네 슈퍼마켓 봉투 둘을 들고 아버지가 부엌으로 들어섰다.

"엄마는 어딨니?"

"피곤하시대요. 누우신대서 위층에다 옮겨 드렸어요."

덱스터는 자신의 용감함과 의젓함을 아버지께 일러 주고 싶었으나, 아버지의 표정에는 아무 변화가 없었다.

"그랬구나. 얘기는 해봤어?"

"약간요. 이거 찔끔, 저거 찔끔."

그의 목소리가 머릿속에서도 울렸다. 쾅쾅 울리고, 줄줄 이어져 흐릿하고, 겸연쩍은 그 소리가 낯설었다. 취했구나. 아버지가 눈치 채실까?

"엄마가 일어나시면 얘기 더 할 거예요."

그는 냉장고 문을 열고서, 포도주병을 처음 보는 척 연기를 했다.

"이거 마셔도 되죠?"

그는 남은 걸 죄다 잔에 따르고서 아버지를 지나 걸어 나갔다.

"전 제 방에 잠깐 가 있을게요."

"거긴 뭐하려고?" 아버지가 얼굴을 찡그렸다.

"뭐 좀 찾게요. 옛날 책들."

"점심은 안 먹을 거냐? 포도주랑 같이 뭐 좀 먹지?"

덱스터는 아버지의 발치에 놓인 쇼핑봉투를 힐끗 쳐다보았다. 깡통들의 무게를 못 이겨 봉투가 쩍 벌어져 있었다.

"이따가요." 이미 부엌을 빠져나가며 그가 말했다.

계단을 다 올라가니 부모님 침실 문이 활짝 열려 있었다. 그는 다시 조용히 방 안으로 들어갔다. 오후의 바람결에 커튼이 찰랑거렸고, 그 틈으로 햇살이 들어와 낡은 이불을 덮고서 잠이 든 엄마를 비췄다. 이불 밖으로 나온 발바닥이 지저분했고, 발가락들이 바싹 오그라들어 있었다. 어린 시절의 기억 속에 자리 잡은 값비싼 로션과 묘한 파우더 냄새는 온데간데없고, 다시는 떠올리고 싶지 않은 한 무기력한 환자의 냄새가 그 자리를 대신 차지하고 있었다. 그가 어린 시절을 보낸 그 집에는 이제 병원 악취가 가득했다. 그는 문을 닫고 화장실로 들어갔다.

덱스터는 소변을 보면서 약통으로 쓰는 캐비닛을 열어 보았다. 듬뿍 쌓인 수면제는 아버지의 밤이 얼마나 끔찍한지 알려 주었고, 엄마의 신경안정제가 든 낡은 통에는 1989년 3월로 제조일자가 찍혀 있었다. 이미 오래전에 더 강력한 약으로 대체된 벨륨이라는 약이었다. 그는 각각의 통에서 두 알씩을 꺼내 지갑에 넣고, 세 알째 벨륨은 술기운을 좀 털어냈으면 하는 맘으로 수돗물과 함께 삼켰다.

덱스터의 옛 침실은 이제 창고로 쓰였다. 그래서 그는 구닥다리 체스터필드 소파와 차 상자, 마분지 통 따위를 피해 걸어야만 했다. 벽에는 가족들의 스냅사진 몇 장과 함께 그가 10대 때 찍은 조개껍질과 나뭇잎의 흑백사진들이 느슨하게 고정된 채 제 빛을 잃어 가고 있었다.

자기 방으로 들여보내진 어린아이처럼 그는 옛날의 그 더블 침대에 양손을 베개 삼아 누웠다. 덱스터는 자기 나이가 마흔다섯 혹은 쉰이 되면, 자신에게도 임박한 부모님의 임종을 꿋꿋하게 견뎌내게 해줄 일종의 구급상자 같은 정서적, 정신적 장치가 생겨나리라고 여겼다. 그런 장치를 갖고 있기만 하다면 지금도 아무 문제가 없을 텐데 싶었다. 그렇다면 그도 의연하고 사심 없이, 현명하고 냉철하게 잘 처신할 수 있을 텐데…. 아마 자기 아이도 있을 테고, 아버지들만의 성숙함도 갖췄겠지. 인생을 하나의 과정으로 이해하는 성숙함을.

하지만 그는 마흔다섯이 아니라 겨우 스물여덟이었고, 그의 어머니는 마흔아홉이었다. 뭔가 지독히 잘못되었음에 틀림없었다. 이 처참한 타이밍의 착오를 그가 어떻게 견뎌낸단 말인가? 그의 비상한 어머니가 이렇게 위축되어 가는 모습을 어떻게 지켜보란 말인가? 다른 수많은 심란함은 접어 두더라도, 그건 너무 부당한 처사였다. 그는 이제 막 성공의 가도에 접어든 젊고 바쁜 청년이었다. 단어의 뜻 그대로 그에게는 더 좋은 일들만 펼쳐져야 하는 게 아닌가.

또 왈칵 울음이 솟구쳤다. 그러나 지난 15년간 운 적이라곤 없는 그로서는, 이 또한 케미칼 탓으로 돌리고 잠을 좀 청하기로 했다. 그는 포도주잔을 침대 옆의 상자 위에 조심스레 놓고서 옆으로 돌아누웠다. 훌륭한 인간이 되는 데는 노력과 에너지가 필요했다. 좀 쉬고 난 뒤 그는 어머니께 사과하고, 그가 얼마나 그녀를 사랑하는지 보여 드리기로 했다.

그는 움찔 몸을 떨면서 깨어나 손목시계를 보았다. 저녁 6시 26분이었다. 여섯 시간이나 자다니, 어떻게 이런 일이. 커튼을 젖히니 해가 막 떨어지기 시작하고 있었다. 머리는 여전히 지끈거렸고, 눈은 어찌된 영문인지 아래위가 딱 들러붙어 떠지지 않았고, 입에서는 쇠 냄새가 났다. 바짝 목이 탔고, 배가 무지하게 고팠다. 포도주잔을 쥐니 미적지근했다. 그걸 반쯤 비우다 말고 그는 토해냈다. 뚱뚱한 청파리 한 마리가 잔 속으로 떨어지더니 빠져 죽기 싫다는 듯 그의 입술을 향해 세차게 날갯짓을 했다. 덱스터의 손에서 잔이 미끄러져 떨어지면서 그의 셔츠와 침대 위로 포도주를 쏟아놓았다. 그는 비틀대며 일어섰다.

화장실로 가 그는 얼굴에 물을 끼얹었다. 땀으로 얼룩진 셔츠에선 술 냄새가 물컥 풍겼다. 아버지의 오래된 볼펜식 탈취제를 바르던 덱스터는 구역질이 날 뻔했다. 아래층에서 그릇이 달그락거리고 라디오가 재잘대는 소리가 들렸다. 가족의 소리였다. 명랑하게! 명랑하고 즐겁고 공손하게 굴자, 그리고 가자.

그런데 부모님 방을 지날 때 어머니가 벌써 일어나 침대 끄트머리에 앉아 있는 옆얼굴이 보였다. 그녀 또한 자신을 기다렸다는 듯 들판을 내다보고 있었다. 천천히 그녀가 고개를 돌렸지만, 그는 문간에서 아이처럼 서성이기만 했다.

"낮시간 내내 자버렸구나." 그녀가 조용히 말했다.

"그러게요."

"그래, 기분 좀 나아졌니?"

"아뇨."

"저런. 아버진 너한테 골이 좀 난 것 같더라."

"하나도 안 변하신 거네요, 그럼."

그녀가 관대하게 웃자, 그는 우쭐해진 기분으로 덧붙였다.

"요즘 전부 나란 놈 지긋지긋해 하는 거 같아요."

"불쌍한 내 새끼 덱스터." 어머니의 말에 비아냥이 섞여 있지나 않은지 덱스터는 귀를 기울였다. "이리 와 앉으렴." 그녀가 웃으며 자기 옆의 침대 위에 손을 내려놓았다. "내 옆에."

그는 순순히 방 안으로 들어가 앉았다. 두 사람의 엉덩이가 맞닿았다. 어머니는 머리를 그의 어깨에 기댔다.

"우리 둘 다 제대로가 아니구나, 그치? 난 틀림없이 나 자신이 아니고, 너도 그래. 너도 내가 기억하던 덱스터는 아닌 것 같구나."

"뭐가요?"

"내 말은… 솔직하게 말해도 되지?"

"그러고 싶으세요?"

"그래. 엄마의 특권 아니겠니?"

"그러세요, 그럼."

"내 생각엔 말이다…." 그녀가 머리를 그의 어깨에서 뗐다. "네가 충분히 멋진 젊은이가 될 자질을 가지고 있다고 생각해. 아주 이례적으로 멋질 수도 있겠지. 난 늘 그렇게 생각했어. 엄마란 늘 그런 사람이니까. 그렇지만 난 네가 아직 거기에 당도했다고는 생각 안 해. 아직은 아냐. 아직도 넌 좀 더 가야 할 길이 있어. 이게 전부다."

"그렇군요."

"나쁜 뜻으로 얘기하는 건 아니다만, 가끔씩은…."

그녀가 아들의 손을 잡고서 그 손바닥에 자신의 엄지를 비볐다.

"가끔은 네가 더 이상 착한 애가 아닌 것 같아 걱정이 된단다."

그렇게 두 사람이 한참 앉아 있었고, 이윽고 덱스터가 말문을 열었다. "달리 드릴 말씀이 없네요."

"네가 무슨 말을 보태야 하는 건 아니다."

"저한테 화나셨어요?"

"조금. 하지만 난 요즘 누구한테나 화가 나 있어. 아프지 않은 사람들 전부에게."

"미안해요, 엄마. 정말, 정말 미안해요."

그녀의 엄지가 그의 손바닥을 꾹 눌렀다. "안다, 알어."

"오늘밤 안 갈게요. 여기 있을게요."

"아냐, 오늘밤은 괜찮아. 너 바쁘잖니. 다음에 와서 새로 시작하자."

그는 일어서서 그녀의 어깨를 살며시 잡았다. 자기 뺨을 어머니의 뺨에 갖다대고서 — 그의 귀에 와닿는 어머니의 따뜻하고 달콤한 숨소리가 생생했다 — 뒤돌아 문으로 갔다.

"엠마한테 꼭 고맙다고 전해라." 그녀가 말했다. "책 말이다."

"그럴게요."

"내가 사랑한다고 하더라고. 오늘밤에 보면 말이야."

"오늘밤에요?"

"그래. 오늘밤에 엠마 본다며?"

그 거짓말이 그제야 기억났다.

"맞다, 맞아. 그럴게요. 오늘 아주… 아주 제멋대로였던 거, 사과드릴게요."

"괜찮아. 늘 다음 기회란 게 있잖니." 그녀가 웃으며 말했다.

덱스터는 한달음에 계단을 뛰어 내려갔다. 그 힘으로 흩어지는 맘을 다잡고 싶었다. 그런데 아버지가 현관에서 지역신문을 읽고 있었다. 혹은 읽는 척하고 있었다. 다시 한 번 아버지는 거기서 그를 기다리는 듯했다. 근무 중인 초병처럼, 체포 임무를 맡은 수사관처럼.

"늦잠 자버렸어요." 덱스터가 아버지의 등에 대고 말했다.

그가 신문을 한 쪽 넘겼다. "그래, 안다."

"왜 안 깨우셨어요, 아버지?"

"그럴 필요 없을 거 같던데. 또 내가 그래선 안 된다고 생각한 지도 오래되었고." 아버지가 또 한 쪽을 넘겼다. "넌 열네 살이 아니잖아, 덱스터."

"하지만 그 때문에 전 지금 가야 하는걸요."

"그래, 네가 꼭 그렇게 할 거라면…." 목소리가 점점 잦아들었다.

거실에 있는 캐시 누나의 모습도 보였다. 역시 뭔가 읽는 척하고 있는 그녀의 얼굴은 비난과 독선으로 벌게져 있었다.

여길 나가, 그냥 가라고. 전부 와르르 무너지기 전에. 그는 현관 탁자 위에 놓아 둔 자동차 열쇠를 찾아 손을 뻗었지만, 열쇠는 거기 없었다.

"제 차 열쇠는요?"

"내가 감췄다." 아버지가 신문을 읽으며 말했다.

덱스터는 웃지 않을 수 없었다.

"아버지가 왜 제 차 열쇠를 감춰요!"

"아니 왜, 내가 그럼 안 된다는 거냐? 열쇠 찾아 한바탕 소란이라도 피울 테냐?"

"왜 감췄는지 여쭤 봐도 돼요?" 덱스터는 잔뜩 화가 났다.

신문을 보던 아버지가 고개를 들었다. 킁킁대며 냄새를 맡는 듯한 자세였다. "왜냐하면 넌 취했으니까."

캐시가 가만히 소파에서 일어나 현관으로 난 문을 밀어 닫았다.

덱스터는 웃었다. 그러나 거기 확신은 없었다.

"아뇨, 전 안 취했어요."

아버지가 자기 어깨 너머로 덱스터를 뒤돌아봤다.

"덱스터, 누가 취한 걸 내가 모를 것 같니? 더구나 네가 취한 건 더 잘 알지. 네가 취한 걸 본 게 벌써 12년째다. 몰랐니?"

"하지만 지금은 아니에요. 그냥, 간밤의 숙취일 뿐이에요."

"어찌 됐든, 차 몰고 갈 생각은 마라."

덱스터가 또 비웃으며 항의의 눈빛을 번득였지만, "아버지, 전 이제 스물여덟이에요!"라는 나약하고 거만한 소리 말고는 다른 말이 나오질 않았다.

그 말이 떨어지기 무섭게 아버지는 "저런, 깜박 속을 뻔했는걸"이라며 능청을 떨었다. 그리곤 주머니에서 자기 차 열쇠를 꺼내 높이 던졌다 받으며 일부러 즐거운 척했다.

"가자. 내가 역까지 태워다 주마."

덱스터는 누나에게 작별 인사를 하지 않았다.

가끔은 네가 더 이상 착한 애가 아닌 것 같아 걱정이 된단다. 아버지는 묵묵히 차를 몰았다. 덱스터는 커다란 낡은 재규어에 앉아 부끄러워 어쩔 줄을 몰랐다. 침묵을 더 이상 견딜 수 없게 되자 아버지가 조용히 침착하게 말했다. 눈은 도로에 고정한 채였다.

"토요일에 와서 차를 가져가거라. 멀쩡할 때 말이다."

"지금 저 말짱해요." 덱스터가 말했다.

징징거리고 성마른 자신의 목소리는 열여섯 시절 자신의 목소리였다. "제발요!" 쓸데없이 그는 덧붙였다.

"너랑 말다툼하기 싫다, 덱스터."

아버지가 버럭 고함을 친 뒤 스르륵 몸을 묻었다. 이마와 코를 아버지 쪽 유리창에 눌러 붙인 상태였다. 시골길과 깔끔한 집들이 휙휙 지나갔다. 아버지는 모든 실랑이를 끔찍이도 싫어했다. 그에게 이 순간은 너무나 고통스러웠다. 순간 침묵을 깨려고 그는 라디오를 켰다. 진부한 행진곡풍의 클래식이 요란하게 울렸다. 차가 기차역으로 들어섰다. 통근자들이 떠난 주차장 안에는 인적이 없었다.

덱스터가 문을 열고 한쪽 발을 자갈바닥에 내딛었지만, 아버지는 인사를 할 뜻이 전혀 없어 보였다. 엔진을 끄지도 않은 채 마치 운전기사처럼 무표정하게 앉아 기다리기만 했다. 눈은 계기판에 고정시킨 채, 손가락은 그 어이없는 행진곡에 맞춰 까딱거리면서.

덱스터는 아버지의 응징을 고분고분 받아들이고 가야 한다는 걸 알았다. 그런데도 다시 자존심이 고개를 쳐들고 그를 부추겼다.

"알았어요, 오늘은 갈게요. 하지만 이 말은 드려야겠네요. 제 생각엔 아버지가 이번에 너무 과민반응을…"

갑자기 격렬한 분노가 아버지의 얼굴을 뒤덮었다. 앙다문 이빨을 다 드러낸 채, 목소리가 마구 갈라졌다.

"너 어디서 감히 나와 네 어미의 정신을 모욕하는 거냐. 넌 이제 성인이야. 애가 아니라고."

솟구칠 때처럼 급속하게 그 분노는 사라졌다. 덱스터는 그 대신 아버지가 울 것 같다고 생각했다. 그의 아랫입술이 떨렸다. 한 손은 운전대를 잡고, 다른 손은 눈가리개처럼 눈을 죄다 덮고 있었다. 덱스터가 서둘러 차에서 물러나 문을 닫으려는데, 아버지가 라디오를 끄며 그를 불렀다. "덱스터…"

그는 몸을 숙여 아버지를 들여다보았다. 아버지의 눈은 촉촉했지만 목소리는 평온했다.

"덱스터, 네 엄마는 널 정말 정말 사랑한다. 그리고 나도 그렇고. 늘 그랬고, 앞으로도 늘 그럴 거야. 너도 그건 알 테지. 그렇지만 네 엄마에게 남은 시간이 얼마든 간에…" 아버지는 더듬거리며 적당한 말을 찾는 듯 고개를 숙였다가 다시 들었다. "덱스터, 네가 또 이런 상태로 네 엄마를 보러 온다면, 내 맹세컨대 널 집 안에 들여놓지 않을 거다. 넌 우리 집 문을 들어설 수 없을 거야. 네 면전에서 문을 닫아 버릴 거란 말이다. 명심해라."

덱스터의 입이 열렸다. 아무 말도 나오진 않았지만.

"자, 이제 가거라."

덱스터가 차 문을 닫았지만 제대로 닫히질 않았다. 그가 다시 문을 닫는데, 아버지도 당황했는지 차가 앞으로 다시 뒤로 덜컹거렸다. 주차장을 빠져나가는 속도도 엄청났다. 덱스터는 멍청히 서서 그런 아버지를 지켜보았다.

시골의 기차역은 한산했다. 그는 긴 플랫폼 저쪽의 공중전화를 바라보았다. 10대 때 도피행각을 도모하면서 애용하던 낡은 공중전화였다. 오후 6시 59분. 런던행 기차는 6분 후에 들어올 것이었다. 그는 이 전화를 해야만 했다.

오후 7시. 엠마는 너무 공들인 흔적이 안 드러나도록 마지막으로 거울 속의 모습을 점검했다. 거울은 벽에 아슬아슬하게 기대 있어서 아래쪽에 비친 상이 짧아 보였다. 그래도 자신의 엉덩이와 데님 치마 아래의 짧은 다리를 보며 그녀는 혀를 찼다. 타이츠를 입기엔 날이 너무 더웠지만, 벌겋게 닳은 무릎이 너무 보기 싫어 그렇게 입을 수밖에 없었다.

막 씻고 나온 터라 '숲의 과일'이라는 은은한 향기를 풍기는 그녀의 머리칼은 삐죽삐죽 뭔가 요란스러웠다. 손가락 끝으로 머리를 문질러 자연스럽게 헝클어 놓은 뒤, 입가에 묻은 립스틱 자국을 새끼손가락으로 닦아냈다. 입술이 너무 빨개서 좀 심했나 싶은 생각이 들었다. 어찌되었건 별일이 일어날 건 아니었다. 열 시 반이면 집에 다시 돌아올 테니까. 그녀는 커다란 보드카 토닉 잔을 들어 마저 삼키다 말고 인상을 찌푸렸다. 갓 이를 닦은 걸 깜박했던 것이다. 제일 아끼는 핸드백에 열쇠꾸러미를 집어넣고 그녀는 문을 닫았다.

그때 전화가 울렸다.

그녀는 복도를 벌써 반쯤 나온 상태였다. 잠깐 돌아가서 전화를 받을까 고민했지만, 벌써 늦었고, 틀림없이 엄마나 여동생이 오늘 면접 어땠는지 묻는 전화일 터였다. 복도 끝에서 엘리베이터 문이 열리는 소리가 났다. 얼른 뛰어가 타고서 엘리베이터 문이 닫히는 순간 자동응답기 작동하는 소리가 들렸다.

"…삐 소리 후에 메시지를 남기세요. 연락드릴게요."

"안녕 엠마, 나 덱스터야. 내가 무슨 말 하려고 했더라? 음, 나 지금 여기 집 근처 기차역인데, 막 엄마 보고 오는 길이거든… 으음, 오늘 저녁에 너 뭐하나 해서. 나한테 〈쥬라기공원〉 특별개막상영 티켓이 있거든! 사실 영화 보기엔 벌써 늦었어. 그래도 상영 끝나고 하는 파티엔 갈 수 있겠지 뭐. 나랑 너랑? 다이애나 왕세자비도 오셔. 미안, 쓸데없는 소리만 늘어놓고 있네. 너 거기 없니? 엠마, 수화기 들어 봐. 들어, 들어, 들어, 들어 줘. 없어? 그래, 맞다, 막 생각났네, 너 오늘 데이트 있는 날이구나, 맞지? 너의 뜨거운 데이트. 그래, 재밌게 보내고, 들어오면 전화해. 혹 들어오면 말이다. 어땠는지 들려줘. 농담 아냐, 전화해, 들어오자마자."

덱스터가 꿀꺽 말을 삼키며 숨을 참았다. 그리곤 말했다.

"믿을 수 없이 처참한 날이었어, 엠." 그가 또 더듬거렸다. "나 진짜 더럽게 나쁜 짓을 저질렀어."

전화를 끊어야 했지만, 그러고 싶지 않았다. 엠마 몰리를 만나 그의 죄를 털어놓고 싶었다. 하지만 그녀는 데이트 중이시다. 덱스터는 억지로 입꼬리를 올려 씨익 웃으며 말했다.

"내일 전화할게. 샅샅이 다 물어볼 거야! 이 무정한 친구야."

그가 전화를 끊었다. 아, 무정한 친구.

기차 레일이 자잘하게 떨리는가 싶더니 곧 요란스레 웅웅거리며 기차 다가오는 소리가 들렸다. 이 상태로 기차를 탈 수는 없었다. 다음 기차를 기다려야 했다. 런던행 기차가 도착해 그를 기다린다는 듯 다정하게 틱틱 소리를 내며 서 있었지만, 덱스터는 전화부스가 자신의 플라스틱 갑옷이라도 된 양 안에서 꼼짝하지 않았다. 얼굴이 꼬깃꼬깃 찌그러들고, 숨은 들쭉날쭉 마구잡이로 흐트러지는 기분이었다. 울음이 터지기 시작하자 그는 자신을 타일렀다.

"다 그 케미컬 탓이야. 케미컬, 케미컬."

ch07
아무 때나 웃긴다는 것

1993년 7월 15일, 목요일

- 2부 엠마의 이야기 -

◦ 코벤트가든 그리고 킹스크로스, 런던 ◦

이언 화이트헤드는 포렐리스 레스토랑 코벤트가든 지점의 2인용 테이블에 앉아 손목시계를 보고 있었다. 15분 늦었는데, 이것도 아마 데이트라는 이름의 정교한 '고양이와 쥐' 게임의 일부렷다? 그래, 어디 게임 한번 해볼까? 그는 붓에 페인트를 적시듯 치아바타 빵을 조그만 올리브유 접시에 담갔다. 메뉴를 펼친 그는 자기 돈으로 무엇 무엇을 먹을 수 있을지 점검했다.

스탠드업 코미디언 생활은, 금세 가능할 줄 알았던 TV 진출도, 돈도, 아직 그에게 가져다주지 않았다. 일요판 신문들은 코미디가 새로운 록큰롤이라고 한목소리로 떠들지만, 왜 자신은 화요일 밤 써라파로즈에서 '누구나 올라와 보세요' 라이브쇼를 위해 호들갑을 떨고 있어야 하는지 알다가도 모를 일이었다.

소재를 최신 유행에 맞춰 보기도 했고, 정치적인 내용이나 자기 의견

따위는 다 들어내기도 했다. 대신 캐릭터 코미디, 초현실주의, 노래 코미디나 촌극 등을 시도해 보았다. 어떻게 해도 사람들은 웃지를 않았다. 좀 더 호전적인 방식을 실험해 보았을 때는 얻어터지고 발로 걷어차이는 봉변을 당했으며, 어느 일요일 밤의 즉흥 코미디 팀과 함께한 실습 경험도 그가 '완전히 무계획적이고 즉흥적으로 뭔가를 하면 정말 재미없다'는 사실만 증명하고 끝이 났다.

그래도 이언은 굴하지 않았다. 노던라인을 타고 오르락내리락 하며, 서클라인을 타고 뱅뱅 돌면서, 커다란 웃음이 터질 그날을 향해 그는 버티고 또 버텼다.

어쩌면 '이언 화이트헤드'라는 이름에 무슨 문제가 있는 건지도 몰랐다. 뭔가 번쩍 하는 느낌을 주기에는 그 이름이 너무 흔하다 싶어서, 좀 더 박력 있고 사내다운 단음절의 이름들로 — 벤, 잭, 덕 등으로 — 바꿀까 생각도 했다. 하지만 그가 자신의 코미디 페르소나를 드디어 발견해내기 전까지, 그는 티셔츠 차림의 빈약한 젊은이들이 티셔츠 차림의 빈약한 젊은이들에게 메모리나 그래픽카드 따위를 파는 토트넘코트로드의 전자제품점 소니코트로닉스에서 당분간 일하기로 했다. 급료는 보잘것없었지만, 밤 시간을 코미디 공연에 쓸 수 있어 좋았다. 가끔씩 새로 계발한 소재로 동료들을 웃겨 보는 일도 아주 기분 좋은 것이었다.

하지만 소니코트로닉스에서 벌어진 일 중 가장 좋았던 건, 점심 먹으러 나갔다 우연히 엠마 몰리와 마주친 일이었다. 이언이 사이언톨로지 교회 사무실 앞에 서서 성격 검사를 할지 말지를 두고 입씨름을 하다가, 그녀를 본 것이었다. 커다란 고리버들 빨래통을 들고 가느라 끙끙대는 그녀의 어깨에 손을 얹는 순간, 토트넘코트로드에는 영광의 찬가가 울렸고 길 자체가 순식간에 꿈의 거리로 돌변했다.

오늘, 두 번째 데이트 날, 그는 코벤트가든 근처의 산뜻한 이탈리안 레스토랑에 앉아 엠마를 기다렸다. 이언의 개인적 취향은 맵고 짜릿한 거, 짜고 톡톡 쏘는 쪽이었기에, 여기보단 카레 먹는 데가 더 좋았다. 그렇지만 그는 너무나 똑똑했기에, 엉뚱한 여자들의 사고방식을 넘겨짚어 엠마가 신선한 야채를 좋아하리라 짐작했다.

이언이 다시 시계를 보았다. 20분 늦었어, 생각하는데, 뱃속에서 신호가 왔다. 뜨끔한 그 신호는 일부는 배고픔이었고 일부는 사랑이었다. 그의 가슴과 뱃속이 엠마 몰리를 향한 사랑으로 부푼 지가 벌써 여러 해였다. 그건 감성적이고 플라토닉한 사랑만이 아니었다. 그건 성적 욕구의 발현이기도 했다. 그렇게 여러 해가 지났는데도 아직도 그의 눈앞에 선명하게 떠오르는, 아마도 평생 떠오를 그녀의 이미지가 하나 있었다.

어느 날 오후, 로코 칼리엔테의 직원 대기실 안으로 들어설 때였다. 오후 햇살이 성당에서처럼 길게 쏟아져 들어오고 있었고, 엠마는 아래위 다른 색의 속옷 바람으로 서 있었다. 얼른 나가라며, 빌어먹을 문 닫으라며 엠마가 그에게 고래고래 고함을 쳤었다.

그가 그녀의 속옷 생각을 하고 있는 줄도 모르고, 엠마 몰리는 지배인 옆에 서서 둘러보다 찾아낸 이언을 보며 생각했다. '요즘 확실히 말쑥해졌어.' 억세고 촘촘했던 곱슬머리 왕관을 벗어 버린 그는, 살짝 왁스를 발라 미끈하게 만진 짧은 머리였다. 갓 상경한 촌뜨기 행색은 이제 완전히 사라지고 없었다. 사실, 저 끔찍한 옷차림이나 헤벌쭉 벌어진 입만 아니라면 이언은 꽤나 매력적인 사내일 수도 있었다.

이런 상황이 익숙지는 않았지만, 그녀는 대번에 이 집이 고전적 데이트 레스토랑임을 알아차렸다. 충분히 비싸고, 너무 밝지 않은, 건방지지도 않지만 그렇다고 저속하지도 않은, 피자에다 싱싱한 로켓을 토핑으로 얹는 그런 집인 것이다. 진부하긴 했지만 우스울 정도로 시시하지는 않은 곳, 적어도 카레나, 아이고 맙소사, 생선 부리토가 나오는 집은 아닌 것이다. 야자수와 촛불 장식 아래의 그랜드피아노에서는 나이 든 사내가 거쉬인의 대표곡들을 연주했다.

“아 제발 그 사람이~나를 돌봐줄~바로 그 사람이기를.”

“동행이 있으신가요?” 지배인이 물었다.

“저기 있는 저 분요.”

첫 데이트에서 그가 데려간 곳은 홀로웨이로드의 오디온 극장이었다. 영화는 [저예산 B급 공포영화인] 〈이블 데드 3 - 암흑의 군단〉이었다. 얌전녀도 거만녀도 아닌 엠마는 다른 여자들보다는 공포영화 보는 걸 즐겼다. 하지만 그렇다 해도 그 영화를 선택한 이언의 결정은 참으로 희한하고, 신기하게도 대담한 것이었다. 에브리맨 극장에서는 줄리엣 비노쉬의 〈세 가지 색, 블루〉도 상영 중이었지만, 그녀는 한 팔 대신 전기톱을 매단 사내를 보면서, 그게 놀랍게도 후련한 느낌이었다.

대개 영화를 보고 나와서 레스토랑으로 가는 게 관례였으나, 극장에 갔다 하면 반드시 세 코스 요리를 곁들여야 깔끔하다고 이언은 생각하는 듯했다. 그는 스낵 계산대 앞에 서서 곰곰이 생각하더니, 나초를 전채요리로, 핫도그를 메인요리로, 레벨스 초콜릿을 후식으로 결정했다. 사람 몸통 크기의 거대한 릴트 사이다에 얼음 동동 띄운 걸 곁들이는 것도 까먹지 않았다. 아주 드물긴 했지만 〈이블 데드 3〉의 성찰적 순간들이 나오면, 주먹에다 대고 트림할 때 쉬익 새어 나오는 입김에 후끈한 열대의 향기가 배어 있어야만 했기 때문이었다.

하지만 이 모든 것들에도 불구하고, 울트라초막강 폭력과 짜디짠 음식에 대한 사랑과 그의 턱에 묻은 머스터드 소스에도 불구하고, 엠마는 생각보다 즐거웠다. 펍으로 가는 길에 그는, 엠마가 정신 나간 버스에 치이지 않도록 자신이 도로 쪽으로 서서 가겠다고 했다. 틀림없이 얼빠진 구닥다리 수작이었지만, 생각해 보니 엠마는 그런 대접을 받은 적이 한 번도 없었던 게 아닌가.

둘은 머리통이 잘려 나가고 내장이 쏟아지던 장면의 특수효과에 대해 얘기를 나눴다. 약간의 분석 끝에 이언은 이번 3편이 '데드' 3부작 가운데 최고라는 판결을 내렸다. 온갖 3부작과 박스 세트, 코미디와 공포, 그런 것들이 이언의 문화생활에서 큰 비중을 차지했다. 펍에 가서는, 가령 그래픽 소설이 [조지 엘리엇의 1874년 소설]『미들마치』만큼의 깊이나 의미를 가질 수 있는지 등등의 재밌는 논쟁을 벌이기도 했다.

듬직하고 주의 깊은 그는 신기한 세상사를 시시콜콜한 것까지 꿰뚫고 있는 큰오빠 같았다. 큰오빠와 다른 점은, 이언은 그녀와 자고 싶어 한다는 것이었다. 애정이 가득한 그의 눈길이 어찌나 집요하게 그녀를 쳐다보는지, 얼굴에 뭐가 묻었나 싶었던 적이 여러 차례였다.

지금 레스토랑에 서서, 다가오는 그녀를 바라보며 웃고 있는 바로 저 눈빛이 그랬다. 너무 골똘히 그녀를 쳐다보는 바람에 그의 허벅지가 테이블을 건드려 물 잔이 쓰러지며 공짜로 나온 올리브를 덮쳤다.

"수건 달라고 할까?" 그녀가 물었다.

"아냐, 괜찮아. 윗도리로 닦지 뭐."

"윗도리는 무슨. 자, 내 손수건 써."

"어쩔거나, 내가 올리브 다 해먹었네. 아, 진짜로 내가 해서 먹었다는 건 아니구."

"어? 아, 그래."

"농담입니다!" 그의 고함이 거의 "불이야!"라는 함성 같았다.

지난번 즉흥코미디 쇼 무대를 엉망으로 만들었을 때 이후로 그는 이렇게 긴장한 적이 없었다. 테이블보 위의 물을 훔치며 그는 스스로에게 침착하라고 타일렀다. 살짝 엠마를 보니 그녀는 여름용 재킷을 벗느라 끙끙대고 있었다. 어깨를 뒤로 빼고 가슴을 앞으로 쑥 내민 저 자세가 남자들을 얼마나 고통스럽게 하는지 여자들은 모르는 걸까. 벌써 오늘 밤 두 번째, 엠마를 향한 사랑과 욕망의 거품이 부글부글 일어났다.

"당신 완전 멋있네." 그는 참지 못하고 그렇게 불쑥 말했다.

"고마워! 당신도 그렇네." 엠마가 반사적으로 대답했다.

마구 구겨진 린넨 재킷 아래 간소한 검정 티셔츠가 전부인 그의 차림새는 스탠드업 코미디언들의 유니폼과도 같았다. 티셔츠에 밴드 이름이나 묘한 문구가 없는 걸로 고른 건 오로지 엠마의 눈치를 본 탓이었다. 그 정도면 그럴듯하게 차려 입은 셈이었다.

"이거 좋은데." 엠마가 그의 재킷을 가리키며 말했다. "엄청 멋진데!"

그러자 이언은 손가락으로 옷깃을 스윽스윽 매만졌다. 마치 "뭐, 졸라 낡은 이게?"라고 말하는 듯한 몸짓이었다.

"윗도리 받아 드릴까요?" 단정하고 잘생긴 웨이터가 말했다.

"네, 고마워요." 엠마가 옷을 건넸다. 이언은 나중에 팁을 줘야지 생각했다. 까짓 팁쯤이야. 엠마는 그만큼 소중하니까.

"마실 거는 뭘로?" 웨이터가 물었다.

"난 보드카토닉이 좋은데."

"더블로요?" 웨이터가 물었다. 엠마더러 돈 좀 더 쓰라고 유혹하는 것이었다.

그녀가 이언을 보았다. 그의 얼굴에 겁먹은 듯한 기색이 언뜻 비쳤다. "좀 센가?"

"아냐, 그렇게 해."

"그래요, 그럼. 더블로 주세요."

"예. 손님은요?"

"포도주 시켜 놨어요. 고마워요."

"미네랄워터라도?"

"수돗물 있잖아요!" 그가 버럭 외치더니, 이내 잠잠해진 목소리로 덧붙였다. "수돗물이면 돼요. 아님 엠마 당신이…."

"수돗물 괜찮아요." 엠마가 안심하라는 듯 말했다. 웨이터가 갔다.

"그런데 말이지, 물론 말 안 해도 알겠지만, 오늘밤 우리 더치 하는 거다, 알았지? 두말 말고. 1993년이잖아, 응."

이언은 그녀에 대한 사랑이 더 깊어지는 걸 느꼈다. 그래도 형식적으로나마 쇼를 한번 해야 한다 싶었다.

"하지만 당신은 학생이잖아, 엠!"

"이젠 아냐. 제대로 된 선생님 자격증을 땄잖아. 오늘 취업 면접까지 했는걸."

"참, 어떻게 됐어?"

"진짜 진짜 잘했어."

"축하해, 엠. 환상적인 소식이네." 그러면서 이언은 테이블을 가로질러 그녀에게로 몸을 숙였다. 볼에다 키스를 해야지. 가만, 양쪽 볼에 다 할까, 아냐, 잠깐만, 한쪽에만 하자, 아냐, 그래 양쪽에 다 해.

미리 메뉴판을 넘기며 우스갯거리로 삼을 걸 연구했던지라, 엠마가 열심히 메뉴를 살피는 동안 이언은 기다렸다는 듯 '오늘의 익살' 연기를 펼쳤다.

펜네*로 어떤 의미심장한 글을 써볼까요 따위의. '그릴에 구운 농성어' 메뉴를* 가리키며 농성어 한 마리 잡는 데 100만 년이 걸렸는데 당겨 올리니 한꺼번에 세 마리가 딸려 올라오더라, 이 '일 분 스테이크'란 건 정말 1분만 걸린다는 건지 아니면 진짜 잘디잘다는 건지?** 그리고 요즘 유행하는 '라구'ragu 호들갑은 왜 그런 거냐, 그 유서 깊은 스팍-볼spag bol이 언제 '라구'가 된 거냐?*** 이 '알파베티 스파게티'라고 부르는 게 대체 뭔지도 궁금한걸? 알파벳 모양들을 벌건 소스에 담가 나오는 걸까? 아님 뭘까?

이언의 쇼가 길게 이어지면서 엠마는 그녀의 오늘밤 희망이 스러지는 걸 느꼈다. '이 남자, 날 웃겨서 자기 침대로 데려가겠다는 거야 뭐야? 근데 어떡하니? 네가 날 웃기는 꼴을 보니, 집에 가는 지하철이 이렇게 그리워지는걸.' 지난번 극장에서는 적어도 레벨스 초콜릿과 폭력이 있어 그의 관심을 돌릴 수 있었지만, 지금 이렇게 얼굴을 마주 보고 앉아서는 그의 웃기고 싶은 충동에 끝도 없이 박자를 맞추는 수밖에 없었다.

엠마는 이런 게 지긋지긋했다. 교육대학원의 남자애들도 전부 '내가 프로'라며 웃기려 들었다. 특히 펍에서 몇 잔 마시고 나면 그 증세가 더 심해졌다. 남자애들이 성냥개비나 어린이TV물, 저 이름 모를 70년대 과자들 따위를 들먹거리며 온갖 재롱을 펼 때 앞에 앉아 킬킬대는 (엠마를 포함한) 여자애들한테도 책임은 있었지만, 엠마는 그 재롱잔치가 지겨워 미칠 지경이었다. 그건 '스팽글스 역병'이라고 불러도 좋을, 사람 돌게 하는 펍에서의 남자애들 쇼였다.

* 이탈리아 파스타의 이름인데 penne가 영어 펜pen과 비슷한 걸 유머의 소재로 삼음.
** 영어의 minute가 '분'이라는 뜻과 '자잘한'이란 뜻을 함께 갖고 있음을 활용한 유머.
*** '스팍-볼'은 스파게티 볼로네즈의 준말로 한때 가장 널리 쓰이던 스파게티 소스였는데, 어쩌다 '라구'라는 희한한 상표 이름으로 바뀌었냐는 유머.

엠마는 보드카를 벌컥 삼켰다. 이언은 이제 와인 리스트를 펴서 포도주라는 것들이 얼마나 간드러지는지로 웃기려고 애쓰는 중이었다. 이 관능적인 술의 불길을 한 모금 머금으면 터질 듯한 토피 애플 맛의 여운이….

단조롭기 짝이 없는 아마추어 코미디언의 연기가 끝없이 이어질 것임에 낙담한 엠마는 한 명의 멋진 남자를 상상하기 시작했다. 그는 아무 요란법석도 피우지 않고 쓱 메뉴를 본 뒤, 겸손하면서도 권위를 갖추어 주문을 할 것이다.

"…훈제 베이컨 스낵 맛에다 촉촉한 기린의 여운이…."

재가 날 웃겨서 혼수상태로 만들려고 저러나, 그녀는 생각했다. 마구 조롱해 줘 버릴까. 롤빵을 확 던져 버릴까. 어렵쇼, 그럴 줄 알고 벌써 다 먹어치웠군. 그녀는 다른 테이블을 보았다. 거기서도 남자들의 연기가 한창이었다. 결국 다 이렇게 되고 마는 거였나? 로맨틱한 사랑이란 거, 결국은 장기자랑 쇼에 불과한 건가? 밥 먹고, 같이 자고, 나랑 사랑에 빠져 다오. 그러면 나, 당신에게 이런 멋진 쇼를 평생 펼쳐 드리오리다?

"…라거 맥주를 이렇게 판다고 생각해 봐?" 이제 글래스고우 악센트의 연기였다. "우리 집 특산 맥주는 입맛을 묵직하게 자극하죠. 강렬한 시영아파트 맛에다 꾀죄죄한 쇼핑 카트랑 몰락한 도시의 기운을 곁들였어요. 가정폭력이랑 같이 마시면 특히 좋아요!"

재미있는 남자가 최고라는 오류는 대체 어디서 비롯된 것일까? [『폭풍의 언덕』에서] 캐시가 히스클리프를 그토록 그리워하는 게 그가 너무 웃겨서라니, 당치 않은 소리다. 게다가 이 쏟아지는 수다가 더 괴로운 건, 사실 그녀가 이언을 꽤 좋아하고 있었기 때문이었다. 그를 다시 본다 싶어서 가슴도 부풀었고 약간 흥분도 했건만, 그런데도 이 남자는 줄창 떠

벌리기만 하다니….

"…이 오렌지 주스는 낮은 음표가 잔뜩 달린 오렌지였는데 말이지…."

아, 정말 못 견디겠다.

"…암소 젖통에서 짜낸, 아니, 아니, 꾀어낸 이 1989년산 빈티지 우유에서는 아주 특별한 맛이…."

"이언?"

"왜?"

"좀 닥쳐요, 네?"

드디어 조용해졌다. 이언은 상처 받은 표정이었고, 엠마도 당황스러웠다. 아마 그 더블 보드카 탓이리라. 만회하자 싶어 그녀가 크게 제안했다. "발폴리첼라 포도주 어때?"

그가 메뉴를 다시 폈다. "음, 블랙베리와 바닐라라고 써놨군?"

"블랙베리랑 바닐라 맛이 약간 나나 보지 뭐."

"당신 블랙베리랑 바닐라 좋아해?"

"아주 좋아하지."

그의 눈이 가격을 힐끗 보았다. "그럼 그걸로 하자."

그 이후, 고맙게도, 사태가 조금 나아지기 시작했다.

"안녕 엠. 또 나야. 네가 그 '웃기는 애'랑 나가 있다는 거 알지만, 네가 들어오면 말이다, 혼자 들어왔으면 말야, 나 그 개막상영회 아예 안 갔다고. 집에 계속 있을 거야, 네가 혹 오고 싶으면 말이지. 그러니까, 오면 참

좋겠다고. 택시비는 내가 낼게, 와서 자고 가도 되니까. 그래. 언제 들어오든, 나한테 전화 주고 택시 타고 와. 그게 다야. 그래, 이따 보자. 사랑하는 거, 알지. 안녕, 엠. 안녕."

두 사람은 벌써 2년 전이 된 옛 추억에 잠겼다. 엠마가 수프를 먹고 생선을 만지작거리는 동안, 이언은 놀라운 양의 탄수화물을 끊임없이 먹어치웠다. 제일 먼저 고기가 많이 든 파스타로 가득 찬 큰 접시가 나왔다. 이언은 파르마 치즈로 그걸 뽀얗게 덮은 뒤 먹어치웠다. 그 우람한 접시와 적포도주가 그를 약간 진정시켰고, 덕분에 엠마도 긴장을 풀었다. 슬슬 취기도 올랐다. 안 취하려 애쓸 이유도 없었다. 취해도 좋지 않은가?

지난 10개월간 자신이 옳다고 믿는 것에 시간을 쏟으며 열심히 공부했다. 비록 어떤 선생 일은 참으로 끔찍할 테지만, 현명한 그녀는 자신이 잘 해낼 것임을 알고 있었다. 오후의 면접관들도 그녀와 같은 생각이었는지, 교장은 흡족하다는 듯 고개를 끄덕거리며 웃었다. 내놓고 얘기하진 않았지만, 그 학교로 출근하게 될 것임이 틀림없어 보였다.

그러니, 이언이랑 축하해도 좋을 일 아닌가? 그가 말하는 동안, 그녀는 그의 얼굴을 뜯어보았다. 틀림없이 예전보다 많이 말쑥해졌다는 게 그녀의 결론이었다. 이젠 그의 얼굴을 봐도 트랙터 생각이 안 났다. 그에게 세련되고 세심한 구석은 없었다. 그가 전쟁영화에 캐스팅된다면, 음, 엄마한테 편지를 쓰는 원기 왕성한 병사 토미 역할이 제격이겠고, 음, 덱스터는? 약해빠진 나치지 뭐! 어쨌든, 엠마는 이언이 자신을 쳐다보는 눈길이 좋았다. 다정하다, 그래, 바로 그런 눈길! 다정하고 취한 눈빛. 그녀도 온몸이 나른해지면서 뜨겁고 다정하게 그를 쳐다보았다.

그가 마지막 남은 포도주를 그녀의 잔에 따랐다.

"그래, 요즘도 옛날 그 친구들 봐?"

"아니. 스코트는 한 번 우연히 만났지. 헤일 시저스에서. 그 무시무시한 이탈리안 레스토랑 있잖아. 잘 있더만. 여전히 버럭버럭거리고. 그때 말고는, 잘 안 봐. 감옥 같은 거야. 옛 친구들이랑 안 어울리는 게 좋은 거지. 물론 당신은 빼고."

"그렇게 안 좋았나? 거기서 일하던 거?"

"글쎄. 그 두 해는 내 인생에서 다시 돌아가고 싶지 않은 시간이야." 외치듯 말하고 나니 그런 평가가 스스로에게도 충격적이어서 엠마는 몸을 움츠렸다. "잘 모르겠어. 그리 행복한 시간은 아니었던 거 같아."

그가 가엾다는 듯 웃으며 자기 주먹으로 그녀의 주먹을 슬쩍 찔렀다. "그래서 내 전화도 안 받았구나?"

"무슨 소리야? 내가 그랬어?" 그녀가 잔을 입으로 가져갔다. "지금 여기 같이 있음 됐지 뭐. 딴 얘기 하자. 스탠드업 일은 어떻게 돼 가?"

"어, 괜찮지 뭐. 즉흥 쇼 하나를 해야 하는데, 이게 정말 감각적인데다 예측불허인 거야. 어떨 때는 내가 봐도 재미 하나도 없고 그래. 그래도 그게 즉흥연기의 매력 아냐, 응?"

엠마는 과연 그런가 싶었지만, 제깍 고개를 끄덕거려 주었다.

"화요일 밤에는 케닝턴의 미스터처클스란 펍에서 공연을 해. 그건 좀 각 잡히고 시사적인 거지. 광고랑 빌 힉스*를 엮어서 하거나, TV에 나오

* Bill Hicks. 스스로를 '섹스 유머로 무장한 촘스키'라고 할 정도로 걸쭉한 스탠드업 코미디와 사회비판을 엮어 유명했던 미국 코미디언.

는 시시한 광고들 가지고….”

이언이 다시 그쪽으로 빠졌다. 엠마는 웃는 얼굴로 표정을 딱 고정시켰다. 그런 말을 들으면 이언은 죽어 버리겠다고 야단일 테지만, 이제껏 이언을 알고 지낸 시간 동안 엠마가 이언 때문에 우스웠던 적은 딱 두 번뿐이었다. 그것도 한 번은 그가 술창고 계단에서 떨어졌을 때였다. 그는 유머감각이 뛰어났지만, 동시에 전혀 웃기지 않는 사람이기도 했다. 덱스터와는 달리 말이다.

덱스터는 농담 따위에 아무 관심도 없었다. 유머 감각은 마치 정치적 양심처럼 짐짓 당혹스럽고 쿨하지 않은 거라고 생각하는지도 몰랐다. 하지만 덱스터와 함께 있으면 그녀는 늘 웃었다. 때론 히스테리컬하게 툭 터놓고 웃느라 찔끔 오줌을 지리기도 했다. 그리스 휴가 때, 둘은 약간의 오해를 풀어 버린 뒤, 그렇게 웃으며 열흘을 다 보냈다. 덱스터는 지금 뭘 할까, 그녀는 궁금했다.

“TV에서 그 친구 계속 봐?” 이언이 물었다.

엠마는 뜨끔했다. 들켰구나 싶었다. “누구?”

“당신 친구 덱스터. 그 멍청한 프로그램 하는.”

“가끔. 어쩌다 그거 보게 되면.”

“잘 지내, 그 친구?”

“응, 늘 그렇지 뭐. 솔직히 말해, 요즘 좀 정신 나간 것처럼 굴어. 걔 어머니가 편찮으신데, 그것 땜에 많이 힘들어 해.”

“그것 참 안됐네.” 이언은 얼굴을 찡그리며, 어떻게 다른 얘길 꺼낼지 고민했다. 냉정하게 굴려는 건 아니지만, 낯선 사람의 병 얘기가 자신의 데이트에 끼어드는 건 탐탁잖았다.

“둘이 얘기 자주 하나 보다?”

"나랑 덱스가? 얘기는 엄청 하지. 그래도 자주 보진 못해. TV 일로 바쁘고, 여친들 관리에도 바쁘니까."

"그래, 요즘은 누구랑 만난대?"

"몰라. 유원지 금붕어 같은 애들인데, 이름 붙여 주는 게 무슨 소용이야. 오래 가는 일이 없거든."

엠마는 이 표현을 예전에도 써봤었다. 이언도 좋아하길 바랐지만, 그의 얼굴이 여전히 구겨져 있었다.

"표정이 왜 그래?"

"난 걔가 원래부터 안 좋았어."

"그랬지. 나도 알아."

"난 노력했어."

"뭐 기분 나쁘게 생각하진 마. 걔가 원래 다른 남자애들이랑은 잘 못 어울려. 뭐 하러 만나나, 그런다니까."

"사실, 내 생각엔 늘…."

"뭐?"

"그 친구가 당신을 너무 막 대하는 거 같았다, 그거야."

"또 나야. 그냥 확인 전화야. 사실 좀 취했어. 기분도 좀 울적하고. 넌 정말 멋진 놈이야, 엠마 몰리. 널 보면 참 좋겠다. 들어오면 전화해라. 더 말이 뭐 필요하겠냐? 그냥, 너 정말 정말 멋지다 이 말이야. 그러니까. 들어오면, 전화해 줘. 전화 꼭 해."

두 번째 브랜디 병이 나왔을 때 둘은 이미 잔뜩 취해 있었다. 레스토랑 전체가 취해 보였다. '아이 겟 어 킥 아웃 오브 유'I Get a Kick Out of You를 엉성하게 연주하는 은발의 피아니스트는 마치 누가 브레이크 케이블을 끊어 놨다는 듯 피아노 페달을 덜컹덜컹 밟아댔다. 새 일 이야기를 하는 엠마의 목소리에 잔뜩 힘이 들어가 있었다. 목소리를 높였더니 머릿속에서 웅웅 메아리가 울렸다.

"런던 북쪽의 큰 공립학교인데, 영어랑 연극도 조금 가르쳐. 좋은 학교지. 애들도 다양하게 섞여 있고. 애들이 '예 선생님, 아뇨 선생님'만 종알대는 편안한 교외 학교들하곤 달라. 좀 까다로운 애들이겠지만, 그거야 뭐. 애들이야 다 그렇잖아. 나 어쩌면 걔네들한테 잡아먹힐지도 몰라. 그 조그만 놈들한테." 그녀는 영화에서 본 것처럼 브랜디 병을 잔 주위로 빙빙 돌렸다. "내 모습이 그려져. 책상 끝에 앉아서 애들한테 셰익스피어가 최초의 래퍼였다느니 같은 얘기를 하면, 애들은 입을 쩍 벌리고 최면에 걸린 듯 쳐다보는 거지. 나는 이제 영감 넘치는 젊은 병사들과 함께 높이 날아오르는 거다, 그런 상상을 하는 거야. 난 그런 식으로 그 학교에 적응할 거야. 주차장에서든, 매점에서든, 어딜 가든 난 사랑스런 아이들의 어깨 위에 있을 거야. 그 카르페디엠 선생님처럼 말야."

"응? 무슨 선생님이라고?"

"카르페디엠."

"카르페 뭐?"

"그거 몰라? 오늘을 즐겨라!"

"그런 뜻이야? 난 '오늘을 죽여라'라는 소린 줄 알았네!"

엠마는 친절하게도 재밌다는 척 헛기침을 했다. 그랬더니 이언은 그걸 출발 신호로 오인했다.

"바로 거기서 내가 잘못된 거지! 아하, 진작 그걸 알았더라면 내 학창 시절도 완전 달라졌을 텐데. 아 옛날이여, 교실 바닥에서 혈투를 벌이던 그 숱한…."

이건 아닌 거다. "이언, 하지 마." 그녀가 매섭게 말했다.

"뭘?"

"또 쇼 하려고 그러는 거잖아. 그럴 필요 없어. 알잖아."

이언은 또 상처 받은 표정을 지었고, 엠마도 자신의 말투가 지나쳤다 싶어 몸을 기울여 그의 손을 잡았다.

"당신 그렇게 계속 뭘 할려고 애쓸 필요 없어. 계속해서 말장난하고 익살 떨고, 그게 뭐야. 이게 무슨 즉흥연기장이야, 이언? 우린 그냥 얘기하고 듣고 그러면 되는 거잖아."

"미안해, 난…."

"아니, 너만 그런 게 아냐. 모든 남자들이 다 그래. 전부 다 자기만의 프로그램을 들고 나와 쉬지 않고 떠들어대지. 맙소사, 그냥 말하고 듣기만 하는 사람은 다 어디 간 거야!" 말이 너무 많아진 걸 그녀 자신도 깨달았지만, 이미 탄력을 받은 뒤였다. "왜 그래야 하는 건지 도무지 모르겠어. 여기서 오디션 보는 건 아니잖아."

"약간 그렇기도 한 거 아닌가?"

"왜 나랑 오디션을 봐? 그러지 마, 제발."

"미안해."

"그리고, 그 미안하단 소리도 그만 해."

"아, 그래."

이언이 금세 잠잠해졌다. 엠마는 이제 자신이 사과할 차례구나 싶었다. 자기 생각을 다 털어놓다니, 이 바보. 자기 생각을 펑펑 얘기해서 좋은 일이 생길 게 뭐 있다고! 막 사과의 말을 하려는데, 이언이 한숨을 토하며 주먹을 볼에다 짓눌렀다.

"내가 이러는 건 말야, 학교 다닐 때, 내가 그리 똑똑하지도 않고 잘생기지도 못했고 인기도 없었기 때문이야. 시시한 학교생활이었지. 그런데 하루는 무슨 얘기를 했더니 누가 깔깔대고 웃는 거야. 옳지, 이거다 싶었어. 그래서 생각한 거지, 난 재밌구나, 얼굴도 멍청하게 크고 허벅지도 졸라 굵어서 아무도 날 안 좋아하지만, 적어도 사람들을 웃길 수는 있다. 그리고 누군가 웃게 하면 기분이 좋잖아. 그래서 자꾸 그러려고 하는 거지. 그건 마치, 웃기지도 않으면 정말… 쓸데없는 사람처럼 느껴지거든."

이언이 고개를 떨군 채 손가락 끝으로 빵 부스러기를 모아 테이블보 위에다 작은 피라미드를 쌓으며 말했다.

"사실, 그러는 게 어떤 건지 당신도 잘 안다고 생각했는데."

손을 가슴에 얹으며 엠마가 반문했다. "내가?"

"쇼 펼치는 거 말야."

"난 쇼 같은 거 안 해."

"유원지의 금붕어들 얘기 같은 거. 그런 말 전에도 했잖아."

"아니 내가… 그래서?"

"그래서 나도 그냥 우린 서로 비슷하구나 싶었지. 당신이랑 나랑. 가끔은."

정말 화나게 하는군, 그게 그녀의 첫 반응이었다. 난 안 그래, 정말 터무니없는 생각이야, 엠마는 그렇게 말해 주고 싶었다. 하지만 이언이 지금 그녀를 보며 웃고 있었다. 그러니까, 음, 다정하게 말이다. 어쩌면 그녀가 너무 모질게 굴었던 건지도 몰랐다. 그래서 엠마는 어깨를 으쓱하며 말했다.

"어쨌든 난 그거 못 믿겠어."

"뭘?"

"아무도 당신을 안 좋아했다는 거 말야."

이언이 냉큼 콧소리로 농담을 했다. "글쎄요, 모든 증거들을 종합해 보건대 그게 사실인 듯한데요?"

"내가 여기 당신과 함께 있잖아."

침묵이 흘렀다. 엠마는 틀림없이 너무 많이 마셨다. 빵 부스러기 모으기를 이번엔 엠마가 해야 했다.

"사실, 난 줄곧 생각했어. 요즘 당신이 훨씬 멋있어졌다고 말야."

그가 양손으로 배꼽께를 툭툭 쳤다. "내가 요즘 운동 좀 했지."

그녀가 아주 자연스레 웃으며 그를 쳐다보았다. 그래, 저 얼굴이 뭐가 나쁘다고 그래. 멍청하게 이쁘기만 한 애들 얼굴이랑은 다르지만, 그래도 어지간하고 반듯한 남자의 얼굴이잖아? 계산을 끝내면 그가 그녀에게 입을 맞추려 할 것임을 그녀는 알았다. 그리고 이번에는 못 이기는 척하리라고 그녀는 결심했다.

"이제 가자." 그녀가 말했다.

"계산서 달라고 그럴게." 그가 웨이터에게 사인하는 시늉을 했다.

"웃기지, 이런 시늉 누구나 다 하잖아. 누가 이런 마임을 처음 시작했을까, 궁금하네?"

"이언!"

"응? 아, 미안, 미안."

그들은 약속대로 계산을 반반씩 나눴다. 나가면서 문을 당길 때 그는 문 밑자락을 탁 차면서 얼굴을 꽝 부딕친 듯 연기를 했다.

"몸 쓰는 코미디도 구경 좀 하시라고…."

밖으로 나오니 하늘에 검푸른 구름 띠가 두툼하게 걸쳐져 있었다. 따뜻한 바람에서는 폭풍 전야의 쇠 냄새가 살짝 느껴졌다. 광장을 가로질러 북쪽으로 걸어가며 엠마는 브랜디 향의 흐릿한 술기운을 즐겼다.

페루 악단의 파이프 연주, 저글링 하는 광대들, 억지 재미 등으로 얼룩진 코벤트가든을 엠마는 한 번도 좋아한 적이 없었다. 하지만 오늘밤은 그럴듯했다. 자신에게 늘 잘해 주고 관심을 기울여 준 이 남자의 팔을 잡고 걷는 게 참 근사하고 자연스럽게 느껴졌다. 비록 윗도리를 볼썽사납게 목깃의 조그만 고리에다 걸어 어깨에 덜렁덜렁 걸치긴 했지만 말이다. 그런데, 올려다보니 그의 얼굴이 잔뜩 찡그려져 있었다.

"왜 그러셔?" 엠마가 그의 팔을 꾹 누르며 물었다.

"그냥. 있잖아, 내가 막 다 엉망으로 만든 것 같아서 말야. 잔뜩 긴장해서, 너무 오버하고, 미친 듯 떠들어대고. 스탠드업 코미디언으로 살아서 제일 안 좋은 게 뭔지 알아?"

"옷이지, 옷?"

"사람들이 늘 나한테서 뭔가를 기대한다는 거야. 그래서 난 또 만날 웃기려는 궁리만 하고."

슬쩍 딴 얘기로 바꿔 볼까 하는 심산으로 그녀는 손을 그의 어깨에 올렸다. 그렇게 그의 몸에 기대며 까치발을 하고서 그의 입에 키스를 했다. 그의 입술은 촉촉하고도 따뜻했다.

"블랙베리랑 바닐라." 서로의 입술이 맞붙은 채로 그녀는 그렇게 중얼거렸다. 하지만 사실은 파르마 치즈와 독주 냄새가 더 셌다. 그런 건 아무 상관없었다. 그런데 그가 키스한 채로 웃었고, 그녀는 뒤로 물러나 그의 얼굴을 잡은 채 올려다보았다. 그는 너무 고마워 울고 싶다는 표정이었고, 그녀는 드디어 해냈구나 싶어 뿌듯한 기분이었다.

"엠마 몰리, 내가 한마디만 할게." 아주 엄숙한 눈빛으로 그녀를 내려다보며 그가 말했다. "내가 보기에 넌 진짜 개(!)멋져!"

"으이그, 달콤하기도 하셔라." 그녀가 말했다. "얼른 당신 집에 가자, 비 맞기 전에."

누구게? 벌써 열한 시 반이네. 너 어딨냐, 이 구질구질한 땡땡이 같으니. 뭐 어쨌든. 아무 때나 전화해. 난 여기 있어. 아무 데도 안 가고. 바이. 바이.

캘리로드의 원룸아파트 1층인 이언의 방, 나트륨 가로등 불빛과 지나가는 이층버스의 전조등만 이따금 실내를 밝혔다. 1분에 몇 차례씩 방 전체가 요동을 쳤다. 피카딜리·빅토리아·노던라인 그렇게 세 지하철 노선과, 30·10·46·214·390번 버스 등이 번갈아 가며 방을 흔들었다. 대중교통 측면에서는 런던 최고의 원룸이었지만, 다른 면에서는 전혀 그렇지 않았다. 타이츠를 허벅지까지 내린 채 소파 겸용 침대에 누운 엠마의 등으로 전율이 느껴졌다.

"이건 뭐지?"

이언이 전율에 귀를 기울였다. "동쪽으로 가는 피카딜리라인이네."

"어떻게 이런 걸 참고 살아, 이언?"

"금방 익숙해져. 그리고 이것도 있는데 뭘." 그는 창문 선반 위에 놓인 뚱뚱한 구더기 같은 잿빛 물체를 가리켰다. "귀에 쏙 들어가는 귀마개."

"오, 그거 좋은데."

"그런데 가끔 그걸 끼웠다는 걸 까먹을 때도 있다는 게 문제지. 하루는 틀림없이 뇌종양이 생겼구나 싶었다니까. 종일 〈작은 신의 아이들〉처럼 굴면서 말야. 그 농아학교 이야기 다룬 영화 있잖아."

엠마가 웃었다. 하지만 금세 속이 울렁거려 얼굴을 찌푸렸다. 그가 그녀의 손을 잡으며 말했다.

"좀 괜찮아?"

"눈만 뜨고 있을 수 있으면 괜찮아." 그녀가 몸을 돌려 그를 보았다. 그의 얼굴을 보려고 털이불의 주름을 꾹꾹 누르던 엠마가 흠칫 놀랐다. 털이불에는 아무 커버도 없었고, 색깔은 버섯 수프와도 같았다. 그의 방에선 재활용가게 냄새가 진동했다. 혼자 사는 남자의 냄새였다. "브랜디를 두 병이나 마셔서 그래." 그녀의 말에 그가 웃었다. 하지만 그 순간 지나가는 버스의 불빛이 방을 쓰윽 가로지르면서 그의 난처해 하는 표정을 드러냈다. "나한테 화난 거야?"

"아냐, 아냐. 그냥 단순히, 여자애한테 키스하려는데, 여자애는 속이 메스꺼워 고개를 돌리고…."

"내가 말했잖아, 그 독주 때문이라고. 난 지금 너무 좋아, 진짜로. 그냥 자꾸 속이 울렁거려서. 이리 와."

엠마는 몸을 일으켜 앉으며 그에게 키스를 하려고 했다. 하지만 그녀가 가장 아끼는 브래지어가 말려 올라가는 바람에 와이어가 겨드랑이를 파고들었다. "아야, 아야, 아야!" 엠마는 구겨진 와이어를 세게 당겨 제자리로 돌려놓고는 구부정히 몸을 숙여 무릎 사이에 머리를 묻었다. 이언은 간호사처럼 그녀의 등을 살살 쓰다듬었다. 엠마는 모든 걸 다 망친 게 너무 죄스러웠다.

"이제 그만 가는 게 좋겠다."

"그래? 정 그렇다면…."

그들은 비에 젖은 거리를 달리는 타이어 소리에 귀를 기울였다. 하얀 불빛이 다시 방 안을 훑었다.

"저건?"

"30번 버스."

엠마는 타이츠를 당겨 올리고선 비틀거리며 일어나 허리에 걸쳐진 치마를 내려 입었다.

"정말 즐거웠어."

"나도."

"독한 술을 너무 먹었어."

"나도."

"집에 가서 술 좀 깨고…."

"알았어. 그래도, 참 면목 없군."

그녀가 손목시계를 보았다. 11시 52분. 바로 발밑에서 지하철이 굴러가고 있었다. 이 구질구질한 곳이 대중교통의 놀라운 중심지임을 다시 상기시키는 소리를 울리면서 말이다. 창문에 비가 흘렀지만, 그리 세찬 빗줄기는 아니었다.

갑자기 집에 다 갔을 때의 모습이 떠올랐다. 텅 빈 아파트의 적막, 열쇠꾸러미를 꺼내 맞추는 호들갑, 등에 쩍쩍 달라붙는 젖은 옷. 침대에 홀로 누운 자신의 모습, 빙빙 도는 천장, 밑에서 자신을 마구 걷어차는 타히티 침대. 메스꺼움과 후회. 여기 머무는 게 정말 최악일까? 약간의 따뜻함과 애정, 친밀함, 기분 전환에는 그런 것도 괜찮지 않을까? 가끔 지하철에서 보던 그런 여자애가 정녕 되고 싶은 건가? 간밤의 파티 복장을 한 채 술에 취해 창백해진 얼굴에 성마른 인상을 한? 창문에 다시 비가 쏟아졌다. 이번엔 그 기세가 좀 더 셌다.

"지하철까지 바래다줄까?" 티셔츠를 걸치며 이언이 말했다. "아니면—"

"아니면?"

"여기 있다 가든가, 그냥 자고 가는 거. 그냥, 꼭 껴안고서."

"꼭 껴안고."

"껴안기만 하는 거. 아님 그것도 말든가. 원한다면 밤새도록 황당하고 뻣뻣하게 누워 있는 거지 뭐."

그녀가 웃었다. 그도 기대에 차 마주 웃었다.

"콘택트렌즈 용액이 하나도 없어." 그녀가 말했다.

"나한테 있는데."

"당신이 렌즈 끼는 줄은 몰랐네."

"그것 봐. 우리한테 공통점이 하나 더 있었네." 그가 웃었고, 그녀도 마주 웃었다. "운 좋으면 어디 귀마개도 한 짝 더 있을지 몰라."

"이언 화이트헤드. 당신 말솜씨는 진짜, 으이그."

"…들어, 들어, 들어. 이제 거의 자정이다. 자정을 울리는 종이 치면 말이

야, 난, 음, 아마 바보로 바뀔 거야. 아무튼, 이 메시지 들으면…."

"여보세요? 여보세요?"

"너 왔구나!"

"여보세요, 덱스터."

"내가 깨웠니, 응?"

"막 들어왔어. 너 괜찮니, 덱스터?"

"오, 나야 괜찮지."

"너 지금 완전 쩔은 목소리야."

"오, 나 지금 파티 중이거든. 나 혼자서. 아주 은밀한 파티를."

"음악 좀 줄여 봐, 응?"

"사실은 좀 궁금한 게… 잠깐만, 음악 좀 줄이자… 네가 좀 올 수 있나 해서. 샴페인에다, 음악에다, 참, 약도 좀 있어. 여보세요, 여보세요, 너 듣고 있냐?"

"이러는 거 서로에게 안 좋다고, 우리 결정했던 거 아냐?"

"그랬나? 난 그저 좋은 생각이 나서 얘기한 것뿐야."

"그럼 안 되지. 난데없이 전화해서는 나더러…."

"오, 왜 이래 나오미, 응? 제발. 나 당신 필요해."

"안 돼!"

"30분이면 오잖아."

"안 돼! 비가 억수같이 내려."

"누가 걸어오래? 택시 타. 내가 돈 줄게."

"안 된다니까!"

"나 정말 누구든 보고 싶어, 나오미."

"그럼 엠마한테 전화해."

"엠마는 지금 밖에 있어. 그리고 그러는 사이도 아니고. 무슨 말인지 알지? 뭐냐 하면 말야, 오늘 내가 다른 사람 누구랑 못 있으면, 내가 오늘밤에 정말 죽을 거 같거든."

"…"

"당신 거기 있는 거 다 알아. 숨소리 다 들려."

"오케이."

"오케이?"

"30분이면 가니까, 술 먹지 말고 기다려."

"나오미? 나오미, 당신 그거 알아?"

"뭐?"

"당신이 오늘 내 생명을 살렸다는 거."

cho8
쇼비즈니스

1994년 7월 15일, 금요일

◦ 리톤스톤 그리고 아일-오브-독스, 런던 ◦

엠마 몰리는 잘 먹고 적당히 마셨다. 그녀는 여덟 시간씩 넉넉하게 잤고 누가 시키지 않아도 6시 30분 직전에 제깍 일어나 커다란 컵으로 물을 마셨다. 하루 동안 마셔야 할 1.5리터 중 처음 250밀리리터 분량이었다. 그럴 때면, 더블 침대 옆으로 길쭉하게 들어온 아침 햇볕 속에 놓여진 최신 유리 물병과 한 세트인 유리잔을 썼다.

시계 라디오가 연신 딸깍거리며 재촉했지만 엠마는 침대에 좀 더 누워 뉴스 헤드라인을 들었다. 노동당 당수인 존 스미스가 숨을 거두었고, 웨스트민스터 사원에서 추도예배가 열린다는 소식이었다. 여러 정치인들이 당적과 무관하게 "가장 위대한 수상이었다"며 애도의 말을 건넸다. 누가 그의 자리를 대신할지에 대한 신중한 검토도 뒤따랐다.

그녀는 노동당 가입 문제를 다시 한 번 스스로에게 상기시켰다. 핵군축시민행동 멤버십이 소멸된 지도 정말 한참 지났으니까.

월드컵 관련 뉴스가 마구 쏟아지기 시작할 때쯤 엠마는 침대에서 일어나 여름 이불을 휙 걷어치우고선 낡고 두툼한 안경을 쓴 뒤 침대와 벽 사이 좁은 통로로 내려섰다. 그녀는 게걸음으로 조그만 화장실로 가서 문을 열었다.

"잠깐만!" 그녀가 얼른 문을 잡아당겼지만 이미 변기 위에 앉아 있는 이언 화이트헤드를 다 보고 난 뒤였다.

"왜 문을 안 닫고 그래, 이언?" 엠마가 문에다 대고 고함을 쳤다.

"미안!"

엠마는 돌아서서 다시 침대로 가 농업용 일기예보를 들으며 투덜거렸다. 라디오 뒤쪽에서 화장실 물 내리는 소리가 들리고, 다시 한 번 더 들리더니, 이언이 팽 하고 코를 푸는 소리가 들리고 다시 물 내리는 소리가 들렸다. 드디어 문간에 이언의 모습이 나타났다. 벌건 얼굴이 순교자처럼 일그러졌다. 아랫도리는 벌거벗은 채 엉덩이 바로 위까지 내려온 검은 티셔츠만 걸친 채였다. 그런 꼴로 그럴듯해 보일 사내는 세상에 없었다. 엠마는 의식적으로 그의 얼굴만 보려고 노력했다. 그가 입으로 천천히 긴 숨을 내쉬었다.

"우와. 대단한 경험이었어."

"기분 좀 좋아진 거야?"

그녀가 안경을 벗었다. 그게 안전하겠다 싶었다.

"별로." 그가 입을 삐죽거리며 양손으로 배를 문질렀다. "뱃돼지가 발칵 뒤집어진 거 같아." 그가 순교자처럼 낮게 중얼거렸다.

아무리 엠마가 이언을 끝내준다고 생각한다 해도 '뱃돼지' 같은 말을 쓸 때는 당장 내쫓고 싶은 맘이 굴뚝 같았다.

"내가 그 베이컨 맛 간 거 같다고 했는데, 듣지도 않고…."

“아니, 그 정도는 아니었는데.”

“흥, 당신이 그랬잖아. 베이컨은 맛 가는 게 아니라 맛 살리는 거라며.”

“내 생각엔 바이러스 같아.”

“요즘 유행하는 그 전염병인지도 몰라. 학교도 야단났거든. 아마 나한테서 옮은 건지도 모르겠네.”

이언은 부인하지 않았다. “한숨도 못 잤어. 돌겠다.”

“그러게, 불쌍해라.”

“콧물에다 설사까지….”

“정말 잘 어울리네. 달빛에다 음악 곁들인 것처럼.”

“여름 감기에 걸리다니, 정말 싫다.”

“당신 잘못이 아냐.” 엠마가 일어나 앉으며 말했다.

“내 생각엔 장염 독감인 거 같아.” 그가 말했다. 장염 독감이란 두 말의 짝짓기가 퍽 맘에 든다는 눈치였다.

“정말 장염 독감처럼 말하네.”

“코가 말이지, 너무 너무….” 그는 주먹을 꽉 쥐고서 이 온당치 못한 사태를 요약할 한마디를 찾아 머리를 굴렸다. “너무 땡땡 막혔어! 이런 상태론 일하러 못 가.”

“가지 마, 그럼.”

“그래도 가야 해.”

“가, 그럼.”

“어떻게 가, 못 가지. 꼭 여기에 콧물만 1리터 넘게 꽉 찬 거 같다니까.” 그가 손을 이마 앞으로 활짝 펼치며 말했다. “끈끈한 점액으로 1리터 넘게 말야.”

"저런, 오늘 종일 날 따라다닐 이미지가 등장하셨네."

"미안. 하지만 딱 그런 느낌이야." 그가 웅크린 몸을 침대 모서리에 걸치고 순교자의 탄식을 터뜨리며 이불 밑으로 들어왔다.

엠마는 몸을 추슬러 일어났다. 오늘은 엠마 몰리에게 대단한 날이었다. 기념비적인 하루, 손꼽아 기다리던 하루였다. 오늘밤 크롬웰로드 공립학교 제작의 〈올리버!〉가 드디어 무대에 오르는 것이었다. 과연 그 숱한 재앙의 함정들을 피하고 피해 잘 치러낼 수 있을까?

덱스터에게도 오늘은 중요한 날이었다. 그는 눈을 동그랗게 뜨고 돌돌 말린 눅눅한 시트 위에 누워서 오늘 무엇 무엇이 잘못될 수 있을지를 꼽아 보았다. 오늘밤 그는 전국으로 방송되는, 자기 이름을 내건 자기 라이브 쇼에 출연해야 했다. 날개. 그랬다. 드디어 그의 재능에 날개가 달리는 것이었는데, 그는 문득 나한테 무슨 재능이 있었나 싶었다.

간밤에 그는 어린 꼬마처럼 일찍 잠자리에 들었다. 아침이면 싱싱한 얼굴에 재기발랄한 상태가 되리라 기대하며, 아직 밖이 훤할 때 혼자 말짱한 정신으로 누운 것이었다. 하지만 지금까지 아홉 시간 중 일곱 시간을 그는 뜬눈으로 지새웠다. 기운은 하나도 없고, 근심 걱정에 속이 울렁거렸다.

전화벨이 울렸다. 그는 벌떡 일어나 자동응답기에 녹음된 자기 목소리에 귀를 기울였다. "그럼— 저한테 얘기해 주세요!" 틀림없이 세련되고 자신만만한 목소리였지만, 그는 생각했다. '바보 같군. 다시 녹음해야겠다.'

기계음이 삐 울렸다. "아, 없구나. 안녕, 나야." 그는 엠마의 목소리에서 편안한 구원의 느낌을 받았다. 냉큼 수화기를 들려다 말고 둘이 말다툼했던 기억이 났다. 맞아, 골난 척해야지. "미안, 너무 일찍 전화한 거랑, 전부 다. 그래도 제대로 된 일 하러 가니 다행이다, 우리 둘 다. 그냥 이 말 하려고. 오늘밤 큰일 있잖아, 잘해. 진짜 진짜 행운을 빌게. 정말로, 행운을. 넌 멋질 거야, 정말 멋지고 끝내줄 거야. 다만 옷 좀 단정하게 입고, 그 별난 목소리 좀 그만 해. 내가 못 간다고 해서 화난 거 알아. 하지만 TV 보면서 멍청하게 환호하고 그럴 거야."

그는 벌거벗은 채 침대에서 나와 응답기를 노려보았다. 들까 말까, 고민스러웠다.

"언제 돌아올지 잘 몰라. 학교 연극이란 게 얼마나 통제불능인지, 너도 잘 알지? 우리가 '쇼'라고 부르는 정신 나간 짓 말야. 나중에 전화할게. 행운을 빌어, 덱스. 널 아끼는 맘 알지? 근데 말야, 자동응답기 메시지, 정말 좀 바꿔 주라."

엠마가 전화를 끊었다. 당장 전화를 걸까 생각해 보았지만, 전술적으로 보아 조금만 더 골난 척하는 게 좋을 듯했다. 둘은 또 싸웠다. 엠마는 덱스터가 자기 남친을 좋아하지 않는다고 역정을 냈고, 아무리 그가 열렬히 부인해도 그가 이언을 좋아하지 않는다는 사실에는 변함이 없었다.

그는 노력했다. 정말로 노력했다. 셋이서 극장에 같이 가기도 했고, 싸구려 레스토랑이나 침침한 낡은 술집에 같이 앉아 있기도 했다. 이언이 엠마의 목에 코를 박고 있는 동안 덱스터는 엠마와 눈을 맞추며 승낙의 미소를 지어 보였다. 맥주 두어 병 마셨으니, 그 정도 연인들의 젊은 꿈이야, 뭐.

엠마의 조그만 얼스코트 아파트의 코딱지만한 식탁에 앉아 '사소한 추격'이라는 게임을 같이 하기도 했다. 그 게임은 어찌나 공공연히 적대적인지, 마치 맨손권투를 하는 기분이었다. 심지어 그는 소니코트로닉스에서 일하는 젊은이들과 같이 모트레이크의 '웃음공작소'까지 가서 이언의 시사 코미디를 지켜보기도 했다. 엠마는 그의 옆을 초조하게 지키며 웃어야 할 때마다 옆구리를 쿡쿡 찔러 알려 주었다.

그렇지만 덱스터가 가장 공손할 때조차도, 어느 쪽이 먼저랄 것 없이 둘 사이엔 늘 적의가 이글거렸다. 이언은 덱스터가 우연히 유명인이 된 가짜일 뿐이라는 주장을 틈만 나면 넌지시 전하려 했다. 심야버스보다 택시를, 대형 바보다 회원제 클럽을, 포장음식점보다 근사한 레스토랑을 좋아하다니 정말 속물에다 맵시꾼 아니냐고 비아냥거렸다. 더 나쁜 건 엠마가 걸핏하면 그의 옛 처신을 들먹이며 덱스터를 비하하는 데 합세했다는 점이었다.

'이들은 내가 지금 이렇게 점잖게 고개를 꼿꼿이 들고 서 있는 게 얼마나 힘든 일인지 모른단 말인가? 지금 얼마나 엄청난 일들이 내게 벌어지는데, 또 내 삶이 지금 얼마나 파란만장한데?'

덱스터가 저녁 식사 후 계산서를 집어들거나, 버스 대신 택시 타고 가라고 차를 잡아 주면, 둘은 얼간이들처럼 웅얼거렸다. 마치 모욕이라도 당했다는 듯 말이다. 그가 그렇게 선의를 베풀면 그냥 기뻐하면 안 되는 건가? 당신의 아량에 감사합니다, 네네.

지난번 그 괴로웠던 '비디오의 밤'이란. 삐걱대는 소파에 앉아 〈스타트렉 : 칸의 분노〉를 보며 캔맥주를 마시는데, 흐윽, 카레에서 형광빛 기름이 줄줄 흘러 그의 드리스 반 노튼 바지를 흠뻑 적셨지. 이제 앞으로 엠마를 볼 때는 절대 그녀만 보리라고 덱스터는 굳게 다짐했다.

합리나 이성 따위 다 버리고 그는… 그러니까, 질투했다? 아니, 그건 질투가 아니지. 그건 어쩌면 분노였다. 덱스터는 엠마가 늘 자기 곁에 있을 거라 기대했다. 마치 응급구조반처럼, 그가 언제나 호출할 수 있는 인물이 바로 엠마였다. 지난 크리스마스 때 그의 엄마가 돌아가신 걸 계기로 그는 자신이 그녀에게 점점 더 기댄다는 걸 깨달았고, 딱 그때부터 그녀는 점점 더 자주 그의 곁을 떠나 있었다.

늘 금방 응답전화를 주던 그녀가 이젠 며칠씩 말 한마디 없기도 했다. 그럴 때마다 "이언이랑 나가 있었어"라는 게 핑계였다. 어딜 그렇게 다닌단 말인가? 뭘 하면서? 같이 가구를 사나? 비디오를 보나? 펍 퀴즈에 다니나? 이언은 엠마의 부모님인 짐과 수도 만났다. 참 좋아하셨다는 게 엠마의 전언이었다. 왜 덱스터는 짐과 수를 못 만나게 한단 말인가? 그들은 그를 더 이상 사랑하지 않는 건가?

다른 무엇보다 엠마가 덱스터 없는 신천지의 독립생활을 즐기고 있는 듯 보이는 게 짜증났다. 그는 혹독하게 수업료를 치르는 기분이었다. 그녀의 새로운 만족감이 그의 얼굴을 마구 후려치는 기분이었다. "사람들이 네 주위에서만 삶을 꾸릴 거라고 생각해선 안 돼, 덱스터." 그녀가 고소하다는 듯 그를 보며 말했다. 그리곤 또 싸웠다. 자기 이름을 내건 라이브 쇼를 하는데 왜 방청석에 안 오냐면서.

"뭘 어떡하라는 거야, 〈올리버!〉 취소하라고? 네가 텔레비전에 나오니까?"

"끝나고라도 오면 되잖아."

"안 돼! 얼마나 먼데 그래!"

"차를 보낼게."

"끝나면 애들이랑 얘기 해야지. 부모님들도 오는데."

"네가 왜?"

"덱스터, 정신 차려. 그게 내 일이야."

덱스터는 자신이 막무가내인 걸 알았다. 하지만 엠마가 관중들 틈에 있으면 정말 좋을 텐데 싶었다. 그녀가 주변에 있으면 그는 분명 좀 더 나은 사람이 되었다. 그럼, 모름지기 우리를 쑥쑥 자라게 하고 최고일 수 있게 해주는 것, 그게 바로 친구의 노릇 아닌가. 엠마는 그의 부적이고 행운의 주문이었는데, 이제 엠마도 거기 없고 엄마도 거기 없는데, 대체 왜 내가 이런 쇼를 해야 한단 말인가.

샤워기 아래서 한참을 서 있다 나오니 기분이 약간 나아졌다. 맨살 위에 가벼운 브이넥 캐시미어 스웨터를 걸치고, 역시 맨살 위에 허리를 질끈 동여매는 연한 색 린넨 바지를 입은 뒤 버켄스톡 샌들을 신은 그는 TV 프리뷰를 읽으러 신문가게로 내려갔다. 언론홍보팀이 할 일을 잘하고 있는지 점검하는 행사였다. 신문 매점의 점원은 유명인사인 고객을 보고 싱긋 마땅한 미소를 지었고, 덱스터는 신문을 한아름 안고서 돌아왔다. 한편으로는 떨리고 한편으로는 가슴이 잔뜩 부풀어 올라 그의 기분을 좋게 했다. 에스프레소 머신을 켜서 덥히고 있는데 다시 전화벨이 울렸다.

녹음기가 작동하기도 전에 그는 이미 그게 아버지 전화란 걸 눈치 챘고, 일단 천천히 들어 보기로 했다. 어머니가 돌아가신 뒤 아버지는 전화를 더 자주 걸었고, 통화는 점점 힘들어졌다. 더듬대고, 빙빙 겉돌고, 딴전 피우고… 그랬다.

자수성가형인 아버지는 이제 지극히 조그만 일에도 낙담하곤 했다. 어머니를 잃은 상심 탓에 아버지는 남자다움을 잃어버렸고, 아주 드물게 덱스터가 집을 찾을 때면, 주전자를 마치 낯선 기계 쳐다보듯 마냥 응시하는 아버지의 모습을 지켜봐야 했다.

"그럼— 저한테 얘기해 주세요!" 기계 속의 멍청이가 말했다.

"덱스터, 잘 있었니. 네 애비다." 전화 걸 때마다 나오는 묵직한 목소리였다. "오늘밤 네 텔레비전 쇼가 잘되길 바라는 마음에 전화했다. 오늘 꼭 보마. 무척 흥미진진할 거라고 생각한다. 앨리슨이 있었더라면 아주 자랑스러워했을 거야." 말하는 사람이나 듣는 사람이나 그 믿기지 않는 사실에 짓눌려 잠시 말을 잃었다. "그래, 하고 싶었던 말은 그게 전부다. 참, 그리고 너무 신경 쓰지 말거라, 신문에서 뭐라 그러건. 그냥 재밌게 하도록 해. 잘 있거라. 잘 있어—"

엥, 뭐에다 신경 쓰지 말라고? 덱스터가 수화기를 집어들었다.

"—잘 있어!"

아버지가 전화를 끊었다. 그는 폭탄에 시한장치를 설치하고 전화를 끊었고, 덱스터는 신문 더미를 쳐다보았다. 그 눈길에 적의가 가득했다. 그는 린넨 바지의 허리끈을 바짝 조여맨 뒤 TV면을 펼쳤다.

엠마가 화장실에서 나오니 이언은 전화를 들고 있었다. 그의 집적집적 까부는 목소리가 엠마의 어머니와 통화하고 있음을 말해 주었다. 그녀의 남자친구와 엄마 수는 크리스마스 때 리즈에서 만난 이후로, "정말 예쁜 애기들 두셨어요, 미시즈 엠", "이거 터키 모이스트 아니에요?" 등등, 완전 단짝을 만난 듯한 상황을 연출하곤 했다. 두 사람 사이에는 짜릿한 전류가 흘렀고 서로를 갈망하는 눈빛이 뜨거웠으니, 그녀와 아버지가 할 수 있는 일이라곤 혀를 끌끌 차며 눈을 치뜨는 것밖에 없었다.

엠마는 이언이 전화기에서 떨어지기를 끈기 있게 기다렸다. "안녕히 계세요, 미시즈 엠. 저도 그랬음 좋겠네요. 그냥 여름 감기니까 금방 나을 거예요. 안녕히 계세요, 미시즈 엠. 안녕." 이언이 금세라도 죽는다는 듯 다시 침대로 기어들었고, 엠마가 수화기를 건네받았다.

어머니는 아주 기분이 좋아져서 들떠 있었다.

"정말 귀여운 친구구나. 이언 참 귀엽지 않니?"

"그렇죠, 엄마."

"네가 이언 좀 돌봐주면 좋을 텐데."

"엄마, 나 얼른 일하러 나가야 돼요."

"그래, 내가 왜 전화했더라? 이런, 내가 왜 전화를 했는지 까먹어 버렸구나."

그녀는 이언이랑 얘기하려고 전화를 거는 게 틀림없었다.

"저한테 행운을 빌어 주시려고 전화 한 거 아니에요?"

"무슨 행운 말이냐?"

"학교 공연 하는 거요."

"아 맞다. 공연 잘하거라. 가서 봐야 하는데, 미안하구나. 런던은 얼마나 비싼지…."

엠마는 토스터에 불이 났다는 핑계를 대고 전화를 끊고선, '땀으로 날려 버리겠다'며 담요를 뒤집어쓰고 땀투성이가 되어 있는 그 환자를 살피러 갔다. 여자친구로서 그녀의 임무 수행 능력은 그다지 빼어나지 못했다. 그 새로운 역할에 직면해, 그녀는 이따금 '여친들의 몸짓'을 흉내내는 자신의 모습에 민망해 하기도 했다. 손 붙잡고, 텔레비전 보며 끌어안고, 뭐 그런 것들.

이언은 그녀를 사랑했다. 사랑한다고 말했다. 너무 잦다 싶을 만큼. 그에 발맞추어 그녀도 그를 사랑해 줄 수 있으리라고 생각했지만, 거기엔 훈련이 필요했다. 지금, 불쌍하다는 동작을 어색하게 지어내며 그녀가 침대에 누운 그의 등 뒤에 착 달라붙는 것도, 그런 의식적인 노력임에 틀림없었다.

"오늘 저녁 행사에 못 올 것 같으면 말야—"

그가 깜짝 놀란 듯 벌떡 일어났다.

"아냐! 아니지, 아냐, 아냐. 틀림없이 갈 거야!"

"내가 이해할게."

"앰뷸런스에 실려서라도 갈 거야."

"그저 웃기는 학교 연극일 뿐야. 정말 황당할걸?"

"엠마!" 엠마는 머리를 들어 그를 바라보았다. "오늘은 당신에게 아주 중요한 밤이야. 세상이 두 쪽 나도 꼭 갈 거야."

그녀가 웃었다. "그래. 고마워." 그녀가 몸을 숙여 그에게 입술을 꼭 다물고 키스를 했다. 감기가 옮아서는 안 될 일이니까. 그리곤 백을 들고서 그녀의 중대한 하루를 향해 뚜벅뚜벅 걸어 나갔다.

헤드라인은 이랬다. '텔레비전에서 가장 얄미운 남자를 소개합니다.' 그 헤드라인 아래 이상하게도 자기 사진이 실린 걸 보고 덱스터는 잠깐 동안 뭔가 잘못된 게 틀림없다고 생각했다. 캡션도 가관이었다. 밉살쟁이, 그 한 단어가 다였다. 그게 마치 그의 성이라도 되는 듯 말이다. 헤이 덱스터, 미스터 밉살쟁이.

손가락 사이에 조그만 에스프레소 컵을 꽉 쥐고서, 덱스터는 기사를 계속 읽어 내려갔다.

오늘밤의 TV 안내

오늘밤 TV 화면을 채울 덱스터 메이휴보다 더 밉살쟁이에다 잘난 척하는 얼간이가 또 있을까요? 그의 건방진 미소년 얼굴이 잠재의식 속에 확 떠오르면, 우리는 그 화면을 발로 뻥 차고 싶어집니다. 학교에서 쓰던 표현이 떠오르네요. 자기가 '잇'IT이라고 생각하는 애가 바로 그 친구죠. 신기하게도, 미디어랜드의 누군가가 이 얄미운 미소년을 정말 끔찍이도 사랑하나 봅니다. 3년 동안의 '라기닛'(소문자 애용하는 저런 표기법, 정말 싫죠. 전형적인 1990 스타일!) 경력 끝에 그가 오늘 자신의 심야뮤직쇼를 진행한다니까 말입니다. '레이트 나이트 로크-인'이라는데, 정말…

그 정도에서 그만 읽었어야 했다. 신문을 탁 덮고 나갔어야 했는데, 그의 곁눈질은 벌써 그 아래를 읽고 있었다. '서투르다' 따위의 단어가 보였다. 그는 계속 읽었다.

…정말, 만약 사립학교 출신이 '사나이'로 거듭나려고 발버둥치는 모습이 보고 싶거나, 무식하게 '에이치' 발음을 자꾸 빼먹으면서 아가씨들 집적대는 걸 보고 싶다면, 젊은 애들이 자길 보고 낄낄대는 줄도 모르고 그들과 같이 놀려고 아득바득 애쓰는 걸 보고 싶으시다면, 이 프로그램이 딱입니다. 라이브로 진행되니까, 그의 엉성하기로 유명한 인터뷰 테크닉을 지켜보는 것도 재미있겠죠. 아니면 그 대신 증기다리미를 '린넨'으로 맞춰놓고 얼굴에 낙인을 찍으시든가요. 공동 진행자는 '기운 팔팔한' 수키 메도우즈. 쉐드 세븐, 에코벨리, 더 레몬헤즈 등의 음악. 나중에 괜히 경고 못 들었다고 말씀하지 마세요.

신문기사를 모아 두는 패트릭 콕스 신발 박스는 옷장 바닥에 있었다. 하지만 덱스터는 이 기사를 던져 버렸다. 에스프레소 한 잔을 더 만드는데, 가루를 줄줄 흘리면서 너무 힘들었다.

뛰어난 인물 신드롬, 바로 그게 영국병이지, 그는 생각했다. 조금만 성공했다 싶으면 마구 깔아뭉개고, 흥 맘대로 해보라지, 난 내 일이 좋고, 난 그 일을 진짜로 잘한다 이거야, 당신들이 생각하는 것보다 난 훨씬 단단해, 강철 같은 배짱, 그게 바로 TV 진행자한테 필요한 자질이지, 그리고 또 필요한 건, 으음, 잽싸게 돌아가는 생각이지, 더욱이 평론가들이 말하는 거 사사롭게 들을 것도 없어, 누가 평론 따윌 본다고, 누가 그걸 보고서 나도 평론가가 되어야지 하겠어, 고작 연봉 1만2천 파운드 받으려고 악의 넘치는 글이나 써대는 내시 같은 애들 같으니, 날 봐라, 내가 고스란히 책임지며 뭔가를 줄 테니, 누가 평론가 동상 세우는 것 봤어, 내가 본때를 보여 주지, 본때를 보여 주겠다고.

이와 같은 독백이 이 중차대한 하루 온종일 그의 머릿속에 가득했다. 프로덕션 사무실로 가는 동안, 기사 딸린 큰 차에 앉아 아일-오브-독스의 스튜디오로 가는 동안, 오후의 드레스 리허설 동안 내내, 프로덕션 미팅 동안, 머리 만지고 분장하는 동안에도. 그러다 드디어 그 혼자 분장실에 남겨졌다. 그는 가방을 열고 아침에 챙겨 온 보드카 병을 꺼내 잔에 가득 따랐다. 마지막으로 미지근한 오렌지 주스를 곁들인 뒤 그는 벌컥벌컥 마시기 시작했다.

"싸워라, 싸워라, 싸워라, 싸워라, 싸워라—"

막이 오르기까지 45분, 그런데 난데없는 고함 소리가 영어동 건물을
쩌렁쩌렁 울렸다.

"싸워라, 싸워라, 싸워라—"

황급히 복도를 뛰어가던 엠마는 그레인저 선생님이 불을 피해 달아나기라도 하는 듯 분장실에서 비틀대며 나오는 걸 보았다.

"제가 말리려고 했는데, 말을 안 듣네요."

"고마워요, 선생님. 제가 말하면 될 겁니다."

"고달밍 선생님을 부를까요?"

"괜찮을 거 같아요. 가셔서 악단 리허설 하세요."

"제가 이런 공연은 실수라고 했죠?" 그녀가 가슴을 누르며 걸어갔다. "잘될 리가 없다고 했잖아요."

엠마는 심호흡을 하고 방으로 들어서 무리들을 보았다. 키다리 중절모와 부풀린 스커트 차림에 가짜 수염을 붙인 30여 명의 10대 아이들이 고함치며 서로를 놀리고 있었다. 아트풀 다저 역의 여자애가 올리버 트위스트 역의 남자애 팔뚝 위에 걸터앉아 그의 얼굴을 먼지투성이 바닥에다 짓누르고 있었다.

"대체 이게 무슨 일이니, 너희들?"

그 빅토리아 시대의 군중들이 뒤돌아보았다.

"얘 좀 떼 주세요, 선생님." 올리버의 말이 마룻바닥에 눌려 흐릿했다.

"쟤들 지금 싸워요, 선생님." 밑이 더 넓은 구레나룻을 한 열두 살의 사미르 초드하리가 말했다.

"보아 하니 그렇구나, 고맙다, 사미르." 그녀는 군중들을 헤집고 들어가 둘을 떼놓았다. 다저 역을 맡은 깡마른 흑인 소녀 소냐 리처드의 손가락은 여전히 엉망이 된 올리버의 금발 앞머리를 움켜쥐고 있었다. 엠

마는 그녀의 어깨를 쥐고서 눈을 노려보았다.

"놔라, 소냐. 얼른 놓으라니까, 알았니? 얼른!"

드디어 소냐가 손을 놓고 물러났다. 분노가 가라앉음과 동시에 그녀의 눈이 억울함으로 촉촉해졌다. 상처 입은 자존심의 표시였다.

고아 올리버 역인 마틴 도슨은 멍한 표정이었다. 180센티 가까이 되는 건장한 체격의 그는 범블 선생님보다 키가 더 컸지만, 이 우람한 부랑아께서는 거의 울음을 터뜨리기 일보 직전이었다.

"재가 먼저 시작했어요!"

손목으로 얼룩투성이 얼굴을 훔치며 말하는 그의 음성이 베이스와 소프라노 사이에서 마구 떨렸다.

"그만 해, 마틴."

"그래, 눈 깔어, 도슨…."

"안 들리니, 소냐. 그만 하라니까!"

엠마는 군중들 한복판에 섰다. 두 아이의 팔꿈치를 잡고 선 게 꼭 권투 심판 같았다. 엠마는 오늘의 공연을 망치지 않으려면 바로 지금 뭔가 감동의 연설을 해야만 하겠구나 싶었다. 근무시간 동안 종종 펼쳐야만 하는 헨리5세 연기가 또 한 번 필요한 순간이었다.

"너희들 모습을 잘 봐! 분장 다 하고 난 너희들 모두 얼마나 멋지니! 저 대단한 구레나룻을 붙인 귀여운 사미르를 좀 보렴!"

아이들이 웃었다. 사미르도 붙인 구레나룻을 쓰다듬으며 연기에 동참했다.

"저 밖에 너희 친구와 가족들이 기다리고 있어. 다들 우리가 펼칠 끝내주는 쇼를 보러 왔잖아. 진짜 공연을 말야. 적어도 난 그렇게 생각했거든."

그녀가 팔짱을 끼며 한숨을 내쉬었다.

"그런데 아무래도 쇼를 취소해야 하는 거 아닌가 싶다…."

물론 그녀의 허풍이었지만, 효과는 만점이었다. 아이들이 일제히 거센 거부의 탄성을 질렀다.

"우린 아무 짓도 안 했잖아요, 선생님." 앞잡이 페이긴이 말했다.

"아니 그럼 누가 옆에서 '싸워라, 싸워라, 싸워라' 고함을 질러댔지, 로드니?"

"그냥 저 여자애가 완전 미쳐서 날뛴 거라구요, 선생님!"

마틴 도슨이 떨리는 목소리로 그렇게 말하자, 소냐가 대번에 그에게 달려들 자세를 취했다.

"야, 올리버, 너 맛 좀 더 볼래?"

아이들이 또 웃었다. 엠마가 드디어 '모든 역경을 딛고 우리 승리했나니' 풍의 연설문을 꺼내들었다.

"됐다, 그만 해라! 너희들은 무질서한 군중이 아니라 잘 훈련된 하나의 극단처럼 움직여야 해! 너희들이 뭘 할 줄 알겠냐고 생각하는 사람들이 오늘밤 저 밖에서 너희들을 비웃으려고 기다리고 있는 게 사실이야. 재네들이 무슨 능력이 있겠냐, 재네한테는 너무 벅차다, 다들 그렇게 생각하고 있지. 그들은 말해, 이건 찰스 디킨즈예요, 엠마. 애들은 그만큼 똑똑하지 못해요. 같이 무슨 공연을 하다니, 그 버릇없는 애들이랑요? 〈올리버!〉 같은 건 벅차니까, 좀 쉽고 편한 걸로 해야죠. 다들 그렇게 말하고 있어."

"누가 그래요, 선생님?"

사미르가 말했다. 금방이라도 차에 시동을 걸 태세였다.

"누가 그런 말을 하는지가 중요한 게 아냐. 그들이 어떻게 생각하느냐가 중요하지. 아마 그들이 옳을지도 몰라! 없었던 일로 하는 게 옳을지도 모른다고!"

잠시 동안 엠마는 너무 센 불로 계란을 구웠나 싶었지만, 제대로 된 연극을 향한 10대 아이들의 열의는 생각보다 대단했다. 보닛 모자를 쓴 여자애들, 키다리 중절모를 쓴 남자애들 할 것 없이 모두 그럴 수는 없다는 탄식을 깊이 토해냈다. 엠마가 연기를 하고 있다는 걸 알았다 해도, 아이들은 그 위기 상황을 나름대로 즐길 줄 알았다. 그녀는 효과를 극대화하려고 잠시 뜸을 들였다.

"자, 소냐랑 마틴, 그리고 나는 같이 가서 얘기를 좀 해야겠다. 그러니까 너희들은 계속 준비를 해주렴. 가만히 앉아서 자기가 맡은 부분을 계속 연습하는 거야. 그리고 나서 뭘 어떡할지 결정하자꾸나. 알았지? 알겠냐고?"

"예, 선생님!"

두 싸움꾼을 데리고 나가는 동안 분장실은 조용했지만, 엠마가 문을 닫자마자 기다렸다는 듯 소음이 와르르 일어났다. 그녀는 복도를 따라 올리버와 사기꾼을 데려갔다. 체육실에서는 그레인저 선생님이 악단을 데리고 '콘시더 유어셀프'Consider Yourself를 한창 연습하고 있었다. 그 마구잡이 불협화음을 들으며 엠마는 다시 생각했다. 내가 대체 왜 이런 일을 꾸민 거지?

엠마는 소냐에게 먼저 물었다. "그래. 무슨 일이니?"

4D 강화유리를 통과한 저녁 햇살이 실내를 비스듬하게 비췄다.

소냐는 지겨워 죽겠다는 표정을 연기하며 창밖의 과학동만 쏘아보았다. "둘이 그냥 몇 마디 한 것뿐이에요. 정말로." 소냐가 책상 끄트머리에 걸터앉았다. 찢어져 너덜거리는 낡은 교복 바지 속에서 그녀의 긴 다리가 끄덕끄덕거렸다. 검은 운동화엔 주석도금을 한 쇠붙이가 붙어 있었다. 한 손으로 BCG 백신 접종 흉터를 뜯는 그녀의 작고 야무지고 어여쁜 얼굴이 잔뜩 일그러져 있었다. 그건 마치 엠마에게 '오늘을 즐겨라' 따위의 헛소리를 늘어놓으면 한방 먹이겠다는 경고의 주먹 같았다. 다른 아이들은 소냐 리처드를 겁냈다. 때론 엠마도 저 애한테 저녁값 뜯기는 거 아닐까 염려될 정도였다. 냉정하게 쏘아보는 소냐의 눈길에 분노가 이글거렸다. "미안하단 소리 절대 안 해요." 그녀가 딱 부러지게 말했다.

"왜 안 해? 그리고 '재가 먼저 그랬어요' 같은 소린 하지 말자."

소냐는 분하다는 듯 눈을 동그랗게 떴다.

"하지만 재가 먼저 시작했거든요."

"소냐!"

"재가 그랬어요…." 그녀가 말을 멈췄다.

"뭐라고 그랬는데? 소냐?"

소냐가 계산을 했다. 고자질을 하는 데서 오는 창피함과 그녀가 느꼈던 부당한 처사를 두고 저울질을 하는 중이었다.

"재가 그랬어요, 내가 이 배역을 맡은 건 연기를 잘해서가 아니라 내가 실제로 시골뜨기라서 그렇다고요."

"시골뜨기?"

"예."

"마틴이 그렇게 말했다고?"

"그렇게 말했어요. 그래서 한 방 먹였죠."

"그래." 엠마가 한숨지으며 바닥을 보았다. "우선 첫 번째로, 누가 무슨 말을 하건, 절대로, 사람을 때려서는 안 되는 거야."

소냐 리처드는 엠마의 숙제였다. 남몰래 그런 숙제를 만드는 게 아닌가 싶기도 했지만, 소냐는 참 똑똑한 아이였던 것이다. 어찌 보자면 엠마의 반에서 가장 똑똑한 아이이기도 했는데, 한편 주먹이 앞서는 아이이기도 했다. 회초리처럼 바싹 마른 그녀의 몸에서는 노여움과 상처 입은 자존심이 뿜어져 나왔다.

"하지만 저 자식 정말 비열한 새끼라니까요, 선생님."

"소냐, 제발, 그러지 마라!"

엠마는 그렇게 말하면서, 소냐의 말이 일면 일리가 있다 싶었다.

마틴 도슨은 좀 그랬다. 그는 자신이 무슨 거룩한 선교사인 것처럼 아이들이나 선생님을, 학교 전체를 다뤘다. 간밤의 드레스 리허설 때 그는 마치 신장결석을 뽑아내는 듯한 고음으로 '웨어 이즈 러브?'Where Is Love를 부르다 실제로 울음을 터뜨렸다. 그 모습을 보면서 엠마는 무대로 올라가 저 아이의 얼굴에 한 손을 올리고서 뒤로 막 밀어젖히면 어떤 기분이 들까를 빈둥빈둥 상상했었다. 시골뜨기라니, 정말 마틴 도슨다운 말이 아닌가. 그렇다 해도….

"그게 마틴이 한 말이라면—"

"정말이라니까요, 선생님."

"내가 마틴한테 물어보마. 그렇지만 그게 사실이라면 그건 걔가 얼마나 무식한지 보여 주는 거지. 그리고 거기에 발끈하다니 넌 너무 광분한 거고."

엠마는 '광분'이란 말을 쓰며 흠칫했다. 그런 자기 고향 단어를 쓰다니. 평범하게, 좀 더 통속적으로, 엠마는 스스로를 타일렀다.

"그런데 말이다, 이 사태를 잘 해결해야지. 안 그러면 공연 못 해."

소냐의 얼굴이 다시 일그러졌다. 소냐가 자칫하면 울어 버릴지도 모르겠다는 생각에 엠마는 깜짝 놀랐다.

"그렇게 안 하실 거죠?"

"그래야 될지도 몰라."

"선생님!"

"이런데 도대체 어떻게 하겠니, 소냐?"

"할 수 있어요!"

"어떻게? '후 윌 바이'Who Will Buy를 부르다 말고 마틴의 뺨을 철썩철썩 때릴 거면서?"

그 와중에도 소냐가 웃는 게 보였다.

"넌 참 똑똑하잖아, 소냐. 정말 정말 똑똑하지. 하지만 애들이 자꾸 네 앞에 함정을 파놓고, 넌 자꾸 거기 풍덩풍덩 빠지는구나."

소냐가 한숨을 뱉으면서 과학동 바깥의 조그맣게 네모진 마른 잔디밭을 내다보았다.

"넌 진짜 잘할 수 있어. 연극뿐만 아니라 모든 수업에서 말야. 이번 학기에 넌 정말 뛰어났어. 아주 감성적이고 생각도 깊었어."

갑자기 쏟아지는 칭찬에 어쩔 줄 몰라 하며 소냐는 콧김을 내뿜고 얼굴을 찌푸렸다.

"다음 학기엔 더 잘할 수도 있을 거야. 하지만 네 성질은 네가 다스려야지, 소냐. 넌 사람들에게 네가 훨씬 잘할 수 있다는 걸 보여 줘야 해."

또 하나의 연설이 시작되었다. 엠마는 종종 자신이 이런 연설을 늘어놓는 데 너무 많은 에너지를 쓰는 거 아닌가 싶었다. 바라건대 이런 게 모종의 고무적인 효과를 거두었으면 했지만, 소냐의 눈길은 엠마의 어깨 너머 교실 문 쪽을 향해 있었다.

"소냐, 내 말 듣고 있니?"

"털보 왔어요."

엠마가 뒤를 돌아보았다. 짙은 색 털로 뒤덮인 얼굴 하나가 교실 문에 난 유리창을 들여다보고 있었다. 그 두 눈이 호기심 많은 곰 같았다.

"교장선생님을 털보라고 부르면 어떡하니."

소냐에게 그렇게 말하고 엠마는 그를 안으로 불러들였다. 하지만 그건 사실이었다. 고달밍 교장을 보면 처음 떠오르는 말도, 그 다음으로 떠오르는 말도 '털보'였다. 놀랍게도 그 검은 털이 정말 얼굴을 다 뒤덮고 있는 것이었다. 엉망으로 헝클어진 건 아니었다. 아주 짧게 잘라 단정한 수염이었지만, 스페인 정복자들처럼 제대로 검은 털이었다. 그러니 그의 푸른 눈은 마치 양탄자에 뚫린 조그만 구멍과도 같았다. 그래서 그의 별명은 '털보'였다. 그가 들어오자 소냐가 턱을 긁는 시늉을 했고, 엠마는 눈을 동그랗게 부라렸다. '너무 다그치지 마세요'라는 표정이었다.

"여러분 안녕." 일과시간이 끝난 후의 느긋한 말투로 그가 말했다. "어떻게 돼 가나? 다 잘되어 가니, 소냐?"

"좀 거칠거칠해요, 교장쌤." 소냐가 말했다. "그래도 다 잘되겠죠."

엠마가 콧소리를 내자, 고달밍 선생이 그녀에게도 물었다.

"다 잘되어 가죠, 엠마?"

"소냐랑 제가 오늘 공연 잘해 보자고 이런저런 얘기를 하고 있었어요. 이제 가서 마저 준비할래, 소냐?" 안심했다는 미소와 함께 소냐는 책상에서 내려와 문으로 갔다. "마틴한테 2분 있다 간다고 해라."

엠마와 고달밍 교장만 남았다.

"그것 참!" 그가 웃었다.

"그러게요."

스스럼없는 태도를 보이려고 고달밍 교장이 의자를 가져와 쇼비즈니스 스타일로 척 걸터앉았다. 연기를 반쯤 펼치다 말고 이게 아닌가 싶은 눈치였지만 되돌리기엔 이미 늦었다.

"소냐 재, 다루기 좀 힘들죠?"

"그냥, 분별이 좀 없긴 하죠."

"싸웠다고 하던데?"

"아무것도 아니에요. 공연 앞두고 신경이 날카로워져서 그런 거죠." 다리를 쫙 벌리고 의자에 걸터앉은 그의 모습이 정말 환상적으로 불편해 보였다.

"선생님이 아끼는 저 애가 우리 미래의 수석 학생을 때렸다고 그러던데요?"

"젊은 애들이라 씩씩해서 그렇죠. 그리고 마틴한테도 아무 잘못이 없는 건 아닌 거 같아요."

"얼굴을 마구 때렸다고 그러던데?"

"벌써 다 들으셨군요."

"그거야, 교장이니까요." 고달밍 교장이 자신의 텁수룩한 발라클라바 두건 속에서 웃었다. 엠마는 문득 저 얼굴을 곰곰이 쳐다보고 있으면 털이 자라는 게 보이지 않을까 생각했다. 저 털 아래서는 무슨 일이 벌어지고 있을까? 그 아래의 고달밍 교장은 사실 꽤 잘생긴 얼굴인 게 아닐까? 그가 고갯짓으로 문을 가리켰다.

"마틴이 복도에 있더군요. 아주… 금방 울 거 같던데요."

"네, 지난 6주 동안 연기에 깊이 몰입해서 그래요. 스타니슬라브스키 시스템으로 연습하는 거죠. 할 수만 있다면 자기 등을 곱사등으로라도 만들었을 거예요."

"그래서, 잘하던가요?"

"세상에, 전혀요. 지독히도 못해요. 걔는 그냥 고아원에 있는 게 딱 어울리는데. 걔가 '웨어 이즈 러브?'를 노래할 때는 프로그램 찢어서 귀를 막으셔도 제가 못 본 척해 드릴게요."

고달밍 교장이 웃었다.

"그래도 소냐는 참 잘해요."

교장은 못 믿겠다는 눈치였다. "이따 보세요."

그가 의자 위에서 안절부절못했다.

"오늘밤 기대해도 좋겠네요, 엠마?"

"모르겠어요. 잘될 수도 있고, 아닐지도 모르겠고."

"개인적으로 난 〈스위트 채러티〉가 더 좋아요. 왜 〈스위트 채러티〉는 안 된다고 그랬죠? 지난번에?"

"아, 그건, 매춘을 다룬 뮤지컬이고, 그래서…."

고달밍 교장이 또 웃었다. 그가 엠마와 자주 그러는 걸, 아는 사람은 다 알았다. 교무실에서는, 저 선생만 좋아한다더라 어쩌고 저쩌고 하는 비밀스런 뒷담화도 많았다. 특히 오늘밤 엠마를 바라보는 그의 시선은 유독 뜨거웠다. 잠시 후, 엠마는 마틴 도슨이 눈물 그렁그렁한 눈으로 안을 들여다보고 있는 문 쪽으로 고개를 돌렸다.

"이제 밖에 있는 저 에디뜨 피아프랑 얘길 좀 나눠야겠네요. 엉뚱한 데로 내빼기 전에요."

"그래야죠, 그래야죠."

고달밍 교장은 의자에서 내려와 무척 기쁘다는 표정이었다.

"오늘밤 잘하세요. 집사람이랑 나는 일주일 내내 오늘을 기다렸어요."

"에이, 그런 말을 믿으라고요?"

"진짭니다! 나중에 만나서 물어보세요. 뭐, 피오나랑 내가 당신, 음, 약혼자랑 같이 한잔을 하든가요?"

"맙소사, 약혼자 아니에요. 그냥 남자친구죠, 이언은."

"그럼 쇼 끝난 뒤 한잔—"

"희석한 스쿼시를 실험용 비커에 따라서—"

"요리사가 포장음식점에 다녀왔다던데—"

"미니-키예프가 나올 거란 소문이 들리던데요."

"학교니까요, 그치요?"

"그러니까 사람들이 학교에 아무 매력 없다 그러죠."

"그런데, 엠마, 당신 오늘 정말 아름다워요."

엠마는 팔을 옆으로 펼쳐서 으쓱했다. 짙은 분홍빛 빈티지 꽃무늬 드레스에 어울리는 립스틱을 살짝 바른 거긴 하지만, 어쨌든 오늘은 화장까지 했다. 드레스는 약간 몸에 붙는 편이었다. 그녀는 그 옷 때문에 깜짝 놀랐다는 듯 자기 드레스를 내려다보았다. 하지만 정말 놀란 건 교장의 그 말 때문이었다.

"우와, 고맙습니다."

그녀가 말했다. 고달밍 교장은 그녀가 머뭇거렸음을 알아차렸다.

시간이 흘렀고, 그녀가 다시 문을 바라보았다.

"마틴 들여보낼까요?"

"그래 주실래요?"

교장은 문으로 걸어가다 멈춰 서 뒤돌아보았다.

"그런데 말이죠, 내가 근무 규정 같은 걸 위반한 건가? 교장인 내가 선생님들한테 말할 수 있는 거죠, 선생님 참 멋지다고 말야?"

"물론 그러셔도 되죠."

그녀의 수긍에도 불구하고 그들 둘 다 그가 쓴 표현이 '멋지다'가 아닌 걸 알고 있었다. 그건 '아름답다'였다.

"실례합니다만, 텔레비전에서 가장 얄미운 남자분 여기 계시지요?"

문간에서 토비 모레이가 짜증나게 성마른 목소리로 그렇게 물었다. 타탄 수트 차림의 그는 이미 출연자용 메이크업을 마친 상태였다. 머리칼은 반질반질했고, 기름 바른 고수머리가 이마에 착 눌러붙어 있었다. 덱스터는 그 얼굴에다 술병을 집어던지고 싶었다.

"당신이 찾고 있는 사람은 내가 아니라 바로 당신인 것 같은데."

덱스터가 말했다. 단박에 튀어나온 그 간결한 연설이 아주 맘에 들었다.

"멋진 대답이네. 슈퍼스타다워." 덱스터의 보조 진행자가 말했다. "그러니까, 신문에 난 프리뷰 본 거네요?"

"아니."

"필요하다면 복사해서 드릴 수도 있는데."

"엉터리 기사 한 쪼가리 가지고 뭘 그래, 토비."

"〈더 미러〉도 안 읽었네요 그럼. 〈디 익스프레스〉나 〈더 타임스〉도…."

덱스터는 순서지를 살피는 척했다.

"누가 평론가 동상 세우는 거 봤어?"

"그렇지. 하지만 TV 진행자 동상 세우는 놈도 없지."

"꺼져, 토비."

"네, 옳은 말씀!"

"여긴 대체 왜 온 거야?"

"당신한테 행운을 빌어 주려고요."

그는 성호를 긋고 그 손을 덱스터의 어깨에 댄 뒤 꾹 눌렀다. 거침없고 짓궂은 캐릭터인 토비는 이 쇼에서 불손하게 아무 말이나 닥치는 대로 늘어놓는 광대 역할이었다. 덱스터는 벼락같이 등장한 이 워밍업용 캐릭터를 경멸하면서 동시에 부러워했다. 시험 제작 때와 리허설 때 그는 덱스터 주위를 뱅뱅 돌았다. 어찌나 익살맞게 그를 놀리고 비웃는지, 덱스터는 혀가 무거워지고 재치의 칼날이 무뎌져 멍청해지는 기분이었다. 달리기만 하면 생각이 딱 멈춰 버리는 미소년이 된 느낌이었다.

덱스터가 어깨를 움직여 토비의 손을 털어냈다. 훌륭한 TV 쇼마다 이런 라이벌 의식이 있는 거라고들 했지만, 덱스터는 자신이 괴롭힘을 당하는 편집증 환자처럼 여겨졌다. 좋은 기분을 회복하려면 보드카를 좀 더 마셔야 하는데, 토비가 있는 동안은 그럴 수 없었다. 그의 조그만 부엉이 같은 얼굴이 거울 속의 그를 쳐다보며 능글맞게 웃고 있는 동안에는.

"자, 나 생각 좀 정리하게 자리 좀 비켜 줄래?"

"그래요. 정신을 집중하라!"

"무대에서 보자고, 응?"

"이따 봐, 미남 양반. 행운을 빌어." 그가 문을 닫더니 다시 빼끔 열었다. "아냐, 진짜야. 진심으로 행운을!"

덱스터는 혼자인 게 확실해지자 보드카를 가득 따르곤 거울 속 자신의 모습을 살폈다. 뾰족한 검은 신발 위에 물 빠진 청바지, 검은 약식 턱시도 아래 환한 붉은 티셔츠, 짧고 스마트한 머리. 그는 대도시의 젊은 남성 이미지를 연출하려고 했는데, 갑자기 그는 자신이 늙고 진부해 보였다.

그는 터무니없이 슬퍼졌다. 이 거센 우울함을 잠재우려고 그는 손가락 두 개씩을 양쪽 눈에다 대고 꾸욱 눌렀다. 그래도 이성적인 판단을 하기가 몹시 힘들었다. 마치 누가 자기 머리를 어디로 가져가서 엉망진창으로 뒤섞은 채 되돌려놓은 듯했다. 말들은 으깨져서 곤죽이 되어 버렸고, 도대체 어떻게 여기서 빠져나갈지 길이 안 보였다. 그는 다짐했다. 자빠지면 안 돼. 지금 여기선 절대 안 돼. 정신 차려.

그러나 라이브 TV에서 한 시간은 엄청나게 긴 시간이었다. 그는 약간의 도움이 필요하겠다 싶었다. 분장대 위에 조그만 물통이 눈에 띄었다. 그는 물을 싱크대에 버리고 문을 힐끗 쳐다본 다음 서랍에서 보드카 병을 다시 꺼내 그 지독한 액체를 7센티 아니 10센티쯤 병에 따르고 뚜껑을 닫았다.

그는 그걸 들어 조명에다 비춰 보았다. 아무도 그게 보드카인 줄 모를 거였다. 그리고 물론 그걸 다 마실 것도 아니었다. 그냥 그걸 손에 쥐고 있으면, 자신을 도와줄 든든한 뭔가가 있는 셈이니까. 그 속임수가 그를 흥분시켰다. 다시 자신감도 생겼다. 이제 시청자들을 만나는 거다. 엠마랑, 집에 있는 아버지에게, 내가 멋지게 해내는 걸 보여 주자. 난 그저 그런 진행자가 아니다. 난 방송인이야.

문이 열렸다. "와히!" 공동 진행자 수키 메도우즈였다. 수키는 이른바 이상적인 국민 여친이었다. 팔팔한 기운이 그녀가 사는 방식이었다. 한 발짝만 더 나가면 어지러운 혼란 상태에 빠져들, 그런 여자였다. 수키는 애도의 편지를 쓸 때도 '와히!'라는 말로 시작할 여자였다. 만약 그녀가 그를 그토록 끔찍이 아끼며, 멋지고 유명한 여자가 아니었다면, 덱스터는 그녀의 무차별적인 쾌활함이 꽤나 부담스러웠을 것이다.

"잘 있었어, 당신? 완전 겁나 죽겠지, 안 그래!"

웨스톤-슈퍼-메어Weston-Super-Mare의 해변에 운집한 여름철 관광객들을 향해 얘기하듯 모든 대화를 진행하는 것, 바로 그게 TV 진행자로서 수키의 놀라운 자질이었다.

"좀 긴장되는군, 음, 그래."

"아우우우! 일루 와, 당신!"

그녀가 마치 축구공을 품에 안듯 팔로 그의 머리를 감쌌다. 수키 메도우즈는 예뻤다. 예전 같으면 '쁘띠뜨'라고 불렸으리라. 그녀는 마치 욕탕에 떨어뜨린 송풍식 난로처럼 팔팔하고 명랑하게 들끓었다.

최근 들어 두 사람은 서로 섹시한 장난을 치곤 했는데, 이를테면 지금처럼 수키가 그의 얼굴을 자기 가슴에 틀어박는 식이었다. 남학생 수석과 여학생 수석처럼 스타 두 명이 같이 지내는 게 딱 좋겠다는 압력 같은 게 있긴 했다. 정서적으로는 몰라도, 직업적인 측면에서는 그게 말이 안 될 것도 없었다. 그녀가 이번엔 겨드랑이에 그의 머리를 끼우고 졸랐다.

"당신 완전 끝내줄 거야." 그러다 갑자기 양쪽 귀를 잡고서 자기 얼굴 쪽으로 당겼다. "잘 들어. 당신은 대단해. 잘 알잖아. 그리고 우린, 당신과 난, 정말 완벽한 팀이 될 거야. 오늘 엄마가 여기 와 계셔. 이따 당신 보고 싶어하셔. 엄만 나랑 당신 중에 당신을 더 좋아하는 게 틀림없어. 나도 당신 좋아. 그러니 엄마는 당연히 당신이 좋지. 엄만 당신 사인 받겠다고 그래. 우리 엄마한테 수작 안 건다고, 약속할 수 있지?"

"최선을 다해 볼게, 수키."

"당신 가족들도 왔어?"

"아니."

"친구들은?"

"아니."

"이 옷 어때?" 그녀는 클럽에 입고 갈 만한 탑에다 앙증맞은 스커트 차림으로, 늘 그렇듯 손에 물통을 꼭 쥐고 있었다.

"혹시 젖꼭지 보이는 거 아냐?"

얘가 지금 수작 거는 건가? "열심히 찾아보니 보이네." 그도 기계적으로 집적대는 말을 날렸다. 그렇게 희미하게 웃는 그를 보면서, 수키도 무슨 낌새를 차린 듯했다. 그녀가 그의 손을 맞잡고 옆으로 펼치며 물었다. "무슨 문제 있어, 당신?"

그가 어깨를 으쓱했다. "토비가 와서 신경을 막 긁었는데—"

말을 마치기도 전에 수키가 그를 일으켜 세웠다. 팔을 그의 허리에 두른 그녀가 손으로 그의 팬티 밴드를 만지작거리며 말했다.

"걔는 무시해. 질투하는 거잖아. 왠지 알아? 자기보다 당신이 더 잘하니까!"

수키가 그를 올려다보느라 그녀의 턱이 그의 가슴을 콕콕 찔렀다.

"당신이 얼마나 자연스러운지 알아. 정말 최고야."

무대 감독이 문간에 나타났다. "준비 다 됐죠, 두 분 다?"

"우리 둘은 대단해, 안 그래? 나랑 당신은. 수키와 덱스, 덱스와 수키. 가서 전부 죽여 주자고."

갑자기 그녀가 그에게 입을 맞췄다. 서류에 고무인을 꾹 누르듯, 세게.

"이따 더 진하게 하자고, 골든 보이."

그녀가 그의 귀에다 그렇게 외쳤다. 그리곤 물통을 들고 찰랑찰랑 무대로 떠어갔다.

덱스터는 잠시 동안 거울 속을 들여다보았다. 골든 보이. 그는 한숨을 쉬었다. 양손을 머리통에 대고 세게 누르며 어머니 생각을 안 하려고 애썼다. 정신 차리자, 이 쇼를 망쳐 놓으면 안 돼. 잘해야지. 뭔가 좋은 일을 해야지. 그는 TV용으로 특별히 갈고닦은 웃음을 지어 보았다. 그리곤 술로 채워 둔 물통을 들고, 무대로 나갔다.

거대한 세트의 가장자리에서 그를 기다리던 수키가 그의 손을 쥐고 힘을 주었다. 스태프들이 분주하게 오가면서 그를 지나칠 때마다 그의 어깨를 두드리거나 그의 팔을 다정하게 건드렸다. 그들의 머리 위 높은 데에서는 비키니 차림의 묘한 고고 댄서들이 카우보이 부츠를 신고서 묘한 새장 안에서 미끈한 장딴지를 뽐내고 있었다.

토비 모레이는 벌써 무대를 달궈 놓고 있었다. 사람들이 그의 재롱에 큰 소리로 웃었다. 그러다 갑자기 토비가 그들을 소개했다. 자, 그럼 오늘밤의 사회자 두 분에게 큰 박수 부탁드려요. 수키 메도우즈와 덱스터 메이휴!

그는 나가고 싶지 않았다. 스피커에서 음악이 쿵쾅거렸다. 더 프로디지의 '스타트 더 댄스'Start the Dance였다. 그는 거기 구석에 머무르고 싶었다. 하지만 수키가 자꾸 그의 손을 끌었다. 그녀는 스튜디오의 눈부신 조명 속으로 뛰어들며 고함을 질러댔다.

"가아아아암~사아아아아~합니다아아아아~!"

한 쌍의 사회자 중 얌전하고 세련된 쪽인 덱스터도 그 뒤를 따랐다. 늘 그렇듯 무대 세트는 온갖 비계 구조로 짜여져 있었다. 두 사람은 관중들이 아래로 내려다보일 때까지 램프를 올라갔다. 수키는 올라가는 내내 잠시도 쉬지 않았다.

"여러분, 대단해요. 정말 끝내주는데요. 멋지게 즐길 준비, 다 되셨나요? 소리 좀 질러 봐요."

덱스터는 그녀 옆의 갠트리Gantre 고가차 위에 잠자코 서 있었다. 그의 손에 들린 마이크를 멍하니 보며, 그는 자신이 취했다는 걸 깨달았다. 전국으로 방송되는 라이브 텔레비전에 출연했는데, 그는 보드카에 흠뻑 절어서 머리가 핑핑 도는 것이었다. 고가차는 말도 안 되게 높아 보였다. 리허설 때보다 훨씬 더 높은 거 같은데? 그는 드러눕고 싶었다. 하지만 그랬다가는 200만 명이 그 모습을 지켜보게 될지도 몰랐다. 그래서 그는 늘 하던 대로 인사말을 했다.

"안냐세요열러부운다아들기분조으시지요?"

아래쪽에서 한 남자의 딱 부러지는 목소리가 고가차까지 타고 올라왔다. "미친 새끼!"

덱스터는 그 야유를 퍼부은 인간을 찾았다. 원더 스터프 같은 헤어스타일을 한 말라깽이가 그를 올려다보며 너절하게 웃고 있었다. 하지만 그의 야유에 사람들이 웃었다. 아주 크게 웃었다. 카메라맨까지도 웃고 있었다.

"내 매니저네요. 신사 숙녀 여러분."

덱스터가 그렇게 대꾸하자, 사람들이 조금 킬킬댔지만 그게 다였다. 저 사람들도 그 신문들을 다 읽었겠지? 저 사내가 텔레비전에서 가장 얄미운 그 남자야? 아이구 맙소사, 진짜네. 그는 생각했다, 사람들이 나를 싫어하는구나.

"1분 뒤에, 여러분." 무대감독이 광고가 나가는 걸 알렸다. 덱스터는 갑자기 비계 위에 위태롭게 서 있는 느낌이었다. 그는 관중들 속에서 다정한 얼굴을 찾았다. 하지만 아무도 없었다. 엠마가 여기 있었으면, 그는 또 그 생각을 했다. 엠마한테 마구 과시했을 텐데, 엠마나 엄마가 여기 왔으면 정말 최선을 다했을 텐데. 하지만 그들은 여기 없고, 자기보다 아주 많이 어린 인간들만, 짓궂게 야유나 퍼붓는 인간들만 잔뜩 있었다.

그는 생각해 보았다. 기분을 어떻게 끌어올리지? 몸가짐을 어떻게 바로잡지? 그리고는 취객 특유의 단순무식한 논리로 그는 결정했다. 알코올이면 되겠네, 안 될 거 없지? 벌써 망가질 건 망가졌고. 고고댄서들은 새장 안에서 자세를 잡았고, 카메라는 제자리로 미끄러졌다. 그는 자신의 은밀한 물통 뚜껑을 열어 그걸 들고 삼키다 말고, 얼굴을 찡그렸다. 물이었다. 물통엔 물이 들어 있었다. 누군가 그의 물통에 든 보드카를 물로 바꿔놓았다?

수키가 그의 물통을 들고 간 것이었다.

생방송 30초 전. 그녀가 딴 물통을 챙긴 것이었다. 그녀는 그걸 손에 쥐고 있었다. 그건 클러버들의 작은 액세서리와도 같았다.

생방송 20초 전. 그녀가 뚜껑을 열고 있었다.

"그걸 계속 들고 있었어?" 그가 새된 소리로 물었다.

"들고 있음 안 되남?"

그녀가 프로 권투선수처럼 발끝으로 폴짝폴짝 뛰었다.

"당신 물통을 내가 잘못 가져왔어."

"그래서? 닦고 마셔!"

생방송 10초 전. 관중들이 다시 환호와 함성을 질렀다. 댄서들은 새장의 창살을 붙잡고 몸을 돌리기 시작했다. 수키는 물통을 들어 입에 갖다 댔다.

7, 6, 5, …

덱스터는 수키가 들어올린 물통을 뺏으려 했다. 하지만 수키는 그의 손을 탁 쳐내며 웃었다.

"저리 치워, 덱스터. 네 손에 든 거나 마셔!"

4, 3, 2, …

"하지만, 그거 물 아냐." 그가 말했다.

그녀가 그걸 삼켰다.

자막 올라가고.

수키가 마구 기침을 하기 시작했다. 얼굴은 빨개졌고, 입에선 뭔가가 뿜어져 나왔다. 스피커에서는 기타가 폭발했고, 드럼이 둥둥둥거렸다. 고고댄서들은 몸부림을 쳤고, 와이어에 달린 카메라는 독수리처럼 높은 천장에서 스윽 미끄러져 내려와 관중들의 머리 위를 훑고 지나며 사회자들 쪽으로 움직였다. 그래서 시청자들은 저 300명의 젊은이들이 비계 위에 서서 구역질 하고 있는 한 매력적인 여인을 향해 환호하고 있다고 생각했을 것이다.

음악이 줄어들자, 들리는 소리라곤 수키가 기침하는 소리뿐이었다. 생방송 신호를 보고도 덱스터는 흐리멍덩하게 얼어붙은 채 곤드레만드레 취해 자기 고가차에 부닥치기만 했다. 고가차를 매단 크레인이 아래로 내려가자, 땅이 그를 향해 올라오기 시작했다.

"말을 해, 덱스터." 귀에 꽂은 수화기에서 누가 말을 했다. "덱스터, 안 들려? 말을 하라고." 하지만 그의 뇌는 말을 듣지 않았다. 그의 입도 말을 듣지 않았다. 그는 완벽한 벙어리가 되어 거기 서 있기만 했다. 1초 1초가 한없이 늘어졌다.

하지만, 다행스럽게도 진정한 프로페셔널 수키가 있었다. 손등으로 입을 훔치며 그녀가 다시 외쳤다.

"이제 우리가 라이브로 진행한다는 거, 아시겠죠!"

관중석에서 다행이라는 듯 작은 웃음이 일었다.

"모든 게 착착 진행 중입니다. 그렇죠, 덱스?"

그녀가 손가락 하나를 뻗어 그의 갈비뼈를 툭 쳤다. 그러자 덱스터도 번쩍 생기를 되찾았다.

"수키, 미안하게 됐네요." 그가 말했다. "그 물통 속엔 보드카가 들어 있었거든요!" 그러면서 그가 손목을 우스꽝스럽게 꿈틀거리는 동작을 취했다. '몰래 술 마시는 인간'을 뜻하는 몸짓이었다.

관중석에서 다시 웃음이 일었고, 그는 기분이 좋아졌다. 수키도 웃었다. 그의 옆구리를 쿡 찌르고선 주먹을 들어 보이며 그녀가 말했다. "아니 내가 어떻게 그걸 안다고…." 그녀는 '바보 삼총사'Three Stooges처럼 그렇게 말했지만, 오직 그만이 그녀의 기운팔팔함 너머에 경멸의 기운이 번득였음을 알아챌 수 있었다.

덱스터는 프롬프터가 시키는 대로 안전하게 읽어내렸다. "안녕하세요, 레이트 나이트 로크-인입니다. 저는 덱스터 메이휴—"

"그리고 저는 수키 메도우즈입니다!"

그렇게 그들은 다시 궤도에 올랐다. 금요일 밤의 멋진 코미디와 음악의 향연을 소개하는 그들의 모습은, 마치 학교에서 가장 쿨한 두 아이처럼 매력적이었다. "자 이제 더 이상 소동 피우지 말고, 여러분, 맘껏 소리 질러 주세요—" 그는 서커스 단장처럼 두 팔을 뒤로 활짝 젖혔다. "—그리고, 레이트 나이트 로크-인만의 큰 박수로 맞아 주세요, 쉐드 세븐입니다!"

카메라가 이젠 아무 관심 없다는 듯 그들을 떠나 멀어져 갔다. 쉐드 세븐의 음악보다 갤러리 사람들이 재잘거리는 소리가 그의 머릿속에서 더 크게 울렸다.

"수키, 이제 괜찮아?" 프로듀서가 말했다. 덱스터가 애원하는 눈길로 수키를 바라보았다. 그녀는 눈을 가늘게 하고서 그를 마주보았다. 그녀는 말을 할 수도 있었다. 덱스터, 술 마셨어요. 완전 취했어요. 이 남자

완전 엉망이야, 진짜 아마추어라니까, 믿을 인간이 못 돼.

"다 괜찮아요." 그녀가 말했다.

"물이 잘못 넘어가서요. 이젠 됐어요."

"누가 올라가서 당신 화장 좀 만져 줄 거야. 2분이야, 여러분. 그리고 덱스터, 호흡 좀 잘 맞춰."

맞아, 호흡 잘 맞춰야지, 그는 자신을 타일렀다. 하지만 모니터가 남은 시간이 56분 22초임을 일러 주었고, 그는 과연 잘해 낼 수 있을지 자신이 없었다.

박수! 생전 들어 본 적 없는 박수와 환호였다. 그 소리가 체육실 가득 메아리쳤다. 물론 악단은 반음 내려 연주했고, 가수들은 반음 올려 노래를 불렀다. 소품을 잃어버리고, 무대의 일부가 주저앉는 등 기술적인 문제도 있었다. 아, 그리고, 이렇게 아량이 넓은 관객들! 이 모든 게 사실이었지만, 그래도 그것은 하나의 성공이었다.

낸시의 죽음 장면에서는 화학선생인 시몬스 씨까지 훌쩍거리게 만들었다. 거기다 출연진들의 그림자만 보여 주며 연기했던 런던 지붕 위에서의 추격 장면은 참으로 극적인 극장의 쿠데타였다. 불꽃놀이에서나 들을 법한 탄성과 헐떡거림이 터져 나왔다.

예상했던 대로 소냐 리처드는 빛을 발했다. 그녀가 가장 큰 박수를 받는 걸 보며 마틴 도슨은 이를 갈기만 했다. 엄청난 갈채와 앙코르가 이어지더니 이윽고 사람들이 벤치 위에 올라가 쾅쾅거리며 뛰었고, 사다리 같은 것에 매달렸다가 뛰어내리고 했다. 소냐가 엠마의 손을 끌고 무대 위로 데리고 나왔다. 맙소사, 소냐는 정말, 제대로 울고 있었다. 엠마의 손을 잡고서 소냐는 말했다, 잘했어요, 선생님, 끝내줘요, 끝내줘요. 학교 무대에 올린 연극이니 그 성공이래야 보잘것없었지만, 엠마의 가슴은 그래도 쿵쾅거렸다. 악단의 엉터리 '콘시더 유어셀프' 연주를 들으면서도 입을 활짝 벌리고 웃지 않을 수가 없었다.

그렇게 그녀는 열네 살짜리들의 손을 잡고 고개를 숙이고 또 숙여 인사했다. 뭔가를 잘해 내는 게 이렇게 뿌듯한 일이구나 싶었다. 지난 10주 동안 그녀가 라이오넬 바트[뮤지컬 〈올리버!〉의 원작자]의 엉덩이를 걷어차고 싶지 않았던 것도 오늘이 처음이었다.

뒤이은 리셉션 자리에서는 싸구려 콜라가 포도주처럼 넘쳐흘렀다. 어른들을 위해서는 따로 스파클링 페리 다섯 병도 준비되어 있었다. 이언은 미리 준비해 온 비첨스 파우더스[물에 녹여 마시는 감기약]를 플라스틱 컵에 넣고 미니-키예프를 담은 접시 하나를 들고서 체육실 구석에 앉아 눈알을 문지르고 있었다. 그는 웃는 얼굴로, 엠마가 온갖 칭찬들을 다 듣고서 그에게 건너오기를 참을성 있게 기다렸다.

"웨스트엔드 무대로 진출해도 손색없겠는데!"

누군가는 그렇게 비현실적인 소리를 외치기도 했다. 앞잡이 페이긴 역을 맡은 로드니 챈스가 팬더 폽스[영국 학생들이 애용하는 청량음료] 통에다 몰래 술을 타서 마시고 벌게진 얼굴로 그녀에게 "선생님 하기엔 딱 제격이시네"라고 했을 때도 아무렇지도 않았다.

고달밍 교장("이제, 필이라고 불러요")도 그녀를 붙잡고 축하의 말을 건넸다. 뺨이 불그레해 농부의 아내 같은 느낌을 주는 그의 아내 피오나는 옆에서 짜증이 가득한 표정으로 둘을 지켜보기만 했다.

"9월이 되면 같이 얘기합시다. 이 학교에서 당신의 미래에 대해." 그렇게 말하며 그가 몸을 숙여 그녀에게 굿바이 키스를 했다. 옆에 있던 애들과 선생님들까지도 몇몇 "우후~" 탄성을 질렀다.

그 리셉션은 다른 쇼비즈니스 파티들과 달리 9시 45분에 끝났고, 엠마와 이언은 길쭉한 리무진 대신 55번과 19번 버스를 탄 뒤 피카딜리라인으로 갈아타고 집으로 갔다.

"나 당신이 너무 자랑스러워…" 이언이 머리를 맞대고 말했다. "…그런데 바이러스가 폐까지 들어갔나 봐."

아파트에 들어서자마자 꽃 냄새가 진동했다. 부엌 식탁 위의 커다란 찜냄비 가득 빨간 장미 다발이 늘어져 있었다.

"어머나, 이언. 정말 아름답다."

"내가 산 거 아니야." 그가 우물거렸다.

"그럼 누가?"

"골든 보이 아니겠어. 아침에 배달 온 거야. 내 의견을 말하라면, 심하게 오버한 거다 싶네. 난 가서 뜨거운 물로 좀 씻어야겠다. 몸이 좀 괜찮아지려나 모르겠네."

엠마는 코트를 벗고 조그만 카드를 열었다.

골 부린 거 사과할게. 오늘밤 공연 멋지게 잘하고.

사랑 듬뿍, 덱스.

그게 전부였다. 그녀는 한 번 더 읽은 뒤 시계를 보고서 얼른 TV를 켰다. 첫 부분은 놓쳤지만 덱스터를 봐야 했다.

45분 뒤, 마지막 자막이 올라가는 걸 보며 엠마는 얼굴을 잔뜩 구기고 앉아 그녀가 방금 뭘 봤는지 이해하려고 애를 썼다. 그녀는 텔레비전에 대해 잘 몰랐지만, 덱스터가 흐리멍덩했다는 건 너무나 분명했다. 그는 위태로워 보였고, 때로는 겁에 질린 모습이기까지 했다. 대사를 더듬거리고, 엉뚱한 카메라를 쳐다보았으며, 그가 어찌나 아마추어 같고 서투른지 인터뷰이들(투어 중인 래퍼, 건방진 맨체스터 젊은이 넷)도 그가 쩔쩔매는 걸 눈치 채고서 하는 대답마다 경멸과 빈정거림으로 일관했다. 스튜디오의 관중들도 반감을 드러냈다. 무뚝뚝하게 팬터마임을 쳐다보는 10대 아이들처럼, 가슴 높이 팔짱을 끼고서 노려보는 그들의 눈빛이 날카로웠다.

덱스터가 용을 쓰는 모습을 보는 건 엠마로서도 처음이었다. 아니, 덱스터 재, 설마, 취한 거야? 엠마는 미디어에 대해 아는 게 별로 없었지만, 이건 틀림없이 대형사고 같아 보였다. 마지막 밴드의 연주가 펼쳐지자 엠마는 손으로 얼굴을 감쌌다. 아무리 TV를 모른다 해도 이게 이상적인 게 아닌 건 분명했다. 요즘 들어 일부러 웃기고 빈정대는 일이 잦긴 하지만, 그렇다고 해서 이런 야유의 함성까지 그런 아이러니로 볼 수는 없었다.

그녀는 TV를 껐다. 화장실에서는 이언이 코 푸는 소리가 들려왔다. 그녀는 문을 닫고 축하의 미소를 머금은 입 모양을 하고서 전화기를 들었다. 벨사이즈파크의 텅 빈 아파트에서는 자동응답기가 울렸다. "그럼— 저한테 얘기해 주세요!" 덱스터의 음성을 듣고서, 엠마는 연기를 시작했다.

"헤이! 나야! 지금 파티 중이겠지만, 전화했어, 고마워서 말야. 꽃 정말 고맙다. 너무 아름다워, 덱스, 그런 거 뭐 하러 보냈니. 그건 그렇고, 본론은, 잘했어! 너! 너 정말 환상적이더라! 느긋하고 재미있게 잘하더라. 정말 환상이었어. 정말 정말, 진짜 진짜 대단한 쇼더라, 정말로."

그녀가 머뭇거렸다. '정말로' 너무 남발하지 마. 너무 남발하면 그건 '정말로가 아니라'란 뜻이니까. 그녀가 말을 계속했다.

"그런데 턱시도 정장에다 티셔츠 입은 그건 잘 모르겠다. 아 그리고, 새장 안에서 춤추는 여자들, 와, 그거 완전 신선하던대? 하지만 덱스터, 그런 것만 빼면, 진짜 끝내줬어. 정말로. 난 정말로 네가 자랑스러워, 덱스. 혹시 궁금할지 몰라서 덧붙이는데, 〈올리버!〉도 무사히 잘 마쳤어."

그녀는 연기자로서 그녀의 자신감이 허물어지고 있음을 느꼈다. 연기를 마무리해야 할 때였다.

"그래. 그럼 안녕. 우리 둘 다 뭔가 축하할 일이 생겼네! 장미 참 고마워. 좋은 밤 보내. 내일 얘기하자. 화요일에 보기로 한 거, 맞지? 그리고 잘했어, 너. 진짜로. 참 잘했어. 안녕."

행사 뒤 파티에서 덱스터는 어깨를 축 늘어뜨린 채 팔짱을 끼고서 바에 홀로 앉아 있었다. 사람들이 와서 그에게 축하의 말을 건넸지만, 아무도 그 이상의 말을 걸지는 않았다. 어깨를 두드리는 손동작도 위로의 몸짓 같았다. 아니면 간신히 페널티를 모면한 거는 진짜 잘됐다는 뜻이거나. 그는 꾸준히 마시기만 했다. 하지만 김빠진 샴페인으로는 그 낙심천만의 마음을 달랠 수가 없었다. 큰 기대 끝의 더 큰 실망, 으슬으슬 기어오르는 창피함.

"와히." 수키 메도우즈의 감탄사도 이제 깊이 생각에 잠긴 목소리였다. 아까까지만 해도 '함께 일하는 스타'였던 그녀는 이제 '유일한 스타'가 되어 그의 옆에 앉았다. "꼴 좀 봐라, 언짢고 다 귀찮지?"

"어이, 수키."

"그래! 잘했어!"

덱스터는 글쎄요 싶었지만, 그들은 예전처럼 잔을 맞부딪쳤다. "술 마시고 그런 거… 미안해. 내가 사과해야지."

"그럼, 사과해야지."

"그저 좀 느긋해지려고 그랬던 거야, 알지?"

"그래도, 나중에 얘기 하자. 다음에."

"그래."

"왜냐하면 꼭지 돌아 버린 널 데리고 다시 거길 나가는 일은 없을 테니까, 덱스."

"알아. 그래야지. 내가 다 보상할게."

그녀가 그에게 어깨를 기댔다. 그녀의 턱이 그의 어깨에 닿았다.

"다음 주에?"

"다음 주에 뭐?"

"저녁 사 줘. 아주 비싼 데서. 오는 화요일에."

이제 그녀의 이마가 그의 이마에 닿았고, 그녀의 손은 그의 허벅지에 올려져 있었다. 덱스터는 화요일에 엠마와 저녁 약속이 있다는 걸 알았지만, 엠마는 자기가 함부로 약속을 취소해도 신경 안 쓴다는 것도 알았다.

"그래. 다음 주 화요일."

"그때까지 어떻게 기다리지." 그녀가 그의 허벅지를 꼬집었다. "그래. 이제 기운 좀 내시지?"

"알았어."

수키 메도우즈는 몸을 숙여 그의 볼에 키스를 했다. 그리곤 그녀의 입이 그의 귀에 아주, 아주 가까이 다가왔다.

"이제 일어나서 인사를 해야지, 수키의 엄마한테!"

ch09
담배와 술

1995년 7월 15일, 토요일

◦ 월덤스토우 그리고 소호, 런던 ◦

붉게 물든 초상화

소설

엠마 T 와일드 지음

1장

DCI 페니 섬씽은 이제껏 여러 살인사건의 현장을 거쳤지만, 이번처럼 ______한 것은 처음 보았다.

"시체가 옮겨진 것 같아요?" 그녀가 잽싸게 물었다.워드프로세서의 모니터 위에서 단어들이 음산한 초록빛으로 빛나고 있었다. 아침 내내 써 내려간 게 고작 그거였다. 이 조그만 새 아파트의 조그만 방 안에서 조그만 학교 책상에 앉아 그녀는 그 글들을 읽고 또 읽었다. 그녀의 뒤에서 전기주전자가 비웃듯 꾸르륵꾸르륵 소리를 냈다.

주말이나 힘이 남은 저녁 시간이면 엠마는 글을 썼다. 소설 두 편을 시작했고(하나는 강제수용소가 무대였고, 다른 건 묵시록 이후의 미래가 배경이었다), 자기가 직접 일러스트를 그린 어린이용 그림책 한 편은 목이 짧은 기린 이야기였다. 모래를 씹는 듯한 느낌의 잔뜩 찌푸린 TV드라마용 극본 하나는 '거친 녀석'이라 불리는 사회복지사들이 주인공이었다. 20대 주인공들의 삶 속에서 복잡한 격정을 다루는 독립 연극 한 편, 사악한 로봇 선생들을 등장시킨 10대용 판타지 소설 한 편, 죽어 가는 한 여성 참정권론자가 읽어 주는 라디오용 의식의 흐름 연극 한 편, 네 컷 만화 하나, 소네트 하나도 있었다. 그 어느 것도 완성된 건 없었다. 14행짜리 소네트조차도 미완인 상태였다.

모니터 위의 그 단어들은 가장 최근에 그녀가 시작한 프로젝트였다. 상업적이면서도 신중한 페미니스트 범죄소설 연작이었다. 그녀는 열한 살 때 애거서 크리스티의 작품을 모조리 읽었고, 챈들러나 제임스 M 케인의 작품도 많이 읽었다. 그들 사이의 어딘가에 위치할 만한 작품을 그녀라고 못 쓸 이유가 하나도 없어 보였다. 그렇지만 읽는 것과 쓰는 것은 천지 차이임을 그녀는 다시금 깨달았다. 흠뻑 빨아들였다가 도로 짜낸다고 그게 작품이 되는 건 아니었다. 엠마는 탄탄한 줄거리는 고사하고 여주인공 형사의 이름 하나도 지어내질 못했다. 그녀의 필명마저도 가관이었다. 엠마 T 와일드라니?

엠마는 자신이 이것저것 집적거리다 세월 다 보내는 사람으로 태어난 거 아닌가 싶었다. 그녀는 밴드 활동도 했고 각본도 썼으며 동화책도 썼다. 배우 일이나 출판 일도 해봤다. 하지만 아무래도 범죄소설은 기계

체조나 불교, 스페인어처럼 실패한 프로젝트의 하나가 되어 버릴 듯했다. 컴퓨터의 '문서분량' 기능으로 헤아려 보니 서른다섯 자였다. 제목이랑 자신의 그 썩은 필명까지 다 포함해서 서른다섯 글자. 엠마는 신음을 토하며, 사무실용 의자 옆구리의 압력 레버를 조작해 카펫 쪽으로 살짝 가라앉았다.

누가 합판 문짝을 노크했다.

"안네 프랑크 별관 쪽은 어떠신가요?"

또 저 소리군. 이언에게 농담은 일회용이 아니었다. 결국 산산조각이 나고 마는 싸구려 우산처럼 끊임없이 계속 재활용해야 할 것이었다. 둘이 막 데이트를 하기 시작했을 때는 그가 하는 말의 90퍼센트가 '유머'라는 꼬리표를 단 익살이나 웃기는 목소리, 웃기려 드는 취지의 결과물이었다. 시간이 흐르면 그 비율이 40퍼센트로 줄지 않을까 그녀는 기대했다. 그 정도는 용인할 수 있을 것 같았다. 하지만 2년 가까이 지난 지금도 그 수치는 75퍼센트에 머물렀고, 집 안에서의 생활도 그 웃음의 이명을 견디며 계속되어야 했다.

거의 2년 내내 한 사람이 '무대 모드'로 지낸다는 게 과연 가능할까? 그녀는 그의 시커먼 침대시트와 맥주색 매트를 갖다 버렸다. 그의 속옷도 몰래 선별해서 버렸기에 이제 그의 유명한 '섬머 로스츠'Summer Roasts는 몇 개 남지 않았다. 그래도 힘들었다. 한 남자를 바꾸는 일이 이렇게도 어려운 일인지, 그녀는 새삼 실감했다.

"마님, 따끈한 차 한잔 드려요?"

이언이 코크니 하녀의 악센트로 물었다.

"괜찮아요, 그대여."

"달걀 빵?" 이젠 스코틀랜드 악센트였다. "달걀 빵 구워 드릴까, 나의 귀여운 스누치여?"

스누치Snootch는 새로 발굴한 유행어였다. 엠마가 뭔가를 해명하라고 몰아붙이면, 이언은 그게 다 그녀가 너무 스누치해서, 진짜 진짜 스누치해서 그랬다고 설명하곤 했다. 자기가 "스누치"라고 부르면 그녀는 "왜 그래요, 스쿠치Skootch"라고 대답하면 된다고 일러 주기까지 했다. 스쿠치와 스누치, 스누치와 스쿠치. 하지만 그딴 게 입에서 술술 나올 리가 없었다.

"달걀 빵 조각 하나? 뱃속을 좀 정렬해야지, 오늘밤을 위해?"

오늘밤. 그거였다. 이언이 사투리 연습을 열심히 하는 건, 평범한 목소리로는 얘기 못할 뭔가가 있기 때문이었다.

"오늘밤, 중요한 밤이잖아. 마이크 TV랑 시내로 가야지."

그녀는 못 들은 척하려고 했다. 하지만 이언이 고개를 그녀의 머리에 얹고서 모니터의 단어들을 읽는 바람에 그럴 수가 없었다.

"붉게 물든 초상화라…."

엠마가 황급히 손으로 화면을 가렸다. "훔쳐보고 그럴래?"

"엠마 T 와일드. 엠마 T 와일드가 누구야?"

"내 필명이야. 이언."

"그 T가 뭐의 약자인지 알아?"

"끔찍하다Terrible의 T겠지."

"대단하다Terrific, 굉장하다Tremendous의 T지."

"피곤하다Tired의 T겠지. 피곤해서 죽겠다는—"

"내가 그걸 읽어 주길 원한다면 말야—"

"왜 읽으려고 그러는데? 이거 완전 쓰레기야."

"당신이 쓴 건데 왜 쓰레기야."

"이건 그렇단 말야!" 그녀가 모니터를 끄고 고개를 돌리려는데 그가 야단맞은 개처럼 비굴한 얼굴을 짓고 있는 게 느껴졌다. 이언과 그녀 사이에서는 이런 일이 너무 잦았다. 부르르 흥분 모드와 양심의 가책 모드를 번갈아 오가는 일이.

"미안!" 그녀가 손가락 끝으로 그의 손을 잡아 흔들며 말했다.

그는 그녀의 머리 꼭대기에 입을 맞춘 채 얘기했다.

"내가 보기엔 그 T가 말이야, '개(!)멋진 것'The Bollocks 그럴 때의 T인 거지. 엠마 T B 와일드."

그 말을 남기고 그는 밖으로 나갔다. 칭찬하고 내빼고, 참으로 고전적이었다. 냉큼 굴복할 수는 없는 노릇. 엠마는 문을 닫고 모니터를 다시 켠 뒤 그 단어들을 다시 읽었다. 눈에 띄게 몸서리를 친 뒤 문서를 닫고 그걸 휴지통 아이콘 위로 끌어 옮겼다. 휴지를 구기는 전자음이 울렸다. 글쓰기의 소리였다.

찢어져라 화재경보음이 울렸다. 이언이 요리를 하고 있는 것임에 틀림없었다. 그녀는 일어나 버터 타는 냄새를 따라 복도를 거쳐 부엌 겸 식당 쪽으로 갔다. 그 공간이 따로 분리된 곳은 아니었다. 두 사람이 함께 산 이 아파트의 거실 중 가장 끈적대는 부분이 바로 거기였다.

엠마는 이 집을 사는 게 꺼림칙했다. 금세라도 경찰을 불러야 할 곳 같다고 그녀는 투덜댔지만, 그녀를 들들 볶은 이언이 결국 이겼다. 월세를 내는 건 미친 짓이다, 밤이면 밤마다 거의 같이 지내지 않는가, 당신 학교서도 가깝다, 출세의 사다리도 한 발 올라갈 때가 되었다, 등등. 그리하여 둘은 돈을 박박 긁어 합친 뒤, 인테리어 장식 책 몇 권을 샀다. 합판을 도색해서 이탈리아 대리석처럼 보이게 하는 법을 일러 준다는 책도 있었다. 벽난로를 다시 만들어 보자는 얘기도 있었고, 책꽂이나 찬장

등 수납공간을 붙박이로 붙여 넣자는 얘기도 있었다. 마루널을 노출시키자! 이언이 나무 가는 기계를 빌려와 법에 정해진 대로 마루널을 노출시키기로 했다.

2월의 어느 비 내리는 토요일, 그들은 카펫을 들어올리고서 그 아래를 절망적으로 들여다보았다. 낡아 헤진 판지, 너덜너덜한 밑깔개, 낡은 신문지들, 그야말로 난장판이었다. 그들은 시체를 은닉하는 죄인의 심정으로 그 모든 걸 단단히 원래대로 되돌려놓았다. 그런 집 꾸미기 시도들은 설득력도 없고 부질없어 보였다. 그들은 마치 텐트 집을 세우는 보이스카우트가 된 것 같았다. 새로 한 페인트 칠, 벽에 건 그림, 새 가구들, 그 모든 것에도 불구하고 아파트는 여전히 꾀죄죄한 임시 거처 같았다.

이언은 부엌의 매캐한 햇살 기둥 속에 서서 열심히 요리 중이었다. 그녀 쪽으로 돌린 등이 널찍했다. 엠마는 현관에 서서 구멍이 숭숭 난 낡은 잿빛 티셔츠 차림의 그를 쳐다보았다. 땀복 아랫도리(나의 땀복 트레이닝) 위로 그의 속옷이 쑥 올라와 있었다. 그의 허리께 갈색 털을 배경으로 캘빈 클라인이라는 글자를 읽으며 그녀는 문득 생각했다. 캘빈 클라인이 이런 장면을 머릿속에 그렸을 리는 없겠지?

그녀가 침묵을 깨고 말했다. "그거 타는 거 아냐?"

"타다니? 바삭바삭해지는 거지."

"난 탔다 그러고, 넌 바삭바삭해진다 그러고."

"제발 좀 그만하자, 이제!"

침묵.

"팬티 꼭대기 다 보여." 엠마가 말했다.

"그럼. 일부러 그런 건데." 혀가 잘 돌아가지 않는지 말투가 약해빠졌다. "패션이라고도 하지, 애인님."

"그렇군. 아주 도발적이기는 하네."

불타는 음식 소리뿐, 고요하다.

이번엔 이언이 꼬리를 내릴 차례였다. "그래. 알파보이께서 자길 어디로 데려간대?" 돌아보지도 않고 그가 물었다.

"소호 어디. 나도 몰라." 사실은 그녀도 아는 곳이었다. 하지만 그 레스토랑 이름은 대도시 젊은이들의 환상적 저녁식사를 위해 들먹여지는, 그런 최신 유행의 상징이었다. 그래서 엠마는 이언에게 트집 잡히고 싶지 않았던 것이다.

"이언, 내가 오늘밤 나가는 게 싫으면…"

"아냐. 가, 가서 즐겨."

"아니면 같이 가든가?"

"뭐? 해리가 샐리를 만나는데, 나더러 끼라고? 오, 그건 아니지."

"얼마든지 그래도 돼."

"둘이서 밤새도록 날 씹어대며 놀리시겠다?"

"우린 안 그래."

"지난번에 그랬잖아!"

"아냐. 안 그랬다니까!"

"정말 달걀 빵 안 먹을 거야?"

"안 먹어!"

"또 난 오늘 공연도 있거든. 푸트니의 하하하우스에서."

"유급 공연이야?"

"그래, 유급 공연이다!" 그가 날카롭게 말을 받았다. "그러니까 전 괜찮아요. 대단히 감사합니다." 그가 찬장 문을 열고 요란스레 소스를 찾았다. "제 걱정은 마시라고요."

엠마가 성마른 한숨을 토했다. "내가 가는 게 싫으면, 싫다고 말해."

"엠, 우린 샴쌍둥이가 아냐. 너 가고 싶음 가. 가서 즐기라고!" 소스 병이 폐병환자처럼 씩씩거렸다. "단 개랑 뒹굴지만 않음 돼."

"뭐, 그럴 일은 없을걸. 안 그래?"

"아니, 말은 늘 그렇게 하지."

"갠 수키 메도우즈랑 사귄다니까."

"아니라면?"

"그게 아니래도 아무 상관없지. 내가 사랑하는 건 당신이니까."

이 말도 이언을 돌려세우진 못했다. 이언은 말이 없었고 엠마는 한숨지었다. 부엌을 가로질러가는데 발바닥이 리놀륨 바닥 위에서 찔꺽거렸다. 엠마가 두 팔로 그의 허리를 감싸 안는데, 이언이 몸을 움츠리는 게 느껴졌다. 얼굴을 그의 등에 딱 붙이고서 엠마는 익숙한 그의 체취를 깊이 들이마셨다. 그의 티셔츠 위에 키스를 한 엠마는 "바보처럼 왜 그래"라고 중얼거렸다. 둘은 한참을 그렇게 서 있었다. 이언이 기어이 뭘 먹겠다며 몸을 뺐다.

"그래, 작문시험 채점이나 해야겠다." 그녀도 그렇게 말을 하고 물러났다. 『앵무새 죽이기』의 관점에 대한 스물여덟 편의 얼떨떨한 의견들이나 읽는 거야!

"엠?" 그녀가 문을 열려는데 이언이 불렀다. "오늘 오후엔 뭐해? 다섯 시쯤에 말야."

"그때쯤이면 끝나겠지. 왜?"

부엌 싱크대 위에 걸터앉은 이언이 접시를 무릎 위에 놓으며 말했다.

"침대에 같이 있었으면 해서. 있잖아, 즐거운 오후 한때를 위해서."

나 저 사람 사랑해, 그녀는 생각했다, 그렇지만 저 사람이랑 사랑에 빠지지는 않았지, 또 그건 저 사람 사랑 안 한다는 말이기도 하지. 난 노력했어, 사랑하려고 정말 열심히 노력했어, 하지만 안 돼. 내가 사랑하지 않는 사람과 함께하는 내 인생을, 아아, 정말 어떡하니.

"아마도." 현관에서 엠마가 말했다. "아마~도." 입술을 삐죽 내밀어 키스를 날리면서, 그녀는 웃고 문을 닫았다.

이제 그에게 아침은 없었다. 다음날 아침밖에 없었다.

심장이 쿵쾅거리고 땀에 흠뻑 젖은 채 덱스터는 정오가 갓 지난 시간에 밖에서 누가 고래고래 고함 지르는 소리에 깨어났다. 하지만 그 누군가는 TV 화면 속의 M피플이었다. 또 텔레비전 앞에서 잠이 들었던 거였다. M피플은 한창 "네 안에 있는 영웅을 찾으라"고 그에게 노래하고 있었다.

레이트 나이트 로크-인이 끝난 뒤 토요일은 늘 이랬다. 블라인드로 햇볕을 가린 실내가 퀴퀴했다. 아직 살아 계셨다면 그의 어머니는 틀림없이 계단을 올라오며 얼른 일어나라고, 훤한 대낮에 뭘 해야지 왜 누워서 빈둥대냐고 고함을 치셨을 거였다. 하지만 그럴 일은 없었고, 그는 간밤의 팬티 차림으로 검정 가죽소파에 앉아 담배를 피웠다. 플레이스테이션으로 '얼티미트 둠' 게임을 하며, 머리는 꼼짝도 하지 않으면서.

이른 오후, 주말의 우울이 슬슬 고개를 들자 그는 믹싱 연습을 하기로 했다. 아마추어 DJ로서 덱스터는 한쪽 벽에 주문제작한 케이스 가득히 CD와 희귀 음반들을 소장하고 있었다. 턴테이블 두 개와 마이크도 면세가로 장만한 그는 소호의 레코드 가게들을 자주 들렀다. 두 쪽 난 야자열매 같은 커다란 헤드폰을 끼고서 말이다.

아직도 속옷 차림으로 그는 새로 산 CD 믹싱 데크에서 친구들과 즐길 다음의 큰 파티를 위해 브레이크-비트들을 느릿느릿 믹싱하기 시작했다. 하지만 뭔가 빠진 듯한 느낌 탓에 그는 금세 그만두었다. "CD는 음반과 달라." 그가 중얼거렸다. 그리곤 자기가 텅 빈 방에서 혼자 그런 말을 하고 있었음을 곧 깨달았다.

다시 우울해졌다. 그는 길게 한숨을 내쉰 뒤, 수술 후 회복 중인 사람처럼 천천히 부엌으로 갔다. 거대한 냉장고 안에는 최신 최고급 사과주를 담은 현란한 병들이 가득했다. 쇼를 진행하는 일('대형사고 텔레비전'이라고 불리고 있으니, 틀림없이 좋은 일이었다.) 말고 그는 요즘 내레이션 일도 하고 있었다.

그의 목소리는 '탈계급적'이라는 평가였으니, 이 또한 틀림없이 좋은 일이었다. 영국 남자의 새 모습을 보여 주는 전형이라는 것이다. 대도시의, 돈 냄새 풍기는, 자신의 남성다움을 당당하게 여기는, 섹스에 미치는, 차와 커다란 티타늄 손목시계, 그리고 거칠게 표면 처리를 한 금속성 기계 장치들을 좋아하는. 이제껏 그가 목소리 출연으로 등장했던 것들로는 테드 베이커를 입는 젊은이들을 겨냥한 병에 든 프리미엄 사과주가 있었고, 신세대용 면도기도 있었다. 이 면도기는 공상과학소설에나 나옴직하게 생긴 물건이었는데, 면도날이 수두룩했고 윤활 띠까지 있어서 면도를 하고 나면 마치 누가 턱에다 재채기라도 해준 것처럼 축축할 정도였다.

그는 또한 한 번도 공공연히 내뱉진 않았지만, 맘속의 오랜 야심이었던 모델 일에도 살짝 발을 담갔다. 그는 얼른 이 일이 "그냥 장난삼아" 한 일이었다고 못 박았다. 이 달에도 그는 남성잡지의 패션 난에 커다란 화보 작업을 했다. 주제는 '갱스터-쉬크'였다. 아홉 면에 걸쳐 그는 여러 종류의 더블 버튼 수트 차림으로 시가를 씹고, 총알이 흩뿌려진 바닥에 누워 있는 모습을 연출했다.

그의 아파트에 온 손님들이 우연히 그 잡지를 볼 수 있도록, 그는 여러 권을 아주 자연스럽게 곳곳에 뿌려 놓았다. 화장실에도 한 권이 있었으며, 그래서 그는 간혹 재규어 본넷 위에서 멋지게 차려 입고서 자빠져 죽은 자세를 취하고 있는 자신의 모습을 볼일 보는 동안 한참씩 쳐다보곤 했다.

차를 박살내는 느낌의 대형사고 텔레비전 프로그램을 진행하는 데는 당분간 아무 문제가 없을 테였지만, 그렇게 차를 하염없이 박살낼 수는 없는 일. 결국 미래의 어느 시점엔가는 '완전 지독해서 괜찮은 것' 말고 진짜 괜찮은 뭔가를 해야만 하지 않겠는가. 그런 공신력을 얻기 위한 방편으로 그는 자신의 프로덕션 회사인 메이엄TV를 창업했다. 당장은 묵직한 문구류 위의 깜찍한 로고로만 존재하는 회사였지만, 앞으로는 큰 변화가 있을 예정이었다.

그럴 수밖에 없었다. 그의 매니저 아론은 늘 얘기했다. "덱시, 당신은 위대한 젊은이 프로 진행자야. 문제는, 당신이 젊은이가 아니라는 거지." 잠시 쉴 때가 오면, 무슨 일을 할 수 있을까? 연기? 일을 통해서나 만남을 통해 그는 수많은 연기자들을 알고 지냈다. 몇몇하고는 포커도 같이 쳤다. 솔직히 말해 그 친구들이 하는 일이라면….

그랬다. 일에 있어서나 사회적 만남에 있어서나 지난 몇 해는 기회의 시간이었다. 멋진 새 친구들을 만나, 카나페를 먹고 특별개봉 행사에 다녔다. 같이 헬리콥터를 탔고, 축구 얘기를 시끄럽게 떠들어댔다. 안 좋았던 일들도 물론 있었다. 불안한 마음과 극심한 두려움에 시달렸고, 남들 앞에서 몇 차례 토하기도 했다. 바나 펍에 들어갔다가 다른 남자들이 그에게 온갖 욕을 퍼붓거나, 심지어 그를 때리는 일도 있었다. 최근에는 쿨라 쉐이커 콘서트에서 사회를 보다가 무대에서 끌려 내려간 적도 있었으니, 그리 유쾌한 기억은 아니었다.

한창 잘 나가는 것들과 한창 시드는 것들을 다루는 최근의 한 칼럼에서 그는 '한창 시드는 것'의 하나로 분류되기도 했다. 그런 '한창 시드는 것'의 느낌이 그의 마음을 묵직하게 짓눌렀지만, 그는 그걸 질시라고 일축하려 애썼다. 질시, 그건 성공한 당신이 치러야 할 세금일 따름이다.

개인적으로 다른 희생도 치러야 했다. 애석하게도 그는 대학 때부터의 오랜 친구 몇몇을 잃어야 했다. 어쨌든 1988년과는 상황이 크게 달라졌으니까. 그의 옛 룸메이트이자 한때 같이 사업을 하자고 했던 캘럼은 꾸준히 빈정대는 메시지를 남겼지만, 덱스터로서는 그가 얼른 깨닫기를 바랄 따름이었다. 어떡하자는 말인가? 같이 큰 집에 모여 평생을 함께 살자는 것인가? 말도 안 된다. 친구란 옷과 같은 것. 딱 맞을 땐 좋지만, 결국 닳아 헤지거나 몸이 커져 안 맞게 되고 마는 것이다.

그래서 그는 하나 빼고 셋 더하기 전략을 수립했다. 옛 친구들을 빼 버린 자리에 그는 30, 40, 50명의 보다 성공적이고 멋들어지게 생긴 친구들을 영입했다. 친구의 숫자가 많다고 탓할 일은 아니지 않은가. 비록 자신이 그 모두를 정말 좋아하기는 하는 건지 확실치는 않았지만 말이다. 그는 유명했다. 아니 악명이 높았다. 그의 칵테일, 만용에 가까운 너그러움, DJ잉, 자기 아파트에서 벌인 2차, 3차 쇼 뒤풀이까지. 그리하여 뿌연 폐허가 된 아파트에서 아침에 눈을 뜨고선, 또 어느 놈이 지갑을 훔쳐 갔음을 깨닫곤 하는 일이 잦았다.

아무렴 어떤가. 영국에서 성공한 젊은 남자로 살기엔 이보다 더 좋은 때가 없었다. 런던은 홍청망청했고, 그는 어쩌면 그게 자기 탓이 아닐까 싶기도 했다. 그는 모뎀과 미니디스크 플레이어, 유명한 여자친구, 그리고 수많은 커프스 단추들을 가진 부가세 등록 사업자였다. 냉장고는 최고급 사과주로 꽉 차 있었고, 화장실에는 여러 날 면도기들이 가득했다. 비록 사과주가 싫고 면도기를 쓰면 뾰루지가 일었지만, 그는 그렇게 사는 게 좋았다. 지상에서 가장 자극적인 이 도시의 중심부에서, 1990년대의 한복판에서, 한 해의 한복판에서, 오후의 한복판에 블라인드를 내리고 사는 게 좋았다.

오후 시간이 그의 앞에 길게 늘어졌다. 그에게 약을 대주는 딜러에게 전화해야 할 시간이 다가왔다. 오늘밤 래드브로크그로브 근처의 대저택에서 파티가 있을 예정이었다. 우선 엠마와 저녁을 먹기로 했지만, 열한 시쯤이면 그녀를 떼놓고 움직일 수 있을 것이었다.

엠마는 아보카도 욕조에 누워 이언이 스탠드업 공연을 위해 푸트니의 '하하하우스'까지 긴긴 여행을 시작하느라 문을 나서는 소리를 들었다. 이번 코미디는 고양이와 개의 차이를 확인하는 따분한 15분짜리라고 했다. 그녀는 바닥에 있던 포도주잔을 들어 올려 양손에 쥐고서 수도꼭지를 노려보았다.

자기 집을 마련했다는 기쁨은 너무도 빨리 사라져 버렸다. 너무 얇은 벽과 다른 사람의 카펫이 그대로 있는 이 조그만 아파트를 둘이 공동 소유하고 있다니, 얼마나 터무니없고 초라한 일인가. 이곳이 더러워서 그런 게 아니라 — 구석구석 와이어브러시로 닦지 않은 곳이 없었다 — 어떻게 손댈 수가 없는 끈적거림과 아무리 해도 없어지지 않을 것 같은 낡은 마분지 냄새 탓이었다.

첫날 밤에, 현관문을 닫고 샴페인을 땄을 때, 엠마는 울음을 터뜨릴 것만 같았다. 우리 집이라는 느낌이 들려면 시간이 필요하다고, 그날 밤 침대에서 그녀를 안고서 이언은 말했다. 적어도 둘이 막 사다리에 함께 발을 올려놓은 거 아니냐고도 했다. 하지만 그 사다리를 한 단 한 단 여러 해에 걸쳐 둘이 함께 오른다는 생각은 그녀를 끔찍스런 우울에 빠지게 했다. 대체 그 꼭대기에 뭐가 있겠는가 말이다.

이제 이런 거 그만하자. 오늘밤은 특별한 축하의 날이어야 했다. 후다닥 욕조에서 일어난 엠마는 잇몸이 아릴 때까지 이를 닦고 치실질을 했다. 숲의 꽃향기를 담았다는 스프레이도 넉넉하게 뿌렸다. 그리곤 듬성듬성한 옷장을 열어, 유명한 친구와 함께할 저녁 자리에서 그녀를 영어 교사처럼 안 보이게 할 옷을 골랐다. 발을 부숴 버릴 것 같은 하이힐에, 카렌 밀렌 매장에서 술에 취해 샀던 앙증맞은 검정 칵테일 드레스를 걸쳤다.

아직 시간이 넉넉했다. 텔레비전을 켜니 수키 메도우즈가 스카보로 해변에 서서 전국민들에게 '영국에서 가장 재능 있는 애완동물'을 찾아보자고 호소하고 있었다. 드럼을 연주하는 개가 나왔다. 앞발에 검정 테이프로 드럼스틱을 붙인 개가 어찌어찌 온몸을 휘저어 달그락달그락 북소리를 냈다. 그 광경을 보고 경악하기는커녕 수키 메도우즈는 깔깔 웃고 있었다. 그녀가 쉴새없이 까부는 모습을 보며 엠마는 잠시 생각했다. 덱스터에게 전화를 해서 핑계를 대고 침대에 도로 누워 버릴까? 왜냐하면, 도대체, 뭐 하러 만나나?

그 천방지축 여자친구만 문제인 건 아니었다. 엠과 덱스는 요즘 그리 잘 어울리지 못했다. 마지막 순간에 그가 약속을 깨는 일이 잦았고, 드디어 만난다 해도 그는 딴 데 정신이 팔려 있거나 불편해 했다. 서로 낯선 사람처럼 갑갑한 목소리를 주고받았으며, 서로를 웃게 만들던 둘만의 비법을 그만 잃어버린 채 서로 짓궂게 냉소하며 놀리기만 했다. 그들의 우정은 시든 꽃다발 같았다. 그녀는 계속 꽃병의 물을 갈며 꽂아 두고 있는 중이고. 말라비틀어지게 내버려 둬야 하나? 우정이 영원하리라는 기대는 비현실적이다. 그녀에게도 다른 친구들이 많았다. 옛 대학 친구들, 학창시절의 친구들, 그리고 물론 이언까지. 하지만 그중 누구에게 속 시원히 이언 얘기를 털어놓는단 말인가? 덱스터는 아니었다. 더 이상은 아니었다. 개는 드럼을 쳤고 수키 메도우즈는 웃고 또 웃었다. 엠마는 TV를 꺼버렸다.

복도에서 그녀는 거울 속의 자신을 뜯어보았다. 그녀는 절제된 세련미를 기대했지만, '확 바꿔 드립니다' 프로그램에서 중도에 버림받은 꼬락서니의 여자가 거기 있었다. 요즘 들어 그녀는 페페로니 소시지를 무절제하게 먹어댔고, 그 결과 거울 속 저 여자의 올챙이배를 갖게 되었다. 이언이 있었다면 틀림없이 아름답다고 얘기해 주었겠지만, 지금 그녀의 눈앞엔 검은 새틴 아래 불룩 솟은 그녀의 배밖에 안 보였다. 엠마는 거기에 손을 얹었다가 문을 닫고 E17 구역의 분양된 옛 공공임대주택단지에서 WC2 구역으로의 긴긴 여행을 시작했다.*

* 영국 우편번호는 맨체스터는 M, 밀턴케인즈는 MK와 같이 도시/지역명의 약자로 만들어지지만, 런던만은 동서남북의 약자인 E, W, S, N을 쓴다. 그래서 NW는 런던 북서부, SE는 남동부가 된다. WC, EC의 C는 Central의 약자로, 런던 도심부 여섯 곳에만 쓰인다. 우편번호만 봐도 런던 어디쯤인지 대략 알 수 있으므로, 여기서도 고유명사처럼 쓰고 있다.

"와히!"

여름밤 프리쓰스트리트는 뜨거웠다. 그는 수키와 통화중이었다.

"봤어, 봤어?"

"뭘?"

"그 개! 드럼 치던 개! 끝내줬잖아!"

검은 셔츠와 수트 차림으로 바 이탈리아 밖에 서 있는 덱스터의 맵시가 대단했다. 조그만 트릴비 중절모를 뒤로 제껴 쓰고서, 휴대전화를 귀에서 10센티쯤 뗀 자세였다. 전화를 끊어도 한참 동안 수키의 목소리가 들릴 것 같다고 그는 생각했다.

"그 자그만 앞발에 자그만 드럼스틱을 달고서!"

"정말 웃기더라." 사실 보지는 못했지만 그는 그렇게 말했다.

질투는 덱스터에게 편안한 감정이 아니었지만, 그의 귀에는 '수키야 말로 진정한 재주꾼이지, 그녀가 널 끌어 가고 있잖아'라는 속삭임이 들리는 듯했다. 지금 수키의 고공행진과 엄청난 수입, 대중적 인기는 일종의 예술적 타협이라는 생각으로 그는 자신을 위로했다. '영국에서 가장 재능 있는 애완동물'이라고? 자신이라면 결코 그런 식의 세일즈는 하지 않았을 거였다. 누가 맡겨 준다고 해도 말이다.

"이번 주 시청자는 900만이래. 1천만일지도 모르지…."

"수키, 내가 전화기 얘기 좀 해도 될까? 그렇게 안 외쳐도 돼. 전화기가 알아서 다 전달해 준다니까…."

그녀가 발끈 화를 내더니 전화를 끊었다.

길 건너에서 엠마는 잠시 걸음을 멈추곤 덱스터가 자기 손에 든 전화기에다 욕을 퍼붓는 광경을 지켜보았다. 수트 차림의 덱스터는 여전히 멋있었다. 모자는 좀 볼썽사나웠지만, 적어도 그 말도 안 되는 헤드폰을 안 한 건 다행이었다. 그녀와 눈이 마주치자 그의 얼굴이 밝아졌다. 그녀도 덱스터에 대한 애정과 그와 함께할 저녁에 대한 기대로 가슴이 부풀었다.

"제발 그거 좀 갖다 버려라." 그녀가 고개로 휴대전화를 가리키며 말했다.

그는 전화기를 주머니에 집어넣고 엠마의 뺨에 키스했다. "그래, 네가 하고 싶은 대로 해. 나한테 개인적으로 직접 전화를 하든가, 아니면 내가 그 시간에 혹시 있을지도 모르는 어떤 건물로 전화를 하든가."

"건물로 전화하지."

"그래서, 내가 그 전화를 놓치면?"

"그래, 제발 전화 놓치고 그런 일은 없기를 빌게요."

"아직도 1988년인 줄 아니, 엠?"

"나도 알아."

"6개월. 너도 6개월 안에 안 사곤 못 배길걸."

"절대 안 그래."

"내기해?"

"그래, 내기하자. 내가 휴대전화를 사면, 나한테 저녁 사줘도 돼."

"어이구, 어지간히 신나겠다."

"게다가, 뇌손상도 일으킨대잖아."

"뇌손상은 무슨…."

"어떻게 알아?"

둘은 잠시 조용히 서 있었다. 뭔가 시작이 매끄럽지 않았다는 느낌이었다.

"세상에, 만나자마자 날 공격하다니." 그가 언짢다는 듯 말했다.

"뭐, 그게 내 일이잖아." 그녀가 웃으며 그를 안았다. 그녀의 뺨이 그의 뺨을 눌렀다. "너 공격하는 거 아냐. 미안해, 미안."

그의 손이 그녀의 목을 만졌다. "너무 오랜만이다."

"정말 한참 만이네."

그가 물러났다. "그나저나 너 참 아름다워."

"고마워. 너도 그래."

"뭐? 나도 아름답다고?"

"너 잘생겼다, 그럼."

"고마워." 그가 그녀의 손을 잡고 활짝 벌렸다. "드레스 좀 자주 입어라. 정말 여성스러워 보이네."

"네 모자 정말 좋네. 그러니까, 이제 좀 벗어라."

"그럼 네 신발도!"

그녀가 발목을 앞으로 내밀며 삐끗하는 척했다. "이게 세계 최초의 정형외과 공인 하이힐이거든."

둘은 인파를 뚫고 워더스트리트 쪽으로 걸었다. 엠마는 그의 팔을 잡고서 손가락으로 그의 수트를 만지작거리며 감촉이 묘하다 싶었다. "이게 뭐야? 벨벳? 벨루어?"

"몰스킨이야."

"나한테도 그 재질로 된 운동복 있었는데."

"우린 제법 단짝이야, 그치? 덱스와 엠—"

"엠과 덱스. 마치 로저스와 애시테어처럼—"

"버튼과 테일러처럼—"

"마리아와 요셉처럼—"

덱스터가 웃으며 그녀의 손을 잡았고, 둘은 곧 레스토랑에 도착했다.

포세이돈은 지하주차장으로 쓰이던 곳을 새로 꾸민 거대한 벙커 같은 곳이었다. 입구를 들어서자 엄청나게 크고 극적인 계단이 아래로 펼쳐졌는데, 메인 홀 위에 떠 있는 그 계단의 모습에 입이 딱 벌어졌다. 밑에서 밥을 먹던 손님들은 새 손님이 입장할 때마다 손길을 멈추고 고개를 들어, 이번엔 얼마나 예쁘고 얼마나 유명한 사람이 내려오는지를 살피느라 저녁 시간의 대부분을 보냈다.

예쁘지도 유명하지도 않다고 느끼며 엠마는 한 손으로 난간을 잡고 다른 손으로는 배를 가리고 내려갔다. 덱스터가 배를 가린 손을 잡더니 멈춰 서서 마치 자신이 이 공간의 건축가인 양 의기양양하게 실내를 살폈다.

"자. 어떠신가요?"

"클럽 트로피카나가 따로 없네." 그녀가 말했다.

실내는 1920년대의 호화유람선의 낭만을 불러일으키는 스타일로 꾸며져 있었다. 벨벳으로 마감한 방, 칵테일을 든 제복의 웨이터들, 배에서나 볼 법한 장식용 둥근 창. 거기다 자연 조명이 없다 보니 실내가 무슨 잠수함 속 같았다. 지금 막 빙하 조각과 부닥쳐 물속으로 가라앉고 있는, 그런 느낌이었다. 애초 의도했던 전간기의 복잡미묘함은 실내의 어수선함과 겉치레 탓에, 또 젊음과 섹스, 돈과 기름투성이 튀김요리 따위로 충만한 공기 탓에 한층 더 훼손되어 있었다. 세상의 모든 부르고뉴 벨벳과 연한 복숭아색 린넨을 다 끌어 모은다 해도, 개방형 주방에서 토해내는 엄청난 소음과 스테인리스 용품 및 백색가전의 웅웅대는 소리를 잠재울 수는 없었다. 음, 여기 오니 1980년대가 있구나, 엠마는 생각했다.

“정말 여기 오려고 한 거 맞니? 꽤 비싸 보이는데.”

“내가 크게 쏜다고 했잖아.” 그녀의 드레스 라벨이 삐죽 삐져나온 걸 보고서 덱스터가 그걸 안쪽으로 밀어넣었다. 그리고는 그녀의 손을 잡고 계단을 마저 내려갔다. 애시테어 같은 총총걸음으로, 돈과 섹스와 젊음의 홀 한복판으로.

바보 같은 어깨 견장을 단 미끈한 미남이 그들에게 테이블이 10분이면 준비된다고 말했고, 그래서 둘은 곧장 칵테일 라운지로 향했다. 거기서도 엉터리 해군 복장을 한 남자가 병을 돌리느라 여념이 없었다.

“뭘로 할래, 엠?”

“진토닉?”

덱스터가 혀를 찼다. “여기 넬슨 만델라 바 아니거든. 제대로 된 거 마시자. 여기, 마티니 두 잔. 봄베이 사파이어로, 아주 드라이하게, 트위스트 넣어서.” 엠마가 입을 열려고 했지만, 덱스터가 전제군주처럼 손가락을 들어 가로저었다, “날 믿어. 런던 최고의 마티니니까.”

그녀는 잠자코 입을 다문 뒤, 바텐더의 아슬아슬한 묘기를 지켜보았다. 덱스터의 코멘트가 계속 이어졌다. “요령이 뭐냐 하면, 정말 정말 차게 해서 시작하는 거야. 잔에는 얼음물을 따라 두고, 진은 냉장고에 넣어 두는 거지.”

“그런 건 어디서 배웠니?”

“엄마한테 배웠지. 음, 아홉 살 때던가?”

둘은 말없이 잔을 들고 앨리슨을 생각하며 건배했다. 둘의 맘속에 다시 희망이 생겨났다. 오늘밤의 희망, 둘 사이 우정의 희망이.

엠마가 한 모금 마시더니 말했다.

"이런 맛 정말 처음이다."

첫 맛은 달콤하고 서늘했으며, 곧바로 얼얼해지는 느낌이었다. 부르르 몸을 떨다 말고 엠마는 엎질러지려는 잔을 붙들었다. 덱스터에게 고맙다고 말하려는 순간, 그가 벌써 반도 넘게 빈 자기 잔을 엠마 손에 쥐어 주며 말했다.

"화장실 간다. 여기 화장실도 진짜 끝내줘. 런던 최고지."

"이렇게 기다리라고?"

엠마가 미처 말을 마치기도 전에 그는 사람들 속으로 사라졌다. 마티니 두 잔을 든 엠마는 홀로 남겨진 채, 웨이트리스처럼 보이지 않기 위해 자신감과 성적 매력의 아우라가 가득한 표정을 지어 보이려 애썼다.

갑자기 그녀의 눈앞에 얼룩무늬 코르셋에 스타킹과 서스펜더 차림새의 키 큰 여인이 불쑥 나타났다. 그 느닷없는 등장에 화들짝 놀라는 바람에 엠마의 손목으로 마티니가 튀어 흘렀다.

"담배 드려요?" 무척 아름답고 관능적인 여인이었다. 마치 B52 폭격기에서 떨어진 폭탄 같은 실린더 모양의 가슴이 시가와 담배가 놓여 있는 좌판 위에 얹혀져 있었다. "필요하신 거 없으세요?" 그녀가 손가락으로 목 뒤의 검은 벨벳 걸이를 조정하면서 다시 물었다. 짙은 화장 뒤의 그녀 얼굴이 웃고 있었다.

"아, 아니에요. 저 담배 안 피워요." 엠마가 말했다. 담배 못 피는 게 좀 문제다 싶어 대책을 세우려던 참이었다는 말투였다. 하지만 그 여인은 이미 엠마의 어깨 너머로 미소를 던지고 있었다. 그녀의 검은 마스카라가 팔랑이는 게 보였다.

"담배 하실래요, 손님?"

덱스터가 수트 안쪽에서 지갑을 꺼내며 웃었다. 그의 눈은 그녀의 가슴 아래쪽 입성을 훑고 있었다. 그가 전문가다운 몸짓으로 말보로 라이트 한 갑을 고르자 담배녀는 정말 탁월한 선택이라는 듯 고개를 끄덕였다.

덱스터는 길게 접힌 5파운드 지폐를 건네며 "잔돈은 챙기세요"라며 웃었다. 목에 힘 주기에 "잔돈 챙기라"는 말보다 더 나은 게 있을까? 덱스터도 한때는 그 말 꺼내기가 쑥스러웠지만, 이젠 아니었다. 그녀도 참으로 자극적인 웃음을 건넸고, 무정하게도 덱스터는 잠시나마 저녁 자리에 함께할 여인이 엠마가 아니라 이 담배녀였으면 하고 바랐다.

재 좀 봐, 저런 저런, 덱스터의 얼굴에 혼자 뿌듯해 하는 빛이 스치는 걸 보고 엠마는 속으로 혀를 찼다. 한때, 그리 오래지 않은 과거에는, 모든 소년들이 체게바라가 되고 싶어했으나, 이제는 그들 모두 [플레이보이 창업자인] 휴 헤프너가 되고 싶어했다. 물론 게임 콘솔도 있어야 했다. 담배녀가 몸을 흔들며 사람들 속으로 사라질 때 덱스터는 금세라도 몸을 기울여 그녀의 엉덩이를 두드릴 듯한 태세였다.

"몰스킨에 침 흘렸거든."

"뭐라고?"

"저게 다 뭐하는 거야?"

"담배 파는 소녀지." 그가 새 담배를 주머니에 넣으며 어깨를 으쓱했다. "여긴 저걸로도 유명해. 관능미에다, 약간의 극적 효과까지."

"그런데 저 여자는 왜 창녀처럼 입은 거야?"

"난 모르지, 엠. 아마 검은 울 바지는 세탁기에 들었나 보지." 그가 자기 마티니 잔을 가져가 쭉 들이켰다. "포스트 페미니즘 아닌가?"

"아, 저런 걸 그렇게 부른다고?"

엠마가 믿을 수 없다는 표정을 지었다.

"너도 원하면 저렇게 될 수 있을 텐데."

덱스터가 담배녀의 엉덩이를 바라보며 끄덕였다.

"너처럼 말을 귓등으로 듣는 애도 없을 거다, 덱스."

"내 말은 선택의 문제라는 거야. 할 수 있도록 힘을 실어 주면 된다는 거지."

"마음을 레이저 광선처럼 집중시켜라?"

"저 애가 저 옷 입겠다고 결정한 거면 얼마든지 그래도 된다는 거야."

"그런데 안 입겠다고 우기면, 잘리는 거고."

"웨이터들도 마찬가지지! 어찌됐건, 저 앤 저 옷이 좋을걸. 이 옷 재밌는데, 이거 입으니 섹시한데, 뭐 그런 느낌. 그게 페미니즘 아냐?"

"글쎄, 사전적 의미로는 안 그렇지…."

"날 무슨 남성 우월주의자 다루듯 하진 마라. 나도 페미니스트라고!" 엠마가 끌끌 혀를 차면서 눈알을 빙빙 돌렸다. 그걸 보며 덱스터는 그녀가 얼마나 짜증나고 넌더리나는 애일 수 있는지를 재확인했다. "진짜라니까! 나 페미니스트야!"

"그러면 난 죽을 때까지, 정말 죽을 때까지 싸우겠다. 저 여인이 자기 가슴을 드러내 팁을 받을 권리를 얻을 수 있도록."

이제 덱스터가 눈알을 굴릴 차례였다. 그는 깔보는 듯한 웃음도 곁들였다. "지금은 1988년이 아냐, 엠."

"무슨 뜻이야? 너 그 소리 자꾸 하는데, 대체 무슨 뜻으로 그러는 거야?"

"그건 네가 이미 진 걸로 판정 난 싸움을 계속하려 든다는 뜻이지. 페미니즘 운동은 이제 동등한 임금과 동등한 기회, 시민권 문제를 다뤄야지. 토요일 저녁에 한 여자가 자유 의지로 어떤 걸 입을지, 안 입을지를 결정하는 데 간섭하는 건 아니란 말이지!"

엠마의 입이 기가 막히다는 듯 딱 벌어졌다.

"내가 그런 말 한 거니—"

"뭐 어쨌든 내가 오늘 저녁 사잖아. 날 힘들게 안 하면 안 되니?"

바로 이런 순간들이다. 오래전 내가 이 남자를 사랑했었구나, 혹은 적어도 한때는 사랑했던 사이로구나, 라는 스스로의 기억을 일깨우게 되는 순간이. 그들은 막 목적도 없는 긴 논쟁에 빠져들 참이었다. 엠마는 자신이 이길 게 틀림없다고 여겼지만, 그 대가로 오늘밤이 누더기가 되고 말 것임도 잘 알았다. 술을 마시는 척, 그녀는 고개를 숙였다. 이빨로 술잔을 물고서 천천히 숫자를 센 뒤 엠마는 말했다.

"우리 다른 얘기 하자."

하지만 그는 엠마의 말을 듣고 있지 않았다. 대신 그녀의 어깨 너머에서 손짓하는 지배인을 보고 있었다. "가자. 뱅켓* 자리 구해 달라고 했더니 됐나 봐."

그들은 자줏빛 벨벳 장식이 현란한 방으로 안내되었다. 메뉴를 살피는 내내 둘은 말이 없었다. 엠마는 뭔가 근사한 프렌치 음식을 기대했지만, 여긴 그저 구내식당 음식을 비싸게 파는 곳일 따름이었다. 생선완자, 고기파이, 버거 등이 주요 메뉴였다. 포세이돈은 케첩을 은쟁반에 담아 내오는 레스토랑이었던 것이다.

"모던 브리티시 메뉴야." 덱스터는 지치지도 않고 설명했다. 그 거금을 소시지와 으깬 감자 값으로 내는 게 참으로 모던하고 참으로 브리티시하다는 듯 말이다.

"나는 굴로 할래." 덱스터가 말했다. "아마 생물일 거야."

* 긴 의자가 놓인 벽 쪽 널찍한 자리.

"물리는 없대?" 엠마가 희미하게 말했다.

"뭐?"

"생물이라며. 물리는 없냐고?" 그녀는 끝내 그런 설명을 마치고선, 속으로 '어이쿠, 내가 어느새 이언 같은 짓을 하는구먼' 싶었다.

말도 안 되는 소리라는 듯, 덱스터는 얼굴을 구기고 다시 메뉴를 봤다. "없어. 그냥 보통 거보다 더 달고 신선한 거지. 진주색이 더 영롱하고 더 좋고, 더 부드러운 거지. 난 열두 개 시킬래."

"너 갑자기 똑똑해졌다?"

"나 음식 좋아해. 음식이랑 포도주, 늘 좋아했다고."

"나도 기억하지. 그때 만들어 줬던 참치 야채 프라이. 아직도 그 맛 기억이 생생해. 으음—"

"이제 요린 안 해. 늘 레스토랑이지. 요샌 날마다 밖에서 먹어. 실은 일요일 신문에서 식당 방문기 원고 청탁을 받기도 했어."

"레스토랑 리뷰를?"

"칵테일 바 리뷰지. '바플라이'라는 주간 칼럼인데, 일종의 '남자, 시내로 나가다' 콘셉트지."

"그래서, 그걸 직접 쓴다고?"

"물론 직접 쓰지!" 그가 말했다. 물론 그 칼럼이 늘 대필작가의 손을 거쳐 실릴 것임이 분명했지만 말이다.

"칵테일에 대해 쓸 게 그렇게 많아?"

"깜짝 놀랄 거다. 요즘 칵테일이 얼마나 쿨한데. 일종의 리바이벌 매력 덩어리지. 실은…" 그가 빈 마티니 잔을 들어 입에 대었다. "…난 제법 믹스올로지 전문가거든."

"미소저니스트[여자를 싫어하는 사람]라고?"

"믹스-올로지라니까."

"미안. 난 네가 웬일로 여자를 싫어한다고 그러나 했네."

"무슨 칵테일이든 말해 봐. 제조법 말해 줄게."

엠마가 손가락으로 턱을 눌렀다. "그래? 음… 라거 톱!"

"농담이 아냐, 엠. 제대로 된 기술이라니까."

"뭐가?"

"믹스올로지 말야. 이런 특강에 사람들이 얼마나 몰리는데."

"그럼 너 그걸로 학위나 따라."

"이게 훨씬 쓸모 있어. 그 숱한 빌어먹을 학위들보다."

그 말이 어찌나 호전적이고 신랄했는지 엠마가 눈에 띄게 몸을 움츠렸다. 그러자 덱스터도 적잖이 당황하여 와인 리스트를 들어 얼굴을 가렸다.

"포도주는 뭘로 할래, 레드 아니면 화이트? 난 마티니 한 잔 더 할래. 그리곤 굴과 함께 먹기 좋은 부드러운 뮈스카데 마시고, 다음엔 샤또 마고 같은 거 마시자. 어때?"

그는 주문을 하고 다시 화장실로 가더니, 손에 두 번째 마티니를 들고 돌아왔다. 엠마는 그게 너무 낯설고 왠지 심난했다. 시간이 길게 늘어졌다. 그녀는 포도주 라벨을 읽었다. 한 번 더 읽고는 허공을 보며 생각했다. 덱스터가 언제 그런, 음, 그런… 믹스올로지스트가 된 거야? 그리고 내 목소리는 왜 그렇게 뾰족하고 옹졸하고 따분했지? 담배녀가 뭘 입든 그녀는 아무 상관없었다. 정말로. 그렇게 발끈할 정도는 전혀 아니었는데, 대체 왜 그렇게 까다로운 심판관처럼 굴었을까? 그녀는 느긋하고 편안해지자고 다짐했다. 그녀 최고의 절친 덱스터가 아닌가. 그녀가 사랑했던. 사랑했었던?

런던 최고의 화장실에 웅크리고 앉아 덱스터도 그녀와 똑같은 생각을 했다. 그도 엠마 몰리를 사랑했었는데, 그런 줄 알았는데, 날이 갈수록 그녀에게 화를 내는 빈도가 잦아졌다. 그녀의 독선에, 그녀의 마을회관 분위기와 그녀의 연극협동조합 분위기, 그녀의 1988년 마인드에. 그녀는 너무, 너무… 보조금 체질이었다. 그건 온당치 못했다. 특히나 이런 데서는. 이렇게 남자들이 비밀첩보원인 양 행세할 수 있게 디자인된 곳에서는 그러도록 내버려 둬야 하는 거다. 1980년 중반의 우중충한 이데올로기의 강제수용소 같던 교육현장을 떠나, 그 죄의식과 급진정치를 떠나, 그는 드디어 약간의 재미를 즐길 수 있게 되었는데, 칵테일이나 담배, 예쁜 여자애들 집적거리기 같은 게 그토록 나쁜 짓이란 말인가?

그 농담들도 그랬다. 엠마는 왜 그렇게 늘 그를 공격하는 걸까? 옛 단점들을 자꾸 들추면서? 그도 잊지는 않았다. 멋내는 데만 열중하고, 빵빵한 엉덩이나 정형외과 공인 하이힐 타령이나 하고, 끝도 없이 끊임없이 자기비하에 빠지던 일을. 오 하느님, 저를 여류코미디언들로부터 구하여 주시옵소서. 저들의 그 모든 말대꾸와 그 모든 잘난 척을, 그 모든 불안감과 자기혐오를 다 씻어 주시옵소서. 왜 한 여인은 늘 성마른 스탠드업 코미디언처럼 굴기만 하고, 약간의 우아함과 세련미, 자신감을 갖추지는 못한단 말인가.

그리고 계급! 계급 얘기는 꺼내기도 싫었다. 자기 돈을 내고 이 멋진 레스토랑에 그녀를 데려왔는데, 그런데 여기서 또 [노동자들의 상징인] 헝겊모자를 꺼내 쓰다니. 그런 노동자계급 영웅 연기엔 모종의 허영과 자만이 깃들어 있었고, 덱스터는 그게 미치도록 싫었다. 왜 그녀는 자기가 공립학교 간 이야기나, 휴가 때 한 번도 외국에 가질 않은 거, 한 번도 굴을 먹지 않은 이야기만 하고 또 하는 것일까? 벌써 서른 살인데, 자기 인생을 책임질 나인데, 왜 옛날 옛적 얘기만 하는 건가?

덱스터는 손 닦는 수건을 건네 준 나이지리아 사내에게 파운드 동전 하나를 건넨 뒤 레스토랑 홀로 나왔다. 홀 저쪽에서 동네 마트점에서 샀을 장례식용 드레스 차림으로 나이프를 만지작거리고 있는 엠마의 모습이 보였고, 덱스터는 새로운 짜증이 확 일어나는 걸 느꼈다. 그의 오른쪽 바를 보니 담배녀가 혼자 서 있었다. 그녀가 그를 보고 미소를 지었다. 그는 시간을 죽이기로 했다.

“스무 개짜리 말보로 라이트요.”

“네? 또요?” 그녀가 그의 손목을 만지면서 웃었다.

“글쎄 말입니다. 꼭 정탐견 비글 같죠?”

그녀가 다시 웃었다.

그는 그녀를 뱅켓 옆자리에 앉히고서 테이블 아래로 손을 넣어 그녀의 스타킹 신은 허벅지를 쓰다듬는 그림을 그려 보았다. 그가 지갑을 꺼냈다. “실은 말입니다, 이따 저쪽에 있는 대학 때 옛 친구랑 파티에 갈 건데요…” 옛 친구, 그는 그 말이 맘에 들었다. “…그래서 담배 떨어지지 않게 사두려는 거예요.” 그는 길게 반으로 접힌 빳빳한 5파운드 지폐를 중지와 검지 사이에 끼워 건넸다. “잔돈은 챙기세요.”

그녀가 웃었다. 하얀 앞니에 진홍색 립스틱 얼룩이 조그맣게 묻어 있었다. 그는 당장 그녀의 턱을 잡고 자신의 엄지로 그 얼룩을 떼어내 주고 싶었다.

“여기 립스틱이….”

“어디요?”

그는 그녀의 입술 바로 앞에까지 손가락을 뻗었다. “바로 여기요.”

"이런, 황당할 데가!" 그녀가 분홍빛 혀끝을 이빨 위로 열심히 움직였다. "좀 나아요?" 그녀가 활짝 웃었다.

"훨씬 좋네요." 그는 미소를 지으며 물러가다 다시 그녀 쪽으로 돌아섰다.

"그냥 궁금해서 그러는데요." 그가 말했다. "오늘 여기 일 언제 끝나요?"

굴이 나왔다. 녹아내리는 얼음 위에 반들거리는 낯선 생명체들이 누워 있었다. 저녁 자리에서 홀로 버려졌지만 아무렇지도 않다는 사람의 굳센 미소가 엠마의 얼굴에 걸려 있었다. 혼자서 엠마는 열심히 술을 마시며 시간을 보냈다. 드디어 덱스터가 홀을 가로질러 오는 게 보였다. 걸음걸이가 조금 불안해 보였다. 그가 황급히 자리에 앉았다.

"어디 빠졌나 했네!" 말하고 보니 그건 그녀의 할머니가 쓰시던 표현이었다. 그녀는 이제 할머니의 말을 쓰고 있었다.

"미안." 그가 말했다. 더 이상의 말은 없었다. 둘은 굴만 먹었다.

"자, 들어 봐. 이따 밤에 파티가 있거든. 나랑 포커 같이 치는 올리버란 친구가 있는데. 전에 얘기 했지?" 그가 굴을 입 안으로 기울이며 말했다. "준남작님이시지."

엠마는 바닷물이 손목으로 뚝뚝 떨어지는 게 느껴졌다. "그래서 그게 어쨌는데?"

"무슨 말이야?"

"그가 준남작인데?"

"그냥 그렇다고. 좋은 사람이야. 레몬 뿌릴래?"

"아니, 됐어." 그녀는 꿀꺽 삼키며 고개를 갸우뚱했다. 지금 날 초대한 거야, 아니면 그냥 파티가 있다는 걸 통보하는 거야? "그래, 그 파티 어딘데?" 그녀가 물었다.

"홀란드파크. 엄청나게 큰 집이지."

"아, 그렇구나."

아직도 불분명했다. 초대하는 거야, 빨리 가야 해서 미안하다는 거야? 그녀가 굴을 하나 더 삼켰다.

"네가 같이 가도 얼마든지 환영이야." 타바스코 소스를 집어 들며 드디어 그가 말했다.

"내가?"

"그럼." 타바스코 병의 주둥이가 막혔는지 덱스터가 포크로 뚫고 있었다. "다만 네가 아는 사람이 아무도 없을 거란 게 좀 그렇지만."

모든 게 분명해졌다. 그녀는 초대받지 않은 것이었다. "난 너 알잖아." 그녀가 힘없이 말했다.

"그래, 그렇겠네. 그리고 수키도 있다. 수키도 올 거야."

"스카보로에서 촬영한다며?"

"밤차로 모셔다 준대."

"수키 요즘 잘 나가지, 응?"

"우리 둘 다 잘 나가지." 그가 잽싸게, 또 제법 큰소리로 그렇게 바꿔 말했다.

그녀는 아무 토도 달지 않기로 했다. "그렇지. 내 말이 그 말이야. 너희 둘 다." 그녀가 굴을 집어 들었다 도로 놓았다. "난 수키 참 좋아." 비록 혹스톤의 한 개인 클럽에서 열렸던 겁나는 '스튜디오 54' 테마 파티

때 딱 한 번 봤을 뿐이지만, 엠마는 그렇게 말했다. 비록 수키가 그녀를 아주 희한한 사람이라는 듯, 덱스터의 수수한 옛 친구들 중 한 명이라는 듯, 어쩌다 응모행사에 당첨되어 이 파티에 온 사람이라는 듯 그녀를 다룬다는 느낌을 떨칠 수는 없었지만, 그래도 엠마는 그녀가 좋았다.

그가 굴을 하나 더 먹었다. "수키 참 대단하지?"

"응, 맞아. 둘 사이는 어때, 잘 지내지?"

"그럼, 그래도 쉽진 않지. 알잖아, 늘 사람들이 지켜보니까…."

"그 얘기 좀 들어 보자!" 엠마가 말했지만, 그는 못 들은 눈치였다.

"어떨 때는 내가 무슨 확성기랑 사귀나 싶을 때도 있지. 하지만 좋아, 물론. 우리 관계에서 제일 좋은 점이 뭔지 알아?"

"뭔데?"

"그녀도 잘 안다는 거야. 텔레비전에 나온다는 거. 그래서 이해한다는 거지."

"덱스터, 정말 낭만적인 말이다, 그거. 최고야, 최고!"

또 시작이군, 덱스터는 생각했다. 퉁명스럽게 자질구레한 트집이나 잡고. "뭐, 사실이 그렇거든." 그는 으쓱했다. 그리고 다짐했다. 계산을 마치기만 하면 둘의 오늘밤은 끝이다! 뒤늦게 생각났다는 듯 그가 덧붙였다. "참, 그 파티. 네가 집에 가는 게 좀 걱정이긴 하지만, 그뿐이야."

"월덤스토우가 무슨 화성이냐, 덱스. 거기도 런던이야, 런던 동북쪽. 거기도 인간들이 산다고."

"나도 알아!"

"지하철도 가. 빅토리아라인!"

"하지만 대중교통으로 한참 가야 하잖아. 그리고 파티는 자정도 되기 전에 끝날 거야. 넌 아마 도착하자마자 바로 떠나야 할걸. 만약 내가 택시비를 안 주면—"

"나 돈 있어. 월급 주는 사람들 있어."

"그래서, 홀란드파크에서 월덤스토우까지?"

"내가 가는 게 정 곤란하다면—"

"아냐! 안 곤란해. 네가 오는 게 좋지. 그건 이따 결정하자, 응?"

실례한다는 말도 없이 그는 또 화장실로 갔다. 화장실 안에 다른 테이블이라도 있다는 듯 또 잔을 들고서 말이다. 엠마는 앉아서 포도주를 계속 마셨다. 슬슬 끓어오르기 시작한 속이 드디어 펄펄 끓기 시작했다.

그렇게 기쁨의 시간은 지나가 버렸다. 막 메인코스가 나왔을 때 그가 돌아왔다. 엠마는 민트 콩 퓨레와 맥주혼합 양념을 한 대구 튀김 요리를 뜯어보았다. 뿌옇게 튀겨 나온 감자 칩은 기계로 잘라 완벽한 직육면체 모양이었다. 그 감자 칩이 벽돌처럼 쌓여 있는 무더기 위에 양념튀김을 한 생선이 위태롭게 얹혀져 있었다. 대략 접시 바닥에서 15센티는 떠 있는 셈이었는데, 금세라도 아래쪽의 두툼한 초록 끈적이들의 바다로 세차게 뛰어내릴 기세였다. 이게 뭐 하자는 거람? 나무블록 빼기 게임인가? 조심조심, 그녀는 무더기의 꼭대기에서 감자 칩 하나를 빼내 씹었다. 딱딱하고 속은 찼다.

"코미디의 왕께서는 어떻게 지내?" 이번에 화장실에서 돌아온 뒤 덱스터의 말투는 더욱 호전적이고 신랄했다. "메탄가스의 사나이 말야."

배신자가 되고픈 마음이 불쑥 솟았다. 이걸 신호로 하여, 자신의 관계가 얼마나 엉망진창인지를 누군가에게 털어놓고, 도대체 앞으로 뭘 어떡할지를 상의하고 싶었다. 하지만 그녀는 덱스터에게 그 얘기를 할 수가 없었다. 지금은 그랬다. 그녀는 차가운 생감자를 삼켰다.

"이언이야 잘 있지." 그녀가 단호하게 말했다.

"같이 사는 건 괜찮고? 아파트도 문제 없고?"

"환상이지. 아직 못 봤지, 응? 언제 한번 와라!"

초대는 뜨뜻미지근했고, 대답은 모호한 "으음"이었다. 덱스터는 지하철 존2 너머에도 쾌락이 존재한다는 게 의심스러웠다.

침묵이 흘렀고, 둘은 음식에 집중했다.

"네 스테이크는 어때?" 드디어 그녀가 물었다. 덱스터는 식욕을 싹 잃은 듯 빨건 고깃덩이를 자르기만 할 뿐 입에 대지를 않았다.

"빽 가는데. 생선은?"

"차가워."

"그래?" 그녀의 요리를 살핀 덱스터가 잘난 척 고개를 저었다.

"반투명이네, 엠. 생선 익힐 땐 딱 그 정도라야지. 살짝 반투명이 될 때까지만."

"덱스터!" 엠마의 목소리가 딱딱하고 날카로웠다. "이게 반투명인 건 꽝꽝 얼어서 그런 거야. 제대로 녹이질 않은 거라고."

"그래?" 그가 양념옷 안의 생선살을 신경질적으로 쿡쿡 쑤셨다. 맨손가락으로. "뭐야, 당장 돌려보내자!"

"됐어. 감자 튀김이나 먹을래."

"무슨 소리야, 젠장! 돌려보내야지! 내가 빌어먹을 냉동 생선 값을 왜 내! 이게 뭐야, 여기가 무슨 냉동식품마트야? 다른 거 내오라고 그래야지."

그가 웨이터를 불렀고, 엠마는 덱스터의 현란한 주장을 지켜보았다. 이게 뭐냐, 형편없다, 메뉴엔 신선한 생선이랬다, 계산서에서 이거 값은 빼라, 대신 나올 메인코스는 공짜로 내놔라. 그녀는 이제 배가 안 고프다고 얘기했지만, 그는 공짜니까 제대로 된 메인코스가 나오면 꼭 먹어야 한다고 다그쳤다.

그녀가 다시 메뉴를 죄다 훑어보는 동안 그녀를 바라보는 덱스터와 웨이터의 눈에서는 불꽃이 튀었다. 그 사이에도, 마구 잘라 놓은 덱스터의 스테이크는 먹지 않은 채 식어 갔다. 마침내 그녀가 그린 샐러드를 공짜로 주문했고, 다시 둘만 남겨졌다.

원하지 않았던 음식 두 접시 앞에 앉아 둘은 말이 없었다. 완전히 망가지고 만 이 밤의 잔해 앞에서 그녀는 울고만 싶었다.

"음, 이건 좋은데." 덱스터는 그렇게 말하며 냅킨을 내려놓았다.

그녀는 집에 가고 싶었다. 디저트 따윈 필요 없어, 파티는 무슨 얼어 죽을! 덱스터가 그녀를 안 데려가고 싶어하는 것도 분명한데, 집에 가고 싶어. 이언이 와 있을지도 몰라. 친절하고 이해심이 넓고 그녀를 사랑하는 그가. 같이 앉아 얘기를 하거나, 혹은 그냥 안고서 TV를 봐도 좋았다.

"그래." 엠마에게 물으면서도 그의 눈은 홀 안을 살폈다. "학교 일은 어때?"

"괜찮아, 덱스터." 그녀가 못마땅하다는 듯 얼굴을 찌푸렸다.

"왜? 내가 뭘 어쨌는데?" 그가 화를 냈다. 이번엔 그녀를 보면서 말했다.

그녀는 차분하게 말했다. "관심도 없잖아. 그럼 묻지도 마."

"나 관심 있어! 다만…." 덱스터가 엠마의 포도주 잔을 채웠다. "난 네가 책인지 뭔지를 쓰고 싶어하는 줄 알았다고."

"책인지 뭔지 지금 쓰고 있어. 하지만 돈도 벌어야지. 더 중요한 건, 학교 일이 즐겁다는 거야, 덱스터. 나 우라지게 좋은 선생님이라고!"

"물론 그렇겠지! 난 다만, 그저, 알잖아 그 말. 행할 줄 아는…."

엠마의 입이 쩍 벌어졌다. 침착해라!

"아니 몰라, 무슨 말인데, 덱스터? 말해 봐. 어떤 말?"

"아니, 그거, 모르나?"

"몰라, 진짜야, 덱스터. 말해 봐."

"별 거 아냐." 그가 대번에 꼬리를 사렸다.

"알아야겠어. 제대로 다 말해 봐. 행할 줄 아는… 뭐!"

그가 답답한 듯 한숨을 내쉬었다. 포도주잔을 손에 든 채, 그가 머뭇머뭇 말했다. "행할 줄 아는 자들이여, 그저 행하라. 행할 줄 모르는 자들이여, 가르치라."

그녀가 내뱉듯 말했다. "그래, 가르치기나 하는 내가 한마디 할게. 닥치고 어디 가서 확 뒈져 버려!"

엠마가 테이블을 밀치고 일어서는 바람에 그의 포도주잔이 무릎에 떨어졌다. 그녀는 가방을 들고 레스토랑 홀로 나갔다. 병이 자빠지고 접시들이 요란스레 달가닥거렸다. 그녀는 그 지긋지긋한 곳을 부리나케 헤치고 나갔다. 모든 사람들의 시선이 그녀에게 쏠렸지만, 그녀는 아랑곳하지 않았다. 오로지 나가고 싶은 맘뿐이었다.

울지 마, 울면 안 돼. 그녀는 스스로를 다그쳤다. 힐끔 뒤돌아보니 덱스터는 분한 얼굴로 다리를 닦고는 웨이터를 진정시키며 그녀를 쫓아오고 있었다. 그녀는 고개를 돌리고 계단으로 내달렸다. 긴 다리에 하이힐 차림의 담배녀가 주홍빛 입술을 벌리고 웃으며 엠마 쪽으로 계단을 성큼성큼 내려오고 있었다. 그녀가 까닥 인사를 했지만, 엠마는 굴욕감에 북받쳐 눈시울이 화끈거렸다. 시야가 흐려지며 엠마의 그 멍청하게 높은 신발이 휘청하더니 그녀의 몸이 계단 위로 허물어지기 시작했다. 그녀가 무릎을 찧는 순간 뒤의 손님들로부터 흡 하고 놀라는 소리가 들렸다. 담배녀가 옆에서 엠마의 팔을 잡았다. 깜짝 놀란 얼굴에 진심어린 염려가 가득했다.

"괜찮으세요?"

"네, 고마워요. 괜찮아요."

벌써 덱스터가 뒤따라와 엠마를 일으키려고 했다. 그녀가 매섭게 그의 손길을 뿌리쳤다.

"손 대지 마, 덱스터!"

"왜 고함치고 그래. 좀 조용해."

"내가 왜 조용해!"

"그래, 미안해, 미안해, 미안하다. 뭣 때문에 화가 났든, 미안해!"

엠마는 계단에 서서 타는 듯한 눈빛으로 덱스터를 쳐다봤다.

"뭐? 모른다는 거야, 지금?"

"몰라! 그러니까 테이블로 돌아가서, 나한테 얘기해 줘!"

하지만 벌써 엠마는 비틀대는 걸음걸이로 회전문을 지나고 있었다. 엠마가 밀어 버린 문짝의 쇠모서리가 덱스터의 무릎을 세게 때렸다. 뒤따라오는 덱스터가 절뚝거렸다.

"진짜 짜증난다, 우리 둘 다 좀 취해서 그런 거잖아—"

"아니, 너 혼자 취했어! 넌 항상 취해 있지. 아니면 딴 거에 맛이 가거나. 볼 때마다 늘 그랬잖아. 뭐야, 지난 3년 동안, 내가 맑은 정신의 널 본 적이 단 한 차례도 없다는 걸 알기나 해? 술 안 취했을 때의 네 모습이 어땠는지 이제 생각도 안 나. 여기서도 넌 줄곧 네 자신이나 새 친구들 생각하느라, 10분에 한 번씩 화장실 들락거리느라 완전 바빴잖아. 글쎄, 설사인지 콜라를 너무 많이 마셔서 그런진 모르겠다만, 어찌됐든 그건 더럽게 무례한 짓이고, 무엇보다 지루해 미치겠어. 나한테 말할 때조차도 넌 항상 내 어깨 너머를 기웃거리며 뭐 좀 더 좋은 수가 없나를 살피기나 했고….”

“그런 게 아니야!”

“그런 거라니까, 덱스터! 제기랄, 잘했다 그래. 넌 TV 진행자일 뿐이야, 덱스터. 네가 페니실린을 발명한 게 아니라, 한낱 TV, 망할 놈의 TV일 뿐이라고. 젠장, 더는 못 참겠어.”

여름 해가 저무는 가운데 두 사람은 워더스트리트의 인파 속에 묻혔다.

“어디 가서 얘기 좀 해.”

“더 얘기하고 싶지 않아. 나 그냥 집에 갈래….”

“엠마, 제발?”

“덱스터, 그냥 혼자 있게 해줘, 응?”

“히스테리 그만 좀 부려. 이리 와.”

덱스터가 다시 그녀의 팔을 잡았다. 그리곤 바보같이 그녀를 안으려고 했다. 엠마가 그를 밀쳤지만 그는 팔을 잡고 늘어졌다. 토요일 밤의 소호에서 또 한 커플이 싸우는구나 싶은지 행인들이 그들을 힐끔거렸다. 마침내 그녀가 기세를 누그러뜨리며 휘청휘청 길옆으로 물러났다.

이제 둘은 말이 없었다. 덱스터는 훌쩍 떨어져 서서 그녀가 차분해지기를 기다렸다. 그녀는 등을 돌리고 서서 손등으로 눈물을 닦았다. 갑자기 가슴을 에는 듯한 부끄러움이 덱스터를 뜨겁게 후려쳤다.

드디어, 그녀가 말했다. 벽을 바라보며, 조용한 목소리로.

“왜 이렇게 구는 거야, 덱스터?”

“뭐 어떻게?”

“알잖아.”

“이런 게 원래 내 모습이야.”

엠마가 휙 몸을 돌려 덱스터를 마주 보았다.

"아니, 넌 안 그래. 난 네가 어떤 모습인지 잘 알아. 이런 건 네 모습이 아냐. 이럴 때 넌 진짜 끔찍해. 고약하다고, 덱스터. 하긴, 넌 늘 약간씩은 고약했어, 이따금씩은. 자기 생각만 하고. 그렇지만 넌 재밌기도 했어. 때론 친절하기도 했지. 너 말고 다른 사람들의 삶에 관심이 있었고. 그런데 이제 넌 막 나가. 술에 절고, 약에 절어서."

"그냥 재미 보는 거야!"

그녀가 짧게 코웃음을 쳤다. 그리곤 물기 가득한 흐릿한 눈으로 그를 올려다보았다.

"그리고 간간이 넋을 놓고 살기도 하지만, 그뿐이야. 네가 그렇게, 시종일관 심판관처럼 굴지만 않았어도—"

"내가? 난 그렇게 생각 안 해. 안 그러려고 노력하지. 난 그저…." 그녀가 말을 잇지 못하고 고개를 흔들었다. "지난 몇 년 새 네가 많은 일을 겪었다는 거, 잘 알아. 어머니 일도 그렇고, 다 이해하려고 나도 노력했어, 정말 노력했어, 그런데…."

"계속해." 그가 말했다.

"이제 너는 내가 알던 그 사람이 아닌 거 같아. 넌 더 이상 내 친구가 아닌 것 같단 말이야. 그게 다야."

그는 무슨 말을 해야 할지 몰랐고, 둘은 아무 말 없이 서 있었다. 이윽고 엠마가 손을 내밀어 덱스터의 두 손가락을 잡고서 꼭 쥐었다.

"그렇다면… 여기까지인 거지." 그녀가 말했다. "아마 이게 끝인 가 봐."

"끝이라니? 뭐가 끝나?"

"우리 말야. 너랑 나. 우정이 끝났다고. 너한테 해야 할 얘기가 있었어, 덱스. 이언과 나 얘긴데, 네가 내 친구라면 너한테 얘기할 수 있었어야 하는데, 그럴 수가 없었어. 내가 너한테 얘길 못한다면, 넌, 우린, 도대체 뭐니?"

"도대체 무슨 말이야?"

"너도 그랬잖아, 사람은 변한다고. 왜 변하냐고 징징거려 봤자라고. 돌아서서 다른 사람 찾아야 한다며."

"그랬지. 하지만 그건 우리 얘기가 아니라…"

"왜 아냐?"

"왜냐하면 우리는… 우리니까. 우린 덱스와 엠이잖아. 안 그래?"

엠마가 어깨를 으쓱했다.

"우리도 나이를 먹어 서로에게 맞지 않게 된 거겠지."

한참 말이 없던 덱스터가 입을 열었다. "그러니까 내가 커서 너한테 안 맞는다, 아님 네가 커서 나한테 안 맞는다, 이거니?"

그녀가 손등으로 코를 훔쳤다. "난 네가 나를… 따분해 하는 것 같아. 나를 갑갑하게 생각하고, 나한테 아무런 관심도 없는 거지."

"엠, 안 그래. 네가 왜 따분해."

"그래! 나도 내가 따분하다곤 생각 안 해! 난 내가 빌어먹을 정도로 굉장한 인간이라고 생각해. 너도 한때는 그렇게 생각하지 않았나 싶고! 그렇지만 이제 네가 그렇게 생각 안 하고, 아니면 그걸 당연한 거 아니냐고 여긴다면, 좋아, 그렇게 해. 난 다만 그런 취급 받는 게 이제 너무 싫어."

"그런 취급이라니?"

그녀가 한숨지었다. 잠깐 뜸을 들인 뒤 그녀가 말했다.

"넌 늘 다른 데에, 다른 누군가와 함께 있고 싶어하잖아."

그는 그 말을 부인해야 하나 싶었지만, 지금 이 순간에도 담배녀가 레스토랑에서 기다리고 있다는 게 떠올랐다. 그녀의 가터 벨트에는 그의 휴대전화 번호가 끼워져 있고. 이내 그는 머리를 굴렸다. 이 상황을 정리하기 위해 할 수 있는 다른 말이 뭐가 있을까? 농담이라도 해야 하나? 그렇지만 아무 생각도 나질 않았고, 이윽고 엠마가 그의 손을 놓았다.

"그래. 가라." 그녀가 말했다. "파티에 가. 난 사라져 줄게. 이제 넌 자유야."

허세에 바람이 빠지는 걸 느끼며 그는 웃음을 지으려고 노력했다. "너 지금 꼭 날… 차는 거 같다?"

그녀가 쓸쓸하게 웃었다.

"어떻게 보자면 그렇기도 하겠네. 넌 예전에 네가 아냐, 덱스. 난 옛날의 널 정말, 정말 좋아했어. 네가 그 모습으로 돌아간다면 좋아. 하지만 그 동안은, 미안하지만 전화하지 말아 줘."

엠마가 돌아섰다. 약간 휘청거리며 그녀는 레스터스퀘어 쪽으로 난 곁길을 따라 걷기 시작했다.

불현듯 어머니의 장례식에서의 자신의 모습이 떠올랐다. 덱스터는 화장실 바닥에 몸을 웅크린 채 흐느끼고 있었고, 엠마가 그를 안고서 그의 머리를 쓰다듬고 있었다. 하지만 덱스터는 다 부질없는 짓이라는 듯 그 생각을 후딱 떨쳐 버렸다. 그는 엠마의 뒤를 멀찍이서 따라 걸었다.

"엠, 제발. 우린 아직 친구야. 그렇지? 내가 좀 괴상하게 군 건 알아, 그거야…." 그녀가 발걸음을 멈췄지만 돌아서지는 않았다. 그는 엠마가 울고 있다는 걸 깨달았다.

"엠마?"

그러자 엠마가 갑자기 휙 돌더니 그에게로 걸어와 그의 얼굴을 당겼다. 그의 뺨에 와닿는 그녀의 젖은 뺨이 따뜻했다. 그녀가 그의 귀에 재빠르고 나지막하게 얘기했고, 덱스터는 순간 용서받는다는 느낌에 기분이 환해졌다.

"덱스터, 나 너 너무 사랑해. 정말 정말 사랑해. 그리고 아마 늘 사랑할 거야." 그녀의 입술이 그의 뺨에 닿았다. "그저 널 더 이상 좋아할 수가 없어. 미안해."

그렇게 그녀는 갔다. 그는 그 한적한 뒷골목에 홀로 남겨진 채, 대체 이제 뭘 할 수 있을지를 떠올리려고 애쓰며 서 있었다.

이언은 자정 직전에 돌아왔다. 엠마는 드레스 차림 그대로 소파에 웅크리고 앉아 옛 영화를 보고 있었다.

"일찍 왔네. 골든 보이는 어떻디?"

"완전 지독했어."

비록 기뻐 날뛰고 싶은 기분이라 해도, 목소리에 그런 낌새를 실을 만큼 경솔한 이언은 아니었다.

"왜, 무슨 일 있었어?"

"그 얘기 하기 싫어. 오늘밤엔 싫어."

"왜 안 해? 엠마, 말해 봐! 뭐라 그러던데? 싸웠어?"

"이언, 제발! 오늘밤엔 싫다니까. 그냥 이리 와, 응?"

그녀가 몸을 움직여 그가 앉을 자리를 내주었다. 그는 엠마가 걸친 드레스가 놀라웠다. 그를 위해서는 절대 저런 걸 입지 않는 엠마였다. "그 걸 입었던 거야?"

그녀가 손가락으로 옷단을 매만지며 말했다. "잘못 골랐지."

"아름답기만 하네, 뭘."

그녀가 동그랗게 몸을 말아 그에게 기댔다. 머리가 그의 어깨에 닿았다. "공연은 어땠어?"

"별로."

"고양이와 개, 그거 한 거야?"

"응."

"야유는?"

"조금."

"그게 당신 소재 중 최고는 아니니까."

"우~ 소리도 좀 났지."

"그거야 어디서나 그런 거 아냐? 누구나 가끔은 야유를 받잖아."

"그렇겠지. 난 다만 걱정되는 게…."

"뭐가?"

"내가 그저… 그리 안 웃기는 거 아닌가 해서."

그녀가 그의 가슴팍에 고개를 묻고 말했다. "이언?"

"왜?"

"당신은 아주 아주 웃기는 사람이야."

"고마워, 엠."

이언이 엠마의 머리에 자기 머리를 기댔다. 그는 조그만 붉은 통 안의 자글자글한 은붙이가 촘촘히 박힌 약혼반지를 떠올렸다. 지난 2주 동안 그건 돌돌 말린 양말 속에 몸을 숨긴 채 때를 기다리고 있었다. 지금도 때는 아니었다. 3주 후면 그들은 그리스 코르푸 섬의 해변에 있을 것이었다. 둥실 보름달이 뜬 바다를 내려다보는 레스토랑에서, 갓 태운 살결에 여름 드레스를 입고 웃고 있는 엠마에게, 어쩌면 오징어 요리를 사이에 두고 건넬지도 몰랐다.

반지를 좀 재미있게 건네는 방법도 생각해 보았다. 사실 몇 주째 머릿속에서 여러 가지 로맨틱 코미디의 장면들을 연출해 보고 있는 중이었다. 그녀가 화장실에 간 사이 그녀의 포도주잔에 떨어뜨려 놓을까? 그릴에 구운 생선 요리를 베어 물었다 뭐가 나왔다고 웨이터를 불러 호통을 칠까? 오징어들이 동글동글 잘려 있는 데다 섞어놓는 방법은 어떨까? 그냥 불쑥 내밀 수도 있었다. 이언은 머릿속에서 그 말을 연습해 보았다. 나랑 결혼해 줘, 엠마 몰리. 나랑 결혼해 줘.

"너무 사랑해, 엠." 그가 말했다.

"나도 사랑해." 엠마가 말했다. "나도 사랑해."

담배녀는 20분 동안의 휴식시간을 맞아 바에 앉아 있었다. 앞에 앉아서 위스키를 들이키는 수트 차림의 남자가 자기 친구에 대해 — 계단에서 넘어졌던 그 불쌍한 예쁜 여인 말이다 — 끝없이 얘기를 늘어놓고 있었다. 틀림없이 둘 사이에 말다툼이 있었던 것이다. 담배녀는 남자의 독백을 듣다 말다 하며 가끔 고개를 끄덕거리기만 했다.

몰래 시계를 훔쳐보니 자정 5분 전, 이젠 다시 일하러 일어나야 했다. 자정에서 새벽 1시까지는 팁이 가장 많은 시간이었다. 남자손님들의 욕망과 미련스러움이 절정에 이르는 때가 그 무렵이었다. 5분이 지나면 그녀는 가야 했다. 어쨌든 이 불쌍한 사내는 자기 몸도 가누지 못할 정도로 취해 있었다.

그녀는 그 웃기는 TV 프로그램에서 그를 본 기억이 났다. 수키 메도우즈랑 사귄다고도 했던 것 같은데, 음, 이름이 뭐였더라? 남자의 윗도리는 얼룩투성이였고, 주머니마다 뜯지도 않은 담배로 불룩했다. 코에는 기름이 번들거렸고, 입에선 악취가 풍겼다. 더군다나 그렇게 떠들면서도 그녀의 이름조차 물어보지 않을 만큼 이미 인사불성이었다.

담배녀의 이름은 셰릴 톰슨이었다. 그녀는 낮 시간 내내 간호사로 일했다. 그것도 힘든 일이었다. 하지만 가끔 여기서 담배 파는 일도 했다. 매니저랑 같은 학교를 다녔다는 인연도 있었지만, 무엇보다 남자들이 집적거릴 때 살짝 대꾸해 줄 의향만 있다면 엄청난 팁을 벌 수 있었기 때문이었다.

킬번의 아파트에서는 그녀의 약혼자가 기다리고 있었다. 188센티의 이탈리아인 밀로는 한때 축구선수였지만 지금은 그도 간호사로 일했다. 그녀는 아주 잘생긴 그와 9월에 결혼할 예정이었다.

그가 물으면 이 모든 걸 다 얘기했겠지만, 그는 묻지 않았다. 그래서 세인트스위딘스데이의 자정 2분 전에 그녀는 양해를 구하고 일어섰다. 다시 일해야 해요, 아뇨 파티엔 갈 수가 없어요, 네 당신 번호 있어요, 그 친구랑 잘 화해하시길 바랄게요. 바에 홀로 남겨진 남자가 또 술을 주문하고 있었다.

part 03.

1996~2001＼30대 초반

"어떨 때는 너한테 멋진 순간이 벌어지고 있다는 걸 깨닫기도 하지만, 또 어떨 때는 그런 순간들이 그저 과거의 결과물이기도 해. 아마 사람에 대해서도 마찬가지 아닐까."

_제임스 설터 『불타는 나날들』

ch10
카르페디엠

1996년 7월 15일, 월요일

◦ 리톤스톤 그리고 월덤스토우, 런던 ◦

엠마 몰리는 교장실 바닥에 등을 대고 누워 입으로 길게 숨을 내쉬었다. 그녀의 드레스가 허리에 둘둘 말려 있었다.

"참, 그런데요, 9학년용으로 『로지와 함께 사과주를』 몇 권 더 필요한데요."

"알았어요. 두고 봅시다." 셔츠를 잠그며 교장이 말했다.

"제가 기왕 선생님 사무실에 온 김에, 더 하실 말씀 없으세요? 예산 문제나 교육청 감사나? 다시 검토하실 거 없으신지?"

"난 당신이나 다시 한 번 더 검토하고 싶은데."

그가 다시 누워 코를 엠마의 목에 대고 문지르며 말했다. 이 무의미한 빈정거림은 고달밍 교장 — 필 — 의 특기 중 하나였다.

"무슨 말도 안 되는 소리를."

그녀가 혀를 차며 몸을 으쓱해 그를 밀어냈다. 왜 섹스는 즐거웠을 때조차도 그녀를 그렇게 심술궂게 만드는지 의아했다. 둘은 잠깐 그렇게 누워 있었다. 학기말의 저녁 여섯 시 반, 크롬웰로드 공립학교는 수업시간이 끝난 뒤의 으스스한 적막에 휩싸여 있었다. 청소부도 일을 마치고 돌아갔고, 모든 사무실 문이 안에서 닫혀 있었다. 그래도 그녀는 불편하고 불안했다. 뭔가 즐거운 여운이나 친밀감, 행복감을 음미해야 할 시간에….

지난 9개월 동안 그녀는 학교 카펫 위에서, 플라스틱 의자에서, 코팅된 테이블 위에서 사랑을 나누었다. 언제나 직원들을 사려 깊게 돌보는 필답게, 그는 교무실 안락의자에서 거품 쿠션을 가져와 카펫에다 깔아주었다. 엉덩이로 그걸 깔고 누워서 엠마는 생각했다. 언제쯤 빙빙 돌아가지 않는 가구 위에서 섹스를 할 수 있을까.

"그거 알아?" 교장이 말했다.

"뭘요?"

"당신 정말 눈부셔." 그가 강조의 뜻으로 그녀의 가슴을 꼬집었다. "6주 동안 당신 없이 어떻게 지낼지 모르겠어."

"카펫에 쓸린 상처를 다스릴 좋은 기회잖아요."

"6주 내내 당신 없이." 그의 수염이 그녀의 목을 간질였다. "욕망에 눈이 멀어 미쳐 버릴걸…."

"뭐, 여차하면 고달밍 여사님이랑 하세요."

그녀가 듣기에도 그 말은 천박하게 날이 서 있었다. 그녀는 몸을 일으켜 드레스를 무릎으로 끌어내렸다.

"어찌됐든, 전 긴 방학이야말로 선생님 일의 특전 중 하나라고 생각했어요. 다들 그랬잖아요. 내가 원서를 냈을 때도…."

그가 상심한 얼굴로 카펫에 누워 그녀를 올려다보았다.

"이러지 마, 엠."

"뭐가요?"

"실연당한 여자 연기 말야."

"미안해요."

"나도 이제 방학이 좋지 않아."

"전 좋아하시는 줄 알았는데."

"아냐, 안 그래. 이제 그만해요, 응?" 그가 한 손을 들어 그녀의 등을 위로하듯 쓰다듬었다. "9월까지 오늘이 함께하는 마지막이잖아."

"알았어요. 제가 미안하다고 했잖아요, 됐죠?"

화제를 바꾸기 위해 그녀가 허리를 틀어 그에게 키스했다. 그리곤 몸을 떼려는데 그가 목덜미를 잡고서 부드럽게 뭔가를 빨아내려는 듯 다시 키스했다.

"맙소사, 난 당신이 너무 너무 그리울 거야."

"제가 뭘 하셔야 하는지 일러 드려요?" 그녀가 입을 맞춘 채 말했다. "아주 과격한 건데."

그가 초조한 눈빛으로 그녀를 보았다. "말해 봐요…."

"이번 여름에, 학기가 끝나자마자…."

"말해."

그녀가 손가락으로 그의 덥수룩한 수염을 쿡 찔렀다.

"이거 싹 밀어 버리세요."

필이 벌떡 일어나 앉았다. "말도 안 돼!"

"아무리 함께 있어도 전 당신이 실제 어떤 모습인지 모르잖아요."

"바로 이게 내 실제 모습이지!"

"하지만 선생님 얼굴, 실제 얼굴 말이에요. 어쩌면 아주 잘생긴 얼굴일지도 모르잖아요." 그녀가 그의 이마에 손을 대고 얼굴을 쓸어내렸다. "이 가면 뒤에 누가 있어요? 들어가게 해줘요, 필. 진짜 당신을 알고 싶어요."

둘은 한참을 웃었다. 다시 편안해졌다.

"실망할걸." 그가 아끼는 애완동물 다루듯 수염을 문지르며 말했다. "여하튼, 이대로 그냥 두거나, 하루에 세 번씩 면도하거나, 둘 중 하나야. 아침에 면도하고 나가도 점심때면 벌써 강도 같은 꼬락서니가 된다니까. 그래서 그냥 기르기로 했지. 내 트레이드마크로 삼으려고."

"아, 트레이드마크."

"비공식적으로는 그렇지. 애들이 좋아해. 거리감이 없어 보인다고."

엠마가 다시 웃었다.

"필, 지금이 1973년이에요? 요즘 수염은 의미가 전혀 달라요."

그가 방어적으로 어깨를 으쓱했다.

"피오나는 좋아해. 수염이 없으면 내 턱이 좀 약해 보인다고 말야."

침묵이 흘렀다. 그의 아내 이름이 나올 때면 언제나 그랬듯이. 분위기를 가볍게 하려고 그가 자기를 비난하듯 말했다.

"당신도 알잖아, 애들이 나를 '턱수염님'이라고 부르는 거."

"그건 몰랐는데요."

필이 웃었다. 엠마는 미소를 지었다.

"아무튼, '턱수염님'은 아니에요. 그냥 '턱수염'이지. '님'자 같은 건 없다구요, 몽키 보이."

벌떡 일어나 앉는 그의 얼굴이 무섭게 일그러졌다. "몽키 보이?"

"다들 그렇게 불러요."

"다들?"

"학생들이 말이에요."

"몽키 보이라고?"

"몰랐어요?"

"몰랐어."

"저런. 미안해라."

그가 털썩 바닥으로 누웠다. 잔뜩 골이 오른 얼굴에 상심이 가득했다. "날 몽키 보이라 부른다고? 세상에."

"그냥 재미죠." 그녀의 말에 위로가 섞여 있었다. "다정하잖아요."

"그리 다정하게 안 들려." 그가 애완동물을 달래듯 턱을 쓰다듬었다. "테스토스테론이 너무 많아서 이런 것뿐이야." '테스토스테론'이란 말을 쓰는 것만으로도 그의 목에 힘이 들어갔다. 그가 엠마를 다시 바닥으로 끌어내려 입을 맞추었다. 그에게서 교무실 커피 냄새가 났다. 교장실 서류함에 넣어 둔 백포도주 맛도 섞여 있었다.

"키스마크 생기겠네." 그녀가 말했다.

"그래서?"

"그럼 사람들이 알잖아요."

"다 집에 갔잖아." 그의 손이 그녀의 허벅지를 만졌을 때 전화가 울렸다. 그는 얻어맞은 듯 몸을 움찔했다. 그가 비틀비틀 일어났다.

"받지 말아요!" 엠마가 앓는 소리를 냈다.

"안 받으면 안 돼!" 그가 바지를 끌어올렸다. 그건 마치 허리 아래를 벌거벗은 채 피오나와 통화하는 건 너무 심한 배신이라는 듯한 몸짓이었다. 아니면 벌거벗은 다리 때문에 목소리가 이상해질까 염려하는 건지도 몰랐다.

"여보세요! 안녕 내 사랑! 그럼, 알지! 막 나가던 참이야…."

파스타 혹은 포장음식, TV 혹은 DVD 따위의 집안일 얘기가 한참 이어졌다. 엠마는 자기 애인의 가정생활로부터 관심을 돌려 책상 위에 서류 클립이나 펜 뚜껑 따위와 섞여 있던 구겨진 속옷을 찾아 입었다. 옷매무새를 고치며 그녀는 창가로 갔다.

베네치안 블라인드의 켜마다 먼지가 수북했다. 바깥의 분홍빛 외등은 과학동 건물 위에 부서지고 있었다. 문득 엠마는 여기가 공원이라면, 해변이라면, 유럽 어느 도시의 마을광장이라면 싶었다. 한 유부남이 전화를 받고 있는 이 퀴퀴한 학교 사무실만 아니라면 어디든 좋았다. 대체 어쩌다 이렇게 된 걸까? 어느 날 일어났더니 벌써 30대이고 누군가의 정부더라? 정부라니. 그 말이 너무 역겹고 비굴해서 얼른 머릿속에서 지워 버리고 싶었지만 다른 적당한 말이 떠오르질 않았다. 그녀는 교장의 정부였고, 그 상태에서 그나마 다행인 건 둘 사이에 아이는 없다는 거였다.

혼외정사는 — 이 또한 끔찍한 단어였다 — 코르푸 섬으로의 휴가여행이 오징어 요리 속의 약혼반지로 엉망진창이 되고 난 뒤인 지난 9월에 시작되었다. "우린 서로 다른 걸 원하나 봐." 그게 약혼반지 사건 때 그녀가 떠올린 최선의 대꾸였다. 나머지 2주 동안의 긴긴 시간은 햇볕에 그을려 저기압이 된 상태로, 시무룩하게 자기 연민에 젖은 채 지나갔다. 보석상이 그 반지를 환불해 줄지도 근심거리였다. 원치 않는 약혼반지처럼 우울한 건 없다. 휴가 내내 그 반지는 호텔 방의 옷가방 안에서 반짝거리며 슬픔을 뿜어내고 있었다.

잔뜩 그을려 불행한 채로 그녀는 휴가에서 돌아왔다. 청혼에 대해 미리 귀띔을 듣고서 결혼식을 위한 자기 드레스까지 사두었던 엠마의 어머니는 여러 주 동안 화를 내며 괴로워했다. 그러고 나서야 그녀는 딸에게 왜 이언의 제안을 거부했는지 캐물었다. 엠마는 '그래요'라고 말하는 게 굴복하는 기분이었다. 엠마는 여러 편의 소설을 통해 굴복하듯 결혼해서는 안 된다는 걸 잘 알고 있었다.

혼외정사가 시작되면서 그 문제가 해결되었다. 어느 교장 면담 시간에 그녀는 필의 사무실에서 울음을 터뜨리고 말았다. 그가 책상을 돌아나와 그녀의 어깨를 감쌌고 그녀의 정수리에 입을 맞췄다. 그 동작은 마치 '드디어'라고 말하는 듯했다.

일과시간 후 그는 엠마를 한 개스트로펍으로 데리고 갔다. 파인트 맥주를 마시면서 근사한 요리도 즐길 수 있다고 들었던 곳이었다. 그들은 송아지 가슴살 스테이크와 염소치즈 샐러드를 먹었고, 두 사람의 다리가 커다란 나무탁자 아래서 맞붙은 상태로 그녀는 모든 걸 다 털어놓았다. 포도주 두 병을 마셨고, 그 다음은 뻔했다. 집으로 가는 택시 안에서의 포옹과 키스, 그리고 공용봉투에 담긴 편지 한 통(간밤의 일들, 당신 생각을 멈출 수가 없다, 이런 감정 벌써 몇 년째다, 우리 얘기하자, 언제 얘기할까…)이 그녀의 우편함에 꽂히는, 그런 식이었다.

엠마의 모든 불륜 정보는 70년대의 텔레비전 드라마에서 배운 것이었다. 그래서 그녀에게 불륜은 늘 친자노 같은 술이나 트라이엄프 TR7 같은 스포츠카, 그리고 치즈나 포도주 파티와 연관된 것이어야 했으며, 대개 중년의 중산층에게나 벌어지는 일이라고 여겼다.

그런데 지금 그녀 자신이 혼외정사의 당사자가 되어, 은밀한 시선 교환, 테이블 아래로 맞잡은 손, 학용품 창고에서의 애무 등 온갖 자잘한 과정들을 겪고 보니, 그녀는 불륜이란 게 얼마나 평범한 것인지, 또 육체적 욕망이란 게 죄의식이나 자기혐오와 맞물리면 얼마나 강력한 감정으로 승화되는지를 깨닫고서 놀랐다.

어느 날 밤, 그녀가 연출한 크리스마스 연극 〈그리스〉 무대 위에서의 섹스 후, 필은 정색하고 선물 박스를 그녀에게 건넸다.

"휴대전화라니!"

"내가 당신 목소리가 듣고 싶을 때를 대비해서."

똥차 '그리스드 라이트닝'의 보닛에 앉아서 그녀는 그 박스를 지그시 응시하며 한숨지었다.

"결국 이런 일이 벌어지는군요."

"왜 그래요? 이거 싫어요?"

"아뇨. 아주 좋아요." 그녀가 옛 일을 추억하며 웃었다. "누구랑 내기를 했는데, 이로써 내가 졌다 이거죠."

이따금, 맑은 가을 저녁에 해크니 공원의 어느 은밀한 구석을 거닐며 얘기하노라면, 혹은 학교의 캐롤 미사 때 뱅쇼*에 취한 채 엉덩이를 붙이고 앉아 키득거리노라면, 그렇게 이따금씩 그녀는 필립 고달밍과 사랑에 빠진 거라는 생각이 들곤 했다.

그는 훌륭한 선생님이었다. 때론 좀 점잔을 부리기도 했지만, 그는 원칙과 열정이 뚜렷한 선생이었다. 눈이 멋있고, 웃길 줄도 알았다. 난생 처음 그녀는 거의 집착에 가까운 만큼 섹스에 심취하게 되었다. 물론 나이 마흔넷의 그는 너무나 늙었고, 물컹한 반죽 같은 게 슬슬 늘어지기 시작하는 몸매를 털가죽으로 가리고 있었다. 그렇지만 그는 열렬하고 감정적인 연인이었다. 물론 침울한 표정 짓기나 연신 떠들어대기 등 그

* mulled wine. 과일, 허브 등을 넣고 뭉근하게 끓여내는 뜨거운 포도주.

녀의 취향에 비추어서는 너무 감정적인 경우도 있었다.

조회 때 자선달리기 행사에 대해 애기하던 그와 자기 앞에서 애기하는 그는 너무나 다른 언어를 쓰고 있어서 같은 사람이라는 게 믿기지 않을 때도 많았다. 그녀는 섹스 도중에 동작을 딱 멈추고 "고달밍 선생님, 욕해 봐요!"라고 외치고 싶다는 충동에 휩싸였던 적도 있었다.

하지만 이제 아홉 달이 흘렀고, 흥분은 잦아들었다. 그리고 그녀는 자기가 왜 거기 있는지, 아름다운 여름날 저녁에 왜 학교 복도를 어슬렁거리는지 더 아리송했다. 친구들이랑, 혹은 그녀가 자랑스러워하고 남들에게 맘껏 애기해 줄 수 있는 연인과 함께 있어야 했다. 죄책감과 창피함에 부루퉁해진 그녀는 필이 학교 비누로 씻고 나올 때까지 남학생용 화장실 밖에서 기다렸다. 영어/연극과 차장 겸 그의 정부. 아, 어떡해.

"다 됐어!" 그가 나오며 말했다. 그가 아직도 촉촉한 손으로 그녀의 손을 잡았다. 건물 밖으로 나서면서 그는 슬쩍 손을 놓았다. 정문을 닫고 경보장치를 가동시킨 뒤 그들은 저녁 빛 속을 걸어 그의 차로 갔다. 학교 선생님들 사이의 공식적인 거리만큼 떨어져서 둘은 걸었다. 그의 가죽 서류가방이 가끔 그녀의 정강이 뒤쪽을 건드렸다.

"지하철까지 태워 주고 싶지만—"

"—안전이 최고죠."

두 사람은 조금을 더 걸었다.

"앞으로 나흘 후!" 너무 조용한 게 어색했는지 그가 멋을 부리며 말했다.

"어디로 가신다고 그랬죠?" 그녀는 알면서도 또 물었다.

"코르시카 섬에. 걷는 여행지지. 피오나가 걷는 걸 좋아해. 걷고, 걷고, 걷고, 만날 걷지. 그녀는 꼭 간디 같아. 그러다 저녁이 되면, 워킹화를 벗고, 밖으로 나가서—"

"필, 제발! 그만해요."

"미안. 미안." 말을 돌리려고 그가 물었다. "당신은 뭐 할 거야?"

"요크셔의 가족들한테 가겠지요. 런던에 있을 땐, 주로 일할 테고."

"일?"

"아시면서. 글 쓰는 거요."

"아, 글쓰기." 다른 사람들과 똑같이 그도 그녀의 말을 못 믿겠다는 반응이었다. "당신과 내 이야기는 아니겠지, 응? 그 유명한 책에 실릴 게 말야?"

"아니거든요." 그들은 차에 도착했고, 그녀는 얼른 사라지고 싶었다. "사실 당신이랑 제 이야기가 크게 흥미롭기나 할지도 모르겠고요."

그는 푸른색 포드 시에라에 기대서서 거창한 작별인사를 나눌 준비에 들어가고 있었는데, 엠마가 그 기분을 제대로 구겨 놓았다. 그가 인상을 쓰니까, 분홍빛 아랫입술이 수염 사이로 선명하게 보였다.

"그게 대체 무슨 뜻이지?"

"몰라요, 그러니까…."

"그러니까?"

"필, 이거, 우리 사이. 전 행복하지가 않네요."

"당신이 불행하다고?"

"뭐, 이상적이진 않잖아요? 세금으로 깐 카펫 위에서 매주 한 차례씩 이러는 거."

"내가 보기엔 아주 행복해 보이는데."

"만족 못했단 얘기가 아니에요. 맙소사, 섹스 얘기가 아니라, 우리… 상황 말이에요."

"글쎄, 난 행복한데…."

"그래요? 정말 그러세요?"

"내 기억으론 당신도 이제껏 행복했잖아."

"흥분되긴 했던 거겠죠. 한참 동안은."

"이런, 엠마!" 그녀를 쏘아보는 필의 눈길이 마치 여학생 화장실에서 담배 피는 걸 잡았다는 눈치였다. "나 지금 가야 해! 왜 내가 가야 할 때 이런 얘길 꺼내는 거야?"

"미안해요, 난—"

"제기랄, 그만둬, 엠마!"

"이봐요! 왜 욕을 하고 그래요!"

"그게 아니라, 난 그냥, 그저… 그냥 여름휴가 끝내고 봐요, 응? 그럼 잘해 낼 방법이 있을 거야."

"우리가 뭘 더 어떻게 하겠어요, 안 그래요? 끝내든가, 계속하든가, 그뿐이죠. 그리고 전 계속하는 건 아니라고…."

그가 목소리를 낮췄다. "우리가 달리 할 수 있는 게 있지…. 난 할 수 있어." 그가 주위를 둘러보았다. 그러고는 안심해도 되겠다는 듯 그녀의 손을 잡았다. "이번 여름에 그녀에게 말할 수도 있어."

"필, 난 당신이 그녀에게 말하는 거 원치 않아요."

"여행 가 있는 동안. 아니면 그 전에라도. 다음 주든…."

"그녀에게 말하는 거 원하는 게 아니라니까요. 그걸 말하는 게 아니에요…."

"그게 아니라고?"

"아니죠!"

"그걸 말하는 건 줄 알았는데. 그럼 된다는 건 줄—"

"됐어요! 그래요, 다음 학기에 얘기해요. 그때 가서, 글쎄요, 약속을 잡죠."

힘이 난다는 듯 그가 혀로 입술을 적시더니, 다시 행인이 있는지 점검했다. "나 당신 사랑해요, 엠마 몰리."

"아뇨. 당신은 안 그래요." 그녀가 한숨을 내쉬었다. "설마."

그가 턱을 아래로 당겼다. 쓰지도 않은 안경 너머로 그녀를 살피는 듯한 자세였다. "나더러 결정을 하라, 이거지?" 딱 교장 같은 그 모습과 목소리가 엠마는 너무 싫었다. 그의 정강이를 냅다 걷어차고 싶었다.

"가시는 게 좋겠네요." 그녀가 말했다.

"당신이 그리울 거야, 엠!"

"휴가 잘 보내세요, 나중에 또 얘기할지도 모르겠지만…."

"내가 얼마나 당신을 보고파할지 당신은 모를 거야."

"코르시카, 정말 좋겠다…."

"날마다 말이야."

"나중에 봐요, 가세요."

"여기로…." 그가 서류가방을 얼굴 높이로 들어 올렸다. 그걸 방패 삼아 그가 그녀에게 키스를 했다. 주도면밀하시기는, 가만히 서 있으며 엠마는 그렇게 생각했다. 그가 문을 열고 차에 올랐다. 네이비블루색 시에라는 교장선생님 차로 제격이었다. 앞자리의 잡물통 속에는 곳곳의 상세지도들이 가득 들어 있었다.

"날 몽키 보이라 부른다니, 정말 믿을 수가 없어…." 고개를 저으며 그가 중얼거렸다.

엠마는 빈 주차장에 잠시 서서 그의 차가 멀어지는 걸 지켜보았다. 나이 서른, 겨우 유부남과 사랑에 빠졌다니. 다행히 그나마 둘 사이에 아이는 없었지만….

20분 뒤 그녀는 그녀의 단칸방이 있는 길고 낮은 적벽돌 건물의 창문 아래 서 있었다. 거실에 불이 켜져 있었다. 이언이 돌아온 것이었다.

어디 펍에라도 가서 숨어 있을까? 아니면 저녁을 함께 보낼 친구를 불러내거나. 하지만 그녀는 이언이 그 안락의자에 앉아 불도 끈 채 마치 암살자처럼 그녀를 기다릴 것임을 잘 알았다. 그녀는 심호흡을 하고 열쇠를 찾았다.

이언이 집을 나간 뒤 그 원룸은 훨씬 커보였다. 비디오 박스 세트, 충전기와 어댑터와 케이블, 종이집에 꽂힌 레코드 판 등이 사라지고 나자, 그 집은 마치 최근에 도둑이 다녀간 곳 같았다. 엠마는 그 광경을 보며, 벌써 10년을 이렇게 살았는데도 내가 내세울 만한 게 참 없구나 싶었다. 침실 쪽에서 바스락 소리가 들렸다. 그녀는 가방을 내려놓고 조용히 문을 향해 갔다.

편지, 은행 거래 내역, 사진과 필름을 넣어 두는 찢어진 종이 앨범 등, 서랍 속 내용물들이 바닥에 널브러져 있었다. 그녀는 가만히 문 앞에 서서, 이언이 서랍 안쪽을 뒤지느라고 씩씩거리는 모습을 잠시 지켜보았다. 그는 끈 풀린 운동화에 땀복 바지, 구겨진 셔츠 차림이었다. 자신의 혼란스러운 정서 상태를 과시하기 위해 신중하게 골라 입은 옷들이었다. 그는 엠마를 자극할 옷차림으로 여기에 온 것이었다.

"뭐 하는 거야, 이언?"

그가 깜짝 놀랐다. 그러나 그것도 잠시, 대번에 화난 눈길로 그녀를 쏘아보았다. 참으로 뻔뻔한 도둑이었다.

"아주 늦게 오셨네." 그가 말했다. 웬 비난?

"그게 당신이랑 무슨 상관이지?"

"당신이 어디를 그렇게 다니다 온 건지 궁금해서. 그뿐이야."

"리허설이 있었어. 이언, 이렇게 마구 들어오고 그러면 안 된다고, 우리 합의한 거 아니었어?"

"왜, 누구랑 함께 온 거야? 응? 그런 거야?"

"이언, 나 지금 이런 실랑이할 기분 아냐…." 엠마가 코트를 벗었다. "일기장 같은 걸 찾고 있는 거라면, 시간 낭비 마. 몇 년째 일기 같은 거 안 썼으니까…."

"사실은 말이야, 난 내 물건 가져가는 거야. 내 물건들이지. 그래, 내가 산 것들 말이야."

"당신 물건 다 가져 갔잖아."

"내 여권. 여권이 없었어."

"그래? 내가 분명히 말하는데 말이야, 그건 내 속옷 서랍엔 없어."

물론 그는 지금 말을 꾸며내고 있었다. 그가 여권을 가져간 걸 그녀는 잘 알고 있었다. 단지 그녀의 물건들을 뒤지고 싶었던 것이고, 그녀에게 자신이 그 정도로 심각한 상태임을 보여 주고 싶었던 것이다.

"여권은 왜? 어디 가려고? 이민이라도 가나 봐."

"아, 그럼 좋아하겠네, 그치?" 그가 비웃었다.

"글쎄, 그런 걸 내가 왜 신경 쓰겠어." 그녀는 바닥의 물건들을 요리저리 피해 가며 침대에 앉았다.

그가 탐정 목소리를 냈다.

"저런, 안됐다, 자기야. 왜냐하면 난 아무 데도 안 가거든." 버려진 연인이 되자, 이언은 스탠드업 코미디언으로서는 한 번도 가져 본 적이 없었던 집요함과 공격성을 발견해 냈다. 이 밤 그는 정말 엄청난 쇼를 하고 있지 않은가. "하긴, 그럴 돈도 없지."

엠마는 그에게 야유를 퍼붓고 싶어졌다. "그 소린, 요즘 스탠드업 코미디 별로 많이 안 한다는 소리로 들리네. 그럼 뭐해, 이언?"

"당신 생각엔 뭐 할 거 같아, 자기야?" 양팔을 쫙 벌리며 그가 말했다. 웃자란 수염, 안 씻은 머리, 누렇게 뜬 얼굴 좀 보라는 거다. 너 땜에 내가 이 꼴이 됐어, 딱 그거였다. 이언은 지난 6개월 동안 쫓겨나서 고독해진 자기 신세를 주제로 한 원맨쇼 연습에 열심이었고, 그래서 이 자기 연민의 스펙터클 쇼를 펼치고 있는데, 문제는 엠마가, 적어도 오늘밤만은, 그걸 봐줄 맘이 전혀 없다는 것이었다.

"느닷없이 웬 '자기야' 타령이야, 이언? 듣기 완전 불편하거든?"

그가 다시 서랍 속을 뒤지면서 무슨 말을 중얼거렸다. 아마도 "엿이나 먹어라, 엠" 정도? 취했나? 화장대 위의 싸구려 독한 맥주 캔 뚜껑이 열린 걸 보고, 엠마는 좋은 생각을 떠올렸다. 그래, 취하는 거다! 엠마는 되도록 후다닥 나가서 취하기로 결심했다. 안 될 게 뭔가? 다른 모든 사람이 그렇게 하는데. 그 생각에 고무된 그녀는 일단 첫 단추를 꿰기 위해 부엌으로 갔다.

이언이 그녀 뒤를 따라왔다. "그래, 어디 있었던 거야, 그럼?"

"말했잖아. 학교에서 리허설했다고."

"무슨 리허설인데?"

"〈벅시 말론〉. 아주 웃기는 거지. 왜, 티켓 필요해?"

"아니, 됐어."

"총 쏘는 갱들도 잔뜩 나오는데?"

"내가 보기엔 당신 누구랑 있다 온 거 같은데."

"아 제발… 그만 좀 하자." 냉장고를 여니 먹다 만 포도주 반 병이 있었다. 하지만 지금 같은 땐 독한 증류주가 필요한데! "이언, 왜 그렇게 내가 누구랑 있다는 생각에 집착하는 거야? 당신이랑 나랑 그냥 잘 안 어울렸던 것뿐이라고 생각하면 안 돼?"

서리가 가득 낀 냉동칸 문짝을 세게 확 제꼈다. 얼음이 바닥에 부서져 흩어졌다.

"하지만 우린 서로 잘 어울리잖아."

"그래? 좋네. 그럼, 우리 다시 합치지 뭐!"

고색창연한 소고기 팬케이크 뒤를 뒤지니 보드카 한 병이 있었다. "옳지!" 그녀는 팬케이크를 꺼내 이언에게 밀었다. "자! 당신 거네. 가서 고이 모셔 두시죠." 그녀는 냉동칸을 닫고 잔을 꺼냈다.

"그리고 말이지, 이언, 내가 누구랑 있었으면 뭐 어쩌려고? 그래서, 뭐? 우린 헤어졌잖아, 몰라?"

"저것 봐라, 저것 봐. 그래, 그게 누군데?"

그녀가 잔에 보드카를 따랐다. 5센티는 족히 되어 보였다.

"누구냐니?"

"당신의 새 남자친구 말이야. 말해 봐, 말해 보라구, 난 괜찮으니까." 그가 비웃었다. "어찌됐든 우린 아직 친구 사이니까."

엠마는 술잔을 한 모금 비운 뒤 잠시 몸을 구부렸다. 팔꿈치를 탁자 위에 붙이고 손바닥으로 눈을 누른 채 그녀는 얼음장 같은 독주가 목구멍을 타고 넘어가는 걸 느꼈다. 그렇게 시간이 흘렀다.

"고달밍 선생이야. 교장선생님. 지난 9개월 동안 우린 드문드문 관계를 가졌어. 하지만 내게 그건 대개 섹스였을 뿐야. 솔직히 말하자면, 그 관계 때문에 두 사람 다 좋지 못해. 나로서는 좀 부끄럽기도 하고, 좀 슬프기도 하고 그래. 그래도, 내가 늘 말하듯, 둘 사이에 아이는 없다는 거! 그래, 그렇다고." 그녀가 잔을 입에 대며 말했다. "이제 알겠지?"

방이 조용해졌다. 마침내….

"농담 하시네."

"창밖을 보세요. 가서 직접 봐. 그 사람 지금 차에서 기다려. 네이비블루색 시에라…."

그가 안 믿는다는 듯 코웃음을 쳤다. "하나도 재미없어, 엠마."

엠마가 빈 잔을 탁자 위에 내려놓고 천천히 숨을 내쉬었다.

"재미없지. 나도 재미없다는 거 잘 알아. 아무리 해도, 그 상황을 재밌다고 할 순 없지."

그녀가 몸을 돌려 그를 마주 보았다.

"말했잖아, 이언, 나 만나는 사람 없어. 사랑하는 사람도 없고, 그러고 싶지도 않아. 난 그저 혼자 있고 싶어…."

"내 나름의 이론이 있지!" 그가 의기양양하게 얘기했다.

"무슨 이론?"

"난 그게 누군지 알아."

엠마가 탄식했다. "그래 누군데, 셜록 홈즈 양반?"

"덱스터!" 이겼다는 듯 그가 외쳤다.

"어휴 제발!" 그녀가 잔을 비웠다.

"내 말이 맞지, 응?"

그녀가 쓰게 웃었다. "참나, 나도 그랬으면!"

"무슨 뜻이야?"

"아무것도. 이언, 당신도 잘 알 듯이, 나 덱스터랑 얘기 안 한 지 여러 달째야."

"말만 그렇게 하는지도 모르지."

"바보 같은 소리 그만해, 이언. 뭔데? 그러니까 우리가 모든 사람을 속이며 몰래 관계를 맺어 왔다는 거야?"

"모든 증거를 보아 하건대—"

"증거? 무슨 증거?"

갑자기 이언이 당황해 했다. "당신 노트들."

잠깐의 시간이 흘렀다. 엠마는 집어던지고 싶은 충동을 못 이길 것 같아, 미리 자기 잔을 멀찍이 밀어냈다.

"내 노트들을 읽었단 말야?"

"그냥 휘리릭 봤지. 가끔 가끔. 같이 지내던 때에."

"이런 나쁜 놈!"

"찔끔찔끔 써둔 시들, 그리스에서의 매혹적인 열흘, 그 모든 그리움, 그 모든 욕망들!"

"아니 어떻게! 어떻게 그런 식으로 내 등에 칼을 꽂는 짓을!"

"아무 데나 놔두고 다녔잖아! 그래 놓고, 나더러 어쩌라고?"

"그래도 신뢰가 있었지. 너란 인간이 그래도 품위를 갖고 있는 줄 알았지."

"어찌되었든, 그거 읽을 필요도 없었어. 뻔했잖아, 너희 둘은—"

"미안한데, 이언, 내 동정심에도 한계가 있어. 몇 달씩이나 주위를 빙빙 돌고, 어깨 축 늘어뜨린 채 끙끙대며 우는 소리 하는 거, 마치 걷어차인 개처럼 말야. 만약 한 번만 더 이런 식으로 불쑥 나타나 내 서랍 뒤지고 그런다면, 맹세하건대, 빌어먹을 경찰 부를 거야!"

"그래라, 그럼! 경찰 불러 보라고!" 그가 그녀에게 다가왔다. 활짝 팔을 벌리니 좁은 방이 가득 찼다. "여긴 내 방이기도 하거든. 몰랐니?"

"그래? 어떻게 그래? 언제 모기지 한 번이라도 내봤어? 내가 다 했잖아! 넌 아무것도 안 했어. 그냥 빈둥거리면서, 신세 한탄이나 하고."

"말도 안 되는 소리."

"기껏 번 돈들도 죄다 얼빠진 비디오나 포장음식 사는 데 다 썼지."

"나도 보탰잖아! 형편 될 때마다."

"흥, 그걸론 어림도 없었다는 거 잘 알잖아! 맙소사, 나 이 아파트 정말 싫어. 여기서 보낸 내 생활도 너무 싫고. 난 여기서 벗어나야 해. 아니면 미치고 말 거야!"

"여긴 우리 집이었어!" 그가 안간힘을 쓰며 대들었다.

"난 여기서 한시도 행복하질 못했어, 이언. 왜 그걸 몰랐니? 난 그러니까 여기… 이 집에 붙들려 옴짝달싹 못했던 거야. 우리 둘 다 그랬어. 당신도 그건 알았어야지."

이언은 이런 모습의 엠마, 이런 말을 하는 엠마를 본 적이 없었다. 충격에 휩싸인 그의 눈이 공포에 질린 아이처럼 커졌다. 그가 그녀 쪽으로 비틀거리며 다가왔다.

"진정해!" 그가 그녀의 팔을 잡았다. "그런 식으로 말하진 마!"

"내 몸에 손대지 마, 이언! 진심이야, 이언! 그냥 가란 말이야!"

둘이 서로에게 고함을 지르고 있음을 깨달은 엠마는 생각했다. 이런, 밤이면 벽 너머에서 고함 질러대던 그 미친 커플들처럼 되어 버렸네. 어디선가 누군가는 경찰을 불러야 하나를 고민하고 있을 것이었다. 어쩌다 이렇게 되었지?

“나가!”

이언이 필사적으로 그녀를 안으려고 하는데, 엠마가 고함을 질렀다.

“열쇠 내놓고 나가. 나 당신 다시는 보고 싶지 않아!”

그리곤 두 사람은 갑자기 바닥에 주저앉아 울기 시작했다. 두 삶이 그토록 희망을 품고 함께 살던, 그 아파트의 그 좁은 공간에서 말이다.

“도저히 참을 수가 없어. 왜 내가 이런 일을 겪어야 해? 이건 지옥이야. 여기가 지옥이라고, 엠!”

“나도 알아. 미안해.” 그녀가 팔을 그의 어깨에 둘렀다.

“그냥 날 사랑해 주면 안 돼? 그냥 나랑 사랑하는 사이이면 되잖아? 한때는 그랬잖아, 응? 처음에는.”

“물론 그랬지.”

“그러니까, 그렇게 다시 사랑하면 안 될까?”

“아, 이언, 안 돼. 나 노력했어. 하지만 안 돼. 미안해. 정말 정말 미안해.”

한참 후에도 두 사람은 같은 자리에 함께 누워 있었다. 거기서 목욕이라도 한 것처럼 말이다. 엠마의 머리가 그의 어깨에 닿아 있었고, 팔은 그의 가슴에 걸쳐져 있었다. 엠마는 그의 냄새를 느꼈다. 그토록 익숙했던, 푸근하고 편안한 냄새였다. 이윽고 그가 입을 열었다.

“가야겠다.”

“그래야겠지.”

벌겋게 부은 얼굴을 돌려 앉은 채 그가 침실 바닥에 마구 흩어진 종이, 노트, 사진 따위를 향해 고개를 끄덕였다.

“내가 슬픈 게 뭔지 알아?”

"말해 봐."

"우리들 사진이 적다는 거야. 우리 둘이 함께 찍은 거. 당신이랑 덱스, 둘의 사진은 수천 장인데, 나랑 같이 찍은 건 거의 없더라. 최근에는 더더욱 그렇고. 우리 둘 사진은 그만 찍자고 그런 것 같아."

"좋은 카메라가 없었잖아."

그녀의 목소리엔 힘이 없었지만, 그는 그 말을 수긍했다.

"미안해… 이렇게 당신 물건을 마구 뒤진 거. 도저히 용납 안 될 짓인데 말야."

"됐어. 다시 그러지나 말아."

"어떤 얘기들은 아주 좋더라, 그런데."

"고맙네. 비록 혼자 보려고 써둔 것들이지만."

"그런 게 어디 있어? 언젠가는 누구한테 보여 줘야지. 발표해야 될 거 아냐."

"그래, 그러겠지. 언젠가는."

"시는 빼고. 시 쓴 건 보여 주지 말고, 소설들만. 그건 좋더라. 당신은 아주 좋은 작가야. 참 빼어나."

"고마워, 이언."

그의 얼굴이 아연 실룩거렸다.

"그렇게 나쁘진 않았지? 여기서 나랑 산 거?"

"그건 좋았어. 다만 난 지금 너한테 분풀이한 거야, 그뿐이야."

"화난 게 뭔지 나한테 해줄 수 있어?"

"얘기할 거 아무것도 없어."

"그래."

"그래." 둘은 서로에게 미소 지었다. 그는 이제 문간에 서 있었다. 한 손으로 문고리를 쥐고 있었지만, 차마 떠날 수가 없는 눈치였다.

"마지막으로 하나만."

"그래."

"걔 만나는 거 아니지? 덱스터 말야. 나 완전 편집증 환자 같지?"

그녀가 한숨을 내쉬며 고개를 저었다.

"이언, 내 목숨을 걸고 맹세할게. 나 덱스터 만나는 거 아냐."

"왜냐하면, 신문에서 그 친구가 여친과 헤어졌다는 기사를 봤거든. 그런데 당신과 나도 헤어지고, 그는 다시 싱글이 되고—"

"세상에, 나 덱스터 안 본 지 100만 년째야."

"무슨 일이 있긴 했어? 당신과 내가 함께 있는 동안에 말이야? 당신과 덱스터 사이에, 나 몰래? 그런 생각 때문에 견딜 수가 없어서…."

"이언, 나랑 덱스터 사이엔 아무 일도 없었어."

더 묻지 않고 그가 떠나 주길 바라며 그녀가 대답했다.

"하지만 당신은 뭔가 원했잖아?"

내가? 그렇지, 원했지. 가끔은.

"아니, 내가 뭘 원해? 우린 그냥 친구였을 뿐이야."

"그렇구나. 다행이다." 그가 그녀를 보며 웃으려고 애썼다. "당신이 너무 보고 싶었어, 엠."

"알아."

그가 손을 배에 대며 말했다. "그 때문에 몸도 아픈 거 같아."

"괜찮아질 거야."

"그럴까? 이러다 미쳐 버릴 것 같은데?"

"알아. 하지만 내가 도와줄 게 없네, 이언."

"당신은 언제든… 마음 바꿀 수 있잖아."

"그럴 수 없어. 안 그럴 거야. 미안해."

"그래, 알았어." 그가 으쓱하고선 입술을 말아넣은 채 웃었다. 그 특유의 스탠 로렐 웃음이었다. "그래도, 몇 마디 더 하는 건 괜찮지?"

"그렇겠지?"

"난 아직도 당신이 '개멋진 애'라고 생각해."

그녀가 웃기를 바라고 한 말이란 걸 알기에 그녀는 의무감으로 웃었다.

"아냐, 당신이야말로 개멋지지, 이언."

"그래, 여기 서서 그런 거 아니라고 따져 봤자겠지!" 그가 한숨지었다. 더 견딜 수 없어진 그는 문을 다시 잡았다. "그래 그럼. 당신 어머니께도 사랑한다고 말씀드리고. 또 보자."

"또 봐."

"안녕."

"안녕."

그가 몸을 돌려 문을 세게 당겨 열었다. 그는 문 밑자락을 탁 차면서 얼굴을 꽝 부닥친 듯 연기하는 걸 잊지 않았고, 엠마는 의무적으로 웃어주었다. 이언이 심호흡을 하더니 문을 닫았다. 그녀는 1분 넘게 바닥에 앉아 있었다. 그러고 나서 벌떡 일어나 새로운 목적의식이 생겼다는 듯 열쇠를 쥐고 방을 빠져나갔다.

E17 구역의 여름 저녁 공기 속으로 건물들에 부딪친 고함과 비명 소리들이 메아리쳤다. 몇몇 잉글랜드 국기들이 후줄근하게 나부끼고 있었다. 엠마는 단지 앞마당을 가로질러 걸었다. 이럴 때 엠마의 등을 다독거려 줄 특별한 친구들이 있어야 마땅한 거 아닌가? 낮고 푹신한 소파에 예닐곱 명의 유쾌하고 애교 넘치는 대도시 젊은이들과 함께 앉은 엠마, 그게 바로 도시생활의 마땅한 모습 아닌가? 하지만 그들은 두 시

간 떨어진 거리에 살고 있거나 가족이나 남친과 함께 있을 것이었다. 엠마 근처에 그런 신통한 친구들이 없는 대신에, 부즈R어스*라는 당혹스럽고 울적한 이름을 내건 주류매장이 있었다.

매장 입구에서 무서워 보이는 아이들이 느릿느릿 빙빙 돌며 자전거를 타고 있었지만, 지금으로서는 무서울 게 없는 엠마는 고개를 빳빳하게 든 채 그 한복판을 가로질러 갔다. 가게 안에서 그녀는 제일 그럴듯한 포도주 한 병을 들고 계산대에 섰다. 그녀의 바로 앞은 얼굴에 거미줄 문신을 한 남자였다. 그가 센 사과주 2리터 값을 자잘한 동전으로 치르느라 한참 꾸물대는 동안, 그녀는 유리 캐비닛 안에 보관된 샴페인을 발견했다. 먼지가 뽀얗게 앉은 게, 상상할 수 없을 만큼 사치스러웠던 어느 옛적의 유물 같아 보였다.*

"저 샴페인도 같이 할게요." 그녀가 말했다.

점원은 그녀의 말을 못 믿겠다는 눈치였지만, 그녀의 손에는 틀림없이 돈이 두둑하게 쥐어져 있었다.

"축하할 일이 있으신가 봐요?"

"그렇죠. 아주 크게 축하해야죠." 그러다 불쑥 말했다. "스무 개 들이 말보로 하나도 주세요."

얄팍한 비닐봉투에 담긴 술병들이 흔들리며 그녀의 엉덩이를 툭툭 치는 가운데 가게 밖으로 나온 그녀는 무슨 항생제라도 되는 듯 담배를 얼른 입에 밀어 넣었다. 그러자마자 그녀를 부르는 목소리가 들렸다.

"몰리 선생님?"

그녀가 죄스런 얼굴로 뒤돌아보았다.

* 어린이용품 마트인 '키즈R어스'의 키즈Kids 대신 '술'을 뜻하는 부즈booze를 넣어 만든 패러디 가게 이름.

"몰리 선생님? 여기요, 여기!"

긴 다리로 성큼성큼 그녀 쪽으로 다가오는 인물은 소냐 리처드였다. 그녀의 피보호자, 그녀의 숙제, 소냐였다. 아트풀 다저 역을 맡았던 더벅머리의 말라깽이 소녀 소냐는 온데간데없었다. 그새 완전히 변신한 그녀는 후리후리한 키에 뒤로 넘긴 헤어스타일, 자신감 넘치는 자세의 놀라운 여인이 되어 있었다.

소냐가 지금의 자신을 어떤 모습으로 보고 있을지, 엠마는 눈에 선했다. 구부정한 허리, 빨건 눈, 담배를 입에 물고 부즈R어스 앞에 서 있는, 한때 그녀의 역할 모델, 그녀에게 영감을 불어넣는 선생님이었는데. 어쭙잖게도 엠마는 불 붙인 담배를 등 뒤로 숨겼다.

"안녕하세요, 선생님?" 소냐는 이제 좀 거북해 하는 눈치였다. 눈을 연신 좌우로 깜박거리는 게, 괜히 왔구나, 후회하는 듯했다.

"난 잘 지내지. 잘 지내. 넌 어떠니, 소냐?"

"괜찮죠, 선생님."

"학교는 어때? 다 잘되고 있지?"

"네. 정말 좋아요."

"내년에 에이-레벨 시험이지, 응?"

"그래요." 소냐가 엠마 옆의 술병이 담긴 비닐 봉투를 슬쩍 보았다. 엠마의 등 뒤에서는 담배연기가 꼬물꼬물 올라오고 있었다.

"대학에 가는 거네?"

"노팅엄 대학에 갔으면 좋겠어요. 점수만 잘 나오면요."

"그럼, 잘 나오겠지. 잘 나올 거야."

"고마워요." 소냐의 대답에는 그다지 확신이 없었다.

침묵이 흘렀다. 엠마는 포기한 듯 한 손에는 비닐봉투를, 다른 손에는 담배를 들고 옆으로 흔들었다. "이번 주를 위한 쇼핑이야."

소냐는 당황한 눈치였다. "그래요. 저 그만 가볼게요."

"그래, 소냐. 정말 반가웠다, 소냐. 잘해라, 응? 행운을 빌게."

하지만 소냐는 뒤도 돌아보지 않고 성큼성큼 멀어지고 있었다. 카르페디엠 선생님 중 하나였던 그녀는 소냐가 멀어지는 걸 지켜보았다.

그날 밤, 신기한 일이 벌어졌다. 엠마는 TV를 켜놓고 소파에 누워 반쯤 잠이 든 상태였다. 발치에는 빈 병들이 굴렀다. 덱스터의 목소리가 그녀를 깨운 것이었다. 그는 1인칭슈터와 멀티플레이어 옵션, 논스톱 슈팅 액션 따위의 알아듣지도 못할 말을 중얼거렸다. 어리둥절해진 그녀가 간신히 눈을 떠보니, 덱스터가 그녀 바로 앞에 서 있었다.

엠마는 벌떡 일어나 웃었다. 예전에도 이 쇼를 본 적이 있었다. '게임 온'은 컴퓨터게임 업계의 온갖 뉴스와 평가들을 전하는 심야 프로그램이었다. 폴리스티렌 바위들이 벌건 조명을 받고 있는 세트는 지하감옥 콘셉트였다. 컴퓨터게임을 하는 게 마치 속죄의 행위라는 듯 말이다. 그 지하감옥에서는 창백한 얼굴의 게이머들이 거대한 스크린 앞에 웅크리고 앉아 있었고, 덱스터 메이휴는 그들에게 계속 외쳤다. 더 빨리, 더 빨리, 쏴요, 쏴요.

'토너먼츠'라는 게임 중간 중간 호의적인 평가들이 삽입되었다. 덱스터와 멍청하게 서 있기만 하는 오렌지색 머리의 한 여자가 이번 주의 뜨거운 신제품들에 대해 얘기했다. 엠마의 텔레비전이 너무 작아서 그런 것일지도 모르나, 덱스터는 요즘 들어 적잖이 살도 찌고 머리도 희끗희

끗해 보였다. 아마도 저 조그만 스크린 때문에 그렇겠지만, 그래도 틀림없이 그는 뭔가를 잃어버린 것이었다. 그녀가 기억하던 덱스터의 맵시는 사라지고 없었다. '듀크 뉴켐 3D' 얘기를 늘어놓는 그는 자신감도 없고, 심지어 당황해 하는 듯 보이기도 했다.

그럼에도 불구하고 엠마는 덱스터 메이휴를 향한 애정이 밀물처럼 일어나는 걸 느꼈다. 지난 10년 동안 그를 떠올리지 않고 보낸 날은 하루도 없었다. 그녀는 그가 그리웠고 그가 돌아오길 원했다. 그녀는 생각했다, 내 최고의 절친을 되찾고 싶어, 너 없인 좋은 것도, 제대로인 것도 하나 없으니까. 잠 속으로 빠져들며 그녀는 생각했다. 덱스터에게 전화해야지.

내일. 내일 눈 뜨자마자, 덱스터에게 전화하는 거다.

ch11

두 만남

1997년 7월 15일, 화요일

◦ 소호 그리고 사우스뱅크, 런던 ◦

"자, 나쁜 소식 먼저. '게임 온' 폐지하겠대."

"그래? 진짜?"

"그래. 진짜로."

"그래. 좋아. 그래. 왜 그러는지 말했어?"

"아니, 덱시. 그들 생각엔, 심야 TV 시청자들에게 컴퓨터게임의 톡 쏘는 로망을 제대로 전달할 비책을 찾아내지 못했다 싶었나 봐. 방송사 측은 구성 요소 선정에 문제가 있었다고 생각했고, 그래서 쇼를 폐지한다는 거지."

"그렇군."

"…다른 진행자와 새로 시작한다는군."

"다른 이름을 내걸고?"

"아니, 그냥 '게임 온'이라고 계속 부를 거래."

"그래? 그렇군. 그럼, 여전히 같은 쇼인 거네."

"상당한 변화를 줄 건가 봐."

"그래도 이름은 계속 '게임 온'이고?"

"그렇지."

"같은 세트에, 같은 포맷으로, 등등."

"대충 그렇지."

"하지만 진행자는 딴 사람이고."

"그래, 딴 사람."

"누구?"

"몰라. 당신은 아닌 거지."

"누군지 말도 안 해줘?"

"더 젊은 애라고는 했어. 좀 젊은 친구. 쇼도 더 젊게 가려는 거고. 내가 아는 건 그게 전부야."

"그러니까… 다른 말로 하자면, 내가 잘린 거네."

"뭐, 이 일을 다른 각도에서 보자면, 그래, 이 경우엔, 그들이 다른 방향에서 접근하기로 결정한 거지. 당신하곤 안 맞는 그런 방향으로."

"알았어, 알았어. 그래, 좋은 소식은 뭐야?"

"뭐라고?"

"당신이 '나쁜 소식은 쇼가 폐지되는 거다'라고 했잖아. 그럼 좋은 소식은 뭐냐고?"

"그게 다야. 그게 전부지. 내가 전할 소식은 그게 전부야."

바로 그 순간, 템즈강 건너 3킬로미터 남짓 떨어진 곳에서 엠마 몰리는 옛 친구 스테파니 쇼오와 함께 엘리베이터를 타고 올라가고 있었다.

"중요한 건 말야, 백 번이라도 더 충고하고 싶지만, 절대 주눅 들지 마."

"왜 내가 주눅 들 거라고 생각해?"

"그녀는 전설이거든, 엠. 출판계의 전설. 정말 악명 높지."

"악명? 뭘로?"

"그게, 음… 성격이 대단하거든." 엘리베이터 안에는 그들뿐인데도 스테파니 쇼오는 목소리를 잔뜩 낮춰 속삭였다. "그녀는 최고의 에디터야. 그냥 성격이 좀… 괴팍하다는 것뿐이지."

엘리베이터가 스무 층을 더 올라갈 때까지 둘은 말이 없었다. 엠마 옆에 선 스테파니 쇼오는 말쑥했다. 깔끔한 흰 셔츠에 — 아니, 셔츠가 아니라, 블라우스였다 — 꽉 끼는 펜슬스커트, 단정하게 묶은 짧은 머리의 그녀에게서, 그 옛날 지도교수 면담 때 그녀 옆에 앉아 있던, 그 무뚝뚝한 고트족의 기미를 찾기란 불가능했다.

저 프로페셔널한 품행, 저 '허튼 수작은 절대 불가'라는 태도라니, 내 옛 친구가 오히려 나를 주눅 들게 하는걸, 엠마는 그런 생각에 살짝 놀랐다. 스테파니 쇼오는 여러 명을 해고시켰을지도 모르겠다 싶었다. 그녀는 "이거 복사 좀 해와요!" 같은 말을 아무렇지도 않게 쓸 것이었다. 그런 소리를 학교에서 했다간 사람들이 대놓고 그녀를 비웃을 텐데. 엘리베이터 안에서 앞으로 손을 모아 쥔 엠마는 갑자기 킬킬 웃고 싶은 충동을 느꼈다. 마치 '오피스'라는 이름의 게임을 하고 있는 듯한 기분이었다.

31층에서 엘리베이터 문이 열렸다. 뻥 뚫린 사무실이라 더 넓어 보이는 그곳은, 뿌연 유리창 너머로 템즈강과 램버스 지역을 내려다보고 있었다. 엠마는 런던에 오자마자 부푼 맘으로 엉성하기 짝이 없는 편지들을 출판사에 보냈었다. 그리곤 낡은 20세기 초반 건물 안의 어지러운 출판사에서 반달 모양의 안경을 쓴 나이 든 비서가 상아로 만든 종이 베는 칼을 써서 그 편지를 뜯는 장면을 상상했다.

하지만 이곳은 번드르르하고 훤하며 젊은 곳이었다. 모던한 미디어 업계의 모범적 일터라고 할 만했다. 그녀의 맘에 드는 것이라곤 탁자와 바닥 위에 아무렇게나 불안하게 높이 쌓여 있는 책더미들뿐이었다. 스테파니가 앞서고 엠마가 뒤를 따랐다. 책더미 위로 고개를 내민 사무실 사람들이 걸으면서 동시에 윗도리를 벗느라 끙끙대는 새 얼굴을 훔쳐보았다.

"그런데, 그녀가 그걸 다 읽었는지, 아니면 조금이라도 읽기나 했는지, 장담 못하겠어. 그렇지만, 그녀가 널 보자고 했다는 거, 그게 중요한 거야, 엠. 정말 엄청난 일이지."

"그래 정말 고마워, 스테파니."

"날 믿어 엠. 네 글은 아주 좋아. 그렇지 않았다면 그녀에게 줄 생각도 안 했지. 쓰레기 같은 걸 그녀에게 읽으라고 주는 건 자살행위거든."

그 글은 리즈의 한 공립학교를 무대로 한, 고학년 아동용 학교 이야기 혹은 로맨스 소설이었다. 〈올리버!〉를 만들던 과정을 소재로 한 거니까,

『말로리 타워즈』*의 생생한 실화 버전이라고 할 만했다. 아트풀 다저 역을 맡은 수다스럽고 무책임한 여학생 줄리 크리솔의 입을 빌려 이야기가 전개되었다. 그림도 있었다. 휘갈긴 낙서 같은 그림들과 만화, 빈정거리는 말풍선 따위가 텍스트와 함께 뒤섞여 있는, 꼭 10대 소녀의 일기장 같은 작품이었다.

앞부분 2천 자 분량을 여기저기 보낸 뒤 한참을 기다렸건만, 결국 그녀에게 남은 건 온갖 유형의 거절의 편지들뿐이었다. 우리에겐 안 맞네요, 더 도움이 되지 못해 죄송해요, 다른 데에서는 더 좋은 얘기 듣기를 바랍니다, 그들은 그렇게 말했다. 한 가지 위안이 된 건, 그 편지들이 내세운 거절의 이유가 죄다 모호했다는 것이었다. 틀림없이 제대로 읽어 보지도 않고, 정해진 양식의 거절 편지를 보낸 것이었다.

그녀가 썼거나 쓰다 만 것들 중, 다시 읽어 보고도 집어던지지 않은 건 이 작품이 처음이었다. 엠마는 이게 괜찮다는 걸 알고 있었다. 그때 엠마는 인맥 동원의 충동을 견딜 수가 없었다.

대학 때 친구들이 꽤 영향력 있는 자리에 있음에도 불구하고, 그녀는 개인적으로 절대 잘 좀 봐 달라는 전화를 안 하기로 다짐했었다. 좀 더 성공한 동급생의 팔에 매달리는 건, 친구한테 돈 좀 내놓으라고 하는 것과 다를 게 없었다. 하지만 거절 편지로 바인더 하나를 꽉 채우고 나니, 그리고 그녀의 어머니가 즐겨 상기시키듯 적지 않은 나이가 되고 보니, 어쩔 수가 없었다.

어느 점심시간이었다. 그녀는 조용한 교실을 찾아 들어가 심호흡을 한 뒤 스테파니 쇼오에게 전화를 걸었다. 아마 3년 만에 처음 통화하는 것이었으나, 둘은 서로 좋아했던 사이였기에 서로의 근황을 조금 나눈

* 영국 작가 에니드 블리튼의 학원 소설.

뒤 엠마는 이야기를 꺼낼 수 있었다.

"뭐 좀 읽어 봐 줄래? 내가 쓴 건데. 10대들이 보는 웃기는 책이야. 몇몇 샘플 챕터랑, 개요 보낼게. 내용은 학교 뮤지컬 이야기야."

그렇게 하여 지금 그녀는 여기서 실제 출판업자를 만나게 된 것이었다. 커피를 너무 많이 마셔 몸이 후들거렸고, 걱정 때문에 속이 불편했지만, 그런 열병 상태에도 불구하고 학교를 빼먹기가 쉽지 않았다. 휴가철을 앞두고 오늘 학교에서는 중요한 마지막 교무회의가 있었다. 마치 농땡이 치는 학생처럼 그녀는 아침에 일어나 코를 막고서 장염독감 때문에 목이 다 쉬었다며 교무실로 전화했다. 고달밍 교장은 아마 불같이 화를 낼 것임에 틀림없었다.

하지만 지금 당장은 그런 걱정을 할 겨를이 없었다. 두 사람은 드디어 건물 구석의 사무실에 도착했다. 유리벽으로 둘러싸인 그 멋진 공간 안에 한 호리호리한 여인이 등을 돌리고 앉아 있는 게 보였다. 그녀의 뒤로 세인트폴 대성당부터 국회의사당까지 템즈강이 한눈에 내려다보였다.

스테파니가 문간의 낮은 의자를 가리켰다.

"그래. 잠깐만 기다려. 이따 나 보고 가. 어떻게 됐는지 얘기해 줘. 까먹지 마, 절대 겁먹지 않는다!"

"이유가 뭐래? 날 자른 이유가?"

"그런 말 없었어."

"뭐야, 아론. 그냥 얘기해 봐."

"글쎄, 정확히 말하자면, 글쎄, 정확히 말해서 당신이 너무 1989년풍이라더군."

"아하. 아하. 그래, 그렇군. 좋아, 음, 아 기분 더럽네 정말."

"그렇지, 나도 그렇게 말했지."

"정말?"

"기분 안 좋다고 얘기했지."

"그래, 다른 건 뭐 없어?"

"없어."

"없다고?"

"로봇 격투기 프로그램이 있는데, 당신더러 그 로봇들 소개하면 어떻겠냐는 얘기는—"

"로봇들이 왜 싸운대?"

"누가 알아? 원래 로봇이 그런 거 아닌가? 공격적인 로봇들인 거지."

"난 잘 모르겠는데."

"그래. 그럼, '남성과 자동차' 채널의 자동차 쇼는?"

"뭐, 위성 채널?"

"위성과 케이블이 미래야, 덱스."

"하지만 지상파는 다 어쩌고?"

"그쪽은 지금 잠잠해."

"수키 메도우즈한테는 전혀 잠잠하지 않잖아. 토비 모레이한테도 잠잠하지 않고. 텔레비전마다 썩을 놈의 토비 모레이가 안 나오는 데가 없더구만."

"그게 TV야, 덱스. 유행 타는 거. 한땐 당신이 유행이었고, 지금은 걔가 유행인 거지."

"내가 유행이었다고?"

"지금은 유행이 아니고. 당신한테도 오르막과 내리막이 있다는 뜻이야. 이젠 당신도 방향 변화를 고민해야지. 사람들이 당신에 대해 갖고 있는 생각을 바꿔야 해. 당신 평판을 말야."

"잠깐만, 내 평판이 뭐 어떤데?"

엠마는 낮은 가죽의자에 앉아 바삐 돌아가는 사무실을 둘러보았다. 그 기업세계와 그곳을 채우고 일하는 재치 있고 젊은 프로페셔널들을 보며 그녀는 약간의 부끄러움이 범벅된 부러움을 느꼈다. 냉온정수기가 부러운 것, 바로 그것이었다. 이 사무실은 특별하거나 눈에 띄는 게 없었지만, 크롬웰로드 공립학교에 비해 여기는 긍정적인 의미로 미래주의적이었다. 차 얼룩으로 지저분한 머그잔과 닳고 닳은 가구, 거만해 보이는 당직표 등으로 얼룩진 그녀의 교무실에는 부루퉁한 불평과 불만의 기운만이 팽배했다.

물론 아이들은 아주 좋았다. 대개의 아이들이 대부분의 시간 동안은 아주 좋았지만, 요즘 들어서는 심각하게 대드는 일이 갈수록 잦아졌다. 난생처음 그녀는 "아무도 안 듣는 얘기를 하시네요"라는 말까지 들었다. 그런 태도가 그녀로서는 납득하기가 어려웠다. 혹은 엠마가 자신만의 요령을 잃고, 성취 동기를 잃고, 에너지를 잃은 건지도 몰랐다. 교장과의 상황도 사태를 더욱 악화시켰다.

그때 다른 길을 선택했다면 인생은 어떻게 되었을까? 스물두 살 때 출판사에 보내던 그 편지들을 꾸준히 계속 보냈더라면 어떻게 되었을까? 그랬다면 스테파니 쇼오가 아니라 엠마가 펜슬스커트를 입고 프레타맹거 샌드위치를 먹고 있게 되었을까? 인생이 반드시 변해야 하는 것이라면 결국엔 변하게 된다는 믿음을 갖게 된 지도 한참 되었다. 아마도 지금 이 순간, 이 미팅이 새로운 출발일지 몰랐다. 뱃속이 다시 기대감에 울렁거렸다. 그때 개인비서가 수화기를 내려놓고 그녀에게 다가왔다. "마샤가 들어오라고 하시네요." 엠마는 일어나 TV에서 보고 배운 대로 그녀의 스커트 주름을 편 뒤, 유리 박스 안으로 들어갔다.

마샤—미스 프랜콤?—는 크고 우람했다. 매부리코 때문인지 그녀의 얼굴은 위협적인 늑대의 느낌을 풍겼다. 40대 초반인 그녀의 머리는 소비에트 스타일로 잘라 앞으로 빗어 내렸고, 그녀의 억센 목소리에선 지휘관의 풍모가 느껴졌다. 그녀가 일어나 손을 건넸다.

"아, 당신이 12시 30분 약속이죠."

엠마가 네, 라고 간신히 대답을 했다. 맞아요, 12시 30분. 사실은 12시 15분이었지만.

"지첸 지 비테 힌." 마샤가 알아듣지도 못할 말을 했다.

독일어? 웬 독일어? 뭐 그렇다면 응수를 해야지.

"당케." 엠마는 겨우 대답을 짜내고 소파에 앉아 주위를 둘러보았다. 선반 위의 트로피들, 액자에 담긴 책 표지 등 빛나는 경력을 알려 주는 기념물들이 즐비했다.

여기 오지 말았어야 했어, 여긴 내 자리가 아냐, 이 가공할 여인의 시간을 낭비하게 만들었군, 엠마는 그런 느낌에 짓눌렸다. 그녀는 책을 출판하는 여인이었다. 사람들이 사서 읽는 진짜 책을. 엠마의 그런 심정을 아는지 모르는지 마샤는 한참 동안 침묵했다. 그러더니 마샤는 바깥 사무실에서 안을 못 보도록 베네치안 블라인드를 내렸다. 실내가 아연 침침해졌다. 문득 엠마는 이제 본격적인 취조가 벌어지겠구나 싶었다.

"아, 기다리게 해서 미안해요. 믿을 수 없게 바쁘네요, 정말. 겨우 이렇게 만났네요. 그래도 서두르고 싶진 않아요. 이런 문제는 제대로 된 결정을 내리는 게 아주 중요하거든요, 그렇죠?"

"굉장히 중요하죠. 옳은 말씀이에요."

"아이들하고 일한 게 얼마나 됐는지 말씀해 보세요."

"음, 어디 보자, 그게 93년이니까, 5년쯤 됐네요."

몸을 숙이는 마샤의 눈이 열의로 반짝였다. "그 일을 사랑했고요?"

"그럼요. 대부분의 시간 동안은 그랬죠." 엠마는 자신이 너무 딱딱하게 굳어 격식을 차리는 게 아닌가 싶었다. "애들이 저를 힘들게 하지 않을 때에는요."

"애들이 당신을 힘들게 한다고요?"

"솔직히 말씀드리자면, 어떤 때는 어린 개망나니들이 되기도 한다니까요."

"그래요?"

"아시잖아요. 건방지고, 파괴적이고."

마샤가 새치름해진 얼굴로 의자 뒤로 몸을 묻었다. "그럼 애들 혼낼 때는 어떻게 하나요?"

"뭐, 늘 하던 대로 녀석들에게 의자를 집어던지죠! 농담이고요! 다들 그러듯이 밖에 나가 서 있게 하거나, 뭐 그런 것들이죠."

"그래요. 그래요."

마샤의 말이 뚝 끊겼다. 하지만 깊이 실망하고 있다는 게 훤히 읽혔다. 그녀의 눈길이 책상 위의 서류들로 다시 옮겨졌고, 엠마는 대체 언제 작품 얘기를 제대로 하게 될지 궁금했다.

"그런데요." 마샤가 말했다. "생각보다 영어를 참 잘 하시네요."

"네?"

"그러니까, 아주 유창하시다고요. 마치 잉글랜드에서 평생 사신 분 같아요."

"아, 네, 사실… 그런대요."

마샤가 화난 표정으로 말했다. "당신 이력서로는 안 그렇잖아요."

"무슨 말씀이신지?"

"이력서에는 독일인이라고 하셨잖아요."

엠마는 어찌해야 좋을지를 몰랐다. 독일인인 척해야 하는 걸까? 그건 말도 안 되었다. 독일어를 못하니까. "아니에요. 전 틀림없는 잉글랜드 사람이에요." 그리고 이력서라니? 이력서 따위 보낸 적이 없지 않은가.

마샤가 머리를 흔들었다. "미안한데요, 우리가 지금 동문서답 하고 있는 것 같군요. 당신이, 그러니까, 제 12시 30분 약속 맞죠?"

"그렇죠! 그런 줄 알았는데. 안 그런가요?"

"보모 일요? 보모 일 얻으려고 여기 오신 거죠?"

"내 평판이 뭐 어떻다는 건데?"

"좀 안 좋지. 이 업계에서."

"무슨 평판이냐고?"

"그저 약간… 믿을 만하지 못하다는 걸로."

"믿을 만하질 못해?"

"프로페셔널하지 못하다 이거지."

"뭐 어떤 방식으로?"

"술 취한 방식으로. 맛이 간 상태로 카메라 앞에 서고 그러는 걸로."

"뭐야, 난 그런 적—"

"그리고 거만한 걸로. 사람들은 당신이 거만하다고 생각해."

"거만? 그건 자신감이지, 거만이 아니야."

"난 그저 사람들이 당신을 두고 뭐라 그러는지 얘기하는 것뿐이야, 덱스."

"'사람들'! 그 '사람들'이란 게 대체 누군데?"

"당신과 함께 일하는 사람들."

"그래? 맙소사."

"내 말은 말이지, 당신한테 문제가 있다고 느낀다면—"

"전혀 그렇지 않지."

"지금이야말로 그 문제를 바로잡아야 해."

"문제가 없다니까?"

"좋아, 그럼 됐어. 그럼 당분간은 사태가 어떻게 풀려 갈지 지켜보자고. 적어도 두어 달은 그래야 될 거야."

"엠마, 정말 미안해요…."

벌겋게 열이 오른 눈빛으로 당혹해 하며 엘리베이터로 걸어가고 있는 엠마의 뒤를 마샤가 바짝 붙어 걸었고, 스테파니가 그녀의 뒤를 따랐다. 셋이 지나갈 때마다 사무실 칸막이 공간에서 머리들이 솟아올랐다. 잘난 체하다가는 저런 꼴을 당하지, 그들은 그렇게 생각할 것임에 틀림없었다.

"시간 낭비하게 해서 정말 미안해요." 마샤가 비위를 맞추려는 듯 그렇게 말했다. "저는 누가 전화를 해서 취소한 줄 알았는데…."

"괜찮아요. 선생님 잘못 아니니까요." 엠마가 웅얼거렸다.

"비서한테 따끔하게 얘기할 겁니다. 메시지 못 받은 게 확실한 거죠? 미팅 취소하는 거 정말 싫어요. 그렇지만 정말 읽을 시간이 없었거든요. 이제 얼른 훑어볼 작정인데, 제 방에선 저 불쌍한 헬가 아줌마가 또 기다리고 있으니…."

"전 충분히 이해합니다."

"여기 스테파니가 당신이 얼마나 뛰어난 재능을 지녔는지 잘 얘기해줬어요. 그러니 당신 작품 정말 보고 싶어요."

엘리베이터에 도착해 엠마가 때리듯 버튼을 눌렀다. "네, 그럼…."

"그래도, 재미있는 얘깃거리로 삼으실 수는 있겠네요."

재미있는 얘깃거리? 그녀가 눈알을 찌르는 기분으로 버튼을 다시 때렸다. 그녀가 원하는 건 재미있는 얘깃거리가 아니었다. 그녀가 원하는 건 변화와 전환점이었지, 웃기는 일화가 아니었다. 그녀의 인생은 그런 웃기지도 않는 이야기들과 끊임없이 등장한 말썽꾼들로 가득 차 있었다. 이제 그녀는 한 번이라도 뭔가 제대로 되어 주기를 원했다. 그녀는 성공을 원했다. 적어도 성공의 희망이라도 품고 싶었다.

"다음 주는 안 될 것 같고, 그 다음엔 제가 휴가에요. 그러니까 그 다음에 뵙죠. 여름이 다 가기 전에는 볼 거예요, 제가 약속하죠."

여름이 다 가기 전에? 아무것도 변하지 않은 채 몇 달이 흐르고 있었다. 그녀는 엘리베이터 버튼을 다시 누르고 퉁명스런 10대 아이처럼 아무 말도 하지 않았다. 다들 힘들었고, 그들은 그렇게 기다렸다. 셋 중에 제일 멀쩡해 보인 마샤가 예리한 푸른 눈으로 엠마를 뜯어보았다.

"엠마, 말해 봐요. 지금 뭘 하고 있죠?"

"영어 가르쳐요. 리톤스톤의 공립학교에서요."

"그거 꽤나 힘들겠군요. 글 쓸 시간 내기가 쉽지 않겠네요?"

"밤에 하죠. 주말하고. 어떨 때는 이른 아침에도."

마샤가 실눈을 떴다. "정말 열정이 대단하신가 보다."

"지금 제가 정말 하고 싶은 일은 그것뿐이에요."

엠마 자신도 놀랐다. 그 말이 얼마나 진지하게 들렸을지도 놀라웠지만, 그 말이 거짓이 아니라는 게 더 놀라웠다. 등 뒤에서 엘리베이터 문이 열렸다. 어깨 뒤로 힐끗 그걸 보는 엠마의 모습이 이제는 여기 더 머물고 싶다는 듯한 눈치였다.

마샤가 손을 내밀었다.

"그럼, 잘 가요, 미스 몰리. 앞으로 더 많은 얘기 나눠요."

엠마가 그녀의 긴 손가락을 잡았다.

"저도 좋은 보모 뽑으시길 빌게요."

"저도 그랬으면 좋겠네요. 지난번 보모는 완전 사이코패스였어요. 혹시 그 일 원하는 건 아니죠, 그렇죠? 당신도 아주 잘할 거 같은데."

마샤가 웃었다. 엠마도 마주 웃었다. 마샤 뒤의 스테파니는 아랫입술을 깨물고 있었다. 손으로 전화 거는 시늉을 하며, 입으로는 연신 미안, 미안, 미안을 연발하고 있었다. '전화 해!'

엘리베이터 문이 닫히자 엠마는 벽에 기댔다. 30개 층을 떨어지면서 엠마는 뱃속의 흥분이 쓰디쓴 실망으로 엉겨드는 걸 느꼈다. 그날 아침 새벽 세 시에 잠을 이루지 못한 엠마는, 새로 만난 에디터가 즉흥적으로 같이 점심을 먹자고 청하는 상상을 했더랬다. 옥소Oxo타워에서 상쾌한 백포도주를 마시고, 학교에서 벌어진 매력적인 이야기들로 상대를 기만하는 상상을. 그런데 지금 엠마는 25분도 채 못 되어 사우스뱅크*에 내동댕이쳐진 신세가 되어 있었다.

지난 5월 엠마는 여기서 [토니 블레어의] 노동당의 총선 승리를 축하하는 행렬에 묻혀 있었다. 하지만 지금은 그런 기쁨 따위는 흔적도 없었다. 장염독감에 걸렸다고 둘러댄 처지인지라 학교로 가서 교무회의에 참석할 수도 없었다. 거기서도 또 논쟁이 벌어질 테고, 서로 비난하고 헐뜯는 말들을 주고받을 게 뻔했다. 머리를 비우려고 그녀는 강변을 따라 타워브리지 쪽으로 걸었다.

하지만 템즈강조차도 기분 전환에 아무 도움이 못 되었다. 그쪽 사우스뱅크 일대는 한창 새 단장 중이었다. 곳곳에 비계가 서 있고 타르칠을 한 방수포들로 어수선했다. 뱅크사이드 화력발전소는 이 여름날에 위압적으로 버티고 선 모습으로 방치되어 있었다. 그녀는 배가 고팠지만, 먹을 데도, 같이 먹을 사람도 없었다. 그녀의 전화가 울렸다. 허겁지겁 가방을 뒤졌다. 쓰린 가슴을 내뱉을 수 있기를 기대했으나, 누구의 전화인지를 알았을 때는 이미 때가 늦었다.

"그래~ 장염독감이시라고?" 교장이 말했다.

그녀가 탄식했다. "그래요."

"그래서 누워 계시겠네, 응? 그런데 왜 침대에 누워 있는 소리가 아닐

* Southbank. 템즈강 남단의 워털루 역 근처 지대. 국립극장을 비롯한 각종 공연시설 및 전시장, 런던아이, 옥소타워 등이 위치한 곳으로서, 1951년 전후 부흥을 기원하는 '브리튼' 축제의 무대로 조성된 문화지구이다.

까요? 어디서 햇살을 즐기고 계신 듯한 소린데."

"필, 제발! 제발 힘들게 하지 마세요."

"아, 아니죠, 몰리 선생님. 둘 다 챙기실 수는 없죠. 우리 관계를 끝냈으면서 뭔가 특별한 혜택도 기대하고, 그러실 수는 없죠!"

필이 이처럼 쓸데없이 짜증나는 말들에 악의를 담아 늘어놓기 시작한 지도 벌써 여러 달째였다. 하지만 엠마는 새로운 분노가 확 솟구치는 걸 느꼈다. 자기가 놓은 덫에 자기가 걸려든 기분이었다.

"철저하게 프로페셔널하게 하고 싶다면 철저하게 프로페셔널하게 처신하셔야죠! 그러니까, 어디 말해 보시지, 오늘의 그 중요한 미팅에 왜 안 나타나셨는지?"

"이러지 마세요, 제발, 필! 나 지금 그럴 기분이 아니에요."

"왠지 알아요, 엠마. 난 이런 문제로 징계를 들먹거리고 싶지 않으니까…"

교장선생의 말이 계속 윙윙거리고 있는데도 엠마는 귀에서 수화기를 떼버렸다. 두툼한 구식 휴대전화였다. 그가 "원할 때마다 당신 목소리를 듣고 싶어서" 연인이었던 그녀에게 건넨 선물이었다. 맙소사, 둘은 그걸로 폰-섹스도 했었다. 적어도 그는 그랬다고 했다.

"이번 미팅에 반드시 참석해야 한다는 거 얘기 들었잖아요. 학기가 아직 끝난 게 아니라고요."

그녀는 잠시 그 지긋지긋한 전화기를 템즈강에다 던져 버리면, 마치 반토막짜리 벽돌처럼 강물에 풍덩 빠지는 걸 보면, 얼마나 좋을지 생각해 보았다. 물론 그 전에 SIM카드부터 꺼내야지. 그렇게 생각하니 그만 모든 게 구질구질해졌다. 사실 극적인 행동들은 영화나 텔레비전 같은 데나 나오는 거지. 새 전화기 살 돈도 없었다.

드디어 그녀는 마음을 굳게 먹었다.

"필?"

"고달밍 선생이라고 하시죠?"

"그래요. 고달밍 선생님?"

"네, 몰리 선생님?"

"저 사직할게요."

그가 웃었다. 사람 열받게 하는 거짓웃음이었다. 그가 머리를 천천히 젓고 있는 모습이 눈에 보이는 듯했다.

"엠마, 당신은 사직 못해요."

"할 수 있어요. 벌써 했고요. 그리고 다른 말도 있어요. 고달밍 선생님?"

"엠마?"

욕이 그녀의 입술까지 가득 기어 나왔지만, 차마 내뱉지는 못했다. 그 말들을 꿀꺽 삼킨 뒤 그녀는 전화를 끊고 가방에 전화기를 쑤셔 넣었다. 의기양양한 기쁨과 미래에 대한 두려움 탓에 어지러워진 그녀는 템즈 강을 따라 동쪽으로 계속 걷기만 했다.

"그래서, 미안해, 같이 점심 못해서. 다른 클라이언트 만나러…."

"알았어, 고마워. 아론."

"다음번에 같이 해, 덱시. 왜 그래? 풀이 다 죽어서는."

"아냐, 됐어. 좀 신경이 쓰여서 그래."

"뭐가?"

"알면서 그래. 신경 쓰이지. 미래가, 내 경력이. 내가 원했던 건 이게 아니거든."

"절대 아니지. 미래, 그것 땜에 그렇게 돼지게 짜릿짜릿한 거 아니겠어! 자, 힘을 내. 힘을 내라고. 당신에 관한 내 나름대로의 이론이 하나 있는데 말야. 들어 볼래?"

"그래, 말해 봐."

"사람들은 당신 사랑해, 덱스, 정말 좋아하지. 그런데 문제는 말야, 그 사람들이 당신을 좋아하는 건, 빈정대고 놀리면서 좋아하는 거, 미워하려고 좋아하는 거지. 그러니까 우리가 할 일은, 사람들이 당신을 진심으로 좋아하게 만들어야 해…."

ch12
'사랑해'라고 말하기

1998년 7월 15일, 수요일

◦ 치체스터, 서섹스, 잉글랜드 ◦

어찌된 영문인지도 모르는 채 덱스터는 사랑에 빠졌다. 갑자기 사는 게 하나의 긴 미니휴가처럼 되었다.

실비 코프. 그녀는 실비 코프라는 아름다운 이름의 소유자였다. 그녀가 어떤 사람이냐고 덱스터에게 물으면, 덱스터는 고개를 저으면서 입으로 길게 숨을 내쉬고는 그녀는 멋지다, 정말 멋지고, 정말 정말 대단하다는 탄성을 연발했다. 물론 그녀는 아름다웠지만, 다른 여자들과는 다르게 아름다웠다. 남성잡지에서 톡톡 튀는 끼를 내뿜는 수키 메도우즈와도 달랐고, 나오미나 잉그리드, 욜랜더처럼 트렌디하게 아름다운 것도 아니었다. 옛 TV 진행자들의 화신과도 같은 그녀의 모습을 덱스터는 '귀족적'이다, 심지어 '죽이게 귀족적'이라고 불렀다.

길고 단정한 검은 머리를 정확하게 양분해 갈무리한 모습, 해사한 하트 모양의 얼굴에 완벽하게 자리 잡은 작고 아담한 이목구비의 그녀는,

그가 이름을 기억하진 못하지만 머리에 꽃을 꽂은 중세의 어느 그림 속 여인을 떠올리게 했다. 실비 코프는 그렇게 생겼다. 유니콘의 등에 타고 있는 모습이 너무도 완벽하게 편안해 보일 법한, 그런 용모의 소유자가 바로 그녀였다. 큰 키에 가냘픈 몸매의 그녀는 가끔은 너무 엄격해 보일 정도로 꾸밈없는 사람이었다. 이따금 그가 멍청한 소리를 하거나 바보 같은 짓을 할 때 얼굴을 찡그리거나 눈알을 굴리는 것 말고는 얼굴의 움직임도 거의 없는 여자였다. 실비는 완벽했고, 완벽한 걸 요구했다.

그녀의 귀는 아주 약간 밖으로 돌출해 있어서, 역광을 받으면 산호빛으로 반짝거렸다. 그럴 때면 그녀의 뺨과 이마에 솟은 가는 솜털들이 아주 포근해 보였다. 껍데기만 탐닉하던 때 같았으면 이렇게 빛나는 귀와 털로 뒤덮인 이마를 덱스터는 황당하다고 생각했을 것이다. 하지만, 한여름날 잉글랜드의 잔디밭에서 테이블을 사이에 두고 마주 앉은 지금은, 그녀의 모습을 지켜보는 데 빠져 있다 멍하니 잠이 들 것 같은 기분이었다. 그녀의 긴 손가락과 손이 그녀의 완벽하게 작은 턱을 받치고 있었다. 머리 위론 제비가 날고, 양초를 든 시종이 등장하는 옛 그림들에서처럼 촛불이 그녀의 얼굴을 비추고 있었다. 그녀가 테이블 너머로 그를 보며 미소를 지었고, 그는 오늘밤이야말로 그녀에게 사랑한다고 말해야 할 밤이라고 다짐했다. 그는 한 번도 "나 당신을 사랑해요"라고 말해 본 적이 없었다. 전부 술에 취해서, 아무 생각 없이, "나 당신 뒈지게 사랑해"라고 말했던 것이니, 그것과는 다른 것이었다. 지금이야말로 그 표현을 가장 순수한 형태로 사용해야 할 순간이라고 그는 생각했다. 그는 이 생각에 너무 몰두한 나머지 당장 주고받는 얘기들이 무언지 순간적으로 집중할 수가 없었다.

"그러니까 당신이 하는 일이 정확하게 뭐예요, 덱스터?"

테이블 저쪽 끝에서 실비의 어머니가 물었다. 베이지색 캐시미어를 걸친 날씬하고 냉담해 보이는 헬렌 코프 여사였다.

그 말을 듣지 못한 덱스터는 실비를 쳐다보는 데만 열중했다. 실비가 경고하듯 눈꼬리를 올리며 그를 불렀다. "덱스터?"

"음?"

"엄마가 묻고 계시잖아요."

"죄송합니다. 딴 생각 했네요."

"TV 진행자예요." 실비의 쌍둥이 동생 중 하나인 샘이 말했다.

학교 조정반 선수답게 어깨가 넓고 체구가 큰 열아홉 살의 샘은, 그의 쌍둥이 형 머레이처럼 자기밖에 모르는 철없는 나치였다.

"옛날에만 했던 거 아냐? 지금도 뭐 진행해요?"

머레이가 능글맞게 웃으며 말했다. 그러면서 둘은 서로의 금발머리를 휙 튕겼다. 건장한 체구에 미끈한 피부, 푸른 눈의 그들은 마치 실험실에서 길러진 아이들 같았다.

"엄마가 너한테 물었니, 머레이?" 실비가 쏘아붙였다.

"뭐, 저는 아직도 진행자예요, 일종의." 덱스터는 그렇게 말하며, '너 이놈 언젠가는 박살을 내주마'라고 생각했다.

덱스터와 쌍둥이들은 벌써 런던에서 한 번 크게 부닥친 적이 있었다. 능글능글 히죽거리며 그들은 누나의 새 남친이 형편없다며 누나가 아깝다고 이죽거린 것이었다. 코프 일가는 승자들이었고, 오직 승자만을 용납했다. 덱스터는 매력남일 뿐이었다. 그것도 한때의. 폼 잡고 있다가 추락하는 처지였다.

식탁에 정적이 감돌았다. 덱스터는 계속 말을 꺼내야 하나 싶었다. "죄송해요, 여쭈신 게 뭐였죠?" 덱스터가 물었다. 아차 하다 실점을 하긴 했지만, 다시 게임을 주도하겠다는 의지가 역력했다.

"요즘 무슨 일을 하고 있냐고요? 직업 말이에요."

헬렌이 천천히 질문을 되풀이했다. 실비의 남자친구 자리를 두고서 취업 인터뷰를 하고 있다는 게 분명해졌다.

"그건, 최근까지 두어 개의 새 TV 쇼에서 일했고요. 지금은 어떤 의뢰가 들어올지 기다리고 있는 중이죠."

"어떤 내용이었어요, 그 TV 쇼들이란 거."

"아, 하나는 런던의 밤 생활을 다룬 건데, 이 뜨거운 도시에서 무슨 일이 벌어지고 있나를 알려 주는 거죠. 다른 건 스포츠 쇼였어요. 익스트림 스포츠요."

"익스트림 스포츠? 아니 '익스트림 스포츠'가 뭐예요?"

"음, 그러니까 산악자전거나 스노우보딩, 스케이트보딩 같은 거."

"그럼 당신도 직접 그런 거 해요, 익스트림 스포츠?"

얄궂게 웃으며 머레이가 물었다.

"스케이트보드 약간 하죠." 덱스터가 수세적으로 대답했다.

샘이 테이블 저쪽 끝에서 자기 입을 냅킨으로 틀어막고 있는 게 보였다.

"언제 BBC에 출연했던 적도 있었나?"

잘생기고 오동통하며 콧대 높게 생긴 아버지 라이오넬이 물었다. 50대 후반인데도 그의 머리는 희한하게 여전히 금발이었다.

"그렇진 않아요. 제가 했던 건 좀 심야물들이라서요."

좀 심야물들이라서요. 스케이트보드 약간 하죠. 맙소사, 내가 지금 무슨 말을 하고 있는 거야, 덱스터는 생각했다. 코프 가족은 그를 마치 예절 바른 학생처럼 굴게 하는 뭔가가 있었다. 덱스터는 마치 자신이 시대극의 등장인물이 된 듯한 기분이었다. 어찌 보자면, 그것들은 꽤나 심야

물이었단 말씀입죠. 그러 하오나, 만약에라도 그것이 성공을 위해 필수적인 자질이라 하신다면….

갑자기 다른 쌍둥이인 머레이—아니, 샘이었나?—가 입 안 가득 샐러드를 문 채 목소리를 높여 마구 지껄이기 시작했다.

"당신이 나오던 그 심야 쇼 우리도 봤어요. '라기닛' 말이에요. 온갖 상소리가 난무하고, 늘씬한 여자들은 새장 안에서 춤추고. 엄마 기억 안 나세요, 우리가 그거 보는 거 진짜 싫어하셨잖아요?"

"맙소사, 그거 말이니?" 코프 여사, 헬렌이 얼굴을 찌푸렸다. "기억하고 말고. 희미하게."

"엄마 그거 진짜 완전 싫어하셨지." 머레이인지 샘인지가 말했다.

"'당장 끄지 못해!' 엄마가 만날 그러셨어." 다른 놈이 말했다. "당장 꺼! 뇌 손상 입기 전에!"

"재밌네요, 우리 어머니도 똑같이 말씀하셨거든요."

덱스터가 말했다. 그렇지만 아무도 그 말에 대꾸를 하지 않았고, 덱스터는 포도주 병이나 찾을 수밖에 없었다.

"그러니까, 그게 자네였다는 건가?" 실비의 아버지가 말했다. 마치 동석한 신사 양반이 비열한 잡놈임이 드러났다는 듯한 말투였다.

"뭐 그렇습니다. 하지만 그게 죄다 그렇진 않았어요. 저는 그저 밴드랑 영화계 스타들을 인터뷰하는 게 일이었죠."

그렇게 말하면서 덱스터는 밴드나 영화계 스타들을 들먹거리는 게 괜히 잘난 척하는 소리로 들리진 않을까 염려스러웠다. 하지만 거기 쌍둥이들이 있었다. 그들은 그를 쏴 죽이고 말겠다는 기세로 물고 늘어졌다.

"그럼 지금도 여전히 수많은 영화계 스타들과 어울려 노시겠네?"

둘 중 하나가 놀랍다는 척 연기를 하며 말했다. 철딱서니 없이 세상 모르고 우쭐대는 아리안 족 꼬마 괴물 같으니.

"아니에요. 이젠 안 해요." 그는 결심했다. 정직하게, 하지만 후회나 자기 연민 따위는 없이 대답하자! "그런 거야 이제 죄다… 지나간 일들이죠."

"덱스터가 괜히 겸손하게 저러는 거예요." 실비가 거들었다. "늘 여기저기서 제안을 받아요. 하지만 까다롭게 작품을 고르는 거예요. 덱스터가 정말 하고 싶어하는 건 프로듀서 일이죠. 덱스터는 자기 미디어 프로덕션 회사도 가지고 있어요." 그녀가 자랑스럽게 말했다.

그녀의 부모들도 대견하다는 듯 고개를 끄덕였다. 사업가, 기업가, 그래, 그런 거라야 좀 그럴듯하지.

덱스터도 웃었다. 하지만 요즘 그의 생활은 아주 심하게 잠잠했다. 그의 회사 메이엄TV는 아직 의뢰를 받은 적도, 의뢰인 측과 미팅을 한 적도 없었다. 아직도 값비싼 문구류 위의 회사 로고로만 존재하는 기업이었던 것이다. 그의 에이전트였던 아론은 그를 떠났다. 목소리 연기 일도 뚝 끊겼고, 홍보 일도 없었다. 개막상영회에 가는 일도 별로 없었다. 그는 더 이상 프리미엄 사과주의 목소리가 아니었고, 포커 모임에서도 진작 밀려났으며, 심지어 자미로콰이에서 콩가 드럼을 연주하는 친구도 이제는 그에게 전화를 걸지 않았다.

하지만 직업적 추락을 뜻하는 이 모든 변화에도 불구하고 그는 지금이 좋았다. 실비, 아름다운 실비와 사랑에 빠졌기 때문에, 이렇게 둘이서 짧은 휴식을 즐기고 있기 때문에.

둘이 함께 제노바나 부카레스트, 로마나 레이캬비크를 다녀오느라 스탠스테드 공항에서 주말의 시작과 끝을 보내는 일이 잦았다. 이렇게 여행할 때면 실비는 꼭 침략군처럼 치밀한 계획을 짰다. 놀랍도록 매력적이고 도회적인 이 유러피언 커플은, 회원제로 운영되는 조그만 부티크 호텔에 묵으면서, 걷고 쇼핑하고, 쇼핑하고 걷고 하다가, 길가 카페에 앉아 조그만 컵의 에스프레소를 마셨다. 그러다 투명 샤워룸과 높고 갸름한 대나무 화분을 갖춘, 연한 회갈색의 미니멀하고 세련된 침실 안에 꼭꼭 숨어 지냈다.

주요 유럽 도시의 조그만 무소속 가게들을 찾아다니지 않을 때는, 런던 서부에서 실비의 친구들과 어울리며 시간을 보냈다. 여자들은 날씬하고 도도했으며, 그 남자친구들은 불그레한 얼굴에 커다란 엉덩이를 자랑했다. 이들은 대개 실비나 그녀의 여자친구들처럼 마케팅이나 광고, 혹은 금융 쪽 일을 했다.

사실 자신감이 철철 넘치던 그 초특급 남친들은 덱스터의 취향은 아니었다. 그들은 학창시절의 반장이나 전교 수석을 떠올리게 했다. 불쾌하기까진 않으나 그저 쿨하지 않다는 게 문제였다. 하지만 그런 문제쯤이야! 쿨한 것들만으로 인생을 쌓아 올릴 수는 없는 법. 그리고 그들의 한결 가지런하고 질서 잡힌 라이프스타일에도 이점은 있었다.

그들의 평화로움이 술독에 빠지는 일은 절대 없었다. 실비도 가끔 저녁 자리에서 샴페인이나 포도주를 곁들이는 것 말고는 술을 마시지 않았다. 그녀는 담배도 안 피고 약도 안 했다. 붉은 고기나 빵, 정제 설탕, 감자도 안 먹었다. 더구나 그녀는 덱스터가 취하게 내버려 두지도 않았다. 그가 지어낸 믹스올로지스트의 권능도 그녀에겐 아무것도 아니었다. 술에 취하는 걸 그녀는 창피하고 남자답지 못한 일이라고 여겼다. 그래서 마티니를 세 잔 넘게 시켰다는 이유만으로 저녁식사 자리에 덱스터 혼자 남겨진 사건이 몇 번이나 되었다.

비록 그녀가 딱 부러지게 선택을 강요한 건 아니었지만, 그는 행실을 가지런히 하고 인생을 제자리로 되돌리든지, 아니면 그녀를 잃든지 해야 했다. 그 결과 숙취에 신음하고, 코피를 쏟고, 부끄러움과 자기혐오 때문에 몸서리치는 아침을 맞는 일들이 훨씬 줄어들었다. 잠을 자다 목마를 때를 대비해 포도주 병을 들고 침대로 가는 일도 그만두었다. 그는 그게 고마웠다. 그는 새로운 사람이 된 기분이었다.

하지만 실비의 가장 놀라운 점 하나를 꼽으라면, 그것은 그녀가 그를 사랑하는 것보다 그가 그녀를 훨씬 더 많이 좋아한다는 사실이었다. 그는 그녀의 직설적인 성격과 자신감, 균형 감각이 좋았다. 그는 그녀의 화끈하고 거침없는 야심, 사치스럽고 흠잡을 데 없는 취향이 좋았다. 물론 그는 그녀의 생김새도 좋았고, 둘이 함께일 때의 모습도 좋았다. 그렇지만 그는 그녀에게서 감상적인 면을 찾아볼 수 없다는 것도 좋아했다. 그녀는 다이아몬드처럼 강인하고 총명하며 탐나는 여자였다. 그래서 난생처음 그는 여자 꽁무니를 쫓는 처지가 되었다.

터무니없이 비쌌던 첼시의 한 프렌치 레스토랑에서의 첫 데이트 때는 그녀가 정말 즐거워하고 있는 건지가 궁금했다. 그녀는 정말 재밌는 자리라고 말은 했지만 같이 있는 자리에서 얼굴에 웃음을 띠지는 않았다. 웃을 때 얼굴 구겨지는 게 싫다는 것이었다. 그런 자세가 일면 쌀쌀맞기도 했지만, 한편으로는 그런 투철함이 감탄스럽기도 했다.

부모님 댁을 처음으로 들른 오늘의 이 자리는 주말을 낀 긴 여행의 일부였다. 치체스터에서 잠깐 머문 뒤, M3고속도로를 타고 미리 빌려 둔 콘월의 별장으로 가서 실비에게서 서핑을 배우는 일정이었다. 물론 여행 내내 놀 건 아니었다. 그는 일을 해야만 했다. 혹은 할 일을 찾아야만 했다. 하지만 잠수복 차림에 머리를 질끈 묶은, 장밋빛 뺨의 단호한 실비를 떠올리는 것만으로도 그의 가슴은 터질 것 같았다.

덱스터는 자신의 처신이 맘에 드는지, 그녀를 쳐다보았다. 촛불 속에서 그녀가 맘 놓으라는 듯 미소를 지어 보였다. 지금까지 그는 훌륭했다. 그는 마지막 포도주를 잔에 따랐다. 너무 많이 마셔서는 안 되지. 이 사람들하고 어울리는 동안에는, 정신 똑바로 차려야지.

디저트를 먹은 뒤 — 직접 기른 딸기로 만든 그 셔벗에 대해 덱스터는 넘치는 찬사를 쏟아냈다 — 덱스터는 실비를 도와 그릇을 실내로 옮겼다. 붉은 벽돌로 지은 대저택은 최고급 인형의 집처럼 말쑥하고 정교했다. 그들은 19세기 말 빅토리아 왕조풍의 부엌에 서서 식기세척기에 그릇들을 집어넣었다.

"당신의 쌍둥이 동생들, 자꾸 헷갈려."

"샘은 밉살스럽고, 머레이는 사납지. 그렇게 외우면 쉬워."

"동생들이 날 안 좋아하는 것 같아."

"걔들은 자기들 말고는 아무도 안 좋아해."

"그 친구들은 내가 뻠내는 것 같은가 봐."

그녀가 칼꽂이 너머로 그의 손을 잡았다.

"내 가족이 당신을 어떻게 생각하는지가 중요해?"

"그럴 수도 있지. 당신한테는 안 중요해? 당신 가족이 나를 어떻게 생각하는지?"

"약간은 그렇겠지?"

"그것 봐. 그러니까 나한테도 중요한 문제지."

그는 진심으로 그렇게 말했다.

그녀가 식기세척기에 그릇 넣던 손을 멈추고 그를 뜨겁게 쳐다보았다. 공공연한 자리에서 웃지 않는 것과 마찬가지로 실비는 보란 듯한 애정 표현이나 안고 쓰다듬는 짓 따위도 탐탁지 않아했다. 실비와의 섹스는 아주 치열했던 스쿼시 게임 같아서, 섹스 후면 '내가 졌군'이란 느낌과 더불어 쑤시고 아팠다. 신체 접촉은 아주 드물었지만, 일단 그런 순간이 닥치면 느닷없이, 격렬하고 재빠르게 그런 접촉이 이뤄졌다.

지금, 난데없이, 실비는 덱스터의 머리 뒤에 손을 대고서 세게 키스했다. 동시에 그의 손을 그녀의 가랑이 사이로 데려가 거기 꽉 끼웠다. 그가 그녀의 커다랗고 뜨거운 눈을 들여다보았다. 그의 정강이가 식기세척기 문짝에 쓸려 따끔거렸지만, 그는 불편해 하는 표정을 거두고 애써 욕망으로 가득 찬 표정을 지어냈다.

그녀의 가족들이 집으로 들어오고 있었다. 복도에서 쌍둥이들의 상스러운 목소리가 들렸다. 그는 몸을 빼려고 했다. 하지만 실비가 그의 아랫입술을 단단하게 물고 있어서, 마치 워너브라더스 만화영화의 한 장면처럼 그의 입술이 길게 늘어지고 말았다. 그가 죽는다며 법석을 떨자, 그녀가 웃었다. 그 바람에 그의 입술이 떨어져 롤러블라인드처럼 휙 말려들었다.

"얼른 침대로 가고 싶어." 덱스터가 손등으로 피가 났는지 확인하는 걸 보면서 그녀가 숨을 내쉬었다.

"식구들 들으면 어떡하려고?"

"들으면 어때. 난 다 자란 애라고."

지금 얘기할까, 나 당신 사랑해라고, 그는 생각했다.

"어이구, 덱스터. 소스 냄비를 그냥 넣으면 어떡해. 먼저 닦고 넣어야지."

그녀는 거실로 갔고, 남겨진 그가 소스 냄비를 닦아야 했다.

덱스터는 걸핏하면 주눅 드는 그런 인물은 아니지만, 이 집안은 뭔가 좀 특별했다. 자기들끼리 이미 넉넉하고 풍족한 느낌, 그런 기분 때문에 그는 짐짓 방어적이 되었다. 그게 계급의 문제인 건 틀림없이 아니었다. 덱스터의 가문도 코프 가문만큼이나 특권층이었다. 물론 골수 보수당 지지자인 코프 집안보다는 훨씬 개방적이고 자유분방하기는 했지만 말이다.

자신이 승자임을 입증해야만 한다는 강박이 그를 자꾸 불안하게 만들었다. 코프 집안은 일찍 일어나고, 산악 걷기를 즐기며, 호수에서 수영하는 사람들이었다. 원기 왕성하고 튼튼하며 빼어난 능력의 소유자들, 그들에게 그는 절대 굴복하지 않겠다고 다짐했다.

그가 거실로 들어서자 코프 집안의 얼굴들이 일제히 그를 돌아봤다. 서둘러 잠잠해지는 게 마치 이제껏 자신의 얘기를 하고 있다 일제히 입을 다무는 음모론자들 같았다. 그는 당당한 미소를 지어 보이고는, 낮은 꽃무늬 소파에 털썩 주저앉았다.

거실은 컨트리하우스 호텔 느낌으로 꾸며져 있었다. 〈컨트리 라이프〉, 〈프라이빗 아이〉, 〈이코노미스트〉 등의 잡지가 커피 테이블 위에 잔뜩 흩어져 있었다. 잠깐 동안 정적이 흘렀다. 시계가 똑딱거렸고, 그는 〈더 레이디〉나 한 권 집어들까 생각하고 있을 때였다.

"그래, 우리 '모리아티 거기 있니?'나 한 판 해요." 머레이가 그렇게 말하자, 모든 가족이, 심지어 실비까지도 좋다고 했다.

"'모리아티 거기 있니?'가 뭔데요?" 덱스터가 묻자, 코프 가문 사람들은 일제히 이 눈치 없이 참견하는 자의 무지함에 고개를 가로저었다.

"정말 굉장한, 굉장한 실내 게임이죠!" 헬렌이 오늘 저녁 들어 가장 활발한 어조로 말했다.

"우리 집안 대대로 내려오는 게임이에요." 그렇게 말하면서 샘은 벌써 데일리 텔레그라프 신문을 돌돌 말아 길고 딱딱한 작대기로 만들고 있었다. "우선, 한 사람 눈을 가리고, 이 돌돌 만 신문지를 들고 무릎 꿇고 앉아요. 다른 사람 앞에…."

"그 사람도 눈을 가리죠." 머레이가 끼어들었다. 그러면서 그는 골동품 서탁의 서랍을 뒤져 셀로판테이프를 꺼냈다. "돌돌 만 신문지를 들고 있는 사람이 '모리아티 거기 있니?'라고 말하죠." 그가 테이프를 샘에게 건넸다.

"그럼 다른 사람이 몸을 마구 비틀어 피하면서 대답하죠, '그래!' 혹은 '여기!'라고." 샘이 신문지를 동여매 단단한 막대기 하나를 완성했다. "그러면 목소리가 어느 방향에서 오는지를 가늠해서, 이 종이 막대기를 휘둘러 때리는 거죠."

"세 번의 기회가 있어. 만약 세 번 다 놓치면 술래가 되어서 다음 선수의 막대기 세례를 받는 거야." 실비가 이 빅토리아 왕조 실내 게임을 한다는 데 짐짓 흥분하며 그렇게 말했다. "만약 목소리 주인공을 때리는 데 성공하면 다음 상대를 고를 수 있고. 우리 집에서는 그렇게 해."

"자, 그럼…", 종이 몽둥이로 손바닥을 탁탁 치면서 머레이가 말했다. "익스트림 스포츠 한번 해보실 분?"

샘과 덱스터가 먼저 게임을 하기로 결정되었고, 놀랍게도, 놀랍게도, 샘이 몽둥이를 쥐고 침입자 덱스터를 응징하게 되었다. 격투장은 거실 중앙의 색이 바랜 커다란 양탄자였다. 실비가 덱스터를 자리로 데리고 가, 마치 충직한 기사에게 호의를 베푸는 공주처럼 그의 뒤에 서서 큼지막한 흰 냅킨으로 그의 눈을 가렸다. 눈이 가려지기 전에 그는 맞은편에 무릎 꿇고 앉아 있는 샘을 힐끗 보았다. 눈을 가린 채 히죽 웃으면서 종이 막대기로 손바닥을 탁탁 치고 있었다.

순간 덱스터는 이 게임에서 이기자, 그래서 저들에게 내가 어떤 사람인지 보여 주자는 생각에 사로잡혔다. "재들한테 본때를 보여 주라고." 실비의 속삭임이 그의 귀에 뜨거운 숨으로 와닿았다. 문득 그의 손이 그녀의 가랑이에 끼어 있던 부엌에서의 순간이 떠올랐다. 그녀가 덱스터의 팔꿈치를 잡고 그가 무릎 꿇는 걸 돕는 동안, 적군들은 페르시아 카펫이 깔린 원형경기장 안의 검투사들처럼 묵묵히 거기 서 있었다.

"게임을 시작하라!" 라이오널이 황제처럼 선포했다.

"모리아티 거기 있니?" 샘이 실실 웃으며 말했다.

"여기." 덱스터가 말했다. 그러고는 림보댄서처럼 허리를 뒤로 휙 젖혔다.

첫 번째 작대기가 그의 눈 바로 밑을 때렸다. 철썩거리는 소리가 방 안 가득 넉넉하게 메아리쳤다. "오오!"와 "어이쿠!"를 외치면서 코프네 사람들은 그의 고통에 키득거렸다. "정말 아프겠다." 머레이가 미치겠다는 듯 말했다. 덱스터는 얼얼한 고통 속에 견디기 힘든 굴욕감을 씹으면서도, '어이 잘하는데?'라고 말하는 듯 쾌활하고 사람 좋게 웃었다. "나를 쳤어!" 그가 뺨을 문지르며 패배를 인정했다. 하지만 피 냄새를 맡은 샘은 벌써 다음 질문을 던지고 있었다.

"모리아티 거기 있니?"

"그…"

덱스터가 미처 움직이기도 전에 두 번째 작대기가 그의 엉덩이를 때렸다. 그가 움찔하며 옆으로 자빠지자, 가족들이 또 웃었다. 샘이 "예스으으으"라고 낮게 탄성을 지르는 소리도 들렸다.

"잘했다, 새미." 아들이 자랑스럽다는 듯 어머니가 말했다. 덱스터는 갑자기 이 얼빠진 게임이 너무너무 싫었다. 꼭, 모욕감을 주기 위한 괴상한 가족 의식 같지 않은가….

"두 번 시도에 두 번 모두 성공." 머레이가 껄껄 웃었다. "잘했어, 브로우bro."

'브로우' 좋아하네, 이런 썩을 바보새끼 같으니, 덱스터는 생각했다. 무엇보다 웃음거리가 되는 걸 싫어하는 그는 약이 바짝 올랐다. 특히 이런 무리들에게 웃음거리가 된다는 건 정말 싫었다. 넌 실패자야, 넌 이제 쓸모없어, 우리 소중한 실비의 남친 자리를 넘보다니 당치 않아, 그들은 모두 그렇게 생각하는 게 틀림없었다.

"이제야 어떻게 하는지 좀 알겠네." 덱스터는 새미의 얼굴을 주먹으로 흠씬 두들겨 패고 싶은 와중에도 유머 감각을 잃지 않고 껄껄 웃으며 말했다.

"싸울 준비 되셨습니까?" 또 그 목소리의 머레이였다.

주먹이 아니라 프라이팬으로, 무쇠로 만든 프라이팬으로!

"또 갑니다. 셋 다 맞출 것 같은데요…."

둥그런 쇠망치로, 아니 철퇴로!

"모리아티 거기 있니?" 샘이 말했다.

"여기!" 덱스터가 말했다. 그는 닌자처럼 허리를 틀어 몸을 오른쪽 아래로 숙였다.

세 번째 가격은 생색이라도 내듯 어깨를 슬쩍 찌르는 것이었다. 그 바람에 덱스터는 뒤쪽의 커피 테이블로 벌렁 자빠졌다. 그 찌르기는 너무나 시건방지면서도 정확했다. 그래서 덱스터는 샘이 틀림없이 부정행위를 저질렀을 거라고 생각했다. 덱스터는 눈가리개를 확 뜯어 버리고 그에게 대들려고 했는데, 그런데, 실비가 몸을 숙여 그를 내려다보고 있는 게 아닌가. 그런데, 정말 웃고 있는 거다, 실비가. 얼굴이 구겨지건 말건 펑펑 웃고 있는 것이었다.

"멋져! 제대로 된 히트야!" 비겁한 똥덩어리 머레이가 날카로운 비명을 지르며 좋아했다. 덱스터는 얼굴을 찌푸리고 즐거워하며 엉금엉금 몸을 일으켰다. 한바탕 선심을 쓰는 듯한 환호가 일어났다.

"예스ㅇㅇㅇㅇㅇㅇㅇㅇ!" 샘이 이빨을 다 드러내고 환성을 질렀다. 그의 혈색 좋은 얼굴이 흥분을 못 이겨 구겨졌고, 불끈 쥔 두 주먹은 승리를 상징하듯 서서히 가슴 쪽으로 움직였다.

"이번엔 운이 없었네!" 라이오닐이 느릿느릿 말했다. 쌍둥이들은 손가락으로 '루저'를 뜻하는 'L'자 모양을 만들어 이마팍에 대고서 덱스터를 자극했다.

"난 그래도 당신이 자랑스러워." 실비가 입을 삐죽거리며 말했다. 덱스터가 소파에 앉자 옆자리의 그녀가 그의 머리를 쓰다듬고 무릎을 토닥거렸다. 실비는 내 편이어야 하는 거 아닌가? 충성도 측면으로 보자면 그녀는 아직도 코프 집안의 한 명이었다.

토너먼트가 계속되었다. 머레이가 새뮤얼을 때리고, 라이오닐이 머레이를 때리더니, 라이오닐이 헬렌한테 얻어맞았다. 그 모든 게 즐겁고 신나 보였다. 돌돌 만 신문지의 그 품위 있는 톡, 탁 때리기는, 덱스터가 거기 있을 때 얼굴을 쇠막대기로 가격당하는 듯한 느낌일 때와는 전혀 딴판이었다.

소파에 깊이 몸을 묻고서 못마땅하게 그 광경을 지켜보며, 덱스터는 복수의 일환으로 라이오닐의 고급 클라레 포도주 병을 비워 버렸다. 그도 이런 종류의 것들에 익숙하던 때가 있었다. 스물셋의 덱스터라면 이런 상황에서도 자신 있고 당당하면서 매력적으로 처신하였겠지만, 이제 그는 그런 솜씨를 다 잃어버렸고, 병이 비어 감에 따라 기분이 점점 가라앉았다.

그새 헬렌이 머레이를 때리고, 샘이 헬렌을 때리고, 이제 샘이 그의 누나를 때릴 차례였다. 실비가 이 게임을 얼마나 잘하는지 쳐다보는 건 그래도 재미가 있었다. 덱스터의 골든 걸이 나긋나긋 민첩하게 허리를 틀고 구부리며 동생의 집요한 방망이질을 별일 아니라는 듯 쉽사리 피하고 있었다. 소파에 깊이 주저앉아 웃음을 머금고 쳐다보며, 이 사람들이 나를 까맣게 잊어버렸구나라고 그는 생각했다.

"이리 와, 이제. 당신 차례야!" 실비가 그를 향해 작대기를 뻗었다.

"뭐야, 방금 이겼잖아!"

"맞아. 그런데 당신은 한 번도 때릴 기회가 없었잖아. 불쌍하게." 그녀가 선심을 베푼다는 듯 시무룩하게 말했다. "어서. 한번 해봐. 날 잡아봐!"

코프네 사람들도 그 생각이 아주 맘에 드는지, 낮게 흥분의 물결이 일었다. 원시종교인들의 아우성 같은 그 소리에는 묘한 성적 느낌마저 희미하게 깃들어 있었다. 덱스터로서는 달리 방법이 없었다. 그의 명예, 메이휴 가문의 명예가 거기 달려 있었다. 덱스터는 엄숙하게 술잔을 내려놓고 일어나 방망이를 집었다.

"정말 하라고?" 그가 실비의 앞쪽에 무릎을 꿇으며 물었다. "내가 꽤나 훌륭한 테니스 선수란 거, 알지?"

"오, 물론이지." 도전적으로 웃으며 그녀가 말했다. 눈가리개를 하는 동안 그녀는 체조선수처럼 양손을 살랑살랑 흔들었다.

"나 이거 꽤나 잘할 것 같은데?"

그의 뒤에서 새뮤얼이 지혈대 묶듯 꽁꽁 눈가리개를 묶었다. "어디 보자고요?"

경기장에 침묵만이 가득했다

"그럼, 준비됐어?" 덱스터가 물었다.

"그럼."

그가 막대기를 양손으로 잡고 팔을 어깨 높이로 쭉 뻗고 다시 물었다. "확실해?"

"난 준비됐으니까, 당신이나 모리…."

순간 그의 맘속에 마운드에 선 투수의 이미지가 떠올랐고, 그의 막대기가 아래에서 위로 빗금을 그으며 공기를 가르는 소리가 쉬익 하고 울렸다. 눈가리개를 했지만 그 느낌은 아주 짜릿했다. 막대기를 타고 전해진 전율이 팔로, 가슴으로 전달되었다. 믿을 수 없다는 듯한 침묵의 순간이 닥치자, 덱스터는 정말 아주 잘했구나라는 확신이 들었다. 그리고 와당탕 소리가 들렸고, 모든 가족들이 일제히 끔찍한 비명을 질렀다.

"실비!"

"아, 세상에!"

"얘야, 아가야, 괜찮니?"

덱스터는 눈가리개를 풀고, 실비가 방 저쪽 구석까지 날아가 줄이 다 끊긴 인형처럼 벽난로 옆에 축 늘어져 있는 건 아닌지 살폈다. 얼굴을 가린 그녀의 손가락 사이에서 커다랗게 뜬 눈이 껌벅거리고 있었다. 벌써 코에서는 피가 주르륵 흘러내리고 있었고, 그녀가 끄응 하고 낮은 신음을 토했다.

"아, 맙소사. 미안해, 미안해!" 그는 겁에 질려 외쳤다. 그리고는 냉큼 그녀에게 달려갔지만, 가족들이 이미 그녀를 에워싼 뒤였다.

"세상에, 덱스터. 자네 대체 무슨 미친 짓을 한 거야?" 시뻘건 얼굴의 라이오닐이 몸을 벌떡 일으켜 세우며 고래고래 고함을 질렀다.

"모리아티 거기 있냐고 묻지도 않았어!" 그 무리의 한복판에서 그녀의 엄마가 찢어지는 목소리로 외쳤다.

"그랬나요? 죄송해요—"

"안 했다구. 냅다 휘갈겼잖아, 미친 것처럼!"

"정말 미치광이처럼—"

"미안해요. 죄송해요, 까먹었어요. 저는—"

"완전 술에 쩔었네!" 새뮤얼이 말했다. 그 말이 허공에 맴돌았다. "거봐, 당신 취했네. 완전 맛이 갔어!"

모두가 돌아보며 그를 쏘아보았다.

"이건 진짜 사고였어요. 각도 계산을 잘못해서 당신 얼굴을 때려 버린 거지."

실비가 헬렌의 소매에 매달렸다. "어떻게 됐어요?" 코를 가렸던 손을 조심조심 떼어내며, 눈물이 그렁그렁한 목소리로 그녀가 물었다. 그녀의 코가 마치 딸기 셔벗을 한 주먹 발라 놓은 모양이었다.

"그렇게 심하진 않으니 걱정 마." 헬렌이 공포에 질린 입을 손으로 가리며 탄식했다. 실비의 얼굴이 점점 더 울상이 되었다.

"봐요, 봐요! 화장실!" 그녀가 코맹맹이 소리로 흐느끼자, 식구들이 그녀를 얼른 일으켜 세웠다.

"이건 정말 우발적 사고…." 엄마의 팔을 잡은 채 그녀가 머리를 꼿꼿이 들고 앞만 쳐다본 채 그의 앞을 지나쳤다. "나도 같이 가? 실비? 실브?"

아무 대답이 없었다. 그는 처참한 심정으로 그녀의 어머니가 그녀를 부축해 홀을 지나 위층의 화장실로 데려가는 걸 지켜보았다. 발자국 소리가 멀어져 가는 게 들렸다.

이제 거긴 덱스터와 코프 집안 사내들뿐이었다. 이 충격의 장면 앞에서 그들은 노려보고 또 노려보았다. 그는 본능적으로 무기를 쥔 손에 힘을 주었다. 단단하게 돌돌 말린 오늘자 데일리 텔레그라프를. 그의 머리에 떠오르는 말은 한마디밖에 없었다.

"이런!"

"그래, 당신 생각엔 내가 좋은 인상을 준 거 같아?"

덱스터와 실비는 손님용 침실의 부드럽고 커다란 더블 침대에 누워 있었다. 실비가 그를 돌아보았다. 조그맣고 어여쁜 코가 벌겋게 펄떡거리며 그를 비난하는 듯할 뿐, 그녀의 얼굴에는 아무런 움직임이 없었다. 코를 킁킁대기만 하고 그녀는 말이 없었다.

"미안하다고 다시 말해 줄까?"

"덱스터, 괜찮다니까."

"용서하는 거야?"

"용서해." 그녀의 말끝이 매서웠다.

"당신 생각엔 가족들이 날 괜찮다고 생각하는 것 같아? 내가 폭력적인 사이코패스 같은 놈이라고 생각하는 건 아니겠지?"

그녀가 그를 등지고 반대쪽으로 돌아눕더니 그쪽의 불을 껐다.

잠시 시간이 흘렀다. 창피를 당한 학생처럼 그는 잠이 올 것 같지 않았다. 뭔가 좀 더 다짐을 받고 싶었다.

"완전 망쳐 놔서… 미안해." 그가 풀 죽은 목소리로 말했다.

"또!" 그녀가 다시 돌아누워 한 손으로 그의 볼을 다정하게 어루만졌다. "바보 같은 소리 하지 마. 날 때리기 전까지는 당신 아주 훌륭했어.

다들 당신을 아주 아주 좋아했어."

"당신은 어땠어?" 집요하게 떠보려는 목소리였다.

그녀는 한숨을 토하고 웃었다. "나도 당신 괜찮았다고 생각해."

"그럼 키스하면 안 될까?"

"안 되지. 피 나면 어쩌려고? 내일 두 배로 해줄게."

실비가 다시 돌아누웠다. 그제야 뿌듯해진 그는 침대에 몸을 묻고 양손을 머리 밑에 받쳤다. 침대는 거대하고 푹신했으며, 시트는 갓 세탁한 듯 향기로웠다. 창문은 고요한 여름 밤을 향해 활짝 열려 있었다. 이불과 담요를 다 걷어낸 그들은 하얀 면시트 한 장만 덮고 있었다. 그 아래로 그녀의 다리와 가는 엉덩이, 길고 부드러운 허리가 멋진 곡선을 자아내고 있었다. 오늘밤 섹스의 가능성은 뇌진탕을 불러올 수도 있었던 그 타격의 순간에 죄다 사라졌지만, 그래도 그는 그녀 쪽으로 돌아누워 시트 아래로 넣은 손을 그녀의 허벅지에 갖다 댔다. 피부가 서늘하고 매끄러웠다.

"내일 갈 길이 멀어." 그녀가 웅얼거렸다. "그만 자자."

그녀의 뒷머리에서 길고 부드러운 머리칼이 목덜미로 흘러내려 그 아래의 거무스름한 소용돌이를 드러내 보였다. 이 모습, 참 아름답다, 사진 찍어도 좋겠는데, 그는 그렇게 생각했다. 그래 놓고 '질감'이라고 부르는 거지.

그는 곰곰 생각해 보았다. 지금도 "나 당신 사랑해"라고 말해도 좋을까? 아니면 좀 더 조심스레 "나 당신이랑 사랑에 빠질지도 모르겠어"라고 하든가? 그래, 이게 좀 더 은근하면서도 발 빼기 좋겠다 싶었다. 하지만 분명 지금은 때가 아니었다. 피 묻은 휴지 코마개가 아직도 그녀의 침대 곁 테이블에 놓여 있으니 말이다.

그래도 그는 꼭 무슨 말을 하고 싶었다. 굳게 맘을 먹고 그는 그녀의 어깨에 키스한 뒤 가만히 속삭였다. "그런 말 있잖아…." 덱스터는 일부러 잠시 뜸을 들였다.

"우리는 사랑하는 사람들을 늘 아프게 한다!"

꽤 재치 있으면서도 퍽 사랑스러운 표현이라고 그는 생각했다. 그가 눈꼬리를 올리고 그 뜻이 음미되길 기다리는 동안 침묵이 흘렀다.

"우리 좀 자자, 응?" 그녀가 말했다.

졌다. 벌렁 드러누우니 A259번 국도의 웅웅거리는 소리가 들려왔다. 이 집 어딘가에서 그녀의 부모는 그를 갈기갈기 찢어발기고 있을 터였다. 그는 경악스럽게도 갑자기 껄껄 웃고 싶어졌다. 그는 키득키득 웃음을 참다가 끝내 웃기 시작했다. 조용하려고 애쓰느라 그의 몸이 후들거렸고, 끝내 매트리스까지 흔들거렸다.

"지금 웃는 거야?" 실비가 베개에 얼굴을 묻고 말했다.

"아니!"

덱스터는 얼굴을 쥐어짜듯 틀어막고 웃음을 참았지만, 이제 웃음은 파도치듯 밀어닥쳤다. 그는 뱃속에서 다음 단계의 히스테리가 커다랗게 일어나는 걸 느꼈다. 미래의 언젠가는 한때 벌어졌던 최악의 재앙도 하나의 얘깃거리로 주저앉고 마는 경우가 있을 것이니, 덱스터는 바로 지금이 그 경우 같았다.

이런 얘기는 그가 엠마 몰리에게 얘기해 주고 싶은, 그런 종류였다. 그렇지만 그는 엠마 몰리가 어디 있는지 몰랐고, 뭘 하는지도 몰랐다. 그녀를 못 본 지 거의 2년이 되어 가고 있었다.

그는 이 이야기를 잘 기억하기로 했다. 다음에 그녀에게 얘기해 줘야지. 그는 다시 웃기 시작했다.

ch13
제3의 물결

1999년 7월 15일, 목요일

◦ 서머셋, 잉글랜드 ◦

그것들이 마구 도착하기 시작했다. 물밀듯 쏟아져 들어오는 고급 퀼트 재질의 봉투들이 현관 매트 위로 우수수 떨어졌다. 결혼청첩장들이었다.

이번이 '제1의 물결'은 아니었다. 몇몇 동기생들은 심지어 대학 때 결혼했다. 하지만 그건 마치 연례 학생자선주간 행사처럼, 쑥스럽고 별스럽게 '우리 그냥 결혼하는 척하자'는 식의 결혼 패러디에 가까웠다. 결혼식은 꼭 참치 파스타 베이크를 먹기 위해 모두가 이브닝드레스를 입고 오는 웃기는 학생들의 '디너파티' 분위기였다.

학생들의 결혼 피로연은 근처 공원으로 떠나는 피크닉이었다. 옥스팸 재활용매장에서 산 양복과 중고 야회복 차림의 하객들은 피크닉을 마치면 동네 펍으로 몰려갔다. 결혼식 사진을 보면 신랑과 신부가 카메라를 향해 맥주잔을 들어 올리고, 신부의 붉은 입술에는 담배가 달랑달랑 매달린 모습이 등장하기 일쑤였다.

결혼선물도 그만그만했다. 정말 쿨한 곡들로 선곡한 녹음테이프나 LP판, 몽타주로 아기자기 만든 사진 액자, 양초 박스 따위였던 것이다. 대학 때 결혼하는 것은 유쾌한 묘기이자 선의의 폭동이었고, 아무도 보지 않는 조그만 문신 혹은 자선기금 마련을 위해 삭발하는 일과 같았다.

'제2의 물결'은 20대 중반에 닥쳤다. 여전히 장난기와 소박함이 거기 묻어 있었다. 피로연은 동네 회관이나 부모님 댁 정원에서 열렸고, 직접 작성한 결혼서약은 엄격하게 세속적이었으며, 누군가는 꼭 "그토록 작은 손을 가진 빗줄기" 운운하는 시를 낭송했다. 하지만 프로페셔널리즘의 냉정하고 모진 예봉이 이때부터 모습을 드러냈으니, '웨딩리스트'라는 발상이 고개를 쳐들기 시작한 것이었다.

조만간 어느 시점에는 '제4의 물결'이 닥칠 것이었다. 바로 재혼의 물결이다. 쓰고도 달콤한, 약간은 미안해 하는 듯한 그 행사는 아이들을 배려해 대개 9시 30분이면 끝이 났다. "별 거 아냐. 이 핑계로 파티나 한 번 하자는 거지." 초대의 말도 고작 그 정도였다.

하지만 당장 올해는 '제3의 물결'의 해였다. 가장 강력하고, 가장 스펙터클하며, 가장 충격적인 결혼 행렬들이 바로 이 '제3의 물결'을 이루었다. 30대 초중반에 이른 이 사람들의 결혼식에서는 그 누구도 웃지를 않았다.

'제3의 물결'은 멈출 수 없는 파도였다. 매주 또 다른 크림색의 호화로운 봉투가 날아들었다. 그것들은 대개 편지-폭탄을 연상케 하는 두께를 자랑했고, 복잡한 초대의 내용들을 담고 있어서, '종이공학의 개가!'라는 찬탄이 절로 나왔다. 그 두툼한 보고서에는 온갖 관련 전화번호들, 이메일 주소, 웹사이트, 찾아가는 법, 입어야 할 옷, 선물 사는 곳 따위가 죄다 수록되어 있었다.

결혼식장 일대의 컨트리하우스 호텔이 단체 예약으로 점령되었고, 수백 마리의 연어 떼가 펄펄 끓는 물속에서 몰살당했으며, 거대한 차양이 베두인 사람들의 천막도시처럼 밤새 뚝딱 세워졌다. 미끈한 회색 예복과 키다리 중절모를 빌려 입은 사내들은 웃음기 싹 가신 얼굴로 나타났다. 화훼업체와 케이터링 서비스, 현악4중주단, 케일리* 콜러, 얼음조각가, 일회용 카메라 제조업자 등은 돈을 버느라 정신없이 바빴다. 어지간한 실력을 갖춘 모타운**풍 밴드라면 만성피로로 쓰러지기 직전까지 일해야 했다. 결혼식장으로 교회가 다시 유행을 탔고, 요즘 들어서는 뚜껑 열린 런던 버스에 신랑 신부가 타고서 교회에서 피로연장까지의 그 짧은 거리를 이동하는 게 패션이 되었다. 버스 대신 열기구를 타기도 했고, 똑같이 생긴 백마 두 마리, 마이크로라이트 비행기까지 등장했다.

결혼 한 번 하려면 엄청난 양의 사랑과 헌신, 그리고 퇴근 후 노력봉사가 필요했다. 특히 하객들의 부담도 만만찮았다. 조각 색종이 한 봉지에 8파운드나 들었다. 근처 가게 아무 데서나 쌀 한 봉지 사가면 그만이던 시절은 벌써 지나간 것이다

킬릭 씨 내외는 엠마 몰리와 파트너를

틸리 킬릭과 말콤 티드웰의 결혼식에 초대합니다.

* Ceiledh. 스코틀랜드나 아일랜드 등 켈트족의 전통 군무. 잉글리시 케일리에서는 악단과 더불어 늘 '콜러'가 있어 어떤 모양으로 군무를 출 것인지를 지휘한다.
** Motown. 강한 비트의 리듬 앤 블루스 타이틀로 유명한 레코드 회사.

고속도로 휴게소에서 엠마는 자기 새 차에 앉아 있었다. 그 피아트 팬더는 그녀가 처음 산 차였고, 그 차로서는 그녀가 네 번째 주인이었다. 손에 초대장을 쥐고서 엠마는 생각했다. 틀림없이 시가를 든 남자들이 있을 테지. 어떤 잉글랜드 사내는 킬트 치마를 입고 나타날지도 몰라.

'엠마 몰리와 파트너.'

그녀의 도로교통 지도책은 고색창연했다. 몇몇 대도시권은 아예 어디로 사라지고 없었다. 지도책을 180도 돌렸다가 다시 90도로 돌려 보았지만, 마치 11세기 토지대장을 펴들고 길 안내를 기대하는 느낌이었다. 그녀는 책을 꽝 닫고서, 자신의 파트너가 앉아 있어야 할 옆자리로 휙 던졌다.

부주의함과 아울러 깜짝깜짝 놀라기도 잘하는 그녀는 무서운 운전자였다. 첫 80킬로미터 정도를 그녀는 아무 생각 없이 콘택트렌즈 위에 안경을 쓰고 달렸다. 그랬더니 다른 차들이 마치 외계에서 온 우주순찰차인 양 아무 데서나 불쑥불쑥 험악하게 튀어나오는 게 아닌가. 솟구친 혈압을 진정시키고 윗입술에 송글송글 맺힌 땀을 닦아내기 위해 얼마나 자주 휴게소에 들렀는지 몰랐다.

엠마는 핸드백을 열어 거울을 꺼내 화장을 고쳤다. 립스틱은 자신이 감당할 수 있는 수준보다 훨씬 붉고 관능적이었으며, 뺨에 살짝 발랐던 극소량의 파우더는 이제 야하고 우스꽝스러워져서 마치 17세기 왕정복고시대 코미디물에 등장한 어느 인물 같아 보였다. 왜 난 늘 엄마 화장품을 몰래 바르고 나온 꼬마애 같아 보이는 걸까, 그녀는 생각했다.

그녀가 저지른 또 하나의 초보적인 실수는 바로 전날 머리를 잘랐다는, 아니 스타일링했다는 것이었다. 그런 탓에 그녀의 머리는 막 충지고 뻗치게 만지고 나온 예술작품 같은 꼴을 하고 있었다. 엄마가 이걸 본다면 분명 "머리에 쇼를 했구나" 그러실 거였다.

엠마는 좌절하며 옷깃을 세게 당겼다. 진한 파랑색 비단, 혹은 비단 느낌의 천으로 만든 이 차이니스풍의 물건을 걸친 그녀는 차이니스 포장음식점의 뚱뚱하고 불행한 웨이트리스 같아 보였다. 앉으면 그 드레스는 불룩 불거지고 늘어났다. 비단옷을 걸치고 고속도로 신경과민에 시달리는 일을 한꺼번에 겪다 보니 땀이 줄줄 흘렀다.

그 차의 에어컨 옵션은 딱 두 가지였다. 바람터널과 사우나. 메이든헤드Maidenhead를 지날 즈음 그녀가 준비해 온 모든 우아함이 바닥나 버렸고, 땀에 젖은 겨드랑이의 반달 모양 자국만 남게 되었다. 엠마는 팔꿈치를 머리까지 들어 올려 그 자국을 살피며, 차를 돌려 집에 가서 갈아입고 와야 하나를 진지하게 고민했다. 아니면 그냥 차를 돌리고 말든지. 집에 가서, 집에 머물며 책 작업이나 더 하는 거지. 무엇보다 그녀와 틸리 킬릭이 예전처럼 친한 친구인 것도 아니니까.

틸리가 그녀의 그 자그만 클랩턴 아파트의 집주인이었던 암울한 날들은 길게 그림자를 드리웠고, 보증금을 돌려주지 않은 데서 비롯된 다툼은 끝내 유야무야 되고 말았다. 신부가 당신 돈 500파운드를 떼먹었는데, 어찌 속 좋게 새 신랑 신부를 축복할 수 있겠는가.

다른 한편, 옛 친구들이 거기 올 것이었다. 새러 C, 캐롤, 시타, 왓슨 쌍둥이들, 봅, '빅 헤어' 마리, 그리고 그녀의 출판사에서 일하는 스테파니 쇼오, 샌드위치 백만장자인 캘럼 오닐. 덱스터도 오겠지. 덱스터와 그의 여자친구도.

바로 그때였다. 그녀가 에어컨 바람에다 겨드랑이 부분을 대고 앉아 어떡할지 끙끙대고 있던 그때, 덱스터는 그의 마츠다 스포츠카 옆자리에 실비 코프를 앉힌 채 그곳을 지나 달리고 있었다.

"누구 누구 온대?" 그녀가 분위기 바꾸자며 넣은 트래비스의 볼륨을 줄이며 물었다. 실비는 음악을 탐닉하는 편은 아니었지만, 트래비스는 유독 좋아했다.

"대학 때 친구들 잔뜩 오겠지 뭐. 폴, 샘, 스티브 오'디, 피터랑 사라, 왓슨 형제. 아, 캘럼도."

"캘럼! 그래, 나 캘럼 좋아."

"'빅 헤어' 마리랑 봅. 야아, 대체 얼마나 못 본 친구들이야. 내 옛 친구 엠마까지."

"또 전 여친이구나?"

"아냐. 여친은 아니었고—"

"같이 놀았다?"

"그것도 아니고. 그냥, 정말 오래된, 옛 친구야."

"영어선생이라는?"

"한때는 그랬지. 지금은 작가야. 봅이랑 마리 결혼식에서 인사했잖아. 생각 안 나? 체셔에서."

"그런 거 같네. 꽤 매력적이었지."

"그렇지." 덱스터가 으쓱했다. "우린 한동안 사이가 틀어졌었어. 얘기해 준 적 있는데, 기억 안 나?"

"그 얘기가 그 얘기 같아서." 그녀가 창문 쪽으로 고개를 돌렸다. "그러니까, 걔랑 무슨 일이 있었구나?"

"아니, 일은 무슨."

"오늘의 신부랑은?"

"틸리? 그녀랑 뭐?"

"당신이랑 그 신부랑 섹스했냐고?"

1992년 12월, 늘 튀긴 양파 냄새가 진동하던 클랩턴의 그 끔찍한 아파트. 엠마가 울워스 슈퍼마켓에 간 동안 발 마사지를 해주다 건잡을 수 없이 벌어졌던 그 사태.

"무슨 소리. 날 뭘로 보는 거야?"

"매주 결혼식에 갈 때마다, 대형버스 가득 당신이랑 섹스했던 사람들이 타고 오는 거 같아."

"말도 안 돼."

"차양 아래 한 가득 모아 놓고. 무슨 세미나라도 하듯 말야."

"아니, 아니, 절대 아니야!"

"맞거든."

"왜 그래. 지금 나한텐 오직 당신뿐이야."

한 손으로 운전대를 잡고서 그는 다른 손을 뻗어 실비의 배에 얹었다. 그녀의 복숭아빛 짧은 드레스 아래 평평한 그곳을 만진 뒤, 맨살의 허벅지가 치마끝을 만나는 부분에다 그는 손을 올려놓았다.

"날 낯선 사람들한테 맡겨 놓고 어디로 사라지기만 해봐, 응?"

그렇게 말하고 실비는 스테레오를 껐다.

벌써 오후의 한복판이었다. 엠마는 녹초가 된 상태로 늦게 도착했다. 보안장치가 된 대저택의 정문을 보며 엠마는 생각했다. '내 꼬락서니로는 쫓겨나기 딱 좋겠군.'

발빠른 투자가들은 서머셋의 거대한 장원저택 모톤매너파크를 일종의 원스톱 결혼 단지로 바꿔 놓았다. 모든 게 완벽하게 갖춰져 있었다.

교회, 연회용 홀, 쥐똥나무 미로, 스파, 터널식 샤워가 딸린 여러 유형의 하객용 객실까지. 그 모든 걸 둘러싼 높은 담벼락 위엔 최신식 철조망까지 갖춰져 있어, 딱 '결혼 수용소' 같았다. 글래머들의 쇼와 피서용 동굴집, 울타리용 도랑과 전망대, 거대한 성채와 어린이용 바람 넣은 성채까지. 그건 고소득자들의 결혼 디즈니랜드였다. 숨이 턱 막힐 정도의 돈만 내면 주말 내내 그곳을 쓸 수 있었다.

한때 사회주의노동자당 당원이었던 사람의 결혼식 장소로는 좀 뜻밖이었다. 널찍한 자갈길로 차를 모는 엠마의 눈에는 그 모든 광경들이 멍하고 어지러웠다.

교회가 보이는 곳에 이르자 프록코트 차림의 하인 복장을 한 사내가 하얀 가발을 쓰고 불쑥 나타나 그녀의 차를 가로막았다. 소매의 주름장식을 요란하게 흔들며 차를 세운 그가 몸을 기울여 차창 안을 들여다보았다.

"무슨 문제 있어요?" 그녀가 물었다. 그녀는 '장교님'이라고 부르고 싶은 걸 참았다.

"키를 주시지요, 마님."

"키?"

"차를 주차시키게요."

"아 저런, 진짜요?" 그녀는 당황했다. 창문 틈에는 이끼가 자라고 있었다. 런던도로교통도는 완전 분해되어 톱밥처럼 너덜너덜했고, 바닥에는 빈 생수통이 데굴데굴 굴러다녔다.

"그래요, 음, 그렇다면, 아, 문짝이 닫히질 않으니까요, 이 드라이버를 꽉 끼워서 고정시켜 놓으세요. 그리고 핸드브레이크도 없어요. 그러니까 평평한 데다 세워 놓거나, 나무에 기대 놓거나, 아니면 그냥 기어를 넣어 두세요. 아셨죠?"

하인 사내가 마치 죽은 쥐라도 건네받는 듯한 표정으로 엄지와 검지만을 써서 조심스레 키를 받았다.

맨발로 운전을 했더니 발이 부어 신발에 발을 구겨 넣어야 했다. 마치 신데렐라의 못된 의붓언니가 된 기분이었다. 예식은 벌써 진행 중이었다. 교회에서는 장갑을 낀 4중주단 혹은 5중주단이 연주하는 '시바여왕의 도착'이 들려왔다. 그녀는 절뚝절뚝 교회를 향해 자갈길을 걸었다. 땀을 말리느라, 마치 비행기 흉내를 내는 아이들처럼 양팔을 엉거주춤 들어올린 채였다.

드레스 자락을 마지막으로 한 번 더 세게 당긴 후, 그녀는 커다란 오크 문짝을 조심스레 밀고 들어가 실내를 가득 메운 하객들 맨 뒤에 서 있었다. 이제 아카펠라 그룹이 미친 듯 손가락을 튕기며 '아임 인투 섬씽 굿'I'm Into Something Good을 노래하고 있었다. 행복한 커플은 촉촉한 눈길로 서로를 마주 보며 이를 훤히 드러내고 웃고 있었다.

엠마는 오늘 신랑을 처음 보았다. 럭비선수 같은 풍채에 연한 회색 예복 차림의 그는, 면도 독 때문에 울긋불긋한 커다랗고 잘생긴 얼굴을 틸리에게 기울이면서 '내 생애 가장 행복한 순간'을 나름대로 연출하고 있었다. 신부가 유별나게도 마리 앙투아네트 테마로 차려입은 게 눈길을 끌었다. 분홍 비단과 레이스, 둥그런 후프를 넣은 치마, 높이 쌓아 올린 머리, 애교점까지. 엠마는 틸리의 역사/프랑스어 학위가 수준 미달이 아니었나 의아했다. 하지만 그녀는 아주 행복해 보였다. 신랑도 또한 행복해 보였다. 그리고 모든 하객들도 아주아주 행복해 보였다.

노래 후에 토막공연, 그리고 또 노래가 이어지면서 예식이 무슨 연례 왕실 버라이어티 쇼처럼 흘러가고 있었다. 덱스터는 집중할 수가 없었다. 발그레한 뺨의 틸리의 조카딸이 나와 "어떠한 장애물도 허용하지 않는 두 마음의 결혼" 어쩌고 하는 소네트를 읽고 있었다. 덱스터는 그 시구들에 열심히 귀 기울이면서, 실비를 향한 그의 맘에 낭만적인 감흥을 일으키려고 애썼다.

그러다 그는 그 하객들 중 함께 잤던 여자들을 다시 꼽아 보았다. 그건 마냥 뿌듯한 일이라기보다는 일종의 향수에 젖는 일이었다. 신부의 조카딸이 "짤막한 시간이나 날들 속에서 사랑은 바뀌는 게 아니라네…"라는 대목을 읽을 때 덱스터는 다섯 번째를 찾아냈다. 옛 연인 다섯이 이 조그만 예배당 안에 있다. 이건 기록감 아닌가? 신부랑 잔 거엔 가산점을 줘야 하나? 엠마 몰리는 아직 안 보였다. 엠마까지 치면 점수는 5.5일 터.

교회 뒤쪽에서 엠마는 덱스터가 손가락으로 뭔가를 헤아리는 걸 지켜보며 재가 대체 뭘 하나 싶었다. 그는 검은 정장에 얄팍한 검은 타이 차림이었다. 요즘 남자들 대부분이 그러하듯 그도 갱단 같아 보이는 입성을 한 것이었다. 옆모습을 보니 그의 턱 아래로 살이 살짝 늘어지기 시작하긴 했지만, 그래도 잘생긴 외모였다. 사실은 좀 멍청하게 잘생겼다고 해야 할까. 그리고 실비를 만나기 전보다 훨씬 기력도 좋고 얌전해 보였다.

둘이 대판 다툰 뒤 엠마는 그를 세 번 보았다. 모두 결혼식에서였다. 그때마다 덱스터는 그녀에게 팔을 활짝 벌려 안았다. 그러곤 마치 아무 일도 없었다는 듯 키스를 하고, "우리 얘기하자. 우리 얘기해야 해"라고 했지만, 그뿐, 실제 얘기가 오고가지는 못했다.

그는 늘 실비와 함께였다. 둘은 아름다워 보이려고 안달이 난 커플이었다. 지금도 그녀는 '이 남자는 내 것'이라는 듯 덱스터의 무릎에 당당하게 손을 얹고 앉아 있었다. 모든 장면을 하나도 놓치지 않겠다는 듯 목을 길게 빼고 있는 그녀의 목선과 머리가 기다란 줄기 끝의 꽃을 연상시켰다.

결혼서약이 진행되었다. 엠마가 힐끗 시선을 던지는데, 마침 실비가 저 행복한 커플에 대해 굳은 연대의식을 표하자는 듯 덱스터의 손을 꼭 쥐는 모습이 보였다. 그녀가 그의 귀에 뭔가를 속삭이자 덱스터가 크게 웃으며 약간은 몽롱한 표정으로 그녀를 바라보았다. 엠마가 보기엔 그랬다. 그도 뭔가 대답을 했다. 비록 엠마가 독순술 전문가는 아니었지만 그 말이 "나도 당신 사랑해"라는 말일 확률이 아주 높아 보였다.

쑥스러운 듯 주위를 둘러보던 덱스터의 눈길이 엠마의 눈길과 마주쳤다. 웃고 있는 그의 표정이 뭔가 나쁜 짓을 하다 걸린 것 같았다.

요란한 쇼가 끝이 났다. '올 유 니드 이즈 러브'All You Need Is Love 곡이 흐르는 가운데 하객들이 4분의 7박자로 그 노래를 겨우겨우 따라 불렀고, 이윽고 신랑 신부를 따라 모두들 밖으로 나가자마자 열렬한 재회의 시간이 시작되었다. 서로 안고 환성을 지르고 악수를 나누는 사람들 사이에서 덱스터와 엠마는 서로를 찾았다. 그러다 불쑥 둘은 만났다.

"그래." 그가 말했다.

"그래."

"우리 아는 사이 아니니?"

"네 얼굴 보니 확실히 뭔가 익숙하네."

"네 얼굴도 그래. 그런데 좀 달라 보이는데."

"그렇지? 여기서 발한작용 탓에 흠뻑 젖은 여자는 나 혼자잖아."

드레스의 겨드랑이 부분을 쥐어당기며 엠마가 말했다.

"그러니까, 땀이란 말이니?"

“사실은, 아냐. 이건 발한작용이야. 꼭 호수에서 막 건져낸 것 같잖아. 내 눈엔 천연 비단 같기도 하고!”

“오리엔탈 테마인 거지?”

“‘사이공의 함락’ 버전인 거지. 기술적으로는 차이니스 스타일이고. 물론, 이런 드레스의 문제점은 40분만 지나도 새 옷이 필요하게 된다는 거고!” 그렇게 말을 하고 나니 정말 그런 기분이 되었다. 반쯤 말했을 때 벌써 안 하는 게 나았겠다 싶었다. 그녀만의 상상이었을까, 아니면 실제로 덱스터가 눈을 좀 부라렸던 걸까? “미안.”

“괜찮아. 난 그 드레스 정말 좋은데? 실은 그거 내가 오래도록 좋아했었지.”

그녀가 눈을 세게 부라렸다. “얼씨구. 자, 이제 비긴 거다?”

“내 말 뜻은 네가 정말 보기 좋다는 거야.” 그러면서 덱스터가 그녀의 머리 꼭대기를 살폈다. “이게 뭐야…?”

“뭐가?”

“이거 사람들이 ‘레이첼’이라고 부르는 그거 아냐?”

“운만 믿고 까분다? 덱스!” 그녀가 그렇게 말하며 즉시 손가락으로 머리칼을 매만졌다. 틸리와 그녀의 반짝거리는 새신랑이 사진 촬영을 위해 포즈를 취하고 있었다. 틸리가 얼굴 앞에다 요염하게 부채질을 하고 있었다. “난 왜 이런 프랑스대혁명 테마가 있다는 걸 몰랐을까?”

“마리 앙투아네트 같은 거?” 덱스터가 말했다. “뭐 그래도 케이크는 나올 거란 걸 알잖아.”

“아마 틸리는 사형수 호송차를 타고 피로연장으로 행진할 거야, 그치?”

“사형수 호송차?”

둘이 서로를 쳐다보았다.

"너 하나도 안 변했지, 그치?" 그녀가 물었다.

덱스터가 자갈을 툭 찼다. "아니 변했지. 조금은."

"오, 뭔데?"

"나중에 얘기해 줄게. 저기 봐."

틸리가 그들을 피로연장까지 100미터 정도를 모셔다 줄 롤스로이스 실버 고스트의 발판을 딛고 서 있었다. 손에는 낮게 부케를 들고서 막 장대 던지기라도 하듯 던지려는 참이었다.

"가서 한번 받아 보지 그래, 엠?"

"저걸 왜 받어." 그녀가 뒷짐을 지며 말했다.

부케가 사람들 위로 높이 던져졌고, 어느 노쇠한 할머니가 그걸 받았다. 그러자 마치 미래의 행복을 향한 누군가의 마지막 기회가 무참히 부서졌다는 듯 사람들한테서 원성의 탄식이 터져 나왔다.

엠마는 당혹해 하는 그 할머니에게 고개를 까닥하며 인사했다. 할머니의 손에 들린 부케가 쓸쓸하게 달랑거렸다. "40년 후의 내가 저기 있네." 엠마가 말했다.

"진짜? 40년?"

덱스터가 까불락거리자, 엠마가 발뒤꿈치로 그의 발가락을 콱 밟았다. 그녀의 어깨 너머로 근처에서 실비가 덱스터를 찾아 두리번거리는 게 보였다.

"가야 되겠다. 실비가 아는 사람이 아무도 없어서. 자기를 혼자 내버려 두지 말라는 엄명을 받았거든. 와서 인사해, 응?"

"나중에. 가서 저 행복한 신부한테 인사부터 해야지."

"걔한테 안 돌려준 그 보증금 내놓으라 그래."

"그럴까? 오늘?"

"이따 보자. 피로연장에서 서로 옆에 앉으면 좋겠다." 덱스터가 검지와 중지를 겹쳐 세워 그러기를 바랐고, 그녀도 그렇게 해주었다.

아침에는 잔뜩 흐리더니 오후 들어 날씨가 화창해졌다. 광활한 푸른 하늘에 높은 구름이 떠다녔다. 손님들이 실버 고스트를 따라, 샴페인과 카나페가 차려진 잔디광장으로 행진하기 시작했다. 마침내 엠마를 만난 틸리가 커다랗게 탄성을 지르며 그녀를 껴안았다. 치마에 넣은 둥그런 후프 때문에 쉽지는 않았지만 말이다.

"와줘서 정말 기뻐, 엠!"

"나도, 틸리. 정말 멋있다, 너."

틸리가 부채를 저었다. "좀 심하다고 생각하는 건 아니고?"

"전혀! 정말 아름다워." 엠마는 다시 틸리의 애교점을 보며 입술에 파리가 앉은 것 같다고 생각했다. "예식도 정말 아름답더라."

"아우우, 그랬어?" 마치 동정심을 유발하려는 듯 모든 말의 첫머리를 '아우우'로 시작하는 게 틸리의 새로운 버릇이었다. 마치 엠마가 조그만 앞다리를 다친 고양이인 듯 말이다. "울었니, 그래?"

"고아처럼…."

"아우우우! 네가 와서 정말 정말 기쁘다." 마치 왕비처럼 그녀가 부채로 엠마의 어깨를 톡톡 두드렸다. "그런데 네 남친은 어디 있니? 얼른 보여 줘."

"음, 나도 보여 주고 싶은데, 애석하게도 나 남자친구 없어."

"아우우우, 없다고?"

"응. 지금으로서는 없어."

"그래? 진짜야?"

"말했잖아, 틸리."

"아우우우! 어떡해. 하나 구해. 얼른!!!! 진짜야, 남자친구는 아주 좋아! 남편은 더 좋구! 너한테 하나 구해 줘야겠다." 그녀가 또 왕비처럼 명했다. "오늘밤에 당장! 네 문제를 싹 해결해 주겠어!" 엠마는 그녀의 말들이 타닥타닥 머리를 때리는 느낌이었다. "아우우우우우. 그래, 덱스터는 아직 못 봤니?"

"잠깐 봤어."

"걔 여친 봤어? 앞이마가 복슬복슬한? 예쁘지 않디? 오드리 헵번 같더라. 캐서린 헵번이던가? 그 둘, 난 도무지 분간이 안 된다."

"오드리지. 틀림없이 오드리야."

잔디광장 가득 샴페인이 흘러넘치는 가운데, 옛 친구들이 만나는 곳곳마다 향수가 넘실거렸다. 친구들간의 대화가 점점 누가 돈을 얼마나 벌었는지, 몸무게는 얼마나 늘었는지로 옮겨 가고 있었다.

"샌드위치, 바로 그게 미래야." 캘럼 오닐이 말했다. 수입이 부쩍 는 것처럼 그의 몸무게도 부쩍 늘었다. "양질의, 윤리적 양심을 걸고 만드는 편의 식품, 바로 그거지. 음식이 새로운 록큰롤이라고."

"코미디가 새로운 록큰롤인 줄 알았더니."

"그랬지. 그러다 한물간 록큰롤이 되었고, 지금은 음식이야. 졸지 마, 덱스!"

덱스터의 옛 룸메이트는 최근 몇 년 사이에 알아보기 어려울 정도로 변신했다. 돈 잘 벌고 거대하고 역동적인 그는, 컴퓨터 재활용업체를 매각하며 엄청난 돈을 벌고서 '내츄럴 스터프'라는 샌드위치 체인사업을 시작했다. 이제, 잘 손질한 턱수염과 짧게 자른 머리를 한 그는, 말쑥하고 자신만만한 젊은 기업가의 모델이었다. 캘럼이 최고급 맞춤 양복의 소매를 슥 잡아당겼다.

덱스터는 그를 보며 저 친구가 3년 내내 매일 같은 바지만 입고 다니던 그 말라깽이 아일랜드 청년이랑 같은 사람이 맞나 싶었다.

"모든 게 유기농이지. 모든 게 신선하게 만들어져. 주문 받고서 주스랑 스무디를 바로 갈아 만드는 식이지. 우리 매장 커피는 공정무역 커피야. 현재 매장이 네 군데인데, 언제나 꽉꽉 차. 정말 늘 꽉꽉. 그런데 세 시면 문을 닫아야 해. 팔 음식이 다 떨어져서 말야. 덱스, 잘 들어, 이 나라의 음식문화가 바뀌고 있어. 사람들은 이제 좀 더 나은 걸 원해. 아무도 탱고 깡통이랑 비닐봉지에 포장된 감자튀김을 원하지 않아. 대신 후머스 랩을 원하고, 파파야 주스를 원하고, 민물가재를 원하지."

"가재?"

"동그란 중동빵에다, 로켓샐러드를 곁들여서. 진짜로, 가재는 계란샌드위치의 자리를 대신하고 있어. 로켓샐러드는 양상추샐러드를 대신하고. 민물가재는 생산비용이 아주 싸. 어떻게 기르는지 일러 줘도 안 믿을 거야, 아마. 그런데 맛있거든. 그건 가난한 사람들의 바닷가재 같은 거야! 그래, 언제 나한테 와서 그런 얘기 좀 같이 해보자, 나중에."

"무슨? 가재 얘기?"

"사업 얘기 말야. 너한테도 좋은 기회가 많을 거야."

덱스터가 발꿈치에 힘을 줬다. 잔디밭이 움푹 꺼지는 느낌이었다.

"캘럼, 나한테 취직하라는 거야?"

"아냐. 내 말은, 그냥 한번 와서—"

"내 친구가 나한테 일자리를 주려고 하다니, 믿을 수가 없네."

"그냥 와서 점심이나 먹자고! 그런 빌어먹을 가재 어쩌고 말고, 제대로 된 레스토랑에서. 내가 쏠게." 그가 커다란 팔을 덱스터의 어깨에 두르곤 목소리를 낮춰 말했다. "요즘 TV에 잘 안 나오더라."

"네가 케이블이나 위성방송을 안 보니까 그런 거야. 내가 케이블이나 위성 일을 얼마나 많이 하는데."

"어떤 거?"

"뭐, 스포츠 X트림이란 새 쇼. X트림이니까 익스트림 말하는 거, 알지? 서핑하는 영상, 스노보더들과의 인터뷰, 뭐 그런 건데, 전 세계 곳곳에서 찍어 오지."

"그럼 너도 여행 많이 다니겠네?"

"난 그저 영상을 보여 주기만 해. 스튜디오가 모든에 있어. 그래 맞다. 나 여행 많이 해. 다만 모든으로만 여행하지."

"그래, 내가 말했듯이, 네 일에 변화를 주고 싶다면 말야. 너도 음식이나 음료 쪽 좀 알잖아. 네가 맘만 먹으면 사람들하고도 잘 어울릴 수 있을 테고. 비즈니스는 사람이거든. 난 그저 너한테 제격이겠다 생각했을 뿐이야."

덱스터는 코로 길게 숨을 내쉬고 그의 오랜 친구를 올려보며 '난 얘를 싫어하고 싶어'라고 계속 주문을 외웠다.

"캘, 넌 3년 내내 매일 똑같은 바지를 입고 다녔어."

"오래전 얘기지."

"학기 내내 다진 고기 통조림 말고는 아무것도 안 먹었고."

"그러게. 하지만 사람은 변해! 그래, 네 생각은 어때?"

"좋아, 좋아. 나한테 점심 사줘라. 하지만 명심해, 난 비즈니스 따윈 하나도 몰라."

"괜찮아. 슬슬 배우는 것도 좋지 뭐." 마치 타이르는 것처럼 그가 덱스터의 팔꿈치를 톡톡 쳤다. "그나저나, 요즘 왜 그렇게 연락이 뜸했어?"

"그랬나? 바빠서 그렇지 뭐."

"바쁘긴."

"야, 네가 나한테 전화해도 되잖아?"

"나? 자주 했어. 만날 씹어 놓고선."

"그럴 리가? 미안. 머릿속이 복잡해서."

"어머니 얘긴 들었다." 그가 안경을 들여다보았다. "참 안됐다. 너네 어머니, 정말 멋진 분이셨는데."

"괜찮아. 오래전 얘기다."

잠시 말이 끊기자 두 사람은 두리번거렸다. 늦은 오후의 햇살 아래 웃고 떠드는 옛 친구들, 편안하고 다정한 분위기였다. 근처에 캘럼의 최근 여자친구가 보였다. 작은 키의 그녀는 힙합 비디오에 나오는 댄서로 놀라운 외모의 소유자였다. 실비가 그녀와 얘기하느라 허리를 구부정하게 숙이고 있었다.

"루이자랑 다시 얘기할 수 있게 되다니, 좋네." 덱스터가 말했다.

"너무 잘해 줬나 봐, 재한테." 캘럼이 툴툴거렸다. "루이자는 이제 퇴장 모드란 거지."

"그것 봐라. 사람은 변한다며? 하나도 안 변했구만."

하녀모자를 쓰고 쑥스러워하는 어여쁜 웨이트리스가 다가와 그들의 잔을 채워 주었다. 두 사람 모두 그녀에게 빙긋 웃어 주었다. 크게 웃는 얼굴로 서로를 마주 보고서 두 사람은 잔을 부딪쳤다.

"학교 떠난 지 11년이나 됐네." 덱스터가 믿을 수 없다는 듯 고개를 저었다. "11년. 빌어먹을, 어떻게 그럴 수가 있지?"

"엠마 몰리도 왔더라." 캘럼이 느닷없이 말했다.

"알아."

두 사람은 엠마가 오랜 철천지원수 미피 뷰캐넌과 얘기하고 있는 모습을 지켜보았다. 멀찍이 떨어져 있는데도 그녀가 이를 갈고 있는 걸 알 수 있었다.

"너랑 엠이랑 한바탕 하고서 서로 안 봤다며?"

"그랬지."

"이젠 괜찮아진 거야?"

"몰라. 두고 봐야지."

"멋진 애야, 엠마."

"그럼."

"요즘도 참 예쁘잖아."

"그렇지, 그래."

"너 혹시…?"

"아냐. 그럴 뻔하긴 했지. 한두 번."

"그럴 뻔하다니?" 캘럼이 코웃음을 쳤다. "무슨 말이냐?"

덱스터가 화제를 돌렸다. "그런데 넌 괜찮은 거지, 응?"

캘럼이 샴페인 잔을 기울였다.

"덱스, 나 서른넷이야. 난 아름다운 여친도 있고, 내 집, 내 회사도 있어. 난 즐겁게 열심히 일하고 있어. 돈도 충분히 벌고." 그가 덱스터의 어깨에 손을 얹었다. "그리고 너도, 심야방송에서 쇼를 진행하잖아. 이 정도면 우리 인생은 다 잘 풀리고 있는 거야."

그래서, 일면 상처 입은 자존심 때문에, 일면 되살아난 경쟁심 때문에, 덱스터는 그에게 일러 주기로 결심했다.

"야, 재미난 얘기 한번 들어 볼래?"

잔디광장 저쪽에서 캘럼 오닐이 탄성을 지르는 소리를 듣고서 엠마가 고개를 돌리니 그가 커다란 팔로 덱스터의 머리를 조르고 있는 게 보였다. 그의 주먹 쥔 손이 덱스터의 머리 꼭대기를 문지르고 있었다. 그녀는 미소를 짓고는 밉디미운 미피 뷰캐넌에게 다시 관심을 돌렸다.

"그래, 듣자 하니 너 실업자라며?" 그녀가 말했다.

"글쎄, 난 내가 자영업자라고 생각하는데."

"작가가?"

"한 1~2년쯤. 안식년인 셈이지."

"그래도 실제로 출판한 건 하나도 없잖아?"

"아직은 없지. 하지만 선인세를 조금 받긴 했지."

"음." 미피가 미심쩍은 듯 말했다. "해리엇 보웬은 벌써 소설을 세 권이나 펴냈어."

"그래. 벌써 들었어. 여러 번."

"게다가 걔는 애도 셋이나 있지."

"저런. 또 시작이구나, 너."

"내 애들 둘도 봤니?" 근처에서 조끼까지 갖춘 정장을 차려입은 난폭한 아기 둘이서 격렬한 싸움판을 벌이고 있었다. "아이번, 무는 건 안 돼."

"정말 사랑스런 꼬마들이구나."

"그렇지? 그래, 넌 애들 아직 없니?" 미피는 '둘 중의 하나는 있으렷다'라는 투로 물었다. 소설이든 아기든?

"아니."

"누구 만나는 사람은 있고?"

"아니."

"아무도 안 만나?"

"응."

"누구 물망에 오른 사람은?"

"없어."

"그래도, 넌 예전보다 훨씬 좋아 보인다." 미피가 그녀를 위아래로 뜯어보며 말했다. 경매에 나온 그녀를 살까 말까 고민하는 것처럼 말이다. "넌 여기 온 애들 중에 드물게도 살이 빠진 축에 끼는 거 같은데? 내 말은, 네가 예전에 죽어라 살이 쪘다는 게 아니라, 그냥 강아지처럼 토실토실했다는 거지. 그런데 그게 다 빠졌네."

엠마는 샴페인을 쥔 손에 힘이 들어가는 걸 느꼈다.

"그래? 지난 12년이 헛되진 않았군. 뿌듯한데?"

"그리고 너 예전엔 북방 악센트가 지독했잖아. 그런데 이젠 다른 사람들하고 똑같이 말한다?"

"그래?" 엠마가 깜짝 놀란 듯 말했다.

"그것 참, 창피한 일이네. 일부러 고치려고 한 것도 아닌데."

"솔직히 말해서 난 네가 늘 말투를 과장해서 점수 따려는 애 같다고 생각했었어. 그런 거 있잖아, 으스대는 거."

"뭐라고?"

"네 악센트 말야. 알면서 그래. 아이 우프! 마이너스-디스, 마이너스-

댓, 구아테-에-말라 라라라, 그런 거! 사람들 앞에서 만날 그런 듣기 싫은 소리 늘어놓으면서 괴롭혔잖아. 그런데 이젠 정말 평범하게 말하는 걸."

엠마는 늘 이런 사람이 부러웠다. 자기 생각을 펑펑 말하는 사람들, 사회적 우아함 따윈 무시하고 느낀 대로 말하는 사람들. 그녀는 한 번도 그런 사람이질 못했다. 하지만 그렇다고 해도 지금은 '빌어…' 소리가 입에서 튀어나올락 말락 하고 있었다.

"…그리고 넌 언제나 모든 일에 대해 완전 화가 난 상태였잖아."

"오, 난 아직도 화내, 미피…."

"저런, 저거 덱스터 메이휴지?" 미피가 한 손으로 엠마의 어깨를 누르며 그녀의 귀에 대고 속삭였다. "너 우리가 한때 그렇고 그랬다는 거 아니?"

"알지, 네가 말해 줬잖아. 아주 여러 번."

"쟤 여전히 멋지지? 정말 멋져 보이지 않니?" 그녀가 귀엽게 숨을 내쉬었다. "그런데 너희 둘은 어쩌다 같이 안 지내게 된 거야?"

"글쎄다. 내 말투 때문인가? 아니면 강아지처럼 토실토실한 살 때문에…?"

"너 그렇게 나쁘진 않았어. 야, 쟤 여친 봤니? 정말 아름답지? 정말 끝내준다 싶지 않아?"

미피는 엠마의 대답을 기다리며 돌아서다 흠칫 놀랐다. 엠마는 어디로 가고 없었다.

손님들이 차양 밑으로 모이고 있었다. 우르르 몰려들어 좌석 배치표를 확인하는 게 꼭 시험 성적을 받아드는 학생들 같았다. 덱스터와 엠마는 군중 속에서 서로를 찾았다.

"5번 테이블." 덱스터가 말했다.

"난 24번이야." 엠마가 말했다. "5번은 신부한테 아주 가깝네. 24번은 저쪽 끝, 화학처리 화장실 근처야."

"별 감정이 있어 그런 건 아닐 거야."

"메인 코스가 뭐디?"

"들리는 말로는 연어라지."

"연어? 연어. 연어. 연어. 연어. 결혼식 가서 연어 너무 자주 먹는다. 1년에 두 번씩, 물살을 거슬러 헤엄치고 싶은 욕망이 일어날 정도라니까?"

"5번 테이블로 와라. 이름표 살짝 바꿔치기 하면 되지 뭐."

"좌석배치표를 함부로 바꿔? 그보다 못한 일로도 서로 총 쏘는 세상이야. 저 뒤쪽엔 단두대까지 만들어 놨다던데."

덱스터가 껄껄 웃었다. "그럼 이따 얘기하자, 응?"

"날 찾아와, 그럼."

"아님 네가 날 찾아오든지."

"아님 네가 날 찾아오고."

"아님 네가 날 찾고."

과거의 멸시에 대한 죗값으로 엠마는 뉴질랜드에서 온 나이 든 신랑의 고모님과 고모부 사이에 앉았다. 덕분에 세 시간 내내 '아름다운 경치'와 '놀라운 삶의 질' 얘기가 끊임없이 이어졌다. 간간이 5번 테이블의 왁자한 웃음소리에 눈길을 돌리면, 덱스터와 실비, 캘럼과 그의 여친 루이자, 거긴 정말 환상적인 테이블이었다. 엠마는 또 콸콸 포도주를 따랐다. 그리고는 경치와 삶의 질에 대해 한 번 더 물었다. "고래들, 살아 있는 고래들은 보셨나요?" 그렇게 묻고는 부러운 시선을 다시 힐끗 5번 테이블로 던졌다.

5번 테이블에서 덱스터는 24번 테이블을 부러운 시선으로 훔쳐보았다. 실비가 고안한 새 게임은 그를 따분하게 했다. 덱스터가 포도주잔을 집어들자마자 얼른 손으로 아가리를 막아 버리는 것이었다. 덕분에 긴긴 식사시간은 그의 반사신경을 테스트하는 엄격한 시험시간처럼 되었다.

"좀 살살 하지 그래?"

그가 한 번 이겼을 때 실비는 그렇게 귓속말을 했다. 그는 알았다고 그녀를 안심시켰지만 결과는 미지근한 따분함, 그리고 사람 돌게 하는 캘럼의 자신감이 점점 부러워지는 일뿐이었다.

24번 테이블에서는 엠마가 잘 그을린 피부의 노인 부부와 다정하고도 진지하게 얘기를 나누고 있었다. 덱스터는 그녀가 얼마나 주의 깊게 듣고 있는지가 보였다. 그녀의 손이 그 할아버지의 팔을 만지는 것도 보였고, 그의 농담에 웃는 모습도 보였다. 이제는 일회용 카메라로 그 커플의 사진을 찍어 주었고, 곧 자기도 몸을 기울여 함께 사진을 찍었다. 덱스터는 그녀의 파란 드레스를 보며 '10년 전이라면 저런 거 절대 안 입었을 텐데'라고 생각했다. 그런데 그 드레스의 등 쪽 지퍼가 7, 8센티쯤 내려와 있었고, 아랫단은 그녀의 허벅지를 따라 반쯤 말려 올라가 있었다. 순간, 랜케일러스트리트의 그 에든버러 침실에서의 엠마 모습이 선명하게 떠올랐다.

커튼에 스며들어 온 새벽 햇빛, 낮은 싱글 침대, 허리까지 말려 올라가 있던 그녀의 치마, 두 팔을 올려 나비잠을 자던 모습까지. 그 후로 뭐가 바뀐 거지? 거의 변한 게 없군, 엠마는. 웃을 때 입가에 생기는 라인은 그대로였다. 다만 조금 더 깊어졌을 뿐. 밝고 빈틈없어 보이는 눈도 그대로였고, 여전히 큰 입을 꾹 다문 채 무슨 비밀을 삼키려는 듯 웃었다. 여러 면에서 그녀는 스물두 살의 그녀보다 훨씬 더 매력적이었다. 무엇보다 그녀는 자기 머리를 스스로 자르는 만행을 그만두었고, 도서관 소녀의 창백함도, 신발 끝만 바라보던 사나운 심술과 무뚝뚝함도 털어 버렸다.

그는 문득 궁금했다. 지금 처음으로 저 얼굴을 봤다면 어떤 기분일까? 그가 만약 24번 테이블에 배정 받아서 거기 앉아 둘이 서로 소개의 인사를 나눴다면? 그는 오늘 여기 모인 모든 사람들 중에서 오로지 그녀하고만 얘기를 나누고 싶었다. 그는 일어나서 엠마한테 가려고 잔을 집었다.

그때 나이프로 잔을 두드리는 소리가 들렸다. 연설 시간이었다. 전통에 따라, 신부의 아버지는 술에 취해 상스러운 소리만 연발했고, 신랑 들러리는 술에 취해 재미도 없는 소리를 늘어놓다가 신부 이름 얘기하는 것도 까먹었다.

적포도주를 한 잔 한 잔 마실 때마다 엠마의 몸은 점점 더 나른해졌다. 그러다 본관의 호텔 방을 상상하기 시작했다. 깨끗하고 뽀얀 드레싱 가운, 으리으리한 네 기둥 침대의 모조품, 사람들이 그토록 열광하는 워크-스루 샤워실, 한 사람이 쓰기엔 너무 많은 수건들. 그녀의 결심을 도와주려는 듯 밴드가 연주할 준비를 시작하고 있었다. 베이스 주자가 '어나더 원 바이츠 더 더스트'Another One Bites The Dust의 리프를 연주하는 걸 들으며, 엠마는 고단한 하루 일과를 끝내자 싶었다. 일단, 각자에게 나눠 준 결혼케이크를 끈으로 졸라 묶는 벨벳 주머니에 넣고, 객실로 올라가 결혼식 소리를 들으며 푹 자는 거다!

"실례합니다만, 혹시 어디서 저 보신 적 없으세요?"

누가 그녀의 팔을 잡더니 뒤에서 목소리가 들려왔다. 샴페인을 손에 들고 멍하게 웃으며 덱스터가 그녀의 옆쪽으로 몸을 숙였다.

엠마도 자기 잔을 들었다.

"그럴지도 모르겠다 싶네요."

그렇게 대꾸하는 순간, 밴드가 연주를 시작했고, 사람들의 관심이 일제히 댄스 플로어로 쏠렸다. 말콤과 틸리는 벌써 자신들의 특별한 노래 '갈색 눈의 여인'에 맞춰 류머티즘 환자처럼 엉덩이를 실룩거리며 트위스트를 췄다. 그들의 엄지손가락 네 개가 높이 하늘을 찔렀다.

"저런, 저런. 왜 사람들이 갑자기 노인네 같은 춤에 환호하게 됐다니?"

"네 말 하는 거지?" 덱스터가 의자에 앉으며 말했다.

"너 춤추니?"

"기억 안 나?"

엠마가 고개를 저었다. "내 말은, 옷 벗어 들고 단상에 올라가 휘파람 부는 그런 거 말고, 제대로 된 춤 말야."

"물론 추지." 그가 그녀의 손을 잡았다. "보여 줄까?"

"나중에 하자." 이제 둘은 고함을 질러야 했다. 덱스터가 일어나 그녀의 손을 끌었다. "다른 데로 가자. 너랑 나랑만."

"어딜?"

"몰라. 분명히, 미로도 있었을걸?"

"미로?" 잠시 후, 그녀도 일어섰다. "그래, 일찍도 말한다."

둘은 술 한 병과 두 개의 잔을 들고 조심스레 차양을 빠져나와 밤의

어둠 속으로 접어들었다. 아직도 날이 더웠다. 칠흑 같은 여름밤 공기를 가르며 박쥐가 머리 위를 날았다. 둘은 팔짱을 끼고 장미정원을 가로질러 미로를 향해 걸었다.

"기분이 어때?" 그녀가 물었다. "뜨거웠던 옛 여인 하나를 다른 남자 품에 보내고 나니?"

"틸리 킬릭이 뜨거운 옛 연인이라고?"

"오, 덱스터…." 엠마가 천천히 머리를 저었다. "언제나 좀 똑똑해질래?"

"무슨 소리 하는 거야?"

"그때가, 그러니까… 1992년 12월이구나. 클랩턴의 그 아파트에서잖아. 양파 튀김 냄새가 진동하던 곳."

덱스터가 움찔했다. "아니, 그때 일을 네가 어떻게 알아?"

"흥. 내가 울워스 슈퍼에 갔을 때, 너희들 둘이서 나의 최고급 올리브 오일을 꺼내서 발 마사지를 했잖아. 내가 돌아왔더니, 틸리는 울고 있고 올리브 오일 발자국이 나의 최고급 양탄자 위에 선명했지. 그뿐인가, 소파에도, 식탁 위에도, 벽 한복판에도. 그 범죄 현장의 증거들을 세심히 검토한 결과, 그 결론에 이른 거지. 참 넌 산아 제한 도구를 부엌 쓰레기통 맨 위에다 남겨 놨더구만. 그건 잘한 일이긴 해."

"그랬니? 미안하다, 그거."

"거기다 틸리가 내게 얘기도 했지."

"걔가?" 그는 배신감에 고개를 저었다. "둘만의 비밀로 하자더니."

"여자들은 그런 얘기 다 해. 걔들이랑 백날 비밀을 맹세해 봤자 헛수고야. 결국엔 다 드러난다고."

"앞으론 그 말 명심할게."

어느새 미로의 입구였다. 잘 손질된 쥐똥나무 울타리로 만들어진 미로는 그 높이가 3미터는 됨직했고, 입구엔 육중한 나무문까지 달려 있었다. 엠마는 철제 문고리에 손을 얹고 잠시 멈췄다.

"이거 좋은 생각 맞아?"

"얼마나 어렵겠냐?"

"만약 길 잃으면?"

"별을 보고 찾든가 어쩌든가." 끼익 하고 문이 열렸다. "오른쪽, 왼쪽?"

"오른쪽." 엠마의 말과 함께 그들은 미로로 들어섰다.

높은 나무벽의 발치께에 여러 가지 색깔의 조명등이 켜져 있었다. 숨쉴 때마다 느껴지는 여름의 향기가 짙고 어지러웠다. 따뜻한 이파리들은 기름이 흐른다 싶을 정도로 미끈거렸다.

"실비는 어쨌어?"

"실비는 괜찮아. 캘럼한테 푹 빠졌어. 그 매력적인, 소위 아일랜드 백만장자께서 파티의 중심인물이 되신 거지. 저희들끼리 놀게 내버려 두자 싶었어. 걔랑 상대하려니까, 너무 피곤해."

"걔는 잘살고 있는 거야. 알잖아."

"다들 그렇다고 하더만."

"민물가재 백만장자라."

"그러니까. 나한테 일자리 준다는 소리까지 했어."

"가재 잡는 카우보이?"

"몰라. '기회들'에 대해 얘기해 보자더군. 비즈니스는 사람이래. 뭔 소린지."

"아니 '스포츠 X트림'은 어떡하고?"

"아." 덱스터가 웃으며 한 손으로 머리를 긁적였다.

"너 그거 본 모양이네?"

"하나도 안 빼놓고. 너 나 모르니? 아침 이른 시간에 내가 자전거 크로스컨트리보다 더 좋아할 게 뭐 있겠냐? 내가 제일 좋아한 부분은 네가 그걸 가리켜 '완전 쩐다'고 말할 때였지."

"그 친구들이 나더러 그 말을 하라고 했다니까."

"완전 쩔고, 개달콤하고. '자, 이렇게 개달콤하고 쿨한 빈티지 동작 잘 보세요~.'"

"그럭저럭 잘해 냈다 싶었는데 그러네."

"매번 잘하진 못했지, 이 친구야. 왼쪽, 오른쪽?"

"왼쪽 아닌가?" 둘은 조용히 조금을 걸었다. 밴드의 '수퍼스티션'Superstition 연주가 먹먹하게 들려왔다.

"글 쓰는 건 어때?"

"아, 뭐 괜찮아. 내가 글 쓸 때는. 그런데 대부분은 멍청하게 앉아서 비스킷만 먹어대지."

"스테파니 쇼오가 그러는데 선인세도 받았다며?"

"아주 찔끔 받았지. 크리스마스까지는 굶어죽지 않을 거 같아. 그러고 나선 봐야지. 다시 풀타임 선생님 일로 돌아가든가."

"뭐에 관한 거야? 그 책."

"아직 잘 몰라."

"내 얘기지, 응?"

"그래, 덱스터, 그 두꺼운 책 가득 네 얘기만 잔뜩 실을 거다. 제목은 '덱스터 덱스터 덱스터 덱스터 덱스터'지. 오른쪽, 왼쪽?"

"이번엔 왼쪽."

"사실 그냥 애들 보는 책이야. 틴에이저들 말야. 남자애들, 친구 사이, 그런 것들. 내가 몇 년 전에 학교에서 했던 거 있잖아. 〈올리버!〉 무대에 올렸던 거. 그 얘기야. 코미디지."

"아주 잘해 내고 있는 거 같네."

"그런가?"

"그럼. 누구는 더 좋아 보이고, 누군 더 나빠 보이는데, 넌 틀림없이 더 좋아 보여."

"미피 뷰캐넌은 내가 드디어 강아지처럼 토실토실하던 살을 떼버렸대."

"갠 질투가 나서 그래. 네 모습 진짜 멋져."

"고마워. 나도 네가 더 좋아 보인다고 얘기해 주랴?"

"잘해 낼 자신이 있으면 해봐."

"그래, 훨씬 좋아 보인다. 왼쪽?"

"왼쪽."

"어쨌든 네가 한창 잘 나가던 때보다는 더 좋아 보여. 그땐 너 막 건방 떨고 그랬잖아." 둘은 잠시 조용히 걸었다. 엠마가 다시 입을 열었다. "네 걱정을 했었지."

"네가?"

"우리 모두 걱정했었어."

"한때였지 뭐. 누구나 그런 때가 있잖아? 좀 마구잡이로 사는 거."

"그런가? 난 안 그랬어. 야, 네가 그 짜증나는 납작 천모자도 좀 안 썼으면 싶었어."

"모자 안 쓴 지 여러 해 됐어."

"그거 잘했네. 우리가 무력시위라도 벌여야 하나 싶었거든."

"왜 그러는지 알면서 그래. 먼저 중절모부터 쓰지, 그냥 재미삼아. 그러다가, 옳지, 이젠 납작 천모자다, 이젠 트릴비 모자, 이젠 보울러 모자…."

또 갈림길이 나왔다.

"오른쪽, 왼쪽?" 그녀가 물었다.

"모르겠어."

둘은 이쪽저쪽을 살폈다.

"신기하다, 그치? 어쩜 이렇게 금세 재미없어지냐."

"우리 좀 앉자. 저쪽 어디."

나무울타리 밑에 조그만 대리석 의자가 놓여 있었다. 아래에서 파란 형광등 불빛이 비추고 있었다. 둘은 차가운 돌 위에 어깨를 붙이고 앉아 잔을 채우고 쨍그랑 부딪혔다.

"이런, 까먹을 뻔했네…."

덱스터가 바지 주머니를 뒤지더니 조심스레 접은 냅킨 덩어리를 꺼내 마치 마법사처럼 손바닥 위에 올려놓고 펼치기 시작했다. 모서리 하나하나를 조심조심. 새알처럼 냅킨 속에 모셔져 있던 건 두 개비의 찌그러진 담배였다.

"캘이 줬어." 거의 넋이 나간 표정으로 그가 말했다. "하나 필래?"

"아냐, 됐어. 손도 안 댄 지 벌써 여러 해다."

"잘했네. 나도 공식적으로는 끊었지. 하지만 여기선 안전하겠지…." 그가 장엄하게 금지물품에 불을 붙였다. 담배를 쥔 손이 과장스레 떨리고 있었다. "그녀도 내가 여기 있는 건 못 찾겠지…."

엠마가 웃었다. 샴페인과 고적함이 그들의 기분을 끌어올려 주었다. 둘은 그제야 감상적으로 향수에 젖었다. 결혼식장에서 그랬어야 하는 건데 말이다. 담배 연기를 사이에 두고 둘은 서로에게 미소 지었다.

"캘럼은 우리가 '말보로 라이트 세대'라고 그러더군."

"저런, 그건 너무 끔찍하다." 엠마가 코웃음을 쳤다. "한 세대를 담배 브랜드로 규정하다니. 좀 더 그럴싸한 뭔가가 있겠지." 그녀가 웃으며 덱스터 쪽으로 고개를 돌렸다.

"그래. 넌 요즘 어떠니?"

"난 괜찮아. 조금 철이 들었지."

"화장실에서 하는 섹스도 이제 달콤쌉싸름한 묘미를 잃어버렸다?"

그가 키득거리며 담배 끝을 살폈다.

"그저 뭐랄까, 내 시스템에서 뭔가를 끄집어내야 했던 거지. 그뿐이야."

"그래, 그게 나왔니?"

"그런 거 같은데. 대부분은."

"진정한 사랑 덕분에?"

"일부는. 그리고 나 이제 서른넷이잖아. 나이 서른넷이면 핑계 대는 게 점점 어려워지잖아."

"핑계?"

"그래. 만약 스물넷일 때 엉망으로 살았다고 해봐. 그냥, 괜찮아, 난 겨우 스물넷이야, 그렇게 말하면 그만이지. 난 겨우 스물다섯이야, 난 겨우 스물여섯이야. 그런데 '난 겨우 서른넷'? 그건 아니잖아." 그가 잔을 기울이고는 나무울타리에 등을 기댔다. "누구에게든 자기 인생의 큰 딜레마가 있을 텐데, 내 경우에 그건 말야, 헌신적이고 성숙하고 충실한 성인으로서의 관계를 유지하면서 동시에 스리섬에도 초대되길 원하는 거, 그게 딜레마였지."

"그래서, 답은 찾았어, 덱스?" 엠마가 진지하게 물었다.

"답은, 그럴 수는 없다는 거지. 일단 그걸 깨닫고 나면 나머지는 아주 단순해져."

"그렇지. 흥청망청 퍼마시고 사는 게 포근한 밤에는 도움이 안 되지."

"흥청망청 퍼마시고 살면 늙어서 고생한다 이거지." 그가 한 모금을 더 마셨다. "그런데 말이다, 실은, 애초부터 난 어디에도 초대받지 못한 채 살았던 거 같아. 그냥 스스로를 놀림감으로 만들기나 하고, 뭐든지 다 망쳐 놓고. 내 일도 망치고, 엄마하고도 다 망쳐 놓고…."

"안 그래…."

"친구들과의 우정도 다 망치고." 그 말을 꺼내며 덱스터가 그녀의 팔에 기댔다. 엠마도 그에게 기댔다. "이젠 하나하나 제대로 뭔가를 해야겠다 싶었지. 그리고 실비를 만났잖아. 실비는 대단해. 정말 그래. 그녀가 날 똑바로, 정도를 걷게 한다니까."

"실비 참 사랑스런 여인이더라."

"그래. 맞아."

"참 아름답고. 침착하고."

"가끔은 좀 무섭기도 하지."

"아주 사랑스럽고 포근한 게 레니 리펜쉬탈 같은 느낌이잖아."

"레니 누구?"

"아무것도 아냐."

"물론 그녀에겐 아무런 유머 감각도 없어."

"뭐 그건 다행이구만. 왜 그렇게 다들 유머 감각을 따지는지 모르겠어." 엠마가 말했다. "계속 어리석은 짓거리나 하고. 정말 따분해. 이언처럼. 이언은 물론 재미없는 경우였지만. 그래, 네가 정말 좋아하는 사람과 함께하는 게 더 좋은 거야. 네 발을 닦아 줄 그런 사람."

덱스터는 실비가 그의 발을 닦아 주는 모습을 그려 보려다 그만두었다.

"실비는 웃을 때 얼굴 구겨지는 게 싫어서 절대 안 웃는다고 그랬어."

엠마가 낮게 키득거렸다. "와우." 그녀는 그 말밖에 할 수가 없었다. "와우. 하지만 넌 그녀를 사랑하잖아, 그렇지?"

"난 그녀를 사모하지."

"사모한다? 뭐 '사모한다'는 더 좋네."

"그녀는 황홀해."

"그렇지."

"실비는 날 위해 사태를 정리해 주기도 했어. 난 이제 약도 폭음도 끊었고, 담배도 안 펴."

손에는 술잔, 입에는 담배를 물고서? 엠마의 눈길이 그렇게 그를 꼬집었다.

"특별한 경우잖아." 그가 웃었다.

"드디어 참사랑을 찾으셨네."

"그런 거 비슷하지." 그가 잔을 채웠다. "넌 어때?"

"나? 뭐 괜찮아. 괜찮지." 대답이 궁해졌는지, 그녀가 일어섰다. "자, 다시 걷자, 응? 왼쪽, 오른쪽?"

"오른쪽." 한숨을 토하며 그도 벌떡 일어섰다. "아직도 이언 만나니?"

"안 본 지 몇 년 됐어."

"누구 물망에 오른 사람은?"

"또 시작이다, 덱스터."

"뭐가?"

"노처녀 동정하기 말야. 난 완전 만족해, 고마워. 난 내 남친에 의해 규정되는 것도 싫어. 남친이 없는 걸로 규정되는 것도 싫고."

엠마의 목소리에서 한껏 열의가 느껴졌다.

"그런 일에 신경 쓰는 거 일단 그만두고 나면 말야, 데이트나 관계, 사랑, 그런 거 말이지. 그럼 진정 자유롭게 삶을 마주할 수 있게 되는 거야. 난 지금 하는 일이 있고, 이 일을 너무 사랑해. 이 일에서 성과를 보기 위해 1년은 더 투자할 생각이야. 돈은 보잘것없지. 하지만 난 자유로워. 오후에 영화도 보고 그런다니까."

그녀가 잠시 말을 멈췄다.

"수영도! 나 수영 많이 해. 수영하고 수영하고 또 수영하지. 몇 킬로씩 말야. 아 젠장, 수영 정말 싫어. 왼쪽으로 가지 뭐."

"있잖아, 나도 그런 느낌이야. 수영 얘기가 아니라, 데이트 더 안 하는 거 말이야. 실비와 함께한 뒤로, 나한테 엄청난 시간 여유와 에너지, 정신적 공간이 생겨난 거 같아."

"그런 정신적 공간 가지고서 뭐 하니, 그래?"

"주로 '툼 레이더' 게임을 하지."

엠마는 웃었다. 잠시 조용히 걸으며 그녀는 생각했다. 자신이 생각했던 것만큼 만족스럽지도, 힘 있게 사는 것도 아니지 않나 그녀는 염려스러웠다.

"그리고 말야, 내가 완전히 따분하게 사랑도 없이 지낸 건 아냐. 나도 신나게 놀아. 크리스라는 애를 만났을 때도 그랬지. 자기 말로는 치과의사랬는데, 알고 보니 그냥 위생사더군."

"그 크리스는 어떻게 됐는데?"

"금세 김샜지 뭐. 죽어라고 내 이빨만 쳐다보는 느낌이었다니까. 만날 치실 쓰라고 조르고 말야. 엠마, 치실, 치실! 데이트 하는 게 무슨 검진

받는 거 같았다니까. 완전 힘들었지. 그리고 그 전엔 고달밍 선생도 있었어."

그녀가 몸서리를 쳤다. "고달밍 선생은 정말 재앙이었어."

"고달밍 선생이 누구야?"

"나중에 얘기해. 왼쪽, 오른쪽?"

"왼쪽."

"그런데, 내가 정말 다급해진다 해도, 그래도 나한텐 네가 했던 제안이 있으니까 괜찮아."

덱스터가 발길을 뚝 멈추더니 소심한 표정을 지었다.

"무슨 제안?"

"내가 마흔인데도 아직 싱글이라면 네가 나랑 결혼한다고 했잖아. 기억 안 나?"

"내가 그랬다고?" 그가 꽁무니를 뺐다. "어지간히 잘난 척했고만."

"나도 그땐 그렇게 생각했어. 야, 염려 마. 그게 무슨 법적 구속력이 있는 것도 아니고. 아니면, 내가 그것 때문에 너한테 매달리겠냐? 게다가 아직 6년이나 남았어. 시간은 충분해."

그녀가 다시 걷기 시작했지만, 덱스터는 마치 엄마가 가장 아끼는 화병을 깨뜨린 아이처럼 머리를 긁적이며 그녀의 뒤에 서 있었다.

"미안하다만 그 제안은 어쨌든 없었던 걸로 해야겠는데."

그녀가 멈춰 서서 뒤돌아섰다.

"아, 그래? 왜 그래?"

그녀는 그렇게 물었지만, 벌써 사태가 대충 짐작되었다.

"나 약혼했어."

엠마가 눈을 천천히 한 번 깜박였다.

"약혼이라면?"

"그래, 결혼한다고. 실비랑."

둘의 얼굴이 1초도 채 안 되는 잠시 동안 서로의 느낌을 살폈다. 그러고는 엠마가 그의 목에 팔을 두르고 웃으며 말했다.

"오, 덱스터. 진짜 잘됐네! 축하해!"

그녀가 그의 뺨에 키스를 하려는데 덱스터가 고개를 돌렸다. 서로의 입술에서 풍기는 샴페인 맛이 느껴질 정도로 둘의 입술이 가까워졌다.

"너도 기쁘니?"

"기쁘냐고? 죽겠다, 죽겠어! 정말, 진짜로, 그거 끝내주는 소식이다."

"그래?"

"끝내주는 정도가 아니지. 그건, 그건, 음… 완전 쩌네! 완전 쩔고 개 달콤해. 정말 쿨해."

그가 그녀에게서 떨어져 물러나며 재킷 주머니에 손을 넣었다.

"실은, 내가 널 이리 데려온 것도 그 때문이었어. 너한테 직접 이걸 주고 싶어서."

두툼한 라일락 종이로 만들어진 그 두꺼운 봉투. 엠마는 어색하게 그걸 받아 안을 들여다보았다. 안에 보드라운 종이가 덧대 있었고, 초청장은 파피루스나 양피지처럼 끄트머리가 거슬거슬했다.

"그러니까 이게…", 엠마가 세운 손가락들 위에 그걸 테이블처럼 올려놓고 말했다. "…이게 결혼 초대장이란 거구나."

"그렇지."

"이거 정말 잘 만들었네."

"하나에 8파운드씩이야."

"내 차보다 더 비싸네."

"냄새 맡아 봐. 어서."

"냄새를?" 엠마가 조심스레 초대장을 코에 갖다 댔다. "방향지네! 결혼 초대장에서 향수 냄새가 난다니."

"라벤더 향이라더라."

"아냐, 덱스. 이건 돈이야. 돈 냄새가 나는 거야."

그녀가 조심스레 카드를 열었다. 그녀가 읽어 내려가는 모습을 지켜보며 덱스터는 그녀가 앞머리를 넘기느라 손가락을 놀리던 모습을 떠올렸다.

"코프 씨 내외는 당신을 저희 딸 실비와 덱스터 메이휴의 결혼식에 초대합니다. …네 결혼식 초대장을 이렇게 직접 보다니, 정말 안 믿긴다. 9월 14일, 토요일? 아니, 그럼 겨우…."

"7주 남았지."

그는 계속 그녀의 얼굴을 살폈다. 그녀에게 말했을 때 그 멋진 얼굴이 어떻게 변하는지를 보고 싶었던 것이다.

"7주? 난 이런 건 몇 년씩 걸리는 줄 알았더니?"

"그래, 보통은 그렇지. 하지만 이 경우는 이른바 속도위반 결혼이라는 거야."

엠마가 얼굴을 찡그리며 무슨 말인가 갸우뚱했다.

"예상 하객 350명. 케일리 악단도 와."

"그럼 너…?"

"실비가 임신 같은 걸 해서. 아니, 같은 게 아니라, 임신이야. 그래 임신. 애를 가졌어."

"오, 덱스터." 한 번 더 그녀의 얼굴이 그의 얼굴에 와서 닿았다.

"아빠가 누군지는 아니? 농담, 농담! 축하해, 덱스. 맙소사, 폭탄 좀 듣성듬성 떨어뜨려라, 그렇게 확 퍼붓지 말고."

그녀가 양손으로 그의 얼굴을 거머쥐고 쳐다보았다.

"네가 결혼을 하다니?"

"그래!"

"그리고, 세상에, 네가 아빠가 된단 말이지?"

"그러게! 젠장, 아빠가 된다!"

"허락은 받았니? 그러니까, 부모님들이 허락하셨어?"

"틀림없이."

"너 아까 그 담배 다 피워 버렸니?" 덱스터가 주머니를 뒤져 그녀에게 담배를 건넸다. "실비는 어때?"

"그녀야 기뻐하지! 물론 살 쪄 보일까 봐 걱정은 해."

"그럴 가능성은 있겠네."

그가 엠마의 담배에 불을 붙였다.

"하지만 그녀도 이걸 원했어. 결혼하는 거. 애를 가지는 거. 새 출발 하는 거. 30대 중반에 모든 걸 다 끝내고 혼자 남겨지는 건…."

"나처럼 말이지!!!"

"그래, 실비는 너처럼 되고 싶진 않았던 거야!"

그가 그녀의 손을 잡았다. "물론 그런 뜻은 아니야, 알지?"

"알아, 농담이었어. 덱스터, 축하해."

"고마워. 고마워." 둘이 잠깐 숨을 돌렸다.

"나도 한 모금 빨자, 응?" 그렇게 말하며 덱스터는 엠마가 빨던 마지막 담배를 가져가 자기 입에 물었다.

"여기, 이거 봐…."

덱스터가 지갑에서 꺼낸 건 조그맣고 희미한 사진이었다. 나트륨등 불빛에 그걸 비추며 덱스터가 말했다.

"12주 때 초음파 사진이야. 대단하지?"

엠마는 그 종이조각을 가져가 의무감으로 쳐다보았다. 초음파 스캔의 아름다움이란 오로지 부모 될 사람들이나 음미할 수 있는 것이었다. "아름다워." 그녀는 탄성을 터뜨렸다. 비록 그게 실제로는 그의 주머니 속을 찍은 폴라로이드일지언정, 그렇게 말해 주어야 한다는 걸 그녀는 예전 경험들로부터 잘 알고 있었다.

"여기 봐. 이게 등뼈야."

"놀라운 등뼈네."

"잘 보면 조그만 손가락들도 보일걸."

"아우우우. 남자야 여자야?"

"여자면 좋겠어. 아니 남자. 아무렴 어때. 너도 이거 좋은 일이라고 생각하지?"

"물론이지. 정말 멋진 일이잖아. 아 젠장, 덱스터, 나 딱 1분만 좀 이러고 있자…."

그녀가 팔을 그의 목에 두르고서 그를 다시 안았다. 갑자기 취기가 느껴졌다. 사랑이 가득 차는 느낌과 더불어 무언가가 끝나는 듯한 묘한 슬픔도 느껴졌다. 뭔가 더 근사한 얘기를 건네고 싶은데, 그래, 농담으로 마무리하자.

"내 미래의 행복을 위해 남겨 둔 마지막 가능성을 네가 이렇게 박살 내는구나. 하지만 그런 너 때문에 너무 기뻐, 진짜로."

그가 고개를 틀어 그녀를 보려고 했다. 그 순간 갑자기 둘 사이에서 뭔가가 움직였다. 뭔가 살아 있는 게 그의 가슴께에서 부르르 떨고 있었다.

엠마가 거기에 손을 대고 말했다. "이거 네 심장이니?"

"내 휴대전화거든."

그가 윗도리에서 전화기를 꺼낼 수 있도록 엠마는 몸을 떼고 물러섰다. 전화기의 모니터를 쳐다보며 그는 술기운을 털어내려는 듯 살짝 고개를 흔들었다. 마치 연기 날리는 총을 건네듯, 엠마에게 물고 있던 담배도 건넸다, 죄인처럼. 그가 잽싸게 다짐했다. "취한 소리는 안 돼, 취한 소리는 안 돼." 전화 판매원의 미소를 지으며 그가 통화를 시작했다.

"여보세요, 자기야!"

엠마는 수화기 속 실비의 목소리를 들을 수 있었다.

"어디 있는 거야?"

"어쩌다 길을 잃은 거 같네."

"뭘 잃어? 아니 어떻게 길을 잃어?"

"그러게, 미로 안이거든, 그래서…."

"미로? 아니, 거기서 뭐하는데?"

"뭐하긴, 그저, 노닥거리고 있는 거지. 재밌겠다 싶었거든."

"그렇군, 그래도 덱스터 당신은 재미를 보고 있군. 난 죽겠다. 여기 뉴질랜드 노인들한테 붙잡혀서 고함 소리 듣느라."

"그래, 알지. 나도 거기서 도망치느라 얼마나 고생했는데. 여기는 있잖아, 음, 딱 미로 같아!" 그가 낄낄거리며 말했는데, 전화기에서는 아무 대답이 없었다. "여보세요? 자기 거기 있어? 안 들려?"

"누구랑 같이 있는 거야, 덱스터?"

덱스터는 아직도 초음파 사진에 푹 빠진 척하고 있는 엠마를 바라보았다. 그는 잠깐 머리를 굴리고서 엠마에게 등을 돌린 뒤 거짓말을 했다. "이 안에 아주 여럿 있어. 한 15분쯤 더 헤매 보고. 안 되면 땅굴이라도 파야지. 그것도 잘 안 되면 서로 잡아먹기 시작할 테고."

"다행이다, 저기 캘럼이 있어. 난 가서 캘럼이랑 얘기해야겠다. 얼른 와, 알았지?"

"알았어. 지금 당장 가지. 안녕, 자기야, 안녕!" 그가 전화를 끊었다. "나 술 취한 거 같다?"

"전혀!"

"우리 여기서 얼른 나가자."

"좋지." 그녀가 대책 안 선다는 표정으로 이쪽저쪽을 살폈다.

"빵조각이라도 좀 떨어뜨리며 들어올 걸 그랬지?"

그 말에 대답이라도 하는 것처럼 웅 하는 소리가 나더니, 제깍 소리와 더불어 미로 안을 비추던 불빛들이 하나씩 하나씩 꺼지기 시작했다. 순식간에 미로 안은 칠흑 같은 어둠에 휩싸였다.

"멋지군." 덱스터가 말했다.

둘은 눈이 어둠에 적응될 때까지 잠시 가만히 서 있었다. 밴드가 '잇츠 레이닝 멘'It's Raining Men을 연주하고 있었다. 둘은 귀를 쫑긋 세우고 그걸 들었다. 마치 그 먹먹한 소리를 따라가면 이 미로에서 벗어날 수 있다는 것처럼.

"우리 되돌아가자." 엠마가 말했다. "비 오기 전에 말이야, 맨."

"좋은 생각이다."

"비법이 있지 않나?" 엠마가 말했다. "내 기억으로는 왼손을 벽에 대고 계속 걸으면 결국은 나가게 된다던 거 같은데."

"그래? 그러자, 그럼!"

그는 샴페인 병에 남은 술을 두 잔에 다 따른 뒤 빈 병을 잔디 위에 올려놓았다. 엠마는 구두를 벗고 왼손으로 울타리를 짚었다. 처음엔 좀 굼뜬 몸짓이었지만, 금세 희미한 이파리들의 복도를 따라 걷기 시작했다.

"너 올 거지? 내 결혼식에."

"물론 가야지. 하지만 예식 중간에 소동 안 핀단 약속은 못하겠다."

"그런 소동은 내가 피고 싶었는데!"

둘은 어둠 속에서 함께 웃으며 조금을 더 걸었다.

"사실, 나 너한테 부탁이 있어."

"제발, 제발, 나더러 신랑 들러리 서란 소리는 하지 마라, 덱스."

"그게 아냐. 이 연설 쓰려고 긁적거린 지 수만 년인데, 잘 안 되네. 응, 이거 좀 도와줘라?"

"싫어!" 엠마가 웃었다.

"왜 싫어?"

"내가 써서 감정 전달이 되겠냐, 그게? 그냥 네가 솔직히 느끼는 걸 써."

"글쎄, 난 그게 과연 좋은 생각인지 모르겠어. '케이터링 업체에서 나오신 분들, 고맙습니다. 그런데 저 지금 완전 겁먹어서 똥구멍이 꽉 막힌 것 같아요.' 그러라고?" 그가 가늘게 눈을 뜨고 어둠을 가만히 응시했다. "이거 맞긴 맞니? 웬지 자꾸 안으로만 들어가는 거 같은데?"

"날 믿으세요."

"그래, 아무튼, 너더러 대신 써 달라는 게 아냐. 다만 좀 고쳐 달라는—"

"미안해, 그런 건 네가 직접 하는 거야." 세 갈래 길이 나왔다.

"여긴 틀림없이 아까 왔던 데야."

"그냥 절 믿으라니깐요. 계속 가자."

둘은 말없이 걸었다. 근처에서 밴드의 연주가 프린스의 '1999'로 이어졌고, 하객들이 환성을 터뜨리는 게 들렸다. 엠마가 말했다.

"내가 이 노래 처음 들었을 때, 난 이게 공상과학소설이라고 생각했지, 1999년. 떠다니는 차, 알약으로 된 음식, 달에서의 휴가. 그런데 벌써 1999년이고, 난 빌어먹을 피아트 팬더를 몰고 다녀. 아무것도 변한 거 없이."

"이제 내가 가장이란 건 빼고."

"가장이라. 맙소사, 너 겁나니?"

"가끔은. 하지만 주위를 둘러보면 바보 멍청이들도 애들 잘만 키우잖아? 난 계속 주문을 외워, 미피 뷰캐넌이 할 수 있다면, 그게 어려워 봤자 아니겠냐고."

"애들을 칵테일 바로 데려가는 게 아니란 건 알지? 그렇게 하면 애들이 막 이상해져."

"그건 괜찮아. 난 집에서 즐겁게 지내는 법도 배울 작정이야."

"그래도, 너 행복하지?"

"그래? 그런 거 같은데. 너는?"

"행복하지. 행복 비스무레하지."

"행복 비스무레? 그거 나쁘지 않네."

"그게 우리가 바랄 수 있는 최대한이겠지."

엠마의 왼손이 익숙해 보이는 동상의 표면을 스쳤다. 엠마는 이제 정확히 나갈 길을 알았다. 오른쪽, 다시 왼쪽으로 돌면 장미정원으로 나가는 길이었다. 다시 파티장으로, 다시 그의 약혼자와 그들의 친구들에게로 가는 길이었다. 그러고 나면 둘이 이야기할 시간은 더 없을 것이었다. 갑자기 놀랄 만한 슬픔이 밀려왔다. 우뚝 멈춰 선 엠마가 덱스터의 양손을 잡았다.

"내가 이 말 해도 될까? 파티로 되돌아가기 전에?"

"말해 봐."

"나 약간 취했다."

"나도 그래. 괜찮아."

"그냥… 나 네가 그리웠어, 알지?"

"나도 네가 그리웠어."

"너무너무 그리웠다고, 덱스터. 너한테 얘기하고 싶은 게 너무 많았는데, 넌 없고…."

"나도 그랬다니까."

"그리고 난 좀 죄책감을 느껴. 그렇게 너한테서 달아나 버렸던 거."

"그랬어? 그게 네 잘못이라곤 생각 안 했어. 내가 한때는 그랬잖아, 좀… 역겨웠잖아."

"좀이라니? 너 진짜 더럽게 끔찍했거든."

"알아."

"이기적이고, 거만하고, 사실 따분하기도 했지."

"그래, 그런 말 많이 했잖아."

"하지만, 그래도. 내가 좀 툴툴 털고 참았어야 하는데. 어머니 일 때도 그랬고…."

"나한테 변명의 여지가 없지 뭐."

"아냐. 그럴 때 너한테 슬쩍 말을 걸었어야 하는 건데…."

"네가 보낸 편지 아직도 갖고 있어. 정말 아름다운 편지잖아. 너무 고마웠어."

"그래도, 그래도 말야. 너하고 함께 지내려고 좀 더 노력했어야 하는 건데. 친구와의 우정은 늘 굳게 지켜야 하는 거잖아, 안 그래? 꿋꿋하게 말야."

"나 너 원망 안 해."

"그래도, 그래도 말이지."

당혹스럽게도 눈에 눈물이 맺히는 게 느껴졌다.

"야, 야, 왜 그래, 엠?"

"미안. 너무 많이 마셨나 봐…."

"이리 와라."

덱스터가 팔을 둘러 그녀를 안았다. 그의 얼굴이 그녀 목의 맨살 위에 닿으니 샴푸와 땀에 젖은 비단 냄새가 느껴졌다. 엠마가 그의 목에 숨을 내뿜으니 그의 애프터셰이브 로션과 땀과 알코올, 그의 윗도리 냄새가 느껴졌다. 둘은 한참을 그렇게 서 있었다. 이윽고 엠마가 숨을 가다듬고 말했다.

"내가 말해 주지. 그러니까, 내가 너 안 보는 동안, 매일 매일, 정말 날마다 난 네 생각을 했어. 이렇게든 혹은 저렇게든."

"나도 그랬어."

"비록 그게 '덱스터가 이걸 봤더라면'이거나 '덱스터는 지금 어디 있을까?', 혹은 '저런, 덱스터랑 똑같네, 정말 바보로군' 같은 거였더라도. 응, 내 말 알지? 그런데 오늘 여기서 널 보니까, 그래, 내 베프를 다시 찾았구나 싶었거든. 그런데, 결혼에, 아기에! 덱스, 나 너 때문에 정말 정말 행복해. 그런데 이상하게도 난 또 너를 잃어버린 것 같은 기분이 든다."

"잃어버려? 어떻게?"

"어떻게 될지 알잖아. 너한테 가족이 생기고, 네 책임감도 변화할 테고, 그러면서 사람들과 연락도 끊게 되고…."

"꼭 그런 건 아니지."

"아냐, 그런 일은 늘 일어나게 되어 있어. 내가 알아. 네 우선순위가 바

꿜 테고, 새 친구들도 잔뜩 생기겠지. 임산부용 강좌에서 곧 아이를 낳을, 그래서 서로의 처지를 이해하는 멋진 젊은 커플들도 만나고. 아니면 밤새도록 잠을 한 숨도 못 자서 녹초가 되거나….”

“실은, 전혀 애 안 먹이는 그런 아기를 낳을 거야. 그럼, 방에다 넣어 두기만 하면 되는 거지. 깡통따개 하나랑, 조그만 가스레인지 하나 주고서.”

엠마가 그의 가슴팍에다 대고 따뜻하게 웃었다. 그 순간 그는 깨달았다. 엠마 몰리를 웃음 짓게 하는 일보다 더 기분 좋은 일은 없구나.

“진짜?”

“반드시!”

그녀가 몸을 떼고 그를 찬찬히 살폈다.

“약속해? 다시는 사라지지 않는다고?”

“네가 안 그러면 나도 안 그럴 거야.”

둘의 입술이 닿았다. 둘 다 눈을 뜨고 입술을 잔뜩 오므린 채 꼼짝도 않았다. 그 찬란한 혼란의 순간이 길게 흘렀다.

“몇 시야?”

황급히 얼굴을 옆으로 돌려 떼내며 엠마가 물었다.

덱스터가 그의 소매를 올려 손목시계를 보았다. “곧 자정이네.”

“그래! 가야겠다.”

둘은 조용히 걸었다. 도대체 무슨 일이 일어난 건지, 앞으로 어떤 일이 일어날 건지, 혼란스러웠다. 두 번 구비를 돌자 미로의 출구였다. 문 밖에서 파티가 한창이었다. 엠마가 육중한 오크문을 열려고 하는데 덱스터가 그녀의 손을 잡았다.

“엠?”

"덱스?"

그는 엠마의 손을 꽉 쥐고 다시 미로 안으로 되돌아가고 싶었다.

전화기도 꺼버리고, 파티가 끝날 때까지 거기 머무르는 거다. 거기서 길을 잃은 채 대체 무슨 일이 일어났던 건지 죄다 얘기를 나누는 거다.

"다시 친구가 된 거지?" 그가 마침내 말했다.

"다시 친구!" 그녀가 그의 손을 놓았다. "자, 이제 가서 네 약혼녀 찾아보자. 그녀에게도 축하한다고 말해야지."

ch14
아빠가 된다는 것

2000년 7월 15일, 토요일

◦ 리치몬드, 서리, 잉글랜드 ◦

재스민 앨리슨 비올라 메이휴.

재스민이 태어난 날은 새 밀레니엄의 셋째 날이었다. 그녀는 그러니까 늘 이번 세기와 같은 나이로 자라게 되는 셈이다. 2.88킬로그램의 몸무게로 자그마하지만 건강하게 태어난 재스민은 덱스터가 보기에 형언할 수 없을 정도로 아름다웠다. 그는 이 아이를 위해서라면 자기 목숨도 바치겠다 싶었다. 물론 그런 일이 벌어질 리 없음 또한 확실하게 믿었다.

그날 밤 병원의 나지막한 합성수지 의자에 앉아 그 자그맣고 붉은 얼굴의 갓난아기를 안고서 덱스터는 엄숙하게 결심했다. 이젠 옳은 일만 하리라. 약간의 생물학적이고 생식적인 불가피함은 예외로 하고, 그의 모든 말과 행동은 이제 그의 딸의 눈과 귀에 맞추어져야만 했다. 재스민의 끊임없는 감시 아래에서 삶이 꾸려지게 되는 것이었다. 그녀에게 고통이나 근심, 당혹감을 불러일으킬 그 어떤 일도 그는 하지 않아야 했다. 이제 나의 인생에서 부끄러워할 일은 절대, 전혀 없으리라.

그의 그 엄숙한 약속은 95분쯤은 잘 지켜졌다. 그가 칸막이 화장실에 앉아 빈 생수 병에 담배연기를 뿜어 담을 때 찔끔 새어 나간 연기가 화재경보기를 울리기 전까지는 말이다. 덕분에 그의 기진맥진한 아내와 딸은 꿀맛 같은 잠에서 깨어나야 했다. 그가 누런 회색 연기로 가득 찬 플라스틱 병의 마개를 허겁지겁 채우며 화장실에서 끌려 나가는 동안, 그의 아내의 가늘게 뜬 지친 눈에는 그 모든 낙심이 담겨 있었다. 덱스터 메이휴가 그런 약속을 지킬 리가 없지.

두 사람의 사이는 덱스터가 직업도 없이, 직업을 가지리란 전망도 없이 새 밀레니엄을 맞이하면서 더욱 악화되었다. '스포츠 X트림'의 방송 시간은 무정하게도 새벽녘에 편성되어서, 아무도, 심지어 BMX 라이더들조차도, 평일 저녁 그 시간까지 잠을 안 자고 볼 수는 없게 만들었다. 그런 편성이 아무리 쩔고, 개달콤하며, 쿨한 빈티지라고 해도 아무 소용 없었다. 결국 그 시리즈는 무기력하게 종방을 맞았고, 말이 좋아 '출산 보조 휴가'이지, 좀 더 가감 없이 얘기하면 실직 상태가 되었던 것이다.

집을 옮기면서 잠깐 관심을 다른 데로 돌릴 수 있었다. 무척이나 반대했지만 결국 벨사이즈파크의 독신자용 아파트를 엄청난 월세로 세를 준 뒤 리치몬드의 깔끔한 테라스 하우스를 얻은 것이었다. 중개상의 말에 따르면 장래성이 아주 뛰어난 자산이라고 했다.

덱스터는 서리*로 이사하는 것은 서른다섯도 안 된 자신에겐 너무 고리타분하다는 이유로 반대했지만, 좋은 학교, 철도망, 공원에 뛰어노는 사슴 등 삶의 질 측면에서는 누가 봐도 재론의 여지가 없이 좋은 동네였

* 리치몬드는 서리 카운티의 중심 도시로서, 런던 남부 고급 교외 주택단지의 전형을 보여 주는 곳이다.

다. 그녀의 부모님 사는 곳도 가까웠고 쌍둥이는 거의 한동네나 다름없었다. 그래서 서리가 선택된 뒤 5월부터 그들은 모든 나무 표면을 사포로 문지르고 모든 비내력벽을 허무는, 길고도 돈 왕창 드는 일에 매달렸다. 마츠다 스포츠카도 처분했다. 그 희생의 대가로, 예전 가족의 집단 구토 냄새가 아무리 해도 지워지지 않는 다인승 미니밴 중고차를 장만했다.

메이휴 집안에게도 아주 뜻 깊은 해였지만, 덱스터로서는 이 둥지 만들기가 생각보다 그리 즐겁지 않았다. 그는 광고에 나오는 행복한 집들의 연장선 위에서 자신의 가족생활을 상상했다. 페인트 롤러를 든 파란 스웨터 차림의 멋진 젊은 커플들이, 골동품 같은 차탁에서 도자기 잔을 들고 커다랗고 푸근한 소파 위로 몸을 묻는 장면들을 떠올렸던 것이다. 탐스런 털을 가진 개를 공원에서 산보시키고, 고단하지만 웃음 가득한 얼굴로 오밤중에 보채는 아이를 먹이고… 등등을.

가까운 미래에 아이가 조금 자라면 같이 해변의 자연 풀장을 즐기고, 떠내려온 나무줄기들을 모아 바닷가에서 불을 지펴 고등어를 구울 것이었다. 그는 독창적인 게임을 개발하고 잡동사니들을 쌓아 둘 선반을 짜올릴 것이었다. 실비는 그의 낡은 셔츠만 입은 채 맨다리를 드러내고 다닐 터였다. 니트웨어. 그는 니트웨어를 여럿 입게 될 것이었고, 식솔들을 위해 돈을 벌 것이었다.

그러나 현실에서는 이런 모든 상상 대신 자욱한 석고가루의 미세 먼지 속에서 사소한 말다툼과 쩨쩨한 일들, 퉁퉁 부은 얼굴들만 가득했다. 실비가 부모님 댁에서 보내는 시간이 점점 더 많아졌다. 명목상으로는 건설업자들 보기 싫다는 게 이유였지만, 실제로는 맥없고 무능한 남편이 꼴 보기 싫어서였다. 가끔씩 그녀는 그들의 친구인 '가재 왕' 캘럼을 만나러 가서 그가 제안하는 일자리를 얻으라고 떠밀기도 했지만, 덱스터는 한사코 거절했다.

어쩌면 그의 진행자 경력에 다시 꽃이 피어날지도 몰랐다. 프로듀서로 일할 가능성도 늘 있었고, 아니면 카메라맨, 아니면 에디터로 일하지 말란 법도 없었다. 다만, 당분간은 건설업자들을 도우면서 일당 줄 거라도 좀 줄이자 싶은 마음에 차를 끓이고 비스킷을 사다 주고, 그들에게서 기본적인 폴란드말도 좀 배우고, 바닥 가는 기계가 뿜어내는 굉음을 배경 삼아 플레이스테이션 게임을 즐기고 했던 것뿐이었다.

한때 그는 텔레비전 산업에 몸담던 사람들이 늙으면 어떻게 되는 건지 궁금했었는데, 이제 그 답을 알 수 있었다. 수습 에디터나 카메라맨은 대개 스물네다섯이었으며, 그는 프로듀서 경험이 없었다. 그의 독립 프로덕션인 메이엄TV사는 기업이라기보다는 그가 아무 일도 안 한다는 것을 입증하는 알리바이에 더 가까웠다. 매년 돌아오는 납세 신고 기한이 되면 회계비용을 절약하기 위해 회사는 폐업 상태가 되었고, 멋지게 인쇄된 서식용지 스무 덩이는 안타깝게도 다락방에 처박아 두어야 했다.

그나마 좋아진 일 하나는 엠마와 다시 어울리게 되었다는 사실이었다. 예르지와 레흐한테서 시멘트 풀 개는 법을 배워야 할 시간에 살짝 빠져나가 엠마와 영화 구경을 하곤 하는 식이었다. 하지만 화요일 오후에 극장을 나와 훤한 햇볕을 다시 마주할 때의 그 처연한 느낌은 점점 견디기가 어려웠다. 완벽한 아빠가 되겠다던 그의 서약은 어떡한단 말인가? 그에게는 책임져야 할 일들이 많았다. 6월 초, 그는 마침내 마음을 접고 캘럼 오닐을 만나러 갔고, '내추럴 스터프' 체인의 일원이 되었다.

그리하여 이번 세인트스위딘스데이에 덱스터 메이휴는 누르죽죽한 색의 반소매 셔츠에 버섯색 타이를 매고서, 새로 개점한 빅토리아 스테이션 지점으로 보낼 엄청난 양의 하루 분 로켓샐러드용 야채 배달을 감독하고 있었다. 그는 운전사가 클립보드를 들고 옆에 서 있는 동안 박스 숫자를 헤아렸다. 운전사가 쏘아보는 시선이 뜨거웠던지라, 덱스터는 곧 무슨 말이 나올지 짐작되었다.

"옛날에 텔레비전에 나왔었죠?"

저거 봐, 저거 봐….

"저 먼 옛날에요." 그가 희미하게 대답했다.

"이름이 뭐였더라? 라기닛인가 뭐 그런 거였는데."

찾아볼 생각 마라.

"그런 것도 있었죠. 자, 영수증에다 사인해요, 아니면?"

"그리고 당신 수키 메도우즈랑 데이트도 했죠?"

웃자, 웃자, 웃어.

"말했죠, 아주 먼 옛날 얘기라고. 박스가 보자, 하나, 둘, 셋—"

"그 여자는 요즘도 잘 나가잖아요. 그죠?"

"여섯, 일곱, 여덟—"

"정말 끝내주는 여자지."

"멋진 여자죠. 아홉, 열."

"그땐 어땠어요, 그 여자랑 같이 놀던 때?"

"시끄러웠죠."

"그런데… 당신은 어쩌다 이렇게?"

"사는 게, 뭐, 다 그렇죠." 그가 그의 클립보드를 받아들었다. "여기다 사인하는 거 맞죠?"

"맞아요. 거기다 사인해요."

덱스터는 송장에 서명을 하고 맨 위 박스에다 손을 올려 로켓 한 줌을 쥐고서 얼마나 신선한지 맛을 보았다. '예전엔 양상추, 요즘은 로켓'이 캘럼의 지론이었지만, 덱스터는 그 맛이 쓰기만 했다.

내츄럴 스터프의 본사는 클러큰웰의 한 창고형 건물이었다. 아주 산뜻하고 깔끔하며 모던한 그곳에는 주서기와 빈백, 유니섹스 화장실, 초고속인터넷, 핀볼게임기 등이 갖춰져 있었다. 벽에는 거대한 앤디 워홀풍의 암소, 병아리, 민물가재 그림 캔버스가 걸려 있었다. 사무공간이면서 동시에 틴에이저의 침실 같기도 한 그곳을 건축가는 사무실이 아니라 소문자로 헬베티카의 '드림스페이스'라고 이름 붙였다.

하지만 이 드림스페이스로 들어가기 전에 일의 요령을 배워야만 한다는 게 캘럼의 생각이었다. 모든 관리자들은 손이 지저분해야 한다는 것이었는데, 그에 따라 덱스터는 한 달 동안 수습직원의 신분으로 최근에 개척한 제국의 새 영토를 돌보는 '보이지 않는 매니저'로 일했다. 지난 3주 동안 그는 주서기를 청소했고, 머리덮개를 쓰고 샌드위치를 만들었으며, 커피를 갈고, 고객들에게 서빙까지 했다. 그런데 스스로도 놀랐듯이 그 모든 게 그럭저럭 무난하게 굴러갔다. 알고 보니 바로 이런 것들이었다. 비즈니스는 사람이라는, 캘럼이 즐겨 얘기하는 말의 뜻이.

그런데 문제는 사람들이 자꾸 알아본다는 것이었다. 전직 TV진행자가 자기들 먹을 수프 내오는 것을 보고서 손님들 얼굴에 스치던 그 안됐다는 시선들. 특히 그의 또래인 30대 중반 고객들은 최악이었다. 아무리 찔끔이더라도 유명했었다는 것, 이제는 그 유명함을 잃고 나이 든다는 것, 또 약간 살이 찐다는 건 산 채로 죽음을 맛보는 것 같았다. 계산대 뒤의 덱스터를 쏘아보는 그들의 눈길은, 사슬에 묶여 길게 끌려가는 죄수들을 쏘아보는 시선과 같았다.

"실제로 보니 키가 작아 보이네요." 그렇게 말하는 사람들도 있었다. 그건 사실이었다. 그는 훨씬 작아진 느낌이었다.

"그래도 괜찮아요." 인도풍 렌즈콩 수프를 국자로 떠주며 그는 그렇게 말하고 싶었다. "전 괜찮아요. 아주 평화로워요. 전 여기가 좋고, 그리고 잠시 있는 것뿐이에요. 새 비즈니스를 배우는 중인 거죠. 가족들 거둬야 하니까요. 빵도 같이 드실래요? 홀밀 아님 멀티그레인, 어떤 빵으로 드려요?"

내츄럴 스터프의 아침 근무조는 새벽 여섯 시 반부터 오후 네 시 반까지 일했다. 정산을 마치고 그는 토요일 쇼핑객들에 묻혀 리치몬드 행 기차를 탔다. 역을 나와 빅토리아 왕조풍의 집들이 늘어선 길을 한참 걸어야 했다. 밖에서 보아 조그마해 보이는 그 집들은 안쪽의 마당이 대개 어마어마하게 크고 넓었다. 그렇게 지겹게 20분을 걸으면 '더 하우스 오브 콜릭', 그의 집이었다.

정원의 오솔길(내게 오솔길 딸린 정원이 있다니, 세상에 이럴 수가!)을 걸어가는데 예르지와 레흐가 대문을 닫고 있었다. 친근한 어투의 가벼운 코크니 악센트로 말을 걸었다. 비록 폴란드인들이더라도 건설업자들에게 얘기할 땐 반드시 코크니 악센트를 써야 말이 통했다.

"체크! 약 셰 마쉬?"*

"안녕, 덱스터." 레흐가 너그러운 웃음을 머금고 대답했다.

"메이휴 여사, 안에 계신가?"

* Czec! Jak Sie Masz? '여보게들, 잘 있었나?'라는 뜻의 폴란드어.

이렇게 호칭을 바꿔야 하다니, 이런 게 법이라니.

"네, 안에 있어요."

그가 목소리를 낮췄다. "오늘은, 둘이 어땠는데?"

"약간… 피곤했을 것 같은데요."

덱스터가 얼굴을 구기며 과장된 몸짓으로 숨을 훕 들이켰다.

"그래? 내가 염려해야 할 만큼?"

"조금은, 아마도."

"여기." 덱스터가 안주머니를 뒤적이더니 두 개의 밀수품을 꺼냈다. 내츄럴 스터프 꿀-다테-오트 바였다.

"회사서 훔쳐 왔소. 아무한테도 말하면 안 돼, 알죠?"

"그럼요, 덱스터."

"도 비제냐."*

그는 현관으로 계단을 올라가 열쇠를 꺼냈다. 집 안 어딘가에서 누군가가 울고 있을 확률이 아주 높았다. 어떨 때는 둘이서 순번을 짜서 서로 돌아가며 우는 거 아닌가 싶기도 했다.

재스민 앨리슨 비올라 메이휴가 현관에서 기다리고 있었다. 재스민은 새로 깐 마루판을 보호하느라 깔아 둔 비닐 덮개 위에 흐트러진 자세로 앉아 있었다. 자그맣고 깔끔한 재스민의 이목구비가 갸름한 타원형 얼굴 한복판에 완벽에 가깝게 자리 잡고 있었다. 그렇게 그녀는 엄마의 축소판이었고, 덱스터는 다시 한 번 강렬한 사랑의 감정이 비굴한 공포심 탓에 한풀 꺾이는 걸 느꼈다.

"헬로, 재즈. 미안, 아빠가 늦었네." 덱스터는 양손으로 아이의 배 부분을 움켜쥐고 머리 위로 번쩍 들어 올렸다. "오늘 하루는 어떻게 보내

* Do widzenia. '잘 가'라는 뜻의 폴란드어.

셨는가, 재즈?"

거실에서 목소리가 들려왔다. "애를 그렇게 부르지 않았으면 좋겠어. 걔는 재스민이야, 재즈가 아니라." 실비가 먼지덮개를 씌운 소파에 드러누운 채 잡지를 보고 있었다. "재즈 메이휴라니, 끔찍해. 무슨 레즈비언 펑크 밴드의 색소폰 연주자처럼 들리잖아. 재즈라니…."

그는 딸을 어깨 위에 척 걸치고서 현관 복도에 서 있었다.

"당신이 애를 재스민이라고 이름 붙였으니, 애가 재즈라고 불리게 되는 거지."

"내가 이름 지었나? 우리가 지었지! 그리고 나도 그렇게 부를 줄은 알았어. 그래도 그게 싫다는 말이잖아."

"알았어. 내가 딸한테 얘기하는 방법을 아예 확 바꾼다 바꿔."

"좋아. 그럼 좋겠네."

그는 소파 끄트머리에 서서 쇼 하듯 손목시계를 보았다. '세계신기록이군! 집에 돌아온 지 겨우 45초 지났는데, 난 벌써 잘못을 저질렀어.' 자기 연민과 적대감이 잘 섞인 그 표현이 그는 맘에 들었다. 그래서 크게 그 말을 내뱉으려는데, 무릎을 감싸고 앉아 있던 실비가 젖은 눈으로 얼굴을 찌푸리며 말했다.

"미안해, 자기. 너무 힘든 하루였어."

"왜? 무슨 일이야?"

"애가 한숨도 안 자잖아. 하루 종일 깨 있었어. 새벽 다섯 시부터 잠시도 안 쉬고."

덱스터가 한쪽 주먹을 엉덩이에 올리며 말했다. "그러니까, 자기야. 애한테는 디카페인 커피를 주랬잖아, 내가…." 이런 식의 익살은 덱스터가 하면 그리 자연스럽지를 않았다. 실비도 웃지 않았다.

"애가 계속 울고 낑낑대고, 하루 종일 말야. 밖은 덥고 안은 지루하고, 예르지랑 레흐는 계속 꽝꽝대고. 몰라, 그냥 너무 힘들었어."

덱스터가 실비 옆에 앉으며 팔을 둘러 그녀를 안고는 이마에 키스했다.

"맹세하건대 내가 저 썩을 공원으로 또 산보를 가야 한다면 난 죽어라 비명을 지를 거야."

"이제 그럴 일 별로 없어."

"호수 한 바퀴 돌고, 또 한 바퀴 더 돌고, 그네 타는 데로 갔다가, 다시 호수를 돌았어. 오늘의 하이라이트가 뭔지 알아? 난 기저귀가 다 떨어진 줄 알았어. 웨이트로즈 슈퍼에 가서 기저귀 사야겠다 그랬지. 그런데 찾은 거야, 기저귀를. 네 개나 찾았어. 그랬더니 정말 흥분되더라."

"다음 달이면 출근도 할 거잖아."

"맙소사." 그녀가 졸도하듯 쓰러졌다. 그녀의 머리가 그의 어깨를 눌렀고, 입에서는 한숨이 터져 나왔다. "아무래도 오늘밤엔 안 나가는 게 좋겠어."

"무슨 소리야. 가야지! 몇 주 동안 오늘을 그렇게 기다려 놓고선."

"정말 그럴 기분이 아냐. 처녀파티 같은 거 즐기기엔 난 너무 늙었어."

"말도 안 되는 소리."

"게다가 걱정스럽고."

"뭐가 걱정인데? 내가?"

"당신 혼자 남겨 두고 가는 게."

"이봐, 나 서른다섯 살이야, 실비. 혼자 잘살기도 했었고. 그리고, 왜 나 혼자야? 재즈가 날 돌봐줄 거야. 우리 둘 다 멀쩡할 테니까 걱정 마. 그렇지, 재즈? 민. 재스민."

"정말?"

"물론이지."

이 여자 나를 못 믿는군, 그는 그렇게 생각했다. 내가 술 마실 거라고 생각하는 거야. 안 마실 거야. 안 마실 거라고.

이번 처녀파티의 주인공은 레이첼이었다. 실비의 여자친구들 중 제일 비썩 마르고 제일 성질 더러운 여자였다. 어느 호텔 스위트를 빌려 자고 논다는 건데, 그들이 원하는 인물로 고를 수 있는 미남 칵테일 웨이터까지 한 명 딸려 있다고 했다. 리무진을 타고 레스토랑으로, 나이트클럽으로, 다음날 브런치 먹는 데까지 다니는 일정을 짜느라 여러 통의 '이것도 하자, 저것도 준비하고' 식의 이메일을 주고받은 터였다.

덱스터는 왜 저럴까 싶었다. 즉흥적인 게 더 재밌을 텐데. 아무튼 실비는 다음날 오후까지 집을 비우는 것이었고, 최초로 덱스터 혼자 밤새 애를 봐야 했다. 실비는 화장실에 서서 화장을 하며 덱스터가 무릎을 꿇고서 재스민 목욕시키는 모습을 지켜봤다.

"애는 여덟 시에 재워, 알았지? 40분 있다가."

"알았어."

"유동식 넉넉하니까 자주 먹이고. 베지스 갈아 놨거든."

실비가 야채를 '베지스'라고 발음하는 건 늘 그의 귀에 거슬렸다.

"냉장고에 베지스가 많다. 잘 알겠습니다."

"애가 그거 싫어하면, 찬장에 깡통 유동식도 있어. 하지만 그건 오로지 비상시에만 써."

"감자튀김은 어때? 재스민한테 감자튀김 줘도 되지, 응? 소금은 잘 털어내고서 말야."

실비가 혀를 끌끌 차며 머리를 가로저은 다음 립스틱을 발랐다.

"머리 잘 받쳐 줘."

"소금 땅콩은? 다 자랐으니까, 그 정도는 괜찮지? 조그만 그릇에다 듬뿍 담아 주지 뭐."

그는 혹시나 그녀가 웃지 않을까 기대하며 고개를 돌려 그녀를 쳐다보았다. 그러다 덱스터는 깜짝 놀랐다. 그런 일이 자주 있었다. 그녀가 너무 아름다워 보였다. 짧은 검정 드레스에 하이힐 차림은 수수하고도 우아했다. 막 샤워를 마친 뒤라 머리칼은 아직도 촉촉했다. 그는 재스민을 목욕시키다 말고 한 팔을 뻗어 그녀의 구릿빛 종아리를 쓰다듬었다.

"당신 정말 끝내준다!"

"젖은 손으로 왜 그래."

그녀가 몸을 틀었다. 두 사람이 섹스를 안 한 지 벌써 6주째였다. 출산 후에 그녀가 더 냉담해지고 민감해지리라는 것은 그도 짐작했던 바였다. 하지만 그건 벌써 오랜 옛일인데, 그런데도 그녀가 덱스터를 바라보는 시선에는, 음, 아냐 경멸이 아니라, 음….

"당신이 오늘밤에 돌아오면 좋겠다." 그가 말했다.

…실망, 그렇다, 그녀의 시선에는 실망이 깃들어 있었다.

"재스민 잘 봐. 머리 받쳐 주라니까."

"알아, 안다고!" 그가 쏘아붙였다. "제발!"

저것 봐, 또 저런 눈빛이군. 실비가 만약 영수증을 받아 뒀더라면 지금쯤은 벌써 그를 반품하고 환불받았을 것임엔 의심의 여지가 없었다. 이건 완전 아니야. 내가 원했던 건 이런 게 아니라고.

문에서 벨이 울렸다.

"택시 왔다. 비상 상황이 생기면, 내 휴대전화로 전화해. 호텔로 하지 말고. 알았지?" 그러면서 그녀는 몸을 숙여 덱스터의 머리에 입을 맞추고, 다시 욕조 안으로 더 숙여서 두 번째로 딸에게 한결 호감 어린 키스를 건넸다. “잘 자, 내 보물. 나 대신 아빠 잘 돌봐줘.”

재스민이 얼굴을 찡그리며 입술을 실룩거렸다. 엄마가 화장실을 나서는 모습을 지켜보는 재스민의 눈에 두려움에 질린 기색이 확 일어났다. 덱스터는 그걸 쳐다보며 웃었다. “엄마, 어디 가?” 덱스터가 속삭였다. “날 이 멍청이랑 남겨 두면 어떡해!” 아래층에서 현관문 닫히는 소리가 들렸다. 실비는 갔고, 혼자 남은 그는 드디어 온갖 멍청이 짓을 맘껏 할 수 있게 된 것이었다.

모든 일의 발단은 부엌의 텔레비전이었다. 식탁용 높은 의자에 아이를 앉히고 어깨끈을 두르려고 끙끙대는 사이에 재스민은 벌써 비명을 지르기 시작했다. 실비한테도 이러겠구나 싶었다. 그런데 몸을 비트는 힘이나 질러대는 소리의 크기가 점점 커졌다. 별 이유가 없어 보이는데도 애는 놀라운 힘으로 몸부림을 쳤다.

덱스터는 문득 생각에 잠겼다. ‘말을 해, 말을, 응?’ 빌어먹을 말을 좀 배워서 내가 뭘 잘못한 건지 말해 주면 안 되겠니? 얼마나 지나야 넌 말을 할 거니? 1년? 8개월? 미치겠네. 이건 말도 안 되는 디자인 에러야. 말이 제일 필요한 저맘 때에 말 익히기를 단호히 거부하다니. 저런 조무래기들은 말을 해야 하는 거다. 주고받는 대화가 아니라, 멋진 말재간이 아니라, 그저 간단한 실용적 정보만 전달하면 되잖아. ‘아빠 가스가 꽉 찼어. 가스센터가 너무 잘 돌아가서 미치겠다고. 그게 불쾌해서 우는 거란 말야.’

마침내 그녀를 앉혔다. 이제 재스민은 비명을 지르다가 애처롭게 울다가를 반복했다. 틈을 봐서 입에다 먹을 걸 떠넣으며, 이따금씩 숟가락 가장자리로 입가의 지저분한 퓨레를 걷어냈다. 마치 애를 면도시키는 기분이었다. 재스민을 조금이라도 진정시켰으면 싶어서 그는 부엌의 조그만 이동식 텔레비전을 켰다. 실비 같으면 절대 못하게 했을 것이었다.

토요일 황금시간대여서 텔레비전에서는 수키 메도우즈의 요란한 복권 추첨 생방송이 한창이었다. 치사하게도 질투가 일어 뱃속이 뒤틀리는 것 같았다. 그는 혀를 차고 머리를 흔들며 채널을 바꾸려고 했다. 그런데 재스민이 잠잠한 게 아닌가. 큰 소리로 "와히!"를 외쳐대는 덱스터의 옛 애인에 완전 넋을 잃은 것이었다.

"봐라, 재스민. 저 여자가 아빠의 옛날 여자친구야! 정말 시끄럽지? 정말 무지하게 시끄러운 여자지?"

수키는 이제 갑부였고, 여전히 기운 넘치게 명랑하고 유명하며 대중들의 사랑을 받았다. 비록 두 사람 사이에 이제 아무 일도 없었지만, 그는 옛 여친을 보며 향수에 빠져들었다. 그의 20대 후반, 자신의 사진이 신문에 실리던 그 시절이 문득 그리웠다.

수키는 오늘밤 뭘 할까? 그는 궁금했다. "어쩌면 아빠가 저 수키랑 딱 붙어 지냈어야 했던 건지도 모르겠다." 그는 배신의 말을 크게 내뱉었다. 검정 택시를 타고 다니던 밤과 칵테일 라운지, 호텔 바와 철도 아치 등이 떠올랐다. 저때는, 머리덮개를 쓰고 지중해식 샌드위치의 속을 채우며 토요일을 보내진 않았는데….

재스민이 다시 울기 시작했다. 어떡하다 고구마를 눈에 넣은 걸까? 덱스터는 얼른 그걸 닦아내며 담배가 없어서는 안 되겠구나 싶었다. 안 될 게 뭔가? 고된 하루의 끝에 스스로에게도 뭔가 상을 줘야지? 일을 마치고 오면 등골이 쑤셨고, 엄지 끝엔 파란 테이프가 덕지덕지했다. 손가락에선 가재랑 낡은 커피 냄새가 진동했다. 그래, 상을 주는 거다. 난 니코틴 선물이 필요해.

2분 후 그는 아기 캐리어를 둘러쓰기 시작했다. 딸깍딸깍 고리를 채우니 '그래 할 수 있어'라는 찌질한 마초의 쾌감마저 느껴지는 게, 마치 개인용 제트추진기라도 짊어지는 기분이었다. 그는 우는 재스민을 캐리어 앞쪽으로 밀어 넣고서는, 뚜렷한 목적의식 아래 그 길고 따분한 가로수 길을 따라 그 지루하기 짝이 없는 쇼핑 아케이드로 향했다.

내가 어쩌다 여기까지 왔나? 토요일 저녁에 서리의 쇼핑 아케이드를 어슬렁대다니. 거긴 제대로 된 리치몬드도 아니었다. 교외에서도 또 교외였던 것이다. 다시 수키 생각이 났다. 도심 어디선가 그녀의 멋쟁이 친구들과 함께 즐기고 있을 그녀가. 재스민이 잠들면 전화라도 해볼까, 그냥 걸었다며. 한잔 마시고 옛 여친에게 전화한다? 안 될 거 없지.

주류 판매점의 문을 밀 때는 가슴이 설레어 얼얼할 정도였다. 들어서자마자 어마어마한 규모로 진열된 술병들이 그를 압도했다. 실비가 임신한 이후 집에는 아예 술을 들여놓지도 못하게 했다. 아무렇지도 않게 술 마시던 나날은 그렇게 끝이 났다.

"당신 혼자 술 마시고 취하는 동안 난 혼자 소파에 앉아 화요일 밤을 보내는 게 너무 지긋지긋해."

그 말에 자극을 받아 그는 술을 끊었다. 음, 거의 끊었다. 자, 그런데 지금 그는 술 가게에 서 있다. 이렇게 멋진 것들이 가득 차 있는데, 그 맛을 안 본다는 건 웃기는 일이 아닌가. 위스키나 맥주, 희고 붉은 포도주, 그 모든 걸 둘러본 뒤, 그는 그래도 조심한답시고 근사한 보르도 포도주 두 병과 20개들이 담배를 샀다. 그리곤, 또 안 될 거 없다는 심정으로, 태국 포장음식점으로 갔다.

곧 해가 저물었고, 재스민은 그의 품에 대롱대롱 매달린 채 잠이 들었다. 그는 산뜻한 거리를 따라, 공사가 끝나면 한결 근사해 보일 깔끔하고 작은 집으로 부지런히 걸었다. 잠이 든 아기를 캐리어에 그대로 매단 채 그는 부엌으로 갔다. 물건 봉투를 양팔로 껴안은 엉거주춤한 자세가 꼭 발레 무용수 같았다. 그는 무슨 의식이라도 거행하듯 채워진 술잔을 한참 지켜본 뒤 꿀꺽 삼키고서는 생각했다. 이렇게 맛있지 않으면 술 끊기가 훨씬 쉬울 텐데.

그는 눈을 감고 싱크대 꼭대기에 몸을 기댔다. 긴장했던 어깨가 풀리는 게 느껴졌다. 한때 그는 기분을 끌어올리고 힘을 북돋우기 위해 알코올을 흥분제로 쓰기도 했다. 하지만 이제 그에게 술은 모든 아빠 엄마들에게 그렇듯이 초저녁의 진정제 같은 것이었다. 차분해지는 걸 느끼며 그는 잠든 재스민을 가슴에서 벗겨내 소파의 조그만 쿠션 위에다 눕히고 나서 조그만 교외형 후원으로 나갔다. 동그란 회전식 빨랫줄이 하나 서 있었고, 그 주위에 목재 더미와 시멘트 포대들이 널려 있었다.

그는 빈 아기 캐리어를 벗지 않고 내버려 두었다. 캐리어가 어깨에 거는 권총집 같다는 생각을 하자, 그는 자신이 비번 날을 맞아 서리까지 와서 아동보호 아르바이트를 하고 있는, 지치고 낭만적인, 침울하면서도 위험한 강력계 형사 같다고 생각했다. 그런 형사에게는 담배가 없을 수 없었다.

2주 만에 처음 피는 담배였다. 그는 경건하게 불을 붙였고, 그 매끄러운 첫 모금을 음미했다. 어찌나 세게 빨았던지 타닥타닥 타들어가는 소리가 실제로 들렸다. 나뭇잎이 타고 기름이 타니, 거기선 1995년 맛이 났다.

그의 머릿속에서 일 생각이 서서히 사라졌다. 길쭉한 팔라펠 샌드위치와 네모난 오트초콜릿도 지워졌다. 그 빈자리에서 이 밤의 희망이 생겨났다. 그 평화로운 무기력함, 아마 그것이 바로 지친 아빠들의 열반지경이 아니겠는가. 그는 담배꽁초를 모래더미에 구겨 넣은 뒤, 재스민을 도로 안고 조용히 계단을 올라갔다. 아기 방에 들어가서는 우선 블라인드를 끝까지 내렸다. 금고털이 고수처럼 이제 그는 애를 깨우지 않고 귀신같이 기저귀를 갈아 채우기로 했다.

그러나 그가 재스민을 매트 위에 눕히자마자 아이는 눈을 번쩍 뜨고 울기 시작했다. 지독하게 귀에 거슬리는 울음소리였다. 입으로만 숨을 쉬며 그는 최대한 서둘러 기저귀를 갈았다. 육아에 대한 긍정적 의견들 중 하나는 "애기 응가는 아무 해도 없다, 응가나 쉬야는 더러운 게 아니고, 비록 재밌지는 않더라도 적어도 독은 없다"라는 거였다. 그의 누나는 그 응가가 너무 향기롭고 순수해 "토스터기로 구워먹을 수도 있을 정도"라는 주장까지 펼쳤다.

아무리 그래도, 손톱 아래 애기 응가가 끼어 있기를 바라는 사람이 누가 있으랴. 그리고 유동식과 딱딱한 걸 먹기 시작한 뒤로 그건 확실히 어른스러운 모양을 띠었다. 재스민의 응가는 꼭 조그만 땅콩버터 한 통을 엎질러 놓은 것 같았는데, 어찌된 영문인지 아이의 등에까지 엉망으로 밀려 올라가 있었다. 빈속에 마신 포도주 탓에 정신이 혼미해지는 가운데 덱스터는 그걸 닦아내느라 물티슈 반 통쯤을 집중 투입했다. 그게 떨어지자 다 쓴 지하철 표로도 긁어내야 했다.

아직도 미지근한 똥덩어리를 그는 화학약품 냄새가 나는 기저귀 봉투에 넣어 쓰레기통의 페달을 밟아 집어넣었다. 쓰레기통 뚜껑에 물방울이 맺혀 있는 걸 보니 속이 느글거렸다. 재스민은 그 동안 내내 울었다. 덱스터는 드디어 깨끗해진 아이를 들어 올려 어깨에 기대고서 뒤꿈치를 들었다 놨다 하며 아기를 달랬다. 종아리가 욱신욱신거릴 때쯤 되어서 재스민은 기적적으로 다시 잠잠해졌다.

그는 아기침대로 가서 재스민을 내려놓았다. 아이가 다시 비명을 질렸다. 덱스터가 얼른 들어 올리니 또 잠잠해졌고, 내려놓으니 다시 울었다. 패턴은 분명했다. 하지만 그건 불합리했다. 누가 봐도 잘못된 것이었다. 그가 포장해 온 춘권은 식어 가고, 포도주 병은 열린 채로 그를 기다리고, 이 조그만 방은 뜨거운 똥 냄새로 흥건한데, 재즈, 너무하는구나. '무조건적 사랑'이란 말을 자주 쓰긴 했지만, 오늘밤 덱스터는 재즈에게 약간의 조건을 내걸어야겠다고 느꼈다.

"잘 들어, 재즈. 공정하게 하자, 응, 착하지. 아빤 다섯 시부터 일어나 일했어. 알지?"

재스민이 다시 조용해졌다. 목에 와닿는 아기의 숨결이 따끈했다. 그는 다시 아이를 내려놓기로 결심했다. 웃기는 림보댄서처럼 아주 천천히 눈에 띄지도 않을 만큼의 속도로 수직을 수평으로 옮겨 놓는 작업이었다. 그는 아직도 마초처럼 아기 캐리어를 둘러메고 있었다. 이제 그는 자신이 폭탄 분해 전문가처럼 생각되었다. 조심, 조심, 조심….

재스민이 다시 울기 시작했다.

그는 무시하고 문을 닫고 나와 아래층으로 내려와 버렸다. 단호해져야 해. 엄격하게 하라고, 책에 그렇게 쓰여 있었지. 재스민이 얘기를 할 줄 안다면 뭔가 설명을 해줄 텐데. 재스민, 너나 나나 모두 자기만의 시간을 가져야 해. 텔레비전 앞에서 음식을 펼쳐 놓고 먹었지만, 악을 쓰며 우는 애를 무시하는 건 생각만큼 쉽지 않았다.

'통제된 울음' 얘기들을 하지만, 그는 통제력을 잃고 울고 싶어졌다. 그러자 아내에 대해 빅토리아 시대 사내처럼 분통을 터뜨리고 싶어졌다. 애를 아빠한테 맡기다니, 정말 무책임한 갈보 년이 아닌가? 어떻게 감히? 텔레비전을 켜고 포도주를 더 따르려고 갔는데, 놀랍게도 이미 빈 병이었다.

걱정할 건 없나니, 세상 모든 육아문제는 우유만 타서 던져 주면 풀리는 일 아니던가. 그는 유동식을 좀 더 만들어서 계단을 올라갔다. 머리가 약간 몽롱했고, 귓속에선 맥박이 전화벨처럼 울려댔다. 그가 우유병을 손에 쥐어 주자 재스민의 찌푸렸던 조그만 얼굴이 금세 부드러워졌다. 앗, 뚜껑 닫는 걸 깜박했구나!

제법 따뜻한 분유가 왈칵 쏟아지면서 침대보와 매트리스를 적셨고, 재스민의 눈을 덮치고 코로 파고들었다. 아이는 격렬하게 울부짖었다. 그건 거의 살려 달라는 비명이었다. 그럴 만도 했다. 아빠란 인간이 몰래 애 방에 들어와 300밀리리터의 뜨거운 우유를 애 얼굴에다 쏟아부은 꼴 아닌가.

깜짝 놀란 그는 애를 번쩍 들어올리고서 빨아서 쌓아 둔 옷더미에서 예쁜 캐시미어 카디건을 덥석 쥐고 재스민의 머리와 눈에 엉겨 흐르는 분유를 닦아냈다. 계속 애한테 키스하며, 스스로를 저주하며 — '바보 멍청이 등신 미안 미안 미안' — 다른 손으로는 유동식으로 흠뻑 젖은 침대와 아이의 옷, 기저귀를 황급히 갈았다. 그 모든 것들이 한 덩어리가 되어 바닥에 마구 던져졌다. 지금은 애가 말을 못하는 게 다행이다 싶었다. "꼴 좋네, 멍청이 양반. 애 하나 제대로 못 보다니." 그러지 않겠는가. 재스민을 안은 채 아래층으로 가 한 손으로 다시 분유를 탄 그는 위층 어두워진 방 안으로 돌아와 꼭지를 물렸다. 분유를 빨던 아이가 그의 어깨에 기대 조용히 잠이 들었다.

덱스터는 문을 닫고 살금살금 나무 계단을 내려왔다. 자기 집 안에서 도둑처럼 굴고 있는 자신이 우스웠다. 부엌에서는 두 번째 포도주 병이 그를 기다리고 있었다. 그는 또 한 잔을 따랐다.

벌써 열 시였다. 그는 텔레비전을 켰다. '빅 브라더'라는 프로그램이 한창이었다. 하지만 그는 도대체 자기가 보고 있는 게 뭔지 이해할 수가 없었고, 마치 심술궂은 노인네처럼 텔레비전 산업의 현주소에 대한 구세대의 반감을 마구 드러냈다.

"저게 뭐야!" 그는 크게 말했다. 그는 음악을 틀었다. 자기 집을 유럽의 어느 부티크 호텔 로비처럼 느껴지게 만들 법한 곡들을 모은 CD였다. 실비가 남긴 잡지를 읽으려고 했지만 그마저도 그의 취향을 넘어서 있었다. 그는 게임 콘솔을 연결했다. 하지만 '메탈 기어 솔리드'도, '퀘이크'나 '둠'도, 심지어 '툼 레이더' 최상급 레벨을 해도 그의 맘은 평화로워지지 않았다.

그의 곁에는 그냥 고함 지르고 낑낑대다 자버리는 아이가 아니라, 말이 통하는 어른 동반자가 필요했다. 덱스터가 전화기를 들었을 때, 그는 이미 취해 있었다. 그 취기 덕택에 익숙한 충동이 고개를 들었다. 그래, 매력적인 여자에게 휜소리를 하는 거다!

스테파니 쇼오는 모유착유기를 새로 샀다. 핀란드산 최고급 제품이었다. 티셔츠 밑에서 그 조그만 노출 모터 같은 게 윙윙거리며 제 할 일을 했다. 그들은 소파에 모여 앉아 '빅 브라더'를 함께 보려고 용을 쓰는 중이었다.

엠마는 오늘밤이 틀림없이 디너파티라고 들었다. 하지만 화이트채플까지 와보니 스테파니와 애덤은 이렇게 말했다.

"우리 너무 힘들어서 꼼짝도 못하겠다. 좀 봐주라, 응?"

그래서 대신 그들은 착유기가 윙윙 돌아가는 가운데 텔레비전 앞에 주저앉아 수다를 떨었다. 거실은 아연 소젖 짜는 외양간 분위기였다. 대모님의 인생에 또 하나의 대단한 밤이 기록되는 것이었다.

엠마가 제발 그만 들었으면 하는 대화가 있었으니, 그건 모두 아이들에 관한 거였다. 처음 얼마간은 제법 신기했다. 그리고 물론 친구들의 얼굴이 잘 섞여 하나로 만들어진 그 미니어처들을 보는 게 흥미롭게 재미있고 가슴 찡하기도 했다. 또 다른 이들의 기쁨을 지켜보는 데서 오는 기쁨도 틀림없이 있었다.

하지만 그 기쁨이 그리 크지는 않았다. 이번 해만 해도 그녀가 집을 나설 때마다 새로운 신생아의 얼굴이 불쑥불쑥 튀어 올라오는 듯한 느낌이었다. 벽돌 한 장 크기의 휴가 사진 더미를 내놓을 때도 마찬가지로 처참한 기분이었다. '너희들 진짜 멋진 시간을 보냈구나. 그런데 내가 왜 봐야 하니?' 그럴 때 쓸 용도로 엠마는 이야기에 푹 빠진 듯한 표정 하나를 계발해 썼다. 애 낳는 게 얼마나 힘들었는지, 어떤 약을 썼는지, 결국 자포자기의 심정으로 마취제를 썼는지 어쨌는지, 그 고통과 기쁨을 친구들이 구구절절 늘어놓을 때, 엠마의 그 표정은 딱 제격이었다.

그렇지만 분만 혹은 부모 되기의 기적은 아무래도 타인에게 고스란히 전달될 수는 없는 것이었다. 엠마는 아기 때문에 밤잠을 설치는 고통을 더 듣고 싶지 않았다. 아니, 그들도 이미 그렇다는 소리는 다 들었지 않나? 아기의 미소에 대해 한마디 하는 것도 지겨웠고, 혹은 처음에는 엄마같이 보이더니 이제는 아빠같아 보인다느니, 아니면 아빠처럼 생긴 줄 알았던 애가 어느새 엄마의 입 모양을 하고 있다느니 하는 소리들도 견디기가 힘들었다. 또 애기 손 크기에는 왜 다들 그리도 집착하는지. 이 작고 앙증맞은 손에 저 작디작은 손톱이라니. 실은 애 손이 큰 경우라야 얘깃거리가 되는 거 아닌가? "애 손이 큼지막하고 우람한 게 축 늘어졌네요!" 바로 그런 게 얘기할 가치가 있는 거지.

"나 잘래." 스테파니의 남편 애덤이 팔걸이의자에서 주먹으로 머리를 받치고 말했다.

"난 그만 갈 게." 엠마가 말했다.

"아냐. 좀 더 있어." 그렇지만 스테파니는 왜 잡는지에 대해선 아무 말이 없었다.

엠마는 케틀 칩 한 봉지를 더 먹었다. 그녀의 친구들에게 대체 무슨 일이 일어났단 말인가? 그들은 한때 유쾌하고, 즐길 줄 알며, 어울리기 좋아하고, 흥미진진한 친구들이었지만, 이제는 냄새 구린 방 안의 축 늘어지고, 성마르며, 텅 빈 눈을 한 커플들이 되고 말았다. 그런 커플들과 오늘같이 보낸 밤이 너무 많았다.

시간이 지나며 애들이 커지는 게 — 작아지는 게 아니라 — 그리도 놀라운 일인가? 아이가 기는 걸 보면서 그렇게 기는 게 정말 놀라운 성장이라는 듯 기뻐하는 표정을 짓는 게 엠마는 피곤했다. 대체 뭘 원하는 거야, 나는 거? 애기 머리 냄새에도 그녀는 무관심했다. 한번 맡아 봤더니 손목시계 줄 안쪽 냄새 같은 게 날 따름이었다.

가방 안에서 엠마의 전화가 울렸다. 덱스터의 번호였다. 엠마는 그냥 무시하기로 했다. 동쪽의 화이트채플에서 남쪽의 리치몬드까지 가서 덱스터가 재스민의 배에다 입술을 대고 푸르르르 장난 치는 걸 보고 싶지는 않았다. 엠마는 특히 남자친구들이 '나 젊은 아빠야'라는 연기를 펼치는 데 더 넌더리가 났다. 괴로워하면서도 무던한 얼굴로, 지쳤으면서도 모던하게, 정해진 듯 재킷에 청바지 차림으로, 혹은 세로 주름의 니트웨어를 걸치고서 자신의 2세를 공중으로 훌쩍 던져 올리면서 뿌듯하고 흐뭇해 하는 그들의 그 우스꽝스러운 모습이란. 지구 역사상 최초로 그들의 코듀로이 바지에 오줌이 튀었다는 듯, 그들의 머리칼에 귀여운 토사물이 묻었다는 듯 행동하는 그 대담한 개척자들이란.

물론 이 가운데 어떤 것도 입 밖에 낼 수는 없었다. 애기가, 아니 애기 애기가 지겹다고 생각하는 여자, 그건 자연스러운 게 아니니까. 그랬다간 외로움에 지쳐 질투나 하는 모진 여자란 소릴 들을 터. 그렇지만 엠마는 그들이 걸핏하면 던지는 "넌 정말 행운아야. 맘껏 자고, 맘껏 자유와 여유를 누리고, 아무 때나 데이트하고, 맘만 먹으면 후딱 파리로 갈 수 있잖아?"라는 얘기도 지겨웠다. 그건 그녀를 위로하는 소리로 들렸다. 선심 쓰는 척하는 데 더 화가 났다.

내가 맘대로 파리를 갈 수 있다고? 웃기지 마! 특히, 그녀는 친구나 가족들이, 혹은 영화나 텔레비전에서 마구 쏟아내는 생체시계 농담들이 지겨웠다. 그녀가 보기에 영어 단어 가운데 가장 멍청하고 재미없는 말은 '싱글톤'*이었다. ('초코홀릭'은 근소한 차이로 2위였다.) 그녀는 일요판 잡지의 '별난 라이프스타일의 인물들' 중 하나에 속하는 게 정말 싫었다. 물론 그런 논의는 있을 수 있었고, 실용적인 측면에서는 정상적인 라이프스타일을 꾸리고 사는 게 맞을 수도 있었다. 하지만 그 모든 상황이 그녀의 통제권 밖에 있었다.

물론 가끔은 그녀도 퍼런 병원복을 입고 힘에 겨워 고통스러워하는 자신의 모습을 그려 보곤 했지만, 그 옆에서 그녀의 손을 잡고 있는 남자의 얼굴은 아무리 애를 써도 그려지지가 않았다. 그래서 그녀는 그런 판타지에 목을 매고 살지는 않기로 했던 것이다.

만약 자신에게도 그런 일이 벌어진다면, 혹은 벌어진다 하더라도, 그녀는 아이를 끔찍해 하고, 그 작디작은 손에 대한 얘기를 늘어놓고, 그

* singleton. '싱글인 사람들'을 가리키는 신조어.

앙증맞은 머리의 찌든 냄새도 기꺼이 맡을 것이었다. 그녀는 분만 마취제나 잠 부족, 배앓이 등 빌어먹을 온갖 것들을 다 입에 올릴 것이었다. 언젠가는 그녀도 아이가 건넨 엉성한 선물 두엇을 받고 까르륵거리며 좋아할지도 모를 일이었다. 하지만 당분간은 그런 데서 멀리 떨어져 조용하고 평온하게 내려다보기만 하고 싶었다. 그러고 보니 그녀를 보고 처음으로 '엠마 이모'라고 불렀던 녀석은, 그 대가로 얼굴에 날아든 엠마의 주먹에 울어야 했다.

스테파니의 착유기가 일을 끝냈다. 그걸 등불에 비춰 보며 모유가 얼마나 나왔는지 애덤에게 보여 주고 있었다. 두 사람은 그 조그만 모유착유기가 정말 대단하다는 데 뜻을 같이했다.

"이번엔 내 차례지!" 엠마의 농담에 아무도 웃지는 않고, 대신 큐 사인이라도 들은 듯 위층에서 아기가 깨어났다.

"누가 마취 기능을 곁들인 베이비 티슈 개발하면 대박일 텐데."

애덤의 말에 스테파니는 한숨을 쉬며 무거운 발걸음으로 위층을 향했다. 엠마는 정말 집에 가야겠다고 결심했다. 밤 늦게까지 해야 할 원고 작업이 있었다. 전화가 다시 울렸다. 서리까지 머나먼 길을 내려와 그와 동무해 달라는 덱스터의 문자였다.

엠마는 전화기를 꺼버렸다.

"…나도 길이 멀다는 건 알지만, 그냥, 내가 아무래도 출산 후 우울증 같은 건가 봐. 택시 타고 오면 내가 돈 줄게. 실비도 집에 없어! 그게 뭐 중요한 건 아니겠지만, 그래, 그래도… 방도 하나 더 있잖아, 자고 갈 경

우에는 말야. 어쨌든 이거 들으면 전화해라. 안녕."

그는 머뭇대다가 한 번 더 "안녕"이라고 하고는 전화를 끊었다. 요령부득의 메시지였다. 그는 눈을 껌벅대며 머리를 흔들고는 포도주잔을 다시 채웠다. 전화기의 전화번호부를 하나하나 확인하다 그는 S 항목에서 '수키의 휴대전화'를 발견했다.

처음에는 아무 응답이 없어서 그는 다소 안심이 되었다. 옛 여친에게 전화하는 거? 대체 거기서 뭘 기대한단 말인가. 그가 막 끊으려는데 갑자기 귀에 익은 고함소리가 들렸다.

"여보세요!"

"안녕!" 그는 자신의 옛 진행자용 미소를 다시 얼굴에 띄웠다.

"누구시죠?" 소음 속에서 그녀가 외쳤다. 파티 중인가? 아니면 레스토랑이거나.

"소리 좀 질러 봐."

"뭐? 누구야?"

"맞춰 봐."

"뭐? 잘 안 들리는데…."

"맞춰 보라고."

"안 들려. 누구야?"

"맞춰 보라니까!"

"누구?"

"맞춰 보라…." 게임이 점점 지겨워지고 있었다. 그래서 그는 그냥 "덱스터야!"라고 말해 버렸다.

잠시 침묵이 흘렀다.

"덱스터? 덱스터 메이휴?"

"얼마나 많은 덱스터를 아는 거야, 수키?"

"아니, 어느 덱스터인지는 알지, 다만, 그게… 와히, 덱스터! 잘 있었어, 덱스터! 잠깐만…."

의자가 끼익 끌리는 소리가 들렸다. 그녀가 레스토랑 자리에서 일어나 복도로 가는 동안 호기심에 가득 찬 눈길들이 그녀의 뒤를 따르는 모습이 그려졌다.

"그래, 어떻게 지내, 덱스터?"

"좋아, 좋아, 그냥 오늘 TV에서 당신을 봤거든. 그러니까 옛 생각이 나서, 전화해서 인사나 하자, 그런 거야. 당신 정말 멋지더라, TV에서. 쇼도 좋더라. 포맷 멋지던데?"

포맷이 멋지다고? 멍청한 놈.

"그래, 어떻게 지내, 수키?"

"어, 좋지. 좋아."

"당신 안 나오는 데가 없더라! 정말 잘 나가던데! 진짜로!"

"고마워. 고마워."

다시 침묵이 흘렀다. 덱스터의 엄지손가락이 통화 종료 버튼을 만지작거렸다. 끊어라. 전화 연결이 끊어진 척해라. 끊어, 끊어, 끊으라고!

"뭐야, 벌써 5년이나 됐네, 덱스!"

"그래. 그런데 막 TV에서 당신 보니까 생각이 난 거야. 당신 정말 멋있었어. 그리고, 어떻게 지냈어?"

뭐하니? 그 얘기는 이미 했거든? 정신 차려!

"내 말은, 어디냐고? 시끄럽네…."

"레스토랑이야. 저녁 먹어, 친구들이랑."

"내가 아는 애도 있어?"

"글쎄, 없을걸. 전부 새 친구들이거든."

새 친구들이라고? 난 헌 거다 이건가? "그래, 그렇구나."

"그래, 당신은 어디야, 덱스터?"

"아, 난 집이야."

"집? 토요일 저녁에? 당신답지 않네."

"아, 그거야…." 덱스터는 자신이 결혼했다, 애도 있다, 교외에 산다, 그렇게 말할 뻔했다. 하지만 그랬다간 이 쓸데없는 전화질을 더욱 쓸데없게 만들 것 같아 입을 꾹 다물어 버렸다. 수키 쪽도 아무 말이 없었다. 덱스터는 한때 파차 클럽에 입고 갔었던 면 스웨터에 코딱지가 묻어 있는 걸 발견했다. 손가락 끝에선 기저귀 봉지와 참새우 크래커가 어울려 빚어내는 지독한 냄새가 났다.

수키가 말을 했다. "저기, 메인코스가 나온 것 같네…."

"그래, 음, 그러니까, 난 그저 옛날 생각이 나서, 당신 한번 보면 좋겠다 생각했지! 점심이나 아니면 술 한잔 하거나…."

수키가 한적한 곳으로 접어든 듯 배경음악이 사라지고 있었다. 그녀가 딱딱해진 목소리로 말했다.

"그거 말야, 덱스터. 난 그거 좋은 생각이 아닌 거 같아."

"아, 그래."

"그러니까, 5년이나 안 봤잖아. 그러면 거기엔 그럴 만한 이유가 있는 거 아닌가?"

"내 생각엔 그저—"

"내 말은, 당신 나한테 그리 잘하질 않았단 애기야. 나한테 관심도 없었고, 대부분 술에 절어 지냈잖아."

"하. 말도 안 되는 소리!"

"빌어먹을, 넌 심지어 나 몰래 딴짓도 했어. 넌 걸핏하면 심부름꾼이나 웨이트리스 같은 애들을 건드렸잖아. 지금 네가 어디서 뭘 하는지 모르겠지만, 이렇게 옛날 친구처럼 전화 걸어서 향수에 젖은 것처럼 '옛날'이 어쩌고, 우리들의 그 찬란했던 6개월 어쩌고 하다니. 솔직히 말해 그 6개월, 나한테는 좆같았거든!"

"알았어, 수키." 그가 말했다. 그도 화가 났다. "무슨 말인지 잘 알겠다."

"그리고 나 지금 다른 애랑 있어. 진짜 진짜 멋진 남자지. 난 정말 행복해. 지금 날 기다리고 있다고."

"좋네! 그럼 가! 가라고!" 위층에서 재스민이 울기 시작했다. 아빠가 부끄러워서 우는 건지도 몰랐다.

"촉촉하게 취해 가지고 난데없이 전화하고선 나더러 뭘?"

"나 안 취했어. 난 그저, 세상에, 그래, 좋다. 잊어버려!"

재스민의 아우성이 나무 계단을 타고 메아리쳤다.

"이 소리는 뭐야?"

"애 소리야."

"누구 애?"

"내 아기야. 내 딸이지. 아직 애기야. 일곱 달."

침묵이 흘렀다. 덱스터가 완전 풀 죽기에 충분한 시간이었다. 드디어 수키가 말했다.

"그런데, 썩을, 왜 나더러 만나자는 거야?"

"그냥. 모르니? 친구끼리 한잔 하자는 거지."

"나 친구 많아." 수키가 말했다. 아주 조용한 목소리였다. "내 생각엔 당신 가서 딸 보는 게 좋겠다, 안 그래 덱스?" 그 말과 함께 뚝 전화가 끊졌다.

잠깐 동안 그는 가만히 앉아 끊긴 전화를 귀에 대고 있었다. 결국 전화기를 내려놓고 뚫어져라 노려보던 덱스터는, 마치 따귀라도 얻어맞은 듯 세게 고개를 저었다.

"그래, 아주 좋았어." 그가 중얼댔다.

전화번호부, 전화번호 편집, 전화번호 삭제. "지금 '수키의 휴대전화' 항목을 삭제합니다. 맞습니까?" 전화기가 물었다. 젠장, 맞다, 맞아, 지워라, 지워! 그가 버튼을 눌렀다. "전화번호가 삭제되었습니다." 전화기가 말했지만, 그래도 성이 차지 않았다. 전화번호가 뿌리 뽑혔다, 전화번호가 날아가 버렸다, 그 정도는 돼야지! 재스민의 울음소리가 첫 번째 정점에 도달하고 있었다. 그는 벌떡 일어나 전화기를 벽에다 집어던졌다. 패로우 앤 볼 벽지에 시커멓게 긁힌 자국이 생겼다. 그는 다시 전화기를 던져 자국 하나를 더 만들었다.

수키 욕을 하며, 그토록 멍청하게 군 자기 욕을 하며, 그는 재스민에게 가져갈 우유통 하나를 만들고, 마개를 꼭꼭 닫아 주머니에 넣은 뒤, 포도주 병을 들고 재스민이 울고 있는 곳으로 계단을 뛰어 올라갔다. 재스민의 울음은 몹시 거칠어져서, 목젖 뒤쪽이 실제 찢어지기 시작한 건 아닌가 싶었다.

방문을 왈칵 열고 뛰어 들어가며 그가 버럭 소리쳤다.

"제발, 재스민, 닥치지 못해?!"

그러고 나서야 공포에 질려 눈이 동그래진 채 아기침대에 앉아 있는 재스민이 눈에 들어왔다. 그는 부끄러움과 후회로, 얼른 자기 입을 틀어막았다. 애를 안아 올린 덱스터는 벽에 기대 앉아 아이의 눈물을 자기 가슴으로 훔쳤다. 그리곤 재스민을 무릎에 눕히고 최대한 부드럽게 딸의 이마를 쓰다듬었다. 그래도 소용이 없자 뒤통수를 가만가만 어루만졌다. 엄지로 문지르면 조용해지는 그런 신비의 지압점이 어디 있지 않나? 그는 무섭게 쥐었다 폈다를 반복하는 아이의 손바닥을 동그랗게 매만졌다. 아무것도 소용이 없었다. 그의 두툼한 손가락으로는 무엇을 해도 아무런 도움이 되질 않았다.

애가 어디 아픈 걸까, 그는 생각했다. 내가 엄마가 아니라서 저러나? 쓸모없는 아빠 같으니. 쓸모없는 남편, 쓸모없는 남자친구, 쓸모없는 아들 같으니.

그런데, 애가 정말 아프면 어떡하나? 배앓이일지도 모르지. 젖니가 나서 저러나? 걱정이 점점 커졌다. 병원에 가야 하나? 그럴지도 몰라. 하지만 지금 운전하기엔 너무 취했잖아. 쓸모없군. 정말 아무짝에도 쓸모없는 사내로군. "정신 차려. 생각을 좀 해봐." 그가 크게 외쳤다. 선반에 약들이 좀 있었다. 거기 '졸음을 유발할 수 있습니다'라고 쓰여 있었다. 영어에 이렇게 아름다운 표현이 있었구나. 한때는 '내가 빌려 입을 티셔츠는 있겠지?'가 가장 아름다운 영어였지만, 지금은 '졸음을 유발할 수 있습니다'였다.

그는 무릎에 재스민을 올리고 조금 잠잠해질 때까지 달래고선 그 약 5밀리리터가 담긴 숟가락을 딸의 입에 찔러 넣었다. 그 후 20분 동안 그는 미치광이 쇼를 진행했다. 온갖 흥분한 동물들을 연기하느라, 그의 웃기는 목소리 레파토리가 바닥날 지경으로 동분서주했다. 아이를 잠재우기 위해 목소리를 높였다 낮췄다, 갖가지 사투리를 총동원했으며, 그림책을 얼굴 앞에 펴주고선 날개를 들어 올리고 꼬리를 당기고 했다. 그림을 가리키면서 "오리! 소! 칙칙폭폭 기차! 웃기는 호랑이다, 이것 봐!" 라고 외쳤다.

그는 미친 인형들의 쇼도 연출했다. 플라스틱 침팬지는 '휠즈 온 더 버스'Wheels on the Bus의 첫 소절을 끝없이 반복했고, 팅키윙키는 '올드 맥도날드'Old MacDonald를 불렀고, 돼지 하나는 코맹맹이 소리로 무슨 영문인지 '인투 더 그루브'Into the Groove를 불렀다. 이들 모두가 어린이용 체육관 아치 아래를 가득 채우고서 법석을 떨었다. 그는 아이의 조그만 손에 그의 휴대전화를 쥐어 주고선 버튼을 누르고 키패드 위를 돌아다니고 음성 시계를 듣게 했다. 그랬더니, 고맙게도 재스민이 잠잠해졌다. 아직 눈은 동그랗게 뜬 상태였지만, 그래도 간간이 낑낑거릴 정도로 만족스러워진 것이었다.

방 안엔 피셔 프라이스 매장에서 사온 증기기관차 모양의 커다란 어린이용 CD플레이어가 있었다. 바닥에 널린 책과 장난감을 발로 밀어버린 뒤 그는 시작 버튼을 눌렀다. 실비의 베이비 마인드 컨트롤 종합프로젝트의 일환인 '어린이들을 위한 편안한 클래식' CD였다. 〈호두까기 인형〉 중 '설탕요정의 춤'이 손바닥만한 스피커에서 흘러나왔다. "끄으으으읕내준다!" 그렇게 외치며 덱스터는 증기기관차의 굴뚝을 돌려 볼륨을 높이고는 재스민을 품에 안고 방 안을 빙빙 돌며 왈츠를 추기 시작했다. 머리가 어질어질했다.

재스민은 가는 손가락을 오물조물 움직이며 기지개를 폈다. 오늘밤 들어 처음으로 멀쩡한 얼굴로 재스민이 아빠의 얼굴을 쳐다보았다. 아이의 눈에 언뜻 환히 웃고 있는 자신의 모습이 비치는 걸 덱스터는 보았다. 재스민이 입술을 실쭉 움직이더니 눈이 커다래졌다. 웃고 있는 것이었다. "어이쿠, 내 딸!" 그가 말했다. "어이쿠나, 이뻐라." 그는 기분이 좋아지면서 더 좋은 생각이 떠올랐다.

재스민을 어깨에 걸치고서 문설주에 꽝 부딪쳐 가며 그는 부엌으로 뛰어 내려갔다. 선반 정리가 되기 전에 임시로 그의 CD를 죄다 넣어 둔 커다란 마분지 상자 셋이 거기 있었다. 대부분 증정품으로 받은 그 수천 장의 CD들은 그가 영향력 있는 사람이던 시절의 유물이었다. 문득 자신이 그 웃기는 헤드폰을 쓰고 소호의 레코드 가게들을 돌아다니던 DJ 시절이 떠올랐다.

그는 무릎을 꿇고서 한 손으로 박스를 뒤졌다. 재스민이 잠들지 않도록 하는 거다, 재스민이 계속 깨어 있게 하는 거, 그게 묘수였고, 그러려면 둘만의 파티를 벌이는 거다. 혹스톤의 그 어느 나이트클럽보다 수백 배 더 훌륭한 파티를! 수키 메도우즈는 엿이나 먹어라, 난 오늘밤 내 딸을 위한 DJ가 되는 거다!

불끈 힘이 솟은 그는 켜켜이 쌓인 CD더미를 점점 더 깊이 파고들었다. 10년 동안 바뀌어 온 그의 취향이 거기 고스란히 지질학적으로 쌓여 있었다. 가끔 하나씩을 꺼내 바닥 위에 따로 쌓으며, 그는 자신의 파티 계획을 다듬는 데 열중했다.

애시드 재즈와 브레이크 비트, 70년대 펑크와 애시드 하우스부터, 뒤를 이은 딥 앤 프로그레시브 하우스, 일렉트로니카와 빅 비트와 밸리애릭 및 '칠'chill이란 단어가 들어가는 제목의 컴필레이션까지, 이건 뭔가 싶은 드럼과 베이스 선곡 앨범들도 있었다. 옛 음악을 뒤적거리는 건 즐거운 일임에 틀림없었다. 하지만 그런 작품들을 보는 것만으로도 자신이 초조해지고 불안해지는 게 덱스터는 놀라웠다.

자신의 아파트에 낯선 이들이 들어와 머물던, 그 잠 못 들던 피해망상의 기억들, 알고 지내지도 않을 친구들과의 정신 나간 대화들이 떠올랐기 때문이었다. 이제 댄스뮤직은 그를 불안하게 만들었다. 바로 이런 거로구나, 이런 게 늙는 거로구나. 그는 생각했다.

그때 한 CD의 등에 엠마의 손글씨가 적혀 있는 게 눈에 띄었다. 지난 8월 그의 서른다섯 번째 생일 선물로, 그녀가 새로 산 어여쁜 컴퓨터로 만든 컴필레이션 CD였다. 그러니까 그가 결혼하기 직전이었다. 컴필레이션의 제목은 '11년 동안'이었다. 역시 엠마가 싸구려 가정용 프린터로 손수 제작해 허접스러워 보이는 속지는 산에서 찍은 사진 한 장을 싣고 있었다. 희미한 그림이었지만, 그래도 둘이 에든버러를 굽어보는 휴화산인 아서스 시트 꼭대기에 올라가 앉아 있는 모습은 충분히 알아볼 수 있었다. 그건 틀림없이 졸업식 바로 다음날 아침의 풍경이었으니, 뭐야, 벌써 12년 전이라고?

사진 속에서 하얀 셔츠의 덱스터는 입에 담배를 물고 바위에 기대 있었다. 엠마는 조금 떨어진 곳에 다리를 모아 가슴에 붙이고, 턱을 무릎에 댄 채 앉아 있었다. 그녀는 허리를 바싹 조인 리바이스 501 청바지 차림이었고, 지금보다 약간 오동통했다. 헤나 염색한 머리칼이 눈에까지 삐죽삐죽 내려와 있는 게 어색하고 서툴러 보였다. 그 후 사진만 찍었다 하면 엠마는 늘 그런 분위기였다. 입을 꾹 다문 채 한쪽으로만 씨익 웃는 그 모습. 덱스터는 그녀의 얼굴을 응시하며 웃었다. 재스민에게도 그 사진을 보여 주었다.

"이것 봐, 재스민! 너의 대모 엠마야! 네 아빠가 얼마나 날씬했는지 봐. 봐봐, 광대뼈 보이지? 아빠도 한때는 광대뼈가 있었단다."

재스민이 소리 없이 웃었다.

재스민의 방으로 돌아와 그는 아이를 구석에 내려놓고 CD를 꺼냈다. 그랬더니 안에 빼곡히 쓴 생일 축하 카드가 끼워져 있었다.

1999년 9월 1일. 직접 만든 생일 선물이야. 스스로를 계속 세뇌시켜. 중요한 건 마음이다, 중요한 건 마음이다. 이 CD는 오래전 내가 너한테 만들어 줬던 카세트 컴필레이션을 다시 만든 거야. 네가 흠모하는 칠-아웃 쓰레기들은 한 곡도 없고 제대로 된 노래들뿐이라서 애석하다. 즐겁게 듣길 바라. 생일 축하해, 덱스터. 그리고 너와 관련된 모든 행복한 소식들에도 큰 축하를! 남편! 아빠! 넌 둘 다 잘 해낼 거야.

널 다시 내 친구로 회복해서 다행이야, 난 널 참 사랑하니까.

너의 오랜 친구, 엠마 x

그는 미소를 지으며 디스크를 증기기관차 모양의 플레이어에 집어넣었다.

매시브 어택의 '언피니시트 심퍼시'Unfinished Sympathy가 첫 곡이었다. 그는 재스민을 들어 두 다리를 붙인 채 무릎을 움직이며 가사를 딸의 귀에 대고 속삭이며 아이를 얼렀다. 올드 팝, 두 병의 포도주, 잠 못 드는 밤… 그 모든 게 한데 어울려 그의 머리를 비우고 감상에 젖게 했다. 피셔 프라이스 증기기관차의 볼륨을 최대로 올렸다.

더 스미스의 '데어 이즈 어 라이트 댓 네버 고즈 아웃'There is a Light That Never Goes Out이 흘렀다. 그가 특별히 좋아하는 밴드는 아니었지만, 그는 학생 디스코에서 취한 스무 살 시절로 돌아가 머리를 숙인 채 몸을 홱홱 움직였다. 부르짖듯 따라 부르는 자신이 창피했지만, 신경 쓰고 싶지 않았다.

어느 런던 교외 테라스 하우스의 작은 침실에서, 장난감 기차에서 흘러나오는 음악에 맞춰 딸과 함께 춤을 추다니, 그는 문득 만족감에 뿌듯해졌다. 그냥 만족감 정도가 아니었다. 그건 완벽한 흥분과 행복이었다. 그는 빙빙 돌다가 그만 끌고 다니는 나무 강아지를 밟았다. 길거리의 취객들처럼 그는 몸을 휘청하다가 한 팔을 벽에 짚으며 겨우 몸을 추슬렀다. 야 잘한다, 정신 차려 이 친구야, 그가 고함을 질렀다. 얼른 재스민이 무사한지 살펴보았다. 아이는 무사했다. 아이는 완벽했다. 재스민, 그의 아름답고 어여쁜 딸이 활짝 웃고 있었다. '등불이 하나 있어, 절대 안 꺼져….'

노래가 '워크 온 바이'Walk On By로 바뀌었다. 그가 어렸을 때 엄마가 부르곤 하던 곡이었다. 거실에서 한 손에는 담배를, 다른 손에는 술잔을 들고 이 곡에 맞춰 춤을 추던 앨리슨의 모습이 떠올랐다. 그는 재스민을 어깨에 올렸다. 목에 아이의 숨결이 느껴졌다. 아이의 손을 잡고서 그는 장난감들이 어지러이 흩어진 바닥 위에서 천천히 춤을 추었다. 피곤함과 적포도주로 만들어진 뿌연 안개 속을 헤매던 그는 갑자기 엠마와 얘기를 나누고 싶어졌다. 그가 듣고 있는 음악이 뭔지 말하면서.

그때 큐 사인처럼 그의 휴대전화가 울렸다. 장난감과 책 더미 속에서 그는 열심히 전화기를 찾았다. 엠마가 그의 메시지를 보고 전화하는 건지도 몰랐다. 하지만 모니터에 '실비'라고 뜬 걸 보고서 그는 욕을 내뱉었다. 받아야만 했다. 정신 차려, 정신 차려, 정신 차려, 그는 혼자 중얼거렸다. 그는 아기침대에 몸을 기대며 재스민을 허벅지에 앉히고 전화를 받았다.

"여보세요, 실비!"

그 순간 피셔 프라이스 기차에서 퍼블릭 에너미의 '파이트 더 파워'Fight The Power가 버럭 터져 나왔다. 그는 후다닥 땅딸막한 버튼을 눌렀다.

"무슨 소리야?"

"그냥 음악 소리지. 재스민이랑 나랑 작은 파티를 여는 중이었거든.

그렇지, 재즈? 아 참, 재스민."

"애가 아직 깨 있다고?"

"그런 거 같네."

실비가 한숨을 지었다. "대체 뭐 하고 있는 거야?"

나? 담배도 피고, 술도 실컷 마셨고, 애한테 약도 먹였고, 옛날 여자친구들한테 전화도 했고, 집안 개판 만들었고, 혼자 중얼대며 춤도 췄지. 길거리의 취객들처럼 막 자빠지기도 했지.

"아, 그냥 놀고 있는 거야. 텔레비전도 보고. 당신은 어때? 재밌어?"

"그래. 전부 맛이 가고 난리 났어."

"당신만 빼고."

"너무 지쳐서 술 생각이 없어."

"되게 조용하네. 지금 어딘데?"

"호텔 방. 좀 누워 있으려고. 또 한바탕 몰려갈 테니까."

그녀의 말을 들으며 그는 어질러진 재스민의 방을 둘러보았다. 우유로 범벅이 된 시트, 마구잡이로 흩어진 장난감과 책들, 빈 포도주 병, 지저분한 술잔.

"재스민은 어때?"

"활짝 웃고 있어. 그치, 내 새끼? 엄마야, 엄마."

그는 의무감으로 전화기를 재스민의 귀에 갖다 댔지만, 아이는 가만 있기만 했다. 아무도 재미없는 그 게임을 그는 얼른 그만두었다.

"다시 나야."

"잘하고 있는 거지?"

"그럼. 날 의심했던 거야?" 그는 잠깐 뜸을 들였다.

"다시 파티 즐기러 가야지?"

"그래야겠지. 내일 봐, 그럼. 점심 무렵에. 내일 그러니까, 보자, 11시 쯤이면 되겠지."

"알았어. 잘 자, 그럼."

"잘 자, 덱스터."

"사랑해." 그가 말했다

"나도."

그녀가 전화를 끊으려는 찰나, 그는 한마디를 꼭 덧붙이고 싶어졌다. "실비? 실비? 여보세요?"

그녀가 전화기를 다시 귀에 댔다. "응?"

그는 침을 삼키고 혀로 입술을 핥았다.

"하고 싶은 말이 있는데… 지금 내가 아빠 노릇, 남편 노릇 잘 못한다는 거 잘 알아. 하지만 난 노력하고 있어, 열심히. 차츰 좋아질 거야, 실브. 약속할게."

짧게 침묵이 흘렀다. 그녀가 말뜻을 헤아리고 있는 게 틀림없었다. 실비가 다시 입을 열었을 때 그녀의 목소리가 약간 딱딱했다.

"덱스, 당신 잘하고 있어. 우린 그저… 자기 식대로 느끼는 것뿐이야."

그가 한숨지었다. 그는 뭔가 나은 반응을 기대했었다.

"이제 파티 하러 가야겠다."

"내일 봐."

"사랑해."

"나도."

그녀가 전화를 끊었다.

집은 갑자기 조용해 보였다. 그는 꼬박 1분을 가만 앉아 있었다. 딸은 그의 다리 위에서 잠이 들었다. 머릿속에서 피와 포도주가 쿵쾅거리는 소리에 그는 귀를 기울였다. 그는 잠시 두려움과 외로움에 휩싸였지만, 이내 그런 기분을 털고서 몸을 일으켰다. 잠든 딸을 얼굴까지 들어 올리니 아이는 고양이처럼 팔다리를 축 늘어뜨렸다.

그는 재스민의 냄새를 맡았다. 그 달콤한 젖비린내에서 그는 자신의 피와 살을 느꼈다. 피와 살, 얼마나 상투적인 표현인가. 하지만 아이의 얼굴에서 그는 언뜻언뜻 자신의 모습을 보았으며, 그게 얼마나 믿기지 않는 사실인지 깨닫곤 했다. 좋든 싫든 그녀는 나의 일부다. 그는 재스민을 살며시 침대에 내려놓았다.

돌아서던 덱스터는 부싯돌처럼 날카로운 플라스틱 돼지를 밟았다. 뒤꿈치가 찢어지는 것 같은 통증을 느끼며 그의 입에선 욕이 튀어나왔다. 그는 아기방의 불을 껐다.

서리의 테라스 하우스에서 테임즈강을 따라 동쪽으로 16킬로미터쯤 떨어진 웨스트민스터의 어느 호텔 방에서 덱스터의 아내는 벌거벗은 채 침대 끝에 앉아 있었다. 축 늘어진 손에 전화기를 들고서 그녀는 조용히 울기 시작했다. 화장실에서는 샤워하는 소리가 들렸다. 실비는 울음이 자기 얼굴을 상하게 하는 게 싫었다. 그래서 샤워 소리가 그치자 그녀는 얼른 손등으로 눈가를 훔쳤다. 전화기도 바닥에 떨어진 옷더미 위에 내려놓았다.

"괜찮아?"

"아, 그게. 글쎄. 이 사람 잔뜩 취한 거 같아."

"괜찮을 거야."

"아냐, 제대로 취했어. 딴 사람 같았어. 아무래도 집에 가봐야 할 거 같아."

캘럼이 드레싱 가운의 허리를 묶으며 침대로 돌아와 허리를 숙여 그녀의 맨어깨에 입을 맞추었다.

"말했잖아, 걔 괜찮을 거라고." 그녀는 아무 말이 없었다. 그는 앉아서 다시 키스를 했다. "잊어버려. 즐기자고. 한 잔 더 할래?"

"아니."

"누울래, 그럼?"

"싫어, 캘럼!" 그녀가 몸을 홱 돌려 그의 팔을 떼냈다. "그만둬, 제발!"

그는 무슨 말을 하려다가 꾹 참고서 돌아서서 화장실로 돌아가 이를 닦았다. 황홀한 밤에 대한 기대도 꺼져 갔다. 그녀가 끔찍스런 본론을 꺼낼 듯한 느낌이 밀려들었다. '이건 옳지 않아. 이럴 수는 없어. 아무래도 덱스터한테 말해야겠어.' 그는 불끈 화가 치밀며 크게 외치고 싶었다. '나 그놈한테 이미 일자리까지 줬어. 그거면 충분하지 않아?'

그는 치약을 뱉어내고 입 안을 헹군 뒤 방으로 돌아와 침대에 누웠다. 그가 리모컨을 들고서 신경질적으로 케이블 채널들을 마구 바꾸어대는 동안, 실비 메이휴 여사는 멍하니 앉아 창밖 테임즈 강변의 야경을 내다보며 자기 남편을 어떡해야 할지 고민에 잠겼다.

ch15
진 세버그

2001년 7월 15일, 일요일

◦ 벨빌, 파리 ◦

런던의 워털루 역을 출발한 그는 7월 15일 15시 55분에 도착할 예정이었다.

엠마 몰리는 파리 북역의 도착 게이트에 미리 여유롭게 도착해 사람들을 지켜보고 있었다. 꽃다발을 꼭 쥐고 사랑하는 사람을 기다리는 이들, 땀에 젖은 정장 차림으로 손으로 쓴 이름판을 들고 서 있는 따분한 표정의 운전사들. 덱스터의 이름을 저렇게 써서 들고 있을 걸 그랬나? 철자를 엉터리로 써도 재밌었을걸. 깔깔대고 웃을 거야, 아마. 하긴, 그런 수고를 뭐하러 한담.

막 기차가 도착하였는지 사람들이 게이트 쪽으로 밀려들었다. 한참 뜸을 들인 뒤 쉿 소리와 함께 기차 문이 열리고 승객들이 플랫폼으로 쏟아져 내려왔다. 엠마는 한결같이 목을 길게 빼고 도착하는 얼굴들을 확인하려는 친구와 가족들, 연인과 운전사들의 대열에 휩쓸려 앞으로 나아갔다.

그녀는 얼굴에 적당한 미소가 떠올라 있도록 애를 썼다. 그를 마지막 보았을 때, 그때 뭔가 고백이 있었다. 그를 마지막 보았을 때, 무슨 일이 일어났던 것이었다.

덱스터는 정차한 기차의 마지막 차량에 앉아 다른 승객들이 다 떠나기를 기다렸다. 그에겐 옷가방도 없었다. 옆자리에 놓아 둔 작은 여행용 가방이 전부였다. 그의 앞 테이블에는 환한 색깔의 페이퍼백 한 권이 놓여 있었다. 표지에는 한 소녀의 얼굴이 거친 선의 만화로 그려져 있었고, 그 위에 『빅 줄리 크리스콜, 거친 세상과 맞장뜨다』라는 제목이 얹혀져 있었다.

기차가 파리 교외로 접어들 무렵 그는 그 책을 다 읽었다. 최근 몇 달 새 그가 처음으로 읽은 소설이었다. 하지만 우쭐할 것도 없는 게, 그 책은 11~14세 아동용이었고, 그림도 곁들여진 것이었다. 객차 안의 어수선함이 가라앉기를 기다리며 그는 책의 뒤표지 안쪽을 펴 거기 실린 저자의 흑백사진을 다시 살펴보았다. 그냥 살핀 게 아니라 그녀의 얼굴을 기억 속에 새기려는 듯 골똘히 주목했다.

고급스러워 보이는 깔끔한 흰 셔츠 차림의 그녀는 뒤틀린 나무 벤치 끄트머리에 약간 불안하게 앉아 있었다. 막 터지려는 웃음을 감추려는 듯 그녀의 한쪽 손이 입을 가리고 있었다. 그는 그 표정과 그 몸짓이 생각나 싱긋 웃었다.

덱스터는 책을 가방에 넣고 일어나, 막 플랫폼으로 내려서려는 마지막 승객의 뒤를 따랐다.

그녀를 마지막 보았을 때, 뭔가 고백이 있었다. 무슨 일이 일어났던 것이었다. 그녀에게 무슨 말을 했던가? 그녀는 어떤 대답을 했었지? 좋다고, 아니면 아니라고?

기다리는 동안 엠마는 자꾸만 머리에 손이 갔다. 머리가 좀 더 길었더라면 좋았을 텐데…. 손에 사전을 들고 파리에 도착한 직후 그녀는 큰맘 먹고 콰퍼coiffeur라고 불리는 미용사를 찾아가 과감하게 머리를 잘라달라고 했다. 비록 입 밖에 내지는 못했지만, 그녀는 장-뤽 고다르 영화 〈네 멋대로 해라〉에 나오는 진 세버그처럼 보이기를 원했다. 기왕 파리의 소설가가 되고자 한 이상 제대로 그리하는 게 당연하다고 여겼던 것이었다.

이제 3주째. 그녀는 거울에 비친 자기 모습을 보고 더 이상 울고 싶진 않았다. 그래도 비뚤어진 가발을 바로잡으려는 듯 자꾸 머리를 만지게 되는 건 어쩔 수 없었다. 그녀는 의식적으로 관심을 자신의 새 비둘기색 셔츠의 단추 매만지는 데로 돌렸다. 오늘 아침 그레넬 거리의 가게, 아니, 부티크에서 산 옷이었다. 단추를 두 개만 여는 건 너무 딱딱해 보였고, 셋을 열면 가슴 사이 오목한 틈이 보였다.

그녀는 세 번째 단추를 열고서 혀를 한 번 찬 뒤 다시 빠져나오는 승객들을 살폈다. 인파가 좀 드문드문해지자 그녀는 덱스터가 기차를 놓친 건가 싶었다. 그때, 드디어 그가 보였다.

그는 비탄에 잠긴 몰골이었다. 그의 얼굴은 어울리지 않게도 거뭇거

뭇한 수염으로 그늘져 있었다. 꼭 죄수의 수염 같았다. 그녀는 덱스터의 이번 방문에 담긴 파국의 기미를 새삼 재확인했다. 그래도 엠마를 본 덱스터는 웃기 시작했고 걸음도 빨라졌다.

그녀도 마주 웃었다. 그러다 문득 쑥스러웠다. 이렇게 게이트에서 기다릴 땐 손을 어떻게 하지? 눈길은 어디다 둬야 하나? 둘 사이의 거리는 구만리 같았다. 웃으면서 쳐다보기를 50미터씩이나? 이제 45미터. 그녀는 바닥을 쳐다보다 천장을 쳐다보다 했다. 40미터, 그녀는 다시 덱스터를 보다 이내 바닥으로 눈길을 돌렸다. 35미터….

이 엄청난 거리를 걸어가며 그는 엠마의 변신에 깜짝 놀랐다. 그녀를 마지막 본 지 8주 만에, 그 모든 일들이 벌어진 지 두 달 만에, 엠마가 저렇게 변하다니. 그녀의 머리는 아주 짧아져 있었다. 앞머리는 이마를 가로질러 비스듬히 빗겨져 있었다. 얼굴에도 훨씬 많은 색깔이 깃들어서, 마치 그의 기억 속 그 여름의 얼굴 같았다.

차림새도 훨씬 좋아 보였다. 높은 구두에 말쑥한 짙은 색 치마, 약간 심하게 단추를 열어 둔 듯한 연한 회색 셔츠까지. 덕분에 그녀의 목 아래로 갈색 피부와 짙은 주근깨들이 삼각형을 이루고 있었다. 여전히 손을 어떡해야 좋을지, 눈길을 어디다 둘지 곤란해 하는 기색이 역력한 그녀를 보며, 덱스터도 문득 쑥스러워졌다. 10미터. 그는 어떤 대답을 어떻게 했던가? 그게 좋다는 거였나, 아니라는 거였나?

그는 발걸음을 재촉했고, 드디어 둘은 얼싸안았다.

"이렇게 나올 건 없었는데."

"물론 이렇게 나와야지. 관광객 양반."

"이거 좋은데." 그가 엄지로 그녀의 짧은 앞머리를 슥 빗었다. "이런 걸 뭐라 그러지 않나, 안 그래?"

"부치* 말이지?"

"개민**이다. 너 개민 같다."

"부치가 아니고?"

"전혀."

"네가 2주 전에 봤어야 하는 건데. 꼭 붙들린 반역자 꼬락서니였다니까."

그의 얼굴이 꿈쩍도 하지 않았다.

"파리 미용실에 간 거 처음이었잖니. 진짜 무서워 죽는 줄 알았다. 난 의자에 앉아서 속으로 '그만해, 그만해'만 되뇌었지. 정말 우스운 건, 파리에서도 미용사들은 휴가 어땠는지부터 묻는다는 거야. 그 사람들이 현대무용 얘기를 꺼내거나 '남자들도 진정 자유로울 수 있겠는가' 따위를 얘기할 거 같니? 천만에. 'Vous allez quelque part de gentil pour les vacances?'[바캉스로 어디 좋은데 가시나요?] Bous sortez en fille ce soir?'[오늘 저녁 예쁘게 차려입고 어디 가시나 봐요?] 따위만 묻는 거야."

그래도 그의 표정엔 변화가 없었다. 엠마는 내가 너무 말이 많구나, 너무 애쓰는구나 싶었다. 침착하자. 주절주절거리지 말고. 그만해!

그의 손이 그녀의 목 뒤 짧은 머리를 만졌다.

"뭐, 너한테 썩 잘 어울리는데 그래."

"글쎄, 내가 이런 헤어스타일에 어울리는 얼굴인가 싶어."

"진짜야, 네 얼굴이랑 잘 어울려." 그가 그녀의 팔뚝 맨 위를 붙들더니 그녀를 꼭 안았다. "꼭 팬시드레스 파티에 갔더니 네가 '세련된 파리지엔느' 콘셉트로 꾸미고 나타난 거 같다."

* butch. 레즈비언 동성연애에서 남성역의 여자를 가리키는 속어.

** gamine. 매력적인 말괄량이를 가리키는 불어.

"아님 콜걸이든가."

"아주 부자들만 상대하는 콜걸이겠네."

"오호, 그건 더 좋군." 그녀가 주먹으로 그의 턱을 톡 쳤다. 그녀의 손에 까끌한 수염이 느껴졌다. "그래, 그새 다 어떻게 된 거야?"

"그새 난 더럽게 망가져서 자살이나 꿈꾸는 이혼남이 되었지."

이렇게 입심 좋게 지절거리다니, 그는 말을 뱉고는 냉큼 후회스러웠다. 플랫폼을 벗어나자마자 그는 벌써 일을 그르치고 있었다.

"그래? 그래도 다행히 원한을 품고 사는 건 아닌가 보네?"

제일 먼저 떠오른 흔해빠진 상투어로 그녀가 대답했다.

"저 기차 도로 타고 가랴?"

"지금은 아냐." 엠마는 그의 손을 잡았다. "자, 가자. 가자고."

그들은 북역을 빠져나와 가스로 가득 찬 도시의 대기 속으로 걸어갔다. 전형적인 파리의 여름날이었다. 두터운 잿빛 구름이 금세라도 비를 뿌릴 듯 위협하고 있었고, 날씨는 후텁지근했다.

"우선 생마르탱 운하 근처로 가서 커피 한잔을 마시는 거야. 여기서 걸어서 15분이면 가. 어때? 그리곤 내 아파트까지 또 15분 거리지. 미리 경고해 두지만, 특별한 거 아무것도 없어. 모자이크 마루에다 펄럭이는 커튼을 단 큰 창문 같은 거 상상하는가 싶어서. 그냥, 안마당 내려다보는 방 두 개짜리 집이야."

"다락방 같겠네."

"그렇지. 딱 다락방이야."

"작가의 다락방."

덱스터의 여행을 위하여 엠마는 경치 좋은 길을 미리 외워 두었다. 파리 북동부의 소음과 차량 행렬을 피해 그나마 경치가 좋은 길들로.

"나 이번 여름 파리로 집을 옮길 거야. 거기서 글을 쓰려고."

지난 4월만 해도 그녀는 파리에 가서 사는 걸 황당하고 정신 나간 짓이라고 생각했다. 하지만 결혼한 커플들이 그녀에게 "넌 언제든 파리로 갈 수 있겠구나"라고 어찌나 지겹게 노래를 불러댔는지, 그녀는 급기야 '그래, 파리로 가버리자'는 맘을 먹기에 이르렀다.

런던은 거대한 탁아소 같았다. 그래, 다른 사람들 애들로부터 한동안 벗어나는 거다, 모험 한번 하는 거다, 싶었다.

사르트르와 드 보부아르, 베케트와 프루스트의 도시가 아닌가. 비록 상업적 성공을 거둔 틴에이저 소설 작가이긴 해도, 그녀 또한 작가로서 파리에 갈 이유가 충분한 듯했다. 그런 파리행을 조금이라도 덜 진부해 보이게 하기 위해 그녀는 관광객들의 파리에서 되도록 멀리 떨어진 데 거처를 정했다. 그곳이 바로 노동자 밀집지역인 19구의 벨빌과 메니몽땅 경계 근처였다. 아무 관광 명소도 없고, 눈에 띄는 건물도 없는 곳….

"그래도 얼마나 활기찬 곳인데. 그리고 싸지. 다문화 분위기도 아주 좋고. 그리고… 맙소사, 나 지금 거길 '진짜'라고 말할 뻔했어."

"진짜라니? 진짜 폭력적이라고?"

"아니, 그저, 음, 진짜 파리 같다고. 어휴, 나 꼭 무슨 학생 같지, 응? 서른다섯이나 되어서, 조그만 방 두 개짜리 아파트에 살면서, 무슨 휴학 중인 대학생처럼 말이다."

"내 생각엔 파리가 너한테 잘 맞아."

"진짜 그렇긴 해."

"네 모습도 진짜 멋져."

"그래?"

"완전 변했는걸?"

"뭐가 변해. 변한 거 없어."

"아냐, 진짜로. 너 정말 아름다워."

엠마가 계속 앞쪽을 응시하는 채로 인상을 찡그렸다. 둘은 조금을 더 걸었다. 운하로 내려가는 돌계단을 또각또각 내려가 어느새 물가의 조그만 바에 다다랐다.

"암스테르담 같다, 꼭." 그가 의자를 끌어내며 말했다. 그의 말투가 부드러웠다.

"사실은 이 운하가 세느강으로 산업물자를 실어 나르던 통로였대." 이런, 나 무슨 관광 가이드처럼 말하고 있군. "레퓌블리크 광장 밑으로, 바스티유 밑으로 흘러가 세느강과 만나지." 진정 좀 하세요. 덱스터는 옛 친구야, 까먹었니? 오랜 옛 친구일 뿐이라고.

둘은 잠시 앉아 물길을 쳐다보았다. 그녀는 이내 이런 아름다운 경치를 고른 자신이 부끄럽고 후회스러웠다. 정말 끔찍하군, 무슨 블라인드 데이트도 아닌데 말야. 그녀는 머릿속으로 무슨 말을 꺼낼까 더듬더듬 찾아보았다.

"그래, 우리 포도주 마실까? 아니면—"

"그건 좀 참자. 나 지금 술 끊고 있는 중이거든."

"그래? 얼마나 됐는데?"

"한 달쯤. 무슨 시험 같은 건 아니고. 그냥 안 마시려고 노력하는 거야." 그가 으쓱했다. "마셔 봤자 좋은 일은 하나도 없더라고. 그래서, 그냥 그렇더라고."

"아, 그래. 커피로 할까, 그럼?"

"그래. 커피."

웨이트리스가 다가왔다. 검은 머리에 긴 다리의 어여쁜 용모였으나,

덱스터는 눈길도 주지 않았다. 웨이트리스에게 추파를 던지지도 않다니 뭔가 크게 잘못된 게 틀림없어, 엠마는 그렇게 생각했다. 그녀는 보란 듯 유창한 프랑스말로 주문을 하고서, 다시 덱스터의 동그래진 눈을 보며 어색하게 웃음 지었다.

"회화 수업 듣거든."

"들어 보니 그런 거 같네."

"물론 저 여자앤 한마디도 못 알아들었을 거야. 아마 오븐에 구운 닭 요리를 들고 올지도 모르지!"

아무 반응이 없었다. 대신 덱스터는 금속 테이블 위에 떨어진 설탕 알갱이만 손톱으로 으깨고 있었다. 엠마는 다시 뭔가 자극적이지 않을 법한 얘기를 꺼내들었다.

"마지막으로 파리 온 게 언제였어?"

"3년 전쯤. 아내랑 난 걸핏하면 미니휴가를 떠나곤 했었어. 그중 하나였는데, 조르쥬 생크George Cinq 호텔에서 나흘 묵었었지." 그가 각설탕 하나를 운하로 탁 튕겨 날렸다. "그러니까 빌어먹을 돈 엄청 낭비한 셈이었지."

엠마가 입을 열다가 다시 닫았다. 할 말이 없었다. '다행히 원한을 품고 사는 건 아닌가 보다'란 말은 이미 써먹은 터였다.

그런데 덱스터가 눈을 껌벅껌벅거리곤 머리를 흔들더니 자기 손으로 그녀의 손을 슬쩍 건드리며 말했다.

"음, 내 생각엔 말야, 앞으로 이틀 동안 말이지, 넌 내게 이곳저곳 경치도 보여 주며 애쓰는데 난 혼자 뚱해서 말도 안 되는 소리들이나 지껄일 것 같아."

엠마는 웃으며 그의 손을 슬쩍 누르며 대답했다.

"그리 놀랄 일도 아니네, 뭘. 네가 겪은 일, 지금 겪고 있는 일을 생각해 봐."

그녀의 손이 그의 손을 감쌌다. 잠시 후 덱스터의 손이 그녀의 손등을 덮었고, 그 뒤 엠마의 손이 다시 그의 손 위로 올라갔다. 둘의 손놀림이 점점 더 빨라졌다. 어린애들 노는 게 따로 없었다. 하지만 그건 둘 모두에게 긴장과 쑥스러움을 감추려는 고도의 연기이기도 했다. 결국 그녀는 난처함을 숨기려고 일부러 화장실 다녀오겠다며 일어섰다.

작고 퀴퀴한 화장실안에서 엠마는 거울을 쳐다보며 머릿속에서 뭐라도 끄집어내려는 듯 앞머리를 세게 잡아당겼다. 그녀는 한숨을 토하며 스스로를 타일렀다. '진정해. 무슨 큰일이 벌어졌다고 그래. 그런 일, 다 일회성인 거야. 덱스터는 내 오랜 옛 친구잖아.' 단지 알리바이를 위해 물을 내린 뒤 그녀는 따뜻한 잿빛 오후 속으로 돌아갔다. 덱스터 앞 탁자 위에 그녀의 소설 한 권이 놓여 있었다. 신경이 쓰이는 듯, 그녀는 조심스레 의자에 앉으며 손가락으로 책을 가리켰다.

"이건 어디서 났니?"

"기차역에서 샀어. 엄청나게도 쌓아 놨더군. 네 책, 정말 어딜 가도 있더라, 엠."

"그래, 읽긴 읽었니?"

"3페이지까지 읽는 것도 엄청 힘들더라."

"재미없거든, 덱스."

"엠마. 네 책 정말 멋져. 훌륭해."

"그래 봤자, 멍청한 애들 책인걸."

"아냐, 진짜로, 난 네가 너무 자랑스러워. 내가 틴에이저 소녀 취향이거나 그런 건 아니지만, 그래도 깔깔 웃게 되더라. 한 번에 내리 다 읽었다니까. 내가 마치 지난 15년 동안 『하워즈 웨이』를 줄곧 읽어 온 사람처럼 말하는 거, 알겠니?"

"『하워즈 엔드』말이지? 『하워즈 웨이』는 금시초문인걸?"

"뭐였든. 이제껏 단번에 읽어버린 책이라곤 없었거든, 나한테는."

"뭐, 활자가 빵빵하게 크잖아."

"그래. 그 점도 아주 맘에 들더라. 빵빵한 활자. 그리고 그림도. 일러스트, 그거 정말 재밌더라, 엠. 예전엔 미처 몰랐어."

"우와, 고마워라…."

"하나 더. 신나고 재밌기도 했지만, 무엇보다 엠 네가 썼다는 게 너무 뿌듯했어. 그래서 말야…." 그가 주머니에서 펜을 하나 꺼냈다. "사인 좀 해주라."

"웃기시네. 말도 안 돼."

"아냐, 꼭 해줘. 넌 말야…." 그가 책 뒤표지를 보며 읽었다. "'로알드 달 이래 가장 대단한 아동서 작가'니까."

"출판사 사장의 아홉 살짜리 조카딸이 그렇게 말했지." 그가 펜으로 그녀를 쿡 찔렀다. "그래도 사인 같은 거 안 해, 덱스."

"해줘. 부탁이다, 응?" 그가 일어섰다. 일부러 화장실 가는 척하기로 한 것이었다. "여기다 놔둘 테니까 뭘 좀 써줘 봐. 뭔가 개인적인 걸로, 응? 오늘 날짜도 적고. 네가 정말 유명해지고, 난 돈이 필요할 때를 대비해서 말야."

작고 구린 화장실 안에 서서 덱스터는 이런 상태를 얼마나 오래 버틸 수 있을지 생각했다. 언젠가는 둘이서 얘기를 나눠야만 했다. 이런 식으로 언저리를 빙빙 도는 일은 정신 나간 짓이니까. 그는 음향효과를 위해 물을 내리고, 손을 씻은 뒤 머리에 쓱쓱 비벼 말렸다.

다시 밖으로 나섰을 때, 엠마가 막 책을 덮고 있었다. 덱스터는 작가분이 어떤 헌사를 쓰셨는지 얼른 읽어 보려고 했으나, 엠마가 손으로 책을 눌렀다.

"내가 없을 때 봐주라, 응?"

그는 도로 앉아 책을 가방에 넣었고, 그녀는 마치 다시 본론으로 돌아가자는 듯 탁자 위로 몸을 기울였다.

"그래, 내가 궁금한 건 이거야. 어떻게 지냈어?"

"아, 아주 좋아. 9월에 이혼 수속이 진행되었지. 결혼기념일 직전에 딱 마무리되더라. 결혼의 기쁨은 만 2년 만에 끝장이 났지."

"그녀랑 얘기 충분히 했어?"

"가능하면 안 했지. 그러니까, 서로에게 욕 퍼붓고 물건 집어던지고 하는 걸 관뒀다는 소리야. 그저 그래, 아니, 안녕, 잘 가, 그런 말들만 나눈다고. 돌아보니 결혼생활 내내 나눈 얘기란 게 고작 그런 것들이었어. 들었니? 그 여자 벌써 캘럼이랑 같이 산다는 거? 같이 디너파티 하러 가곤 했던 머스웰힐의 그 우스꽝스런 대저택으로 들어갔다는 거지…."

"응, 들었어."

그가 매서운 눈초리로 그녀를 보았다.

"누구한테서? 캘럼?"

"당근 아니지! 그냥, 뭐, 사람들한테서."

"나를 불쌍해 하는 사람들 말이지."

"불쌍해 하다니. 그저… 염려하는 사람들이지." 그가 못 견디겠다는 듯 코를 잔뜩 찌푸렸다. "그건 나쁜 게 아냐, 덱스. 사람들이 네 걱정을 하는 거야. 캘럼이랑은 얘기해 봤니?"

"아니. 그 자식이 집적거리긴 했지. 아무 일 없었다는 듯 메시지 계속 남기고 말야. '그래 친구! 우리한테 전화해 줘'라니? 그 자식은 아마 같이 맥주라도 마시며 '잘 애기해 보자'는 건가 보지? 가서 그놈을 봐야 하나. 엄연히 3주치 봉급도 받을 게 있거든."

"아직도 일해?"

"예전 일은 아냐. 리치몬드의 그 빌어먹을 집을 세줬지. 그리고 아파트도. 그걸로 먹고 살아." 덱스터가 커피 앙금을 홀짝 마시고서 운하를 쏘아보았다. "잘 모르겠어, 엠. 18개월 전, 내겐 가족도 있고 직업도 있었어. 직업이라긴 그렇지만… 기회가 있었지. 여기저기서 제안도 받았고 말이야. 다인승 미니밴이랑, 서리에 멋진 작은 집도 있었는데…."

"너 그거 엄청 싫어했잖아."

"뭘 그렇게 싫어했다고 그래."

"미니밴 정말 싫다며."

"그래, 그렇네. 정말 싫었지. 하지만 그건 내 거였어. 그런데 어느 날 갑자기 공용화장실을 쓰는 킬번의 골방에서 결혼선물 절반을 떠안고서… 혼자 사는 거야. 나 혼자서, 르크루제 냄비만 잔뜩 쌓아 놓고 말야. 내 삶은 사실상 끝났어."

"네가 뭘 해야 하는지, 내 생각 말해 줄까?"

"뭔데?"

"아무래도…." 그녀가 깊이 숨을 들이마시며 그의 손끝을 쥐었다. "아무래도 넌 캘럼한테 가서 도로 거기서 일하게 해달라고 부탁해야 할 것 같아."

그의 눈에서 불똥이 튀었다. 그가 휙 손을 빼냈다.

"농담이야, 농담!" 엠마는 그렇게 말하며 웃기 시작했다.

"그래, 내 결혼의 참상을 그렇게 재미있어 하다니, 정말 다행이다,

엠."

"그런 거 아냐. 난 그저 자기 연민이 답은 아니겠다 싶은 거야."

"자기 연민은, 무슨? 내가 말한 건 다 사실이라고."

"그럼, '내 삶은 사실상 끝났어'도 사실인 거네?"

"그렇단 소리지. 몰라. 난 그냥…." 그는 운하로 시선을 던지다가 배우처럼 한숨을 토했다. "내가 젊었을 때는 모든 게 가능해 보였어. 이젠 그런 게 하나도 없어."

엠마에겐 그 정반대가 사실이었다. 엠마의 대꾸는 간단했다.

"그렇게 나쁜 거 아니거든."

"좋은 건 또 뭐 있겠냐? 네 마누라가 제일 친한 친구놈이랑 붙어먹었다면."

"그리고 걔는 '제일 친한 친구'도 아니었잖아? 몇 년 동안 서로 연락도 안 했으면서. 그건 그저, 내 말은… 그래, 우선 '킬번의 골방'부터. 사실 그건 골방도 아니지. 웨스트햄스테드의 훌륭한 방 둘짜리 아파트지. 나라면 살인이라도 하겠다, 그런 아파트 준다면. 그리고, 옛 아파트로 되돌아가기까지만 잠깐 머무는 거라면서, 엄살은."

"그렇지만 이제 2주 후면 난 서른일곱이야. 난 이제 사실상의 중년이라고."

"서른일곱은 아직도 30대 중반이야! 그렇잖아. 그래, 넌 지금 당장은 하는 일도 없지. 하지만 그렇다고 연금 받으며 사는 신세는 아니잖아. 임대해서 받는 수입도 있잖아. 그거 진짜 다행 아니니? 그리고 인생 느지막이 딴 일을 시작하는 사람이 얼마나 많은데. 한동안 비통해 하는 건 괜찮아. 하지만 결혼해 있던 동안에도 그리 행복했던 건 아니었잖아, 덱스. 나도 알아, 만날 그런 얘기 들었었잖아. '우린 얘기도 안 해, 우린 서로 재밌어 하지도 않아, 둘이 같이 외출하는 일도 없고…' 힘은 들겠지만, 때가 되면 너도 이번 기회를 새로운 출발을 위한 계기라고 여기게 될 거야. 새로운 출발! 네가 할 수 있는 일이 얼마나 많니? 네가 결정만 내리면 되잖아…."

"뭐 어떤 거?"

"글쎄? 미디어 일? 진행자 일 하던 거 다시 할 수도 있잖아?" 덱스터가 괴로운 신음을 뱉었다. "그래. 그럼 막후에서 뭔가를 할 수도 있겠네. 프로듀서나 감독 같은 거." 덱스터가 질겁했다. "아니면, 음, 사진! 한때 넌 입만 열면 사진 이야기였잖아. 아니면 음식은 어때? 모르긴 몰라도 음식에 대한 뭔가를 할 수도 있겠지. 그런 거 죄다 안 되더라도, 그 찬란하게 낮은 인류학 2.2학점에 언제든 기댈 수도 있지." 그녀가 강조하듯 그의 손등을 토닥토닥 두드렸다. "사람들은 언제나 인류학자들을 필요로 하거든."

그가 웃었다. 그러다 말고 자신이 지금 웃을 계제가 아니란 걸 얼른 깨달았다.

"넌 이제 겨우 30대 중후반의 건강하고 유능하며 재정적으로 건실한 데다 꽤나 매력적인 아빠야. 넌, 음, 괜찮아, 덱스. 자신감만 회복하면 돼. 그러면 되는 거야."

그가 길게 숨을 내뱉으며 멀리 운하를 쳐다보았다.

"그래. 격려의 연설인 거지?"

"바로 그거지. 네 생각은 어때?"

"난 아직도 저 운하에 몸을 던지고 싶어."

"그렇다면 얼른 운하로부터 멀어져야겠네." 그녀가 탁자 위에 돈을 올려놓았다. "내 아파트는 저 방향으로 20분 거리야. 같이 걸을까, 아니면 택시를 타든가….” 그녀가 일어났지만 그는 꼼짝도 하지 않았다.

“그 모든 사태 중 최악은 재스민이 너무 보고 싶다는 거야.” 엠마가 다시 앉았다. “그러니까 돌겠어. 난 좋은 아빠도 아니었던 거야. 그 근처도 못 갔지.”

“야, 왜 그래….”

“난 형편없었어, 엠. 정말 쓸모없었지, 아무짝에도. 난 그냥 미친 듯이 화가 났고, 거기 있기 싫었을 뿐이야. 거기 살던 내내 우리는 완벽한 가족인 양 연기하며 살았던 거야. 난 늘 ‘이건 실수야’라고 생각했지. 이건 나한테 어울리지 않는다고. 난 이렇게 생각하곤 했어. 다시 잠을 잘 수만 있다면, 주말을 맞아 어딘가로 떠난다면, 아니, 그저 밤에 외출해서 늦은 시간까지 즐길 수만 있다면 정말 좋겠다고 말야. 자유로워지는 거, 아무 책임도 갖지 않는 거 말이지. 자, 이제 그런 걸 다시 다 가지게 되었는데, 뭐야, 내가 하는 짓이라곤 물건들을 전부 마분지 상자 속에 넣어 둔 채로 멍청하게 앉아 내 딸을 그리워하는 일밖에 없어.”

“그래도 넌 재스민 보잖아.”

“2주에 한 번, 말도 안 되는 하룻밤 자고 가는 거.”

“왜, 더 자주 볼 수도 있잖아? 더 보게 해 달라고 부탁하지….”

“그래, 그럴 거야! 그렇지만 지금도 애엄마가 차 타고 가버리면 재스민 눈에 두려워하는 기색이 역력해. ‘엄마, 날 이 괴상하고 애처로운 척하는 괴물이랑 남겨 두고 가면 어떡해요.’ 내가 재스민한테 선물을 얼마나 많이 사주는지 아니? 정말 말도 안 돼. 애가 오는 날이면 선물 박스가 잔뜩 쌓인다고. 그때마다 크리스마스인 것처럼 말야. 왠지 알아? 선물 여는 것 말고는 애랑 뭘 할지 아무 생각도 안 나거든. 둘이 선물이라도 열지 않으면 애는 금세 울음을 터뜨리며 엄마를 찾기 시작할걸. 그건 물론 엄마랑 그 빌어먹을 캘럼을 찾는다는 소리지. 그런데 난 애한테 뭘 사줘야 할지도 몰라. 매번 볼 때마다 애는 늘 달라져 있어. 일주일이나 열흘을 등 돌리고 있어 봐라. 모든 게 변해! 무슨 말이냐면, 세상에, 하루는 재스민이 걷는 거야. 그런데 난 그걸 못 본 거지. 어떻게 그런 일이 있을 수 있어? 어떻게 그런 장면을 내가 못 볼 수가 있냐고? 내 애가 걷기 시작하는 걸 보는 일, 그건 내 몫 아냐? 내가 뭘 잘못한 것도 아니잖아, 그런데 갑자기….”

그의 목소리가 잠시 떨렸다. 그가 얼른 말투를 바꾸었다. 목소리에 분노가 어려 있었다.

“…물론 재스민은 그 사이에 늘 그 썩을 캘럼 놈이랑 같이 지내는 거지. 그 빌어먹을 머스웰힐의 엄청난 저택에서 말야.”

하지만 그 분노의 기운도 그의 목소리가 갈라지는 걸 막지는 못했다. 덱스터가 뚝 하고 말을 그쳤다. 양손을 코 양쪽에 대고 누르고서 눈을 크게 뜬 게, 마치 재채기를 잠재우려는 사람 같았다.

“너 괜찮아?” 그녀가 물었다. 그녀의 손이 그의 무릎을 만졌다.

그가 고개를 끄덕했다.

“주말 내내 이러진 않을 거야. 약속할게.”

“아무렴 어때.”

“난 안 그래. 이건… 체면이 아니지.” 그가 벌떡 일어나 가방을 집어들었다. “제발, 엠. 우리 다른 얘기 하자. 얘기 좀 해줘. 네 얘기.”

둘은 운하를 따라 길게 걸었다. 레퓌블리크 광장의 언저리를 따라 돌아 포부르 생드니 거리를 따라 동쪽으로 걸어가며 엠마는 자신의 일에 대해 얘기했다.

“두 번째는 속편이야. 내 상상력은 딱 그 정도거든. 대략 3/4쯤 끝낸 거 같아. 줄리 크리솔이 파리로 수학여행을 떠나는데, 거기서 프랑스 남자애랑 사랑에 빠지는 거야. 그러면서, 자자잔, 온갖 모험이 펼쳐지는 거지. 내가 여기 있는 핑계로도 좋잖아. 연구 목적이다 이거지."

"첫 책도 잘 나가지?"

"그렇다더라. 앞으로 두 권 더 쓸 만큼은 돈을 주겠다 하네."

"그래? 세 번째 속편까지?"

"그래야 할 거 같네. 줄리 크리솔 시리즈는 그들 말로 프랜차이즈 상품이래. 거기서 돈이 나온다 이거지. 프랜차이즈를 만들어라! TV 피플들이랑 얘기도 오가나 봐. 줄리 크리솔 드라마를 만들자는 거야. 내 일러스트를 기본으로 해서 만드는 어린이용 애니메이션이래."

"농담하는 거지?"

"그래, 웃기지? 나 이제 '미디어'에서 일한다는 거 아니냐! 내가 부프로듀서라는 거야!"

"그게 무슨 뜻이야?"

"별 거 아냐. 그러니까, 아무래도 괜찮다는 거야. 난 그 일이 좋아. 하지만 언젠가는 어른들이 읽는 책을 쓰고 싶어. 내가 늘 쓰고 싶었던 건 그거니까. 우리 시대의 그 위대하고 화난 사람들을 등장시킨 사회소설 말야. 뭔가 거칠고 탈시간적인 얘기로 인간 내면 깊은 곳을 드러내고 싶은 거야. 디스코에서 프랑스 남자애들이랑 부비부비나 하는 덜 떨어진 얘기들 말고 말야."

"그런 얘기만 나오는 건 아니지, 응?"

"아마 아니겠지. 그리고 다 그렇게 되는 건지도 몰라. 언어로 세상을 바꾸겠다고 시작해 놓고선, 결국엔 몇몇 근사한 우스개나 얘기하는 걸로 만족하는 신세가 되는 거. 맙소사, 내 말 좀 봐. 완전 예술가인 양 까분다, 그치?"

그가 그녀를 쿡 찔렀다.

"뭐?"

"난 그대가 아주 만족스러워요." 그는 그녀의 어깨를 감싸 안은 팔에 힘을 주었다. "작가님. 제대로 된 작가님이네, 이제. 늘 하고 싶어하던 걸 드디어 이렇게 하고 있구나."

둘은 그렇게 걸었다. 좀 쑥스럽고 어색했다. 다른 손에 든 그의 가방이 다리에 부딪쳐 자꾸 걸리적거렸다. 마침내 너무 불편해진 그가 팔을 슬그머니 뺐다.

둘은 계속 걸었다. 한 발짝, 한 발짝, 둘의 기분도 점점 좋아졌다. 도시 위를 덮은 담요처럼 짙게 드리워졌던 구름도 조각조각 흩어지기 시작했고, 저녁이 시작되는 무렵의 포부르 생드니에는 새로운 생기가 넘실거렸다. 어수선하게 번들거리는 거리는 소음과 활기로 가득해서, 어떤 데는 꼭 아랍시장 수크souk 같았다. 엠마는 마치 안절부절못하는 관광가이드처럼 연신 덱스터의 눈치를 살폈다.

둘은 차들로 북적대는 넓은 벨빌대로를 건너 19구와 20구 경계를 따라 계속 동쪽으로 갔다. 언덕을 오르며 엠마는 그녀가 좋아하는 바를 가리키며 피아프와 1871년 파리콤뮨에 얽힌 지역역사를 이야기했다. 그 동네에 중국계와 북아프리카 사람들의 공동체가 있다는 얘기도 나왔다. 덱스터는 그 얘기들에 귀를 기울이려고 했지만, 그의 머릿속은 그녀의 집에 다다랐을 때 벌어질 일들을 그리느라 분주했다.

들어 봐, 엠마, 실제 어떤 일이 벌어졌냐 하면….

"…그러니까 파리의 해크니30 같은 데라고 할 수 있지." 엠마의 말이었다.

덱스터가 그 미칠 것 같은 표정으로 웃는 얼굴을 만들어내었다.

그녀가 팔꿈치로 그를 슬쩍 찔렀다.

"뭐야?!"

"파리에 와서 해크니 닮은 데를 찾아내는 애는 아마 너뿐일 거다."

"그게 재밌거든. 내 생각은 그렇다는 거지 뭐."

드디어 둘은 조용한 곁길로 접어들었다. 마치 차고 문짝처럼 생긴 데 멈춰선 엠마는 번호키를 누른 다음 어깨로 그 육중한 문을 밀고 들어섰다. 둘이 들어선 곳은 중정中庭이었다. 어지럽고 너저분한 정원을 둘러싸고 아파트들이 빼곡히 올라가 있었다. 발코니에 내건 빨래가 펄럭였고, 저녁 햇살 속에 싸구려 화분들이 바짝바짝 타들어가고 있었다. 여러 집 텔레비전이 경쟁하듯 악을 쓰는 소리, 테니스공으로 축구를 하는 아이들 소리로 떠들썩했다. 그 어지러운 분위기 때문에 짜증이 후끈 일어나는 걸 덱스터는 꾹 눌러 참았다.

이번 여행에 앞서 덱스터는 엠마의 집 마당엔 나무 그늘이 드리워져 있겠지, 창문 미늘살 사이로 햇빛이 쏟아질 테고, 아마 노트르담성당이 보일지도 모르지, 그런 상상을 했었다. 이곳도 괜찮긴 했다. 아주 도시적이고 산업적인 의미에서 보자면 쉬크하다고 할 수도 있었다. 그래도 좀 더 낭만적인 곳이었으면 한결 받아들이기 쉬웠을 텐데….

"내가 말했지. 대단한 거 아무것도 없다고. 6층까지 올라가야 하는데, 어떡하냐?"

* Hackney. 런던 도심 금융지구인 '시티'의 북동부에 인접한 자치구. 전통적으로 저소득층, 다인종 주거지역으로서 한때 우범지역으로도 악명이 높았으나, 최근에는 런던에서 가장 높은 범죄감소율을 보이고, 고급 주거단지 및 콘템포러리 갤러리, 아트 스튜디오 등이 들어서면서 지역 분위기가 바뀌고 있다. 인근 스트랏포드 자치구에 2012 런던 올림픽게임용 올림픽 파크가 조성되며 경공업단지 이전 부지가 해크니에 마련되는 등 발전의 계기가 될 투자들이 일어나고 있다.

그녀가 계단실 전등을 켰다. 타이머가 달린 스위치였다. 둘은 가파른 철제 계단을 올랐다. 아주 구불구불한 그 쇠 구조물은 벽에 제대로 붙어 있기나 한 건지 의심스러워 보일 정도였다. 엠마는 덱스터의 눈이 그녀의 뒤태를 고스란히 살피는 높이란 걸 의식하면서, 있지도 않은 구김살을 펴려고 연신 스커트의 끝자락을 당겨 내렸다.

둘이 3층 계단참에 다다르자 타이머가 틱 하고 꺼져 버렸다. 둘은 잠시 멍한 어둠 속에서 갈피를 잃었다. 엠마가 뒤로 손을 뻗어 더듬더듬 그의 손을 찾아 쥐고서, 마침내 어느 문 앞에 설 때까지 그를 끌고 계속 계단을 올라갔다. 문 위의 채광창에서 나오는 희미한 빛 속에서 두 사람은 서로를 보고 웃었다.

"다 왔다. 쉐이 므아(나의 집)!"

엠마는 가방에서 엄청나게 큰 열쇠뭉치를 꺼내더니 복잡한 열쇠 열기 작업을 펼쳤다. 한참 후 문이 열렸고, 작지만 쾌적한 그녀의 집이 모습을 드러냈다. 회색 페인트로 칠한 나무바닥은 잔뜩 닳은 상태였다. 가구라고는 크고 불룩한 소파 하나, 중정을 내려다보는 조그맣고 깔끔한 책상 하나가 전부였다. 벽에는 엄숙해 보이는 불어책들이 꽂혀 있었는데, 책등이 죄다 희미하고 누렇게 바랜 상태였다. 옆으로 난 조그만 부엌 식탁에는 신선한 장미와 과일들이 올려져 있었고, 열린 방문 사이로 침대도 보였다.

둘이 어떻게 잘지는 아직 얘기도 못한 상태였지만, 이 아파트 안에는 저 커다란 철제침대 하나뿐이구나, 덱스터는 그런 생각을 했다. 어찌나 육중하고 예스런 침대인지 무슨 농장에서 실어 온 것 같았다. 침실 하나, 침대 하나. 초저녁 햇살이 창문 사이로 길게 쏟아져 들어오는 걸 보며 덱스터는 자꾸 그 생각을 떨칠 수가 없었다. 침실 하나, 침대 하나. 덱스터는 소파가 펼쳐지면 뭐로 바뀌는 거 아닌지 점검했다. 아니군. 침대는 하나뿐이야. 그의 가슴 박동이 가빠지는 게 느껴졌다. 아마 6층까지 올라와서 그런 것일지도 모르지만.

그녀가 문을 닫았고 일순 정적이 흘렀다.

"자. 여기가 내 집이야!"

"멋지다."

"괜찮지 뭐. 부엌은 이쪽."

6층까지의 등반, 그리고 긴장 탓에 엠마는 목이 말랐다. 그녀는 냉장고 문을 열고서 소다수 병을 꺼냈다. 그녀가 벌컥벌컥 물을 들이켜고 있는데, 느닷없이 덱스터의 손이 그녀의 어깨에 느껴졌다. 언제 그랬는지 그는 그녀의 앞에 서 있었고, 그녀에게 키스를 했다. 엠마의 입은 부글부글 거품이 이는 탄산수로 가득했다. 소다수 제조기처럼 그의 얼굴에 그 물거품을 뿜어대는 일을 막으려고 그녀는 입술을 꾹 다물었다. 허리를 뒤로 제끼며 그녀는 마치 복어처럼 부풀어 오른 자기 볼을 가리키며 손을 퍼덕거렸다. 그러면서 겨우 "잠깐만"처럼 들리는 소리를 냈다.

덱스터는 정중하게 뒤로 물러나 그녀가 숨을 쉴 수 있도록 도와주었다.

"미안해."

"괜찮아. 그냥 좀 놀라서 그래." 그녀가 손등으로 입을 닦았다.

"이제 됐니?"

"응, 그래. 그런데 덱스터, 할 얘기가 있어…."

그가 다시 그녀에게 키스를 했다. 이번에도 너무 서투르게 밀어대는 바람에 엠마의 몸이 부엌 식탁 위로 휘어졌고, 이어서 식탁이 심하게 흔들렸다. 엠마는 허리를 틀어 묘기를 부리듯 떨어지려는 장미 화분을 움켜잡았다.

"저런."

"덱스터, 잠깐만—"

"미안해. 난 그저—"

"잠깐만. 뭐냐 하면—"

"좀 쑥스러워서—"

"나 지금 누구 만나는 중이야."

덱스터가 깜짝 놀란 듯 뒷걸음질을 쳤다.

"네가 누굴 만난다고?"

"응, 남자. 한 사람이랑 데이트 중이야."

"한 사람? 아, 남자. 그래, 그렇구나. 누구니?"

"장-피에르라는 이름의 남자지. 장-피에르 뒤졸리에."

"프랑스 남자라고?"

"아냐, 덱스. 그 사람 웨일스인이야."

"야, 내가 좀 놀랐나 보다."

"왜 놀라? 프랑스 사람인 줄 알고? 아니면 나한테 정말로 남친이 생겼다고?"

"아니, 그러니까… 글쎄, 좀 빠른 거 아니니? 내 말은, 이제 겨우 여기 있은 지 몇 주밖에 안 됐는데. 아니, 짐도 안 풀고 연애부터…."

"두 달이거든! 나 여기 온 지 두 달이고, 장-피에르 만난 건 한 달 전이라고."

"그래, 어디서 만난 건데?"

"이 근처의 조그만 비스트로에서."

"조그만 비스트로에서. 그렇구나. 어떻게?"

“어떻게라니?”

“어, 떻, 게, 만났냐고?”

“글쎄, 음… 혼자서 저녁을 먹고 있었지. 책을 읽으면서 말이야. 그런데 그 남자는 친구들이랑 왔다가 날 보고 뭘 읽느냐고 말을 걸더라….”

덱스터가 끄응 소리를 내며 머리를 저었다. 한 달인이 다른 달인의 솜씨를 조롱하면서 내는 몸짓이었다.

엠마는 그를 무시하고 거실로 걸어갔다. “어쨌든, 우린 얘기를 시작했지.”

덱스터가 말꼬리를 물었다. “뭐, 불어로?”

“그래, 불어로. 그러다 서로 뜻이 맞았고, 그래서, 으음, 이렇게 만나는 거지!” 그녀가 소파에 털썩 앉았다. “잘 알겠니, 이제?”

“그랬구나. 알겠다.” 그의 눈썹이 치켜 올라가더니 다시 내려왔다. 찡그리면서 동시에 웃는 방법을 찾느라 그의 얼굴 근육이 이상하게 실룩거렸다. “그래. 잘됐다, 엠. 정말 대단한데.”

“날 그런 눈으로 보지 마, 덱스터. 내가 무슨 혼자 사는 할머니냐?.”

“내가 뭘 어쨌다고 그래!” 무관심한 척하며, 그는 창밖 아래의 중정으로 시선을 돌렸다. “그래, 어떤 사람이야, 그 장 뭐랬지?”

“장-피에르. 좋은 남자야. 잘생겼고, 매력적이지. 음식 솜씨도 대단해. 모르는 요리가 없고, 포도주, 예술, 건축에도 조예가 깊지. 있잖아, 그런 거, 정말… 프랑스인다운 거.”

“그게 뭔데? 건방지다는 소리야?”

“아니….”

“지저분하다고?”

“덱스터!”

“양파를 주렁주렁 매달고, 자전거 타고 다니는?”

“맙소사. 너 가끔 이렇게 견딜 수 없는 지경이 되는 거 아니?”

“아니, ‘정말 프랑스인답다’는 게 대체 무슨 뜻인데, 그럼? 젠장.”

“나도 몰라. 아주 쿨하고, 느긋하고, 그리고….”

“섹시하다고?”

“‘섹시하다’는 소리 안 했거든.”

“안 했지. 하지만 네가 얼마나 ‘섹시’해졌는지는 훤히 보이네. 머리도 희한하게 해놓고, 셔츠 단추는 활짝 열고서….”

“정말 멍청한 소리잖아. ‘섹시’라니.”

“그래도 섹스는 엄청 많이 하고 있는 거지, 응?”

“덱스터, 너 정말 왜 그렇게—”

“널 좀 봐. 뭔가를 마구 내뿜잖아. 끈적끈적하게 달아올라서는….”

“덱스터, 그럴 건 없잖아. 아니 대체 왜 그러는데, 응?”

“뭘?”

“왜 그렇게 상스럽게 구냐고? 내가 무슨 잘못이라도 했냐!”

“내가 뭘 상스럽게 군다고 그래. 난 그저….” 그가 말을 멈추고 돌아서 창밖을 내다보았다. 그의 이마가 유리창에 붙어 있었다. “내가 여기 오기 전에 말을 해줬으면, 내가 호텔을 예약했을 거 아냐.”

“너 여기 머물러도 돼! 난 오늘밤에 장-피에르랑 잘 거니까.”

덱스터가 등을 돌리고 있는데도 엠마는 그가 움찔하는 걸 느낄 수 있었다. “내 말은 그러니까… 장-피에르의 집에서 잔단 말이지.” 그녀가 소파에 앉아 몸을 숙였다. 그녀의 두 손이 얼굴을 감쌌다.

“덱스터, 대체 뭘 기대했던 거니?”

“몰라.” 그가 창살에다 대고 웅얼거렸다. “이런 건 아니었지.”

"그래? 미안하다."

"왜 내가 널 보러 왔다고 생각해, 엠?"

"쉬려고. 모든 거 다 떠나서. 옛 친구 보려고."

"난 무슨 일이 일어났던 건지 얘기하려고 온 거야. 너랑 나랑, 마침내 함께 만나서 말야." 덱스터가 손톱으로 유리창 접착용 퍼티를 쥐어뜯으며 말했다. "난 내가 겪은 일이 너한테도 아주 큰일이었다고 생각했던 거지. 그랬던 거야."

"우리 같이 잔 건 하루뿐이었어, 덱스."

"세 번이야!"

"몇 번이나 몸을 섞었나를 말하는 게 아니잖아, 덱스. 그러니까 딱 그 날, 그날 밤 하루였던 거잖아."

"그래. 난 그래도 그게 우리한테 엄청난 일이었다고 생각했지! 그런데 넌 파리로 달아났더라. 그리곤 프랑스인이나 다름없는 애 품에 덥석 안겼고."

"달아난 게 아냐. 표는 진작 예약했던 거였어! 왜 넌 모든 일이 너 때문에 일어난다고 생각하니?"

"그럼 떠나기 전에 나한테 전화도 안 한 건…?"

"왜? 허락이라도 받게?"

"아니, 내가 어떻게 생각하는지는 알아봤어야지!"

"잠깐만. 너 지금 우리가 서로의 감정을 안 살핀다고 화난 거니? 내가 널 기다려 줬어야만 했다고 생각하니까 화가 난 거다?"

"나도 모르겠어." 그가 우물쭈물했다. "그럴지도 모르지!"

"맙소사, 덱스터, 너? …너 지금 샘이 난 거니?"

"그건 절대 아니다!"

"그런데 왜 그렇게 부루퉁해서 그래?"

"부루퉁한 것도 아냐."

"그럼 날 좀 봐!"

덱스터는 엠마가 시키는 대로 했다. 앵돌아진 얼굴로, 양팔은 가슴 높이 팔짱을 낀 채였다. 엠마는 웃지 않을 수 없었다.

"뭔데? 왜 웃어?"

덱스터가 노기등등하게 물었다.

"아니, 넌 이 상황이 얼마나 우스운지 모르겠단 거니, 덱스?"

"뭐가 그렇게 우스운데?"

"완전 틀에 박힌 남자들처럼… 난데없이 일부일처론자가 된 거잖아, 너."

그가 잠시 말을 잃고 서 있더니, 냉큼 다시 창문 쪽으로 몸을 돌렸다. 보다 부드러운 목소리로 그녀가 말했다.

"봐봐… 우리 둘 다 좀 취했었잖아."

"난 그렇게 안 취했었어…."

"너 신발도 신은 채 바지 벗고 그랬잖아, 덱스!" 아직도 덱스터는 몸을 돌리지 않았다. "창가에 서서 뭐 해. 이리 와 좀 앉아라, 응?"

그녀는 맨발을 소파 위로 올려 두 다리를 깔고 앉았다. 그는 이마로 창틀을 한 번, 두 번 찧고 나서, 그녀의 눈길을 외면한 채 거실을 가로질러 와 마치 학교에서 말썽을 피우다 집으로 쫓겨 온 아이처럼 그녀의 옆자리에 몸을 묻었다. 그녀가 몸을 움직여 발을 그의 허벅지에 밀착시켰다.

"좋아. 그 얘길 하고 싶다고 했지? 이제 같이 얘기하자."

그는 아무 말이 없었다. 그녀의 발가락이 그를 툭 건드렸다. 못 이긴 듯 그가 그녀를 바라보자 엠마는 말했다.

"좋아, 내가 먼저 하지." 엠마는 심호흡을 했다. "넌 아주 화가 나 있었고, 좀 취한 채로 날 보러 왔지. 그리곤… 그렇게 된 거야. 실비랑 그렇게 처참하게 헤어지고, 이사를 하고, 재스민을 못 보게 되고, 그래서 넌 좀 외로웠을 테고, 기대 흐느낄 어깨가 필요했던 거야. 아님 그냥 같이 잘 사람이나. 내가 바로 그 사람이었던 거지. 어깨를 내주고 같이 잘 사람."

"그렇게 생각하신다?"

"응. 내 생각은 그래."

"…그러니까 내 기분을 좋게 해주려고 같이 잤을 뿐이다?"

"좀 좋아졌니?"

"그래. 아주 좋아졌지."

"그래. 나도 그랬어. 그것 봐. 잘된 거잖아."

"…하지만 중요한 건 그게 아니잖아."

"뭐, 누군가랑 같이 자는 데 그보다 훨씬 말도 안 되는 이유들도 많다는 거, 모르니?"

"그러니까 불쌍해서 섹스했다, 이거네?"

"불쌍해서가 아니라 애처로웠던 거지."

"그만 놀려라, 엠."

"그런 게 아냐. 난 그저… 그건 동정심하곤 아무 상관없었어. 너도 알잖아. 그건 좀… 복잡했어. 너랑 나랑은. 이리 와라, 응?"

그녀가 한 번 더 발로 그를 재촉했다. 잠시 후, 나무가 쓰러지듯 그가 몸을 기울였고, 그의 머리가 그녀의 어깨 위로 떨어졌다.

그녀가 길게 숨을 내쉬었다.

"우린, 참, 정말 오래된 사이잖아, 덱스."

"나도 알아. 난 그냥 그거 참 좋은 생각일 수도 있겠다 싶었던 거야.

덱스와 엠, 엠과 덱스, 우리 둘 말이야. 좀 노력해 보자, 그리고 어떻게 되는지 한번 보자. 난 너도 그런 걸 원했다고 생각했었어."

"그렇지. 그랬지, 80년대 말에는."

"왜 지금은 안 돼?"

"왜냐하면, 너무 늦었어. 우린 너무 늦었어. 난 너무 지쳤어."

"너 서른다섯밖에 안 됐어!"

"우리들의 시간은 영영 흘러 가버린 느낌, 그런 거야."

"그걸 어떻게 알아? 둘이서 아무것도 안 해봤잖아."

"덱스터. 난 이미 딴 사람을 만나고 있어!"

둘은 잠시 침묵을 지켰다. 마당에서 고함 지르는 아이들, 멀리서 들려오는 텔레비전 소리가 더 오롯하게 느껴졌다.

"그래, 그 친구 좋아하니? 네 남친."

"그럼. 나 그 사람 정말 정말 좋아해."

그가 손을 뻗어 그녀의 왼발을 만졌다. 아직 길거리의 먼지들이 느껴지는 발이었다.

"내가 타이밍을 잘못 잡았군, 그치?"

"응. 아주 안 좋아."

덱스터는 그의 손 위의 엠마 발을 살폈다. 발톱마다 빨간 매니큐어가 칠해져 있어서 바짝 자른 발톱들이 더 작아 보였는데, 새끼발가락의 발톱은 엉망으로 뭉개져 흔적을 찾기도 어려웠다.

"네 발 정말 못생겼다."

"좀 그렇지?"

"이 새끼발톱은 조그만 옥수수알 같다."

"그런데 왜 자꾸 만지작거리니?"

"그러니까 그날 밤에…" 그가 그녀의 거친 발바닥에 엄지를 대고 꾸욱 눌렀다. "그래, 그렇게 끔찍했니?"

그녀가 다른 발로 그의 엉덩이를 세게 쿡 찔렀다.

"무슨 유치한 유도신문이야, 덱스터."

"아냐, 진짜 궁금해. 말해 줘."

"아니, 덱스터. 그날 밤 그렇게 끔찍하지 않았어. 사실은 내 생에서 특별히 기억할 만한 날들 중의 하나였어. 그래도 그건 그날의 기억으로만 남겨 둬야 할 것 같아."

그녀가 다리를 움직여 발을 소파 아래로 내리더니, 옆으로 움직여 둘의 엉덩이가 닿게 했다. 엠마의 손이 덱스터의 손을 잡았고, 이번에는 엠마의 머리가 덱스터의 어깨 위에 놓였다. 둘은 앞의 책꽂이를 응시했다. 마침내 엠마가 신음 소리를 냈다.

"왜 이런 얘기를 안 했니, 진짜 모르겠네. 8년 전엔 말야?"

"몰라. 그저 바빴지. 재미 보는 데만 정신이 팔렸나 보지."

엠마가 고개를 들어 옆으로 그를 봤다.

"그래, 이젠 재미 보는 걸 관뒀으니, 생각이 나셨다? 내 허물없는 친구 엠, 그녀에게도 한번 기회를 주자?"

"그런 뜻이 아냐!"

"난 아차상이 아냐, 덱스. 난 네가 아무 때나 기대도 되는 뭔가가 아냐. 이젠 알아, 내가 그보단 더 값지다는 걸."

"나도 네가 그보다 더 값지다는 건 알아. 그래서 내가 여기 온 거잖아. 넌 진짜 놀라워, 엠."

잠시 후 엠마가 벌떡 일어났다. 그녀는 쿠션 하나를 들어 그의 머리로 냅다 던졌다. 그리고 침실로 걸어가며 외쳤다.

"닥쳐, 덱스."

그녀가 지나갈 때 그는 손을 뻗어 그녀의 손을 잡으려 했지만, 엠마가 뿌리쳤다.

"어디 가니?"

"샤워하러. 옷도 갈아입고. 밤새도록 그렇게 앉아 있을 수는 없잖아!" 그녀가 다른 방에서 소리쳤다. 그녀가 거칠게 옷장을 뒤져 꺼낸 옷들이 침대 위에 팽개쳐지는 소리가 밖에까지 들렸다. "20분 뒤에 그 사람도 온다고."

"누가 온다고?"

"누굴 거 같니? 나의 새로운 남친이지!"

"장-피에르가 여기로 온다고?"

"그래. 여덟 시에."

엠마는 셔츠의 앙증맞은 단추들을 끄르려고 했으나 이내 관두고 조바심을 내며 머리 위로 벗어 바닥에 패대기를 쳤다.

"우리 모두 저녁 먹으러 나가는 거야! 세 명이서!"

그는 고개를 뒤로 젖혀 길고 낮은 신음을 뱉어냈다.

"맙소사. 꼭 그래야 하니?"

"애석하지만 그래. 이미 약속된 일이거든."

엠마는 이제 알몸이었다. 그래도 분이 풀리질 않았다. 그녀 자신에 대해, 이 상황에 대해 그녀는 너무 화가 났다.

"우리가 처음 만났던 바로 그 레스토랑으로 널 데려갈 거야! 그 유명한 비스트로 말이야! 같은 테이블에 앉아 손을 맞잡고서 너한테 그 얘기를 들려줄 거야! 정말 정말 낭만적인 얘기가 되겠지."

그녀가 부서지라는 기세로 욕실 문을 닫았다. 그러면서 고함을 질렸다.

"하나도 어색하지 않게 말이야!"

샤워물 소리가 들려왔다. 덱스터는 소파에 기대 누워 천장을 올려다보았다. 이 말도 안 되는 파리 원정길이 너무 당혹스러웠다. 덱스터는 한동안 해답을 찾았다고 생각했다. 둘이 서로를 구원할 수 있으리라! 하지만 실은 엠마는 여러 해 동안 구원 따위는 필요없을 만큼 멀쩡했던 것이다. 구원이 필요한 인간, 그건 덱스터 자신이었다.

그리고 그가 좀 외로웠던 거라는 엠마의 말이 옳을 수도 있었다. 샤워가 끝난 뒤 배수로로 울컥울컥 물이 내려가고 있을 때, 다시 그 말이 떠올랐다. 그 처참하고 낯 뜨거운 단어, 외로움. 더 나쁜 건 이제 자신이 그 외로움을 인정해야 한다는 거였다.

그는 이제껏 자기 삶이 외롭다는 걸 상상도 못했었다. 서른 살 생일 때 그는 리전트스트리트 뒤의 나이트클럽 하나를 통째 빌려 파티를 했고, 입장하려는 사람들이 밖으로 길게 줄을 섰었다. 그의 주머니 안 휴대전화 메모리에는 지난 10년간 그가 만났던 수백 명의 전화번호들이 넘치게 저장되어 있었다. 그렇지만 그 모든 세월 동안 그가 진정으로 얘기를 나누고 싶었던 사람은 오직 하나, 바로 지금 옆방에 서 있는 여인뿐이었다.

이게 과연 사실일 수 있을까? 그 생각을 다시 한 번 더 곱씹던 그는 그게 틀림없는 사실임을 깨닫고서 벌떡 일어났다. 엠마에게 당장 얘기해야지! 침실로 걸어가던 덱스터는 우뚝 멈춰 섰다.

문틈 사이로 엠마의 모습이 보였다. 조그만 1950년대풍 화장대에 앉은 엠마의 짧은 머리칼은 여전히 촉촉했다. 무릎까지 내려오는 단아한 검정 비단 드레스의 지퍼가 열려 있어 그녀의 등이 맨 아래까지 고스란히 드러나 보였다. 드레스 위쪽도 활짝 열려 어깨뼈 아래의 그늘진 홈도 볼 수 있었다.

허리를 곧게 펴고 꼼짝 않고 앉은 그녀의 모습은 아주 우아했다. 마치 누가 와서 드레스 지퍼를 올려 주길 기다리는 듯한 모습이었다. 지퍼를 올려 준다는 것, 거기에 마음이 끌려 — 그 간단한 동작, 그건 얼마나 친밀하고 뿌듯한 몸짓인가, 친숙하면서도 늘 새로운 — 그는 냉큼 방 안으로 뛰어들 뻔했다. 드레스를 채우고, 그녀의 목과 어깨 사이 곡선에 입을 맞추고서 말을 하리라.

하지만 그 대신 그는 가만히 서서 그녀가 화장대 위의 책을 집어드는 걸 조용히 지켜보았다. 커다란 그 책은 너덜너덜한 영불사전이었다. 한참 사전을 넘기던 그녀가 갑자기 동작을 멈추더니 고개를 숙였다. 양손으로 눈썹을 누르고 있던 그녀가 앞머리를 뒤로 쓱 쓸어넘기며 성마른 신음을 토해냈다. 화가 나서 쩔쩔매는 엠마의 모습을 지켜보며 덱스터는 살며시 웃었다. 조용히 웃은 줄 알았는데 엠마가 기척을 느끼고 고개를 돌렸다. 그는 얼른 뒤로 물러났다. 부엌 쪽으로 겅중겅중 뛰어가는데 발밑에서 마룻바닥이 뻥뻥 터지는 소리를 냈다. 알리바이를 만든답시고 덱스터는 수도꼭지를 둘 다 열고 컵들을 수돗물 아래로 아무렇게나 휘저었다.

한참 후 팅 하는 소리가 침실에서 들려왔다. 낡은 전화기의 수화기를 들어 올리는 소리였다. 그는 수도를 잠갔다. 혹시나 장-피에르와의 대화를 엿들을 수 있을까 해서였다. 낮은 연인들의 속삭임이 들려왔다. 불어였다. 그는 귀를 쫑긋 세워 최선을 다했지만 한마디도 알아들을 수가 없었다.

다시 둔탁한 소리가 울렸다. 그녀가 전화를 끊은 것이었다. 약간의 시간이 흐르자 엠마가 복도에 나타나 그의 뒤에 서 있었다.

"누구랑 전화했어?"

그가 사실 확인이라도 하는 양 어깨 너머로 슬쩍 물었다.

"장-피에르."

"그래 장-피에르는 어떻대?"

"잘 있대. 좋대."

"좋네. 그래, 나도 옷 갈아입어야겠다. 그 친구가 몇 시에 온다고? 까먹었네."

"그 사람 안 올 거야."

덱스터가 돌아섰다.

"뭐라고?"

"내가 오지 말라고 했어."

"정말? 니가 그랬다고?"

그는 껄껄 웃고 싶은 마음이었다.

"편도선이 부었다고 그랬어."

엄청 크게 웃고 싶었지만, 그래서는 안 될 일. 아직은 웃음을 참아야 했다. 그는 손의 물기를 닦았다.

"그게 뭔데? 편도선. 불어로?"

엠마의 손가락이 그녀의 목을 만졌다. "Je suis très désolé, mais mes glandes sont gonflées."[정말 미안해, 목이 부었어.] 그녀가 힘없는 쉰 목소리로 말을 했다. "Je pense que je peux avoir l'amygdalite."[아무래도 편도선이 부었나 봐.]

"아미 뭐…?"

"아미그달리테."

“그런 단어까지 다 알고, 놀라운걸.”

“그거야 뭐.” 그녀가 으쓱 어깨를 움직였다. “사전 찾아봤지.”

둘은 마주 보고 웃었다. 그리곤 마치 무슨 생각이라도 났다는 듯 성큼성큼 세 발자국 만에 거실을 가로지른 엠마는 덱스터의 얼굴을 잡고 키스했다. 그의 두 손이 그녀의 등에 가보니 드레스가 여전히 열린 채였다. 그녀의 서늘한 맨살은 샤워의 물기로 촉촉했다. 둘은 그렇게 한참 동안 입을 맞추었다. 입을 떼고 엠마가 여전히 그의 얼굴을 잡은 채로 그를 뜨겁게 쳐다보았다.

“나한테 괜히 집적거린 거라면, 덱스터.”

“안 그래.”

“잘 들어. 날 속여먹거나, 날 낙심시키거나, 날 배신하면, 너 죽여 버릴 거야. 하느님께 맹세하건대, 네 심장을 먹어치울 거라고.”

“안 그럴게, 엠.”

“절대 안 그럴 거지?”

“맹세해. 절대로.”

엠마의 얼굴이 구겨지더니 그녀가 머리를 세게 저었다. 그리고는 그녀가 다시 그를 감싸 안았다. 엠마가 얼굴을 덱스터의 어깨에 세게 비비며, 분노한 사람의 신음 같은 소리를 냈다.

“왜 그래?” 그가 물었다.

“아무것도 아냐. 아무것도….”

엠마가 고개를 들어 그를 보았다.

“드디어 널 잘라 버렸다고 생각했는데.”

“아니, 넌 그럴 수 없을 거야.” 덱스터가 말했다.

part 04.

2002~2004╲30대 후반

"두 사람은 서로에 대한 감정을 얘기하는 일이 거의 없었다. 그렇게 산전수전 다 겪은 친구 사이에는 어여쁜 표현이나 다정한 관심 같은 게 불필요해지는 것 같았다."

_토마스 하디 『광란의 무리를 떠나』

ch16
월요일 아침

2002년 7월 15일, 월요일

◦ 벨사이즈파크, 런던 ◦

라디오 알람이 늘 그렇듯 아침 7시 5분에 울렸다. 밖은 맑게 개어 화창했지만 아무도 움직이려 하지 않았다. 그의 팔이 그녀의 허리를 두르고, 다리들이 발목에서 엉킨 채로 둘은 덱스터의 더블 침대에 함께 누워 있었다. 여러 해 전에는 독신자 아파트라고 불렸던 바로 그 집이었다.

사실 그가 깬 지는 한참되었다. 그는 머릿속으로 가벼우면서도 의미심장한 첫마디를 뭘로 할까, 어떤 목소리로 할까를 열심히 고민했다. 그러다 그녀가 움직이는 기척이 느껴지자 그가 입을 뗐다.

"내 말 잘 들어 봐." 그는 여전히 눈을 감은 채, 잠으로 잘 떨어지지 않는 입으로 그녀의 목 뒤에다 대고 속삭였다.

"응. 말해 봐." 그녀가 약간 신경 쓰인다는 듯 말했다.

"내 생각엔, 당신 아파트 그대로 두는 거 정신 나간 짓 같아."

등을 돌린 채로 그녀는 살짝 웃었다. "오-케이."

"내 말은 당신 거의 밤마다 여기서 지낸다 이거지."

그녀가 눈을 떴다. "안 그래도 돼."

"아냐. 난 당신 여기 있는 게 좋아."

그녀가 침대 안에서 돌아누웠다. 덱스터의 눈이 아직도 감긴 채였다.

"덱스, 너 지금…?"

"뭐?"

"나더러 지금 네 룸메이트가 되어 달라는 거야?"

그는 미소 지으며 눈을 뜨지 않은 채로 시트 아래에서 그녀의 손을 잡고 꽉 쥐었다.

"엠마, 나의 룸메이트가 되어 주겠소?"

"만세!" 그녀가 중얼거렸다. "덱스, 내 삶의 목표가 바로 그거였어."

"그래, 그래서 좋아?"

"생각해 볼게."

"그래? 결정되면 알려 줘. 네가 관심 없다면, 딴사람이라도 알아봐야 할 테니."

"말했잖아, 생각해 보겠다고."

그가 눈을 떴다. 그는 엠마가 틀림없이 좋다고 할 줄 알았다.

"생각할 게 뭐 있어?"

"글쎄, 모르겠어. 함께 산다?"

"파리에서도 같이 살았잖아."

"그래. 하지만 그건 파리였고."

"지금도 우린 거의 함께 살고 있잖아."

"알아. 단지…."

"네 월세를 생각해 봐. 하수구로 돈을 콸콸 흘려 버리고 있잖아. 요즘 같은 부동산 경기에."

"너 마치 독립 재정 컨설턴트처럼 얘기하는 거 알아? 정말 낭만적이다, 그치?" 그녀가 입을 삐죽 하곤 그에게 조심스레 모닝 키스를 건넸다. "이게 단지 돈 문제만은 아니지, 응?"

"그래. 하지만 내 생각엔 아주… 좋을 거 같은데."

"좋다?"

"네가 여기 사는 거."

"재스민은 어떡하고?"

"애도 익숙해질 거야. 게다가 걔는 겨우 두 살이야. 걔가 결정할 문제는 아니잖아, 안 그래? 아니면 걔 엄마든."

"그런데 그렇게 되면 좀…?"

"좀 뭐?"

"복잡하지 않을까. 주말마다 여기서, 셋이서?"

"다 잘될 거야."

"난 어디서 일하고?"

"내가 나간 동안 여기 다 쓰면 되지."

"너의 연인들은 어디로 데려오려고?"

그가 한숨을 푹 내쉬었다. 1년 내내 열정적으로 정절을 지켰는데, 이런 농담이라니.

"오후에 호텔로 갈게. 됐냐?"

라디오가 또 보글보글 소리를 내는 가운데 둘은 다시 침묵에 잠겼다. 엠마는 눈을 감았다. 마분지 박스를 풀어 옷을 둘 데, 책을 둘 데를 찾아 끙끙대는 모습이 떠올랐다. 사실 그녀는 지금 자신의 아파트 분위기가 더 좋았다. 혼지로드 바로 뒤편의 쾌적하고 은근히 보헤미안풍인 그 다락방. 벨사이즈파크는 너무 깔끔하고 꾸밈이 넘쳤다. 아무리 그녀가 노력해도, 그녀의 옷과 책들이 야금야금 잠식했다 해도, 덱스터의 집에는 독신자 아파트 시절의 분위기가 남아 있었다. 게임 콘솔, 거대한 텔레비전, 어마무지한 침대까지. "난 찬장 문을 열 때마다, 뭐랄까, 네 팬티가 와르르 쏟아져 깔려 죽을 거 같아 무서워." 그러던 덱스터가 지금 제안을 했다. 그래서 그녀는 뭔가 다른 제안을 내놓아야만 하겠구나 싶었다.

"차라리 우리 둘이 다른 데다 집을 하나 사자." 그녀가 말했다. "어디 다른 데에, 더 큰 걸로."

다시, 둘은 긴긴 생각에 빠졌다. 덱스터가 다시 잠들었나, 엠마가 그렇게 생각하고 있을 때 그가 입을 열었다.

"그러자. 오늘밤에 그 얘기 다시 하자."

그렇게 또 하루의 일과가 시작되었다. 지나간 하루 같은, 다가올 하루 같은. 둘은 일어나 옷을 입기 시작했다. 자신에게 할당된 옷장 서랍 가득, 몇 안 되는 그녀의 옷가지들이 빼곡하게 들어차 있었다. 그가 먼저 샤워를 하고 엠마가 샤워를 했다. 그 사이 그는 가게로 내려가 신문을 사왔다. 필요하면 우유도 샀다. 그는 스포츠면을 읽고 그녀는 시사면을 읽었다. 대부분 조용한 편안함 속에서 흘러가는 아침식사를 마치면, 그녀는 현관에 세워 둔 자전거를 꺼내 밀며 그와 함께 지하철역까지 걸어갔다. 두 사람은 거기서 날마다 8시 25분 무렵 굿바이 키스를 나눴다.

"실비가 재스민을 데리고 네 시에 온다고 했어." 그가 말했다. "난 여섯 시까지 올게. 당신 혼자서 괜찮은 거 확실해?"

"괜찮다니까."

"재스민이랑 둘이서 괜찮다 이거지?"

"그래. 동물원에 가든가 할 거야."

그리고 둘은 다시 키스했다. 그녀도 일하러 가고, 그도 일하러 갔다. 그렇게 하루하루는 흘러갔다, 그 어느 때보다 더 빨리.

일. 그는 자기 회사에서 다시 일을 하고 있었다. '회사'라는 말이 좀 부담스럽긴 했다. 하이게이트와 아치웨이 사이 주거지역의 어느 길가에 연 조그만 수입식품점 겸 카페에서 일하는 거였으니까.

그 생각은 파리에서 싹을 틔웠다. 그 길고 수상했던 여름 내내 그들은 함께 그의 삶을 낱낱이 분해해 재조립했다. 파리 북동부의 뷔뜨쇼몽 공원 근처 노천카페에 앉아 있을 때 엠마가 처음 이 사업 얘기를 꺼냈다.

"너 음식 좋아하잖아." 그녀가 말했다. "포도주도 잘 알고. 좋은 커피만 골라 500그램씩 파는 거야. 치즈도 수입하고. 요즘 사람들이 멋 부리느라 좋아라 하는 그런 것들 있잖아. 괜히 젠체하지 말고 꾸밈없이, 조그맣지만 정말 멋진 가게로 꾸미는 거지. 여름엔 밖에다 테이블도 내놓고."

덱스터는 '가게'란 말을 듣고는 코웃음부터 쳤다. 내가 '가게 주인'이라니? 식당 주인? 그건 더 나쁘네. 하지만 '수입식품 전문가'라는 타이틀은 근사했다. 식품도 파는 카페/레스토랑이라고 생각하면 훨씬 좋았다. 그는 그렇게 기업가로 불릴 것이었다.

그리하여 9월 말, 파리가 발산하던 번득이는 매력이 서서히 잦아들 즈음, 둘은 함께 기차를 타고 런던으로 돌아왔다. 가볍게 그을린 피부에 새 옷 차림으로 그들은 팔짱을 끼고 플랫폼을 걸었다. 마치 런던에 처음 입성하는 기분이었다. 새 계획과 새 프로젝트가 있었고, 새 결심과 새

야심이 있었다.

둘의 친구들은 아주 사려 깊고도 감상적인 표정으로 그리 될 줄 알았다는 듯 고개를 끄덕였다. 엠마는 덱스터의 아버지에게 다시 인사를 드렸고 — "기억하고 말고. 네가 날 파시스트라고 불렀지." — 둘은 새 사업 얘기도 들려드렸다. 자금 문제에 도움을 주시지 않을까 기대하며. 덱스터의 어머니 앨리슨이 죽었을 때 적당한 때가 되면 그녀가 남긴 유산이 덱스터에게 주어지리라는 암묵적 합의가 있었으니, 지금이 바로 그때 같았다.

개인적으로 스티븐 메이휴는 자기 아들이 땡전 한 푼 없는 빈털터리가 되기를 바랐지만, 아들이 다시는 텔레비전에 얼굴을 비치지 않으리라는 사실을 알게 되는 데 따른 비용으로 그 정도의 대가는 치러야 한다고 생각했다. 엠마가 함께라는 것도 좋은 점이었다. 덱스터의 아버지는 엠마를 좋아했다. 그녀 덕분에 몇 년 만에 처음으로 그는 자기 아들이 예뻐 보이기까지 했다.

둘은 적당한 점포를 함께 찾아다녔다. 먼지 자욱한 테이프들이 꽂혀 있던 선반 때문에 잔뜩 을씨년스러워 보이기만 하던 한 비디오 대여점이 드디어 문을 닫는다고 했다. 엠마의 마지막 격려에 힘입어 덱스터는 마침내 결심을 하고 24개월 임대계약을 체결했다. 길고 습기 찬 1월 내내 둘은 철제 선반을 떼어내고 남은 스티븐 시걸 비디오테이프들을 근처 채러티 가게들에 기부했다.

말끔해진 벽에다 그들은 버터 빛이 감도는 흰색을 칠하고, 짙은 색 나무 바닥을 깔았다. 다른 문 닫는 레스토랑과 카페들을 훑고 다닌 끝에 쓸 만한 업소용 커피 머신, 냉장 캐비닛, 유리문이 달린 냉장고 따위를 장만했다. 그런 망한 가게들을 전전하며 덱스터는 자기 사업도 얼마나 금세 망할 수 있는지를 거듭거듭 실감했다.

하지만 엠마가 늘 곁에 있었다. 꾸준히 그를 격려하며, 지금 잘하고 있는 거라며 그를 안심시키는 엠마가. 부동산중개소에서는 그 동네를 '아주 유망한 곳'이라고 불렀다. '장인'이란 말의 가치를 높이 사고, 통조림 오리 콩피confit를 즐기는 젊은 전문직들이 서서히 모여드는 동네. 그들은 신기한 빵 덩어리와 스쿼시 공 모양의 염소 치즈에다 거리낌 없이 2파운드를 쓰는 손님이었다. 그 카페는 사람들이 와서 보란 듯이 앉아 소설을 쓰는 그런 곳이 될 터였다.

새 단장이 채 마무리되지 않은 가게의 바깥에 앉아 새 봄의 첫 햇살을 맞으면서 둘은 그럴듯한 가게 이름을 써보았다. 마가쟁, 뱅, 빵, 파리 등의 말들을 진부하게 이리저리 조합해 보다가, 결국 그들은 벨빌카페로 이름을 정했다. A1국도의 바로 남쪽에다 파리 19구의 기운을 옮겨다 놓은 것이었다.

덱스터는 유한회사를 설립했다. 메이엄TV에 이어 그의 두 번째 회사였다. 엠마는 그 회사의 서기이자, 적지만 의미심장하게도 그의 투자 파트너였다. '줄리 크리솔' 시리즈 두 권으로부터 돈이 들어오기 시작했고, TV 애니메이션 시리즈는 둘째 시즌이 제작 중이었다. 머천다이징 얘기도 나오고 있었다. 필통, 생일카드 따위뿐만 아니라 월간지를 내자는 얘기까지 오갔다. 엠마는 그녀의 엄마 표현대로 '푸지게 넉넉한 부자'임에 틀림없었다.

엠마는 여러 번의 헛기침으로 다소 서먹서먹하고 편치 않은 분위기를 털어 버린 뒤 덱스터에게 자기 돈을 좀 쓰면 어떻겠냐는 제안을 했다. 덱스터는 여러 번 다리를 이리 꼬고 저리 꼬고 한 뒤에 그녀의 제의를 받아들였다.

둘은 4월에 가게 문을 열었다. 첫 6주 동안 덱스터는 짙은 나무 카운터 뒤에 서서 사람들이 들어와 둘러보고 냄새까지 맡은 뒤 그냥 걸어 나가는 걸 지켜봐야 했다. 하지만 그때부터 입소문이 퍼지기 시작했고, 매출이 올라 금세 직원을 고용할 수 있는 수준에 이르렀다. 단골들이 생겼고, 일이 즐거워졌다.

예전과 달리 훨씬 차분하고 가정적인 방식이긴 하지만, 그는 그 가게 덕분에 다시 유행의 정점에 서게 되었다. 그의 유명세는 그 동네에 국한된 것이었고, 그가 골라 온 허브차 덕분일 뿐이었지만, 그래도 그는 '유모차를 이용한 운동' 수업을 마치고 빵과자를 먹으러 오는 빨간 볼의 예비엄마들에게 푸근한 연인과도 같았다. 요란하지는 않았지만 그는 다시 한 번 거의 성공한 인물이 되었다.

덱스터는 내려진 철제 셔터를 물고 있던 묵직한 자물쇠를 열었다. 찬란한 여름 아침 햇살에 벌써 자물통이 뜨끈뜨끈했다. 셔터를 밀어 올리고, 현관문을 열며 그는 이게 무슨 기분일까 생각했다. 만족감? 행복 비슷한 거? 그래, 행복한 거네. 여러 해 만에 처음으로 그는 스스로가 자랑스러워 은근하게 미소를 지었다.

물론 비가 내려 손님도 없이 지루한 화요일이면 냉큼 셔터를 내리고 진열된 적포도주들을 하나하나 찬찬히 다 마시고 싶기도 했다. 하지만 오늘은 아니었다. 날씨는 화창했고, 밤이면 딸을 보기로 되어 있었다. 오늘밤뿐만이 아니었다. 실비랑 그 빌어먹을 캘럼 놈은 지겹지도 않은지 또 휴가를 떠난다고 했고, 그래서 앞으로 8일 동안 재스민과 함께 지낼 터였다.

재스민은 놀라운 마법처럼 벌써 두 살 반의 어린이로 훌쩍 자라 있었다. 아이는 엄마처럼 차분하고 아름다웠다. 재스민과 함께 가게로 와서 다른 직원들과 어울려 장난도 치고 놀게 할 작정이었다. 그리고 오늘밤 집에 가면 엠마도 거기 있을 것이었다. 여러 해 만에 처음으로 그는 자기가 원하던 자리를 찾은 느낌이었다. 자기가 사랑하고 바라던, 동시에 가장 친한 친구이던 여인이 그의 파트너였다. 예쁘고 똑똑한 딸도 있었다. 그의 삶 모든 게 무난했다. 이대로 아무것도 변하지 않는다면, 모든 게 순조로울 것이었다.

3킬로미터쯤 떨어진 혼지로드 바로 뒤의 아파트에서 엠마는 계단을 올라가고 있었다. 현관문을 열었더니 나흘 동안 사람이 드나들지 않은 서늘한 실내에서 케케묵은 냄새가 났다. 그녀는 차를 끓이고, 책상에 앉아 컴퓨터를 켰다. 그리고는 꼬박 한 시간을 모니터만 노려보고 앉아 있었다.

할 일은 많았다. '줄리 크리솔' 둘째 시즌 원고를 읽고 승인을 해줘야 했고, 소설 3권도 500자를 더 덧붙여야 했으며, 그려야 할 일러스트도 여럿이었다. 어린 독자들이 보낸 편지와 이메일도 있었다. 개중에는 아주 진지한 것들도 있었지만, 외로워요, 애들이 자꾸 괴롭혀요, 그 남자애를 너무 너무 좋아하는데요 등등의 황당한 개인사가 대부분이었다.

하지만 지금 그녀의 마음을 사로잡은 건 덱스터의 제안이었다. 지난해 파리에서의 그 길고 희한한 여름 동안 둘은 함께할 그들의 미래를 두고 — 둘이 정말로 미래를 함께하게 된다면 — 굳은 맹세를 나누었다. 그 약속의 핵심에는 둘이 함께 살지는 말자는 원칙이 있었다. 각자의 삶, 각자의 집, 각자의 친구들을 존중하자는 것이었다.

물론 함께하기 위해 애쓰고 서로에게 충실하도록 노력하되, 그걸 남들처럼 통상적인 방식으로 하지는 말자는 것! 주말 부동산 순례는 사절! 공동 디너파티도 안 됨! 발렌타인데이 꽃다발도 생략, 커플 생활이나 집안 살림에 따른 온갖 잡동사니들도 사절! 둘 다 이 약속을 지키려고 노력했지만, 둘 다 실패만 거듭했다.

엠마는 이런 약조를 세련되고 모던한 새로운 생활 디자인으로 여겼다. 하지만 "우린 함께 살고 싶어하진 않아"라며 짐짓 연기를 펼치느라 너무 많은 애를 써온 터라, 둘 중 하나가 곧 그 약속을 깰 게 자명해 보였다. 단지 엠마는 그게 덱스터일지는 몰랐다. 아직까지 얘기해 보지 않은 한 가지 사안도, 이제는 피할 도리가 없어 보였다. 이제 그녀가 심호흡을 하고 그 말을 꺼내야 할 터였다. 아이들. 아니다, '아이들'이라 하면 겁부터 먹을 거야. 단수형을 써야지. 그녀는 아이를 원했다.

에둘러 농담 삼아 둘이서 아이 얘기를 나눈 적이 있긴 했다. "나중에, 생활이 좀 더 안정되고 나면 가능하겠지." 그게 덱스터의 견해였다. 그런데 이 생활이란 게 더 이상 얼마나 더 안정될 수가 있단 말인가? 그 주제가 방 한복판을 차지하고 앉아 있으니 어떻게 외면할 도리가 없었다. 그녀의 부모님이 전화를 걸어올 때마다 그 얘기가 나왔고, 그녀와 덱스터가 사랑을 나눌 때마다 — 그 파리 아파트에서의 음탕했던 날들보다는 횟수가 줄었지만, 그래도 여전히 잦았다 — 그 문제가 불거졌다.

그 문제로 잠을 못 이루는 날들도 많았다. 새벽 세 시에 무슨 고민으로 끙끙댔는지로 인생의 주기를 나눠 볼 수도 있겠다 싶기도 했다. 어릴 때는 남자애들, 그리고 한참 동안은 돈이었고, 그 다음엔 일, 다음엔 관계, 다음엔 부정한 관계였지. 이젠 아이가 문제였다. 엠마의 나이 벌써 서른여섯. 그녀가 원하는 건 아이였다. 그런데 덱스터가 원하지 않는다면, 그렇다면, 글쎄, 그렇다면 결심해야 하나….

뭘? 그 정도로 관계를 정리한다? 그런 최후통첩은 멜로드라마에서나 등장하는 품격 떨어지는 짓이지. 협박조로 얘기한다는 건 아무래도, 적어도 지금 당장은 생각할 수가 없었다. 그래도 오늘밤 이 문제를 꺼내자고 그녀는 결심했다. 아냐, 오늘밤은 좀 그래, 재스민이 함께 있잖아. 하지만, 곧. 정말로 곧.

오전 내내 그런 생각으로 시간을 보내고서 엠마는 점심 무렵 수영장에 가서 헤아릴 수도 없이 물을 갈랐지만, 그래도 머릿속이 말끔해지지는 않았다. 수영장에서 나와 머리가 채 마르지도 않은 채로 그녀는 자전거를 타고 덱스터의 집으로 향했다. 짐짓 험상궂어 보이는 거대한 검정 사륜구동차가 이미 집 앞에서 기다리고 있었다. 폭력배들이 애용하는 그 차 앞유리로 두 명의 실루엣이 보였다. 넓은 어깨에 작달막한 한 명, 호리호리하고 늘씬한 다른 한 명. 실비와 캘럼이었다. 또 말다툼이 벌어졌는지 두 사람의 몸짓이 제법 거칠었다. 길 건너에서도 그들의 목소리를 들을 수 있었다.

그녀의 자전거가 그들의 차로 가까워지자 엠마는 캘럼의 호통 치는 얼굴을 볼 수 있었다. 뒷좌석에는 재스민이 앉아 있었다. 차 안의 그 고함소리들을 잊으려는 듯 재스민의 눈은 그림책에 고정되어 있었다. 엠마는 재스민 가까이의 유리창을 두드렸다. 고개를 든 재스민이 그녀를 발견하고 활짝 웃었다. 넓은 입 안 가득 조그맣고 하얀 이빨들을 다 드러내고 웃으며 재스민은 안전벨트에서 벗어나려고 몸을 이리저리 비틀었다.

유리창도 내리지 않은 채 엠마는 캘럼과 고갯짓으로 인사를 나눴다. 간통과 별거, 이혼의 불문율에는 뭔가 유치하고 찌질한 게 있었다. 서로에게 충실하겠다는 맹세를 하고서도 온갖 적개심을 드러내며 끝을 맺고 마는 법이었다. 비록 캘럼을 알고 지낸 지 20년이 되었지만, 엠마는 캘럼과 직접 대화를 나누고 싶지 않았다. 전처 실비와 엠마는 쑥스러울 만큼 밝고 불평 없는 목소리로 얘기를 나누기도 했지만, 그래도 상대를 향한 혐오가 열사의 아지랑이처럼 희미하게 가물거렸다.

"시끄러웠죠, 미안해라!" 긴 다리를 차에서 내리며 실비가 말했다. "짐을 얼마나 가져가야 하는지 서로 의견이 좀 달라서요."

"휴가 가는 게 스트레스를 주기도 하니까요." 엠마가 별 뜻 없이 그렇게 대답했다. 카시트에서 풀려난 재스민은 냉큼 엠마의 품으로 뛰어들었다. 재스민의 얼굴이 그녀의 목에 딱 붙었고, 가는 두 다리는 엠마의 엉덩이 위를 감쌌다. 엠마가 '전들 어쩌겠어요?'라고 말하는 듯한 표정으로 약간 당황해 하며 웃었다. 실비도 마주 웃었다. 딱딱하게 굳은 얼굴에 손가락으로 입꼬리를 끌어올려 억지로 만들어낸 웃음처럼 부자연스러웠다.

"아빠는 어디 있어?" 재스민이 엠마의 목에 대고 말했다.

"일하고 계시지. 금방 오실 거야."

엠마와 실비는 그렇게 좀 더 미소를 나누었다.

"그래 좀 어때요?" 실비가 겨우 말을 꺼냈다. "그 카페 말이에요."

"아주 좋아요. 정말 잘되죠."

"못 보고 가서 섭섭하네. 안부 전해 줘요."

좀 더 침묵이 흘렀다. 캘럼이 차 시동을 걸었다. 이제 가자는 신호였다.

"잠깐 들어왔다 가실래요?" 엠마가 그렇게 물었다. 대답은 뻔했다.

"아뇨. 이제 가야죠."

"이번엔 어디예요?"

"멕시코요."

"멕시코라. 멋지네요."

"가봤어요?"

"아뇨. 멕시코 레스토랑에서 일한 적은 있죠."

실비가 한심하다는 듯 혀 차는 소리를 냈다. 앞좌석에 앉은 캘럼의 목소리가 경적처럼 울려댔다. "얼른 타! 차 막히는 거 딱 싫어!"

재스민이 다시 차에 타서 헤어지는 인사를 하고 어른들은 애한테 "착하게 지내", "텔레비전 너무 많이 보지 마" 등등을 일렀다. 그 동안 엠마는 바퀴 달린 사탕 모양의 분홍색 짐 가방, 팬더곰 모양의 배낭 등 재스민의 짐을 조심스레 집 안으로 옮겼다. 그녀가 돌아와 보니 재스민이 그림책을 한아름 가슴에 안고 딱딱하게 굳은 표정으로 길거리에 서서 기다리고 있었다. 예쁘고 세련되고 깔끔한 용모에 약간 애처로운 기색까지, 재스민은 속속들이 실비의 딸이었다. 누가 봐도 엠마의 딸은 아니었다.

"얼른 가자. 요즘 공항이 얼마나 붐비는지 몰라?"

다리를 접어 다시 차 안으로 들여놓는 실비의 몸짓이 무슨 접는 칼 같았다. 캘럼은 앞만 노려보고 있었다.

"그래요. 멕시코 구경 잘해요. 스노클링도 즐기시고."

"스노클링이라뇨. 스쿠버다이빙이죠. 스노클링은 애들이나 하는 거죠." 의도하지 않았는데도 실비의 말에는 날이 서 있었다.

엠마도 새치름하게 쏘아붙였다.

"미안하네요. 스쿠버다이빙 잘해요! 빠져 죽지 마시고!"

실비는 눈썹을 치켜올리며 입으로는 '어머나'의 '어'자를 말하려는 모양이었다. 엠마가 뭐라고 말하겠는가? 진심이에요, 실비. 빠져 죽진 마요. 당신이 빠져 죽기를 바라는 건 아니에요! 시간도 흘렀고, 서로 상처도 입혔고, 여학생회의 화기애애함은 환상으로 판명되어 산산조각이 났다. 실비는 재스민의 머리 꼭대기에 쿡 눌러 찍듯 키스를 했고, 쾅, 문을 닫은 뒤 떠났다.

엠마와 재스민은 서서 손을 흔들었다.

"자, 민, 아빠가 여섯 시까지는 안 오시거든. 뭐 하고 싶어?"

"몰라."

"시간도 넉넉한데, 우리 동물원에 갈까?"

재스민이 열심히 고개를 끄덕였다. 엠마는 동물원 가족입장권을 갖고 있었다. 그녀는 안으로 들어가 다른 누군가의 딸과 보내야 할 또 하루의 오후시간을 위해 나들이 준비를 했다.

커다란 검은 차 안에서 예전의 메이휴 여사는 팔짱을 끼고서 머리를 뿌연 차창에 기댄 채 양발을 올려 깔고 앉아 있었다. 캘럼은 꽉꽉 막히는 유스턴로드에다 대고 마구 욕을 퍼붓고 있었다. 요즘 들어 둘 사이에는 거의 아무런 대화가 없었다. 그저 서로 고함 지르거나 코웃음 치는 게 일이었다. 이번 휴가도 늘 그랬듯이 관계를 땜질하려는 시도였다.

그녀의 인생에서 지난해는 결코 성공작이 아니었다. 캘럼은 상스럽고 비열한 본색을 드러냈다. 그녀가 강력한 추진력과 야심이라고 보았던 게 알고 보니 밤에 집에 가고 싶지 않을 때의 핑계일 뿐이었다. 그녀가 보기에 그는 바람을 피우는 게 틀림없었다.

그는 '그의' 집에 실비가 얹혀사는 게 못마땅한 눈치였고, 그건 재스민을 바라볼 때도 마찬가지였다. 애가 애처럼 군다는 이유로 그는 재스민에게 마구 고함을 질렀다. 아예 재스민과 어울리는 게 싫은지 자리를 피하기도 했다. 애한테 "퀴드 프로 코우, 재스민. 퀴드 프로 코우"* 같은 이상한 구호를 외쳐대기도 했다. 아니, 이제 겨우 두 돌 반인 애한테, 웬 라틴어?

그토록 서투르고 무책임했던 덱스터도 애한테는 적어도 아주 열심이었다. 때론 너무 열심이어서 탈일 정도로. 반면 캘럼은 재스민을 능력도 없으면서 월급이나 받아먹는 직원 다루듯했다. 덱스터를 경계의 눈초리로 쳐다봤던 실비의 가족들도 캘럼에 대해서는 아예 대놓고 경멸했다.

요즘 실비가 전남편을 볼 때마다 그는 늘 웃는 얼굴이었다. 꼭 무슨 컬트 집단의 맹신도처럼 자신의 행복을 선전하려는 듯 펑펑 웃고 있었던 것이다. 그는 재스민을 하늘로 던졌고, 애한테 목말을 태웠고, 틈만 나면 자신이 얼마나 훌륭한 아빠가 되었는지 보여 주려 했다. 저 엠마라는 사람도 그랬다. 재스민은 만날 엠마가 이거 했고, 엠마가 저거 했고 타령이었다. 엠마가 자기의 가장 친한 친구라는 것이다. 재스민이 집에 돌아올 때 색종이 파스타 붙인 걸 들고 오기에 그게 뭐냐고 물으면 "이거 엠마랑 만든 거야"부터 시작해서 둘이 같이 동물원에 가서 벌어진 일 등 온갖 엠마 얘기를 끝도 없이 늘어놓았다. 아마 동물원 가족입장권이 있는 게 틀림없었다.

세상에나, 그 둘, 덱스와 엠, 엠과 덱스, 두 사람 다 정말 참을 수 없을 만큼 으스댄다니까. 덱스터한테 있는 건 그 보잘것없는 동네 모퉁이 가게 하나이고 — 캘럼은 물론 이제 48개의 네츄럴 스터프 지점을 거느리고 있었다 — 엠마한테 있는 건 그 자전거와 갈수록 두꺼워지는 허리, 학생 같은 태도, 그 꼴 보기 싫은 쓴웃음뿐이었다. 게다가 엠마는 재스

* quid pro quo. '뭘 잘해야 상을 주지'라는 뜻.

민의 대모였지 않은가. 그런데 이제는 계모라니. 엠마는 어쩌면 늘 우리 주변에 도사리고 있다가 언제 파고들지를 노리고 있었던 게 아닌가. 정말 주도면밀하고 음흉하지 않은가. 빠져 죽지 말라고? 건방진 것.

옆자리의 캘럼은 이제 매릴본로드의 교통 혼잡에 욕을 퍼붓고 있었다. 실비는 불끈 화가 났다. 남들의 행복도 보기 싫었고, 자신은 또 팀을 잘못 만났다는 게 끔찍이도 싫었다. 슬프기도 했다. 사실 그런 생각은 얼마나 추하고, 무례하고, 저열한 것들인가. 결국, 덱스터를 떠난 것도, 그래서 그의 마음을 아프게 했던 것도 그녀였으니까.

캘럼은 웨스트웨이로 접어들어서도 꽉 막힌 도로에 분통을 떠트렸다. 그녀는 아이를 하나 더 갖고 싶었지만, 도대체 어떻게? 이제 곧 멕시코의 어느 고급 호텔에 묵으며 일주일 동안 스쿠버다이빙을 즐길 테지만, 그녀는 그것만으로는 충분치 않을 것임을 이미 깨달았다.

ch17
그날의연설.doc

2003년 7월 15일, 화요일

◦ 노스요크셔 ◦

휴가지의 산장은 사진으로 본 것과는 딴판이었다. 작고 침침한 그 집은 휴양지 산장 특유의 냄새도 풍겼다. 공기청정제와 케케묵은 찬장까지. 두터운 돌벽은 겨울의 서늘한 기운을 머금고 있는 듯했다. 그래서 화창한 7월에도 그 안에서는 선선한 물기가 느껴졌다.

그래도 그런 건 아무래도 좋았다. 집은 편리했고, 고요한 데 뚝 떨어져 있었으며, 조그만 창으로 내다보이는 노스요크셔 무어*의 광경은 놀라웠다. 낮 시간 대부분을 그들은 무어의 언덕을 걷거나 해안을 드라이브하며 소일했다. 어릴 적 엠마의 기억을 더듬어 해변의 쇠락한 리조트들을 찾기도 했고, 1976년에 붙박인 채 하나도 변하지 않은 듯한 조그만 먼지투성이 마을들을 찾기도 했다.

* 에밀리 브론테의 소설 『폭풍의 언덕』의 무대를 이루는 구릉지대. 나무가 없이 1미터도 안 되는 헤더나 풀만이 자라는 토탄지형의 산성토양을 특징으로 한다.

여행 나흘째인 오늘 둘은 파일리에 들렀다. 마을 중심의 넓은 길은 너른 백사장을 내려다보며 길게 뻗어 있었다. 방학도 아닌 평일이다 보니 해변은 거의 텅 비어 있었다.

"저기 봐. 저기서 여동생이 개한테 물렸었지."

"그거 재밌네. 어떤 개였어?"

"어, 미안해. 따분해, 내 얘기?"

"아주 약간."

"저런 큰일났네. 아직 나흘이나 남았는데."

오후에 둘은 엠마가 간밤에 계획한 폭포를 찾아 야심찬 하이킹을 떠나기로 되어 있었지만, 무어에서 한 시간을 헤맨 뒤 막막한 심정으로 국토측량국 지도를 폈다 접었다 하다 결국 포기했다. 폭포로 가는 대신 둘은 바싹 마른 헤더 위에 누워 햇볕을 즐겼다.

엠마는 조류도감 한 권과 엄청나게 큰 군용 쌍안경을 들고 왔다. 거의 디젤 엔진 크기인 그 물건을 눈까지 들어 올리느라 엠마는 끙끙거렸다.

"저기, 저기 봐. 잿빛개구리매 같은데."

"흐으음."

"한번 봐. 자, 저 위쪽."

"관심 없어, 난 자는 중인걸."

"어떻게 관심 없을 수가 있어? 완전 아름다워."

"들새 관찰 취미를 갖기엔 난 너무 어려."

엠마가 웃었다. "바보 같은 소리나 하고, 왜 그래?"

"들판 걷기만 해도 충분히 최악이었어. 이따가는 클래식 음악 듣자고 할 거지?"

"들새 관찰하기엔 너무 쿨하시다…?"

"그 다음엔 정원 꾸미기, 그리곤 막스앤스펜서에서 청바지 사모으다가, 결국에 시골로 이사 가자고 할 거잖아. 우린 서로 '달링'이라고 부르겠지. 거기로 가는 길이 훤히 보여, 엠. 미끄러운 내리막길이."

그녀가 한 팔을 짚고 몸을 일으켜 그에게 다가와 키스를 했다.

"한 번 더 얘기해 줄래? 왜 내가 너랑 결혼하지?"

"아직 안 늦었어. 취소할래?"

"각자의 보증금은 돌려받을 수 있는 거지?"

"천만에. 천만에."

"그래?" 그녀가 다시 그에게 입을 맞추었다. "생각 좀 해볼게."

두 사람의 결혼식은 11월이었다. 등록사무소에서 작고 조촐한 결혼식을 올린 뒤, 동네 레스토랑에서 몇몇 친구와 가족들을 초대해 소소하게 피로연을 할 예정이었다. 그건 사실 결혼이라기보다는 파티나 한번 하자는 핑계에 더 가깝다는 게 그들의 주장이었다. 결혼 서약은 감상을 일체 배제한 채 아주 일상적인 약속으로 채우기로 했지만, 아직 쓰지도 않은 상태였다. 둘이 마주 앉아 상대를 향한 그런 약속을 쓴다는 건 상당히 난처한 일임에 틀림없었다.

"지난번 너 결혼할 때 썼던 서약서, 그냥 쓰면 안 될까?"

"아하, 그럼 나한테 순종하시겠다, 이 말이네?"

"절대로 골프 따위는 안 한다고 약속한다면."

"그리고 성도 내 성을 따라 바꾸고?"

"엠마 메이휴? 이보다 더 나쁠 수…도 있겠네."

"둘 다 써도 돼."

"몰리-메이휴? 코츠월드의 어떤 마을 이름 같지 않아? '저 이번에 몰리-메이휴 인근에 조그만 집을 하나 샀어요', 그런 거?"

그날은 그렇게 다가왔다. 까불대는 이야기들 속에서, 하지만 개인적으로는 짐짓 흥분되는 가운데.

요크셔에서의 이번 한 주는 그들의 조촐하고도 진지한 그날 이전에 보내는 마지막 휴가였다. 엠마는 마감할 원고가 있었고, 덱스터는 가게를 한 주 내내 비운다는 데 노심초사했지만, 이 여행 덕분에 둘은 엠마의 부모님 댁에서 하루 묵을 수 있었다.

엠마의 엄마는 꼭 왕실 사람들이 하루를 묵어 가기라도 하는 것처럼 성대한 이벤트로 그들을 맞았다. 늘 쓰던 키친타월 대신 제대로 된 냅킨들이 식탁에 올려졌고, 냉장고에는 트라이플 케이크와 페리에 생수가 준비되었다. 이언과 헤어지면서 엄마 수 몰리는 엠마가 더 이상 사랑에 빠지지 못할 듯 낙담했지만, 그녀는 덱스터에게 더 심하게 병적인 애착을 보였다.

그녀의 끈적끈적한 목소리는 상상을 초월해서, 마치 요염한 여인이 녹음한 시간 알리미 전화* 목소리 같았다. 덱스터도 마땅히 그러해야 한다는 듯 끈적하게 대꾸했으며, 그럴 때면 다른 가족들은 그저 묵묵히 바닥만 쳐다보며 웃음을 참아야 했다. 수는 막무가내였다. 그녀에게는 오랫동안 품어 왔던 판타지가 드디어 실현되는 것과 다름없었다. 내 딸이 드디어 앤드류 왕자와 결혼하는구나!

가족들을 통해 덱스터를 다시 보며 엠마는 그가 자랑스럽게 느껴졌

* 전화를 걸면 시간을 알려 주는 서비스. 1936년부터 시작되어 지금껏 장기 목소리 네 명, 단기(주로 자선행사 목적) 목소리 여덟 명의 녹음으로 시간을 알려 주고 있다.

다. 수를 바라보는 그의 눈빛은 반짝거렸고, 그녀의 조카들과 어울릴 때는 천진난만하고 익살맞았으며, 그녀의 아버지와 비단잉어나 맨유의 우승 가능성을 얘기할 때는 아주 진지했다. 엠마의 여동생만이 덱스터의 매력과 성실함을 삐딱하게 보았다. 두 아들이 딸린 이혼녀에다 신경질적이고 영원히 지쳐 버린 듯 보이는 메리앤은 결혼식을 또 본다는 게 그저 싫었다. 그날 밤 설거지 할 때다.

"왜 엄마는 그렇게 정신 나간 목소리로 떠드신대, 진짜?"

"덱스터를 좋아하시니까 그렇지." 엠마가 여동생의 팔을 지그시 눌렀다. "너도 그 사람 좋아하지. 응?"

"멋져. 좋아. 나는 뭐 유명한 놈팽이 하나 데려오나 했더니?"

"아주 예전엔 유명했지. 지금은 아냐."

메리앤의 코웃음엔 못마땅함이 가득했다. 그러면서 세 살 버릇 여든까지 가는 거 아니겠냐며 투덜거리는 것이었다.

둘은 폭포 찾기를 관두고, 대신 동네 펍으로 가서 감자튀김을 먹고는 오후 늦게까지 치열한 당구 게임을 펼쳤다.

"당신 동생이 날 그리 좋아하는 것 같지 않아."

덱스터가 마지막 게임을 위해 당구공을 쓸어 담으며 말했다.

"물론 좋아하지."

"말도 거의 안 걸던데?"

"좀 부끄럽고 퉁명스러워서 그렇지. 내 동생, 늘 그래."

덱스터가 웃었다. "악센트하곤."

"악센트가 뭐?"

"우리가 여기 올라온 뒤로 너 완전히 북방사투리 쓰잖아."

"그래?"

"아마 M1 고속도로 타자마자부터였지."

"거슬려? 아니지?"

"전혀. 첫 공 누가 치냐?"

엠마가 게임을 이겼다. 초저녁 햇살 속에 둘은 산장으로 돌아왔다. 빈 속에 맥주를 마신 탓에 멍한 상태이면서도 다정한 눈빛이 넘쳤다. 이번 여행은 '일하는 휴가'였다. 둘이 낮 시간을 같이 보내고 밤에는 엠마가 일을 하자는 계획이었던 건데, 하필 엠마의 생산력이 바닥에 떨어진 시기와 맞물려, 두 사람은 이참에 최대한 놀아 보자는 쪽으로 맘을 바꿨다.

"뭐야, 또?"

엠마가 문을 닫고 그에게 키스를 퍼붓자, 덱스터가 물었다.

"넌 안 원해?"

"아니, 좋아. 단지, 기분이 좀, 무슨… 종마 번식장에 온 듯해서."

"아? 그렇구나. 그렇네."

저녁 아홉 시. 엠마는 크기만 하고 딱딱한 침대에서 잠이 들었다. 밖은 아직 환했고, 덱스터는 잠시 동안 누워서 그녀의 숨소리를 들으며, 침대 창문 밖으로 조그맣게 내다보이는 보랏빛 헤더 꽃으로 뒤덮인 언덕에 시선을 던져 두고 있었다. 그래도 잠을 이루지 못한 그는 살며시 침대에서 빠져나와 옷을 걸치고 조용조용 계단을 내려가 부엌으로 갔다. 그는 스스로에게 상을 주는 기분으로 포도주 한 잔을 따르며 앞으로 여기서 둘이 뭘 하나 싶었다.

옥스포드셔의 전원 풍경에 익숙한 덱스터로서는 이렇게 고립된 야생 환경이 편치를 않았다. 초고속인터넷을 기대한다는 건 어불성설이었고, 산장 전단지는 텔레비전이 없다는 걸 자랑으로 내세웠다. 그 완벽한 고요함은 그를 불안하게 했다. 아이팟에서 그는 델로니어스 몽크의 곡을 몇 고른 뒤 — 요즘 들어 재즈를 듣는 횟수가 부쩍 늘었다 — 소파에 몸을 던졌다. 먼지가 구름처럼 일어났다.

그는 책을 집어들었다. 이번 여행길에 읽으라고 엠마는 덱스터에게 농담하듯 『폭풍의 언덕』을 사주었다. 하지만 그 책은 그에게 거의 전적으로 판독이 불가능한 거나 마찬가지였다. 그래서 그는 대신 자기 랩탑을 켜서 모니터를 쳐다보았다.

'개인적 문서들' 폴더 아래에 '랜덤' 폴더가 있었고, 거기 40KB 크기의 '그날의연설.doc'라는 문서가 있었다. 결혼식 날 쓸 신랑의 연설문이었다. 지난 번 결혼식 때 그가 행했던 재미없고 뒤죽박죽인데다 급조된 연설의 실패 경험이 아직도 끔찍한 기억으로 남아 있었기에, 이번엔 제대로 하자고 맘먹고 진작부터 준비를 했다.

지금까지 그 문서 안에 준비된 내용은 다음과 같았다.

나의 신랑 연설문

회오리 같았던 로맨스 끝에! 등등

어떻게 만났나. 같은 대학, 하지만 알고 지내진 않았고. 여기저기서 보았던 그녀. 늘 뭔가에 화가 난 여학생이었고, 머리는 진짜 엉망이었음. 그때 사진을 보여 줘 버려? 내가 멋쟁이처럼 거들먹거린다고 생각했음. 덩거리 바지를 입고 다녔음(아니면 나만의 상상이던가). 마침내 그녀와 만나다. 아버지를 파시스트라 부름.

절친한 친구로 만났다 헤어졌다 함. 내가 저지른 멍청이 짓들. 때로는 바로 눈앞의 것도 못 보고 지냄.(좀 감상적으로)

엠을 어떻게 표현할까요? 장점이 참 많음. 재미있고. 지적이고. 춤, 일단 췄다 하면 정말 잘 추지만, 요리는 꽝. 음악 취향도 빼어남. 말다툼도 자주 벌어짐. 하지만 언제든 웃으며 얘기할 수 있음. 아름답지만, 그 사실을 늘 알지는 못함, 등등등. 재즈와도 아주 잘 지냄. 심지어 내 전처와도 그럭저럭 잘 지냄. 호호하하. 누구나 그녀를 사랑하죠.

둘이 연락 끊고 지낸 얘기. 파리 얘기도 조금.

15년 가까이 회오리 같은 로맨스 끝에, 결국 다시 만남. 드디어 답을 찾은 느낌? 친구들도 전부 '그것 봐라, 그것 봐'라고 얘기함. 그 어느 때보다 더 행복했던 나날들.

하객들이 전부 토해 내는 동안 잠깐 휴식.

두 번째 결혼인데도 받아 줘 감사. 이번엔 제대로 잘하리라. 음식 만드신 분들, 고마워요. 수와 짐, 저를 반겨 주셔서 감사해요. 명예 북방시민이라도 된 듯한 기분이었다는 개그? 등등. 축전 읽기? 못 온 친구들. 엄마가 여기 안 계셔서 슬프네요. 날 인정하셨을 겁니다. 드디어, 말이죠!

제 아름다운 아내를 위해 건배를, 어쩌구 저쩌구 등등등….

초고는 그랬다. 큰 틀은 다 잡은 상태였다. 그는 열심히 글을 만졌다. 폰트를 쿠리어에서 아리엘로, 다시 타임즈 뉴 로만으로 바꿨다 말았다 했고, 전체를 이탤릭체로 바꾸고, 글자 수도 세고, 문단과 여백을 조정해서 좀 더 그럴듯해 보이도록 했다.

마침내 그는 그 텍스트를 쪽지 삼아 연설 연습을 해보았다. 한때 그가 TV에서 선보였던 유창한 말솜씨를 다시 떠올리면서 말이다.

"오늘 여기 오신 모든 분들에게 진심으로 감사드리며…."

그때 머리 위에서 마룻바닥이 삐걱거리는 소리가 들렸다. 그는 황급히 랩탑을 닫고 소파 쿠션 밑으로 숨기고는 던져 두었던 『폭풍의 언덕』을 다시 집어들었다.

엠마는 벌거벗은 채 졸린 눈을 하고서 계단을 내려오다 말고 중간쯤에서 멈추더니 양팔로 무릎을 싸안고 앉았다. 그녀가 하품을 하며 물었다. "몇 시야?"

"10시 15분 전. 힘들었나 봐, 엠?"

그녀가 또 하품을 했다. "네가 힘들게 했잖아." 그녀가 웃었다. "종마 같으니."

"가서 뭐 좀 걸쳐라, 응?"

"뭐하는 거야, 근데?"

그가 『폭풍의 언덕』을 올려 보여 주자 그녀가 미소 지었다.

"'난 내 삶 없이는 살 수 없어요! 내 영혼 없이는 살 수 없다고요!' 아닌가? '내 삶 없이는 사랑할 수 없어요'였나? 아니면 '내 사랑 없이는 살 수 없어요'였나? 기억이 안 나네."

"그 부분 아직 안 갔나 봐. 넬리라는 어떤 여자가 지금 계속 떠들고 있는 중이야."

"음, 앞으로 점점 좋아질 거야. 날 믿어도 돼."

"여기 왜 텔레비전이 없는지, 한 번만 더 얘기해 주라."

"우리들만의 놀거리를 만들어야 한다니까, 여기서는. 얼른 침대로 와.

나랑 얘기해 줘."

그가 일어나 거실을 가로질러 와 난간 위로 몸을 구부려 그녀에게 입을 맞추었다.

"억지로 섹스 하자고 우기지 않는다면."

"그럼 대신 뭘 하자는 거니?"

"좀 이상하게 들리겠지만 말야", 덱스터는 살짝 수줍은 표정을 지으며 말했다. "음, 스크래블 게임 하자고 그래도 화 안 낼게."

ch18

중년

2004년 7월 15일, 화요일

◦ 벨사이즈파크, 런던 ◦

덱스터의 얼굴에 뭔가 희한한 일이 일어나고 있었다.

거슬거슬하고 시커먼 털이 그의 볼 양쪽 높은 데 생겨나기 시작하더니, 눈썹에서 삐져나온 기다란 잿빛 털 몇 가닥과 만날 정도로 길어진 것이었다. 그걸로도 모자란다는 듯, 귓볼 밑부분과 귓구멍 둘레에도 자잘하고 연한 털이 보송보송 자라났다. 이런 털은 마치 샐러드용 다닥냉이처럼 밤새 훌쩍 자라 있곤 했다. 이런 털에 무슨 용도가 있을 리 만무하니, 단지 그가 중년에 다가가고 있음을 상기시키는 효과밖에 없었다. 그는 사실 이제 중년이었다.

머리카락에도 문제가 있었다. 특히 샤워 후면 그의 이마 위는 눈에 띄게 훤했다. 이마 위 중간 부분만 남겨 두고 양옆으로 샛길이 나기 시작하더니, 그 길은 점점 넓어져 급기야 머리꼭대기까지 치고 올라갔다. 두 길이 만나는 날 그의 머리는 끝장나게 될 것이었다. 수건으로 머리를 말린 뒤, 덱스터는 손가락으로 머리칼을 이러 저리 넘겨 그 길을 가리는데 이제는 익숙했다.

덱스터의 목에도 희한한 일이 벌어지고 있었다. 축 처진 살덩어리가 턱 아래에 늘어지기 시작한 것이었다. 그건 마치 살색 터틀넥 스웨터를 입은 것처럼 보였는데, 얼마나 부끄러운지 몰랐다. 그는 화장실 거울 앞에 서서 목을 이리 저리 만졌다. 꼭 뒤틀린 목을 제자리로 돌려놓으려는 몸짓 같았다. 그건 마치 정부보조금을 받는 주택에 사는 것과 비슷했다. 아침마다 일어나 간밤에 어디 새로 금가거나 꺼진 데는 없는지 살펴야만 했다.

어찌된 영문인지 살이 뼈에서 분리되어 미끄러지는 듯한 그 현상은, 실은 피트니스 멤버십이 오래전에 소멸된 사람들의 몸에서 특징적으로 나타나는 증세였다. 배도 불룩 튀어나오기 시작했는데, 무엇보다 제일 그로테스크한 건 그의 젖꼭지에 벌어진 희한한 일이었다. 몸에 딱 붙는 셔츠나 울 스웨터를 입었다가는 그게 계집아이들 가슴처럼 삿갓조개 모양으로 불룩 솟은 게 훤히 드러나 역겨워 보였기 때문에, 맘 놓고 걸칠 수 있는 옷이 없을 지경이었다. 후드 달린 옷을 입어도 이젠 멍청해 보였다.

지난 주엔 '정원 꾸미기, 뭐든지 물어보세요' 프로그램을 듣느라 무아지경에 빠진 자신을 발견하고 당혹스러워하기도 했다. 2주만 지나면 이제 그의 나이 마흔이었다.

그는 머리를 저으며 스스로에게 일렀다. '그렇게 심각한 건 아냐.' 머리와 턱을 적당한 각도로 돌리고서, 숨을 흡 들이마신 뒤, 휙 돌아서서 거울 속을 다시 들여다보면, 아직도 그는 대략, 음, 서른일곱쯤 되어 보일까? 그는 여전히 콧대가 높아서 자신이 아직도 특별나게 잘생긴 남자라고 생각했지만, 이젠 그를 아름답다고 부를 사람이 없다는 건 알고 있었다. 정말, 이보다는 더 멋지게 늙으리라고 늘 생각했던 터였다. 그는 강인하고 억센, 잿빛 구레나룻의 세련된 영화배우처럼 나이 먹기를 원했다. 대신 그는 텔레비전 진행자처럼 늙고 있었다. 그것도 전직 텔레비전 진행자, 치즈를 너무 많이 먹어치우는 결혼 경력 두 번의 전직 텔레비전 진행자로 말이다.

엠마가 들어왔다. 막 침대에서 빠져나와 벗은 몸이었다. 그는 이를 닦기 시작했다. 이 닦기 또한 그가 집착하는 일 중 하나였는데, 요즘 들어 그의 입은 다시는 깨끗해질 수 없는 낡은 물건이 되어 버린 느낌이었다.

"또 살쪘어." 그가 거품을 가득 물고 중얼거렸다.

"아니야." 그녀의 말이 눈에 띄게 희미했다.

"진짜야. 보라고."

"그럼 치즈 너무 먹지 마." 그녀가 말했다.

"방금은 별로 안 쪘다더니."

"네가 그렇다고 느끼면, 그렇게 되는 거야."

"그리고, 내가 치즈를 뭘 그렇게 많이 먹는다고 그래? 신진대사가 느려지는 것뿐이지."

"그럼 운동을 하시든가. 헬스도 다시 하고. 나랑 같이 수영할래?"

"시간이 어디 있냐, 내가?" 그가 입에서 칫솔을 꺼낸 사이 그녀가 얼른 그에게 입을 맞췄다. 위로의 키스였다. "이것 봐. 완전 엉망이야." 그가 또 중얼댔다.

"예전에 내가 말했죠, 달링. 당신 가슴 너무 아름다워요."

그녀가 웃으며 그의 엉덩이를 찌르곤 샤워기 밑으로 들어갔다. 그는 욕실 의자에 앉아 그녀를 지켜봤다.

"오늘 오후에 그 집 보러 가야 해."

물소리 속에 엠마가 괴로워하는 소리가 섞여 들렸다. "정말?"

"아니면 달리 어떻게 찾겠어, 우리가 원하는 걸…."

"알았어, 알았어! 같이 가서 보자."

그녀는 그에게 등을 돌린 채 샤워를 계속 했고, 그는 일어나 옷을 입으러 방으로 갔다. 요즘 들어 둘은 다시 말다툼이 잦고 신경이 예민해졌다. 옮길 집을 찾아야 한다는 스트레스 때문이라고 그는 생각했다. 덱스터의 아파트는 벌써 팔렸고, 둘이 살 공간이 부족해 쓰던 물건들이 하나둘 창고로 옮겨져 겹겹이 쌓여 갔다. 적당한 새 집을 못 찾으면 또 세를 얻어 가야 했고, 그에 따른 근심과 걱정이 컸다.

그렇지만 그는 다른 뭔가가 더 있다는 걸 확신했다. 엠마가 물 올린 게 끓는 걸 기다리며 신문을 읽다 말고 불쑥 말했다.

"생리가 시작됐어."

"언제?" 그가 물었다.

"지금 막." 그녀의 침착함이 부자연스러웠다. "그게 느껴져."

"아, 그렇구나."

그의 대답을 들으며, 엠마는 등을 돌려 다시 커피 만들기를 계속했다. 덱스터는 일어나 그녀의 허리에 팔을 두르고 목덜미에 입을 맞추었다. 막 샤워를 끝낸 터라 촉촉했다. 엠마는 신문에서 눈을 떼지 않았다.

"괜찮아. 다시 하면 되지. 응?" 덱스터는 그녀의 어깨에 턱을 대고 한참을 그렇게 서 있었다. 애교 넘치는 자세는 역시 불편했다. 그녀가 신문을 넘기는 걸 신호 삼아 그는 테이블로 발길을 옮겼다.

둘은 함께 앉아 신문을 읽었다. 엠마는 시사면, 덱스터는 스포츠면을 읽었지만, 두 사람 모두 팽팽하게 긴장해 있었다. 엠마는 혀를 차며 화가 날 때 가끔씩 보이곤 하던 방식으로 머리를 가로저었다. 이라크 참전 결정에 관한 버틀러위원회의 활동이 신문 헤드라인을 장식하고 있었다. 그는 그녀가 곧 정치 문제를 꺼내 얘기할 것임을 짐작했지만, 그래도 애써 웜블던 뉴스만 보려고 했다. 하지만, 드디어!

"이상하지 않아? 이런 전쟁이 벌어졌는데, 어떻게 아무런 반대가 없지? 무슨 행진이나 반대 시위가 있어야 하는 거 아냐, 응?"

그 목소리의 음색은 그를 짜증나게 하는 것이기도 했다. 그건 그의 기억 속 20년 전 엠마의 목소리였다. 도덕적 우월함과 '내가 옳아' 주의가 느껴지는. 덱스터는 부정도 긍정도 하지 않으면서 그저 논쟁을 피했으면 하는 맘으로 살짝 소리를 내기만 했다. 시간이 흘렀고, 엠마가 다음 면으로 신문을 넘겼다.

"너도 그렇게 생각할 거잖아. 베트남전 반대 운동 같은 게 일어나야 하는데, 아무 일도 없어. 딱 한 번 행진하더니, 다들 어깨 으쓱하곤 집으로 돌아가 버렸어. 학생들조차도 반대를 안 해!"

"학생들하고 무슨 상관이야, 그게?"

덱스터가 제법 신중하고 부드럽게 말을 꺼냈다.

"그건 전통이잖아. 학생들이 정치에 적극적인 거. 우리가 아직 학생이라면 우리도 시위를 했을 거 아냐." 그녀가 다시 신문을 쳐다보았다. "적어도 난 했을 거야."

그녀가 시비를 걸자 덱스터도 냉큼 응수했다. "그런데 왜 안 해?"

그녀가 매섭게 그를 쳐다보았다. "뭘?"

"반대 말야. 그렇게 강력하게 반대하면서, 왜 안 해?"

"내 말이 그 말이야. 아마 나도 해야겠지! 내 견해는 딱 그래! 뭔가 단결된 운동이 일어난다면…."

그가 다시 신문을 보면서, 다짐했다, 조용하자고. 하지만 그러지를 못했다. "아니면 사람들이 신경 안 쓰는 건지도 모르지."

"뭐라고?" 그녀가 눈을 좁게 뜨며 그를 보았다.

"전쟁 말야. 만약 사람들이 전쟁 때문에 정말 모욕을 느낀다면, 뭔가를 하겠지. 하지만 사람들은 그가 제거된 게 기쁠 수도 있어. 엠, 너도 아는지 모르겠는데, 그 인간 그리 좋은 사람은 아니었지…."

"사담이 제거된 거 기뻐하면서도 전쟁에는 반대할 수 있어."

"내 말이. 그만큼 모호하다, 이거지."

"아니 그럼, 네 생각엔 비교적 정당한 전쟁이다, 이거야?"

"내 생각이 아니라, 사람들이 그렇게 생각할지도 모른다는 거지."

"네 생각은 어떤데?" 그녀가 신문을 덮으면서 묻자, 그는 제대로 불안해졌다. "네 생각은 어때?"

"내 생각은 어떠냐고?"

"그래. 네 생각?"

그가 한숨을 토했다. 이미 너무 늦었다. 돌아갈 방법은 없었다.

"내 생각엔, 좌파들 중 상당수가 이 전쟁에 반대하는 거 좀 웃기다 싶어. 왜냐하면 사담이 잡아 죽이던 사람들이 바로 좌파들이 지지했어야 할 사람들이었으니까 말야."

"예컨대, 누구?"

"노동조합 사람들, 페미니스트들, 호모섹슈얼들." 쿠르드족도 넣었어야 하나? 쿠르드족이 맞긴 맞던가? "쿠르드족도!"

엠마가 웃긴다는 듯 코웃음을 쳤다. "아, 넌 우리가 이 싸움에 뛰어든 게 노동조합을 보호하기 위해서라는 거네? 부시가 이라크 여성들의 고난이 걱정되어 침략했다는 거야? 이라크 게이들을 위해?"

"내 말은, 반전시위대가 진작부터 이라크 정권에 대항해 시위를 벌였더라면 지금 좀 더 많은 도덕적 신뢰를 받았을 거란 거지! 인종 분리에 반대했던 사람들인데, 왜 이라크는 안 했대?"

"이란은? 중국도 있고, 러시아, 북한, 사우디아라비아도 있지. 모든 걸 반대하며 시위할 수는 없지."

"왜 안 돼? 너도 그랬잖아!"

"거기서 내 얘기가 왜 나와!"

"왜? 내가 너 첨 봤을 때 당신은 보이코트 하는 게 일이었어. 당신은 빌어먹을 마스 초콜릿바 하나 먹으면서도 개인적 책임에 대한 강의를 늘어놔야 직성이 풀리는 사람이었잖아. 이젠 아무 생각 없이 막 먹는다고 내 탓을 하진 마…."

그는 흡족한 듯 얄궂게 지어낸 웃음을 머금고 멍청한 스포츠 뉴스로 눈길을 돌렸다. 엠마는 얼굴이 후끈 달아오르는 게 느껴졌다.

"내가 아무 생각 없이 막 먹는다니. 말 돌리지 말자! 요점은, 이 전쟁이 인권을 위한 거라는 소리는 웃긴다는 거야. 대량 살상 무기도 뭣도 아냐. 전쟁의 이유는 단 하나, 오직 하나지…."

그가 신음을 토했다. 피할 도리가 없었다. 그녀는 '석유' 얘기를 꺼낼 게 틀림없었다. 제발, 제발 '석유'라고 하지 마….

"…인권은 무슨 인권. 이건 완전히 석유 때문인 거지."

"그래, 그 이유, 꽤 그럴듯하지 않아?" 그는 일어서며 일부러 의자를 끌어 소리를 냈다. "아님 당신은 석유 안 써, 엠?"

드디어 퍼붓고 만 이 말폭탄이 꽤나 효과적이겠다고 덱스터는 내심 생각했다. 그런데 논쟁을 할 때면 이 총각용 아파트는 더 작고 어지럽고 복잡해 보였다. 슬며시 숨어 버릴 데가 없어서…. 물론 엠마가 그런 얼빠진 말폭탄을 그냥 넘길 리는 만무했다. 그녀가 그를 따라 거실로 나갔더니 그가 그녀를 기다리고 있었다. 그리곤 말을 쏟아 붓는데, 그 기세에 두 가슴이 모두 쿵쾅거렸다.

"네가 왜 이러는지 내가 얘기해 줄까. 생리가 시작돼서 당신은 화가 났지. 그 화를 나한테 내뿜는 거고! 자, 아침 먹는 동안 장광설 늘어놓는 거 난 딱 질색이니까. 알아서 해."

"내가 당신한테 장광설을 늘어놓은 게 아니라…."

"말다툼하는 거네, 그럼."

"그것도 아니고, 토론 중인 거지."

"그랬니? 난 말다툼 중이거든!"

"진정해, 덱스."

"내가 전쟁하자고 그랬니, 엠? 내가 침공 명령 내린 게 아니라고. 나도 슬퍼. 하지만 당신만큼은 아니야. 그래야 하겠지, 그러겠지, 하지만 지금은 안 그래. 나도 몰라, 내가 너무 멍청한가 보지 뭐."

엠마의 눈이 동그래졌다. "그게 무슨 말이야? 내가 언제 당신더러…."

"뭐, 멍청이 취급하는 건 맞잖아. 아니면, 당신은 내가 이 전쟁에 대한 보편적인 견해를 줄줄 따라 읊지 않는다고 날 무슨 우익 꼴통 취급하는 거 아니냐고? 내 맹세하지. 어떤 놈이 디너파티에서 '그거 다 석유 때문!'이란 소릴 지껄이면 말야. '그래서 어쩌라고요? 나가서 시위를 하시든가, 아님 기름 쓰지 마시든가, 가만 있으시고 그 빌어먹을 주둥이나 닥치시죠.' 그렇게 말해 줄 거야."

"어떻게 나한테 그런 말을…."

"아냐! 당신한테 그런다는 게 아니라… 아이, 몰라!"

그는 그녀의 빌어먹을 자전거 옆으로 빠져나가, 어수선한 '그의 집'

복도를 지나 침실로 들어섰다. 아직 블라인드가 내려진 방은 침침했다. 헝클어진 침대, 바닥엔 젖은 수건, 전날 밤의 그들의 체취가 풍기는 방. 어둠 속에서 그는 열쇠꾸러미를 찾았다. 엠마가 복도에서 걱정스러워 죽겠다는 표정으로 그를 지켜보는 걸 느꼈지만, 그는 한사코 눈길을 돌렸다.

"정치 얘기만 꺼내면 왜 그렇게 발끈해?"

짜증을 내는 아이 다루듯 그녀가 침착하게 말했다.

"발끈하는 게 아니라, 그냥… 따분해." 그는 빨래통에 쑤셔 박은 바지 주머니까지 뒤졌다. 이놈의 열쇠! "내가 보기에 정치는 너무 지겨워. 그래, 바로 그래서지. 지겨워!"

"정말?"

"그럼, 정말이지."

"대학 때도 그랬어?"

"대학 땐 특히 더 그랬지. 안 그런 척했을 뿐야. 그래야 했으니까. 새벽 두 시까지 멍청하게 앉아서 광대 같은 애들이 인종 분리가 어쩌고 핵 군축이니 여성의 객관화가 저쩌고 떠드는 동안 난 조니 미첼 노래를 들어야 했지. 그러면서 생각했어. 아니, 젠장, 정말 지겹군. 난 잘 모르지만, 왜 가족이나 음악, 섹스 같은 거, 사람 같은 걸 얘기하면 안 되나?"

"정치가 곧 사람이잖아!"

"뭔 소리야, 엠? 그런 공허한 말이 어디 있어. 그건 마치—."

"뭔 소리냐면, 우리가 그때 많은 걸 함께 얘기했다는 거야."

"그랬나? 그 황금기에 대해선 빼기는 인간들만 수두룩했다는 기억뿐이야. 남자놈들은 페미니즘 어쩌고 떠들고 다니면 어떻게 여자애들 속옷 한번 내릴 수 있지 않을까 싶었지. 뻔한 소리나 하면서 말이야. 미스터 만델라 훌륭하죠. 핵전쟁은 끔찍하죠. 어떤 사람들은 오늘도 먹을 게 없다니 세상 참 썩었죠, 등등."

"사람들이 얘기했던 건 그게 아냐!"

"지금도 똑같아. 뻔한 소리의 레파토리만 바뀌었지. 지구온난화 타령에 블레어 꺼져 타령으로!"

"그래서, 찬성 안 한다고?"

"찬성해! 찬성하지! 그저 난 이랬으면 좋겠다는 거야. 우리가 아는 사람 중에 단 한 명만이라도 부시가 그리 돌대가리는 아니더라고 말한다면, 또 누군가는 고맙게도 이 파시스트 독재자에게 용감히 맞서 준다면. 그런데 말야, 난 내 큰 차가 너무 좋아? 그런 말도 곁들인다면, 세상에, 얼마나 후련할까. 왠지 알아? 걔들은 틀렸지만, 그래도 뭔가 얘깃거리는 되니까. 적어도 걔들은 자화자찬은 안 하니까. 적어도 그게 화제를 바꿔 주긴 하니까. 대량 살상 무기 말고. 학교 말고. 빌어먹을 집값 말고."

"뭐야. 당신도 집값 얘기는 하잖아!"

"알아! 나도, 젠장, 지겨워 죽겠어!" 그는 어제 옷들을 벽에다 집어던졌고, 그의 고함이 방 안에 울렸다. 둘 다 침침한 침실에 그렇게 서 있었다. 블라인드는 내려진 채로, 헝클어진 침대는 헝클어진 채로.

"나도 당신 지겹게 해?" 그녀가 조용히 물었다.

"바보 같은 소리! 그런 얘기가 아니잖아." 갑작스런 피로에 그는 침대에 주저앉았다.

"그래도, 그렇냐고?"

"아냐. 당신 안 지겨워. 우리 다른 얘기 하자, 응?"

"그래. 무슨 얘기가 하고 싶어?" 그녀가 말했다.

그는 매트리스 끝에 구부정하게 걸터앉아 얼굴을 감싸 쥐고 손가락 사이로 한숨을 내쉬었다.

"우리 노력한 지 18개월밖에 안 됐어, 엠."

"2년이야."

"그래, 2년. 글쎄, 난 그저… 네가 나한테 던지는 그 눈길이 너무 싫어."

"어떤 눈길?"

"애가 안 생기는 걸 다 내 탓으로 돌리는."

"나 안 그래!"

"난 그렇게 느껴."

"미안해. 내가 사과할게. 난 그냥… 실망스러운 거야. 나 정말 애를 갖고 싶어. 그뿐이야."

"나도 그래!"

"정말?"

그가 상처 입은 표정으로 말했다. "물론 나도 원해!"

"처음엔 넌 안 원했으니까."

"아냐, 지금은 원해. 나 당신 사랑해. 알잖아."

그녀가 그의 곁으로 다가와 앉았다. 손을 잡고 어깨를 구부린 채 한참을 그렇게 앉아 있었다.

"이리 와." 그녀가 침대 위로 털썩 자빠지자 그도 몸을 뉘었고, 둘의 다리가 침대 끝에서 달랑달랑거렸다. 칙칙한 빛줄기가 블라인드 사이로 새어들었다.

"당신한테 마구 화풀이한 거 미안해." 그녀가 말했다.

"나도, 그거… 몰라. 미안해."

엠마가 그의 손을 들어 손등에 그녀의 입술을 대고 지그시 눌렀다.

"있지. 우리 가서 검진 받자. 불임클리닉 같은 데서. 둘이 같이."

"우리한테 문제가 있는 게 아냐."

"알아. 그래도 확인은 해볼 수 있잖아."

"2년이 뭐 길다고 그래. 6개월 더 기다리면 안 될까?"

"내게 남겨진 시간이 6개월도 안 될 거 같아서 그래."

"정신 나간 소리."

"오는 4월이면 나 서른아홉이야, 덱스."

"난 2주 후면 마흔이라구."

"그러니까."

그가 천천히 숨을 내쉬었다. 눈앞에 검진용 터널이 어른거렸다. 답답한 그 박스, 간호사가 고무장갑 끌어올리는 소리, 의학잡지들.

"그래, 그러자. 검진 좀 받아 보자." 그가 고개를 돌려 그녀를 바라보았다. "하지만 대기자 명단에 올려서는 하세월일 텐데."

그녀가 한숨을 쉬었다. "어떡하지? 글쎄, 사설병원에 갈까?"

잠시 후 그가 말했다.

"세상에. 너한테서 사설병원 얘기를 들을 줄은 정말 몰랐네."

"그러게, 나도 몰랐어." 그녀가 말했다. "나도 몰랐어."

불안하나마 다시 평화가 찾아온 뒤 그는 일하러 갈 준비를 마쳤다. 멍청한 말다툼 탓에 늦어지곤 했지만, 그래도 벨빌카페는 이제 별탈없이 돌아가고 있었다. 그는 아주 활발하고 듬직한 매니저를 고용했다. 매디, 그녀와는 일 관계도 순조로웠고 서로 은근히 시시덕대기도 했다. 또 그는 아침마다 스스로 문을 열 필요도 없게 되었다. 엠마도 그를 따라 내려와 바깥으로 나갔다. 음침하고 뭐라 표현하기 어려운 날이었다.

"그 집은 어디야?"

"킬번Kilburn 쪽이야. 주소 보낼게. 근사해 보이더라. 사진으로는."

"사진으로는 다 근사해 보이지." 중얼거리는 자기 목소리가 그녀의 귀에도 뚱하고 불쾌했다. 덱스터는 말이 없었다. 잠시 후 그녀는 기분을 추슬러 그의 허리에 팔을 두르고 그에게 안겼다. "오늘 우리 좋지 않다, 그치? 아니, 나만 그런가? 미안해."

"괜찮아. 오늘밤엔 같이 있자, 너랑 나랑. 저녁상 차려 줄게. 아님 어디 갈까, 극장 같은 데?"

그가 얼굴을 그녀의 정수리에 밀착시켰다.

"사랑해. 우린 잘해 낼 거야, 응?"

엠마는 현관에 묵묵히 서 있었다. 나도 당신 사랑한다고 말하는 게 마땅한데도, 그녀는 좀 더 의기소침해 있고 싶었다. 점심때까진 뚱한 기분을 걷어내야지. 그리고 밤에 그에게 잘해 줘야지. 날씨가 개면 자주 그랬듯이 프림로즈힐에 올라 앉아 있는 것도 좋겠네. 중요한 건 덱스터가 거기 같이 있을 테고, 그러면 모든 게 좋아질 것이라는 점이었다.

"가야지." 그녀가 그의 어깨에 대고 중얼거렸다. "매디가 기다리다 목 빠지겠다."

"쓸데없는 소리."

그녀가 활짝 웃으며 그를 올려다봤다. "이따 밤에 즐겁게 해줄게."

"뭐 재밌는 일 같이 하자."

"응. 재밌게."

"우리 둘 즐겁잖아, 그치?"

"그럼. 즐겁지." 그녀가 그에게 굿바이 키스를 건네며 말했다.

재미의 종류는 달라졌지만 둘은 사실 즐겁고 재미나게 지냈다. 그 오랜 그리움과 번민, 열정이 사라진 자리에 꾸준한 기쁨과 만족감, 그리고 이따금씩의 짜증이 들어앉았고, 그건 아주 행복한 변화 같아 보였다. 그녀의 인생에서 이보다 더 기쁘고 들떴던 순간이 있기는 했겠지만, 이보다 더 꾸준하고 한결같이 좋았던 시기는 없었다.

간혹 그녀는 사라져 버린 강렬함이 그리웠다. 그리운 건 그들 사이 로맨스가 시작되었을 때의 강렬함뿐만이 아니었다. 둘의 우정이 시작되던 그 초창기의 강렬함이 사무치게 그리웠던 것이다.

밤 늦도록 열 장이 넘는 편지를 쓰던 그 시절. 정신 나간 열정의 편지엔 지루한 감상이 흘러넘쳤지. 마음을 살짝 감출 줄도 몰랐고, 느낌표랑 밑줄을 남발했었지. 잠자리에 들기 전 한 시간씩 통화를 하고도 모자라 한동안은 날마다 엽서를 썼었지.

달스턴의 그 아파트에서는 밤새 음악을 들으며 얘기를 나누다 해 뜨는 걸 보느라 잠시 쉬곤 했어. 덱스터의 부모님 댁에서 새해를 맞았을 때는 그 차가운 강물에 뛰어들어 같이 수영을 했고. 아, 차이나타운의 비밀 바에서 압생트를 마시던 그날 오후는….

이 모든 순간들과 더 많은 얘기들을 노트와 편지에, 사진 뭉치 속에, 끝도 없이 많은 그 사진들 속에 차곡차곡 기록했었지. 1990년대 초쯤이었을 거다. 둘은 길거리의 스티커 사진 부스를 그냥 지나치는 법이 없었다. 기어이 그 좁은 박스 안으로 두 몸을 밀어넣었던 건, 언제든 언제까지나 둘이 같이 있는 게 서로에게 너무나 당연했기 때문이었다.

그런데, 누군가를 지켜보기만 하며, 그냥 앉아 마주 보고 말하다 문득 아침인 걸 깨닫는다고? 요즘 대체 누구에게 밤새도록 얘기 나눌 시간과 뜻과 힘이 있단 말인가? 무슨 얘길 나눈단 말인가, 대체? 집값? 오밤중의 전화 통화를 기다리곤 했던 그녀가 요즘은 밤늦게 벨이 울리면 무슨 사고가 났다고 생각한다.

이제 서로의 얼굴을 너무나 잘 아는데, 20년 가까운 세월의 기록보존소처럼 신발 상자 여럿이 꽉 차 있는데, 더 무슨 사진을 찍는단 말인가. 요즘 이 시대에 누가 긴 편지를 쓰며, 관심을 기울여 쓸 만한 일이 뭐 그리 많단 말인가.

그녀는 가끔 궁금했다. 스물두 살의 엠마 몰리가 지금의 엠마 메이휴를 보면 무슨 생각을 할까? 이기적이라고 할까? 타협적이라고? 자기 집과 외국 여행, 파리 옷과 값비싼 머리 손질에 집착하는 부르주아 배신자라고 할까? 결혼하고 성도 바꾸고 가족 중심의 삶을 추구하는 진부한 여자로 여길까? 그렇겠지.

하지만 스물두 살의 엠마 몰리도 그리 본받을 만한 인간은 아니었어. 건방지고 까다롭고 게으르고 장황한 연설이나 늘어놓고 걸핏하면 남들을 옳다 그르다 재단하고. 자기 연민에, 자기 독선에, 자기 중시까지, 모든 자기 병은 다 앓았지. 정작 그녀에게 늘 가장 필요했던 자기 확신만 빼놓고 말이다.

아냐, 이게 진짜 삶이야. 엠마는 그렇게 느꼈다. 그녀가 예전 같은 호기심이나 열정을 갖고 있지 않다 하더라도, 결국 언젠가는 그렇게 되는 것 아닐까? 나이 서른여덟에 마치 스물두 살처럼 그렇게 열렬하고 강렬하게 우정이나 연애를 행한다는 건 부적절하고 품위 없는 짓 아닌가? 그렇게 사랑에 빠져? 시를 쓰고, 팝송 듣다 훌쩍이고? 스티커 사진 부스로 막 끌고 들어가고, 곡을 골라 녹음하느라 하루를 몽땅 보내고, 그냥 같이 있어 달라며 사람들을 침대로 초대하고?

요즘 누군가에게 밥 딜런이나 T S 엘리오트, 맙소사, 브레히트를 인용해 말을 걸어 보라. 그들은 친절한 웃음을 머금은 채 슬슬 뒤로 물러날 거다. 누가 그들을 손가락질할 수 있겠는가? 나이 서른여덟에 노래 한 곡, 책 한 권, 영화 한 편이 인생을 바꾸리라고 기대하는 건 멍청한 짓이다. 그래, 이제 모든 게 가지런하고 차분하게 정착된 것이다.

인생은 편안함과 만족감, 익숙함의 콧노래를 배경음악 삼아 차분히 흘러가고 있다. 정신없이 요란한 고기압과 저기압 사이의 출렁거림은 이제 없을 것이다. 지금의 친구들이나 5년 뒤, 10년 뒤, 20년 뒤의 친구들이나 다르지 않을 것이다. 극적으로 부유해지는 것도, 극적으로 가난해지는 것도 그들은 기대하지 않는다. 건강하게 좀 더 오래 사는 것, 그것이 그들의 기대다. 중간에 낀 그들. 중간계급에 중년인, 너무 행복하지 않은 게 행복한 그들.

마침내, 그녀는 누군가를 사랑했고, 그 보답으로 그녀도 사랑받고 있음을 아주 확실히 느낄 수 있었다. 이따금씩 파티에서 사람들이 그녀와 남편이 어떻게 만났나를 물으면 그녀의 대답은 이랬다.

"우린 함께 자랐어요."

그렇게 둘은 늘 그러듯 일하러 갔다. 엠마는 창가의 컴퓨터 앞에 앉아 이따금씩 가로수 늘어선 거리를 내다보며 '줄리 크리솔' 시리즈의 완결판인 5편을 쓰고 있었다. 거기서 그녀의 여주인공은 우습게도 임신을 한 상태여서, 엄마가 될 건지 아니면 대학을 갈 건지를 두고 기로에 선 처지였다. 얘기가 술술 풀리질 않았다. 내면의 독백 같은 게 너무 많아 침울한 분위기였다. 농담들도 덜컹거렸다.

그녀는 정말 간절히 끝을 맺고 싶었지만, 그 뒤 뭘 할지, 뭘 할 수 있을지 확신이 없었다. 아마도 어른들이 읽을 책? 스페인내전에 대한 뭔가 진지하고 꼼꼼하게 연구된 책? 아니면 가까운 장래에는 묘하게 마가렛 애트우드 분위기를 풍기는 작품을? 젊은 엠마 몰리가 봐도 탄복하며 박수를 칠 그런 걸로?

그런 생각들이 엠마의 머릿속에서 오가긴 했지만, 우선은 실내를 치우고, 차를 만들고, 기한이 닥친 공과금을 납부하며 부산을 떨었다. 색깔 있는 빨래도 해치웠고, 너저분하게 널린 CD들도 케이스에 집어넣었다. 그리곤 차를 좀 더 만든 뒤, 드디어 다시 컴퓨터를 켜 잠시도 눈을 떼지 않고 자판 위를 달렸다.

카페에서는 덱스터가 매디와 잠깐 노닥거린 뒤 치즈 냄새가 진동하는 물품 창고에 앉아 2사분기 부가세 환급 준비를 마무리하느라 끙끙댔다. 하지만 아침에 분통을 터뜨리고 만 게 여전히 그의 마음을 무겁게 짓누르며 죄책감이 들게 했다. 더 이상 집중할 수 없게 되었을 즈음 그는 전화를 들었다.

화해의 전화를 먼저 걸고 사태를 원만하게 매듭짓는 건 늘 엠마의 몫이었다. 하지만 결혼 8개월 만에 둘의 자리가 뒤바뀌었다. 지금 그는 그녀가 행복하지 않다는 걸 알면서도 뭘 어떡해야 할지 몰랐다. 그는 엠마가 책상에 앉아 휴대전화에 그의 이름이 뜨는 걸 보고는 전화기를 꺼버리는 상상을 하며, 그녀의 번호를 눌렀다. 그는 차라리 그런 편이 좋았다. 아무도 답변을 해주지 못할 바에는 차라리 혼자 감상에 젖어 속앓이 하는 게 더 편했다.

"어, 부가세 정산하다가, 자꾸 당신 생각이 나서. 그냥, 걱정하지 말라는 말이 하고 싶었어. 다섯 시에 집 보는 거 약속했거든. 주소는 문자로 찍어 줄게. 뭐, 누가 알겠어. 일단 한번 보자고. 옛날풍이고, 방들은 큼직하대. 아침식사용 바도 따로 있대. 당신이 늘 꿈꾸던 거잖아. 이상이야.

한마디 덧붙이자면, 나 당신 사랑해, 그러니까 걱정하지 마. 뭐가 걱정이든 간에, 걱정 마. 그게 전부야. 다섯 시에 보자. 사랑해. 안녕."

시간표에 따라 엠마는 두 시까지 일하고서 점심을 먹고 수영을 갔다. 7월이면 그녀는 가끔 햄스테드히스의 여성 전용 야외 풀에 가는 걸 즐기기도 했지만, 오늘은 하늘이 컴컴하게 내려앉은 게 아주 형편없는 날씨였다. 그래서 그 대신 실내수영장의 10대 아이들 틈 사이를 헤엄치기로 과감하게 결정했다. 20분 정도는 견딜 수 있었다.

하지만 학기가 끝난 데 따른 자유를 만끽하느라 풍덩풍덩 뛰어들고 오리처럼 자맥질이나 하고 서로 집적대며 깔깔대는 남녀학생들 사이에서 더 이상은 무리였다. 풀에서 나온 그녀는 탈의실에 앉아 덱스터가 보낸 메시지를 들으며 웃음 지었다. 그녀는 그 집 주소를 외운 뒤 전화를 걸었다.

"안녕, 나야. 지금 출발한다고. 아침식사용 바라니, 정말 보고 싶다. 5분쯤 늦을지도 모르겠네. 그리고 당신 메시지, 참 고마워. 나도… 오늘 아침에 그렇게 성마르게 굴었던 거 미안해. 그렇게 멍청한 말싸움이나 걸고 말야. 당신 잘못 아냐. 그때 정신이 좀 어떻게 됐나 봐. 중요한 건, 내가 당신을 아주 끔찍이 사랑한다는 거야. 그래. 잘했어! 운도 좋으셔! 그게 전부네. 안녕 내 사랑. 안녕."

스포츠센터 밖으로 나오니 구름이 더 어두워졌고, 급기야 따뜻하고 두툼한 잿빛 빗방울을 후두두둑 쏟기 시작했다. 날씨 한번 더럽다고 한마디 하고 보니, 자전거 안장도 다 젖어서 또 투덜거리게 되었다. 그녀는 킬번을 향해 런던 북쪽으로 페달을 밟았다. 렉싱턴로드 쪽으로 주택가 뒷골목을 뚫고 가면 되겠거니 싶었다.

비가 점점 굵어졌다. 도시의 갈색 물방울은 끈적끈적 기름 같았다. 엠마는 고개를 살짝 숙인 채 페달 위에 서서 자전거를 밟았다. 그래서 그녀의 왼쪽 좁은 길에서 뭔가 움직인다는 걸 아주 희미하게 느낄 수밖에 없었다. 그 느낌은 공중을 날아가는 느낌이라기보다는, 누군가 그녀를 콱 집어내서 휙 던지는 느낌이었다.

땅바닥에 떨어져 얼굴이 젖은 도로 위에 닿았을 때, 본능적으로 그녀는 자기가 조금 전까지 타고 있었으나 그새 어디론가 사라져 버린 자전거부터 찾았다. 하지만 머리를 돌리려고 해도 움직이질 않았다. 그녀는 헬멧을 벗고 싶었다. 여러 사람들의 얼굴이 그녀 위를 맴돌며 그녀를 살피는 게 보였기 때문이었다.

아, 나 자전거 헬멧 쓴 모습, 진짜 웃기는데…. 그런데 그녀를 굽어보는 사람들 표정에 공포가 가득했다. 그리고 계속해서 "괜찮으세요, 괜찮으세요"라고 물어대는 것이었다. 그중 한 명은 울고 있었다. 그녀는 그때서야 비로소 자신이 괜찮지 않음을 깨달았다. 얼굴 위로 떨어지는 빗방울에 그녀는 눈을 깜박였다. 이제 그녀는 엄청 늦을 게 분명했다. 덱스터가 많이 기다리겠구나.

머릿속에 두 가지가 아주 선명하게 떠올랐다.

첫 모습은 바닷가에서 빨간 수영복을 입고 찍은 아홉 살 적 자신의 사진이었다. 거기가 파일리였던가, 스카보로였던가? 잘 기억이 나지 않았다. 그녀를 카메라 쪽으로 번쩍 들어 올리던 사진 속 엄마와 아빠의 얼굴이 활짝 웃고 있었다. 다음 모습은 덱스터였다. 새 집 계단에서 비를 피하면서 연신 시계를 쳐다보며 조바심을 내는 덱스터. 내가 어딨나, 궁금하겠네, 그녀는 생각했다. 덱스터가 걱정하겠다.

그리고 엠마 메이휴는 숨을 거두었다. 그리고 그녀가 생각하고 느끼던 모든 것이 사라져 영영 자취를 감추었다.

part 05.

세 번의 기념일

"그녀는 혁명이 벌어지던 그해의 하루하루가 지나가는 걸 아주 침착하게 살폈다. …그녀의 생일이 지나갔고, 다른 모든 날들도 그녀가 일정 부분 기여한 사건들로 얼룩진 가운데 지나갔다. 어느 날 오후, 거울 속에서 자신의 뽀얀 살결을 보면서, 그녀는 문득 깨달았다. 그런 날들보다 그녀에게 더 중요한 또 하나의 날이 있다는 것을. 그것은 바로 그녀가 죽는 날이었다. 죽음과 함께 거울 속의 그 찬란한 매력들도 모두 사라질 것이었다. 한 해의 여러 날들 속에 가만히 몸을 숨기고 있는 그날, 해마다 지나치는 날이지만, 아무 표시도 소리도 내지 않고 지나가는 날, 하지만 틀림없이 1년 중 어느 하루인 그날, 그날은 대체 언제일까?"

_토마스 하디 『더버빌가家의 테스』

ch19
다음날 아침

1988년 7월 15일, 토요일

◦ **렌케일러스트리트, 에든버러** ◦

그녀가 다시 눈을 떴을 때 깡마른 남자애가 아직 거기 있었다. 그는 등을 돌린 채 그녀의 낡은 나무의자 끄트머리에 불안하게 앉아서 가능한 한 조용하게 바지를 끌어올리고 있었다. 라디오 알람시계를 힐끗 보니 9시 20분이었다. 둘은 아마 세 시간쯤을 같이 잤던 것인데, 이제 그는 몰래 도망치려 하고 있었다. 그가 바지 호주머니에 손을 넣어 잔돈들이 짤랑거리는 걸 막으며 일어나 간밤에 벗어 둔 흰 셔츠를 입기 시작하는 걸, 그녀는 모두 지켜보았다.

그의 긴 갈색 등짝을 마지막으로 보면서 그녀는 생각했다. '잘생겼구나.' 그는 정말 멍청할 정도로 잘생겼다. 그녀는 그가 머물러 있기를 바랐다. 그가 분명히 떠나고 싶어하는 것만큼이나 간절하게 그녀는 그가 머무르기를 바란 것이었다. 그녀는 말을 해야겠다고 맘먹었다.

"잘 있으란 인사도 안 하고 가려는 건 아니지, 응?"

그가 죄스러운 표정으로 뒤돌아보았다.

"안 깨우려고 그랬더니."

"왜 안 깨워?"

"거기 잠자는 네 모습, 너무 좋아서."

두 사람 모두 말도 안 되는 소리라고 생각했다.

"아하, 그랬구나." 그녀의 말투는 자기가 듣기에도 궁색하고 짜증 섞인 것이었다. 아무렇지도 않다는 듯 들리도록 해, 엠. 쿨하게. 무심한 척….

"쪽지를 남기려고 그랬지. 그런데 펜이…."

그가 펜을 찾는 시늉을 했다. 책상 위의 다 쓴 잼 병에 온갖 펜이 잔뜩 꽂혀 있는 걸 까먹고서 말이다.

그녀는 머리 밑으로 손을 넣어 괴었다.

"난 괜찮아. 가고 싶으면 가도 돼. 밤에 지나가는 배는 아무 흔적을 안 남기지. 아주, 뭐라 그러니… 달콤씁쓰름하네."

그는 의자에 앉아 계속 단추를 채웠다.

"엠마?"

"응, 덱스터?"

"같이 있어 정말 좋았어."

"그런데 내가 보기엔 너 지금 신발 찾고 있는 거 같은데?"

"아냐, 진짜야." 덱스터는 의자에 앉은 채 몸을 숙였다. "드디어 같이 얘기할 수 있게 되어서 정말 기뻤어. 다른 일들도 다 좋았고. 정말 오래 걸렸지?" 적당한 말을 찾느라 덱스터의 얼굴이 살짝 구겨졌다. "넌 정말, 정말 사랑스러워, 엠."

"네, 네, 네!"

"아냐, 진짜야."

"그래, 너도 사랑스러워. 그러니까 이제 가도 돼."

그를 보며 엠마는 아주 살짝 딱딱한 미소를 지어 보였다. 그랬더니 덱스터가 갑자기 방을 가로질러 왔다. 엠마는 뭔가를 기대하는 얼굴로 그를 향해 얼굴을 들었다. 그런데 덱스터는 침대 아래에 버려진 양말을 찾느라 몸을 숙이는 게 아닌가. 그는 그녀의 얼굴이 쑥 올라와 있는 걸 보고 말했다.

"양말이 침대 밑에 있어서."

"그렇군."

그가 침대 끄트머리에 불안하게 엉덩이를 걸쳤다. 양말을 신으며 그는 긴장한 나머지 새울음 소리 같은 목소리로 말했다.

"오늘 큰일이 있어. 차를 몰고 가야 하거든."

"어디로? 런던?"

"옥스포드셔. 부모님이 거기 사셔. 대부분 거기서 지내시지."

"옥스포드셔라. 아주 멋지네."

은밀했던 감정이 훌쩍 사라지고 시덥잖은 소리들이 부리나케 그 자리를 파고드는 게 그녀는 너무 분했다. 간밤 얼마나 많은 얘기를 나누고 얼마나 많은 걸 함께했는데, 이젠 버스 기다리는 줄에서 만난 낯선 사람처럼 얘기하고 있다니. 그녀의 잘못이라면 잠이 들어 주문의 마법을 깨버린 것. 둘이 계속 깨 있었더라면 지금도 계속 키스할 텐데…. 모든 게 끝나 버리고, 그녀는 "얼마나 걸리니? 옥스포드셔까지?" 따위나 묻고 있었다.

"일곱, 여덟 시간쯤. 아빠 운전 솜씨가 끝내주거든."

"아하."

"넌 어디로 안 가니?"

"리즈로 가지. 아니다. 여름은 여기서 보낼 거야. 얘기했잖아. 기억 안 나?"

"미안. 간밤엔 사실 꽤 취해서."

"그런데 그건, 재판장님, 핑계 대려는 알리바이 같은데…."

"핑계가 아니라, 그게…." 그가 고개를 돌려 그녀를 보았다. "나한테 화 났니, 엠?"

"엠? 엠이 누군데?"

"엠마?"

"내가 짜증내는 거 같니? 난 다만… 네가 도둑놈처럼 몰래 도망가려고 안 그러고 날 깨워 줬더라면 좋았을 텐데 싶은 거야."

"쪽지를 남기려고 그랬다니까!"

"그래? 그 소중한 쪽지엔 뭘 쓰실 참이었수?"

"뭐냐 하면, '너의 지갑을 내가 가져간다'고."

그녀가 웃었다. 아침이라 그녀의 목이 잠겼는지, 목청 뒷부분을 울리고 나오는 웃음이 낮게 울렸다. 그녀의 웃음에는 뭔가 아주 유쾌한 기운이 묻어 있었다. 그녀의 입가에 커다란 괄호 같은 모양의 보조개가 깊이 파였다. 뭔가를 숨기려는 듯 입술을 굳게 다물고 웃는 그 모습. 그 때문에 그는 까딱하면 자신의 거짓말을 후회할 뻔했다. 사실 그는 점심시간에 떠나고 싶은 생각이 전혀 없었다. 부모님은 하루 더 묵을 예정이었다. 그는 부모님과 외출해 저녁을 먹을 예정이었고, 출발은 다음날 아침이었던 것이다. 그의 거짓말은 얼른 깔끔하게 빠져나가기 위해 급조된 것이었다.

하지만 몸을 기울여 엠마에게 키스하면서 이제 덱스터는 어떻게 그

거짓말을 물릴 수 있을지를 고민해야 했다. 그녀의 입술은 부드러웠고, 그녀가 다시 침대 위로 몸을 눕히자 침대에 묻어 있던 포도주와 그녀의 따끈한 몸, 섬유유연제 따위의 냄새가 풍겼다. 그 순간 그는 앞으로는 좀 더 솔직하게 살기 위해 노력하자고 굳게 결심했다.

그녀가 얼굴을 돌리면서 키스가 끝이 났다.

"잠깐만, 화장실에."

그녀가 그의 팔을 들어 올려 그 아래로 빠져나가며 말했다. 그녀는 일어나서 팬티 가장자리에 손가락 두 개를 찔러 넣어 아래로 당겨 엉덩이를 가렸다.

"내가 쓸 수 있는 전화가 어디 있니?"

그녀가 방을 가로질러 걸어가는 모습을 보며 덱스터가 물었다.

"복도에 있어. 좀 신기하게 생긴 전화야. 진짜 우스꽝스럽지. 틸리는 그걸 걸작이라고 불러. 가서 쓰고, 10펜스 동전 남겨 두면 돼." 그녀는 밖으로 나가 화장실로 향했다.

욕조에는 벌써 더운 물이 콸콸 쏟아지고 있었다. 그녀의 룸메이트 중 한 명은 여름에도 그렇게 거창하게 뜨거운 목욕을 즐겼다. 욕조 옆에 선 틸리 킬릭은 실내용 가운을 입고 엠마를 기다리고 있었다. 뿌옇게 김이 서린 커다란 빨간 테의 안경 너머에서 그녀의 두 눈은 커다랗게 동그래져 있었고, 입은 이 무슨 스캔들이냐는 듯 크게 쩍 벌어져 있었다.

"엠마 몰리, 너 만만찮은 다크호스인걸!"

"뭐가?"

"네 방에 누가 있는 거지?"

"그럴지도!"

"설마 내가 생각하는 걔는 아니겠—"

"그냥 덱스터 메이휴야!"

엠마는 무관심한 척 말했고, 두 소녀는 웃고 웃고 또 웃었다.

덱스터는 복도의 전화기를 찾아갔다. 정말 햄버거랑 똑같이 생긴 전화기였다. 그는 참깨씨가 수북이 박힌 햄버거 빵을 활짝 벌려 손에 쥔 채로, 화장실에서 소곤소곤 들려오는 소리에만 귀를 기울였다. 예외 없이, 사람들이 자기 얘기를 할 때 느껴지던 만족감이 차올랐다. 석고 보드 너머로 얘기가 드문드문 들렸다. 너 했니? 아니! 그럼 뭘 했는데? 그냥 얘기하고, 뭐 그런 거? 뭐 그런 거? 그게 뭔데, 뭐 그런 거라니? 아무것도 아냐! 그리고 걔 아침도 여기서 먹는대? 몰라. 꼭 아침 먹고 가라고 붙잡아.

덱스터는 뚫어져라 문을 쳐다보며 기다렸다. 문이 열리고 엠마가 다시 나타났다. 그는 시간 알리미 번호인 123번을 누르고선, 그 빵조각을 귀에 대고 햄버거 고기에다 말을 했다.

"…애큐리스트 제공, 현재 시간은 9시 32분 20초입니다."

하나, 둘, 셋, 그는 연기를 시작했다.

"엄마, 저예요. …네, 조금 취했죠, 뭐!" 그는 스스로 가장 멋진 몸짓이라고 여겨 온 모습을 연출하며 머리를 쓸어넘겼다. "…아뇨. 친구네 집에서 잤어요." 그러면서 그는 엠마를 쳐다보았다. 그녀는 티셔츠에 팬티 차림으로 근처를 서성거리며 우편물을 뒤적거리는 척하고 있었다.

"…애큐리스트 제공, 현재 시간은 정각 9시 33분입니다…."

"그러니까, 음, 일이 좀 생겨서, 집에 가는 걸 오늘이 아니라 내일 일찍

가는 걸로 좀 미루면 안 될까요? …그러면 아빠가 운전하는 것도 좀 쉬울 테고… 엄마가 괜찮음 저도 괜찮죠, 뭐… 아빠도 거기 계세요? 물어보세요, 그럼."

시간 안내가 일러 주는 것에 맞춰 그는 딱 30초를 기다리면서 엠마에게 자신의 가장 사랑스러운 미소를 지어 보였다.

그녀도 마주 웃으며 생각했다. 멋진데, 날 위해 계획을 바꾸다니. 아마 그녀가 그를 잘못 본 것일지도 몰랐다. 그랬다. 그가 바보인 건 맞았다. 그렇다고 늘 바보짓을 해야 하는 건 아니었다.

"미안해!" 그가 속삭였다.

"날 위해 계획을 바꾸지는 마." 그녀도 미안하다는 듯 속삭였다.

"아냐, 내가 원하는 거야."

"정말이야. 집에 가야 하는 거라면."

"괜찮아. 이러는 게 더 좋아."

세 번째 삐 소리가 울리면, 애큐리스트 제공, 정각 9시 34분입니다.

"난 괜찮아. 나 화났거나 그런 거 아냐."

그가 손을 들어올려 조용하라고 했다.

"네, 엄마?"

조용했다. 기대가 부풀어 올랐지만, 과잉은 금물.

"그래요? 잘됐네. 좋아요! 그래요, 나중에 집에서 뵐게요, 그럼! 그래요. 끊어요."

그는 갈라졌던 빵조각 둘을 캐스터네츠 모양으로 합쳤다. 둘은 마주 보고 서서 서로를 향해 웃었다.

"멋진 전화네."

"우울하지. 그거 쓸 때마다 난 막 울고 싶어."

"아직도 그 10펜스 동전 받을 거야?"

"됐어. 넌 면제야. 내가 쏠게."

"자, 그럼!" 그가 말했다.

"그래." 엠마가 말했다. "우리 그럼 오늘 뭘 할까?"

ch20

첫 번째 기념일

2005년 7월 15일, 금요일

- '축하의 한 방법' -

◦ 런던 그리고 옥스포드셔 ◦

재미, 재미, 재미… 재미있게 지내는 게 정답이었다. 부지런히 몸을 놀려, 멈추거나 두리번거리거나 생각도 안 하는 게 상책이었다. 침울한 기분에 빠지지 않고서 즐겁게 지내면서 이 날을 맞아, 음, '축하'하자는 게 목표였기 때문이다. 그녀의 삶과 좋았던 모든 시간들을, 모든 기억들을 축하하자는 것이었다. 웃고 또 웃자는 것이었다.

이런 결심을 한 뒤 그는 매니저인 매디의 반대를 무릅쓰고, 카페의 현금출납기에서 200파운드를 꺼내 직원들을 — 매디와 잭, 피트까지 토요일 근무자 세 명이었다 — 초대해 이 특별한 날을 멋들어지게 맞이하자고 했다. 무엇보다 그녀도 이런 걸 원했을 테니까.

그래서 이번 세인트스위딘스데이의 첫 순간을 그는 캄덴의 지하 바에서 맞았다. 그의 한 손엔 마티니가, 다른 손엔 담배가 들려 있었다. 까짓 거, 안 될 게 무언가. 약간 재미를 보면서 그녀의 삶을 축하하는 게 무는 문제라고? 그가 말꼬리를 흐리며 그렇게 말하는 걸 보면서 그의 친구들은 가냘프게 웃으며 찔끔 술잔에 입을 댔다.

이 친구들 괜히 데려왔나, 덱스터는 후회했다. 그들은 너무 꽉 막혀서 지루했다. 이 바에서 저 바로 옮겨 다닐 때도 좋은 친구로 동행하는 게 아니라 무슨 병원 당번처럼 굴었다. 그에게 농담을 할 때도 그랬고, 그가 다른 사람들에게 부딪치지 않게 하고, 택시에서 내릴 때 머리가 다치지 않게 할 때도 그랬다. 그는 그게 지겨웠다. 그는 뭔가 터뜨리고 싶었다. 머리칼을 마구 헝클어뜨리고 싶었다. 지난 1년을 그가 어떻게 버텼는데, 그 정도도 못한단 말인가. 그런 마음으로 그는 모두 클럽으로 가자고 했다. 한때 그가 남자들만의 파티를 열곤 하던 곳, 바로 스트립 클럽이었다.

"좋은 생각이 아닌 것 같네요, 덱스."

매디가 질렸다는 듯한 어투로 조용히 말했다.

"아니, 왜 그래, 매디! 같이 가자, 뭐 어때?" 팔을 그녀의 어깨에 두르고 그가 말했다. "그녀도 이런 걸 원했을 거야!" 그러면서 그는 껄껄 웃고선 또 잔을 들어 입에 댔지만 홀짝 비껴 가는 바람에 진이 흘러 그의 신발 위에 떨어졌다. 매디는 뒤에 벗어 두었던 외투를 집어들었다.

"에이 매디, 시시하게!" 그가 고함쳤다.

"이거 진심인데요, 집에 가셔야죠, 지금, 덱스터." 피트가 말했다.

"무슨, 이제 겨우 열두 신데!"

"잘 있어요, 덱스. 나중에 봐요."

그가 매디를 따라 문으로 갔다. 그는 그녀가 좀 더 즐겼으면 했다. 하지만 그녀의 눈에는 눈물이 고였고 기분도 엉망인 듯했다.

"기다려. 한 잔 더 해!"

그녀의 팔꿈치를 붙잡으며 그가 명령하듯 말했다.

"너무 많이 마시지 마세요. 제발요."

"남자들만 남겨 두고 가면 어떡해!"

"가야죠. 아침에 문도 열어야 하잖아요. 아시면서." 그녀가 돌아서서 그녀 특유의 화난 표정으로 그의 양손을 잡았다. 하지만 그녀의 말에선 아끼고 위로하는 마음이 느껴졌다. "아시죠… 조심하세요?"

그러나 그가 원한 건 위로가 아니었다. 그는 한 잔 더 마시기를 원했다. 그녀의 손을 거세게 뿌리치고서 그는 바로 돌아왔다. 술 먹는 데는 아무 어려움이 없었다. 딱 일주일 전 버스와 지하철에서 폭탄이 터졌다. 낯선 사람들이 아무나 닥치는 대로 죽이려고 한 짓이었다. 아무리 용기 있는 척 허세를 부려도 오늘밤 도시 전체는 어쩔 수 없이 포위 상태의 분위기에 빠져 있었다. 사람들은 외출을 꺼렸고, 그래서 덱스터는 아무 문제 없이 일행을 데리고 패링던로드로 데려다 줄 택시를 잡을 수 있었다. 피트와 잭이 두려워서 쩔쩔매면서 온갖 상투적인 핑계를 늘어놓는 소리를 들으며 그는 택시 창문에 머리를 기댔다. 늦었어요, 아침에 할 일도 있어요. "저한테는 아내와 애들도 있어요, 아시죠!" 피트는 농담이랍시고 그런 소리도 했다. 두 사람은 마치 풀어 달라고 간청하는 포로들 같았다. 덱스터는 파티가 엉망진창이 되고 있다는 걸 느꼈지만, 그에겐 저항할 힘이 없었다. 그는 킹스크로스에서 차를 세워 그들을 석방해 주었다.

"우리랑 같이 가요, 덱스? 예?"

잭이 택시 창문을 들여다보며 쾡 하니 걱정스런 얼굴로 말했다.

"아니, 나 괜찮아."

"언제든지 저희 집에서 오셔도 돼요, 아시죠?" 피트가 말했다. "소파에서 주무시는 거, 괜찮죠?"

하지만 덱스터는 그 말이 진심이 아님을 알았다. 피트가 얘기했듯, 그에게는 아내와 애들이 있었다. 그런데 그가 왜 이 괴물 같은 사내를 자기 집에 들여놓는단 말인가? 거의 의식을 잃은 채 악취를 풍기며 소파에 엉망으로 뻗어 누워서는, 학교 갈 준비하는 피트의 아이들 앞에서 엉엉 울어제끼는 괴물을?

슬픔이 덱스터 메이휴를 다시 한 번 더 바보로 만들고 말았다. 친구들한테도 그런 슬픔을 강요하는 건 몹쓸 짓. 오늘밤은 그냥 낯선 이들과 어울리는 게 최고다. 그래서 그는 인사를 한 뒤 계속 택시를 타고서 패링던로드 뒤의 음침한 골목으로 향했다. 군데군데 문을 닫은 집들 사이에 네로스 나이트클럽이 있었다.

그곳은 마치 장례식장처럼 검은 대리석 기둥들로 장식되어 있었다. 택시에서 내려 자빠지며 그는 입구의 경비원들이 막으면 어쩌나 걱정했다. 하지만 실은 지금의 그야말로 그들의 최고 고객이었다. 옷을 잘 빼입은 술에 떡이 된 사람들. 덱스터는 머리를 빡빡 밀고 염소수염을 기른 경비원에게 애교를 부리듯 웃으면서 현금을 건넸다. 문이 열리고 그는 메인룸으로 안내되었다. 그는 어둑어둑한 실내로 들어섰다.

그리 오래된 일도 아니지만, 스트립 클럽 가는 게 포스트모던의 자유분방함을 보여 주는 것으로 여겨지던 때가 있었다. 아이러니와 자극을 동시에 추구할 수 있다고 여겨졌던 것이다. 하지만 오늘은 아니었다. 이 밤 네로스 클럽은 1980년대 초 어느 지방공항의 비즈니스 클래스 전용 탑승 라운지를 연상시켰다. 은빛 크롬 실내장식에 나지막한 검정 가죽 소파와 플라스틱 화분들, 그런 것들이 데카당스의 교외 버전을 보여 주고 있었다. 애들 교과서에서 베낀 듯한 서툰 벽화가 뒷벽을 가득 채우고 있었다. 포도 바구니를 든 노예 소녀를 그린 그림이었다.

합성수지로 만든 로마 기둥의 장식들이 여기저기 불쑥불쑥 솟아 있었고, 노골적인 오렌지색 조명이 쏟아지는 가운데 키 작은 커피 탁자 같은 곳 위에서는 스트리퍼와 댄서 등이 쿵쾅거리는 R&B 리듬에 맞춰 여러 가지 방식의 공연을 펼치고 있었다. 여기서 축 늘어진 채 몸을 흔드는 사람들, 저기서 간질에 걸린 듯한 몸짓으로 마임을 하는 사람들, 놀라운 에어로빅 하이킥을 구사하는 여인… 그 모두가 나체이거나 거의 걸친 게 없었다. 그들 아래에는 정장 차림에 넥타이는 풀어 버린 남자들이 앉아 있었다. 미끈거리는 소파 위에서 몸을 한껏 뒤로 젖히고 축 늘어진 게 마치 목이 똑딱 부러져 버린 사람들 같았다. 눈꺼풀이 자꾸 내려오고 초점이 흐려지는 가운데 덱스터는 실내를 휘 둘러보며 멍청하게 웃었다. 정욕과 수치심이 한데 어울리며 약을 했을 때의 황홀감 같은 걸 느끼게 했다. 계단에서 비틀거리면서 그는 끈적거리는 크롬 손잡이를 잡고 몸을 가눴다. 겨우 몸을 일으킨 그는 셔츠 소매를 불끈 걷어 올린 뒤 조그만 무대들 사이를 헤집고 바까지 갔다.

딱딱한 얼굴의 여자 바텐더는 술을 한 잔씩은 안 판다며, 보드카나 샴페인을 병으로만 살 수 있다고 했다. 한 병에 100파운드씩! 그는 그 터무니없는 강도짓에 웃음을 터뜨리고 보란 듯이 신용카드를 내밀었다. 마치 더 나쁜 짓 어디 한번 해보라는 듯이.

그는 샴페인 한 병과 — 미지근한 물통 속에 담겨 나온 폴란드산 샴페인이었다 — 플라스틱 잔 두 개를 들고서 검은 벨벳으로 마감한 부스로 갔다. 거기서 그는 담배를 한 대 물고서 열심히 마시기 시작했다. 그 사과 맛 샴페인은 끓인 설탕처럼 달기만 할 뿐 거품 하나 일어나지 않았지만, 그는 아무래도 좋았다.

이제 친구들은 가버렸고, 아무도 그의 잔을 뺏거나 말을 걸어 그의 관심을 돌리려 하지 않았다. 세 잔째부터는 시간 그 자체가 희한하게 빨라졌다 느려졌다 하는 고무줄처럼 느껴지기 시작했다. 그의 시야가 서서히 시커매졌다가 다시 회복되기를 반복하면서 순간순간이 뭉개져 모든 게 몽롱해져 갔다. 막 그의 의식이 끊어져 잠이 들려고 할 무렵이었다. 누군가 그의 팔에 손을 얹었다. 그의 바로 앞에 아주 짧고 새빨간 드레스 차림의 깡마른 여인이 서 있었다. 그녀의 금빛 머리칼은 두피 가까운 부분에 이르러서는 시커멓게 변해 가고 있었다.

"샴페인 한 잔 마셔도 될까요?" 그녀가 부스 안으로 들어서며 물었다. 짙은 화장 아래 그녀의 피부는 아주 거칠었다. 그는 그녀의 남아프리카 악센트가 아주 듣기 좋다고 칭찬했다. "정말 멋진 목소린데!" 그가 음악을 뚫고 외쳤다. 코웃음을 치는 그녀의 코가 찡긋했다. 그녀는 마치 '바바라'라는 이름이 막 떠올랐다는 듯 자기를 바바라라고 소개했다. 깡마른 체구에 앙상한 팔, 조그만 가슴. 그가 그 가슴을 대놓고 꼬아보는데도 그녀는 관심 없다는 눈치였다. 발레 무용수의 몸매로군.

"당신, 발레 댄서야?" 그녀가 또 코웃음을 치며 으쓱했다. 난 이 바바라가 아주, 아주 좋아, 그는 결심했다.

"여긴 어쩐 일로 오셨나요?" 그녀가 기계적으로 물었다.

"기념일이거든!" 그가 말했다.

"축하해요!" 스스로 샴페인을 채운 그녀가 플라스틱 잔을 높이 들어 올리며 말했다.

"무슨 기념일인지 안 물어보나?"

그렇게 말했는데도, 그녀가 세 번씩이나 다른 무슨 말인지를 묻는 걸 보니 그의 혀가 단단히 꼬이기 시작한 게 틀림없었다. 그냥 바로 얘기하는 게 낫겠군.

"내 아내가 딱 1년 전 오늘 사고를 당했지."

바바라는 일그러진 웃음을 지으며 바싹 긴장했다. 그녀는 이 자리에 앉았던 게 마구 후회된다는 듯 주위를 두리번거리기 시작했다. 취객 상대가 그녀가 할 일의 하나이긴 하지만, 무슨 사고를 기념해 축배를 들다니, 이 사내는 말 그대로 미친놈이 아닌가. 그러더니 갈팡질팡 지껄이며 우는 소리를 하고, 앞도 제대로 안 본 어떤 운전자 얘기부터 해서, 이해할 수도 없고 이해하고 싶지도 않은 재판 이야기까지 콩팔칠팔 늘어놓는 것이었다.

"춤 춰 드릴까요?" 그녀는 화제라도 바꾸려는 듯 그렇게 물었다.

"뭐라고?" 그가 그녀 쪽으로 몸을 푹 숙이며 말했다. "뭐라고 그랬지?" 그의 입 냄새는 고약했고, 그의 침은 그녀의 팔뚝에 번들대는 얼룩을 만들었다.

"제가 춤을 춰 드릴까 이 말이에요. 기분 좀 푸시라고. 기운 좀 내셔야 할 것 같아서."

"지금 말고. 이따, 이따가." 손으로 그녀의 무릎을 찰싹 때리며 그가 말했다. 그녀의 살이 계단 손잡이처럼 딱딱했다. 그가 말을 계속했다. 그건 조리 있는 이야기가 아니었다. 서로 아무 상관없는 징징거림들과 거듭 내뱉는 신랄한 말들이 뒤죽박죽 뒤섞인 것이었다. 겨우 서른여덟에, 우리는 애를 가지려고 그랬는데, 그 운전사는 벌도 안 받고 풀려났으, 그 망할 놈이 바로 지금 어디서 뭘 하는지, 내 베프를 뺏어간 놈 천벌이나 받아라, 겨우 서른여덟인데, 정의는 대체 어디 있는 거야, 난 어떡해, 나 이제 뭘 해야 하는 거야, 바바라, 내가 뭘 어째야 하는지 말 좀 해봐? 그가 갑자기 말을 멈췄다.

바바라는 머리를 푹 숙인 채 손을 쳐다보고 있었다. 마치 기도하듯 두 손을 무릎 위에 모아 올린 자세였다. 잠시 동안 그는 그녀가 그의 이야기에 감동했다고 생각했다. 이 아름다운 낯선 이가 어찌어찌하여 그녀를 깊이 감동시켰구나…. 아마도 그녀는 그를 위해 기도하는 거야. 어쩌면 울고 있을지도 몰라. 그가 이 불쌍한 여인을 울게 만든 거지. 그는 이 바바라라는 여인이 깊이 사랑스러웠다. 그는 감사의 뜻으로 바바라의 손 위에 그의 손을 얹었다. 그리고는 깨달았다. 그녀가 문자를 보내고 있었음을.

그가 엠마 이야기를 하는 동안 그녀는 무릎에 휴대전화를 올려놓고 문자를 쓰고 있었던 것이다. 그는 갑자기 분노와 혐오가 머리끝까지 뜨겁게 치밀어 오르는 걸 느꼈다.

"너 지금 뭐해?" 그의 목소리가 떨렸다.

"네?"

그가 이제 고함을 질렀다. "이 썅년, 너 지금 뭐하냐고?" 그러면서 그는 그녀의 손을 거칠게 때렸고, 휴대전화가 바닥 위로 날아가 데굴데굴 굴렀다. "내가 너한테 말하고 있었잖아!" 그가 고함쳤다. 하지만 이제 그녀도 그를 미치광이, 바보 자식이라고 부르며 고함을 질렀다. 그리고 그녀는 경비원을 불렀다. 문간에서 그에게 그토록 친절했던 염소수염의 그 덩치 큰 남자가 그의 앞에 나타났다. 그는 그의 거대한 팔을 덱스터의 어깨에 두르고 다른 팔로 그의 허리를 잡고서 그를 아기처럼 번쩍 들어 올려 밖으로 데리고 나갔다. 머리가 뒤로 젖혀진 채 덱스터는 울부짖었다. "야, 이 멍청한 썩을 년아, 네가 뭘 이해하겠어." 그때 그는 마지막으로 바바라의 모습을 보았다. 그녀는 가운데 손가락을 둘 다 번쩍 세우고서 팔을 들어 올리며 그를 비웃고 있었다. 경비원이 비상구를 발로 뻥 찼고, 그는 다시 길거리로 내동댕이쳐졌다.

"내 신용카드! 빌어먹을 신용카드 내놔!"

그가 소리쳤지만 다른 사람들처럼 그 경비원도 그를 보고 웃기만 했고, 비상구 문은 곧 꽝 하고 닫혔다.

덱스터는 노기등등하게 벌떡 일어나 후다닥 도로로 나와 서쪽으로 달리는 검정 택시들을 여러 번 세우려 했지만, 서는 차는 하나도 없었다. 도로로 뛰어들어 그렇게 휘청거리고 있는 그를 위해 설 차가 있을 리 없었다. 그는 심호흡을 하고 인도로 되돌아가 벽에 기대 주머니를 뒤졌다. 지갑도 열쇠도 없었다. 집 열쇠, 차 열쇠, 모두. 지갑이랑 열쇠를 함께 챙긴 놈은 면허증에 적힌 그의 주소도 챙긴 셈이니, 이제 자물통 다 바꿔야 하게 생겼다.

점심때는 실비가 재스민을 데리고 온다고 했다. 그는 벽을 걷어차고 벽돌벽에 그의 머리를 찧으며 주머니를 다시 뒤졌다. 바지 주머니에서 돌돌 말린 20파운드짜리 지폐 한 장이 나왔다. 그의 오줌에 절어 돈이 축축했다. 20파운드면 집에까지 편안히 가기에는 충분했다. 이웃들을 깨워서 비상용 키를 받아 자면 될 것이었다.

하지만 20파운드면 다시 시내로 가는 차비를 내고 남은 돈으로 한두 잔 더 마실 수도 있는 돈이었다. 집으로 가느냐, 인사불성이 되느냐? 억지로 몸을 꼿꼿하게 세워 그는 택시를 잡아타고 소호로 갔다.

버릭스트리트 뒤편의 좁은 길에서 평범한 빨간 문을 밀고 들어간 그는 10년 혹은 15년 전쯤 마지막 보루로 삼고 찾아가던 무면허 지하 술집을 찾아냈다. 창문도 없이 어둡고 음산한 실내는 담배연기와 레드스트라이프 맥주 캔을 들이키는 사람들로 빼곡했다. 그는 포마이카 테이블로 만든 바로 갔다. 수많은 사람들이 그 커다란 바의 한쪽을 받치고 있었다. 그런데 돈이 없었다. 전 재산인 20파운드 지폐를 택시 운전사에게 주고는 잔돈을 까먹은 것이었다. 돈을 다 잃어버렸을 때 그가 늘 하던 방식을 다시 써먹어야 했다. 근처에 있는 술을 아무거나 집어들고 슬쩍 마시는 거였다.

그는 다시 홀로 걸어갔다. 부딪치는 사람들의 욕설을 무시하면서 비틀비틀 걸어가던 그는 누군가 남겨 둔 듯한 캔을 집어들고 거기 남은 술을 삼키기 시작했다. 그리곤 과감하게 다른 캔을 찾아 들고 구석으로 가서 땀을 뻘뻘 흘리며 머리를 스피커에 기댔다. 그의 눈은 감겨 있었고, 턱을 타고 흘러내린 술이 셔츠를 적셨다. 갑자기 누가 그의 가슴을 밀쳐 그를 구석으로 밀어넣으면서, "너 이 자식, 지금 뭐하는 거야, 왜 딴 사람 술을 훔쳐 먹어!"라고 다그쳤다. 그가 눈을 떴다. 나이 들고 충혈된 눈에 두꺼비처럼 땅딸막한 남자가 그의 앞에 서 있었다.

"무슨 말인지, 이건 아마 내 술일 텐데요."

덱스터는 자신의 거짓말이 얼마나 말도 안 되는지를 깨닫고 키득키득 웃었다. 남자는 누런 이빨을 드러내고 욕설을 퍼부으며 주먹을 쥐고서 그의 눈앞에다 대고 흔들었다. 그 순간, 덱스터는 자신이 뭘 원하는지 깨달았다. 이 남자가 날 좀 때려 줬으면 좋겠다.

"손 치우지 못해? 이 더러운 썩을 노인네야."

그가 욕을 내뱉자, 뒤이어 정신이 멍해지며 전화기의 잡음 같은 소음이 찌이익 들렸다. 그리고 그는 바닥에 쓰러졌다. 남자가 그의 배를 걷어차고 뒤꿈치로 그의 등을 내리찍는 동안, 그는 손으로 얼굴을 감싸고 몸을 웅크렸다. 발길질이 계속되는 동안 덱스터는 더러운 카펫에 코를 처박았다. 그러더니 갑자기 그의 몸이 공중으로 붕 떠올랐다. 그의 얼굴을 밑으로 향하게 한 채 여섯 명이 그의 팔과 다리를 잡고 그를 들어 올린 것이었다.

학창 시절 그의 생일 때 친구들이 그를 들어 올려 수영장에 빠뜨릴 때와 같은 느낌이었다. 그들이 복도와 레스토랑 주방을 지나 바깥 골목으로 그를 들고 나가는 동안, 그는 환성을 지르며 깔깔대고 웃었다. 드디어 그의 몸이 쓰레기 더미 위로 던져졌다. 여전히 킬킬대고 웃으며 그는 몸을 굴려 지저분한 땅바닥 위로 내려왔다. 입 안에 고인 피에서 뜨거운 쇠 맛이 났다. 그는 생각했다. 뭐, 그녀도 이런 걸 원했을 거야. 그녀도 이걸 원했을 거야.

2005년 7월 15일

안녕, 덱스터!

내가 편지 쓰는 거, 언짢아하지 않기를 바라. 요즘 같은 인터넷 시대에 편지를 쓰다니, 좀 이상하긴 하네. 하지만 이게 낫겠다 싶어서. 난 오늘을 맞아 가만히 앉아 뭔가를 하고 싶었고, 그 생각 끝에 이게 제일 좋겠다 싶었던 거야.

그래, 어떻게 지내? 안녕히 잘 지내는지? 장례식 때 잠깐 얘기 나누긴 했지만, 그날이 당신한테 얼마나 힘든 날인지 잘 알았기에 억지로 말 걸고 싶지는 않았어. 정말 잔인하지, 그치? 당신도 틀림없이 그랬겠지만, 나도 종일 엠마 생각을 했어. 늘 문득문득 그녀 생각을 하곤 하는데, 오늘은 특히 힘들었지. 당신한테도 그랬을 거란 걸 잘 알지만, 당신한테 정말 중요한 게 뭔지 내 생각을 몇 줄 말해야 되겠다 싶어서. 그러니까 한번 들어 봐.

여러 해 전에 엠마가 날 떠났을 때, 난 내 인생이 산산조각 났다 싶었어. 두어 해 동안은 정말 그랬고. 솔직히 말하자면 난 약간 실성한 것 같았지. 하지만 그러다 내가 일하던 가게에서 이 여자를 만났는데, 첫 데이트 때 그녀를 내 스탠드업 코미디 공연에 데려갔거든. 그 뒤 그녀가 악의 없이 들어 달라며 말하더군. 내가 정말 정말 자질 없는 코미디언이라고. 그러면서 그런 건 관두고 대신 자기 자신을 찾아보라고 하는 거야. 그게 최선이라며. 바로 그 순간이 내가 그녀와 사랑에 빠져든 순간이었어.

이제 우리는 결혼한 지 4년이고, 놀라운 애들이 셋이나 돼. (한 해에 하나씩! 하하!) 우리는 지금 톤튼이라는 애들 많은 대도시에 살아. 우리 부모님 댁 근처에서. (그래서, 보모 비용 걱정은 끝!!!) 내가 지금 일하는 곳은 엄청 큰 보험회사 사무실인데, 고객 서비스 담당이야. 이런 게 당신한텐 좀 따분한 소리로 들리겠지만, 나한텐 딱 좋은 일이야. 정말 신나게 웃으면서 일하니까. 모든 걸 다 따지더라도 난 참 행복하게 산다 싶어. 나는 아들 하나에 딸 둘이야. 당신한테도 애가 있다는 거 알아. 진짜 힘들지, 그치?

갑자기 내가 왜 이런 얘기를 하느냐 하면. 우리 둘은 서로 좋은 관계였던 적이 없었잖아. 그러니까 당신은 내가 뭘 하든 관심도 없을 거고. 내가 이런 걸 쓰는 이유가 있다면 바로 이거야.

엠마가 날 떠났을 때 난 이제 내 인생은 끝이라고 생각했어. 그런데 그게 아니었어. 아내 재키를 만났잖아. 이제 당신도 엠마를 잃었어. 당신도, 우리 누구도, 엠마를 되살릴 순 없어. 그래도 난 당신이 포기하지 말기를 바라. 엠마는 당신을 늘 아주 아주 사랑했어.

나는 그 때문에 여러 해 동안 엄청난 고통과 질투에 시달렸고. 당신과 통화하는 걸 엿듣기도 하고, 파티장에서 같이 어울리는 걸 몰래 지켜보곤 했지. 그럴 때의 엠마는 나랑 있을 때와는 완전 다르게 늘 환하고 반짝거렸어. 부끄러운 얘기지만, 엠마가 밖에 나갔을 때면 종종 그녀의 공책들을 훔쳐보기도 했어. 거기엔 온통 당신과 당신의 우정 얘기뿐이었고, 난 그걸 견딜 수가 없었지.

솔직히 말해 난 당신이 그녀를 차지할 자격이 없다고 생각했어. 그리곤 곧 우리 둘 다 그녀에겐 모자란다고 생각했지. 그녀는 항상 우리 주변 사람들 중 가장 똑똑하고, 친절하고, 재미있고, 충실한 사람이었어. 그런데 그녀가 여기 없다니, 진짜 말도 안 되는 일이지.

아까 내가 말했듯, 난 당신이 엠마한테 모자란다고 생각했지만, 엠마와 함께했던 짧은 시간을 통해 결국 난 알게 됐어. 그 모든 상황이 바뀌었다는 걸. 당신은 몹쓸 놈이었지만, 몹쓸 놈이 아니게 되었고, 드디어 둘이 함께 지내게 되었을 때 당신이 그녀를 아주 아주 행복하게 했다는 걸 알아. 그녀는 빛이 났어, 안 그래? 그녀는 정말 너무 환하게 빛이 났지. 그건 정말 내가 당신한테 감사해야지. 억하심정 말해 뭘 하겠어. 남은 인생 내내 당신에게 행운만 가득하길 빌게.

이 편지가 좀 징징대는 것 같다면 미안해. 이런 기념일은 우리들 중 누구에게든 힘드니까. 그녀의 가족들이나, 특히 당신한테는. 그렇지만 난 이 날이 싫어. 해마다 이 날이 돌아올 때마다 난 이 날을 증오할 거야. 오늘 난 당신의 슬픔을 나누고 싶어. 당신한텐 아름다운 딸이 있잖아. 애한테서 위안과 기쁨을 얻기 바라.

자, 이제 글을 마쳐야겠네! 행복해. 잘살고! 정말 잘살아야지! 오늘을 즐기면서, 멋지게! 그게 엠마가 원했던 게 아닐까 생각해.

최고의 소망으로 (조금 더 용기를 내면 '사랑으로'라고도 쓸 수 있겠어.)

이언 화이트헤드

"덱스터, 내 말 들려? 세상에, 대체 뭘 한 거야? 내 말 들려, 덱스? 눈 좀 떠봐, 응?"

눈을 뜨니 거기 실비가 있었다. 그는 용케 자기 아파트에 들어와 소파와 탁자 사이의 거실 바닥에 누워 있었다. 실비는 불편한 자세로 그를 내려다보며 그 좁은 틈새에서 그를 꺼내 앉히려고 용을 썼다. 실비가 그의 겨드랑이에 손을 넣고 끙끙대며 신음을 토하는 걸 보면서 그는 질릴 정도로 부끄러웠지만 손가락 하나 까딱할 수가 없었다.

"어, 실비." 그가 그녀를 도우려고 안간힘을 쓰며 말했다. "미안해. 또 사고를 쳤네."

"제발 좀 일어나 앉아 줄래, 자기야?"

"난 글렀어, 실비. 난 완전 글렀어…."

"괜찮을 거야. 한숨 푹 자면 돼. 어이그, 울지 마, 덱스터. 내 말 들어, 응?"

그녀는 어느새 무릎을 꿇고 앉아 그의 얼굴을 감싸 쥐었다. 그를 바라보는 그녀의 눈길에서, 결혼생활 내내 덱스터가 거의 경험하지 못했던 부드러움이 느껴졌다.

"우리가 당신 씻겨서 침대에 눕힐 거야. 그리곤 푹 자는 거야. 알았지?"

그녀의 뒤쪽으로 누군가가 복도에서 초조하게 서성거리는 게 느껴졌다. 그의 딸이었다. 그는 신음을 내뱉으며 또 아플 것임을 예감했다. 난데없이 그를 찌르는 부끄러움의 칼날은 너무나 위력적이었다.

실비가 그의 눈길을 읽어냈다.

"재스민, 아가야. 다른 방에 가 있으렴, 응?"

가능한 한 아무렇지 않게 그녀가 말했다. "아빠가 좀 편찮으셔."

재스민이 꼼짝도 하지 않았다.

"말했지. 옆방으로 가!" 실비의 목소리가 와락 찢어졌다.

그는 어떻게든 재스민을 안심시킬 말을 꺼내려고 노력했다. 하지만 잔뜩 멍이 들어 퉁퉁 부어오른 입에서는 한마디도 나오질 않았다. 대신 그는 무력감에 뒤로 드러누웠다.

"움직이지 마." 실비가 말했다. "가만 있어. 꼼짝도 하지 말고."

그리고 그녀는 그들의 딸을 데리고 밖으로 나갔다. 그는 눈을 감고 기다리며 기도했다. 이 모든 게 얼른 지나가기를. 현관에서 여기 저기 전화 통화하는 소리가 들렸다.

그 다음으로 그가 분명히 기억하는 건, 어느 차의 뒷좌석에 몸을 잔뜩 웅크리고 누워 격자무늬 담요를 덮고 있는 자신의 모습이었다. 더운 날씨인데도 그의 몸은 연신 떨렸다. 그는 담요를 바싹 끌어당겼다. 그것은 그에게 익숙한 낡은 피크닉 담요였다. 그 차의 닳고 닳은 부르고뉴산 시트 냄새 또한 너무나 익숙했다. 그 둘은 그에게 늘 가족소풍을 떠올리게 하는 것들이었다. 그는 겨우 고개를 들어 차창 밖을 내다봤다. 고속도로 위였다. 라디오에서는 모차르트가 흘렀다. 양쪽 귀를 덮은 잔털들 말고는 말쑥하게 다듬어진 은회색의 고운 머리칼, 그건 아버지의 뒷모습이었다.

"어디 가는 거죠?"

"널 데리고 집에 가는 거다. 눈 좀 더 붙여라."

아버지가 그를 납치했다. 잠시 그는 따질까, 생각해 보았다. 런던으로 다시 가요. 난 괜찮아요. 내가 아인가. 그렇지만 얼굴에 닿는 가죽의 촉감은 따뜻했고, 따지는 건 고사하고 꼼짝할 기운도 없었다. 그는 또 몸을 떨며 담요를 턱까지 끌어당기고 잠이 들었다.

자갈길 위를 구르는 바퀴 소리에 그는 잠이 깼다. 크고 육중한 그의 가족 저택으로 들어가는 진입로였다.

"자, 들어가자." 아버지가 기사처럼 차 문을 열었다.

"차랑 수프 좀 먹자꾸나!"

그는 집을 향해 걸어가며 짐짓 명랑하게 자동차 키를 하늘로 던지곤 했다. 아버지는 아무 일도 없었던 척하겠다고 결심한 게 분명했고, 덱스터는 그게 너무 고마웠다. 비틀비틀 구부정하게 차에서 내린 그는 피크닉 담요를 벗어 놓고 아버지를 따라 들어갔다.

조그만 아래층 화장실에서 덱스터는 거울 속 자기 얼굴을 살폈다. 아랫입술이 찢어져 부풀어 올랐고, 얼굴 한쪽으로는 길게 누런 갈색 멍이 들어 있었다. 어깨를 돌려 보려 했지만 등이 쑤셨다. 온몸의 근육이 땅기고 아팠다. 그는 움찔한 뒤, 혀를 살폈다. 잿빛 곰팡이로 잔뜩 뒤덮인 혀는 양옆이 이빨에 깨물렸는지 염증이 심했다.

그는 혓바닥 끝으로 이빨 위를 스윽 훑었다. 요즘 들어 그는 이빨이 깨끗하다는 느낌을 받은 적이 없었으며, 창문에 반사되어 나오는 그의 입 냄새는 그의 코에도 역하게 느껴졌다. 그건 무슨 배설물 냄새 같았다. 마치 그의 몸속에서 뭔가가 썩어 가고 있는 것 같았다. 코와 볼에는 핏줄이 터진 자국이 선명했다.

그는 밤마다, 종종 낮에도, 새로운 목적의식으로 무장해 술을 마셨다.

체중도 엄청 늘었다. 그의 얼굴은 둥글둥글하고 몸은 께느른해졌고, 그의 눈은 이제 되돌릴 수 없을 정도로 빨개져서 쉬지 않고 끈적거리는 점액을 배출했다.

그는 거울에 머리를 대고 숨을 내쉬었다. 엠마와 함께하던 시간 동안 그는 종종 우두커니 상상해 보곤 했다. 만약 그녀가 내 주변에 없었다면 사는 게 어떨까? 마음에 병이 나는 그런 것 말고, 정말 실생활에 있어서, 대체 그녀가 없으면 그는 어떤 꼴일까를 곰곰 생각해 본 것이었다. 세상 모든 연인들이 그런 걸 궁금해 하지 않나? 자, 그 대답이 지금 이 거울 속에 있구나.

그녀가 사라지면서 그에게 위풍당당한 비통함 같은 건 벌어지지 않았다. 그는 멍청하고 통속적인 인간이 되고 말았다. 그녀가 사라지자 그는 노력도 안 하고, 가치도 목적도 없는 인간이 되어 버렸다. 후회와 창피함으로 중독된, 초라하고 외로운 중년의 주정뱅이가 된 것이었다.

떠올리고 싶지 않아도 그날 아침의 기억이 자꾸 떠올랐다. 그의 아버지와 그의 전처가 그를 발가벗겨 씻기던 장면이. 2주 후면 그는 마흔하나인데, 그는 아버지의 도움을 받아야만 욕조에 들어갈 수 있었던 것이다. 왜 그들은 그를 그냥 병원에 데려가서 위세척을 시키지 않았던 걸까? 그 편이 그나마 체면을 살려 주는 길이었을 텐데.

복도에서 아버지가 누나와 통화하는 소리가 들려왔다. 아버지가 고함을 지르고 있었다. 그는 욕조 턱에 걸터앉았다. 굳이 귀를 기울이지 않아도, 안 듣는 게 불가능했다.

"덱스터가 자기 집 문을 뻥뻥 차서 이웃들을 다 깨웠고, 사람들이 그를 집 안으로 들여보냈대. …실비가 봤을 땐 쓰러져 있었고, …술에 좀 많이 취했던 모양이다. …찢어지고, 멍들고… 알 수가 없지. 어쨌든 우리가 목욕시켰다. 아침이면 괜찮아질 거야. 와서 인사라도 하지 그러니?"

욕실에서 덱스터는 '못 가겠다'고 하기를 기도했다. 분명 그의 누이에게도 그건 유쾌한 일일 리가 없었나 보다.

"잘 알겠다, 캐시. 그럼 아침에 전화라도 하려므나."

아버지가 가신 게 확실하다 싶자 덱스터는 복도로 나서 부엌으로 갔다. 뿌연 유리잔에 미지근한 수돗물을 따라 마신 그는 초저녁 햇살에 잠긴 정원을 내다보았다. 물을 뺀 수영장은 축 늘어진 방수천으로 덮여 있었고, 테니스장은 잡초가 우거져 엉망이었다. 부엌에서도 곰팡내가 진동했다.

대저택의 방들에 하나하나 자물쇠를 채우기 시작한 뒤로, 아버지는 이제 부엌과 거실, 침실만을 오갔다. 그것만으로도 아버지에겐 너무 큰 공간이었다. 누나 캐시는 아버지가 때로는 소파에서 잔다고도 했다. 걱정스러워진 그들은 집을 옮길 걸 말씀드리기도 했다. 형편에 맞게 옥스포드나 런던의 작은 아파트 한 채를 사면 될 일이었다. 하지만 아버지는 단호했다.

"내가 내 집에서 숨을 거두게 놔두렴."

아버지의 그 바람은 너무나 찡해서 차마 반박할 수가 없었다.

"좀 괜찮니?" 뒤에서 아버지가 물었다.

"네. 조금."

"그건 뭐냐?" 덱스터의 유리잔을 고갯짓으로 가리키며 아버지가 물었다. "진 아니냐?"

"그냥 물인데요."

"그래, 다행이구나. 오늘밤엔 수프를 먹을 텐데, 얼마나 특별할지 어디 보자꾸나. 깡통 수프 넘길 수 있겠니?"

"네, 괜찮아요."

아버지가 깡통 둘을 들어 올리며 말했다.

"동인도 카레 수프, 아니면 닭고기 크림?"

그렇게 두 남자는 곰팡내 진동하는 커다란 부엌을 서성거렸다. 두 홀아비는 수프 깡통 둘을 데우며 필요 이상의 법석을 떨었다. 혼자 살게 된 뒤 아버지는 조리콩 통조림, 소시지, 어묵 튀김 등, 패기만만한 보이스카우트 시절의 먹을거리들로만 연명했다. 심지어 아버지가 젤리로 국을 끓여 드신다는 얘기도 들었다.

현관에서 전화가 울렸다.

"전화 안 받을래?"

아버지는 지금 뽀얀 빵 조각에 서투르게 버터를 바르느라 바빴다. 덱스터는 주춤했다. "걱정 말고 받아라. 덱스터."

덱스터는 현관으로 가서 전화기를 들었다. 실비였다. 덱스터는 계단에 앉았다. 그의 전처도 지금 혼자였다. 캘럼과의 관계는 지난 크리스마스 직전에 마침내 산산조각 나고 말았다. 한결같이 불행에 빠진 전처와 전남편, 그리고 그 불행으로부터 재스민을 지키려는 본능, 그로 인해 둘은 희한하게 가까워졌고, 결혼 이후 처음으로 다정한 친구처럼 지냈다.

"좀 어때?"

"알면서. 창피하군. 미안하게 됐어."

"괜찮습니다요."

"당신이랑 아빠랑 날 욕조 물속으로 밀어 넣었던 것 같은데?"

실비가 웃었다. "아버님 진짜 태연하시더라. 이놈은 어쩜 이렇게 똑같냐, 그러셨던가?"

덱스터는 웃었지만 한편으론 맘이 아프기도 했다.

"재스민은 괜찮아?"

"그런 거 같은데. 애는 괜찮아. 걱정 마. 아빠가 식중독 걸려 저런다, 그랬지."

"애한테도 빚이 많다. 아까도 말했지만, 미안해."

"그럴 수도 있지 뭐. 하지만 다시는, 절대로 다시는 그러지 마. 알았지?"

덱스터가 우물우물 "아냐, 그래, 그러자…"처럼 들리는 소리를 냈다. 잠시 침묵이 흘렀다.

"가야겠다, 실비. 수프 타나 봐."

"토요일 밤에 보자, 응?"

"그때 봐. 재스민한테 사랑한다고 해줘. 그리고, 미안해."

그는 그녀가 수화기를 바꿔 드는 소리에 귀를 기울였다.

"우린 당신 정말 사랑해, 덱스터."

"당치도 않아. 내가 무슨…." 그는 당혹감에 웅얼댔다.

"그래, 당신이 좀 너무하긴 해. 하지만 우린 당신을 사랑해."

잠시 후 그는 전화기를 내려놓고 텔레비전을 보는 아버지 옆으로 가서 앉았다. 레몬-보리 물을 약제희석요법에 따라 묽게 만든 음료를 마시고 계셨다. 무릎에 올려 두고 먹기 좋도록 밑면을 댄 쟁반 위에 수프 그릇이 놓여 있었다. 처음 보는 그 쟁반의 등장은 덱스터를 적잖이 울적하게 했다. 아마도 엄마라면 그런 물건을 집 안에 들여놓는 걸 절대 허락하지 않았을 테니까.

수프는 너무 너무 뜨거웠다. 덕분에 입술 터진 데가 따끔거렸다. 아버지가 드시는 흰 식빵에 바른 버터는 정말 엉성했다. 마구 짓이겨져 불그레한 펄프 모양으로 뭉개진 버터. 그런데도 신기하게 맛이 있었다. 굵은 버터 조각이 걸쭉한 수프 속에서 뭉근히 녹고 있었고, 아버지가 요즘 억제 불가능하게 탐닉하는 드라마 〈이스트엔더즈〉를 함께 보았다. 연속극이 끝나자 아버지는 미끄럼 방지 쟁반을 바닥에 내리고 리모컨의 음소거 버튼을 누른 뒤 덱스터를 향해 돌아앉았다.

"그래. 해마다 이런 홍역을 축제처럼 치를 작정이냐?"

"모르겠어요."

좀 시간이 흐르자, 아버지는 벙어리가 된 텔레비전으로 눈길을 돌렸다.

"미안해요." 덱스터가 말했다.

"뭐가?"

"그야, 절 욕조에다 집어넣으셔야 했고, 그래서…."

"그래. 그런 짓은 다신 안 했으면 좋겠다."

벙어리 상태인 채로 아버지는 채널을 마구 바꾸었다.

"뭐 머지않아 네가 날 그렇게 씻겨야 할 테지만."

"맙소사, 제가요? 그건 캐시 누나한테 시키세요."

아버지가 웃으며 다시 그를 보았다.

"고민 상담을 위한 양자 회동은 그만 했음 좋겠구나. 넌 안 그렇니?"

"저도 물론 그래요."

"좋다. 그럼 앞으론 이런 일 없도록 하자. 널 위해 제일 좋은 건, 마치 엠마가 살아 있는 것처럼 네 생활을 꾸리려고 노력하는 걸 거야. 그게 최선이라고 생각 안 하니?"

"제가 할 수 있을까요?"

"노력은 해야지." 아버지가 다시 리모컨을 집었다. "지난 10년간 내가 어떻게 살아왔다고 생각하니?" 아버지가 원하던 프로그램을 찾아내고서 의자로 더 깊이 몸을 묻었다. "아, 〈더 빌〉. 저거 좋지."

두 사람은 저녁 햇살이 쏟아지는 거실에 함께 앉아 텔레비전을 보았다. 그 방 벽면을 가득 채운 가족들 사진을 보면서 덱스터는 당혹스럽게도 또다시 조용히 울먹이기 시작했다. 그는 조심스레 손을 눈으로 가져갔지만, 그가 흡 하고 숨을 삼키는 기척에 아버지가 그를 돌아다보았다.

"거기 별일 없으신가?"

"죄송해요." 덱스터가 말했다.

"내 요리 때문에 우는 건 아니지?"

덱스터가 웃으며 코를 훌쩍거렸다. "아직도 술이 덜 깼나 봐요."

"괜찮다." 다시 텔레비전으로 눈길을 돌리며 아버지가 말했다.

"〈사일런트 위트니스〉가 아홉 시에 시작하지."

ch21
아서스 시트

1988년 7월 15일, 토요일

◦ 렌케일러스트리트, 에든버러 ◦

허연 곰팡이가 잔뜩 슬어 허름하기 짝이 없는 욕실에서 덱스터는 샤워를 한 뒤 간밤에 벗어 둔 셔츠를 입었다. 퀴퀴한 땀과 담배 냄새가 눅진하게 들러붙어 있었다. 냄새를 가두려고 덱스터는 정장 윗도리도 걸쳤다. 그리고 치약을 검지 위에 듬뿍 짜서 이를 대충 닦았다.

덱스터는 부엌으로 가 엠마 몰리와 틸리 킬릭과 함께 앉았다. 그들이 앉은 자리 위로 트뤼포 감독의 영화 〈줄 앤 짐〉의 번들거리는 포스터가 커다랗게 걸려 있었다. 껄껄 웃고 서 있는 장 모로의 사진 밑에 셋이 앉아 콩 마가린을 바른 누런 토스트와 무슬리 시리얼을 아침 삼아 함께 먹자니 참으로 어색하여 속이 뜨끔뜨끔할 지경이었다. 이 특별한 아침을 맞아 엠마는, 그 속이 늘 퀴퀴해 보이던 컨티넨탈 스타일의 에스프레소 머신도 닦아 두었다. 기름처럼 새까만 커피를 한 잔 마시고 나자 덱스터는 한결 기분이 좋아지는 것 같았다.

그는 잠자코 앉아 두 룸메이트가 소곤소곤 까불락거리며 킬킬대는 걸 힐끔힐끔 살폈다. 둘 다 커다란 안경을 훈장처럼 쓰고 있었다.

덱스터는 언뜻 자신이 이 망나니들로 이뤄진 실험극단의 포로가 된 거 아닌가 싶었다. 글쎄, 진작 가지 않은 게 실수였던 걸까? 적어도, 침실 밖으로 나온 건 틀림없는 실수였고. 틸리 킬릭이 저기 앉아 쉴 새 없이 재잘거리고 있는데, 엠마에게 대체 어떻게 키스를 한단 말인가?

엠마는 엠마대로 틸리의 존재 때문에 미칠 지경이었다. 쟤는 눈치라곤 전부 밥 말아 먹었나? 턱을 괴고 저기 앉아선 머리카락을 배배 꼬며 차 숟가락이나 쪽쪽 빨고 있다니. 엠마는 한 번도 안 써본 보디숍 딸기향 젤로 샤워를 하는 실수도 저질러서 풀풀 풍기는 요거트 냄새 때문에 기절할 지경이었다. 다시 욕실로 가서 싹 헹궈내고 싶은 맘이 간절했지만, 그녀는 차마 덱스터를 틸리랑 따로 남겨 둘 엄두가 나지 않았다.

틸리의 목욕가운 앞은 깊이 파인 채 그녀가 가장 아끼는 니커박스 Knickerbox 속옷인 붉은 격자무늬 올인원 코르셋을 훤히 내보이고 있었다. 대놓고 저럴 줄 아는 애가 바로 틸리였다.

다시 침대로 가고 싶다. 엠마가 진정 원하는 건 바로 그것이었다. 물론 옷은 조금만 입고서 말이다. 하지만 그러기엔 너무 늦었다. 술기운도 달아난 지 오래였다. 그 자리에서 벗어나기 위해 엠마는 오늘 뭘 할지를 골똘히 생각했다. 그들 앞에 펼쳐진 성인으로서의 독립된 삶, 그 첫날이 아닌가.

"우리 펍에 갈까?" 덱스터가 썩 내키지 않는 목소리로 말했다.

엠마는 속이 메슥거린다는 듯 끄응 소리를 냈다.

"점심 먹으러 나갈까?" 틸리가 말했다.

"돈 없어."

"영화 볼까, 그럼?" 덱스터가 제안했다. "돈은 내가…."

"오늘 말고. 날씨 너무 좋잖아. 밖에서 뭘 해야지."

"그러자. 해변으로 가는 거야. 노스 버릭 쪽 어때?"

엠마는 생각만 해도 끔찍했다. 아니, 덱스터 앞에서 수영복을 입으라고? 그녀는 그런 고통을 이겨낼 만큼 강인한 여자는 아니었다.

"난 해변에선 무용지물이야."

"그래? 그럼 뭐?"

"같이 아서스 시트* 올라갈까?" 틸리가 말했다.

"한 번도 안 가봤는데." 덱스터가 아무렇지 않게 말했다.

두 여자는 입을 쩍 벌리고 그를 쳐다보았다.

"너 아서스 시트를 한 번도 안 올라갔다고?"

"응."

"에든버러에 4년째 있으면서, 한 번도?"

"나 바빴어."

"뭐하느라?" 틸리가 말했다.

"인류학 공부하느라." 엠마의 얘기에 두 여자는 버릇없이 낄낄대고 웃었다.

"그럼, 우리 가자!" 틸리가 말했다.

엠마의 눈이 경고의 빛을 내뿜으며 번득임에 따라 잠시 침묵이 흘렀다.

"나 제대로 된 신발이 없어." 덱스터가 말했다.

"그게 무슨 K2라도 되냐? 그래 봤자 커다란 언덕인데."

"그래도 불편한 신발로는 안 되지!"

* Arthur's Seat. 에든버러 성 동쪽 1.5킬로미터에 솟아 있는 해발고도 250미터의 바위산. 에든버러 시내는 물론, 포스강 하구의 모습을 한눈에 조망할 수 있는 곳이다.

"괜찮아. 뭐가 어렵다고."

"옷도 이런데?"

"괜찮다니깐. 그냥 피크닉 가는 거지!"

그렇게 말하면서도 엠마는 흥분이 사그라지는 걸 느낄 수 있었다. 하지만 마침내 틸리가 꼭 듣고 싶은 말을 해주었다.

"실은 말야, 너희 둘이 가야겠다. 나 없이. 난 있잖아… 할 일이 있어."

엠마의 눈이 그녀를 향해 반짝였다. 틸리가 윙크하는 게 언뜻 보였다. 엠마는 자칫하면 냉큼 몸을 숙여 그녀에게 입을 맞출 뻔했다.

"그래, 좋아. 그러자 그럼!" 덱스터의 목소리도 한결 밝아졌다.

15분 후 둘은 7월의 아침 안개 속으로 발을 내디뎠다. 렌케일러스트리트 끝머리에 솔즈베리 암벽이 우뚝 솟아 있었다.

"우리가 정말 저길 올라가는 거야?"

"애들도 할 수 있어. 진짜야."

니콜슨스트리트의 슈퍼에서 둘은 피크닉 장을 보았다. 쇼핑 바구니 하나를 둘이서 채우는 의식은 너무도 가족적이어서 둘은 살짝 불편했다. 물건을 고를 때도 둘은 생각이 많았다. 올리브 사는 건 좀 엉뚱한가? 아이언브루* 사는 건 웃기고, 샴페인은 좀 가식적이지? 둘은 그렇게 산 물건들을 — 엠마의 장난스러운 것들, 덱스터의 자칭 세련된 것들 — 엠마의 밀리터리 배낭에다 집어넣고선, 얼른 홀리루드 공원 쪽으로 되돌아가 가파른 경사면을 오르기 시작했다.

덱스터는 뒤처져 걸었다. 정장 옷차림은 어느새 땀으로 흠뻑 젖었고, 신발은 미끌거렸다. 입에는 담배를 물고 있었고, 머리는 적포도주와 아

* Irn Bru. 스코틀랜드의 국민 청량음료.

침 커피 탓에 쿵쾅거렸다.

그는 놀라운 경치를 음미하는 게 마땅하다 싶었지만, 어쩐 일인지 바랜 501청바지 차림의 엠마 엉덩이에서 눈을 뗄 수가 없었다. 높고 까만 컨버스 스니커즈 위로 쭉 뻗은 청바지가 그녀의 허리를 꽉 죄고 있었다.

"너 정말 잘 걷는다?"

"야생염소 같지? 집에 있을 때, 그러니까 아직 캐시라고 불릴 때 하이킹을 자주 했었어. 히스꽃 만발한 바람 거센 언덕에 오르면, 정말 못 말리게 감상적이었지. '내 삶 없이는 살 수 없어요! 내 영혼 없이는 살 수 없어요!'"

덱스터는 듣는 둥 마는 둥, 저게 무슨 인용구인가 싶었다. 대신, 그의 신경은 온통 그녀의 어깨뼈 사이에 길게 맺히기 시작한 땀방울에 쏠려 있었다. 티셔츠가 목에서 흘러내려 브래지어 끈이 살짝 보이는 것도 그의 눈길을 사로잡았다. 그가 간밤 침대에서의 한 장면을 떠올리고 있는데, 마치 그만 생각 관두라는 듯 그녀가 뒤돌아보았다.

"어떠셔, 셰르파 텐징**?"

"멀쩡해. 신발이 미끄러워서 좀 그렇지만, 괜찮아."

그녀가 웃고 있었다.

"뭐가 우습니?"

"담배 물고 등산하는 사람은 첨 봤거든."

"그거 말고 내가 뭘 하겠니?"

"경치를 봐야지!"

** Sherpa Tenzing. 1953년 5월 영국여왕 엘리자베스2세 대관식을 기념해, 존 헌터 경이 이끄는 영국원정대가 인류 최초로 에베레스트 등정에 성공할 때, 에드먼드 힐러리와 함께 정상에 오른 현지인 셰르파 텐징 노르카이를 말한다. 이 등정은 '대영제국이 거둔 마지막 업적'으로 기억되며, 훗날 셰르파 텐징도 영국을 방문하는 등 유명인사가 되었다.

“경치는 경치인 게 경치지.”

“오호, 그건 셸리니 워즈워스니?”

그는 한숨과 함께 무릎을 짚고 멈춰 섰다.

“그래, 좋아. 어디 경치 한번 보자.”

고개를 드니 아파트 단지 너머로 에든버러 성이 보였다. 그 거대한 덩치의 잿빛 성채 아래로 올드시티의 첨탑과 총구멍 뚫린 성곽이, 그 너머로는 포근한 날의 안개 속에 묻힌 퍼스오브포스 만이 보였다. 덱스터는 감동받은 눈치를 드러내는 걸 그다지 좋아하지 않았지만, 그 경치는 정말 장관이었다. 그림엽서에서 자주 보던 바로 그 경치였다.

“정말 멋진데.”

그는 그런 탄성이 나오는 걸 내버려 두었다. 둘은 다시 정상을 향해 발길을 옮겼다. 거기 다다르면 무슨 일이 벌어질까 궁금해 하며….

ch22
두 번째 기념일

2006년 7월 15일, 토요일

- 짐을 풀다 -

◦ 런던 북부 그리고 에든버러 ◦

저녁 6시 15분, 그는 벨빌카페의 금속 셔터를 내리고 거대한 자물통을 채웠다. 옆에서 매디가 그를 기다렸다. 그가 그녀의 손을 잡았고, 둘은 같이 지하철역 쪽으로 걸었다.

마침내, 마침내 그는 집을 옮겼다. 최근 구입한 가스펠오크의 방 셋짜리 그 복층아파트는 그리 요란스럽지 않으면서도 맘에 드는 집이었다. 매디는 지하철 노던라인의 다른쪽 끝인 스톡웰에 살았다. 그 엄청난 거리를 생각하면 그녀가 종종 그의 집에 묵곤 하는 것도 당연했다.

하지만 오늘밤은 아니었다. 무슨 멜로 드라마나 과장된 엄숙함으로 오늘을 맞는 건 아니었지만, 그래도 그는 오늘밤 혼자만의 시간을 갖고 싶었다. 오늘밤에 그 일을 하자고 맘먹었던 것인데, 그 일은 혼자서만 할 수 있는 일이었다.

두 사람은 터프넬파크 역 밖에서 인사를 나누었다. 길고 치렁치렁한 검은 머리의 매디는 그보다 키가 약간 더 컸다. 그녀가 몸을 살짝 굽혀 그에게 굿바이 키스를 했다.

"이따 전화해요, 필요하면."

"그럴게."

"그리고 맘이 바뀌면, 나더러 올라오라고 그러면—"

"괜찮을 거야."

"그래요, 그럼. 내일 봐요, 네?"

"전화할게."

그들은 짧지만 다정하게 작별의 키스를 나눴고, 덱스터는 계속 걸어 새 집으로 난 언덕길을 내려가기 시작했다.

벨빌카페 매니저인 매디와 사귄 지 벌써 두 달째였다. 아직 다른 직원들에게 공식적으로 얘기한 건 아니지만, 다들 눈치를 챈 듯했다. 둘은 뜨거운 사이라기보다는 지난해의 불가피한 상황을 점차 받아들인 쪽에 가까웠다. 덱스터에게 있어 그건 참으로 실용적이고도 무미건조한 일이었다. 그는 사실 막역한 친구였던 매디가 연인으로 발전했다는 게 은근 불편하기도 했다. 관계가 그토록 깊은 우울함 속에서 싹텄다는 것, 그건 틀림없이 그들 관계에 드리워진 그늘이었다.

하지만 다들 말하듯 분명 두 사람은 잘 어울렸다. 매디는 상냥하고 현명하며 매력적이었다. 날씬하고 큰 키는 약간 둔해 보이기도 했다. 그녀는 화가가 되고픈 꿈이 있었고, 덱스터도 그녀의 솜씨를 인정했다. 카페에 걸린 그녀의 작은 캔버스 작품들은 이따금 팔리기도 했다. 그녀는 그보다 10살이나 어렸는데 — 덱스터는 엠마가 이런 얘기를 듣고 눈이 동그래지는 상상을 하기도 했다 — 그녀 또한 이른 이혼과 지극히 불행했던 연애 등 자신의 힘들었던 세월을 딛고서 지금처럼 사려 깊고 진중한 여인이 되어 있었다.

그녀는 조용하고 신중했으며 무언가 깊은 생각에 잠긴 분위기를 풍겼는데, 지금의 그에겐 그게 더할 나위 없이 좋았다. 매디는 또한 인정 많고 놀랍도록 성실했다. 덱스터가 가게 매출을 술로 탕진하고 출근도 안 하던 때 회사를 돌보고 건져낸 게 매디였다. 덱스터는 고마워했고, 재스민도 그녀를 좋아했다. 그렇게, 적어도 당장은 아무 문제도 없는 관계였다.

기분 좋은 토요일 저녁이었다. 그는 주택가의 한적한 길을 걸어 집으로 갔다. 햄스테드히스에서 그리 멀지 않은 붉은 벽돌의 우람한 건물 지하와 1층이 그의 집이었다. 예전에 살던 노인 부부가 쓰던 벽지를 그대로 둔 그 집에서는 그들의 냄새가 났다. 이사 와서 푼 짐이라고는 텔레비전과 DVD, 스테레오가 전부였다.

징두리 레일과 지독한 화장실, 숫자만 많은 자잘한 방들까지, 그 집은 틀림없이 유행에 뒤처진 곳이었지만, 실비는 벽을 좀 허물고 바닥을 갈고 나면 꽤 좋아질 잠재력이 있는 집이라고 주장했다. 재스민이 와서 묵을 큰 방과 정원도 있었다. 정원. 한동안 덱스터는 그 땅을 포장해 버리겠다고 농담하곤 했지만, 이젠 정원 꾸미기를 배우자고 맘먹고 책까지 한 권 샀다. 그의 의식 깊은 곳에선 마당 한켠에 헛간도 세워야겠다는 생각까지 했다. 머지않아 골프도 치고 파자마 입고 침대에 들겠지….

집에 들어서서 현관을 가득 메운 상자들을 지나쳐 그는 먼저 샤워부터 하고 부엌으로 가 태국음식을 배달시켰다. 거실의 소파에 누워 그는 머릿속으로 그 일을 시작하기 전 반드시 해야만 할 일들의 목록을 정리하기 시작했다.

그 주변의 몇몇 다양한 사람들에게 있어 예전까지는 대수롭지 않던 날인 7월 15일이 우울한 무게감을 갖게 되었다. 꼭 전화를 해야 할 곳들이 있었다. 그는 우선 리즈에 있는 엠마의 부모인 수와 짐부터 시작했다. 대화는 기분 좋게 이어졌다. 회사 일에 대해서, 재스민의 학교생활에 대해서 거리낌 없는 얘기들을 나누었다. 같은 얘기를 엠마의 어머니에게, 그리고 아버지에게 한 번 더 들려드렸다.

"음, 말씀드릴 뉴스는 이게 전부네요."

그가 수에게 말했다.

"아시죠, 오늘, 어머님 아버님 생각하며, 다들 편안하셨으면 했어요."

"자네도, 덱스터. 건강 챙기게, 알았지?"

수의 목소리가 흔들렸다. 곧 전화가 끊겼다.

덱스터는 생각했던 목록대로 일을 진행했다. 그의 누나, 아버지, 전처, 그리고 딸. 대화는 짤막짤막했다. 짐짓 대수롭잖은 듯, 7월 15일의 의미는 입에 올리지도 않았지만, 얘기하려는 건 늘 한 가지였다. "전 괜찮습니다." 틸리 킬릭에게도 전화를 했다. 아니나 다를까, 그녀는 질질 짜며 감정을 숨길 줄 몰랐다.

"그런데 당신 진짜 괜찮아? 진짜 괜찮냐구? 혼자야? 혼자 있어도 되는 거야? 우리가 거기루 갈까?"

그는 화가 나서, 그녀를 다독거리는 말을 건네며 얼른 정중하게 수화기를 내려놓았다. 그는 톤튼의 이언 화이트헤드에게도 전화를 했다. 하지만 그는 막 조무래기 애들을 재우려는 참이었다. 이언은 며칠 있다 전화하겠다며, 심지어 한번 런던으로 갈 테니 만나자고까지 했다. 덱스터도 참 좋은 생각이라고는 했지만, 그럴 일이 없을 것임을 잘 알고 있었다. 최악의 폭풍은 지나갔다는 걸 다들 느꼈다. 아마 덱스터가 이언 화이트헤드와 다시 얘기하는 일은 없겠지만, 두 사람 모두에게 그건 큰 문제가 아니었다.

저녁을 먹으면서 그는 온갖 채널을 돌리며 텔레비전을 보았고, 술은 음식에 딸려 온 맥주만 마시기로 했다. 그렇지만 이 낯선 집의 소파에서 잔뜩 웅크린 채 혼자 밥을 먹는 건 아무래도 어딘가 슬펐다. 그렇게 그날 처음으로 그는 절망감과 고독감의 파도에 휩쓸렸다.

요즘 들어 슬픔은 언 강을 걷는 것과 같았다. 대부분의 경우 그는 안전하다고 여겼지만, 그래도 언제나 밑으로 쑥 꺼지고 말 위험이 도사렸다. 지금 그의 발밑에서 파열음이 나기 시작했다. 그 강렬한 느낌에 전전긍긍하다 그는 기어이 일어나 얼굴을 움켜쥐고 흡 하고 숨을 들이켰다. 손가락 사이로 천천히 숨을 내쉬던 덱스터는 후다닥 부엌으로 가서 지저분한 그릇들을 개수통에 와락 집어던졌다. 갑자기 뭔가를 마셔야겠다, 계속 마셔 버려야겠다는 생각이 와락 일어났다. 그는 다시 전화기를 들었다.

"왜 그래요?"

맨디의 목소리에 걱정이 묻어 있었다.

"갑자기 조금 무서워져서."

"정말 혼자 있으려는 거예요? 그래도 되겠어요?"

"이젠 괜찮아졌어."

"택시 부르면 금방 가는데?"

"아냐, 진짜야. 혼자가 좋아."

그는 그녀의 목소리만으로도 충분히 진정되는 걸 느꼈다. 다시 한 번 그녀를 안심시킨 뒤 그는 잘 자라고 인사를 했다. 이제 누구도 그에게 전화를 걸어 올 일이 없겠다 싶자 그는 전화기를 꺼버렸다. 블라인드도 내리고 위층으로 올라가 그는 '그 일'을 준비했다.

보조침실에는 매트리스 하나밖에 없었다. 여행가방 하나가 열려 있었고, 일곱 여덟 개의 마분지 상자 중 두 개에는 '엠마 1', '엠마 2'라고 쓰여 있었다. 검은 색 마커 펜으로 그녀가 직접 쓴 거였다. 그의 집에 있는 엠마의 물건 중 마지막 남은 것들이었다. 그 안에는 공책과 편지, 미니앨범 등이 들어 있었다. 덱스터는 그 상자들을 들고 거실로 내려갔다. 저녁 내내 그는 그 물건들을 풀어 정리했다. 별것 아닌 잡동사니들을 종류대로 나누는 일이었다. 옛날 통장, 영수증, 낡은 배달음식점 메뉴 등 쓸데없는 것들은 검은 쓰레기봉투에 넣고, 나머지는 그녀 부모님께 보낼 것과 자기가 가지고 있을 것들로 나눴다.

그 일에는 상당한 시간이 걸렸다. 하지만 덱스터는 눈시울 적시는 일 없이, 지극히 실질적인 방식으로 일을 해나가면서, 아주 가끔씩 멈출 뿐이었다. 그는 젊은 날의 시편이나 극본 등이 토막토막 쓰인 공책과 일기를 애써 외면했다. 그걸 읽는 건 부당해 보였고 — 그의 어깨 뒤에서 엠마가 움찔움찔거리거나 아니면 그의 손에서 일기장을 뺏으려고 다투는 모습을 그는 떠올렸다 — 그래서 대신 그는 편지와 사진만 훑어보았다.

그 물건들은 시간 순으로 차곡차곡 쌓여 있었고, 그래서 그걸 정리하는 건 시간을 거꾸로 파고드는 순서로 진행되었다. 둘이 부부였을 때부터 시작해서 한 겹 한 겹 과거 속으로, 90년대를 거쳐 마침내 2번 상자 밑바닥의 80년대까지. 우선 '줄리 크리솔' 소설 제작할 때의 표지 견본이 나왔다. 편집자 마샤와 주고받은 편지와 신문 스크랩도 있었다. 그 밑에는 파리 시절의 사진과 엽서들이었다. 그 유명한 장-피에르 뒤솔리에의 스냅 사진도 나왔다. 짙은 색 피부에 아주 잘생긴 그의 사진을 덱스터는 검은 봉투에 넣어 버렸다. 지하철 표와 접이식 메뉴, 불어로 쓰인 임대계약서 따위가 든 봉투에서 너무나 놀랍고 사랑스러운 걸 발견한 그는 온몸에 힘이 빠져 하마터면 그걸 떨어뜨릴 뻔했다.

그해 여름 파리에서 찍은 한 장의 폴라로이드 사진이었다. 엠마는 발목을 겹친 자세로 양팔을 머리 위로 활짝 펼친 채 알몸으로 누워 있었다. 흑백 텔레비전으로 불어로 더빙된 〈타이타닉〉을 본 날이었다. 술을 마시고 사랑을 나눈 뒤 찍은 그 사진을 그는 아주 아름답다고 했지만, 엠마는 그걸 그의 손에서 빼앗아 찢어 버릴 거라고 했다. 그녀가 이 폴라로이드를 가지고 있으면서 숨겨 놨다는 사실은, 엠마가 겉보기보다는 이 사진을 좋아했다는 뜻이니까 덱스터로서는 흐뭇해 해야 할 일이었다. 하지만 그건 망치로 때린 듯, 그에게 그녀의 부재를 재확인시켰고, 덱스터는 한동안 숨을 죽여야 했다. 그는 사진을 다시 봉투에 넣고 잠자코 앉아 다시 정신을 추슬렀다. 발밑 얼음이 다시 갈라졌다.

그는 일을 계속했다. 90년대 말 자료들에서는 아이의 탄생을 알리는 편지들과 결혼초대장, 세례식 카드 따위가 잔뜩 나왔다. 크롬웰로드 공립학교 직원들과 학생들의 작별인사가 적힌 큼지막한 카드도 있었다. 그 카드와 같은 봉투에서는 필이라는 사람이 보낸 여러 통의 편지도 나왔는데, 그 내용이 어찌나 성적으로 집착해서 간청하는 내용인지 그는 얼른 다시 접어서 봉투에 찔러 넣고 말았다. 이언의 코미디 쇼를 알리는 광고전단도 나왔고, E17 지역의 아파트를 구입할 때 변호사 사무실에서 작성한 묵직한 서류 뭉치도 나왔다.

90년대 초 그가 여행하는 동안 엠마에게 보냈던 멍청한 엽서들도 차곡차곡 모아져 있었다. '암스테르담은 미쳤어.' '더블린은 로큰롤 중.' 엠마가 보낸 답장들도 생각났다. 푸르스름한 항공우편용 편지지 묶음 속의 사연들은 정말 멋있었고, 그는 이따금씩 그 편지들을 꺼내 읽을 때마다 '베니스, 완전 물바다!!!'와 같은 엽서를 보내던 그의 미숙한 스물네 살 시절을 떠올리며 새삼 부끄러워했다.

복사해서 만든 '잔인한 화물 - 젊은이들을 위한 연극, 엠마 몰리/게리 치들 작' 프로그램도 나왔다. 그 밑에는 대학 시절의 에세이들이었다. '존 던의 시에 나타난 여성들'이나 '엘리오트와 파시즘' 따위의 주제를 다룬 논문들도 나왔고, 학생 방 메모판에 꽂혀 있었던 탓에 압정 자국이 숭숭 뚫린 낡은 엽서 묶음도 나왔다. 마분지 원통도 있었는데, 그 안에는 엠마의 졸업장이 돌돌 말려 있었다. 그는 생각했다, 이 안에서 꼼짝 않고 있었구나, 20년 가까이를…. 졸업장 위의 날짜를 확인해 보았다. 1988년 7월 14일. 19년 전의 어제였다.

너덜너덜한 미니앨범 속에서 그는 졸업식 사진을 발견했다. 그리 향수에 자극되는 일 없이 그는 사진들을 넘겼다. 엠마가 찍은 사진들이었기에 사진 속에 엠마가 있는 경우는 거의 없었다. 다른 얼굴들 중 상당수는 거의 잊혀진 얼굴들이었다. 당시 그녀는 여러 무리들 속의 한 명일 뿐이었다. 물론 그 얼굴들의 싱그러운 젊음은 정말 놀라웠다. 틸리 킬릭의 모습도 아주 놀라웠다. '진짜 대단해, 19년 전 사진 속에 있으면서도 지금 날 이렇게 짜증나게 하는 재주를 가졌으니.' 득의만만한 표정의 바싹 마른 캘럼 오닐의 사진은 잽싸게 두 동강이 나서 쓰레기봉투 속으로 던져졌다.

그러다 어느 순간 엠마는 틸리에게 카메라를 건넨 모양이었다. 엠마 자신의 모습이 여러 장 나오기 시작했다. 사각모와 가운을 걸친 채 문학소녀처럼 안경을 코끝에 걸치고서 장난삼아 씩씩한 표정을 짓고 있는 엠마. 그런 엠마를 보며 그는 웃었다. 뒤이어 자기 옛 모습을 보여 주는 사진이 나오자 덱스터는 흐뭇하면서도 부끄러워 낮게 신음소리를 냈다.

사진 속의 그는 우스꽝스럽게도 남자 모델 같은 표정을 짓고 있었다.

입을 삐죽거리느라 광대뼈가 툭 불거진 얼굴의 엠마는 한쪽 팔을 그의 목에 두르고 있었다. 엠마는 그의 얼굴에 자신의 얼굴을 바싹 붙인 채 눈을 커다랗게 뜨고서 마치 스타라도 쳐다본다는 듯 다른 손으로 자기 볼을 누르고 있었다.

이 사진을 찍은 뒤 둘은 졸업축하 티-파티에 갔고, 그 다음엔 펍으로, 그 다음엔 어떤 집에서의 파티로 갔다. 그 집이 누구 집이었는지는 기억나지 않지만, 그 집이 정말 폭발 직전까지 꽉 찼다는 건 생각났다. 사람들이 너무 많아 집 앞 길거리와 뒷마당까지 점령할 정도였다. 그 혼란을 피해 둘은 거실의 소파 한쪽에 몸을 숨기고서 저녁 내내 자리를 뜨지 않았다. 거기서 그는 처음으로 그녀에게 입을 맞추었다.

그는 검은 프레임 속의 졸업식 사진을 다시 뜯어보았다. 엉망진창으로 자른 엠마의 머리는 연한 포도주 색이었고, 그가 기억하는 모습보다 약간 통통한 얼굴이었다. 커다랗게 웃느라 입도 벌어져 있었고, 그녀의 볼은 그의 볼에 붙어 있었다. 그는 그 사진을 한쪽으로 밀어 놓고, 다음 사진을 보았다.

다음날 아침이었다. 둘은 산자락에 앉아 있었다. 허리를 바싹 죄는 501 청바지에 검은 컨버스 운동화 차림인 그녀로부터 훌쩍 떨어진 곳에 앉은 그는 전날과 같은 흰 셔츠에 검정 정장 차림이었다.

실망스럽게도 아서스 시트 정상은 관광객들과 다른 졸업생들로 너무 붐볐다. 간밤의 지나친 축하 때문에 다들 창백하고 골골대는 모습이었다. 덱스와 엠은 몇몇 아는 이들을 향해 수줍은 듯 손을 들어 인사했다.

둘은, 이미 늦었는데도, 입방아를 피하겠다는 심산으로 부질없이 서로 뚝 떨어져 앉아 있었다.

그 어수선한 적갈색 꼭대기 둘레를 느릿느릿 돌아다니며 둘은 여러 각도에서 경치를 감상했다. 꼭대기를 알리는 돌기둥에 서서 둘은 그런 상황에서 해야만 하게 되어 있는 말들을 했다. 정말 멀리 왔구나. 여기서 너희 집 보이니? 돌기둥은 온갖 낙서들로 얼룩져 있었다. 개인적인 농담들, 'DG 여기 오다', '스코틀랜드여 영원하라', '대처는 물러가라' 등등.

"우리 이름도 새겨야겠네." 덱스터가 가냘프게 얘기했다.

"뭘? '덱스는 엠마 것'?"

"영원히."

엠마는 웃긴다는 듯 코웃음을 치고는, 제일 눈에 띄는 낙서를 찾아보았다. 녹색 유성 잉크로 커다란 남자 성기를 그려 둔 게 있었다.

"생각해 봐. 저거 그리려고 여기까지 낑낑대고 올라오는 거. 그릴 도구까지 다 챙겨서 올라왔겠지? 여기 풍경도 멋지고 경치도 아름답고 다 좋은데, 딱 하나, 거대한 거시기와 쌍방울이 없군, 아쉬워, 아쉬워."

덱스터는 기계적으로 웃긴 했지만, 또다시 쑥스러움이 밀려들었다. 같이 산엘 오다니, 실수한 건가. 둘 다 내심으로는 피크닉 따위 집어치우고 도로 내려가 집으로 가야 하나 싶었다. 하지만 어느 누구도 그걸 내놓고 얘기하진 않았다. 대신 둘은 정상에서 조금 떨어진 곳에서 움푹한 바위틈을 찾아냈다. 자연이 만든 그 절묘한 자리에 앉아서 엠마는 가방을 펼쳤다.

덱스터가 샴페인을 땄다. 미지근한 거품이 그의 손 위로 주르륵 흘러 쓸쓸히 헤더 위로 떨어졌다. 병을 돌려 가며 샴페인을 들이켜도, 둘의 기분은 축하 모드로 바뀌질 않았다. 한참 후 엠마는 다시 경치 얘기를 꺼내기로 맘을 먹었다.

"정말 멋지다."

"응."

"비 올 거 같진 않지?"

"응?"

"세인트스위딘스데이라며. 만약 스위딘스데이에 비가 내리면…."

"그렇네. 비 올 건 아닌가 보네."

날씨! 날씨 얘기를 꺼내다니! 이렇게 따분하게 굴다니! 스스로 부끄러워진 그녀는 한참 뜸을 들인 뒤 보다 직설적으로 물었다.

"그래, 기분이 어때, 덱스?"

"좀 힘든데."

"아니. 어젯밤이 어땠냐고? 너랑 나랑."

그는 힐끔 그녀를 쳐다보고는 무슨 말을 꺼내야 하나 고민했다. 낭떠러지로 몸을 내던지는 거 말고는 도망갈 데가 없는 그 상황이 싫었다. 궁지에 내몰린 느낌.

"난 좋은데! 넌 어때? 네 기분은 어땠는데?"

"괜찮았어. 좀 창피한 것 같긴 하네. 그랬잖아. 미래에 대해서, 막 다그치고. 세상을 바꾸자느니 하면서. 아침 햇살에 얼떨떨해져서 감상적이 됐던 건가. 아무튼 진부하게 들렸겠지. 특히나 원칙도 꿈도 없는 애한테는."

"야, 나한테 왜 꿈이 없어!"

"한꺼번에 두 여자와 같이 자고 싶다? 그런 건 꿈이라고 안 그래."

"허. 그건 네 말이고…."

그녀가 혀를 찼다. "어떨 때 보면 너 진짜 찌질한 거, 아니?"

"어쩔 수 없는 경우란 게 있잖아."

"어휴, 적어도 노력은 해야지." 그녀가 헤더를 한 줌 뜯어서 그에게 슬쩍 던졌다. "노력할 때는 정말 훨씬 좋아지거든. 아무튼, 요점은, 내가 재수 없는 깐깐이처럼 굴려고 그랬던 건 아니란 거지."

"너 안 그랬어. 아주 재밌던데, 뭘. 말했잖아, 나도 엄청 즐거웠다니까. 타이밍이 조금만 더 좋았더라면 완벽했을 텐데."

덱스터가 엠마를 향해 위로하는 듯한 웃음을 지었다. 엠마는 그 성가신 표정에 자극받아 코를 찡그렸다.

"뭔 말이니? 타이밍이 좋았으면, 너랑 나랑 남친 여친 사이가 됐다는 거야?"

"모르지. 누가 알아?"

덱스터가 손을 엠마 쪽으로 뻗었다. 엠마는 어이없다는 듯 그 손을 물끄러미 쳐다보다가 이윽고 졌다는 듯 한숨을 내뱉으며 그 손을 잡았다. 그렇게 둘은 어색하게 손을 잡은 채로 거기 앉아서 스스로를 멍청이라고 자책했다. 그러다 팔이 저려 오자 둘은 손을 놓았다. 그래, 졸린 척하며 드러눕자, 집에 갈 시간이 될 때까지. 덱스터는 그런 생각에 윗도리를 벗어 둥글게 말아 베개로 삼고 누웠다. 햇살이 눈부셔 눈을 감을 수밖에 없었다. 몸이 쑤셨다. 머릿속에선 알코올이 맥놀이를 쳤다. 그가 슬슬 무의식 상태로 접어들려고 할 즈음에, 그녀의 목소리가 들렸다.

"얘기 좀 해도 될까? 네 맘이 편안해질 얘긴데?"

그가 께느른하게 눈을 떴다. 엠마는 무릎을 가슴에 붙인 채 다리를 그러쥐고 턱을 무릎에 괴고 앉아 있었다.

마치 생각을 가다듬으려는 듯 그녀는 길게 숨을 들이마신 뒤 얘기를 꺼냈다.

"네가 나 때문에 신경 쓰여 하는 거 같은데, 난 아무렇지도 않아. 그러니까, 어젯밤에 일어난 일은 오로지 네가 취해서 그랬던 거고…."

"엠마…."

"내 말부터 먼저 들어 봐, 응? 그래도 난 참 즐거웠다 이거지. 난 그러니까 그런 경험이 별로 없었어. 너처럼 그런 데 깊이 매달리고 그랬던 건 아니지만, 그래도 좋았어. 내가 보기엔 말야, 덱스, 넌 참 좋은 사람이야. 그러려고만 하면 말야. 그래, 타이밍이 안 좋았든 뭐든, 넌 중국이나 인도 같은 데로 가서 네 자신을 찾을 테고, 난 여기서 또 나름 행복하게 지낼 거잖아. 너랑 같이 가는 거 안 바라. 매주 엽서 보내 주는 것도 안 바라고. 네 전화번호 달라고도 안 그럴게. 결혼을 해서 네 애기를 가지고 싶다고 바라겠냐, 내가. 한 번 더 뜨거운 밤을 같이 보내자고도 안 할 거야. 우리는 정말 정말 멋진 하룻밤을 같이 보낸 거야. 그뿐이지. 난 늘 그걸 기억할 거야. 훗날 파티나 어디서 우리가 서로 만나게 된다면, 그런 거야 괜찮지 않아? 우린 정답게 우정 어린 얘기를 나누겠지. 네가 내 머리를 쓰다듬었던 남자라고 해서 우리가 어색해 하거나 불편해 하진 않을 거잖아. 우린 정말 '쿨'하게 처신하는 거야, 안 그래? 너랑 나랑. 우린 그저… 친구인 거지. 어때?"

"그래. 좋아."

"그래. 그럼 그 문제는 됐고. 이제…." 엠마가 가방을 뒤적이며 뭔가를 찾았다. 낡은 펜탁스 SLR 카메라가 나왔다.

"뭐하는 거야?"

"뭐하는 거 같니? 사진 찍자는 거지. 널 기억할 뭔가."

"이 몰골로?"

그의 말보다 머리를 매만지는 손의 움직임이 더 빨랐다.

“그러지 마. 지금 네 모습 너도 맘에 들걸….”

덱스터는 담배에 불을 붙였다. 촬영용 소품이었다.

“사진 찍어서 어디다 쓰게?”

“네가 유명해질 때를 대비해서.” 엠마는 바위 위에 카메라를 올려 두고서 뷰파인더를 들여다보고 있었다. “나중에 애들한테 말하는 거지. 여기 이 사람 봐라, 이 아저씨가 사람들 잔뜩 있는 파티장에서 엄마 드레스 안으로 손을 집어넣었다고.”

“네가 먼저 그랬잖아!”

“뭐? 얘 봐라. 네가 먼저 시작했잖아!” 그녀가 타이머를 맞췄다. 그녀가 머리를 매만지는 사이에 덱스터는 담배를 이쪽으로 물었다 저쪽으로 물었다 했다. “준비됐지? 30초다.”

덱스터가 자세를 가다듬었다. “뭐라고 얘기하나? 치즈?”

“치즈가 뭐냐. ‘원 나잇 스탠드’, 그러자.” 그녀가 버튼을 눌렀다. 카메라가 휘르르 소리를 내기 시작했다. “아니면 ‘난교’ 그러든가!” 그녀가 바위를 기어왔다.

“아니면 ‘도둑처럼 스치고 지나간’은 어때?”

“도둑이 스치고 지나가냐? 그건 배거든.”

“도둑은 뭐하는데, 그럼?”

“도둑들은 똘똘 뭉쳐 진짜 친해지지.”

“그냥 ‘치즈’나 하는 게 좋겠다.”

“아무 말도 하지 마. 그냥 미소나 짓자, 자연스럽게. 젊은 모습으로. 높은 꿈과 희망으로 가득 차 보이게. 준비됐지?”

“준비 끝.”

“좋았어, 그럼 웃어….”

ch23
세 번째 기념일

2007년 7월 15일, 일요일

- 지난 여름 -

◦ 에든버러 ◦

"따릉따릉. 따릉따릉."

재스민이 문간의 초인종을 누르듯 검지로 잠자는 덱스터의 코를 눌렀다.

"따릉따릉. 따릉따릉. 누구세요? 재스민이에요!!"

"뭐하는 거니, 재즈?"

"일어나라고요. 따릉따릉." 딸의 엄지가 이번엔 그의 눈을 만지작거리며 눈꺼풀을 들어 올리려 하고 있었다. "일어나요, 게으름뱅이!"

"몇 신데?"

"대낮이지!"

호텔 침대에 누운 그의 옆에서 매디가 손을 뻗어 시계를 찾았다.

"6시 반이네."

그녀가 베개에 얼굴을 묻으며 끙끙거렸고, 재스민은 고소하다는 듯 낄낄거렸다. 덱스터는 두 눈을 뜨고 코가 닿을락말락하게 베개에 얼굴을 붙이고서 그의 얼굴을 쳐다보는 딸을 바라보았다.

"읽을 책이나 가지고 놀 인형 같은 거 없니?"

"아니."

"가서 색칠놀이나 하렴, 그럼."

"배고파요. 룸서비스 부르면 안 돼요? 수영장은 몇 시에 문 열어요?"

오크패널에 도자기 욕조 등을 갖춘 에든버러 호텔은 전통 양식으로 호화롭고 으리으리했다. 졸업식 때 그의 부모님이 묵었던 그곳. 이제 좀 더 구식이 된 그 호텔은 생각보다 훨씬 비쌌다. 하지만 그는 기왕 '이걸' 할 거면 제대로 스타일을 갖춰야만 한다 싶었다. 덱스터와 매디, 재스민은 거기서 이틀을 묵은 뒤, 차를 빌려 로크로몬드 호숫가의 산장으로 떠날 예정이었다. 물론 그리 가려면 글래스고우가 더 가까웠다. 하지만 에든버러에 못 간 지 벌써 15년째였다. 그때, 방탕하던 시절, 페스티벌 현장에서 쇼를 진행하느라 왔던 길이었다. 그 모든 게 어찌나 까마득한 옛일로 느껴지는지, 마치 다른 생애의 이야기 같았다. 오늘 그는 아버지답게 딸을 데리고 이 도시 여기저기를 구경시켜 주고 싶었다. 매디는 오늘이 7월 15일임을 잘 아는지라 그들에게 알아서 하라고 맡겨 두었다.

"당신 정말 괜찮겠어?"

화장실에서 둘만 있을 때 그가 그녀에게 물었다.

"물론 괜찮죠. 갤러리 가서 전시회 보고 할 거라니까."

"난 그저 애한테 이곳저곳 보여 주고 싶어서 그래. 추억의 길들 말이야. 당신도 같이 고달파할 이유는 없겠지?"

"난 괜찮다니깐 그러시네."

그가 그녀를 지긋이 바라보았다.

“날 바보라고 생각하지도 않고?”

그녀가 살짝 웃으며 말했다.

“난 당신을 바보라고 생각 안 해요.”

“이게 엽기적이거나 별난 짓이라고 생각하지도 않고?”

“전혀요.”

비록 그녀가 내심 탐탁지 않아 한다 해도 겉으로는 전혀 그런 기색이 아니었다. 그는 그녀의 목에 가볍게 입을 맞추었다.

“당신이 원하는 건 뭐든지 다 해야죠.” 그녀가 말했다.

40일 내내 비가 내린다는 건 어디 머나먼 딴 나라 얘기였으나, 올해는 달랐다. 전국에 걸쳐 벌써 몇 주 동안 날마다 비가 쏟아졌다. 온 마을이 물에 잠기는 일이 잦았다. 이번 여름은 너무나 특이해 새로운 계절이 출현한 게 아닌가 싶었다. 몬순이 여기에도? 하지만 그들이 거리로 나설 무렵에는 높은 구름이 조금 있었을 뿐 날씨가 개어 있었다. 당분간은 비가 안 내릴 것 같았다. 덱스터와 재스민은 점심때 만날 약속을 하고서 매디와 헤어졌다.

호텔은 올드타운의 로얄마일 근처에 있었다. 덱스터는 재스민을 데리고 전형적인 도시 투어에 나섰다. 좁은 골목과 숨겨진 계단을 내려가다 보니 어느새 올드타운을 벗어나 에든버러 남쪽으로 뻗은 니콜슨스트리트였다. 덱스터에게는 매캐한 버스 매연과 인파로 어수선한 곳으로 기억되는 그 길. 하지만 일요일 아침의 그곳은 고즈넉하고 일견 애처로워 보이기도 했다. 재스민은 관광객들의 루트를 벗어난 지 얼마 되지 않았는데도 벌써 심심하다고 투덜거렸다. 재스민의 손길이 점점 늘어지기 시작했지만 덱스터는 계속 걸었다. 그는 엠마의 편지들 중 하나에서 옛 주소를 찾아냈다. 곧 렌케일러스트리트라는 표지판이 보였다. 둘은 조용한 주거지의 골목길로 접어들었다.

"우리 어디 가는 거예요?"

"어딜 찾아가는 거야. 17번지." 곧 그 집 앞이었다. 덱스터는 4층을 올려다보았다. 커튼이 쳐진 창문, 무표정하고 평범해 보이는 그 집.

"저 위에 저 방 보이지? 우리가 같은 대학 다닐 때 저기서 엠마가 살았단다. 사실은 바로 저기서 우리가 만났다고도 할 수 있어."

재스민이 고분고분하게 올려다보았다. 그렇지만 그 주변에 늘어선 다른 집들과 아무런 차이도 느낄 수 없는 그 집을 보며, 덱스터는 문득 이 여행의 참뜻에 대해 의문이 들었다. 음울한 응석받이처럼 감상적으로 굴면서 대체 뭘 찾고자 했던 걸까? 여기서 그가 떠올릴 거라곤 아무것도 없었다. 향수병이 선사하는 기쁨이란 시시하고 보잘것없었다. 잠시 동안 그는 이 여행을 관둘까, 매디한테 전화해서 좀 일찍 만나자고 할까를 고민했다. 그때 재스민이 길 끝을 가리켰다. 어울리지 않는 모습으로 주택단지를 굽어보며 우뚝 서 있는 화강암 절벽이 거기 있었다.

"저게 뭐예요?"

"솔즈베리 암벽이야. 저기로 해서 아서스 시트로 올라가지."

"저 위에 사람들이 보여요!"

"너도 올라갈 수 있어. 어렵지 않아. 어때? 한번 가볼까? 너도 할 수 있을 거 같니?"

둘은 홀리루드파크 쪽으로 걸었다. 우울하게도, 산길에 접어들자 일곱 돌 반의 딸이 아빠를 훨씬 능가하는 기운으로 힘차게 산을 올랐다. 재스민은 이따금씩 멈춰 서서 숨을 헐떡이며 땀을 뻘뻘 흘리는 아빠를 내려다보며 깔깔 웃었다.

"신발이 미끄러워서 그러는 거야."

그렇게 그는 항변했다. 둘은 계속 올라갔다. 큰길을 버리고 바위를 기어오르기를 몇 차례, 둘은 드디어 나지막한 관목이 무성한 적갈색 꼭대기에 올랐다. 아서스 시트 정상이었다. 꼭대기를 알리는 돌기둥에 가서 그는 온갖 낙서들과 새겨진 글씨들을 살폈다. 혹시 내가 쓴 것도 있으려나? '파시즘 물리치자', '알렉스 M 5/5/07', '피오나 4에버'.

재스민이 혹시 외설적인 낙서들을 볼까 싶어서 그는 딸을 번쩍 들어 올려 돌기둥 위에 앉혔다. 아이의 다리가 허공에서 흔들렸다. 한 팔을 아이의 허리에 두르고서 그는 이곳저곳을 가리켰다.

"저게 성이야. 바로 그 옆에 우리 호텔이 있고. 저기 역도 있네. 저게 퍼스오브포스 만이고, 그 강물이 흘러 북해로 가는 거야. 바다 저쪽 어디쯤에 노르웨이가 있겠지. 저기가 리스고, 저기가 아빠가 살던 뉴타운이야. 벌써 20년 전이구나, 재즈. 지난 세기네. 그리고 저쪽에 보이는 탑 있지. 저게 칼튼힐이야. 네가 좋다면 이따 오후에 저기도 올라갈 수 있어."

"아빠, 너무 무리하는 거 아닐까요?" 아이가 냉소적으로 물었다.

"내가? 웃기시네. 아빠는 타고난 운동선수야." 재스민이 한 손으로 가슴을 움켜쥐고 숨을 헐떡이는 연기를 했다. "요런 코미디언 같으니."

덱스터가 돌기둥에 앉아 있던 딸의 겨드랑이를 붙들고 번쩍 들어 올렸다. 산 아래로 집어던지려는 시늉을 하자 재스민이 고함을 지르며 웃었다.

둘은 정상에서 조금을 걸어 내려가 도시를 굽어보는 위치에 움푹한 바위틈을 찾아냈다. 그는 팔베개를 하고 누웠고, 재스민은 옆에서 감자과자 한 봉지를 뜯고선 주스 팩을 꺼내 조심스레 마시기 시작했다. 그의 얼굴에 떨어지는 햇볕이 따뜻했다. 아침부터 부산을 떤 탓인지 얼마 지나지 않아 그는 슬슬 졸음이 몰려오는 걸 느꼈다.

“엠마도 여기 올라왔어요?” 재스민이 물었다.

덱스터는 눈을 뜨고 팔꿈치를 괴고 윗몸을 일으켰다.

“그랬지. 우리 둘이 같이 왔었어. 집에 가면 둘이 찍은 사진도 있어. 나중에 보여 줄게. 아빠가 날씬하던 시절의 모습을.”

재스민이 아빠를 향해 볼을 금붕어처럼 부풀리더니, 손가락에 묻은 과자 소금을 빨았다.

“아빠, 그립죠?”

“누가? 엠마가? 물론 그립지. 날마다 보고 싶어. 엠마는 아빠의 베프였으니까.”

그가 팔꿈치로 딸을 슬쩍 건드렸다.

“왜? 너도 그래?”

재스민은 옛 생각을 떠올리려는 듯 얼굴을 찡그렸다.

“그런 것 같은데요. 난 겨우 네 살이었으니까, 엠마를 잘 기억하지는 못하지만. 사진을 보면 기억이 나요. 결혼식도 잘 기억나고. 엠마는 멋있었던 것 같은데, 안 그래요?”

“정말 멋있었지.”

“그럼 지금 아빠 베프는 누군데요?”

그는 한 손을 딸의 목 뒤에 올리고서 엄지를 움푹한 목덜미에 맞추었다. “물론 너지. 왜, 재스민의 베프는 누군데?”

진지한 표정을 짓는 재스민의 이마가 자글자글했다.

“음, 아마도 피비 같은데.” 그렇게 말하고서 아이는 주스 팩의 빨대를 빨았다. 텅 비었는지 꼬르륵꼬르륵 소리가 요란했다.

“그러다가 싫어지기도 하고, 막 그러지?”

그의 말에 재스민은 빨대를 입에 문 채로 킬킬거렸다.

"이리 와." 그가 으르렁대며 나꿔채듯 재스민을 잡아당겼다. 그의 품 안으로 등부터 먼저 발랑 자빠지면서 아이의 머리가 그의 어깨에 닿았다. 잠시 후 재스민이 잠잠해졌고, 덱스터는 다시 눈을 감고 눈꺼풀에 따사롭게 내려앉는 오전 햇살의 온기를 음미했다.

"아름다운 날이네." 그가 중얼거렸다. "비가 안 오려나 봐. 아직까진." 또 잠이 쏟아졌다. 재스민의 머리에서 호텔 샴푸 냄새가, 목을 간질이는 숨에서는 감자과자 냄새가 났다. 숨소리가 느리고 골랐다. 그는 그렇게 잠이 들어 버렸다.

아마도 2분쯤 정신을 잃었을까. 재스민의 앙상한 팔꿈치가 그의 가슴을 퍽 하고 때렸다.

"아빠, 심심해요. 이제 가요, 네?"

엠마와 덱스터는 산 위에서 키들대고 얘기하며 그날 오후의 남은 시간을 보냈다. 부모님은 뭘 하시는지, 형제지간은 몇인지, 재미난 일화들까지 꺼내며 서로에 대해 알려 주는 얘기들이었다. 오후 세 시가 넘어서면서, 두 사람은 약속이나 한 듯 잠에 빠져들었다. 그렇게 나란히 반듯하게 누워 자다가, 덱스터가 움찔하고 놀라며 일어난 게 다섯 시. 둘은 빈 술병을 비롯한 피크닉의 찌꺼기들을 치우고 술기운에 흐릿한 머리를 흔들며 산을 내려갔다. 다시 도시로, 집으로 내려가는 길이었다.

이내 홀리루드 자연공원 출입구가 보이는 데까지 내려왔다. 엠마는 이제 곧 "안녕" 하고 헤어져야 한다는 게 실감났다. 그렇게 헤어지면 영영 다시 못 볼 수도 있었다. 파티는 있을 테지만, 둘은 서로 아는 사람이 많이 달랐다. 또 덱스터는 곧 여행을 떠난다고 하지 않았던가. 다시 보게 된다고 해도 그건 아주 잠깐 공식적인 자리에서 보는 걸 테고, 그는 지난 새벽에 그 조그만 셋방에서 벌어진 일들을 머지않아 깡그리 잊고 말 것이었다.

비탈을 조심조심 내려오며 그녀는 후회가 밀려드는 걸 느꼈다. 더불어, 아직 덱스터를 떠나보내기 싫다는 걸 깨달았다. 하룻밤 더 같이 지내면? 그녀는 적어도 하룻밤을 더 같이 있으면서 그들이 막 시작했던 것을 마무리하고 싶었다. 그 얘기를 어떻게 한담? 물론 그녀는 할 수 없었다. 늘 그렇듯 새가슴이 되어 그녀는 모든 기회를 다 놓치고, 너무 늦어 버렸다. 앞으로 난 좀 더 용기 있게 살아야겠어, 그녀는 다짐했다. 앞으로는 내 속마음을 딱 부러지게 열정적으로 늘 얘기하며 살 거야. 둘은 마침내 공원 출입구에 도착했다. 아마도 거기서 헤어지는 인사를 나눠야 할 것이었다.

그녀는 바닥에 깔린 자갈을 툭툭 차며 머리를 긁었다.

"그래, 자, 그럼 이제…."

덱스터가 그녀의 손을 잡았다.

"있잖아. 우리 한잔 하러 가는 거 어때?"

얼굴에 기쁜 기색을 드러내서는 안 된다고 그녀는 자신을 타일렀다. "뭘, 지금?"

"아니면 그냥 나랑 같이 걸어가든가?"

"너네 엄마랑 아빠 오신다고 안 그랬니?"

"오늘밤까지는 아냐. 이제 겨우 다섯 시 반인데, 뭘."

그의 엄지가 그녀의 손가락 관절을 만지작거렸다. 뭔가 결정을 내리는 듯한 표정을 지으며 그녀가 말했다.

"그러자, 그럼."

그녀가 아무래도 좋다는 듯 어깨를 으쓱하자, 그는 그녀의 손을 놓고 걷기 시작했다.

노스브리지에서 철로를 건너면서 둘은 조지 왕조풍의 뉴타운으로 접어들었다. 덱스터는 열심히 머리를 굴려 계획을 하나 짜냈다. 여섯 시면 집에 도착할 테고 얼른 호텔에 계신 부모님께 전화를 해서 그의 집에서 여섯 시 반에 만나기로 한 약속 대신 여덟 시에 레스토랑에서 만나기로 바꾸는 거다. 그러면 적어도 두 시간을 통째로 벌 수 있으니. 캘럼은 자기 여자친구와 같이 있을 테니까, 엠마랑 둘이서 집을 두 시간 동안 독차지할 수 있는 거지. 그럼 그녀에게 다시 키스할 수 있을 거야.

높은 천장에 흰 벽의 그의 집에는 그의 옷가방 몇 개뿐이었다. 가구라고는 그의 방에 놓인 매트리스와 뒤로 젖혀지는 낡은 긴 의자가 고작이었다. 먼지 커버를 씌워 둔 가구들뿐인 그 집은 아마도 러시아 연극의 무대처럼 보일 것이었다. 그가 아는 바로는 엠마는 그런 분위기에 감탄하는 애였고, 그렇다면 비록 술이 다 깬 상태이더라도 틀림없이 그녀에게 키스를 퍼부을 수 있을 것이었다. 앞으로 둘 사이에 어떤 일이 벌어지든, 어떤 말다툼이 벌어지고 심각한 사태가 닥친다 하더라도, 그는 당장 그녀와의 입맞춤을 너무도 간절히 원했다. 아직 15분이나 더 걸어야 도착한다 생각하니, 그는 살짝 숨이 막혔다. 택시를 탔어야 하는 건데!

그녀도 아마 같은 생각을 하고 있는 것 같았다. 멀리 뿌옇게 포스강이 내려다보이는 던다스스트리트의 가파른 내리막을 둘은 정말 숨가쁘게 내달리듯 걷고 있었던 것이다. 둘의 팔꿈치가 여러 번 스쳤지만 그런 건 아무래도 좋았다. 몇 년을 살면서 지겹도록 보았던 강물이지만, 지금 조지 왕조풍의 테라스 주택들이 길게 늘어선 길 끝으로 보이는 저 서늘한 푸른색의 강물이 이렇게 반가울 줄은 몰랐다.

"네가 여기 어디쯤 산다고 들었던 거 같은데."

그녀가 마땅찮지만 부럽다는 말투로 얘기했다. 그 짧은 말을 하는 동안에도 그녀는 숨이 가빠지는 걸 느꼈다. 그의 잘 꾸며져 있을 집으로 지금 가는 게 아닌가. 그리고 거기서 둘이서! 기대감에 목이 분홍으로 물드는 걸 깨닫자 그녀는 당혹스러웠다. 그녀는 이를 닦는답시고 부질없이 혀로 이빨을 열심히 문질렀다. 칫솔질을 해야 하나? 샴페인만 마셨다 하면 입 냄새가 작렬인데. 껌이라도 사서 씹자고 그럴까? 참, 콘돔은? 덱스터한테 그거야 있겠지? 당연히 있을 거야. 그건 마치 "너, 신발은 있냐"고 묻는 거나 마찬가지일 테니.

그런데 칫솔질부터 해야 하나, 아니면 문이 닫히자마자 냉큼 그에게 매달려야 하나? 어떤 속옷을 입었더라? 열심히 생각해 보니, 아차, 등산 전용 특수 속옷이로군! 어차피 돌이킬 수는 없어…. 그때 그들은 페티스 로우로 접어들었다.

"이제 거의 다 왔다."

덱스터가 말하며 미소 짓자, 그녀도 미소를 지었다. 그리곤 웃음을 터뜨리며 그의 손을 잡았다. 곧 닥칠 일이 무엇이든 다 인정하겠다는 몸짓이었다. 둘은 그렇게 달리듯 걸음을 재촉했다. 덱스터는 자기 집 주소가 35번지라고 했다. 엠마는 머릿속에서 카운트다운을 하고 있었다. 75번지, 73번지, 71번지….* 옆구리가 욱신욱신 쑤셨고 손가락 끝은 전류가 흐르듯 저릿저릿했다. 덱스터가 그녀의 손을 잡아끌고 달리기 시작했다. 둘은 그렇게 페티스로우를 달려가며 함께 웃었다. 어디선가 차가 빵

* 영국 번지 체계는 길 양쪽에 집이 있으면 한쪽은 홀수, 한쪽은 짝수 번지로 되어 있다.

빵거렸다. 신경 쓰지 마, 계속 가는 거야, 무슨 일이 벌어져도 절대 멈추지 마.

그런데 어떤 여인의 목소리가 "덱스터! 덱스터!"를 부르고 있었다. 갑자기 그녀의 모든 희망이 꺼져 버렸다. 그건 마치 난데없이 꽝 하고 유리벽에 부딪히는 느낌이었다.

덱스터의 아버지가 모는 재규어가 35번지 건너편 길가에 서 있었다. 그의 어머니는 차에서 내리더니 건너편의 아들을 향해 손을 흔들었다. 부모님을 뵙고도 전혀 기쁘지 않을 상황으로는 이보다 더 완벽한 게 없었다.

"이제 오는구나! 우리가 너 기다리고 있었잖니!"

엠마는 덱스터가 그녀의 손을 놓는 걸 깨달았다. 그건 놓는 게 아니라 슷제 집어던지는 것이었다. 그리곤 그는 길을 건너가 엄마를 안고 인사했다. 메이휴 여사가 엄청난 미인인데다 차림새도 대단한 걸 보며 엠마는 또 한 차례 경련과도 같은 짜증에 시달렸다. 덱스터의 아버지는 어머니만큼은 아니었다. 키가 크고 거무스름한 인상에 옷차림이 부스스 흐트러진 아버지는 오래 기다린 게 전혀 즐겁지 않았음을 표정에 숨김없이 드러내고 있었다.

아들의 어깨 너머로 어머니의 눈이 엠마의 눈과 마주쳤다. 그녀는 엠마에게 아주 너그러운 위로의 미소를 건네는 듯 보였다. 마치 그녀도 다 안다는 듯…. 그건 꼭 못난 자기 아들이 하녀 애한테 키스하는 걸 본 공작부인이 지음직한 표정이었다.

그 후 사태는 덱스터의 의지와 상관없이 급박하게 돌아갔다. 아침에 부모님께 전화하는 척 연기했던 터라 그는 거짓말이 탄로나기 전에 부모님을 얼른 집 안으로 들어가시게 해야겠다 싶었다. 그런데 아버지는 주차를 어떻게 해야 하는지 계속 물었고, 어머니는 종일 어디를 다녔는지, 왜 전화도 안 했는지를 계속 물었다. 그동안 엠마는 여전히 하녀처럼 필요 이상으로 공손하게 굴며 한쪽으로 저만큼 비켜서서는, 대체 얼마 후에 패배를 인정하고 집으로 가야 하나를 고민하고 있었다.

"우리가 얘기 안 했니, 여섯 시에 여기 온다고?"

"여섯 시 반이었거든요."

"오늘 아침에 네 응답기에다 메시지 남겼는데?"

"엄마, 아빠… 제 친구 엠마예요!"

"여기다 주차해도 정말 괜찮은 거냐?" 아버지가 말했다.

"만나서 반가워요, 엠마. 앨리슨이에요. 얼굴이 발갛게 탔네요. 둘이서 종일 어디를 다닌 거죠?"

"주차권을 끊어야 하는 거면 말이다, 덱스…."

덱스터가 돌아서서 엠마를 바라보았다. 애타게 사과하느라 타는 듯한 눈빛이었다.

"음, 너도 들어와서 뭐 좀 마실래?"

"아니면 같이 저녁을 하든지?" 앨리슨이 말했다. "저녁 같이 하지 그래요?"

엠마는 덱스터를 쳐다보았다. 그의 눈이 이글거리고 있었다. 엄마의 말이 그렇게 충격이었나? 아니면 그렇게 하라고 나를 부추기는 눈빛인가? 어느 쪽이든 엠마의 대답은 "노"였다.

좋은 분들 같긴 했지만, 그녀가 원했던 건 그런 게 아니었다. 가족들끼리 만나는 자리에 불청객으로 낀다니! 그들은 아마 비싸고 화려한 데로 갈 테고, 그녀는 거기서 벌목장 인부처럼 보일 터였다. 게다가, 거기 간들 대체 그게 무슨 소용이란 말인가? 덱스터를 쳐다보고 앉아서 그의 부모님들이 그녀에게 부모님은 뭐 하시냐, 학교는 어떤 데 나왔냐 따위를 묻는다? 그녀는 벌써 위축되는 기분이었다.

그 가족의 위풍당당한 자신감, 서로를 아끼는 애정을 과시하듯 드러내는 몸짓들, 그들의 돈과 스타일과 우아함까지. 그녀는 부끄러워하거나, 심하면 술에 취해 버릴 수도 있을 터. 그 어느 쪽도 아무 도움이 될 게 없었다. 포기가 최선이다. 그녀는 겨우 웃음을 지었다.

"저는, 돌아가는 게 좋겠네요."

"정말이야?"

덱스터의 얼굴은 이제 잔뜩 일그러져 있었다.

"응. 할 일도 있고. 이제 갈게. 나중에 보자, 그럼."

"어. 그래."

그의 목소리에 실망이 가득했다. 엠마가 집에 같이 들어가기를 원했으면 얼마든지 그럴 수도 있었는데, 아니, 그런데 "나중에 보자, 그럼"이라니? 덱스터는 엠마가 자기를 좋아하기는 하는 건지 갑자기 의심스럽다는 생각까지 들었다. 잠시 침묵이 흘렀다. 그의 아버지는 주차표 발권기를 한 번 더 봐야겠다며 어디론가 가버렸다.

엠마가 손을 들었다. "안녕, 그럼."

"잘 가."

그녀는 앨리슨에게도 인사했다.

"만나서 반가웠습니다."

"나도요, 에밀리."

"엠마예요."

"맞다, 엠마. 잘 가요, 엠마."

"그리고…." 그녀는 다시 덱스터 쪽으로 몸을 돌렸다. 그의 어머니가 모든 걸 지켜보고 있었다. "있잖아, 멋지게 살아. 알았지!"

"그래, 너도. 멋지게 살아."

엠마는 뒤돌아서 걷기 시작했다. 메이휴 가족들은 서서 그녀가 멀어지는 걸 지켜보았다.

"덱스터, 미안하다만, 우리가 뭘 방해한 거니?"

"아뇨. 아니에요. 엠마는 그냥 친구예요."

앨리슨은 흐뭇하게 웃으며 자신의 잘생긴 아들을 지그시 바라보았다. 그의 윗도리 옷깃을 양손으로 잡고 탁탁 당겨서 어깨 부분을 반듯하게 펴며 그녀가 말했다.

"덱스터. 그런데 너 이거 어제 입었던 거 아니니?"

저녁 땅거미 속에 그렇게 집으로 돌아가는 엠마의 뒤로 그녀의 실망감이 뚝뚝 떨어졌다. 날씨가 아연 선선해지고 있었다. 공기 속에서 뭔가를 느끼면서 그녀는 후드드 몸서리를 쳤다. 뜻밖의 서늘한 불안감이 등줄기를 따라 길게 흘렀다. 그 느낌에 휩싸여 그녀는 잠시 발길을 멈추었다. 미래가 두려운 거지? 그녀는 생각했다. 어느새 조지스트리트와 하노버스트리트가 만나는 큰 사거리였다. 일을 마치고 서둘러 집으로 가는 사람들, 친구나 연인을 만나러 나온 사람들로 거리가 붐볐다. 다들 뚜렷한 목적과 방향을 가진 사람들. 그런데 거기서 스물두 살의 그녀는 아무 생각 없이 또다시 낙심한 채 우중충한 집으로 되돌아가고 있는 중이었다.

"네 인생, 이제 어떡할 거니?"

사람들은 이런저런 방식으로 그녀에게 이 질문을 끊임없이 던졌었다. 선생님들, 그녀의 부모, 새벽 세 시에 전화를 걸어 오는 친구들까지. 하지만 그 질문의 압박이 이렇게까지 자신을 짓누른 적은 없었고, 아직 그녀는 그 해답 근처에도 못 간 처지였다. 그녀 앞에 솟구쳐 오른 미래는 텅 빈 나날들의 연속이었다. 그 전날보다 더 섬뜩하고 더 알 수 없는 날들이 거듭되는, 그 비어 있는 날들을 어떻게 채울 것인가?

그녀는 다시 걸었다. 더마운드를 향해 남쪽으로 난 길이었다. '하루하루를 생애 마지막 날인 것처럼 살아라.' 통상적인 충고는 그렇게 타이르지만, 대체 그렇게 살고도 버텨낼 인간이 어디 있단 말인가? 비가 오는 날이나, 임파선이 붓는 날은 어떻게 하나? 그건 도무지 실용적인 충고가 못 되었다. 그저 열심히 노력하고, 착하고 씩씩하고 당당하게, 뭔가 색다르게 살려고 애쓰는 것, 그게 훨씬 나았다.

세상을 통째로 바꾸는 게 아니라, 네 주변의 일부분부터! 네 열정과 네 전동타자기를 가지고 세상 속으로 뛰어들어, 열심히, 음… 뭔가를 하는 거야. 예술로 삶을 바꾼다든지 뭐 그런 거. 친구들을 소중히 아끼고, 원칙에 충실하며, 열정을 가지고 후회 없이 잘사는 거. 새로운 것들을 경험하고. 기회가 닿으면, 사랑하고 사랑 받고.

그녀의 일반론에는 그렇게 적극적인 사랑 이론도 있었다. 비록 근사하게 제대로 시작해 본 적도 한번 없었지만 말이다. 지금도 막 그녀가 정말 좋아하는 남자에게 으쓱 어깨짓 한번 하고는 인사하고 돌아서 버렸지 않은가. 덱스터는 그녀가 처음으로 애틋한 생각을 품었던 남자애였다.

그런데 이제 그녀는, 아마도 그를 다신 못 볼지도 모른다는 사실을 인정해야만 하는 처지였다. 전화번호도 주소도 모르고. 설령 안다 한들 그게 무슨 소용이랴. 그도 그녀의 전화번호를 묻지 않았고, 기다리지도 않는 메시지를 남기는 넋 나간 여자애들 중 하나가 되기엔 그녀의 자존심이 너무 셌다. "멋지게 살아." 그게 그녀의 마지막 말이었다. 그 순간에 떠오르는 말이 정말 그 정도밖에 없단 말인가?

그녀는 계속 걸었다. 언덕 위의 성채가 막 눈에 들어올 무렵 그녀는 발자국 소리를 들었다. 값비싼 신발 발바닥이 그녀의 뒤쪽 길바닥을 세차게 때리는 소리였다. 그녀의 이름을 부르는 소리를 듣고 돌아보기 전부터 이미 그녀는 웃고 있었다. 그게 틀림없이 덱스터라는 걸 그녀는 알고 있었다.

"놓친 줄 알았네!"

달리던 걸 멈춰 걸으며 그가 말했다. 벌겋게 달아오른 얼굴에 숨을 헐떡이면서도 애써 무심함을 가장하려는 표정이었다.

"놓치긴. 나 여기 있잖아."

"아깐 미안했어."

"아냐, 진짜. 괜찮아."

그는 무릎을 짚고 서서 헐떡거리는 숨을 골랐다.

"난 부모님께서 좀 더 있다 오실 줄 알았어. 그런데 갑자기 나타나신 거야. 그래서 내가 좀 혼비백산했지. 그러다 문득 깨달은 게… 용서해 줘… 너한테 연락할 방법이 하나도 없다는 거야."

"아, 그렇구나."

"그래… 보자. 나한테 펜이 없네. 너 펜 있지? 가방에 없어?"

그녀는 얼른 쪼그리고 앉아 배낭에 가득 든 피크닉 쓰레기들을 뒤졌다. 펜을 찾아라, 펜이 있어야 하는데, 틀림없이 있을 텐데….

"자잔! 펜이다!"

'자잔? 자잔이 뭐냐, 이 멍청아. 침착해. 다 망치려고 그러니?'

엠마는 종이조각을 찾아 지갑을 뒤졌다. 슈퍼마켓 영수증 하나가 나왔다. 그걸 덱스터에게 건네고는 그녀의 전화번호와 리즈에 있는 부모님댁 전화번호, 리즈의 주소, 에든버러의 그녀 집 주소 따위를 일러 줘 받아 적게 했다. 주소를 알려 줄 때 올바른 우편번호를 거듭거듭 강조하는 걸 까먹지도 않았다. 그리고 나서 덱스터는 자기 연락처도 적었다.

"이게 내 거야." 그가 그 귀중한 종이조각을 그녀에게 건네며 덧붙였다. "전화해. 아님 내가 하고. 누구든 전화하겠지, 그렇지? 내 말은, 뭐 시합은 아니란 거야. 네가 먼저 한다고 지는 건 아니라고."

"알았어."

"난 8월까지는 프랑스에 있을 거지만, 그 뒤에 돌아오면 네가 우리 집으로 내려와서 좀 있다 가는 것도 좋을 거 같은데?"

"너랑? 너네 집에서?"

"영영 있으라는 게 아니잖아. 일주일 정도. 내 집, 아니 부모님 집에서 말야. 네가 원한다면 말야."

"아, 그래. 응, 좋아. 알았어. 그래. 응, 그러자."

"그럼. 난 가봐야겠다. 너 정말 같이 가서 한잔 하던가 안 할래? 저녁을 같이 하든지?"

"그럴 거까지야." 그녀가 말했다.

"그래, 나도 그럴 건 없다고 생각해."

그가 그렇게 안심하는 표정을 보자 그녀는 다시 한 번 더 무시당한 기분이 들었다. 안 될 건 뭐야? 그런 생각이 고개를 치밀었다. 덱스터 얘, 나 때문에 창피했나?

"어, 그래. 왜 그래?"

"네가 진짜로 그러면 난 정말 미칠 거 같아서 말야. 절망감에 미친단 말이지, 내 말은. 네가 멀찍이 앉아만 있으면, 어휴. 하고 싶은 걸 못하니까 얼마나 괴롭겠어."

"뭐라고? 하고 싶은 거라니?"

그녀는 대답을 알면서도 굳이 그렇게 물었다. 그가 한 손을 그녀의 목 뒤에 부드럽게 얹었다. 동시에 그녀의 손 하나도 그의 엉덩이에 부드럽게 내려앉았다. 길거리에서 둘은 그렇게 키스를 했다. 그들 주변으로 여름 저녁 햇살 속에 사람들이 분주히 오가고 있었다. 그 키스는 둘 모두에게 이제껏 경험한 가장 달콤한 키스였다.

이렇게 모든 게 시작되는구나. 오늘, 여기서, 뭔가가 시작되는 거야.

그리고 곧 끝이 났다.

"그럼, 다음에 봐."

그렇게 말하면서 덱스터는 천천히 뒷걸음질 치며 그녀에게서 멀어지기 시작했다.

"그래." 그녀가 웃으며 말했다.

"그래, 그러자. 안녕 엠."

"안녕 덱스."

"잘 가."

"잘 가. 안녕."

번역을 마치고

나의 '영국'그리기

재미난 번역이었다. 읽은 경력만 길 뿐 번역 경력은 미천한 처지인데다, 소설은 그야말로 신천지였다. 그래도 재미났던 건, 모두 이 영문소설 원작이 갖는 힘이었겠다. (뻔하고 시시한 찬사부터 늘어놓다니…ㅋ) 데이비드 니콜스는 역자가 영국에 체류하던 몇 년 동안 한 번도 들어 보지 못한 작가였다. 런던 도심이나 동네 하이스트리트의 서점마다 카즈오 이시구로와 닉 혼비, 줄리언 반즈의 책들이 독자들의 시선을 끌기 위해 경합하던 시절이었다.

난생처음 비행기란 걸 타고 당도한 첫 외국 땅 영국. 난 그 땅이 몹시 궁금한 처지의 유학생이었다. 그래서 서점에 들를 때마다 온갖 종류의 책들을 뒤적거리느라 예정했던 방문 시간을 초과하기 일쑤였다. 그래도 영국은 도무지 오리무중의 땅이었다. 이곳 젊은이들은 뭘 하고 사는지, 어떤 데서 술을 마시고 어떤 고민을 안고 사는지, 불확실한 미래 앞에서 어떤 인생의 청사진을 그리고 있는지, 내게 속 시원히 일러 주는

'그 뭔가'가 없었다. 그러니 1990년대 후반 나의 런던 서점 탐방의 노림수는 어쩔 수 없이 눈 감고 코끼리 만지기에 그칠 수밖에 없었다. 간간이 젊은이 문화를 간접 경험할 기회가 있기는 했지만, 잊을 만하면 등장하던 '엑스터시' 복용 사고 뉴스 정도의 단편적 기사들이 내게 더 큰 인상을 남긴 건 어쩔 수 없는 일.

그러다 홀연 한국으로 돌아오고 나니 영국은 차츰 잊혀 가는 땅이 되었다. 그런데 한국에도 영국이 있었다. 닉 혼비의 영화를 비롯한 영국 영화들이 유럽영화제나 일반 개봉 형태로 속속 수입되기 시작한 것이었다. 그렇게 〈어바웃 어 보이〉, 〈빌리 엘리어트〉, 〈슈팅 라이크 베컴〉(이건 아마 비행기에서 봤던 듯?), 〈러브 액츄얼리〉, 〈해피 고 럭키〉, 〈할람포〉, 〈천국에서의 5분간〉 등을 접했다. 뒤늦게 〈노팅 힐〉, 〈트레인스포팅〉 등까지 DVD로 섭렵하니, 영국 땅 젊은이들의 일상이 조각그림 맞추기처럼 어렴풋한 윤곽을 드러내기 시작했다. 물론 라스 폰 트리에의 〈브레이킹 더 웨이브〉나 켄 로치의 〈레이닝 스톤〉 같은 작품들을 밑그림으로 해서.

그러다 2008년 말, 아마존에서 우연히 데이비드 니콜스의 이 책을 접했다. 찾고 보니 제임스 맥아보이와 레베카 홀이 주연한 〈스타트 포 텐〉이라는 영화의 원작소설 작가이자 각본까지 맡은 이의 세 번째 장편이었다. 영국 코미디언이 쓴 요절복통+가슴뭉클 프랑스대혁명 이야기인 『혁명만세』의 번역을 막 깔깔거리며 마쳤던 터라, — 1789년 프랑스뿐만 아니라 오늘날의 세계화 반대시위 현장까지 넘나드는 통시적 짜임새를 자랑하는 혁명 다큐멘터리였다 — 소설에도 한번 도전해 보자 싶었다. 그 도전의식의 바탕에는 물론 나의 '첫 외국' 영국에 대한 호기심을 물감으로 하여 희미하게 그려지던 그림을 어느 정도 완성해 보고 싶은 욕심도 깔려 있었다.

결과는, 다시금, 재미난 번역이었다. 엠마와 덱스터의 밀고 당기는 러브라인도 흥미로웠지만, 내 도전의 노림수 탓에 1988년부터 2007년까지 장장 20년의 영국 구석구석이 촘촘하게 그려진 부분들이 어찌나 좋았던지! 햄스테드히스 언덕에 누워 앞날을 고민하는 두 주인공, 약에 절어 미니캡을 타고 런던의 새벽 거리를 휘젓고 다니는 덱스터, '대중교통 측면에서는 런던 최고의 원룸'이라는 이언의 집 이야기 등, 영화의 휙 지나가는 거친 화면으로는 좀처럼 메워지기 힘든, 섬세한 텍스트가 아니면 접하기 힘든 그 풍경들! 그러고 보니, 니콜스도 그런 '디테일의 스펙터클'을 미리 염두에 두고 글을 써내렸다 한다.

영화를 보고 나온 관객들이 인상 깊어 하는 장면이 다 제각각이듯, 이 소설을 마친 독자들도 저마다의 인상을 가질 터이다. 내게 있어 소설 『원 데이』는 1997년부터 그리기 시작한 나의 엉성했던 영국 그림의 빈 터를 크게 색칠해 준 작품이었다. 그나저나, 내년에 개봉예정이라는 영화 〈원 데이〉의 남녀 주인공은 누가 될까? 편집자 진희 씨가 말하듯, 근육질 이전의 디카프리오? 〈비키 크리스티나 바르셀로나〉에서 만나 반가웠던 레베카 홀? 아흐, 궁금하여라~~!!!

1판 2010년 2월 15일
2판 2012년 9월 7일
3판 1쇄 2015년 3월 20일

지은이 데이비드 니콜스
옮긴이 박유안
펴낸이 김제구

펴낸곳 호메로스
출판등록 제22-741호(2002년 11월 15일)
주소 121-841 서울시 마포구 잔다리로 77 대창빌딩 402호
전화 02)332-4037
팩스 02)332-4031
이메일 ries0730@naver.com

ISBN 979-11-86349-31-1 03840

호메로스는 리즈앤북의 인문, 소설 브랜드입니다.